Née une année de sécheress[...]
de l'École normale supérieu[...], [...]
en France et au Mexique avant de devenir chroniqueuse et
journaliste.

ADÉLAÏDE DE CLERMONT-TONNERRE

Fourrure

ROMAN

STOCK

ISBN: 978-2-253-15747-2 – 1re publication LGF

« Écrire c'est se prostituer. Se désaper, se montrer, s'exhiber. Vous donner envie, envie de continuer, de pénétrer plus avant, de dévoiler, de comprendre, de con-prendre. Vous dire ce que vous voulez entendre, vous tromper. Vous exciter et vous frustrer. Vous asticoter, vous énerver, vous balader, vous faire croire qu'on vous aime, vous faire mal et plaisir. Vous faire jouir et pleurer. Les métaphores : la lingerie fine. Les descriptions : le lubrifiant. Les aphorismes : les gâteries. Le tout pour 18 euros, avouez que ce n'est pas cher payé si la passe était bonne. Mais si je n'ai pas su, si je n'ai pas été à la hauteur du fantasme, vous repartirez déçu, avec le sentiment vague d'avoir été floué, comme un client qui n'a pas osé demander ce qu'il voulait vraiment et qui m'en veut de ne pas l'avoir deviné. L'écrivain est une prostituée, un objet de curiosité dont on se moque et que l'on craint. À la différence près que l'auteur, c'est dans les allées des salons du livre qu'il fait le tapin. »

Zita Chalitzine, *Un demi-monde meilleur*.

1

C'est en passant devant un kiosque à journaux du boulevard Pierre-Semard, à Nice, qu'Ondine apprit la mort de sa mère. Rares sont les écrivains qui font du bruit en quittant ce monde, Zita Chalitzine en fit beaucoup. Elle se débrouilla pour mourir comme elle avait vécu : en attirant l'attention. D'abord parce que le scandale qui l'avait entachée faisait les gros titres de la presse depuis une semaine, ensuite à cause de son mariage avec un homme de vingt ans son cadet deux jours avant la révélation de sa supercherie littéraire, enfin à cause de sa mort prématurée. Le 6 décembre 2006, rue de Paris, aux Lilas, on retrouva son corps à l'arrière de sa Mercedes. Elle portait un manteau en vison blanc, un tailleur-pantalon Yves Saint Laurent de couleur claire, un chemisier de soie, et s'était enroulée dans une couverture en cachemire beige : l'écrivaine eut sans doute besoin de douceur dans ses derniers instants. Il fallut tout jeter à cause de l'odeur, sauf le manteau. Le médecin légiste data le décès à quatre jours auparavant, d'un mélange de médicaments et d'alcool. Deux bouteilles de vodka vides avaient glissé sous le siège passager avec des plaquettes, vides également, de Cordrux. C'est un retraité du quartier qui la trouva. Ou plutôt son chien. D'ailleurs c'était une chienne, bas-rouge, qui, arrêtée devant l'auto, se mit à couiner, à renifler et à gratter. Au début, craignant qu'elle ne rayât la peinture de la carrosserie, le vieux la rabroua : « Au pied Séraphine ! Au pied ! », mais comme il la tirait par le collier, il vit le paquet dans la couverture. En s'approchant, il remarqua un talon aiguille blanc et, en faisant le tour, une boucle de cheveux bruns. Il tapa contre la vitre, mais la femme ne bougea pas. Il cria et tapa à nouveau sans obtenir de réponse. Alors il se rendit aussi vite que le permettaient ses jambes incertaines et l'agitation de sa chienne au commissariat. Les policiers cassèrent une vitre. Ils sortirent Zita Chalitzine, qu'ils ne reconnurent pas. On ne reconnaît pas les écrivains, passée la république de Saint-Germain-des-Prés. Ils pensèrent simplement : « Femme de cinquante ans qui a dû être belle. » Elle l'était encore une semaine avant sa mort mais, dans ces circonstances, Zita ne devait pas être à son avantage. L'identification prit un certain temps parce qu'elle n'avait ni sac à main, ni papiers. « Typique de ma mère, ça, de sortir sans rien dans les poches », pensa Ondine lorsqu'elle apprit les circonstances du décès. Dans le vison de la défunte, les policiers trouvèrent son portable. Il n'avait plus de batterie. Après avoir fait tous les étages du commissariat en quête d'un chargeur compatible, ils finirent par en retirer la puce et la mettre dans un autre appareil. Dans la liste « Favoris », ils trouvèrent cinq noms : « Connasse 1 », « Connasse 2 », « Usurier », « Exploiteur » et « Pierre ». La dernière option leur sembla la plus prudente. Comme ils étaient délicats, les enquêteurs confièrent l'objet à la standardiste. Une voix féminine adoucirait, selon eux, la douleur de cette funeste nouvelle. Cette dame entre deux âges, au cœur aussi grand que son tour de poitrine, leur lança un regard grave et résolu avant d'appuyer sur la touche qui composa le numéro dudit Pierre. Elle tomba sur le galeriste avec qui vivait Zita et commença – avant d'avoir pu émettre un son autre que « Pierre ? » – par se faire injurier. L'homme était fou d'inquiétude. Qu'est-ce que ça voulait dire, de disparaître comme ça ? Le lendemain de leur mariage, en plus ! Et le premier jour de leur vie commune ! Pas de nouvelles pendant une semaine : rien ! N'avaient-ils pas dépassé le stade de ces caprices grotesques ? Quand donc cesserait-elle de saccager leur bonheur ? Cinq ans qu'elle lui pourrissait la vie. Cinq ans ! Ah, s'il s'écoutait, il demanderait illico le divorce… Silence ! Il ne voulait même pas entendre ses excuses bidons. La ferme ! Il en avait soupé de ses mensonges pathétiques, de ses affres créatives à la con, de ses angoisses morbides et de ses phases suicidaires. Stop ! Basta ! Finito ! C'était la fois de trop, Zita. La goutte d'eau qui fait déborder le vase. La paille qui brise le dos du chameau. Il en avait plein le dos, justement, de son égoïsme forcené. Qu'elle se trouve un autre pigeon, lui c'était fini. Et il raccrocha. La standardiste, à qui personne n'avait parlé sur ce ton depuis une violente altercation avec sa voisine en 1994 à cause d'un poirier dont les branches abîmaient le mur commun de leurs jardins, resta quelques secondes bouche bée, le portable en l'air. Elle le posa d'un geste rageur, sans une explication pour ses collègues qui la regardaient avec perplexité. Elle utilisa le téléphone du commissariat pour rappeler Pierre et, avant même qu'il ait eu le temps de dire « allô ? », elle hurla :

« Laissez-moi parler : votre femme est morte ! Zita est morte ! » Ce qui, pour une personne chargée de ménager son interlocuteur, n'était pas optimal.

Le commissaire adjoint lui prit d'autorité le combiné, déclina son identité et sa fonction, confirma l'information, présenta ses condoléances, donna l'adresse du commissariat et raccrocha.

« Pauvre homme, fit-il à l'attention de l'auditoire. Il avait l'air sonné. »

Ondine, qui ne parlait plus à sa mère depuis presque dix ans, n'apprit pas la nouvelle d'une plus agréable manière. Pierre, ayant vu son nom sur Internet dans un document de recherche intitulé « Raie manta : soins et apports nutritionnels en captivité », avait bien essayé de la joindre à l'Aquarium princier de Monaco, mais le contrat de travail de la jeune femme n'avait pas été reconduit et elle était au chômage depuis déjà six mois. De retour à Nice auprès de sa grand-mère, que dans le quartier de Saint-Roch on connaissait sous le nom de Mme Lourdes, Ondine désespérait de retrouver du travail et occupait ses journées à marcher au hasard des rues ou à faire du sport au complexe municipal. Ondine n'achetait pas la presse. Depuis quelques jours, néanmoins, son œil traînait à l'abord des kiosques. Elle suivait les rebonds de l'affaire Kiev/Chalitzine. Il s'agissait tout de même de sa mère… Elle trouvait normal, en dépit de leur brouille, de s'intéresser à ce qui lui arrivait. En voyant la une de *France-Soir*, « Mort mystérieuse de l'écrivaine Zita Chalitzine », Ondine eut un coup au cœur, ce qui l'étonna. Elle acheta le journal et alla s'asseoir sur un banc de la place Saint-Roch pour lire l'article. Elle hésita à rentrer prévenir sa grand-mère, mais décida que, Zita étant morte, il n'y avait rien d'urgent à faire. La jeune femme ne voulait pas rater son rendez-vous à la piscine, et connaissant l'émotivité de la vieille dame, mieux valait lui épargner, durant les deux heures à venir, le chagrin que lui procurerait, malgré tout, cette nouvelle.

Ondine s'était toujours dit que, le jour où sa mère mourrait, elle emmènerait sa grand-mère dans le meilleur restaurant de Nice, La Petite Maison, et qu'elles fêteraient ça dignement. Elle n'en avait plus envie à présent. Non que la nouvelle de cette mort l'attristât, il ne fallait pas charrier, mais elle ne lui faisait pas plaisir non plus.

« Pourtant j'aurais dû m'en réjouir, confia la jeune femme à son binôme de nage synchronisée auprès de qui elle faisait la planche après trente minutes de chorégraphie aquatique. Je sais que ça te choque, une fille qui parle si mal de celle qui l'a mise au monde. Tu te dis que je n'ai pas de cœur. Il faut voir le contexte aussi… C'est elle qui n'avait pas de cœur. Je préférerais pouvoir dire le contraire, tu penses bien… Mais ma mère était une salope. Une vraie belle salope qui a gâché la vie de tous ceux qui l'ont approchée. Celle des hommes en premier. Je t'assure… Tu te fais des idées fausses parce qu'elle était célèbre, mais avec des gens comme elle, on ne pouvait pas se permettre de pardonner. »

Quand Mme Lourdes comprit que sa fille était morte, elle pleura beaucoup. La vieille dame pleurait pour un rien, mais il est évident qu'elle eut vraiment du chagrin. Elle se souvint de sa fille toute petite et de son mari aussi. Un monsieur très gentil. Ondine ne l'avait pas connu. Elle savait de lui le peu que sa grand-mère lui avait raconté entre deux sanglots, parce qu'elle ne pouvait prononcer son nom, Andreï, sans sangloter. Ondine s'étonnait des réserves lacrymales stockées dans le corps de la vieille femme. C'était comme un fleuve toujours prêt à déborder. Cet après-midi-là, songea-t-elle avec admiration, on aurait pu remplir une bassine de ses larmes. Elle se demanda si Zita pleurait souvent, et d'où lui venait sa propre dureté. C'était bizarre, quand même, de garder les yeux secs en apprenant la mort de sa mère. Ondine se dit pour la énième fois qu'elle n'était pas normale, mais elle avait renoncé à comprendre ses propres réactions. Pour tenter d'apaiser Mme Lourdes qui hoquetait, la jeune femme dut lui cuisiner des beignets. C'était la seule chose susceptible de la calmer. De bons gros beignets aux bananes, aux pommes ou au chocolat. Voir toute cette graisse bouillie rendait Ondine malade, mais il s'agissait d'un cas d'urgence. Avant d'être immobilisée, la vieille dame en fabriquait tous les jours, penchée sur ses casseroles comme une fée sur un berceau. Maintenant, elle n'arrivait plus à se lever. Sous l'œil avide de sa grand-mère qui répétait : « Tu es gentille, ma petite chérie », la jeune femme mélangea la farine, les œufs, le lait et la levure. Elle prépara des rondelles de pommes, des tronçons de bananes, aligna quelques carrés de chocolat et se mit à l'ouvrage. Mme Lourdes n'avait pas terminé de manger le premier anneau de pâte dorée et retournée dans le sucre que le téléphone sonnait déjà. Ondine, qui s'était rassise, dégagea ses doigts de la ficelle avec laquelle elle faisait des figures géométriques pour répondre. C'était une journaliste de *Nice-Matin*. Au début, Ondine refusa de lui parler. La jeune femme, de nature taciturne, ne se liait pas facilement. Au bout du cinquième coup de fil émanant de différents médias, Mme Lourdes réussit à la convaincre. Ondine devait défendre sa mère… Le fait que Zita se soit si mal comportée n'était pas une raison pour se dérober à son devoir. Ce serait surtout une manière de commencer les recherches qui lui tenaient tant à cœur… Peut-être qu'en lisant cet article quelqu'un aurait une idée, un indice ? Vraiment, Ondine serait stupide de ne pas saisir cette chance. Mamita proposa même de répondre à la place de sa petite-fille, mais Ondine, connaissant sa sensibilité, s'y opposa. Il ne fallait pas la fatiguer. Ni remuer toute cette douleur qui lui oppressait le cœur. Elle aurait encore pleuré et la jeune femme ne supportait pas de la voir malheureuse. Lorsqu'elle prit le combiné pour rappeler la journaliste de *Nice-Matin*, la vieille dame lui lança un regard froissé et rancunier qu'elle ne vit pas.

**La fille de Zita Chalitzine se confie :
« Ma mère a toujours joué avec le feu,
elle a fini par s'y brûler. »**

C'est dans un modeste trois pièces, au onzième étage d'une tour du quartier Saint-Roch qu'Ondine, 26 ans, nous reçoit. La fille et la mère de la sulfureuse écrivaine y vivent ensemble depuis une quinzaine d'années. À la décoration vieillotte, on imagine que, sans qu'elles soient démunies, leurs revenus sont modestes. Au mur, on remarque des aquarelles de Montmartre et de la tour Eiffel. Sur le carrelage, un tapis Walt Disney et un peu partout des objets à l'effigie de la Sainte Vierge. Une petite terrasse où agonisent quelques plantes en pot donne sur une colline calme. On est loin du mode de vie flamboyant de la défunte. Ondine, belle blonde solidement charpentée, est aquariologiste, au chômage depuis six mois. Méfiante au début de la conversation, elle s'enflamme pour parler de l'écrivaine. À la violence de ses propos, on comprend que les blessures sont encore ouvertes… De sa mère, elle a hérité le regard translucide. Et c'est à peu près tout.

Propos recueillis par Nathalie Huit.

Comment avez-vous appris la mort de votre mère ?

En passant devant un kiosque à journaux.

Qu'avez-vous ressenti ?

Ça ne m'a fait ni chaud ni froid. On ne se parlait plus depuis dix ans.

Avoir pour mère une ancienne fille de Madame Claude, c'était pénible ?

Ce dont je souffre, c'est de ne pas savoir qui est mon père.

Elle ne vous l'a jamais dit ?

Non. Ma mère ne parlait pas de lui. Je m'appelle comme elle : Chalitzine. Ça rime avec mon prénom, Ondine. Je trouve ça tarte, mais on s'habitue à tout. Quand je lui demandais, petite, pourquoi je n'avais pas de papa, ses yeux s'emplissaient de larmes. Alors je n'osais pas. Je n'aime pas faire pleurer les gens, vous comprenez.

Peut-être l'ignorait-elle...

Je pense que Zita savait avec qui elle m'avait faite, Mamita (*sa grand-mère et la mère de l'écrivaine – NDLR*) pense qu'elle couchait avec trop d'hommes pour le savoir. Je ne suis pas d'accord. Pourquoi pleurait-elle, alors, quand je lui en parlais ? De honte ? Pas le genre.

Croyez-vous, comme le soutiennent nos collègues de *France-Soir*, que Zita Chalitzine n'est pas l'auteure de ses livres ?

Toute mon enfance, j'ai vu ma mère écrire. Elle ne faisait que ça. Ce serait bizarre que ses bouquins ne soient pas d'elle. Quant à ce Romain Kiev, le vieil écrivain à qui elle aurait servi de prête-nom, elle ne m'en a jamais parlé. En même temps, soyons honnêtes, elle ne m'a jamais parlé de grand-chose.

Cela vous fait de la peine que l'on attaque l'œuvre de votre mère ?

Je m'en fiche pas mal. Je n'aime pas lire. Je ne comprends pas tout ce plat que font les intellos de la lecture.

Que voulez-vous dire ?

C'est un truc de gens qui n'aiment pas les gens. C'est pour ceux qui ont peur de vivre et qui préfèrent s'inquiéter pour des personnages de papier plutôt que se préoccuper de leur famille. Encore, si c'était de la science, de la géographie ou de l'histoire, je ne dis pas, mais là… Que du temps perdu.

Vous trouvez que la littérature ne sert à rien ?

Vous pouvez me dire ce qu'un type qui vivait à une époque où il n'y avait même pas l'électricité ou les antibiotiques et qui croyait lui-même que la terre était plate peut bien avoir à m'apprendre ? On dit que les sentiments ne changent pas avec le progrès, mais les sentiments, on ne fera jamais mieux que les vivre, non ? Je vois pas en quoi il faut se farcir leurs pavés pour savoir aimer, être triste, heureux ou jaloux.

Les écrivains peuvent nous guider, nous faire voir les choses autrement…

C'est sûr… Disserter sur des choses qu'ils n'ont jamais vécues, ils connaissent ! Et ils tartinent. Et ils s'étalent. Ils dépensent notre temps comme si ça ne valait rien. Ils exigent notre attention comme si c'était un dû.

Vous n'avez pas l'air d'avoir beaucoup de considération pour les écrivains…

J'ai vécu douze ans avec ma mère, ce qui suffit à les connaître. Ils ont tous les droits, les écrivains. D'oublier leur fille à l'école. D'humilier leurs parents, leurs époux, leurs amants, leurs enfants. De disséquer des gens qui

17

n'ont rien demandé comme des souris de laboratoire. D'imprimer les résultats de leurs petites analyses non scientifiques à des milliers d'exemplaires. De mentir, d'écrire tout et n'importe quoi sans avoir à en payer le prix à condition de dire que c'est de la fiction. De se venger de gens plus intelligents qu'eux en leur plantant des stylos dans le dos. De nous utiliser, nous pomper, nous froisser, nous presser jusqu'à la dernière goutte puis nous jeter quand nous aurons donné tout notre jus. Tout ça sous prétexte qu'ils sont des « artistes ». Des voleurs de la vie des autres, oui ! Des autistes qui se prennent pour Dieu.

Finalement, vous seriez soulagée qu'elle ne soit pas l'auteure de ses livres...

Si c'est le cas, ma mère n'était peut-être pas aussi mauvaise que je le croyais, même si ça ne suffit pas à l'excuser. Des méchancetés, elle ne s'est pas contentée d'en écrire, elle en a surtout fait.

Quand l'avez-vous vue pour la dernière fois ?

J'avais quinze ans. Elle était descendue à Nice pour signer un de ses romans au Salon du livre, mais elle a prétendu avoir accepté ce voyage pour passer du temps avec moi. Nous avions été faire des courses. C'était son grand truc : m'acheter des fringues et des cadeaux pour se faire pardonner. Nous étions en train de déjeuner. En fait je ne mangeais pas. La voir me restait sur l'estomac. Elle m'a fait une réflexion parce que je ne touchais pas à mon assiette, « une belle sole en plus ». Elle ne le disait pas méchamment, mais qu'elle joue la mère pour s'amuser un quart d'heure m'a rendue folle.

Vous vous êtes disputées ?

C'est sorti d'un coup. Tout ce qu'elle m'avait fait. Tout depuis mon premier souvenir quand j'ai failli me noyer dans la baignoire à trois ans, parce qu'elle m'avait laissée

18

et que j'ai glissé. Quand elle m'enfermait dans l'appartement pour m'empêcher de sortir. Quand elle m'a envoyée en pension alors que je n'avais rien fait. Quand elle m'a abandonnée chez ma grand-mère parce que j'étais malade. La liste était longue, vous pouvez me croire. Elle est restée là, sans rien dire, avec son air traumatisé. Comme si c'était moi le monstre…

Elle ne vous a pas répondu ?

Non, alors je lui ai fait ce qu'elle a fait à Mamita. Pour qu'elle comprenne. Je lui ai dit que je ne voulais plus jamais la voir, ni lui parler. Ça en jette de dire des trucs pareils. Dans le restaurant, tout le monde nous regardait. Je pensais qu'elle allait tenter quelque chose, me retenir peut-être. Elle n'a pas bougé d'un centimètre, alors je suis partie. Je me suis arrêtée quand même pour lui dire qu'elle était une pauvre conne. Après j'ai marché sans me retourner, comme dans un film. Je ne l'ai plus revue.

Elle n'a jamais essayé de se réconcilier avec vous ?

Pas une seule fois et je lui en ai voulu. Des parents normaux auraient essayé de rappeler, de recoller les morceaux. Elle, rien. J'ai fait le maximum pour ne plus penser à elle. J'ai été chez un psy. Je n'ai plus touché à l'argent qu'elle m'envoyait. J'ai travaillé pour payer mes études d'aquariologie. J'ai fait ce qu'elle aurait dû faire à mon âge au lieu de foutre sa vie en l'air : garder des enfants, promener des chiens, distribuer des tracts. Ce qu'il fallait pour vivre à Marseille, passer mon DEUG et la gommer de mon paysage.

Sa mort, c'est une délivrance pour vous ?

Bizarrement non. Même si je ne voulais plus la voir, je m'étais toujours dit dans un coin de ma tête qu'un jour on s'expliquerait. Qu'elle se rattraperait d'une façon ou d'une autre. À part Mamita, je n'avais qu'elle. Même si je l'avais effacée, tant qu'il y a de la vie, il y a de l'espoir... Ce n'était pas irréversible comme maintenant.

Vous irez à son enterrement ?

Je ne veux pas laisser ma grand-mère y aller seule. Et il y aura peut-être quelqu'un pour me dire qui est mon père. Ne serait-ce que Pierre, le petit ami de ma mère. Enfin, son mari apparemment... C'est lui qui a tout organisé. La cérémonie aura lieu demain au Père-Lachaise. Une incinération. Pierre dit que c'était la volonté de Zita. Quand elle l'a appris, Mamita a encore pleuré. Parce qu'elle est catholique et que détruire les corps va à l'encontre de sa religion. Elle ne devrait pas s'inquiéter. Même entière, Zita n'aurait pas été au paradis. Elle a toujours joué avec le feu et a fini par s'y brûler. Ça ne la changera pas trop en enfer.

2

Pierre regardait autour de lui comme s'il ne faisait pas partie de la scène. Cet engourdissement n'était pas dû à la météo. Il ne faisait pas si froid. Les impressions, les images, les sons lui parvenaient avec une demi-seconde de retard. Un imperceptible ralenti qui le rendait étranger à ce qu'il vivait. Il essayait de se concentrer pour se rapprocher de la réalité, pour renouer le contact avec les choses et les gens, mais ils reculaient, lui échappaient. Il faisait des efforts sans y parvenir. Les autres s'en rendaient-ils compte ? Voyaient-ils que Pierre n'arrivait pas à être là ? Il savait que ses pieds reposaient sur des marches, qu'il se tenait debout dans l'escalier menant au bâtiment derrière lui. Ses mains étaient dans les poches de son manteau. Il savait tout cela, mais ne le sentait pas. Comme s'il se contemplait lui-même et que chaque mouvement de ses membres devait faire l'objet d'un ordre conscient pour s'exécu-ter. Il essayait de se concentrer : Regarde, Pierre. Parti-cipe à ce qui se passe. Enregistre ce que tu vois. Une berline noire s'avançait sur l'allée goudronnée condui-sant au crématorium du Père-Lachaise. C'était le bâti-ment qui se dressait derrière lui, sur les marches duquel il se tenait. Elle ouvrait un cortège de voitures roulant au pas. Au milieu de la file, une vieille Aston Martin bleu électrique détonnait. Elle avait l'aile avant emboutie et l'un de ses rétroviseurs tenait par un bandage d'adhésif toilé noir. Elle n'avait pas dû être lavée depuis plusieurs mois. L'une après l'autre, les autos se rangèrent sur le parking, hésitant parfois, face à face, sur l'ordre de préséance à respecter. La bleue n'eut pas ces états d'âme. Elle doubla une BMW indécise et pila devant l'entrée du crématorium. Le conducteur, un homme d'une soixantaine d'années aux allures d'adolescent, sortit du véhicule. Il referma la portière avec difficulté. Elle était rouillée et grinçait. La portière arrière, mieux huilée, laissa apparaître une jeune femme blonde. Pierre comprit qui ils étaient. Il indiqua à son corps de se mettre en mouvement dans leur direction. Le conducteur fit le tour pour aller ouvrir à sa compagne que, derrière le pare-brise sale, Pierre distinguait mal. La portière de droite se plaignit avec autant de véhémence que celle de gauche, tandis que l'homme tentait de l'ouvrir le plus possible, en prévision de l'extraction de la passagère. Un petit pied, chaussé d'un soulier à bride qui semblait surgir du dix-neuvième siècle, se posa avec délicatesse sur le bitume. Un second vint se placer à son côté. Il y eut un échange assez long, entre la jeune femme, le conducteur et la passagère, sur la manière de procéder. La blonde dont Pierre nota la carrure athlétique et le visage d'enfant s'éloigna. Elle passa devant lui sans le saluer et disparut dans le crématorium avant qu'il ait eu le temps de l'arrêter. L'homme alla ouvrir le coffre, qu'il coinça avec un parapluie pour l'empêcher de se refermer sur ses doigts. Il en sortit un amas de ferraille et de cuir, se gratta la gorge de l'index. C'était sans doute la première fois qu'il se servait de cet objet parce qu'il se mit à tourner autour avec inquiétude, ne sachant pas par quel bout l'aborder, comme un chien aboie et sautille devant une tortue claustrée dans sa carapace. Il saisit l'objet avec vigueur, tira sur l'un des tubes métalliques et parvint à donner à cet étrange assemblage la forme d'un fauteuil roulant.

« Je vais vous aider, madame Lourdes », proposa-t-il à la dame assise dans l'Aston.

En se déplaçant de deux pas, Pierre vit que les coquets petits pieds étaient surmontés de jambons colossaux, ronds et moelleux comme des cuisses. L'homme prit la main gantée de résille noire qu'on lui tendait et se retrouva projeté contre la voiture quand la passagère essaya de se lever. Pierre décida de lui prêter main-forte. Il sentit ses lèvres remuer et les sons se former :

« Bonjour, monsieur, je suis Pierre Bonamy, le mari de… »

Sa voix s'étouffa. Il n'arrivait pas à dire ce prénom. En dépit des médicaments qu'il avait pris, son corps le trahissait. Le vieux jeune homme comprit. Acquiesçant en silence, il tira de sa poche un élégant mouchoir brodé dont il essuya sa paume avant de la tendre à Pierre :

« Gaël de Vitré », dit-il, lui présentant ses doigts que l'effort avait rendus tremblants.

D'un signe de tête, Pierre lui montra qu'il le situait. Zita lui avait souvent parlé de lui.

« J'ai l'impression que vous avez besoin d'aide… lança-t-il.

– C'est gentil, répondit Gaël. Je ne vais pas y arriver seul. À la gare de Lyon, nous avons déjà eu le plus grand mal à installer Mme Lourdes. »

C'était donc elle. Pierre s'inclina vers la mère de Zita. Bien que préparé, ce fut un choc. Enfin, un choc… La surprise se répandit en lui lentement, elle coula comme un gel, moins rapide et moins fluide que de l'eau. Cette femme était aussi monstrueuse que sa fille était belle. Son corps n'avait plus de forme reconnaissable. Surmontant le volume unique qui liait son ventre à sa poitrine, un goitre coulait des oreilles jusqu'au bout des épaules. Sur cette colline molle et vacillante était posée, en un équilibre qui semblait précaire, sa toute petite tête. Une épaisse couche de fond de teint donnait à son visage la texture luisante d'une poupée de cire et ses cheveux courts, teints en blond très pâle, étaient coiffés en rouleaux réguliers. Sa bouche de poisson rehaussée de rouge à lèvres rose esquissa un sourire. Le nez minuscule se retroussa et une lueur apparut dans les boutons de chemise sombres et myopes qui lui servaient d'yeux.

« Monsieur Bonamy... Dire que, depuis toutes ces années, nous ne nous étions jamais rencontrés... C'est vous qui êtes allé chercher Zita, n'est-ce pas ? dit-elle d'une voix étrangement jeune tandis que ses boutons oculaires se mettaient à flotter dans une mare d'eau salée.

– C'est moi, madame.

– Elle n'était pas trop abîmée au moins ? »

« Abîmée », le mot ricocha sur le front de Pierre.

« Elle était toujours aussi belle, madame. Elle avait l'air reposé.

– Ah, pour être belle... Elle n'avait pas vieilli ?

– Non, elle n'avait pas vieilli.

– Faire ça à sa mère, quand même ! »

Il ne répondit pas parce que le nœud coulant qui l'empêchait de respirer depuis quatre jours venait de se resserrer d'un cran.

« Il ne faut pas vous en vouloir, mon petit, fit Mme Lourdes. Vous n'y êtes pour rien. C'était une mauvaise. Depuis toute gamine, elle était mauvaise. »

Pierre protesta :

« C'était votre enfant.

– Cela fait bien longtemps qu'elle n'était plus ma fille, déclara Mme Lourdes. Et qu'on me sorte de là ! » ajouta-t-elle en tapant avec son sac à main, un petit cabas verni noir, sur le montant de la portière.

Gaël reprit sa position tandis que Pierre s'agenouillait sur le siège conducteur. Il devait pousser pendant que Gaël tirerait. Ses mains s'enfoncèrent jusqu'aux poignets dans la chair de ce dos sans résistance. L'effort sembla réveiller son corps. Il sentait le parfum sucré de Mme Lourdes qui masquait mal d'autres effluves : de la transpiration, malgré le froid, et une odeur de friture. Les deux hommes parvinrent, essoufflés, à lever la vieille femme. Gaël maintint Mme Lourdes en équilibre le temps que Pierre glisse le fauteuil derrière elle. La vieille dame s'y laissa tomber de tout son poids et les deux hommes virent, consternés, le siège s'effondrer sur le sol en se repliant sur elle.

« Mamita ! » s'exclama une voix derrière eux.

La blonde, affolée, passa entre eux et s'accroupit à côté de la vieille dame qui grommelait :

« Je n'ai rien, mon petit chat, je n'ai rien.

– Vous avez oublié les sécurités ! » accusa la jeune femme.

Gaël prit l'air penaud d'un collégien qui se fait engueuler par sa prof. Pierre, retourné à son engourdissement, n'avait aucune idée de la tête qu'il pouvait bien faire. La blonde expulsa son exaspération d'un soupir qui siffla entre ses dents comme de la vapeur.

« Il faudrait que vous la souleviez pendant que je déplie le fauteuil. »

Comme ses interlocuteurs ne réagissaient pas, elle répéta, articulant chaque syllabe avec une patience forcée :

« La soulever. Vous allez réussir à faire ça ? »

Ils saisirent chacun une aisselle de Mme Lourdes, sans savoir quoi faire de leur deuxième main parce qu'elle n'avait plus de taille et qu'ils n'osaient pas la prendre à l'entrejambe. Ils parvinrent à la relever le temps qu'Ondine – c'était elle, Ondine, sa fille – consolide en quelques secondes le fauteuil. Elle leva vers Pierre de grands yeux lumineux qui firent bondir son cœur parce que c'étaient ceux de sa mère, et lui fit signe de reposer Mme Lourdes.

« Voilà ! » dit-elle avec satisfaction, avant de se pencher vers sa grand-mère pour la recoiffer, essuyer la sueur qui perlait à son front, enlever le noir et le rose qui débordaient de ses yeux et de sa bouche.

Elle réajusta autour du visage de la vieille dame le col de fausse fourrure. Ôta les restes de feuilles mortes qui parsemaient sa veste à gros motifs dorés et dissimula sous un plaid les tours énormes de ses jambes qui luisaient dans des bas de contention. Le fauteuil et la jeune femme remontèrent l'allée centrale de la salle de cérémonie qui, bien que laïque, avait l'air d'une chapelle contemporaine. Pierre s'installa au premier rang, de l'autre côté de la travée où elles prirent place. Près du cercueil de bois sombre, une photo de Zita la montrait dans la beauté éclatante de ses trente ans, à l'époque de ses best-sellers. C'était un choix de Mme Lourdes, mais il trouvait insultant de ne pas montrer sa femme telle qu'elle était ces dernières années. Cette habitude de vouloir figer les gens dans ce que l'on

imagine être leur apogée ! Pierre avait aimé leur différence d'âge. Les vingt ans qui les séparaient la rendaient moins forte, plus accessible. Lorsqu'il tenait Zita contre lui, en pleine lumière, les marques que le temps avait laissées sur son visage l'émouvaient, comme les cicatrices d'une guerrière. Sa vie se lisait sur sa peau et il la trouvait belle. Les hommes qui prétendent aimer la jeunesse ne font que s'aimer eux-mêmes, songea-t-il. Lui n'éprouvait pas le besoin de projeter l'encre de ses fantasmes sur la page blanche de femmes en devenir. Un être malléable ne lui inspirait pas de désir : c'était conquérir du vide. Il préférait les femmes que la vie avait polies et marquées, celles dont on touche, comme sur un livre en braille, les humiliations et les plaisirs au coin de la bouche et des yeux. Il aimait qu'avec un corps il y ait une âme un peu lasse et fourbue qui vienne se lover contre lui. Il l'aimait, elle, Zita. Avec son passé, ses blessures, ses lâchetés et ses effrois. Il avait tout accepté d'elle. Il avait cru pouvoir la rendre heureuse...
Son regard se posa sur le bouquet de lys immaculés devant la grande photo en noir et blanc de son amour. C'était le cliché que l'on voyait au dos de ses premiers romans. Il les avait tous, rangés par ordre chronologique sur l'étagère près de son lit. Zita n'était plus cette jeune femme lisse depuis longtemps, mais il l'y retrouvait trop pour que ce soit supportable. Le jeune veuf détourna les yeux. Il ne tenait qu'à un fil. Le fil chimique des anxiolytiques qu'on lui avait prescrits. À chaque instant, la peine risquait de déferler sur lui, brisant la digue fragile de sa prétendue dignité. Il essayait de ne pas penser à elle. Il concentra son attention sur des détails, passa en revue des choses concrètes, en vain. Une seconde d'inattention et les piranhas de la douleur fondaient à nouveau sur son ventre et son cœur pour y

infliger mille morsures. Il fallait surtout éviter de croiser les regards qui le cherchaient. Une once de compassion, une étincelle de sympathie dans des yeux amis et il allait se dissoudre en une flaque de larmes honteuses. Il baissa la tête, regarda les chaussures de sa voisine de gauche, s'absorbant dans la contemplation du lacet violet qui les fermait sur le côté. Après de longues minutes, il parvint à relever la tête. Beaucoup de monde était venu, en dépit du scandale. Une marée sombre d'amitié. Olivier Schulz, l'éditeur historique de Zita, avait préparé un discours conventionnel qui atteignait les oreilles de Pierre, mais pas son cerveau. Lui avait refusé de parler. Il n'aurait pas pu. La voix d'Olivier Schulz monta dans les aigus. Les flashes se mirent à crépiter. L'éditeur avait dit qu'il ne mentionnerait pas la polémique. Il voulait mettre Zita « au-dessus de ça », mais devant cette assemblée silencieuse, devant la presse, il prit la défense de son auteure :

« S'il y a une personne au monde qui puisse témoigner du talent de Zita, c'est moi. J'ai travaillé vingt-six ans avec elle. J'ai publié son premier livre, *Ma vie en location*. Par la suite, tous ses manuscrits sont passés entre mes mains, nous les avons fait naître ensemble. Bien sûr, Zita a connu Romain Kiev et ils se sont aimés. Tout le monde le savait, mais de là à imaginer que Romain ait rédigé ses textes, parce qu'ils se sont fréquentés quelques mois quand elle avait vingt ans... Kiev a écrit cinquante livres de son vivant. En dépit de son génie, croyez-vous qu'il aurait eu le temps et la résistance physique pour faire quinze romans supplémentaires, sans que personne le voie, sans que personne en entende parler ? Pourquoi aurait-il choisi de les publier sous son nom à elle ? Pour berner les critiques qui lui faisaient du tort ? C'est insensé ! Une telle gaminerie n'était pas digne d'un écrivain comme lui. Encore moins d'une écrivaine comme elle. Romain est mort en 1980. Le lecteur le moins averti se rendrait compte que les ouvrages de Zita comportent des détails que Kiev ne pouvait connaître à cette époque. Tout ceci est l'invention de gens qui ont voulu la salir et la détruire. Ils ont menti. Du début à la fin, ils ont menti, mais ils ont atteint leur but. Leur mensonge a frappé une grande artiste en plein cœur, et à travers elle toute une famille. Ces calomniateurs qui se cachent ont sa mort sur la conscience. Ils ont tué la femme, mais je sais, moi, que son œuvre est la sienne et qu'elle lui survivra. »

La voix d'Olivier s'éteignit. Des feuilles de papier se libérèrent de ses doigts pour atterrir, comme une volée de mouettes silencieuses, aux pieds des gens assis au premier rang. Pierre était anesthésié. Les antidépresseurs avaient repris du terrain dans la lutte qu'ils menaient en lui contre la douleur. De l'autre côté de l'allée, Mme Lourdes, dans son fauteuil roulant, se mouchait. Son visage était boursouflé de chagrin. À chaque rafale de sanglots, Pierre voyait l'onde de choc de ses hoquets se propager dans toute sa personne comme une vague sur l'océan de sa graisse. Il se sentit presque mieux. La manifestation du malheur d'autrui faisait fuir sa peine. Il n'aimait pas l'abandon en groupe. Ondine, réconfortante, entourait sa grand-mère de ses bras. Il n'y avait pas la moindre trace d'émotion sur son visage de marbre. Comme si ce n'était pas sa mère que l'on enterrait. Deux hommes prirent le cercueil et le posèrent sur le monte-charge. Ondine, poussant Mme Lourdes qui gémissait comme un animal, se dirigea vers l'ascenseur descendant au four. Seuls les proches étaient admis. Pierre refusa de les accompagner. Le spectacle lui aurait été insupportable. Un corps n'est pas fait pour être brûlé. C'était une exigence de Zita, mais il avait dû se faire violence pour lui obéir. Les premières notes du programme musical s'élevèrent. Il faut du temps pour réduire quelqu'un à une poignée de cendres : presque trois interminables quarts d'heure. Pierre subissait l'effet pervers de la musique. Elle s'introduisait en lui pour y verser ses fioles de tristesse sans qu'il puisse s'en défendre. Son angoisse se réveillait. Les chants d'adieu diffusés par les haut-parleurs lui infligeaient des blessures d'une précision chirurgicale. L'idée de ce que les flammes allaient faire à Zita – étaient en train de lui faire – affola son cœur. Il se tenait au siège devant lui pour ne pas courir sauver ce qu'il restait à sauver, arracher à la destruction son corps adorable. La regarder une fois encore et même froide, même raide, même ignoblement inerte, la serrer dans ses bras. Lui dire qu'il l'aimait plus que tout au monde et que cela ne finirait pas avec sa mort. Lui dire qu'il était désolé. Désolé de ne pas s'être plus battu pour elle. Désolé de ne pas avoir compris. Désolé de ne pas avoir su la protéger. Des images atroces entraient par effraction sur l'écran de ses paupières fermées. Pierre repensa à ce qui, dans quelques minutes, ne serait plus : ses enivrants cheveux bruns, si doux, dont il aimait, au réveil, le désordre enfantin. Sa fraîcheur fatiguée. La langueur gonflée de ses yeux sublimes. Son visage sur lequel passaient une émotion et une fureur à la minute, comme un ciel ensoleillé que balaye un train rapide de nuages. Sa peau un peu fanée, mais si réceptive et si vibrante. Son ossature qui l'émouvait. Celle de ses hanches qui venait se loger dans le creux de ses paumes viriles quand, assis ou à genoux, il la saisissait par le bassin pour l'approcher de lui. Sa nuque délicate qu'elle révélait en se penchant pour s'emparer d'un journal sur la table du salon ou en relevant ses cheveux dans une serviette blanche après le bain. Son cou gracile qu'il aurait pu briser d'une main. Ses belles épaules aussi, dont il palpait, sous la chair, la merveilleuse complexité. Son dos frêle quand elle dormait en chien de fusil contre lui. Ce mélange de force irréductible et de fragilité. Toute son exténuante beauté qui devait maintenant se tordre, se déchirer et passer par tant de souffrances que chaque parcelle de ses boyaux se révoltait contre cette barbarie. Il aurait dû refuser. Faire embaumer son corps comme le comte Henckel l'avait fait pour la Païva. Garder Zita dans un sanctuaire où il aurait été le seul à pénétrer, pour pouvoir, au moins, continuer à la regarder.

Les gens sortaient en silence. À l'extérieur, ils parlaient à voix basse, indécis. Plusieurs personnes, dont Solange Beauchamp, s'en allèrent. Pierre, qui avait repéré sa chevelure flamboyante, se demanda pourquoi elle était venue, avec Jacob en plus, et un grand dadais qui devait être son fils. Il fut soulagé de ne pas avoir à leur parler. Une grappe de journalistes se jeta sur lui. Il fendit leurs rangs, se défendant d'eux comme d'un essaim d'abeilles tueuses, pour aller s'enfermer dans sa voiture, à l'abri des vitres teintées. D'autres amis de Zita, les plus connus, répondirent à leurs questions. Tous ridiculisaient les accusations de « vol littéraire » qui l'avaient réduite à néant. Chacun y allait de son éloge. La femme merveilleuse qu'elle était. Son humour. Sa liberté. L'entreprise de blanchiment d'image que déclenche la mort était en route et ces commentaires, même bienveillants, achevaient de la tuer. Comme le feu, ils réduisaient Zita à quelque chose qu'elle n'était pas. Dans la voiture, Pierre fixait la porte du crématorium, mais il voyait ses souvenirs. Quand Ondine et

Mme Lourdes réapparurent, les photographes, ayant enfin compris qui elles étaient, les mitraillèrent. Une masse hérissée de perches et de micros se pressa autour du fauteuil roulant. C'était une bonne prise. La vieille dame leva vers eux un visage effrayé qui se rasséréna bientôt sous la caresse de leur attention. Paul, le vieux reporter de la télévision publique, répéta sa question :

« Madame, que pensez-vous des accusations portées à l'encontre de votre fille ?

– Quelles accusations ? Je ne vois pas de quoi vous voulez parler.

– L'article de *France Dimanche* disant qu'elle a uniquement servi de prête-nom à Romain Kiev pour qu'il publie, de façon posthume, ses derniers textes.

– C'est ridicule. À trois ans déjà, ma fille écrivait. Elle ne faisait que ça. C'était une maladie. Elle ne sortait pas, ne jouait jamais. Elle lisait ou gribouillait tout le temps. On a bien essayé de la faire soigner, mais il n'y avait rien à faire. Les gens qui prétendent qu'elle n'a pas écrit ses livres sont des menteurs.

– Le contrat produit par *France Dimanche*, signé de la main des deux parties et conservé par le cabinet Liedtman & Associés est pourtant un élément troublant.

– Je ne suis pas avocate, monsieur.

– Connaissiez-vous Romain Kiev ?

– Puisque je vous dis que ce sont des absurdités !

– Mais au temps où ils se voyaient, l'aviez-vous rencontré ? »

La vieille dame marqua une pause. Elle n'avait pas envie de voir les caméras piquer du nez vers le sol, ni les micros s'éloigner. Elle céda.

« Il était venu me voir une fois, à Paris. Un monsieur très gentil qui m'avait apporté des beignets. Mais il était trop vieux, beaucoup trop vieux pour elle. Et puis ils ne vivaient pas comme il faut. Ce n'était pas bien. Le péché les a rendus fous, tous les deux. »

Sur ces mots, elle pleura, ce qui est du meilleur effet à la télévision. Sauf quand son nez se mit à couler dans des proportions diluviennes, forçant les objectifs à se baisser avec pudeur. Ils se tournèrent vers Ondine, mais elle leur opposa un « Je n'ai rien à dire » que seule la jeunesse sait rendre aussi catégorique. La jeune femme poussa le fauteuil de sa grand-mère qui cahota sur le goudron avec la moue contrariée d'une diva arrachée à son public. Olivier Schulz proposa de prendre Mme Lourdes dans son monospace, son retour serait plus aisé que dans l'Aston de Gaël de Vitré. Pour gagner du temps et échapper à l'insistance des journalistes, l'éditeur ouvrit largement le coffre.

« À la campagne, j'y mets sans problème mes deux chiens léonbergs, vous aurez de la place, madame. »

Avec trois amis, ils hissèrent en deux ahanements la vieille femme à l'arrière. Elle se retrouva à contresens de la marche, mais c'était le seul moyen de la faire tenir. Ondine bloqua les roues. Olivier Schulz rabattit la porte du coffre. Et l'on vit diminuer le visage anxieux de cette femme qui regardait, derrière la vitre, s'éloigner son unique et tardive heure de gloire.

3

Après la cérémonie au Père-Lachaise, Olivier Schulz
avait prévu un déjeuner. Solange Beauchamp appréciait
beaucoup l'éditeur. C'était un homme délicieux, cultivé
et fin. Elle adorait dîner chez lui, parce qu'il mélangeait
les gens les plus improbables et que l'on s'y amusait
toujours. Il habitait un atelier d'artiste tout à fait
bohème au fond d'une de ces petites impasses de la rue
Jean-Ferrandi. Quand Solange s'y rendait, elle avait
l'impression de ne pas avoir quitté Londres. Jacob
Beauchamp, son mari, ne l'accompagnait pas à ce
déjeuner. Il avait des rendez-vous importants pour la
filiale française de la banque. Elle s'était demandé s'il
s'agissait d'un prétexte, mais avait chassé le doute de
son esprit. Solange l'avait bien regardé pendant la cérémonie. Il n'avait pas l'air ému. Son mari n'était certes
pas un grand démonstratif, mais elle le connaissait par
cœur, et s'il avait été touché – ou nostalgique –, elle s'en
serait rendu compte. Il y avait beaucoup de monde au
Père-Lachaise, ce qui l'avait étonnée. Pierre était là
aussi, très beau. Il avait l'air sonné. Rien qu'en l'apercevant, elle s'était sentie mal. Lady Beauchamp avait beau
être connue pour son énergie et sa permanente bonne
humeur, la nouvelle de la mort de Zita l'avait affectée.
Elle avait repensé à Romain Kiev et à cette épouvan-

table soirée… C'était très pénible en fait. Le genre de choses qu'il valait mieux ne pas remuer. Le couple Beauchamp ne s'était pas éternisé. Ils avaient filé à l'anglaise, c'était le cas de le dire. Solange avait déposé Jacob à la Madeleine et gardé le chauffeur. Pour ne pas arriver seule, elle emmenait son fils Henry. « Au moins il ne restera pas à la maison à se tourner les pouces », pensa-t-elle. Son fils l'agaçait. Elle n'avait pourtant pas à se plaindre. Henry avait très honorablement terminé ses études et, après deux ans de formation dans un cabinet américain de fusions et acquisitions, il était prêt à débuter son cursus dans la banque familiale. Solange le trouvait malgré tout d'une passivité exaspérante. Rien ne l'intéressait à l'exception de la faune sous-marine, son obsession. Quant à ses amours, inexistantes, elles commençaient à préoccuper cette mère envahissante. Solange se demandait depuis quelques mois si son garçon n'était pas asexué, voire pire… Au regard de ce soupçon, elle aurait dû se réjouir quand, pendant le discours de l'éditeur – un peu trop intense, d'ailleurs, ce discours : « frappé une artiste en plein cœur », « avoir sa mort sur la conscience », tous ces grands mots pour cette teigne de Zita –, Henry s'était mis à regarder la petite Chalitzine comme s'il avait vu la Sainte Vierge en personne. Il ne manquerait plus qu'il s'en entiche ! Avec toutes les jeunes femmes charmantes qu'elle lui avait présentées à Londres, ce serait vraiment pour l'enquiquiner… Ondine, comme par hasard… Lui qui ne regardait jamais une fille tombait en pâmoison devant celle-là. Heureusement, la petite n'avait rien de sa mère. À part les yeux, peut-être. Sinon, elle était blonde, avec des cheveux très lisses et une silhouette masculine. Elle s'habillait comme un sac, la pauvre. On voyait que Zita ne s'en était jamais occupée. Quant à sa grand-mère… Mais on ne pouvait pas lui en vouloir. Mme Lourdes n'avait pas eu le loisir de se soucier de fanfreluches avec la vie qu'elle avait eue. Dieu qu'elle travaillait quand elle s'occupait du 31 bis, rue de l'Université ! Du matin au soir. Les escaliers, le courrier, le ménage, les poubelles… En plus, elle gardait Solange le mercredi et le week-end. C'était une autre génération. On ne trouvait personne de nos jours pour accepter de tels horaires. Quand Lady Beauchamp voyait les simagrées de ses domestiques dès qu'elle leur demandait de faire deux heures supplémentaires… La génération de ses parents était mieux lotie, aucun doute là-dessus. Cette pauvre Mme Lourdes avait trimé comme une esclave, Solange s'en rendait compte. Ce n'était pas humain de travailler autant, mais la retraite ne lui réussissait pas. Son ancienne nounou était devenue énorme. Obèse, il n'y avait pas d'autre mot. Même à New York – et Dieu sait si les Américains ont des problèmes de poids –, même là-bas, Solange n'avait vu personne de ce gabarit. La voiture s'engagea rue Jean-Ferrandi. Le chauffeur ralentit et pencha la tête à la recherche du numéro 12.

« C'est ici, Jean-Jacques, vous pouvez vous arrêter. Henry chéri, c'est ici. Tu m'ouvres ? » demanda Solange.

Elle se retint de le houspiller tandis qu'il s'y prenait à deux fois pour fermer la portière. Son fils était d'une lenteur ! Il faisait tout à deux à l'heure. On ne pouvait pourtant plus blâmer l'adolescence depuis longtemps. Sa mère ne comprenait pas d'où lui venait cette mollesse. Ils étaient si énergiques dans la famille ! Elle soupira. Henry, en bon Londonien, n'avait pas l'habitude des digicodes et cherchait un interphone. Pas de commentaire, songea-t-elle, il va encore dire que je le harcèle… Ça y est ! Il vient enfin de trouver le bouton d'ouverture… « Merci, chéri… » dit-elle avec un sourire contraint.

Solange jeta un regard désapprobateur autour d'elle. Le désordre dans lequel vivent les gens l'étonnerait toujours. On était pourtant dans une allée privée et il y avait un vélo qui traînait, un tuyau d'arrosage à l'abandon, des jouets en plastique… C'était très inesthétique.

« Encore un drame de notre époque : plus personne n'est sensible à la beauté », dit-elle tout haut.

Henry, qui ne comprenait pas de quoi parlait sa mère et s'en moquait pas mal, acquiesça par habitude. Solange poursuivit :

« Les gens ne regardent rien. Heureusement qu'il reste des raretés comme Olivier, voilà quelqu'un qui a du goût. »

Solange aimait beaucoup le loft tout en verrières de l'éditeur. Disposé en L, il occupait deux étages au fond de l'impasse, ce qui lui donnait un petit côté campagne et Manhattan en même temps. Elle refusa le verre de vin chaud que lui proposa une jeune fille. Lady Beauchamp avait arrêté l'alcool depuis plusieurs années et se trouvait transformée. Elle s'en tenait donc à une stricte discipline. En s'approchant de la porte d'entrée, elle remarqua le petit brasero en terre cuite autour duquel les invités qui préféraient rester dehors se pressaient pour se réchauffer. Elle trouva l'idée charmante et se dit qu'il faudrait en faire fabriquer pour son jardin à Londres.

« Attention à la marche, chéri ! s'écria-t-elle.

– Arrête, maman ! protesta Henry, lassé par ses remontrances et gêné d'être repris en public.

– Arrête, arrête… » ronchonna-t-elle. Il avait bien failli tomber !

Quand donc cet enfant serait-il autonome ? C'était un miracle, avec une telle maladresse, qu'il eût survécu jusqu'à l'âge de vingt-neuf ans. En entrant, Solange s'effraya : toutes les vieilles têtes étaient là. Un vrai bal de revenants.

« Henry ! La porte... Tu vois bien que c'est chauffé, non ? » le gronda-t-elle encore.

Elle lui demanda de s'asseoir à une table, craignant, le temps d'aller saluer tout le monde, de ne plus trouver de place assise. Elle le laissa garder deux chaises tout en remarquant au passage les jolies nappes sombres à rinceaux dont elle essaya de reconnaître la marque. Les bouquets aussi lui semblèrent ravissants. Ces fleurs blanches et noires tenues par du lierre... Vraiment, l'éditeur avait un goût exquis. Solange trouva le buffet d'huîtres et de coquillages moins approprié. Même avec du homard et du saumon froid... On avait plutôt envie de quelque chose qui réchauffe. Et il n'y avait que du vin blanc. Olivier devait avoir peur des taches sur ses canapés crème... C'est le risque quand on reçoit. On ne fait pas d'omelette sans casser d'œufs. Le visage de Solange perdit son air concentré pour s'éclairer à la vue d'une de ses connaissances.

« Jean-Marie ! Mais quel plaisir de te voir ! Mais, comment vas-tu ? Toujours aussi beau... » s'exclama-t-elle.

Lady Beauchamp discuta un moment avec l'académicien. Jean-Marie était si charmant, si drôle... Elle ne comprenait pas pourquoi il ne s'était jamais marié et n'avait jamais eu d'enfants. En même temps, quand elle voyait son propre fils, elle se disait souvent que ce serait moins de tracas... Un homme de taille moyenne aux cheveux longs passa à proximité. Le visage de Solange s'éclaira à nouveau comme si on l'avait déplacée sous une lampe.

« Marc ! Vraiment ce roman sur Lady Di, c'était trop ! J'ai adoré... J'ai ri ! minauda-t-elle. Comment ça, ce n'était pas drôle ? Oh ! mais vous savez, je m'amuse d'un rien. Pas drôle du tout ? Je dois me tromper alors. Peut-être que je confonds avec un autre livre... Je suis si distraite, il ne faut pas m'en vouloir... Sinon, quelles nouvelles ? Vous continuez pareil ? Ah très bien... Formidable... Et votre femme ? Votre fille ? Le journal ? C'est génial ! »

Ledit Marc tenta de répondre dans l'ordre à cette rafale de questions, mais Solange multipliait les interrogations plus par gêne, par peur du silence et par ennui que dans un souci d'obtenir des réponses. Depuis quelques minutes, s'étant efforcée sans succès de noyer sa bévue, elle regardait au-delà de son interlocuteur, fouillant la salle dans l'espoir d'y trouver un invité plus intéressant à accoster. À la première phrase que l'homme aux cheveux longs articula, elle l'interrompit :

« Pardonnez-moi, j'aperçois un ami que je dois absolument saluer. À tout à l'heure, Marc... »

Elle s'éloigna, ce qui acheva de le vexer. Les gens se prennent tellement au sérieux, pensa-t-elle. Comme si nous n'avions rien d'autre à faire que de suivre minute par minute leur sous-production littéraire ! Elle aperçut un très vieil homme, d'une extrême maigreur, et reconnut Paul. L'avocat avait pris un tel coup de vieux ! Il semblait si fragile... Un coup de vent aurait suffi à l'éparpiller comme un tas de feuilles mortes. Solange décida d'aller le saluer quand même. Enfin un invité qui n'était pas un artiste. Lui au moins ne serait pas susceptible et elle se demandait ce qu'il savait de cette histoire de pseudo. Romain Kiev le considérait comme son meilleur ami... Il avait connu cette fripouille de Zita, à l'époque où, toute jeune, elle sortait avec l'écrivain. Elle lui fit signe tout en se disant pour la dixième fois que cette réception était un cauchemar. Avait-elle tant vieilli, elle aussi ?

« Paul chéri, viens que je t'embrasse... ronronna Solange, en prenant la petite carcasse de l'avocat dans ses bras. Toujours le même, tu ne changes pas... Tu ne peux pas savoir comme ça me fait plaisir de te voir... La dernière fois que nous nous sommes croisés ? Des années, mon chéri, trop d'années pour en parler. C'était quelques mois après la mort de Romain. Tu étais venu à Londres, c'est ça ? Bien sûr que je me souviens... Nous avions dîné chez Annabel. Jacob n'était pas là. Je préférais... Pour que l'on puisse parler tranquillement. La vie nous joue des tours étranges, mon Paul, tu ne trouves pas ? »

Lorsque Solange demanda au vieil homme s'il pensait que Romain était l'auteur des livres de Zita, il refusa de se prononcer. C'était il y a si longtemps... et Romain ne lui confiait pas tout. Il est vrai que l'écrivain l'avait désigné comme exécuteur testamentaire, mais Solange n'était-elle pas aussi bien placée pour savoir de quoi il retournait ?

« Oh, moi, tu sais, les bouquins... répondit Lady Beauchamp. Je n'en ai pas la moindre idée. Et puis Zita et moi étions brouillées depuis des années. Elle avait un caractère épouvantable, tu te souviens... »

Solange questionna un peu Paul sur sa vie et se rendit compte, horrifiée, qu'il radotait. Il lui répéta trois fois la même phrase en l'espace de deux minutes. Comme beaucoup de femmes trop protégées, Solange pensait que les maux de l'existence tels que la vieillesse, la pauvreté ou la maladie sont contagieux. Voyant qu'elle n'obtiendrait rien de plus du vieil homme, elle s'en éloigna abruptement.

« Paul chéri, pardonne-moi, mais je vois mon fils abandonné à lui-même... Tu as toujours mon numéro à Londres, n'est-ce pas ? Non ? Je suis dans l'annuaire alors... 1 Beauchamp Place, tu ne peux pas te tromper. Tu m'appelles ? Tu me promets que tu m'appelles ? »

Elle planta là celui qu'elle désignerait désormais comme « la momie » pour fondre sur son fils. Sapristi ! Ce crétin d'Henry était encore en train de rôder autour de la petite Chalitzine. On aurait dit un jeune ours devant une ruche. Attiré par le miel, il voulait croquer dedans à pleines dents, mais craignait de se faire piquer. Solange se raisonna. Pourquoi s'inquiétait-elle ? Son fils était d'une timidité maladive, jamais il n'oserait parler à la jeune femme. Au moment où, par précaution, Solange allait remettre la main sur son fils, elle fut arrêtée par Alistair. Le chroniqueur avait grossi. Ses joues tremblotantes et son ventre en goutte le faisaient plus que jamais ressembler à un méchant matou. Au moins, il me fera rire, se dit Solange. Il n'est pas du genre à s'embarrasser de politiquement correct.

« C'est l'alcool qui l'a tuée, pas la diffamation, assura le chroniqueur. Une dure à cuire comme Zita ne se serait jamais foutue en l'air pour ça ! Un pauvre article de plus ou de moins, elle en avait vu d'autres. Tu sais où est Pierre ?

– Qui donc ? s'étonna Solange.

– Pierre, le mari de Zita...

– Ah ! Le jeune homme en costume noir un peu efféminé qui se tenait au premier rang... Je ne l'ai jamais rencontré. Mais, à ce propos, dis-moi... Il était beaucoup plus jeune qu'elle, non ? On ne lui donnerait même pas quarante ans.

– Il a trente-sept ans, répondit Alistair qui avait l'air de bien connaître le jeune veuf.

– C'est incroyable ! Elle le payait ? demanda Lady Beauchamp. Parce qu'il est beau garçon en plus. Au départ, j'ai cru qu'il était de ton camp…

– Malheureusement non, répondit le chroniqueur avec une moue désabusée qui alourdit encore ses bajoues. J'ai tout fait pour le convertir, mais je crois qu'il n'aime que les femmes. Et je ne pense pas qu'elle le payait, il gagne bien sa vie avec sa galerie.

– Elle ne s'embêtait pas… fit Solange d'un ton aigre.

– À qui le dis-tu ! Cette garce de Zita nous piquait les plus beaux morceaux », râla Alistair. Il regarda Solange d'un drôle d'air, arborant un demi-sourire narquois qu'elle trouva tout à fait odieux, et insista : « Mais tu en sais quelque chose, je crois… »

Un serveur passa près du chroniqueur, dont l'attention fut monopolisée par l'analyse du plateau de petits-fours. Il sembla déçu. C'était du salé et il ne se nourrissait que de sucré. Frustré, il s'en prit de nouveau à Zita Chalitzine :

« Il était temps qu'elle claque de toute façon. Quand on a été aussi belle, finir en fruit confit ! »

Solange eut un sursaut. Était-ce Dieu possible de trouver individu plus goujat ? Alistair savait pertinemment que Solange avait le même âge que Zita. L'insupportable personnage se mit à fixer ses pattes-d'oie. Elle releva un peu la tête, en espérant que, dans cette position, ses rides se verraient moins.

Elles sont impitoyables, ces tapettes, pesta-t-elle. Il se croit de la première fraîcheur, lui, peut-être ? Regardez-le chasser l'air de sa main comme une vieille danseuse pour faire coucou au garçon qui passe le champagne. Il réclame des pâtisseries comme un enfant de cinq ans et mangerait bien le jeune homme avec. Et cette manière qu'il a de prononcer le mot « gâteau », comme s'il en avait la bouche déjà pleine avant de se passer une petite langue pointue sur les lèvres : c'est obscène.

Solange, furieuse, tourna le dos au chroniqueur sans même se justifier, d'autant que son fils s'approchait de plus en plus d'Ondine. Il était temps d'aller le récupérer.

« Henry... Viens avec moi, chéri... Tu ne t'ennuies pas au moins ? Tu veux que je te la présente... De qui parles-tu, mon ange ? Ah ! Ondine. Mais je ne la connais pas, tu sais. Je ne voyais plus sa mère depuis des années... Je peux te faire rencontrer d'autres gens si tu veux. N'insiste pas, te dis-je. Je ne vais pas aller me jeter sur elle, sans lui avoir jamais parlé auparavant. Il faut respecter sa douleur, chéri, un peu de tact... »

Solange tenta de distraire l'attention de son fils comme lorsqu'il était petit.

« Tiens, regarde plutôt là-bas, dans le grand fauteuil, c'est Néon. Il a été l'amant de Zita quand elle avait une trentaine d'années, à moins que ce ne soit quand elle travaillait pour Madame Claude, je ne sais plus.

– Qui est Madame Claude ? demanda Henry d'un ton grognon en continuant à couver Ondine des yeux.

– Enfin, chéri, tu ne sais donc rien ? C'était la plus grande entremetteuse de Paris. Elle faisait travailler des filles – des prostituées, pour être claire.

– Des prostituées ! » s'exclama Henry, qui avait, dans son romantisme de jeune homme trop couvé, une vision très exotique de ces créatures. Solange interpréta à l'envers la réaction de son fils et, pensant l'éloigner d'Ondine en lui révélant le passé de sa mère, renchérit :

« Tu ne savais pas ? Bien sûr que Zita en faisait partie. Elle était spécialisée dans le sadomasochisme à ce que l'on m'a dit. C'est de notoriété publique. Elle a même écrit un livre ou deux là-dessus. Enfin, quand je dis qu'elle les a écrits, on ne sait plus trop, justement, mais il s'agissait de sa vie, c'est une certitude... Ne m'en demande pas plus, je ne les ai pas lus. Pour se prendre encore un ramassis de vacheries sur la famille, merci !

– Maman, tu crois qu'Ondine serait choquée si j'allais lui parler directement ? demanda Henry, en quête d'encouragements.

– Bien sûr qu'elle serait choquée ! Un jour comme celui-ci... Vraiment, Henry, tu n'écoutes rien de ce que je te dis. Regarde, à côté de Néon, tu as Patrick et Éric, les deux grands près de la porte, en train de plaisanter. Ils se voient depuis tellement longtemps ces deux-là qu'ils ont le même rire et presque la même voix. De l'autre côté du buffet, avec la veste rayée sur un jean bleu, c'est Louis-Charles de Soucirac, le couturier qui a dessiné pour Zita la robe "livre". Ça ne te dit probablement rien, mais c'était très moderne. Il avait imprimé sur de la soie la couverture Gallimard des *Mots* de Sartre...

– Je crois que je vais aller lui parler... » annonça Henry.

Solange claqua des doigts sous son nez pour reprendre son attention.

« Il parle avec John Dor. Tu vois qui c'est ?

– Un photographe, non ? répondit Henry qui avait la tête, les yeux et déjà un peu le cœur ailleurs.

– Photographe effectivement. Il a fait une très jolie photo de moi, celle que ton père garde dans son bureau.

– J'y vais, maman », lança soudain Henry, pris d'un courage qui ne lui ressemblait pas.

Solange le rattrapa in extremis par la chemise et dut utiliser toute son autorité pour le convaincre de retarder l'humiliation certaine qui l'attendait.

« Tu veux te ridiculiser ou quoi ? Viens donc saluer Mme Lourdes. C'était ma nounou. Tu te rappelles ? Je t'en ai souvent parlé. »

Henry se laissa traîner de mauvaise grâce jusqu'au bureau où l'éditeur avait caché Mme Lourdes. Prétendant que la foule des invités la fatiguerait, il lui avait apporté une bouteille de champagne, une assiette d'acras de morue et un plateau de macarons pour la faire taire. La vieille dame, ayant ratiboisé ces mets en moins de temps qu'il n'en faut pour les énumérer, n'était pas dupe. L'éditeur ne voulait pas qu'on la voie. Elle accueillit la visite de Solange et de son fils avec des exclamations outrancières de gratitude.

« Madame Lourdes, je n'ai pas eu le temps tout à l'heure de vous présenter Henry. Vous l'aviez vu petit... Quel âge avait-il quand vous êtes partie ? Cinq, six ans ?

— Bonjour, madame, fit Henry en s'inclinant cérémonieusement sur les doigts boudinés de la vieille dame. Vous êtes la grand-mère d'Ondine ? Nous avons presque le même âge... J'aimerais tellement faire sa connaissance... » plaida-t-il.

Solange fut soufflée par l'obstination de son garçon.

« Enfin, Henry, n'importune pas madame Lourdes ! Je t'ai déjà dit que ce n'était pas le moment. Elle te présentera Ondine une autre fois.

— Il ne m'importune pas du tout, mademoiselle Solange — pardonnez-moi, je voulais dire Lady Beauchamp —, je suis sûre qu'Ondine serait ravie de rencontrer votre fils. Elle n'a aucun ami à Paris, ajouta-t-elle en faisant de grands signes à la jeune fille, qui fut sou-

lagée de pouvoir ainsi mettre un terme aux avances gri-
voises que lui faisait un journaliste d'âge mûr à la
silhouette épaisse.

« – Non mais ne l'appelez pas, madame Lourdes, je
vous assure, c'est inutile... s'exaspéra Solange en portant la main à son nez pour se protéger de l'odeur libérée par les mouvements de bras de son ancienne
nounou. De toute façon nous devons y aller, Henry, ton
père nous attend.

– Cinq minutes, exigea le jeune homme d'un ton coupant qu'il n'avait jamais eu avec sa mère.

– Et la voilà qui vient ! soupira cette dernière.

– Vous étiez pressée... Vous préférez y aller ? fit semblant de s'excuser la vieille dame.

– Non, bien sûr, maintenant que vous l'avez appelée,
nous n'allons pas lui tourner le dos...

– Qu'as-tu, maman ? fit Henry d'un ton moqueur.
Tu es d'une humeur massacrante aujourd'hui.

– Pas du tout, Henry. C'est juste que nous sommes
en retard et que tu es d'une insupportable obstination. » Lady Beauchamp tendit une main professionnelle à la jeune femme qui les avait rejoints : « Bonjour,
Ondine, je suis Solange Beauchamp, enfin Solange Di
Monda de mon nom de jeune fille. Une vieille amie de
ta maman. »

4

Ondine et Pierre quittèrent ensemble la maison de l'éditeur tôt dans l'après-midi. Leur gêne se manifestait à chacun de leurs pas en désaccord. Pierre hésitait entre suivre Ondine et la guider, ignorant si elle connaissait le chemin pour aller chez Zita. À essayer d'anticiper ses mouvements, il ne faisait que les contredire, et dans la cacophonie de leur déplacement, ils se heurtèrent à deux reprises avant d'arriver au 82 de la rue Vaneau, résidence de l'écrivaine.

« Quand êtes-vous venue pour la dernière fois ? » demanda Pierre à la jeune femme.

Sa réponse tomba :

« Douze ans. »

Pierre s'abstint de tout commentaire. Il n'arrivait pas à communiquer avec Ondine. Le jeune veuf s'était rendu compte que le mot pour définir sa position par rapport à elle était « beau-père ». Il ne savait pas très bien ce qu'impliquait un tel rôle, mais ne s'en sentait pas capable. En réalisant qu'il était plus proche en âge d'Ondine que de sa défunte femme, il se sentit encore plus mal à l'aise. Il ignorait, en outre, pourquoi la mère et la fille ne se parlaient plus depuis des années. Ils pénétrèrent dans la cage aux grilles ouvragées de l'ascenseur. Pierre appuya sur le bouton du cinquième étage. Entre eux, le silence pesait comme un cheval mort. Il crut même y déceler une tension agressive de la part d'Ondine qui sortit une ficelle de sa poche pour l'entortiller entre ses doigts. Un rayon de soleil hivernal illumina le palier quand ils sortirent. La main de Pierre tremblait lorsqu'il introduisit la clé en étoile dans la serrure de l'unique porte peinte en bordeaux. Elle n'était même pas fermée à double tour. Ondine fut frappée par les changements apportés à cet appartement dont elle gardait un souvenir radicalement différent. Elle découvrit la moquette crème, le vestibule désormais tapissé d'un papier peint aux tons ocre qui représentait des paysages montagneux dans lesquels galopaient des cavaliers perses. Sur la console en laiton doré, le vide-poches était plein de centimes et des boîtes de cachous dont Zita raffolait. Au-dessus, dans un cadre bronze, était accrochée une fable de La Fontaine, *La Mouche et la Fourmi*, calligraphiée sur une sorte de parchemin. Dans le salon, la peinture blanc cassé des murs avait laissé place à une laque d'un gris sombre, luisant. Les canapés de velours perle semblaient encore porter l'empreinte du corps de sa mère. Sur la table basse, trois journaux étaient empilés. Ondine regarda la date. Ils étaient sortis la veille de l'article de *France Dimanche*. Dans la salle à manger, les cinquante roses rouges que Pierre lui avait envoyées baissaient maintenant la tête, en signe de deuil. Le galeriste enregistrait, comme un huissier, les détails du mobilier. Dans le bureau, des épreuves de livres, une partie de la rentrée littéraire de janvier, s'amoncelaient près de l'ordinateur portable. Zita s'apprêtait sans doute à en faire la critique pour l'un des magazines auxquels elle collaborait. Ondine en regarda quelques-unes, puis les reposa, prise d'une série d'éternuements.

« À vos souhaits ! » lui dit Pierre, soulagé de trouver quelque chose à dire.

Elle grimaça un sourire, fouilla dans son sac pour sortir un Kleenex en boule dans lequel elle se moucha. Elle explora à nouveau son sac, en sortit un tube d'homéopathie et avala quelques granulés. Pierre, suivi de celle qu'il fallait donc bien appeler sa belle-fille, prit la direction de la chambre, dont la porte était ouverte. Il s'étonna une fois encore de l'indifférence des objets, sagement rangés. Ils attendaient, comme si de rien n'était, la femme qu'il aimait et qui ne viendrait plus. Le décor semblait défier les faits, tant il était familier. Zita pourrait apparaître d'un instant à l'autre, tirer les rideaux, s'affaler sur le fauteuil, tendre le bras pour prendre des chaussettes dans le premier tiroir de la commode. Elle avait toujours froid aux pieds. Elle pourrait se relever et mettre de la musique. Ou s'asseoir devant la coiffeuse pour se regarder dans la glace avec la concentration tendue qu'il lui connaissait. Elle s'exa-minerait de longues minutes comme si la seule force de son regard critique, tranchant comme un bistouri entre ses yeux mi-clos, pouvait lui permettre de redessiner son visage et d'y gommer les outrages du temps. Les petits pots de sérum et de crème dont elle se tartinait à toute heure du jour et de la nuit étaient là, bien serrés dans leur boîte tapissée de la même étoffe que les rideaux. Zita se levait parfois à trois heures du matin pour se laver les dents, s'enduire les mains, le visage, le cou, les seins et le corps d'huile raffermissante, comme si, profitant de son sommeil, l'âge avait tenté de prendre l'avantage dans la lutte sans pitié qu'elle menait contre lui. Il avait fallu des semaines pour qu'elle accepte de dormir sans soutien-gorge. Elle le remettait après l'amour, craignant que ses seins ne s'affaissent pendant la nuit. Pierre la taquinait parce qu'ils étaient dissymétriques, ce qu'elle détestait. Le droit était parfaitement rond et centré, tandis que le gauche pointait vers le bas. Zita disait qu'un homme s'y était accroché toute une nuit et que, depuis, son sein avait gardé cette forme résignée. Elle ne supportait pas qu'ils fussent empoignés trop fermement, ni tirés ou malmenés. L'idée qu'ils pussent se détendre un peu plus pendant leurs ébats la glaçait et suffisait parfois à y mettre un terme. Elle avait fini par accepter de dormir sans les enfermer dans leur carcan de baleines et de tissu. Non que Pierre eût réussi à la convaincre de l'absurdité physiologique de ses peurs, mais parce qu'en échange de sa nudité, il les lui frictionnait le soir avec un fluide tenseur à la bourrache. Il en réchauffait de généreuses quantités dans ses paumes et les posait sur sa poitrine douce et molle qui lui remplissait juste les mains. Zita se laissait faire, allongée sur le dos, silencieuse et reconnaissante, comme un animal se tient coi quand il a compris qu'on le soigne. Pierre aimait sa manière mutique d'apprécier les caresses. Lorsqu'ils regardaient la télévision, elle semblait à peine respirer, craignant qu'une parole et même un geste ne le découragent de continuer à lui masser les pieds ou à lui caresser la tête. Il aimait ses airs de petite fille apaisée quand, après avoir été agoni d'injures pour une broutille, il se décidait enfin à la prendre dans ses bras. Zita ne demandait pas. Elle ne savait pas déceler seule la cause de ses inquiétudes, mais ressentait le manque et la frustration avec une violence rare. Pierre avait appris à reconnaître sur son visage cette étrange expression d'absence qui annonçait l'arrivée de son double. Son regard partait en coin avant de revenir avec la froideur d'une tueuse se planter dans le sien. Elle se transformait alors en une furie redoutable par la bouche étrangère de laquelle s'exprimaient ses peurs et ses obsessions les plus profondes. Sur la coiffeuse, il y avait le vase qu'elle lui avait jeté à la tête lors d'une de ces crises. Comme il l'avait évité de justesse, l'objet s'était fracassé contre le mur, déclenchant, contre toute attente, l'hilarité de Zita. Elle avait pris conscience de son ridicule et, sans aller jusqu'à s'excuser, avait passé le reste de la journée à recoller fragment par fragment ce vase pourtant sans valeur.

« Laisse, mon amour, lui avait répété Pierre. Laisse, je t'en achèterai un autre... »

Mais elle semblait tenir à le réparer, comme si elle essayait de rassembler, à travers lui, les éclats disjoints de sa personne. Dans chaque élément du décor, le jeune veuf continuait à déplier des souvenirs. Il commençait à comprendre ceux qui gardent si dévotement les habits et les objets familiers de leurs proches disparus. Dans la salle de bains, il regarda tout d'un œil neuf. Les serviettes blanches dans lesquelles elle s'enroulait. Sa lime à ongles et son vernis. La bouillotte emmaillotée de cachemire qu'elle posait sur ses genoux quand elle travaillait à son bureau. Son sac à main, posé sur une chaise. Pourquoi l'avait-elle laissé là ? Dedans, il trouva une trousse de maquillage, son carnet Moleskine dans lequel elle notait et dessinait ses idées, son agenda. Son sac était la seule chose qu'elle rangeait, une habitude qu'elle avait prise chez Madame Claude. Sur sa table de nuit, entre les pages du dernier livre qu'elle lisait, il découvrit ses lunettes. Le regard que Zita lui jetait par-dessus les verres lui revint avec une vivacité inouïe. Quelque chose en Pierre céda. Il entendit Ondine se retirer et fermer la porte.

5

En se réveillant, Pierre comprit que, loin de s'éloigner de son cauchemar, il y revenait. Le réveil indiquait six heures du soir, la nuit était tombée. Entre les rideaux ouverts, la lumière blafarde de la cour éclairait les meubles, chassant leurs ombres qui filaient se cacher sous les tapis sombres. Pierre eut un coup au cœur : Zita, assise dans le fauteuil, le fixait. Elle avait le visage fermé et dur. Ce n'était pas lui qu'elle scrutait en fait, son regard le traversait pour aller se perdre loin, loin au-delà de la pièce. Il prit conscience des cognements sourds de son amour et de sa peur dans sa poitrine. Il eut un battement de paupière et le fantôme de sa femme s'éclipsa, laissant place à une pile de livres que surmontait un édredon. Le vide dévorant des objets régnait à nouveau. Pierre s'assit un long moment au bord du lit. Il retira ses chaussures et sortit de la chambre. L'appartement, éclairé de l'extérieur, semblait nimbé de bleu. Dans le salon, une voix s'éleva qui le fit sursauter :

« Vous vous sentez mieux ? »

Ondine se tenait dans un fauteuil, la tête appuyée sur les genoux qu'elle entourait de ses bras. Pierre alluma la lumière. Il vit le visage rougi et gonflé de sa belle-fille. Il pensa qu'elle aussi, finalement, avait pleuré.

« Et vous ? » s'enquit-il.

Elle eut une moue qui voulait dire « pas terrible », mais ne dit rien.

« Je vais me faire du thé, vous en voulez ? »

Ondine acquiesça en se levant. Au plafond de la cuisine, les spots papillonnèrent. Le frigidaire était encore plein.

« Vous avez faim ? »

Elle fit non de la tête. Quel art de la conversation ! songea le galeriste, agacé. En une journée, je n'ai pas dû l'entendre dire plus de dix mots... C'est le moment que choisit Ondine pour se lancer :

« J'ai trouvé un manuscrit, déclara-t-elle.

– De Zita ? »

Signe de tête affirmatif.

« Un roman ? »

Signe de tête négatif. Elle sortit de la cuisine et y revint quelques secondes plus tard, un carton sous le bras. Elle le posa sur la table.

« Je pense que c'est le livre auquel elle travaillait. Des souvenirs. Les pages sont numérotées, mais il n'est pas relié. Il y a des documents aussi...

– Où l'avez-vous trouvé ? demanda Pierre.

– Dans la pile de courrier. Il était dans une enveloppe à mon nom, mais sans adresse. Peut-être voulait-elle me l'envoyer. »

Ondine lui tendit une première photo :

« Zita l'avait posée sur le dessus. C'était le jour de votre mariage ? » s'enquit-elle, agressive.

Le galeriste songea à la conversation qu'il avait eue avec sa femme, quelques semaines auparavant. Il avait suggéré que leur union serait une belle occasion de se réconcilier avec sa mère et sa fille, mais l'écrivaine n'avait rien voulu entendre. Il se souvenait de ses mots :

« Elles me traitent comme une pestiférée depuis des années alors que je me suis saignée aux quatre veines pour les nourrir et les loger. Je ne veux pas les voir. » Pierre s'empara des clichés. Il examina le premier intensément, comme s'il pouvait y trouver les réponses aux questions qui le tourmentaient depuis que l'on avait retrouvé le corps sans vie de Zita. Dans les yeux de sa femme, il remarqua l'ombre que, durant cette journée, il avait refusé de voir. Savait-elle déjà qu'ils vivaient leurs dernières heures ensemble ? Il ne parvenait toujours pas à croire qu'elle l'avait à nouveau quitté, après la nuit de bonheur pur qu'ils avaient partagée. Pierre pensait l'avoir enfin rassurée. C'était absurde. Impossible qu'elle ait choisi ce moment-là pour en finir. Le regard insistant d'Ondine lui fit prendre conscience que, les yeux rivés sur cette image, il était resté silencieux. Il passa à la seconde photo. Zita, encore ronde d'adolescence, tenait sur ses genoux une petite fille aux cheveux presque blancs qu'elle mangeait d'un baiser gros comme la joue de l'enfant. Pierre se sentit obligé de dire quelque chose.

« Elle vous aimait tellement…

– Ne vous fatiguez pas. Maman n'a jamais aimé personne.

– Elle vous adorait, insista-t-il.

– Pas au point de me dire qui est mon père, cette vieille bique. »

Ondine avait hérité des sautes d'humeur de sa mère. Une minute, elle avait l'air d'un oisillon tombé du nid, celle d'après, d'une rascasse prête à mordre.

« C'est peut-être dans le manuscrit ? avança-t-il.

– Exactement, elle fait joujou avec moi comme avec ses lecteurs. Elle veut me forcer à lire son torchon plein de mensonges qui transformeront la salope autiste et lâche qu'elle était en une artiste fascinante et torturée.

– Elle était fascinante et torturée, protesta-t-il.

– Elle ne pensait qu'à sa pomme ! répliqua Ondine.

– C'est faux, elle me parlait tout le temps de vous.

– Ah ça, parler, elle savait faire. Des mots, toujours plus de mots, vous ne savez donc pas qu'ils ne valaient rien pour elle ? Elle les lâchait comme on se débarrasse de fausse monnaie. Elle achetait les gens avec ses foutus mots, pour mieux les berner. Alors n'essayez pas de me faire gober qu'elle m'adorait. Je sais très bien à quoi m'en tenir.

– Si, elle vous adorait…

– Elle se servait de moi. Elle utilisait ma vie pour ses bouquins, mes ratés pour faire de l'humour dans ses chroniques. Elle me foutait à poil devant tout le monde, sans me demander mon avis. Vous appelez ça adorer, vous ? Elle disposait des gens comme des objets. Nous étions là pour la distraire, un point c'est tout.

– Je vous assure, Ondine, elle était très fière de vous.

– Pour les études peut-être, parce qu'elle n'a jamais fini sa première année – en mentant de façon éhontée à ma grand-mère qui payait la scolarité –, pour le reste elle ne m'a jamais respectée.

– Votre grand-mère ne payait pas la scolarité. Zita gagnait sa vie à l'époque.

– Oui, en vendant son cul !

– Je ne supporterai pas que vous parliez d'elle comme ça, Ondine, je vous préviens.

– Je parle d'elle comme je veux, c'est ma mère, rétorqua-t-elle.

– Et ma femme. Ce n'est pas parce que Zita vous a mise au monde qu'elle vous appartient.

– Et ce n'est pas parce que vous l'avez baisée qu'elle vous appartient non plus. Surtout qu'avec elle, ça ne vous confère aucun caractère d'exception, si vous voyez ce que je veux dire. »

Pierre dut faire un violent effort sur lui-même pour ne pas lui répondre sur le même ton. Il déclara sèchement qu'il ne voyait pas du tout ce que voulait dire Ondine. Et elle allait cesser sur-le-champ d'être aussi vulgaire, si elle ne voulait pas qu'il la plante là et la laisse se débrouiller toute seule.

« C'est clair ? » conclut-il.

Ondine, au lieu de se calmer, devint plus véhémente encore.

« Une gifle, voilà ce qu'est ce manuscrit. Mais elle ne me fera pas ça. Elle n'a pas le droit de me forcer à le lire. Elle sait le mal que ça me fait. C'est comme cet appartement : pas une trace de moi, ses foutus bouquins partout, la moquette qu'elle a fait poser. Avec mes allergies, elle savait très bien que je ne la supporterais pas. Regardez la tête que j'ai : c'était le meilleur moyen pour que je ne remette jamais les pieds ici. Elle avait fait une croix sur moi, vous comprenez ? Et puis ce luxe, ragea-t-elle avec un geste de bras circulaire, ce fric que l'on sent partout alors que ma grand-mère vit dans un appartement qui s'écroule. Elle me donne envie de gerber, l'écrivaine. Je préfère encore ne jamais savoir qui est mon père. Je ne lirai pas cette merde. Je ne la laisserai pas me manipuler et me maltraiter comme elle l'a fait pendant des années. Elle n'a pas le droit. »

Pierre comprit qu'il était inutile d'essayer de défendre son épouse. Sous l'emprise de la colère, la jeune femme tremblait. Assaillie par ses souvenirs et ses rancœurs, paniquée, elle n'aurait pas entendu les arguments de son beau-père. Avec Zita, Pierre avait appris à choisir le bon moment. Ondine était bien trop fragile pour remettre en cause la vision caricaturale qu'elle avait de sa mère. Il tenta de l'apaiser :

« Je comprends, Ondine. Je sais que vous avez beaucoup souffert de cette situation, même si je peux vous assurer que votre mère aussi. » Il prévint la réplique de la jeune fille d'un geste qui voulait dire : Laissez-moi finir. « Voilà ce que nous allons faire : vous allez rentrer chez Gaël, voir votre grand-mère, prendre une bonne douche, sortir dîner, profiter de Paris et acheter des somnifères pour dormir cette nuit. Moi je vais lire ce texte. Je ne sais pas combien de temps il me faudra, mais tout ce que j'aurai appris, je vous le dirai. Est-ce que cela vous convient ? »

La jeune fille répondit, d'une voix qui vibrait d'émotions contradictoires :

« Merci… Moi, je ne peux pas.

– Je sais, dit Pierre en lui tapotant maladroitement l'épaule. Allez… »

Ondine s'essuya les yeux et se dirigea vers l'entrée. Elle passa son manteau, s'emmitoufla dans son écharpe jusqu'à la bordure des cils comme si le tissu avait le pouvoir de la protéger des grands froids du passé. À travers les mailles de la laine, elle remarqua, dans un accès de compassion :

« Vous êtes courageux, ce sera dur pour vous aussi.

– Je survivrai », répondit Pierre d'un sourire rassurant.

Pour fuir le silence qui s'étirait à nouveau entre eux, Ondine n'attendit pas l'ascenseur. Elle descendit en levant une main en guise d'adieu, sans se retourner. Deux étages plus bas, encore sous le choc des sentiments qui venaient de la déborder, elle fit une pause pour se calmer. Elle qui pensait avoir atteint l'indifférence ! Quelques heures dans cet appartement, et la douleur qu'elle croyait éteinte s'était redressée comme un gigantesque mort vivant. La jeune femme frissonna. Elle n'avait pas envie de retourner voir sa grand-mère. Pas le courage de raconter, de décrire, d'expliquer... Non, elle ne pouvait pas rentrer tout de suite. Il faisait trop froid pour se promener, mais elle irait dans un café, ou au cinéma... N'importe quoi pour ne pas penser. Une pluie glaciale l'accueillit dans la rue. Elle avait parcouru une dizaine de mètres lorsqu'elle entendit une voix répéter plusieurs fois son prénom.

6

Pierre regarda le carton plein des feuilles de Zita, comme on jauge un ennemi. Il avait prétendu être serein devant Ondine, mais sa belle-fille avait raison. Il fallait du courage pour s'y attaquer, et ce courage, il avait besoin de le rassembler. Le galeriste fit la vaisselle. Il trouvait apaisant de ranger et de faire le ménage. « Les hommes ont bien changé », se moquait Zita quand le prenait une de ces frénésies d'ordre qu'elle ne comprenait pas, étant pour sa part « bordélique et fière de l'être ». Elle disait qu'écrire, c'est ranger les mots et les idées et qu'il ne fallait rien lui demander de plus. En rentrant à la maison, elle commençait à se déshabiller au salon, laissant des vêtements comme le Petit Poucet des cailloux jusque dans sa salle de bains. Dix minutes suffisaient à ce qu'elle reprît possession de son espace, y apposant un peu partout des traces de sa présence. Pourtant – et ce n'était que l'une de ses nombreuses contradictions –, Zita ne supportait pas que son appartement soit en désordre. Elle faisait venir Ania, la femme de ménage, tous les jours même le samedi, et lorsque cette dernière avait la grippe ou partait en vacances, les lieux se transformaient le temps de quelques heures en tableau d'apocalypse. Zita en était malade. Elle devenait irascible, semblait incapable de se concentrer, mais refusait d'y remédier elle-même. Quand Ania, guérie, revenait, Zita lui faisait des cadeaux : une robe, une étole, des confitures du Bon Marché. Pierre enviait l'enthousiasme de cet accueil. Zita n'avait de tels égards que pour ses employés. Elle se comportait avec eux comme si elle avait encore, après toutes ces années, son succès et son embourgeoisement, à se faire pardonner. Avec le reste du monde, elle était en lutte. Depuis qu'elle était entrée dans le cercle des « privilégiés », elle s'employait à le leur faire payer. Moins par haine de ce qu'ils étaient – n'avait-elle pas fait le maximum pour leur ressembler ? – que par une sorte de culpabilité envers son milieu d'origine. Chaque fois qu'au fil de ses livres ou de ses chroniques elle « crachait dans la soupe », défaut qu'on lui avait bien souvent et à raison reproché, elle essayait de prouver que « les bourgeois ne la tenaient pas ». Elle avait beau dîner chez eux, utiliser leurs réseaux et vivre dans leurs quartiers, elle pensait ne rien leur devoir et ne manquait pas une occasion de le leur rappeler. À force de l'observer, Pierre avait compris le fond du problème. Ce que Zita mettait sur le compte de sa liberté était une peur maladive d'être rejetée. Le soupçon qu'elle n'était pas et ne serait jamais – vraiment – des leurs rampait toujours dans un coin de son esprit. Elle n'avait pas de famille pour l'appuyer, elle était trop mauvaise mère pour en créer une qui ait pu s'étendre et s'ancrer. Ses conquêtes étaient au fond fragiles, liées au bon vouloir de ceux dont elle se disait affranchie, et lorsque Zita se sentait en position de faiblesse, elle attaquait.

Dans le bureau, Ondine avait étalé des papiers un peu partout sur le sol. Zita détestait la « paperasse ». Il y avait des dizaines de chemises en carton intitulées « En cours » dans lesquelles s'entassaient des lettres encore cachetées datant de plusieurs mois. Ondine avait commencé à dépouiller et classer le courrier. Pierre ramassa une pile de relevés bancaires qu'il posa à côté de l'ordinateur. Le compte courant de Zita était créditeur de 800 000 euros. La chérie n'avait rien d'une gestionnaire, elle voulait que son argent soit disponible tout de suite. Les explications de son mari sur les taux d'intérêt et les placements n'y faisaient rien. Elle mettait un point d'honneur à ne pas comprendre. Butée, elle refusait d'« exploiter la classe ouvrière en faisant fructifier l'argent ». Une seconde pile rassemblait les factures liées à l'appartement : eau, gaz, électricité, taxe foncière, redevance télé. Une troisième, les autres documents administratifs. La quatrième qu'il rangea était consacrée aux revenus que lui assuraient ses maisons d'édition et ses différents magazines. Une cinquième aux lettres personnelles. Les papiers à jeter remplissaient déjà un sac-poubelle. Il réattribua les chemises par thèmes et les remit dans le placard près de la cheminée. C'était là que Zita gardait ses manuscrits : il reconnut ceux de *Fées*, *Peut mieux faire*, *Gosse de pauvre*, *Je suis soluble dans l'amour*, *L'Hypothétique Étendue du désastre* et *Pardon à mon père*. Les premiers étaient tapés à la machine, les suivants à l'ordinateur. Tous portaient les stigmates de sa guerre créative. Le texte était coupé, greffé, bandé de Tipp-Ex et recousu de sa grande écriture. Pierre sortit les manuscrits. Ils serviraient de pièces à conviction dans le procès en diffamation initié contre *France Dimanche*. Comment un journal sérieux avait-il pu accorder le moindre crédit à ces affabulations ? Cela le dépassait, même s'il reconnaissait que le contrat signé entre Romain Kiev et Zita était un document troublant. Il mit ces dossiers dans un sac en toile noire pour en faire des copies auxquelles il ajouterait le manuscrit de *Fille de personne* que Zita lui avait donné pour le premier anniversaire de leur rencontre. Impossible, en revanche, de trouver ses deux premiers textes : *Ma vie en location* et *L'Absent*, le roman qui l'avait rendue célèbre. Où diable les avait-elle fourrés ? Ou, plutôt, à qui diable les avait-elle donnés ? Pierre pensait être le seul à avoir eu l'honneur d'un manuscrit. Zita le lui avait affirmé, mais elle avait l'habitude d'embellir les choses... Une fois le sol du bureau nettoyé de ses papiers, Pierre chercha un nouveau prétexte pour retarder la lecture des mémoires de sa femme, mais n'en trouva pas. Il sortit la bouteille de whisky, s'en servit un bon verre, et s'installa dans le salon, avec sa boîte de Pandore en carton.

Zita Chalitzine

En mémoire de moi

DU MÊME AUTEUR

Ma vie en location
roman

L'Absent
roman

L'Irresponsable
roman

L'Ambassadeur
roman

Fées
roman

Peut mieux faire
roman

Gosse de pauvre
roman

Jette la première pierre
nouvelles

Les Bijoux de famille
roman

Je suis soluble dans l'amour
roman

Un demi-monde meilleur
roman

Mâle tombée
recueil d'articles

Lettres et le néant
roman

L'Hypothétique Étendue du désastre
roman

Pardon à mon père
roman

En ce jour lugubre d'anniversaire, le 2 décembre 2006, un samedi, la pluie hivernale déplace la crasse des murs et des trottoirs vers les caniveaux. Je suis assise au café des Mouettes, au coin de cette fichue rue du Bac et de la rue de Babylone, dans une odeur de café brûlé et de cigarettes. Je regarde passer le cortège de grosses Roumaines et de mendiants boiteux, heureux de souiller de leur malheur théâtral la bonne humeur des rares bourgeois déjà levés qui entrent à grands pas dans le Bon Marché. Ils en ressortent, de rutilants paquets de Noël sous le bras, portant haut leur énergie pleine de bonne conscience : les cadeaux sont faits. La foule des beaux manteaux croise les doudounes mitées qui se dirigent en silence vers la médaille miraculeuse. Des chaussures lustrées s'immobilisent parfois devant un ivrogne, toujours le même, assis sous le préau du Conran Shop. Il a sa pancarte « Pour manger ». Un euro tombe dans son assiette de dînette en plastique bleu. Les hauts talons, eux, ne s'arrêtent jamais. Ils claquent deux fois plus vite en passant devant lui, prenant quand même le temps d'éviter la flaque d'eau creusée au fil des ans par les gens qui attendent le 87. Le vieil homme regarde défiler ces escarpins impatients qui sautillent entre les dangers guettant leur beauté propre. Ils s'arrêtent un instant au feu rouge puis disparaissent après le passage clouté où la visière de sa casquette a borné l'univers. Difficile de faire plus glauque comme matinée. Et ce froid ! À chaque client qui pousse la porte en verre, trop lente à se refermer, je sens un souffle glacé me raser le dos. Je devrais remettre mon vison. Mais il me gêne un peu. Plus personne n'en porte aujourd'hui. Avec ces mannequins écolos qui défendent les petites bêtes en défilant toutes nues… Je me demande bien ce que nous avons encore le droit de faire, d'ailleurs. Plus le droit de fumer, plus le droit de boire, plus le droit de conduire vite, plus le droit de baiser peau contre peau, plus le droit d'avoir du fric, plus le droit de le montrer. Alors mon manteau qui m'a coûté une fortune, que j'ai promené de Rolls en Bentley et dans lequel j'ai fait vingt fois l'amour avec des hommes riches à crever, vous pensez bien que j'ai moins que tout autre chose le droit de le porter. C'est pourtant le seul qui me tienne chaud, qui me colle encore au cœur et au corps. Ce qu'il reste de la fille gâtée que j'étais. Il a les poches pleines de mes souvenirs. Pardonnez-moi si je les sors par poignées pour les lâcher en vrac sur la table, mais j'ai envie de vider mon sac, quitte à me répéter. C'est la vieillesse que voulez-vous, je reviens de plus en plus souvent à mes années Claude. À l'argent, aux bijoux, aux palaces de Paris, New York, Londres et Rome, à ceux de Saint-Moritz, Saint-Tropez, Mykonos et Formentera. En trois ans, je n'ai jamais posé mes fesses sur un siège de la classe économique et je prenais le Concorde comme d'autres prennent le métro. Il y avait Gianni, Stavros, Karim, Aristotle. Leurs maisons, leurs bateaux, leurs chevaux. Les gros coups qu'ils préparaient, les cigares qu'ils fumaient et les paris qu'ils gagnaient. Un seul regard d'eux suffisait à plier la réalité à leurs désirs et le moindre retard d'exécution les plongeait dans une rage, effrayante pour beaucoup, mais qui me semblait comique. Il y avait du luxe du sol au plafond, de l'adrénaline à s'en soûler, des fêtes qui n'en finissaient pas et leurs vieux copains qui traînaient dans les parages pour gratter les miettes du festin : un peu de liquide à empocher et les filles disgraciées à glisser dans leur lit. Il y avait les paparazzi qu'il fallait fuir quand on ne les avait pas payés et les histoires de cul qui se transformaient en histoires d'amour. Il y avait les autres filles. Celles qui disparaissaient un beau jour pour ne jamais réapparaître, celles que l'héroïne finissait par tuer, et celles qu'on épousait. J'en croise dans le quartier, plus bourgeoises que les bourgeoises-nées. Elles avancent avec l'arrogance de celles qui méritent d'être là, parmi les privilégiés. Elles n'ont aucune pitié pour ceux qui n'ont pas su s'en sortir, moi non plus d'ailleurs. Cette place, nous l'avons gagnée. À la sueur de notre front et aux larmes de notre cul. La différence entre elles et moi ? Pas grand-chose et pourtant beaucoup. Je ne me suis pas inventé une autre vie, j'assume ce que j'ai été. Pute de haut vol, prostituée de luxe, escort, call-girl, appelez ça comme vous voudrez. Je n'en ai pas honte. J'en serais plutôt fière en fait. Tout le contraire de mes anciennes camarades de jeu qui préféreraient mourir plutôt que révéler leur passé. Je ris quand je les vois. Elles semblent si sûres d'elles et de leur bon droit tout en restant, en dépit des années et même des décennies, si exposées. Tout est fabriqué. Il ne leur manque aucun signe extérieur de richesse. Elles se sont inventé au bistouri un physique sur mesure et des pedigrees aussi exotiques qu'invérifiables. Elles parlent français avec l'accent argentin ou anglais, même quand elles sont nées à Roubaix. Elles se sont faites plus prudes et plus conventionnelles que les mères de leurs maris. Elles vont chez le coiffeur trois fois par semaine. Elles reçoivent pour de délicieux soupers. Leurs maisons secondaires sont merveilleusement arrangées. Avec un goût ! Elles ne font pas une phrase sans un adverbe de qualité ou d'intensité. Elles ont leurs « charités » ou leurs artistes. Elles siègent au comité des grands événements mondains. Elles sont devenues les protectrices de cette société qui a failli ne jamais les accepter. Je les regarde passer parfois, flanquées de jolies jeunes femmes toutes lisses : leurs filles qu'elles ont si bien élevées et qu'elles vont si bien marier. Leurs filles dont elles haïssent la fraîcheur qui sonne la fin de leur propre beauté. Leurs filles qu'elles ont instrumentalisées. Garantes de leurs pensions ou de leur héritage, elles les manipulent pour continuer à s'imposer. Forcément, elles me fuient. Je parle trop. Je suis un élément social instable. Un électron libre. Une mémoire vive qui refuse d'oublier et qui ne veut pas se taire. Elles me haïssent. Comme un salpêtre fulgurant qui pourrait en quelques minutes détruire leurs façades parfaitement repeintes. Un témoin. Nous sommes toutes des actrices de l'ombre, emprisonnées dans nos rôles respectifs, fuyant la lumière de la réalité qui montrerait nos rides et nos cicatrices sociales. Pourtant, je ne suis pas différente d'elles. Tout ce que j'ai mis sur le tapis de sincérité n'est qu'un leurre. J'ai suscité le scandale pour masquer ma véritable honte. Je leur ai brûlé l'herbe sous les pieds, aux enquêteurs de la bonne conscience. Ils pensent que j'ai tout déballé alors que j'ai gardé pour moi le plus gros morceau. Si elles savaient, les autres filles... Elles seraient les premières à me jeter en pâture à la malveillance parisienne, à souffler sur l'étincelle qui fera prendre feu au bûcher. Rares sont les maris qui connaissent leur passé. Ils s'émerveillent de leurs épouses parfaites et s'étonnent de voir, dans un dîner, lors d'un cocktail, se dessiner des demi-sourires sarcastiques sur le visage d'hommes qu'ils connaissent de loin et de mauvaise réputation. Très peu auraient été capables de pardonner. Elles vivent dans l'angoisse d'être débusquées et se livrent, entre anciennes amies et « collègues », une guerre sans merci. Elles critiquent les tenues osées des adolescentes, s'insurgent contre la perte des valeurs, le laxisme et l'absence de vocation des prêtres. Elles condamnent le divorce et ne prendront jamais le risque de recevoir une femme seule, plus pour protéger ce coffre-fort qu'est leur conjoint que par intransigeance morale, même si c'est ainsi qu'elles le justifient. Aux yeux de leurs enfants, ces anciennes filles sont d'intraitables saintes. La nouvelle génération leur a offert une deuxième chance. La possibilité de tout recommencer à zéro.

« La porte, s'il vous plaît ! La porte ! » Ce qu'il peut faire froid... Tant pis, je remets mon manteau. Je me l'étais offert avec mon premier mois. Une grosse enveloppe que je planquais dans la boîte à chaussures où étaient rangés mes sous-vêtements. Même après la commission de Claude, il me restait plus de liquide que je n'en avais jamais vu. Une fortune. J'hésitais malgré tout pour le manteau. J'en rêvais depuis presque un an. Je faisais des détours juste pour le regarder dans la vitrine de Milady, ce magasin avenue Montaigne qui a fermé depuis. Je pouvais rester dix minutes entières à admirer sa blancheur neigeuse. Imaginer le frisson qui me parcourrait si je pouvais le toucher. Je tentais de deviner la couleur et la texture de sa doublure. Je n'osais pas entrer. Le magasin était trop chic, je n'étais pas assez bien habillée. Les vendeuses risquaient de me prendre de haut et j'étais bien trop fière pour le supporter. Surtout, je n'avais pas le premier centime pour me l'acheter, ce vison. J'avais peur, si je l'essayais, de ne jamais plus pouvoir le quitter. Il aurait fallu le voler. Le jour où je pus enfin le passer, je ne sais pas comment vous dire… C'était très fort. Je me sentais puissante. Importante. Avec un manteau pareil, je comptais. On ne pouvait pas m'ignorer. J'ai tout de suite compris, une fois dedans, qu'il était ma véritable peau, le début de ce personnage extraordinaire que je voulais devenir. C'est pour ça que je n'avais laissé à personne la possibilité de me l'offrir. Il devait venir de moi. En sortant dans la rue avec lui, quelque chose avait changé. Les hommes nous admiraient, le manteau et moi, avec des airs intimidés de petits garçons, rêvant de se noyer dans notre douceur, leur queue en moi et leur visage dans la fourrure. C'était mon boulot de les faire rêver. Plus que les faire jouir, il fallait les faire bander. Les hommes respectent les femmes qui les tendent et méprisent celles qui les détendent. Ils aiment le désir plus que le plaisir parce que l'un leur donne le sentiment de leur force et l'autre, celui de leur faiblesse. Romain n'était pas différent. Et les fourrures, c'était toute son enfance. Il en portait, il en achetait, il leur avait même consacré une pièce de son appartement, son fameux « salon aux fourrures ». Il pensait qu'elles lui donnaient la puissance des animaux. Il avait raison. Si, depuis la nuit des temps, nous volons la toison des autres mammifères, c'est parce que nous sommes fragiles et nus comparés à eux. En nous couvrant de leur pelage, nous empruntons leur beauté et leur férocité. Je ne fais pas autre chose avec ce manteau. Je le garde pour retrouver mes belles années, un peu de ce pouvoir et de cette indépendance qui m'allaient si bien au teint.

Quand Claude me recruta, je venais d'avoir mon bac. Je refusais d'étudier. Aller à la fac voulait dire rester trois ans de plus chez ma mère, dans sa loge de concierge du 31 bis, rue de l'Université et je préférais me tuer. Je ne supportais plus les pas qui résonnaient d'un écho martial sous la porte cochère. Je ne supportais plus le claquement de la boîte aux lettres dans laquelle les gens, à toute heure, déposaient des plis, des papiers ou des clés qui tombaient avec fracas. Je ne supportais plus les gémissements du parquet qui couinait de douleur et de vieillesse dès qu'on y posait le pied, particulièrement en pleine nuit, comme s'il se plaignait d'être réveillé. Je ne supportais plus ma mère, ni son visage, ni son parfum, ni ses mains, ni son corps grotesque, sa personne tout entière, sa méprisable résignation et jusqu'au son de sa voix. Je ne supportais plus ces trente mètres carrés dans lesquels j'étais enfermée depuis la mort de mon père. Je ne supportais plus l'affection condescendante des dames de l'immeuble devant lesquelles je devais encore « faire ma mignonne », comme lorsque j'étais petite fille. « Fais ta mignonne, Zita, fais ta mignonne », me chuchotait ma mère quand passaient Mme Duteil-du-cinquième ou Mme de Vitré-du-rez-de-chaussée, espérant troquer, contre mes jolies mines d'enfant pauvre mais sage, un petit vêtement usagé ou un billet de plus dans l'enveloppe de nos étrennes. Je ne supportais plus la fausse amitié de Solange, la petite-fille de Mme de Vitré dont ma mère avait été la nourrice. Elle faisait comme si rien n'avait changé entre nous. Comme si nous pouvions encore être les amies qui avaient passé un pacte de sang au cours préparatoire, quand nous n'avions que six ans. Il nous avait fallu deux heures de rires et de dérobades pour faire perler au bout de nos doigts de belles au bois

dormant une goutte vermillon, obtenue, au prix de terribles efforts, avec une épingle à bigorneaux. Nous
avions fait l'échange de sang avant de sucer nos blessures réciproques parce que Solange était persuadée
que la salive était le meilleur désinfectant qui soit et que
nous avions peur, dans le flou enfantin de notre imagination médicale, que cet ustensile rouillé ne nous donne
la lèpre. Solange. Nous jouions aussi à la maîtresse. Elle
voulait être la mauvaise élève et, pour la punir de ses
notes déplorables, elle me demandait de lui donner des
fessées déculottées. Elle s'allongeait sur le dos, remontait sa jupe et relevait ses jambes en me regardant avec
des yeux fiévreux. Je devais la taper avec mon double
décimètre. J'obtempérais, étonnée de ses inventions, en
proie à des sentiments mêlés : la fierté de la dominer et
qu'elle se soumette à moi, la curiosité, l'envie de comprendre ce qui se jouait là et celle de lui faire plaisir.
Elle prenait un air ravi qui m'intriguait, tout en guettant
les bruits dans l'escalier pour que sa mère ne nous sur-
prît pas. En un sens, c'est elle qui m'a initiée au métier.
Sa famille en tout cas. Je ne sais plus pourquoi ni comment nous avions commencé ces petits jeux étranges. Je
ne sais pas non plus comment nous les avions arrêtés.
S'en souvenait-elle ou avait-elle oublié ? Nous n'en parlions jamais. Au fur et à mesure que nous grandissions,
ce secret entre nous prenait du poids comme une pile
de vaisselle sale que nous ne voulions pas laver. Solange
était la reine de la fausseté. Elle savait simuler l'amitié
chaleureuse mieux que personne. J'imagine que c'est
génétique. Sa famille avait appris, depuis des siècles, à
« ménager les autres ». Moi, j'appelle ça de l'hypocrisie,
mais ces vilaines étiquettes n'adhèrent pas aux « gens
bien ». Solange faisait « comme si ». Comme si la distance de la cour, entre le duplex avec terrasse de sa

mère, l'autre duplex avec jardin de sa grand-mère et notre trou à rats, était la seule chose qui nous séparait. Comme si, moi aussi, je pouvais porter de longues robes en soie de couleurs fraîches pour aller danser dans les rallyes Voguë ou Bourbon-Parme. Comme si je m'apprêtais à étudier avec elle l'histoire de l'art au Courtauld Institute de Londres. Comme si je passais l'été dans la villa de ma grand-mère à Saint-Tropez et l'hiver dans son chalet de Courchevel. En apparence, rien n'avait changé. Solange prétendait que nous étions sœurs, mais sa fausse considération attendrie, qui n'était que de la gêne et du mépris, me la rendait insupportable. « Il faut que tu étudies, Zita. C'est fondamental ! » me serinait-elle. Mon ancienne amie avait l'assurance moralisatrice de ceux qui n'ont jamais quitté le terrain confortable de la théorie pour risquer ne serait-ce qu'un pied sur celui de la pratique. Elle ne voyait le monde qu'à travers le prisme minuscule de sa propre expérience et ne se rendait pas compte qu'étudier, dans mon cas, n'aurait rien à voir avec l'expérience romantique qu'elle s'apprêtait à vivre. Pour moi, l'université signifiait que j'allais me tuer en jobs du soir miteux, m'enterrer des journées en bibliothèque et des années supplémentaires dans ce placard sordide. Pourquoi me sacrifier à un quotidien de minable fourmi quand la vraie vie m'appelait à pleins poumons ? Je voulais tenter ma chance. Me tanner la peau et le cœur au contact rugueux de la réalité, quitter ces gens et cette tanière qui me donnait l'impression d'être un poisson rouge dans l'eau trouble d'un bocal terni par le calcaire. Après dix-huit ans de petits napperons au crochet sur cette table bancale et vernie qui sentait l'O'Cedar dépoussiérant, dix-huit ans de canapés en skaï, d'aquarelles de Montmartre à pleurer de niaiserie, de voilages noircis par les fritures de beignets dont ma mère s'empiffrait, de saucisson à l'ail au petit déjeuner, de lit pliant aux ressorts ramollis, et de conversations rassemblant tant de clichés que même les scénaristes de *Dallas* auraient fini par en crever, je n'avais pas la force d'attendre ne serait-ce qu'un mois de plus. Il fallait, coûte que coûte, que je trouve un moyen de déguerpir.

7

Un parapluie apparut au-dessus de la tête d'Ondine au moment où elle se retournait. La jeune fille se retrouva tout près de Henry qui les abritait tous les deux.

« Je me suis dit que tu n'aurais rien pour te protéger de la pluie, dit-il, justifiant sa présence.

– Comment savais-tu qu'il allait pleuvoir ?

– Je ne le savais pas. C'est Jean-Jacques, le chauffeur de papa, qui m'a apporté le parapluie… »

Un ange passa. Henry observa le visage d'Ondine marbré de rouge et de blanc, il y vit le signe d'un grand chagrin. Le jeune homme aurait voulu la réconforter, la prendre dans ses bras, mais il était conscient qu'elle risquait de mal interpréter une tentative de contact physique. La proximité à laquelle les contraignait le cercle restreint du parapluie la mettait déjà mal à l'aise. Elle gardait la tête baissée et les bras croisés dans une attitude générale de méfiance.

« Tu as pleuré ? demanda-t-il.

– Non, c'est une allergie. »

Ondine n'aimait pas être une victime. Dire qu'elle était triste, c'était reconnaître que sa mère avait encore la capacité de lui faire mal. Elle préférait penser que Zita n'avait que le pouvoir de la mettre en colère.

« Tu m'attends depuis combien de temps ? relança-t-elle.

– Depuis la fin du déjeuner.

– T'es dingue.

– Non, je ne suis pas dingue, protesta Henry, très calme. Je voulais te voir.

– Pourquoi ?

– Je suis fou de toi. Je n'ai jamais ressenti ça », déclara-t-il d'emblée.

La fureur qui couvait toujours en Ondine, et particulièrement ce jour-là, bondit comme un fauve :

« Tu crois vraiment que c'est le moment de venir me baratiner ? Tu penses que je suis tellement déboussolée que je vais te tomber dans les bras comme une poire trop mûre ? Ou que je vais pleurer sur ton épaule alors que je ne soupçonnais pas ton existence il y a encore cinq heures ? Je ne sais pas qui sont les pétasses à qui tu tiens, d'habitude, ce genre de discours dégoulinants, mais avec moi, ça ne marche pas. Tu ne me connais pas, je ne te connais pas et c'est très bien comme ça. »

Elle se lança sous la pluie tandis qu'Henry, catastrophé, essayait de la suivre en tenant le parapluie au-dessus d'elle.

« Pardonne-moi, attends, la supplia-t-il avant d'oser l'arrêter en lui prenant le bras. S'il te plaît... Ne pars pas... »

Ondine se radoucit en voyant la figure désespérée de ce grand garçon qui n'avait décidément rien d'effrayant. Pour une fille que même sa mère n'avait pas désirée, c'était nouveau de se sentir l'objet de tant d'attention. Jamais quelqu'un n'avait voulu la voir au point de l'attendre plusieurs heures dans la rue. Sous la pluie, de surcroît.

« Henry, je n'ai vraiment pas envie de parler, dit-elle moins méchamment.

– Alors ne parle pas… répliqua Henry qui contemplait avec une infinie bonne volonté la mine renfrognée de la jeune femme. Tu veux rentrer ? » s'enquit-il en cherchant à décoder les plus petits indices qui apparaîtraient sur le visage d'Ondine.

Reprenant son langage habituel, elle fit non de la tête.

« Tu veux dîner ? »

Nouvelle dénégation dégoûtée.

« On va au cinéma alors ? »

Cette fois, la tête ne bougea pas de droite à gauche, mais se leva vers lui. Elle dit oui du regard et Henry trouva ses yeux tellement beaux qu'il en resta frémissant quelques secondes. L'accord tacite d'Ondine emplit le jeune homme de joie. Solange, qui se plaignait sans cesse de la lenteur de son fils, ne l'aurait pas reconnu. En deux minutes, il avait arrêté un taxi, ouvert la portière à Ondine et s'était installé. Il se dit que, dans une ville où il était impossible de trouver une voiture libre après six heures du soir, c'était un signe du destin. Ils s'arrêtèrent à Montparnasse. Le chauffeur grommela que la course était trop courte. Henry le fit taire d'un billet. Il rayonnait, mais sa bonne humeur s'évapora lorsqu'il vit qu'Ondine s'était à nouveau assombrie. Il lui demanda ce qu'elle voulait voir et n'obtint qu'un haussement d'épaules revêche. La jeune femme regrettait déjà d'avoir été gentille. Il va se croire tout permis, se disait-elle. Et penser que je suis une fille facile… Il pense m'épater en laissant des gros pourboires aux taxis, ou en m'achetant des places de cinéma ? C'est bon ! J'ai compris que sa famille a de l'argent, que son père a un chauffeur et tout le tralala. Pas la peine d'en faire des tonnes ! Il me prend pour ma mère ou quoi ?

Je vais lui faire comprendre, ça ne va pas traîner… Je ne suis pas du genre à me laisser acheter, ruminait-elle.

Henry, ne se doutant pas des pensées qui agitaient la jeune femme, hésitait entre les films. Puisque Ondine ne voulait pas parler, il choisit une comédie américaine qui commençait tout de suite pour leur éviter d'attendre. Ce serait plus approprié que *Les Infiltrés* de Scorsese qu'il avait envie de voir, mais qui semblait très violent. Il regretta amèrement cette décision. *Darling America* se révéla graveleux, mal joué, et aggravé d'un doublage hérissant. Henry n'avait pas imaginé que le film pût être en version française. Il ajouta cette anecdote à la longue liste de critiques que tout Londonien tient à jour sur Paris. Quant à l'intrigue, elle allait de Charybde en Scylla : non seulement la mère de l'héroïne se suicidait, mais la jeune fille – blonde – enchaînait des histoires d'amour catastrophes donnant lieu à des scènes de sexe grotesques. À chaque image de nudité, Henry se renfonçait dans son siège, liquéfié, conscient par toutes les fibres de sa personne qu'Ondine, bien qu'elle ne bougeât pas d'un centimètre, partageait son malaise. C'était le pire morceau de cinéma sur lequel les jeunes gens pouvaient tomber ce soir-là, mais ni l'un ni l'autre n'osèrent proposer de l'abréger.

8

Mon père est mort quand j'avais huit ans. Je porte
son nom, Chalitzine, mais j'ai peu de souvenirs de lui.
Sur toutes les photos mentales que j'ai gardées de notre
vie commune, je le vois un livre à la main. C'était un
grand homme triste et doux qui ne souriait que pour
lui-même. Il avait des cheveux que je n'ai jamais revus :
bruns avant de devenir gris, mais striés de longues
mèches d'un blond cendré. Il portait une courte
barbe surmontée d'une moustache qui me chatouillait
les joues, la commissure des lèvres ou le cou quand il
m'embrassait le soir. Son nez, long, bien dessiné, était
peut-être un peu trop grand, mais il lui donnait l'air
d'un animal fier et noble. Ses yeux étaient si clairs qu'ils
me semblaient parfois sans vie, sauf quand ils reflétaient
cet autre monde auquel personne, à part lui, n'avait
accès. Il parlait peu, d'une voix grave sans trace
d'accent russe, dans un français des plus purs. Quand
j'étais petite, il me corrigeait sans cesse : « On ne dit pas
amener un plat, mais apporter », « On ne dit pas manger, mais dîner ou déjeuner », « On ne dit pas trans-
pirer, mais avoir chaud ». Je ne l'ai jamais vu avec un
vêtement mal repassé, ni même en bras de chemise
ou sans cravate. Il avait de longues mains blanches,
presque féminines, mais d'une force précise, impla-

cable, qui resta gravée dans mes membres les rares fois
où il me punit. Elles étaient ornées de bagues orientales
que je devais garder plus tard dans le petit coffret
d'ébène incrusté d'os qu'il me donna pour mes sept ans.
« L'âge de raison », disait-il. Quand ma mère commença à faire main basse sur mes affaires, je mis les
bagues dans une boîte en fer vidée de ses galettes Saint-
Michel, avec deux trois bêtises auxquelles je tenais,
dont un cheval en bois, et j'emballai le tout dans un
sac en plastique. Avec Solange, nous enterrâmes ce
paquet profondément dans une plate-bande du jardin
de sa grand-mère, tout près du marronnier. Les Vitré
ont vendu leur hôtel particulier depuis, mais j'aimerais
bien un jour la récupérer. Je me souviens du parfum de
mon père, un mélange du tabac blond aux odeurs
d'ambre et de vanille qu'il fumait dans sa pipe en
écume et de l'eau de Cologne à la lavande qu'il mettait
le matin. J'ai retrouvé cette odeur sur un homme, vingt
ans plus tard. C'était un vieux monsieur charmant qui
recevait rue de Varenne. J'ai passé la soirée à côté de lui,
juste pour le respirer. On crut que je voulais me faire
épouser parce qu'il était vieux à millions. Qu'importe…
Aucune femme libre n'a bonne réputation et je m'étais
depuis longtemps affranchie de cette préoccupation.
Mon père s'appelait Andrei, mais je ne l'ai su que plus
tard. Pour moi, il fut toujours « Dada ». Dada vivait de
rien. Son seul luxe était les livres. Le joli trois pièces de
la rue Daru que nous habitions de son vivant en était
rempli. Il m'apprit à les respecter. À ne pas trop les
ouvrir pour ne pas en casser le dos ou leur faire perdre
leurs feuilles. À les tenir à la bonne distance : deux
grandes mains ouvertes entre la page et mes yeux pour
ne pas m'abîmer la vue. À y glisser un fil, un papier ou
un brin d'herbe au lieu de les poser à l'envers ou de les

corner quand j'en arrêtais la lecture. Il me lut beaucoup d'histoires. Il m'en raconta plus encore. Inventées soi-disant, pourtant je décelais des souvenirs dans ces maisons hantées, ces bals à la cour du tsar, ces poètes maudits et ivrognes, ces enquêtes de la police secrète, ces héroïnes courageuses, sacrifiées à des unions politiques et mortes d'amour le plus souvent. Je crois qu'il ne voulait pas me transmettre ses regrets ou un quelconque sentiment d'injustice. Il avait fait table rase du passé. Pas une fois il ne me parla russe. Il ne m'en apprit pas un mot. Le seul reliquat de sa jeunesse slave était les petits noms qu'il me donnait : « Douchka » ou « Zanina ». Il me voulait française et satisfaite de ce que j'étais, mais son silence me créa plus de frustrations que toutes les révolutions et tous les exils du monde. Au cours des huit ans que je passai avec lui, il prit un soin particulier à m'éduquer. Il planta en moi la graine de l'insatisfaction et de l'exigence qui devaient, selon lui, m'amener à me dépasser. « Un honnête homme doit lire un livre par jour, ce qui vaut aussi pour toi, Zita », me disait-il. J'étais fière qu'il m'applique le traitement d'un homme et à six ans je dévorai tout Maupassant même si je n'en compris pas la moitié. D'après le peu que ma mère me raconta plus tard, Dada était arrivé en France vers l'âge de dix-neuf ans. Il avait enchaîné les petits boulots : taxi, puis voiturier et concierge au Grand Hôtel, professeur de musique et bouquiniste enfin. Il avait quatre boîtes de deux mètres quai Voltaire, presque en face de la rue de Beaune. Il passait sa journée assis sur une chaise pliante qu'il rangeait chez le patron de La Frégate, le restaurant au coin du quai et de la rue du Bac. Je ne crois pas qu'il vendait beaucoup, il gardait bien trop d'ouvrages pour lui. Presque tous les jours, il rapportait à la maison des paquets ficelés avec du papier kraft. Une dizaine de volumes en général. Il me donnait parfois l'emballage pour mes portraits. Depuis mes premiers gribouillages, je ne dessinais que des vieux. Des bonshommes à longue barbe blanche avec une canne quand j'avais trois ans. Puis des visages ravinés au fusain et à la craie. Mes dessins ne valaient pas grand-chose, mais j'essayais de conjurer le sort. De me protéger du temps qui passe et d'enfermer sur papier la vieillesse, cette laideur qui gâtait tout. Je la voyais à l'œuvre sur mon père qui m'avait eue trop tard. Il venait de fêter ses cinquante-cinq ans quand je suis née. Je sentais bien que nous n'étions pas comme les autres familles. À l'école, les papas de mes amies avaient l'air de grands frères en comparaison du mien. Celui de Solange, M. Di Monda, jouait à cache-cache ou à chat avec nous. Il nous faisait faire l'avion en nous attrapant par les poignets et tournait sur lui-même tellement vite que nos pieds quittaient le sol et que notre corps se mettait à flotter. En nous reposant, il vérifiait en riant que nous n'avions pas perdu notre culotte pendant le vol. Il nous apprenait à nager à la piscine Deligny près de chez eux et m'emmena un temps avec Solange au Polo, dans le bois de Boulogne, pour me donner des leçons de tennis. Il s'occupait beaucoup de nous deux. Je ne vis jamais Dada courir, ni même presser le pas. Sa seule activité physique consistait à aller travailler à pied, à chiner dans les marchés de livres et à tourner les pages de celui qu'il lisait. Quand Dada rentrait, rien ne me fâchait plus que de le voir rouvrir un bouquin alors qu'il s'était déjà absenté douze ou quinze heures. Je faisais des colères folles parce qu'il ne s'occupait pas de moi, mais ma rage n'y faisait rien. Il se contentait de se lever pour aller s'enfermer dans sa chambre. Je finis par me faire une raison. Attendre.

Patienter. Ma mère, qui lui vouait une dévotion quasi religieuse, m'avait bien expliqué : « Quand ton père rentre, tu ne dois pas lui parler pendant au moins une heure. Vérifie à l'horloge. Pendant une heure, tu le laisses tranquille, tu ne lui dis pas un mot. » J'essayais de regarder par-dessus son épaule combien de pages il lui restait à lire avant qu'il puisse se rappeler mon existence. J'évaluais la grosseur des caractères, sa rapidité de lecture et m'entraînais au calcul mental avec de savantes opérations qui tombaient, je dois le dire, souvent juste. Je m'asseyais à ses pieds jusqu'à ce que sa main se pose sur mes cheveux, les ébouriffe gentiment tandis qu'il demandait : « Dis-moi, ma Douchkina, cette journée ? » Nous passions alors des instants délicieux, où pendant près de trois quarts d'heure, je le sentais vraiment avec moi.

Un après-midi, en rentrant de l'école avec ma mère, j'entendis sous le porche un air d'opéra. Nous nous arrêtâmes, tétanisées par la beauté de ce chant. Après quelques secondes, incapables de résister à son appel, nous le suivîmes jusqu'au premier étage. C'était chez nous. Dada avait acheté un nouveau disque. J'en tremblais d'excitation et j'avais la chair de poule. C'était la première fois que j'entendais quelque chose d'aussi humain, d'aussi triste et d'aussi beau. J'étais consciente de vivre un moment rare. Je craignais que cette perfection ne s'évanouît. Nous ouvrîmes la porte avec vénération. Dada était de dos, devant la fenêtre ouverte, les yeux rivés très loin au ciel comme à son habitude. Je lui demandais souvent en lui agitant une main devant les yeux : « Dada ! Je suis là. Descends de ton nuage. Tu m'entends ? » Il secouait son absence d'un mouvement de tête, me souriait et disait : « Que veux-tu, ma chérie ? » Je commençais à lui raconter une histoire, j'essayais de le garder avec moi, mais au bout de quelques phrases, si je n'étais pas drôle, si je manquais d'originalité, je le voyais s'éloigner comme un continent dérive, jusqu'au moment où, découragée, je renonçais et me taisais. Ma mère aussi se plaignait de sa distraction. Il s'échappait sans cesse, ne lui laissant qu'un figurant, une doublure pour l'occuper. Ce jour-là, nous le surprîmes en pleine émotion. Ma peau se hérissa sous la caresse inouïe de cette mélopée, mon corps de petite fille vibrait, empli par ce timbre grave. Aucun vinyle ne crépitait, pourtant, sur le tourne-disque Symphonic 556 que nous venions d'acheter. La source jaillissait de lui. C'était Dada qui chantait. D'une voix que je ne lui connaissais pas. En une langue que je ne lui connaissais pas. Les sons roulaient, rocailleux et liquides, passionnés et poignants, portés par un souffle qu'il ne nous avait jamais montré. J'entrevis, comme le bref reflet du soleil sur une fenêtre que l'on ouvre, ce monde dont il nous tenait écartées. J'en fus éblouie de plaisir. Émue comme je ne l'avais jamais été. Dada se rendit compte de notre présence et, à la seconde même, sa voix s'éteignit. Oiseau dont une balle explose le cœur en plein vol, elle tomba comme une pierre dans le silence. Dada ferma la porte de sa nostalgie et de ses pensées en douceur, avec un sourire modeste qui s'effaça bientôt pour laisser place à son masque habituel.

9

« Garçon ? La même chose. »

C'est juste qu'il fait si froid, j'ai besoin de me réchauffer, à cause de ma mauvaise circulation. Il me faut un vasodilatateur. Mon petit vaso, du soir et du matin. Et puis j'ai l'impression d'être moins vide. Quand l'alcool descend, il me brûle de haut en bas et je trouve rassurant de savoir qu'à l'intérieur, il y a au moins des boyaux. Avant, je me moquais d'être vide. J'en étais fière au contraire. Ne rien être et ne rien avoir, je m'y employais avec obstination. Je ne possédais rien, petite. Même mes vêtements me venaient des autres. Des dons de partout, par charité. Aucun n'avait été acheté, aucun n'avait été choisi. C'était, la plupart du temps, les rebuts des petites-filles de Mme de Vitré. Je les mettais parce qu'il fallait bien s'habiller, mais ils ne m'appartenaient pas. Je les perdais sans cesse : des gants bleu marine, des pulls à col roulé, des écharpes et même une fois une gabardine. « Bonpoint en plus ! Tu sais combien ça vaut, Zita, une gabardine comme celle-là ? » avait crié ma mère que je rendais folle à tout semer. Mais comment faire attention à ce qui ne vous appartient pas ? Ne rien avoir m'allait bien. J'aimais mettre les mains dans mes poches et que ces poches soient vides, bien propres, sans pièces, sans papiers, sans mouchoir, sans la moindre poussière que j'aurais sentie rouler sous la pulpe de mes doigts. Juste les points réguliers et rassurants de la couture. J'étais libre. Pas d'ego, pas de honte, pas de regret, même pas de corps puisqu'à l'époque, personne ne le convoitait. Je me considérais comme un garçon. Je ne voulais porter que des pantalons, ce qui faisait l'objet de luttes quotidiennes avec ma mère. Je méprisais tout ce qui était féminin. Je me coupais moi-même les cheveux très court. Ma mère les voulait longs, mais une fois que je les avais taillés en escalier, elle était bien obligée de les égaliser. À la boulangerie ou chez le boucher, on me disait : « Bonjour, mon garçon. » J'étais ravie et ma mère désespérée. Elle qui rêvait de me couvrir de rubans et de barrettes à fleurs en était pour ses frais. « Mon Dieu, qu'est-ce que j'ai mis au monde ! » se plaignait-elle. Ou : « Qu'ai-je fait au ciel pour avoir une fille pareille ! » que suivaient des soupirs tragiques. Depuis le jour où, vers l'âge de cinq ans, j'avais disséqué ma Barbie pour voir ce qu'il y avait dedans, elle me soupçonnait d'être folle. À l'époque, ces poupées aux formes avantageuses venaient d'apparaître sur le marché et coûtaient une fortune. Mme de Vitré, « notre bonne fée », comme l'appelait ma mère, en avait rapporté deux des États-Unis. Une pour Solange et l'autre pour moi. Contrairement à mon amie, je ne sus pas m'identifier à cette coquette blonde aux yeux bleus et aux longs cheveux soyeux. J'étais brune, ébouriffée, et j'avais horreur des fanfreluches. Dans ma chambre de la rue Daru, je me revois lui faire une coupe à la garçonne avant de l'ouvrir sur toute sa longueur avec mes ciseaux à bouts ronds, ce qui me donna beaucoup de peine et me fit mal aux doigts. Je fus déçue, au lieu des organes que je m'apprêtais à disséquer, de ne trouver que du vide. Je jetai sans remords les membres tronçonnés de la Barbie, mais lorsque ma mère constata le carnage, elle devint furieuse. Elle sortit de la pièce et revint avec la ceinture en cuir qui servait à me corriger. J'étais un vrai monstre de détruire d'aussi jolis jouets. Une peste pourrie gâtée qui ne méritait pas de tels cadeaux. Comme j'encaissais les coups en pleurant, mais sans broncher, elle alla chercher mon père. J'entendis des chuchotements dans le couloir parce qu'il n'approuvait pas ses méthodes éducatives. De lui, je ne reçus que deux fessées, mais les rares remontrances qu'il me faisait m'impressionnaient plus que les récriminations permanentes de ma mère. Il vint constater les dégâts, essuya de ses doigts froids une larme au coin de mon œil et me tança, mais sans conviction, de sa grosse voix.

« Je voulais voir comment était son cœur, plaidai-je.

– Les jolies femmes en ont rarement », commenta mon père en riant, ce qui lui valut une œillade furibonde de ma mère.

Elle ne renonça pas à punir cette destruction, inexcusable à ses yeux, bien qu'elle soit motivée par un sain esprit de curiosité scientifique. Ma semaine sans dessert ne suffit pas à étouffer mes velléités d'expérimentation. Un autre jour, je rasai mon mouton en peluche pour voir si ses cheveux repousseraient comme les miens. Je démontai également ma boîte à musique afin d'en comprendre le mécanisme que je ne sus pas remonter et démembrai le gros bébé à la tête en plastique et au ventre mou dont j'étais censée être la maman. La seule chose qui résista à mes assauts et m'accompagna plusieurs années fut un vieux garage que Gaël, le dernier fils de Mme de Vitré, m'avait donné. Il avait un ascenseur à manivelle qui permettait de monter les voitures au premier ou au deuxième étage d'un bâtiment en plastique, puis de les faire descendre sur une rampe. Mon ravissement ne fit pas plaisir à mère. Elle ne voulait pas que l'on m'encourage dans ces affections viriles. En rentrant de l'école un après-midi, elle déclara l'avoir donné à un petit garçon pauvre, ce qui m'étonna beaucoup d'elle. C'était la dernière chose à laquelle je tenais. Elle me rendit le service de m'en débarrasser. Je ne tenais donc à rien et j'aurais dû rester comme ça. La vraie liberté, c'est de n'avoir rien à perdre : ni objet, ni réputation, ni affection. Ils sont rares, les moments de légèreté dans une vie. Cet état de grâce ne dura pas. J'avais sept ans quand tout a basculé.

Il commença par maigrir. Beaucoup. Il n'avait plus que la peau sur les os, privée du volume qui la tendait de bonne santé, elle s'était ridée et affinée jusqu'à ressembler au papier froissé des cigarettes qu'il ne fumait plus. Il rasa ses cheveux. C'était mieux que de les voir tomber. Mon père n'allait plus travailler. Il occupait ses journées à ranger sa bibliothèque. Cela me révoltait qu'il passe encore tant de temps dans ses livres alors que nous risquions d'être pour toujours séparés. Mes parents ne m'avaient rien dit, mais j'avais compris, à force de le regarder pâlir jusqu'à la transparence et s'acharner à disparaître. À force de voir ma mère pleurer toutes les larmes de son corps en répétant que tout allait bien, ma chérie, et qu'elle m'aimait fort, fort. Elle était dans un état presque plus effrayant que lui. Sa silhouette s'approchait à grands pas du tour monstrueux que j'allais lui connaître par la suite. Les kilos qu'il perdait, elle semblait obligeamment les prendre, comme on prend à quelqu'un d'affaibli ses paquets trop lourds à porter. Je savais qu'il allait mourir. Sans doute mieux que ma mère, parce qu'à sept ans, on n'aime pas se mentir. Ce que je n'avais pas compris, toutes ces semaines où je me comportais de manière exécrable avec lui, avec elle, à l'école ou avec mes camarades de classe que je martyrisais, c'est qu'il rangeait cette bibliothèque pour moi. Mon père n'osait pas écrire, il vénérait trop les œuvres des autres. L'immensité déployée de ces comparaisons l'avait paralysé. Modeste jusqu'au bout, il préféra, au lieu d'une lettre de recommandations ou d'adieu, prévoir de quoi m'accompagner sur la route de la vie. Il anticipait le désarroi qui risquait d'être le mien, la famine intellectuelle qui s'abattrait sur moi si je devais être élevée par ma seule mère, aimante certes, mais inculte. Mon père ne savait pas expliquer les choses, il ne comprenait pas ce qui faisait bouillonner mon cerveau de révolte et palpiter mon cœur d'un sentiment écrasant d'abandon alors même qu'il était encore à mes côtés. Il occupait des heures à envisager mon avenir et l'état d'esprit dans lequel je serais à chaque étape de mon développement. Les questions que j'étais susceptible de me poser, et les auteurs qui seraient capables d'y répondre. Il me préparait volume par volume, comme on empile des pierres, l'enceinte qui me protégerait des aléas de l'existence et les compagnons qui me rendraient supportable son incontournable et infinie solitude.

« La lecture de tous les bons livres est comme une conversation avec les plus honnêtes gens des siècles passés, me dit-il un soir, citant Descartes. Tu vois, Zita, ajouta-t-il en me prenant par la main pour me guider le long des étagères. Tu commenceras par le bas, ici à gauche, puis tu continueras avec le deuxième niveau en repartant de la droite, puis le troisième, et quand tu auras fini, tu seras devenue une femme et je n'aurai plus rien à t'apprendre. »

Parfois, je retrouve dans un livre les feuilles pliées en quatre sur lesquelles il notait les phrases qui l'avaient marqué et quelques notes sibyllines. Dada collectionnait les citations dans des petits carnets Moleskine noirs que j'ai gardés. Quand il en trouvait une qui lui plaisait, il semblait avoir croqué un bonbon. C'était l'une des rares expressions de plaisir que je lui connaissais.

10

Après la mort de mon père, nous dûmes déménager. Ma mère, qui avait longtemps gardé Gaël, le fils cadet de Mme de Vitré, s'occupait à présent de ses petits-enfants, dont Solange. Nous nous tournâmes vers notre « bonne fée » lorsqu'il fallut rendre la rue Daru.

« Ce n'est pas le Pérou, madame Lourdes, mais la loge vient de se libérer et nous avons besoin de quelqu'un.

– Merci, madame de Vitré, disait ma mère qui énonçait toujours en entier le nom de notre bienfaitrice. Je ne sais pas ce que nous serions devenues sans vous madame de Vitré », répétait-elle, la voix tremblante, en s'essuyant les yeux.

Je la regardais faire, ébahie. À aucun moment, je n'avais soupçonné que nous vivions dans un tel état de précarité. Notre fragilité m'était révélée d'un coup. Mon père était tombé. Tombé de son socle, ses pieds d'argile sapés par la maladie. Une heure, quand il rentrait, c'était déjà le bout du monde. Une heure ne suffirait plus. Il n'y aurait jamais de fin. Le temps passerait, mais au lieu de me rapprocher de lui, il s'obstinerait à nous éloigner. J'étais étrangère à tout. À cette nouvelle vie. À Mme de Vitré qui écoutait ma mère déverser une litanie indistincte. Je sentais mon esprit se retirer de mon corps de petite fille, s'échapper, se réfugier hors de portée de toute cette laideur, de toute cette déception. J'essayais de rejoindre Dada. Je voulais retrouver son visage. Je me concentrais de toutes mes forces. Je cherchais les points de repère qui me permettraient de reconstituer son image. Partir du bas, remonter le long du torse, le long de son cou, jusqu'à atteindre la barbe courte et bien peignée, puis le nez et les yeux. Savourer, entre les poils de la moustache et du menton, la douceur de ses lèvres quand, dans ses bras, ma tête toute proche de la sienne, je posais les doigts sur sa bouche et qu'il faisait, pour rire, semblant de les manger. Escalader les narines et suivre le fil de son nez qui s'écrasait contre ma joue dans les baisers. Ranger ses sourcils dont s'échappaient toujours des filaments rebelles. Caresser, sans lui faire mal, ses paupières toutes ridées. Mettre mes yeux dans ses yeux pour essayer une fois encore de percer leur pâle mystère bleu. Attraper une pleine poignée de ses cheveux avec ma petite main, mon front touchant le sien. Serrer fort pour être sûre de ne pas redescendre à terre, pour l'empêcher à jamais de m'échapper.

« Vous êtes ici chez vous. Aussi longtemps que vous voudrez. »

L'esprit de Dada venait de me reposer sur le sol, juste devant Mme de Vitré qui entourait de ses bras les épaules de ma mère ravagée. « Cela vous donnera le temps de vous retourner pour trouver mieux quand vous pourrez. »

Inutile de dire que nous ne trouvâmes pas mieux. En août 1963, nous emménageâmes « pour quelques mois », dix ans plus tard, nous y étions encore. Comme toujours avec ma mère, le temporaire se figea en habitude. Elle s'accommoda de sa loge minuscule et nous y restâmes. Je ne fus pas dépaysée par les lieux et le nouveau quartier. J'y passais déjà mes mercredis après-midi quand ma mère y travaillait. J'étais depuis deux ans la meilleure amie de Solange, la fille de Catherine, elle-même l'aînée de cinq rejetons Vitré. Cette rouquine gourmande et impétueuse qui tyrannisait la maisonnée m'avait adoptée comme animal de compagnie. J'étais « sa » meilleure amie. Nous avions le même âge, nous étions dans la même classe et, enfants, cela suffisait à nous lier. J'avais beau connaître comme ma poche l'hôtel particulier du 31 bis, rue de l'Université, j'eus du mal à passer de notre joli appartement blanc et plein de lumière sis rue Daru à ce triste deux pièces au rez-de-chaussée. Doté d'une unique fenêtre en hauteur qui lui donnait, avec ses murs épais, des airs de sacristie, il avait, été comme hiver, une température constante avoisinant celle d'une chambre froide. Surtout que ma mère, ayant toujours trop chaud, coupait le chauffage. Je fuyais ce réduit dès que j'en avais le loisir, pour m'installer une chaise en toile rayée verte et blanche dans la cour aux beaux jours ou m'inviter chez Solange. Quand mon amie était absente, Marie, la cuisinière, me faisait venir dans son royaume, au sous-sol de l'appartement Vitré. C'était mon refuge favori. Marie m'asseyait sur le plan de travail où, toujours prête à battre des œufs en neige, touiller la farine ou lécher un plat, je la regardais fabriquer des terrines de légumes, des tomates farcies, des quiches aux lardons, des soupes de semoule, des roulés d'endives au jambon et à la béchamel, des quenelles de poisson, des gratins dauphinois ou des petits salés aux lentilles. Elle faisait les meilleurs desserts du monde : des riz au lait et aux raisins saupoudrés de cannelle, des babas au rhum, des crèmes caramel, brûlées ou au chocolat, de délicieuses crêpes Suzette transparentes comme une dentelle dorée et pourtant moelleuses, des soufflés Grand Marnier, des tartes aux fruits rouges et des bananes flambées. Ensuite, après que Marie m'eut gentiment battue comme un tapis pour débarrasser mon pantalon des traces de mains blanches que j'y avais semées et qu'elle m'eut débarbouillé la figure de ma moustache de chocolat, je rejoignais Solange pour que nous fassions nos devoirs ensemble. J'avais plus de facilités qu'elle et, souvent, mon amie se contentait de copier sur mes cahiers les exercices qui la barbaient. Puis nous nous racontions des bêtises, des rêves d'enfants dialogués. Nous imaginions nos vies quand nous aurions grandi. Les hommes qui voudraient nous épouser. Les voyages que nous ferions. Parfois, je restais dormir dans sa chambre. J'attendais frémissante que M. Di Monda vienne nous dire bonsoir. Il nous racontait des histoires de princes et de princesses. Il nous bordait. Et, juste pour moi, quand il se penchait pour m'embrasser, il glissait sous l'oreiller, sans que Solange le vît, des pièces de cinq ou dix francs que je cachais le lendemain matin dans mes poches avant d'aller acheter à la boulangerie des Carambars aux fruits ou des nougats. Si je ne dormais pas avec mon amie, je rentrais chez moi vers sept heures et demie, pour dîner, avant d'aller me coucher à peine sortie de table. Dans cette nouvelle vie, c'est ma chambre qui m'a vraiment manqué car nous étions désormais obligées, ma mère et moi, de partager un canapé-lit. Mon père, aussi.

Je me mis à détester ma mère. J'étais furieuse de la voir toujours là, elle qui ne me comprenait pas et qui ne me servait à rien, alors qu'on m'avait privée de mon père. Elle avait changé. Les efforts qu'elle avait déployés pour se hisser à la hauteur de son mari s'étaient dissous dans le veuvage. Elle s'abandonna à ses penchants boulimiques avec le lâche soulagement que l'on trouve à être retraitée du marché de la séduction, et la bonne conscience d'une personne qui a suffisamment souffert pour avoir le droit de « compenser ». Elle ingurgitait avec une fébrilité malsaine d'effrayantes quantités de nourriture. Souvent, dans sa hâte à se remplir, elle négligeait son couteau et sa fourchette pour aller fouiller avec les doigts dans le rôti de bœuf lardé de gras ou la carcasse refroidie du poulet. Elle ouvrait à mains nues les pommes de terre au four luisantes des sauces de viande et les tartinait d'une demi-motte de beurre par quart de patate, avant de se lécher les paluches avec des petits rires faussement gênés qui n'avaient, vu son âge, rien de charmant. Je lui demandais alors, au bord de l'écœurement, d'utiliser sa serviette et même la mienne au point où nous en étions, mais ma mère me rétorquait, en se resservant un verre de beaujolais, qu'il ne fallait pas trop les salir, qu'elles devaient tenir la semaine. Quand j'allais remplir la carafe d'eau, elle piochait en douce dans mon assiette, et comme je la finissais rarement, elle le faisait pour moi : « On ne va pas laisser se perdre toutes ces bonnes choses », invoquait-elle en ratissant mes restes.

Le festin ne s'arrêtait pas là. Venaient les fromages qui fondaient sur d'imposantes tranches de pain aux noix grillées. Puis les gâteaux, car, selon l'un des mystérieux concepts diététiques de ma mère, il fallait toujours finir le repas par une « touche » – comprenez 500 grammes de brownie, une tarte meringuée au citron pour 4 personnes ou un clafoutis entier « léger à cause des fruits » – de sucre. Les glucides indiquaient en effet à l'organisme que la fête était terminée. Le corps de ma mère en était alors pour ses frais puisqu'elle remettait

ça avec le café relevé de chantilly en bombe qu'accompagnaient, « pour faire chic », des dragées, des pralines,
des truffes au chocolat ou des pâtes de fruits lorsqu'elle
était au régime. Il est inutile de s'étendre sur la manière
dont finissait avec tambours et trompettes l'évacuation
de ces monceaux d'aliments dans un appartement où la
pièce principale n'était séparée de la salle de bains que
par une mince cloison de Placoplâtre.

Dans les mois qui suivirent la disparition de mon
père, je connus, moi qui avais toujours été première de
la classe, des difficultés scolaires, surtout en mathématiques. Je n'arrivais pas à me concentrer. J'oubliais de
faire mes devoirs. Je ne prenais jamais les bons manuels
ni les bons cahiers, qui étaient « de vrais torchons »
selon ma maîtresse. J'étais insolente et je me disputais
avec mes camarades, d'insupportables petites filles
modèles. Ma mère étant impuissante à m'aider, M. Di
Monda proposa de me donner des cours particuliers.
Elle se prosterna quasiment de gratitude devant le père
de mon amie, et chaque semaine, elle me confiait une
boîte de beignets aux pommes à apporter à mon professeur improvisé pour le remercier de ses efforts.
M. Di Monda était très patient. Il m'asseyait sur ses
genoux et m'aidait parfois deux heures d'affilée à faire
mes additions, à résoudre mes problèmes de débit d'eau
ou de vitesse de train. J'avais du mal à comprendre et
souvent, dans sa ferveur à me transmettre son savoir, je
le voyais devenir rouge. Il s'agitait sur la chaise, cherchant une autre manière de m'expliquer. Il transpirait
parfois. Je fis quelques progrès, lents, en mathématiques. Pour me motiver, M. Di Monda m'emmenait, à
chaque bonne note, faire un tour sur les poneys du
Luxembourg avec sa fille. Ayant remarqué la fascination qu'exerçaient sur moi ces animaux, il me promit

même de m'offrir des cours d'équitation comme à Solange si je faisais partie des trois premières de la classe en mathématiques. En cachette de ma mère et dans cette perspective, il m'offrit une petite cravache à pommeau ouvragé. J'étais si obnubilée par les chevaux qu'avec mon amie j'inventais des parcours d'obstacles dans son jardin. Nous passions ces haies constituées de chaises renversées, de tuyaux d'arrosage et de coussins empruntés au canapé en imitant le galop d'un destrier, allant jusqu'à mimer ses ruades ou ses refus face à un oxer trop impressionnant. M. Di Monda jouait parfois avec nous, imitant le discours d'un jury de concours : « Et voici le numéro 26, Zita Chalitzine, montant Sucre d'Orge. » D'autres fois, nous préférions les compétitions de dressage. Nous inspirant d'une démonstration du Cadre Noir que Mme de Vitré nous avait emmenées voir, nous courions en croisant les jambes pour figurer les appuyés, nous exécutions des pirouettes, des ruades, des reculés ou des cabrades. Le père de Solange lui avait offert un gros livre sur le sujet. Les figures de dressage y étaient décrites et illustrées. Nous le consultions afin d'imaginer nos chorégraphies équines. Nous avions hâte de les mettre en pratique sur de vrais poneys, pas ceux du Luxembourg qu'on ne nous laissait pas diriger. Il avait été convenu que nous ferions un stage de quinze jours l'été suivant dans un club d'équitation en Normandie. Pour nous familiariser avec les différentes allures, M. Di Monda nous mettait sur ses genoux et, les levant l'un après l'autre en cadence, il imitait le mouvement produit par le pas, le trot, puis le galop. Chacune à notre tour, nous nous laissions secouer, en gloussant. D'autre fois, il se mettait à quatre pattes sur son grand lit et nous grimpions sur son dos. Agrippées à son pull, nous devions tenir le plus longtemps possible tandis qu'il se livrait à un rodéo qui finissait, pour notre plus grand bonheur, par nous faire chuter sur le matelas. Après les cours de mathématiques, pour me récompenser de mon application, il jouait aussi avec moi. Je me souviens d'un jour en particulier. L'image ne s'est jamais effacée. Nous sommes dans son bureau. Assise en face de lui, je viens de terminer un exercice difficile. Nous avons revu ensemble mes premières équations. M. Di Monda me fait à nouveau faire le jeu des allures, mais au lieu de me laisser sur ses genoux, il m'assoit plus haut. Je trouve ça moins bien, mais je ne dis rien.

« Au pas, au pas, au pas, au pas », commence sa voix, cadencée.

Le mouvement s'accélère.

« Au trot, au trot, au trot. »

Le jeu dure plus longtemps que d'habitude. J'ai mal au cœur et j'en ai assez.

« Au galop, au galop, au galop. »

Je veux descendre, il m'en empêche. La boucle de sa ceinture me blesse le haut des fesses. « Au galop, au galop, au galop. » J'ai mal. Je m'agite. Il me tient par la taille et appuie fort pour me faire coller aux mouvements de l'animal. « Au galop, au galop, au galop. » Le pommeau de la selle imaginaire, dur comme du bois, me broie l'entrejambe. « Au galop, au galop, au galop. » « Arrêtez, Monsieur, arrêtez, j'ai mal. » Il appuie toujours autant. « Au galop, au galop, au galop. »

Je crie. Il finit par me lâcher.

« Que se passe-t-il, ma petite Zita, tu n'aimes plus le cheval ? »

Je ne veux pas lui parler. J'ai peur. Je le repousse. Il me tient les mains.

« Attends, attends, Zita, on va arranger ça. Il ne faut pas pleurer, tu sais, il n'y a rien de mal. C'est un jeu. Tiens, regarde. »

Il ouvre son portefeuille, s'agenouille à ma hauteur et me met dans la main un billet de vingt francs. Je n'ai jamais eu de billet à moi auparavant. Il est tout neuf, sans ride ni pliure. C'est le premier que l'on me donne.

« Voilà… c'est mieux comme ça ? »

Il essuie mes larmes avec son mouchoir.

« Je t'aime beaucoup, beaucoup, tu sais. Il ne faut pas être triste. »

Il me mouche.

« Allez, respire fort. Encore. Ça va mieux ? Tu n'es plus triste ? »

Je ne sais plus rien. Je ne suis plus rien à ce moment-là, mais je fais ce qu'il attend de moi. Je dis que non, je ne suis plus triste, en secouant la tête. Je fais ma mignonne, comme dirait ma mère.

« Vas-y alors, ma petite sirène, et applique-toi pour le contrôle de mercredi », dit-il en ouvrant la porte.

Je ne veux plus y retourner, même si, avec les vingt francs, j'ai acheté plus de bonbons que je n'aurais jamais rêvé en manger. Ça m'a rendue malade, d'ailleurs, j'ai tout dégobillé. Non, je ne veux pas y aller. Je suis bonne en maths maintenant, je n'ai plus besoin de cours. « Ce n'est pas à toi d'en décider, dit ma mère. M. Di Monda pense que tu as encore besoin de soutien. »

Je hurle. Je n'irai pas.

« Tu iras. »

Non, je n'irai pas. Je la déteste. Je le déteste aussi. Je ne veux pas rester avec lui.

« Petite ingrate capricieuse », crie ma mère.

Et puis elle dit qu'elle ne sait plus quoi faire de moi. Qu'elle ne méritait pas d'avoir une si mauvaise fille et si seulement mon père était encore là.

À nouveau, je suis sur lui. Il a enlevé sa ceinture pour ne pas me faire de marques. Il l'a fermée et l'a passée autour de ses genoux pour faire des rênes. Je dois tenir les rênes. « Galop, galop, galop. » Je ne dis plus rien maintenant. Je me tais. « Galop, galop, galop. » Il répète ce mot, tout bas, sa voix est rauque, fiévreuse. Il grogne parfois. J'attends que ça finisse. « Galop, galop, galop. » C'est long, je n'en peux plus. Ma tête tourne. J'ai mal au cœur. « Galop, galop, galop. » C'est fini, le cheval s'arrête dans un râle cahotant. Sale bête. À peine est-il immobile que je m'échappe. Je vais au bout de la pièce, je le regarde tout rougeaud, horrible et luisant. J'attends. Cette fois-ci, il ne me donne que quinze francs. Alors je hurle. Je hurle, je pleure, je me roule par terre. Il a l'air terrifié. Sa peur me fait tellement plaisir que je hurle encore plus. Il me dit :

« Tais-toi, Zita, chut, attends. Une minute. Chut. »

Il sort de la pièce et revient. Il me tend vingt francs, mais dans son portefeuille je vois un plus gros billet. Sans un mot, je tends un doigt, le pointe sur le porte-feuille. Il me donne cinquante francs. Il veut essuyer mes larmes, mais je frappe sa main en recommençant à crier. Il me dit qu'il m'aime beaucoup, qu'il m'aime tant, pourquoi je ne veux plus jouer avec lui ? Qu'est-ce qui a changé ? Je lui tourne le dos. Il veut prendre mon visage dans sa paume, alors je le mords de toutes mes forces. Il m'ouvre la gueule comme à un chien pour retirer sa main. Je cours vers la porte et m'enfuis. Je me mets à étudier. Tout le temps. Je suis première de la classe depuis quatre semaines déjà. Ma mère continue à m'imposer ces cours.

« Tu vois bien les progrès que tu as faits. »

Alors, la fois d'après, sur mes copies de contrôle, je ne rends que des dessins : voilà pour mes progrès ! Des dessins de géants, des ceintures, des filles toutes petites et sans mains que j'enferme dans des bulles. La maîtresse me gronde. Qu'est-ce que c'est que cette effronterie ? Moi qui avais fait tant de progrès ! Elle ne me mettra pas zéro, c'est trop facile. Elle me convoque le samedi en retenue pour me faire passer à nouveau les contrôles, moi seule. Et pas question de dessiner ! Du coup, le vendredi, j'ai droit à un nouveau cours particulier. Et au galop, mademoiselle ! « Au galop, au galop, au galop. » J'attends – encore – que ça finisse, que cette saleté de canasson s'arrête. J'ai prévu cette fois-ci. J'ai mis plein de coton dans ma culotte pour que ça fasse moins mal. « Au galop, au galop, au galop », il essaie d'appuyer plus fort parce qu'il ne sent rien. Je me débats. « Au galop, au galop, au galop », poursuit-il. J'ai envie de crier. Je crois que je vais le faire. Tant pis. Même si on me voit comme ça. L'ai-je fait ? Je n'ai pas senti le son se former dans ma gorge. Je ne crois pas avoir réussi à le faire sortir, pourtant le miracle se produit. La porte du bureau s'ouvre : Mme de Vitré. Elle n'a pas frappé. Ce n'est pas son genre. Le cheval s'arrête net, des quatre fers. Les yeux bleus de Mme de Vitré sont comme du métal quand ils se posent sur mon professeur.

« Viens ici, Zita, dit-elle en me tendant la main. Viens, j'ai quelque chose à te montrer. »

Je descends en un clin d'œil. Je cours. Je lui prends la main et me serre contre ses jambes. La honte me brûle comme de la lave. M. Di Monda s'est courbé en deux, les coudes sur les genoux, rouge et silencieux, il fait comme si de rien n'était :

« À quelle heure est le dîner, belle-maman ? »

Mme de Vitré se retourne vers lui centimètre par centimètre. À l'intérieur d'elle, je sens un fauve. Je sais qu'il y a une panthère qui va bondir et le déchirer. Le mettre en pièces de ses griffes et de ses crocs, tranchants comme des couteaux. Il n'en restera que de la bouillie d'homme. Mais pas devant moi. Je sens sa force et elle me rassure.

« Prédateur », lâche-t-elle.

Je ne sais pas ce que ça veut dire. Elle me pousse doucement vers le salon. Elle m'emmène dans son atelier. Une jolie pièce en verrière avec un bureau et une causeuse, des chevalets et des toiles. C'est l'endroit où elle peint. Mme de Vitré se met à ma hauteur et me caresse les cheveux. Elle me regarde avec tellement de tristesse. « Ma chérie », elle dit. Dans ses yeux je vois des larmes. « Tu ne le verras plus. À partir de maintenant, tu ne travailleras qu'avec moi et Solange, d'accord ? »

Trois jours plus tard, M. Di Monda déménagea. À cause de son travail, nous dit-on. Il prit un autre appartement. Il venait voir sa fille le week-end, mais ne dormait plus au 31 bis, rue de l'Université. Il me fut facile de l'éviter.

11

Abusée… Voilà le mot qu'elle ne disait pas et que se répétait Pierre. Abusée donc abusive. Incapable de respecter les limites puisque l'on n'avait pas respecté les siennes. Violente parce qu'on lui avait fait violence. Terrifiante pour ne pas être effrayée. Sans parler de la manière dont cela s'était passé, l'homme riche et la petite fille pauvre, l'argent échangé… Tout ce que Pierre savait de Zita se réagençait. La vision entière qu'il avait de sa femme vola en éclats, avant que chaque élément retombe sous le sens, reprenant sa place autour de ce mot explosif : abusée. Comment avait-elle pu lui dissimuler une clé de sa vie d'une telle importance ? Elle ne lui faisait pas confiance. C'était la seule explication qu'il pouvait tirer de cette révélation. Ce secret lui aurait donné trop d'emprise sur elle. Même après des années, elle n'avait pu s'y laisser aller. Elle avait trop l'habitude de brouiller les pistes, d'échapper aux étiquettes, aux analyses… Elle ne voulait pas qu'on la saisisse. Une tristesse infinie envahit le galeriste. Il avait le sentiment que quelque chose en Zita lui avait toujours résisté, qu'il n'avait jamais touché son centre, son cœur. Tout ce temps consacré à tenter de l'apaiser, à tenter de la soigner… Il lui avait ouvert grand sa vie, donné sa personne tout entière, quand elle ne l'avait laissé effleurer que la surface. Il fallait regarder les choses en face, Pierre avait été marié à une femme qui ne l'avait jamais suffisamment aimé pour se confier à lui. C'était très simple, et c'était insupportable. Il savait bien ce qu'elle aurait dit sur ces « conneries freudiennes ». Elle aurait affirmé que cet épisode de son enfance n'avait pas d'importance, pas plus que n'importe quel autre. « Tout le monde doit être traumatisé par quelque chose à notre époque », se plaignait-elle. Zita lui reprochait de vouloir tout expliquer, de faire de la « psychanalyse de supermarché ». « On n'a pas le droit de mettre ses erreurs sur le dos de l'enfant que l'on a été. Il y a un âge où il faut assumer. N'essaie pas de me trouver des excuses, je n'en ai pas », aurait-elle protesté. Pierre connaissait si bien son discours, mais elle... Zita... Cette femme qu'il avait mille fois prise. *Sa* femme, que mille fois il avait cru posséder. Celle à qui il disait : « Arrête ton cinéma, je te connais par cœur ! » Quelle arrogance... Cette femme, il ne la connaissait pas. Au fur et à mesure qu'il avançait dans son texte, il s'en rendait compte. Contrairement à ce qu'il avait ressenti en lisant ses romans, où c'était simplement son monde imaginaire qu'il découvrait, dans ses mémoires, c'était sa vie qu'il parcourait. C'était son cerveau, son enfance, ses souvenirs, son corps avant qu'il ait vieilli, ses rêves avant qu'ils ne soient fanés. L'ampleur de ce qu'il avait ignoré, voilà ce qui le faisait souffrir. L'ampleur de ce qu'elle lui avait dissimulé, comme on cache ses trésors en présence d'un voleur, d'un intrus, d'un être malintentionné, voilà ce qui lui brisait le cœur. À quoi servait-il alors ? Elle n'avait pas besoin de lui. Si elle lui avait parlé, il se serait battu pour elle. Zita, sa petite fille sans défense dont on avait profité. Il l'aurait retrouvé, ce type immonde. Il le lui aurait ramené par la peau du cou, même vieillard, même impotent. Il l'aurait mis à genoux devant elle pour qu'il demande pardon, qu'il supplie, qu'il expie. Il l'aurait battu. Mais elle n'avait rien dit. Se vengeant sur Pierre et sur les autres. Les rejetant en dehors des murs qu'elle avait dressés autour de son cœur. Elle avait enfoui l'humiliation, jeté le souvenir au fond d'un puits bien rebouché de sa conscience. Il crut entendre Zita se défendre. Ce n'était pas contre lui. Peut-être qu'elle ne voulait plus y penser. Peut-être que parler de cette blessure, c'était lui rendre son importance. Ce n'était pas le manque d'amour, mais la honte qui, des années plus tard, lui avait scellé les lèvres. Pierre tentait de ne pas se sentir trahi, mais allongé sur le canapé de velours gris, les feuilles posées sur le ventre, il étouffait de tristesse.

« J'essaie de comprendre, mon amour. C'est dur », dit-il à voix haute.

Il repensa à Ondine. La jeune femme avait eu raison d'avoir peur. Dans la vie, on a rarement accès à une personne aussi intimement qu'en lisant ses mémoires. Au quotidien, les pensées sont filtrées, les choses dites peuvent faire mal, mais elles n'ont pas de corps. Elles surgissent puis s'éteignent, volatilisées. Les choses écrites, si elles viennent de quelqu'un que l'on a aimé, sont beaucoup plus dures à effacer. Lorsqu'une parole blesse, on peut croire qu'elle n'était pas pensée, qu'on a mal entendu. Lorsqu'un mot brutal se fige sur le papier, il n'y a plus de place pour le doute. L'intention est bien là. Le mot garde son tranchant. Le temps ne l'émousse pas, et à chaque relecture, on peut à nouveau s'y couper. Pierre hésita. Que cherchait-il au fond ? Était-il sûr de vouloir connaître Zita ? Était-il prêt à subir cette conversation à sens unique dans laquelle il ne pourrait, impuissant, qu'écouter ? Le galeriste aurait pu poser ce tas de feuilles, quitter l'appartement, aller se soûler jusqu'au coma chez Castel, recommencer autant de jours qu'il le faudrait pour détruire, un à un, chaque neurone qui oserait garder le souvenir de Zita. Il pouvait aussi se satisfaire de l'image qu'il avait d'elle, de l'idée qu'il s'était faite de leur histoire. Ne pas la remettre en jeu. Elle était bien assez complexe. L'écrivaine le lui avait seriné, il s'en souvenait : « Chéri, la vérité n'existe pas. C'est une fable. Une arme fabriquée par des prêtres et des savants pour mieux dominer l'humanité. Tu ne la trouveras jamais. Il faut s'accorder du flou, du mélangé, du contradictoire, heureusement qu'il existe, c'est ce qui fait de la place à la liberté. » À l'époque, Pierre s'exaspérait de ce genre d'envolées théoriques, à présent, il se disait que la sagesse était peut-être là : appliquer ses forces non pas à savoir, mais à oublier. Le galeriste avait dit à Ondine qu'il lirait ce texte, mais elle trouverait bien quelqu'un pour le remplacer. Gaël de Vitré, par exemple, ou Mme Lourdes. La jeune femme saurait se débrouiller. Et puis, il ne lui devait rien. Avec la façon dont elle parlait de sa mère, celle dont elle l'avait traitée... Pierre essaya de se convaincre qu'il devait se lever et partir le plus loin possible de cet endroit. Prendre une voiture, un train ou un avion pour filer à l'autre bout du monde, courir plus vite que son cerveau qui produisait des pensées sombres à un rythme effréné. Partir, c'était le seul moyen de le faire taire. Mais le jeune veuf avait beau se dire qu'il fallait se lever, son corps semblait impossible à remuer. Une partie de lui protestait : refuser de connaître vraiment Zita, c'était ne pas l'aimer. Que lui importait au fond de savoir qui était le père d'Ondine, si oui ou non elle avait écrit ses livres, si oui ou non elle avait des sentiments pour lui ? La seule chose qu'il fallait protéger, c'était son amour à lui. L'amour fou qu'il avait ressenti pour elle. Il ne devait pas laisser la peur ou la fierté l'abîmer. Il n'avait pas « perdu son temps » avec Zita. Pierre se remémora une autre phrase de sa femme qui le décida à continuer son texte : « Le seul moyen de connaître l'amour inconditionnel sur cette terre, ce n'est pas de l'attendre, c'est de le donner. »

12

Cet épisode glissa sur ma mère. Elle n'avait rien vu, rien entendu. Ou rien voulu voir ? Rien voulu entendre ? Il me sembla seulement qu'elle se mit à manger plus encore. Le problème, c'est que son obsession de l'accumulation ne s'arrêta pas à la nourriture. Si elle s'était contentée d'aliments comestibles, je crois que j'aurais pu m'y faire, mais quand elle se mit à dévorer ma bibliothèque, nous nous déclarâmes la guerre. Elle commença, la maligne, par en bouleverser l'ordre. Je me rendis compte, en rentrant de l'école, qu'elle avait rangé les volumes plus ou moins par taille et par couleur, « pour faire joli ». Je l'injuriai, avec les mots d'enfant les plus durs que je pus trouver, « méchante, horrible grosse vieille sorcière », et pour la première fois, mais pas la dernière, j'ajoutai, le cœur battant de la transgression que j'allais commettre : « Tu es une conne. »

« On ne parle pas comme ça à sa mère ! » cria-t-elle en essayant de me gifler, mais je m'enfuis avant qu'elle sortît la ceinture dont j'avais déjà trop tâté.

En rentrant cinq heures plus tard, je refusai de m'excuser et passai la nuit à reconstituer l'ordre que Dada avait conçu et que j'avais forcé ma mère à consigner sur un cahier lors de notre déménagement. Il en manquait. C'était le début de l'hémorragie.

« Les êtres humains sont plus importants que les bouquins, clamait-elle chaque fois que je réalisais qu'elle avait encore tapé dans le stock. Nous avons besoin d'argent !

– Nous n'avons besoin de rien ! Il suffirait que tu arrêtes de manger ! répliquais-je, écumante de rage.

– Tu veux affamer ta propre mère ! Il faut bien se nourrir, clamait-elle. On ne peut pas vivre sans manger.

– Eh bien moi, je ne peux pas vivre sans lire !

– Quelle princesse ! Tu n'as qu'à aller lire à la bibliothèque de la mairie comme tout le monde. Les livres sont un luxe que nous ne pouvons plus nous permettre. »

D'autres fois elle essayait de me consoler :

« Mais pourquoi en fais-tu toute une histoire ! C'est pour acheter tes livres de classe, ils sont plus neufs et plus utiles que ces vieux bouquins que ton papa récupérait sur les quais ! Je t'assure, il n'y a pas de quoi se mettre martel en tête. »

Ou, tandis que je sanglotais à chaudes larmes à chaque roman qu'elle exécutait :

« Mais Zita, enfin ! Tu l'as déjà lu, celui-là, on n'en a plus besoin. » Ou : « On les rachètera, va ! On les rachètera plus tard. »

Ce fut la seule bonne idée qu'elle me donna : les marquer d'un signe en prévision du jour où je pourrais les racheter. Je m'inventai un ex-libris : un petit dragon tenant une plume et crachant du feu que me dessina Mme de Vitré. Je le décalquai et le reportai sur chaque livre, puis le retraçai au feutre noir pour, un jour, pouvoir les reconnaître. Au marché de bouquins du parc Georges-Brassens où je vais presque tous les week-ends, j'ai retrouvé *Les Frères Karamazov* et des années plus tard des nouvelles de Gogol. Sur la page de garde, il y avait mon dragon et cette phrase tracée d'une conscien-cieuse écriture d'enfant : « Cette histoire appartient à Zita Chalitzine. » Je me suis assise dans un café de la rue Brancion, le volume posé sur la table, et des bras-sées de souvenirs ont fleuri en moi tout l'après-midi.

En dépit de la solution de mon ex-libris, je ne renon-çais pas à me défendre, ce qui provoquait des pugilats dans notre loge. Je me réfugiais chez Gaël, le fils cadet de Mme de Vitré, qui avait neuf ans de plus que moi. Lassé de me récupérer en larmes dans sa chambre, il décida de mettre fin au conflit et de jouer le premier tour de sa vie à la chère Mme Lourdes, son ancienne nourrice. Nous organisâmes une opération de sauve-tage. L'enlèvement des livres devait avoir lieu le jour du goûter d'anniversaire de Solange. Nous savions que ma mère serait absorbée par la gestion des manteaux, des jus de fruits, des gâteaux, et par la contemplation ravie de ce déploiement de jeunesse bien élevée qu'elle admirait plus que tout. Pour réussir ce sauvetage, Gaël appela à la rescousse deux de ses amis, Jérôme et Thierry. Pendant que ma mère se régalait des images d'Épinal que constituaient ces préadolescentes en robes fleuries – et d'une bonne partie du buffet –, nous entrâmes dans la loge, armés de couteaux, de ruban adhésif et de cartons de Vichy Saint-Yorre. Depuis dix jours, j'en avais accumulé une quinzaine avec la compli-cité de Manuel, le fils du gérant du Félix Potin situé juste en face de la maison. Nous étions amis parce que, avec moi, il était le seul « pauvre » à fréquenter l'école pour gosses de riches où nous étions inscrits, rue de Grenelle. En vingt minutes montre en main, nous avions tout emballé et descendu dans la cave de Gaël. Il était le seul à en avoir la clé et la porte en chêne était barrée d'un grand écriteau « Interdit aux croulants ».

C'est là qu'ils se retrouvaient avec ses copains pour fumer, faire de la musique ou jouer au backgammon. À l'époque, n'ayant pas encore récupéré l'appartement à l'entresol de la maison, il avait colonisé cet espace. C'était une jolie pièce voûtée, illuminée en son centre par un puits de jour en verre dépoli. Il y avait installé des mètres carrés de coussins bariolés, un narguilé chiné aux puces, sa batterie, le tout premier orgue électronique lancé sur le marché, son saxo, sa guitare et ma flûte à bec que dans un accès de gratitude je lui avais donnée et qu'il n'avait pas osé refuser. De toute façon, je jouais tellement faux en cours de musique à l'école que je faisais dérailler la classe. À bout de patience, la maîtresse avait fini par me confier un triangle que je faisais vibrer distraitement deux à trois fois par demi-heure. Après avoir déposé les cartons contre le mur du fond de la cave, les trois garçons s'affalèrent dans les coussins et entamèrent une bouteille de whisky pour fêter l'accomplissement de cette mission. Du haut de mes douze ans, je fus soudain intimidée par ces trois jeunes adultes qui me taquinaient de blagues que je ne comprenais pas. Surtout, je ne devais pas traîner. J'avais intérêt à ne pas être à la maison quand ma mère rentrerait. De retour à la loge, je jetai dans mon sac à dos quelques vivres et des biens de première nécessité : ma lampe de poche, un chandail vert, *La Peau de chagrin*, un cahier, un paquet de Petits-Beurre Lu et une photo de mon père. Je savais que Gaël refuserait de m'héberger et qu'il m'aurait vendue à la première larme de crocodile de ma mère. Je remontai le boulevard Saint-Germain en direction du Luxembourg, décidée à camper quelque part dans le jardin pour ma première nuit. Une fois passé les hautes grilles du parc, je m'installai sur une chaise en fer près des tennis où, ulcérée par mon manque de ressources et ma vulnérabilité, je fus prise d'un incompressible accès de désespoir. Une première larme tomba avec un gros « poc » sur *La Peau de chagrin*, suivie d'une autre, puis d'une troisième et d'un tel torrent qu'il me fallut fermer le livre avant qu'il se transforme en papier mâché. Alors que je pleurais de rage impuissante en m'essuyant les yeux du mieux que je pouvais du revers de ma manche, une main timide effleura mon épaule. Elle appartenait à Timothée. J'avais vu à plusieurs reprises ce cousin germain de Solange chez les Vitré. C'était un jeune garçon à lunettes, très cultivé et très sérieux. Il avait deux ans de plus que moi, mais était déjà en terminale parce qu'il avait sauté quatre classes. En dépit de son âge et de sa petite taille, il portait une veste bleu marine à gros boutons dorés et lisait les journaux tous les matins : *Le Figaro*, *Le Nouveau Journal* et *Les Échos*, comme son père, important notaire parisien. Il ne parlait que de choses très sérieuses comme l'état du monde et de la Bourse, dont il avait essayé de m'expliquer les mécanismes au dernier goûter de Pâques qu'avait organisé Mme de Vitré. Il savait aussi réciter de longs passages de Dante et de Chateaubriand qui, en dépit de ma propre précocité, étaient encore séparés de moi par deux rayons pleins dans le classement de livres imaginé par mon père. Son sujet préféré, c'était la botanique, domaine qui ne m'intéressait pas. Quand on lui demandait ce qu'il voulait faire plus tard, il disait : « Président de la République », ce qui faisait rire tout le monde sauf moi. Il m'avait expliqué comment il comptait s'y prendre et j'étais persuadée qu'il y arriverait. Lorsque sa main se posa sur moi, je ressentis un immense soulagement. Timothée portait une chemisette et un short immaculés qui, abstraction faite de ses lunettes et de sa raquette, lui donnèrent, dans mon esprit égaré par le chagrin, l'air du chevalier blanc venu me sauver d'une vie d'errance et de pauvreté.

« Ça n'a pas l'air d'aller, Zita.

– Non, ça va très mal.

– Qu'est-ce qui vous arrive ?

– On pourrait peut-être se tutoyer, non ? On est des enfants.

– Nous n'en sommes pas moins des personnes à part entière.

– Timothée, je ne suis pas d'humeur philosophique aujourd'hui, vous savez.

– Je pourrais peut-être vous être d'un quelconque secours ?

– Oui, vous pourriez.

– Demandez-moi ce que vous voudrez.

– Pourriez-vous m'héberger en secret ?

– Pardon ?

– M'héberger. Je n'ai nulle part où aller.

– Vous avez fugué !

– Oui, avouai-je, modeste.

– Depuis quand ? me demanda-t-il, submergé d'admiration car il était de nature romanesque.

– Depuis l'heure du goûter », dis-je, consciente que j'allais par cet aveu réduire de moitié mon crédit.

Un ange passa, puis, investi du sens des responsabilités d'un père de famille, il me demanda avec gravité : « Si vous me racontiez les raisons de votre départ, je pourrais peut-être vous aider à trouver une solution. »

Il se mit en position de m'écouter, jambes serrées et mains sur les genoux, avec l'air absorbé d'un mathématicien s'apprêtant à réduire une difficile équation. S'il est une chose que Timothée pouvait comprendre, c'était l'engagement intellectuel. Il fut révolté par le brutal outrage que je subissais depuis des mois et para ma querelle de tout le prestige d'un combat pour la liberté d'expression. La vente de mes livres prenait dans son esprit des proportions d'autodafés hitlériens et ma rébellion celles d'une résistance digne des héros de la Seconde Guerre mondiale – période au programme du bac – contre la barbarie matérialiste des régimes totalitaires. Il cita Churchill, De Gaulle, Roosevelt et tomba d'accord avec moi pour considérer que les nourritures de l'esprit étaient infiniment supérieures à celles du corps. Il condamna sans appel la gloutonnerie de ma mère, et à la fin de mon récit, il avait adhéré sans retour possible à ma cause. Ce fut le début d'une longue amitié.

« Mon bureau est la cachette idéale, affirma-t-il. Personne, pas même mes parents, n'a le droit d'y entrer. Si nous passons par l'escalier de service, je devrais pouvoir vous y installer sans que nous nous fassions remarquer. »

Nous suivîmes ce plan à la lettre. Timothée habitait rue Guénégaud, à quelques mètres du Luxembourg. Il m'accompagna d'abord par la porte de service au premier étage puis il remonta par l'escalier principal et vint m'ouvrir. Il n'y avait que trois mètres à parcourir pour que je me glisse dans son bureau, une pièce avec une grande fenêtre sur la cour dont il tira les voilages. J'entrevis l'appartement qui me sembla somptueux. Une salle de bains de petite taille, dont le marbre noir moucheté d'ocre et la robinetterie dorée me parurent le comble du luxe, desservait sa chambre et son bureau. Il n'y avait pas la moindre trace d'enfance dans ces deux pièces. Je n'aperçus pas un jouet ou une peluche, ni aucun vestige de cet âge où l'on est sentimental avec les objets et dont Timothée semblait s'être dispensé. Aux murs, des cartes géographiques et des compas de marine. Sur les étagères, des livres, les trente volumes de l'*Encyclopædia Universalis* reliée de cuir rouge, d'étranges formes géométriques en bois et d'autres curiosités : champignons d'arbres séchés, crânes d'animaux, roses des sables, pierres de couleurs variées, et une improbable collection de clés anciennes.

Il me laissa me « rafraîchir » avec la considération désuète qui le caractérisait tandis qu'il tentait une opération de ravitaillement en cuisine. Il revint avec un sac de la librairie Gallimard rempli de victuailles : des galettes bretonnes, des Mikados, des tablettes de chocolat, des Mars, du Pepsi-Cola que je goûtais pour la première fois car nous n'en avions pas à la maison, des cracottes Wasa, des Miel Pops que nous mangions sans lait avec les doigts et un grand pot d'Ovomaltine dont nous dégustâmes la poudre à la cuiller. J'ajoutai à ce festin la modeste contribution de mes petits-beurre. Il étala un plaid sur le sol du bureau et nous tînmes notre premier meeting de campagne. Timothée soutenait que nous devions écrire une lettre à ma mère posant mes conditions. Je pensais qu'il valait mieux attendre. Mariner une nuit dans l'inquiétude lui ferait le plus grand bien.

« Établissons nos objectifs : que voulons-nous obtenir de votre mère ?

— Des excuses pour avoir vendu mes livres, de l'argent de poche mensuel pour les racheter, et un retour sans la moindre sanction.

— Très bien, je vais chercher un journal pour découper des lettres.

— Pourquoi ? On peut très bien écrire à la main… Ce n'est pas une lettre anonyme.

– Oui, dit-il rougissant, mais j'ai toujours eu envie de faire ça et je n'en ai jamais eu l'occasion.

– On pourrait demander une rançon », dis-je, soudain inspirée par cette idée.

J'envisageai avec délices les affres dans lesquelles une lettre de rançon plongerait ma mère. Son inquiétude quant à ma santé et à ce que mes ravisseurs me feraient subir, ses regrets de m'avoir tant maltraitée, les résolutions qu'elle prendrait – si j'en réchappais – de s'occuper de moi avec plus d'égards et surtout l'agonie que représenterait pour elle d'avoir à dépenser une quelconque somme d'argent. Nous passâmes trois heures à rédiger notre lettre de chantage et à coller nos petits caractères sur la feuille blanche. Nous en étions presque à la fin quand les parents de mon complice vinrent tambouriner à la porte. La tante de Solange, qui habitait comme presque tous les Vitré et leurs affiliés au 31 bis, rue de l'Université, nous avait aperçus, Timothée et moi, alors qu'elle prenait un thé avec des amis au Rostand. Elle ne s'était pas inquiétée, avant que ma mère, éplorée, ne débarque chez ses employeurs à ma recherche. Il ne leur avait fallu qu'une petite heure pour découvrir où j'étais. On nous sermonna sévèrement et je craignis les pires représailles. Je fus sauvée par deux choses : le plaisir que ma mère prit devant ces gens à jouer la maman indulgente et bouleversée d'inquiétude, et les espoirs qu'elle nourrit des années durant que j'épouserais un jour Timothée, héritier d'un des plus gros cabinets de notaires de Paris. Mon coup de force me valut un nouvel ami et, à la maison, quelques années de relative tranquillité.

13

C'était le jour où « j'ai cessé d'être une petite fille », traduisez où quelques gouttes de rouge vinrent colorer le jet clair et tendu que je regardais tomber, entre mes cuisses, dans la cuvette des cabinets – parce qu'il faut dire cabinets, et pas toilettes, quand on vit dans un hôtel particulier. J'avais treize ans et les règles, je ne voyais pas pourquoi on en faisait tout un plat. Je ne me sentais pas différente de la veille. Je ne comprenais pas pourquoi mes amies d'école rayonnaient de fierté et prenaient des airs de dames parce que « c'était arrivé ». Je roulai du papier en boule pour en faire un petit matelas que je mis dans ma culotte, je me lavai les mains et j'allai prendre mon petit déjeuner. En trempant dans mon bol de chicorée la première tartine de Nutella, j'en parlai à ma mère. Elle avait si souvent insisté pour savoir si je les avais eues que je ne songeai pas à les lui cacher. Elle poussa un grand cri. Des larmes brouillaient déjà son mascara et, très décidées, creusaient des chemins irréguliers dans l'épaisse couche de fond de teint et de rouge qu'elle s'appliquait chaque matin.

« Qu'as-tu, maman ? demandai-je un peu inquiète.

– Ma fille, ma fille », répéta-t-elle en cherchant d'un air hagard un morceau d'essuie-tout pour se moucher avant de se rabattre sur sa serviette de table en tissu. Ce n'était pas encore la fin de la semaine et il faudrait la laver, mais tant pis, ce n'est pas tous les jours que sa petite fille devenait une femme. « C'est merveilleux, sanglota-t-elle.

– Je ne vois vraiment pas ce que ça change », grommelai-je, sentant l'agacement prêt à déborder de moi comme l'eau d'une baignoire. J'avais en horreur son sentimentalisme.

« Tu n'as pas mal au moins ? s'enquit-elle en me regardant d'un air de curiosité gourmande.

– Ben non, fis-je, notant son air déçu.

– Ma fille, ma toute petite fille », reniflait-elle. Elle se pencha pour me prendre le visage dans ses mains, mais je la repoussai. Je ne supportais pas qu'elle soit si près de moi et puis ses doigts sentaient l'ail. Elle se rassit et, de nouveau, poussa un grand cri :

« Sainte mère !

– Quoi encore ? fulminai-je.

– Tu n'as pas mis de tampon au moins !

– Non, je n'en ai pas mis, je n'en avais pas.

– Il ne faut jamais en mettre ! Ça risque d'abîmer ta fleur.

– Maman, tu ne vas pas recommencer avec la fleur ! Par pitié, laisse tomber la botanique. Tu n'y connais rien. La plupart de mes amies en mettent et il n'y a aucun risque.

– Je t'interdis, Zita ! Je te préviens... je te préviens...

– Comme ça je serai prévenue.

– Ta fleur est la chose la plus précieuse que tu aies.

– Non, la chose la plus précieuse que j'aie, c'est le peu que tu n'as pas vendu de la bibliothèque de papa.

– Personne ne t'épousera jamais si tu n'as plus ta fleur.

« – Si au moins tu disais hymen ! L'idée d'avoir un bouquet dans la touffe, c'est d'un ridicule...

– Je t'interdis d'être vulgaire, tu n'es pas une fille des rues !

– C'est ton obsession pour mon entrejambe qui est vulgaire, maman, pas les mots que j'emploie. De toute façon, je refuse de parler de ça avec toi.

– Tant que tu vivras chez moi, je déciderai de quoi nous parlerons.

– Eh bien, vivement que je m'en aille ! » dis-je en attrapant mon cartable.

Je sortis en claquant la porte aussi fort que possible : ma vengeance préférée. Dans la minute, M. Daninos sortirait de sous le porche pour se plaindre à ma mère, écrasée de honte, du vacarme assourdissant que faisait tous les matins « la sale gosse ».

Sur le chemin de l'école, je repensai à notre conversation. C'était donc ça, devenir une femme ? Je ne sentais pourtant rien de spécial. Une femme, quelle horreur ! Me transformer en vache comme elle. Faire des taches tous les mois sur mes pantalons, me cogner partout ces bouts de seins qui commençaient à pendouiller de mon torse. M'épaissir, voir des poils pousser. La première fois que j'en avais vu un tout petit et blond se nicher entre les deux clémentines qui s'étaient accrochées à ma poitrine autrefois si lisse, j'avais cru défaillir de honte. Alors, la virginité... Et que c'était précieux, et qu'il ne fallait pas la perdre. C'était la garantie de ma pureté. Avoir cette chose absurde à protéger, penser que quelqu'un pouvait me la prendre, dérober cette « fleur » dont je ne voulais pas et que l'on m'avait collée d'autorité entre les jambes m'affligea. Le monde entier redevenait hostile, comme au temps des cours de maths avec M. Di Monda. À chaque coin de rue, un voleur de fleur pouvait se tenir en embuscade. L'univers joyeux, regorgeant de bonnes surprises dans lequel je me promenais la veille avec tant de plaisir et de sérénité était terni par l'angoisse de la perte. Je sentais confusément, sous l'obsession de « pureté », d'« innocence », les fantasmes de vieux dégoûtants qui rêvent de se laver dans les jeunes filles. J'en avais suffisamment fait les frais pendant mes séances d'équitation forcées. Je ne voulais plus en être victime. Cette histoire de virginité me répugna tant que je fis tout pour m'en débarrasser. Mais je vous raconterai, il me fallut des hommes et des années.

Cinq ans plus tard, c'est Gaël de Vitré qui me fit connaître Claude. Les mondes ont plus de passerelles entre eux que les garants de la moralité n'acceptent d'en voir. Gaël faisait le désespoir de sa mère dont il était pourtant le favori. C'était un beau brun aux yeux très bleus dont les traits un peu mous trahissaient la langueur et le goût du plaisir. Il aimait la vie, ne supportait pas la contrainte et encore moins de se lever avant trois heures de l'après-midi. À vingt-sept ans, il habitait encore chez sa mère. Mme de Vitré lui passait tout. Elle l'avait eu sur le tard, quinze ans après sa dernière fille. Je me souviens qu'un soir où je ne dormais pas, des amis des Vitré qui sortaient de chez eux s'arrêtèrent sous le porche pour commenter leur dîner. De notre loge, on entendait tout ce qui se disait. Les deux couples s'étonnaient du peu de ressemblance entre Gaël et les quatre sœurs Vitré.

« Vous savez que son parrain, Archibald, vous le connaissez, n'est-ce pas ? l'ex-ambassadeur d'Argentine... Eh bien, son parrain lui a offert une voiture ! Une Aston Martin. Quelle que soit la générosité habituelle d'Archibald, c'est un peu trop somptueux pour être honnête, non ? »

Il y eut des rires confus et des chuchotements, puis l'un des messieurs dit plus fort :

« Liliane, voyons, c'est si courant, dans nos familles, que le parrain du dernier enfant en soit aussi le père. Vous êtes bien la seule à vous étonner. »

Enfant de l'amour, seul garçon de la portée Vitré, Gaël était doublement gâté et ne voyait pas pourquoi il aurait dû renoncer à en profiter. Ses sœurs avaient bien essayé de lui « botter le train », sans succès. Il avait successivement fait une première année de droit, une année d'histoire, une année de lettres modernes avant d'atterrir en chinois, qu'il avait laissé tomber au bout de six mois « pour des raisons esthétiques et philosophiques ». Il trouvait les Asiatiques laids et matérialistes, deux défauts qu'on ne tolérait pas chez les Vitré. Matérialiste, évidemment, il n'avait pas besoin de l'être. Gaël occupait un grand cinq pièces à l'entresol de l'immeuble familial. Il était censé travailler chez un oncle antiquaire et il faut mettre à son crédit que, les rares après-midi où il traversait la rue de l'Université et la rue de Verneuil pour aller s'affaler dans le canapé de la boutique rue de Lille, il éblouissait les clientes par son art du verbe, son charme aristocratique et sa confiance en lui. Plus qu'un gagne-pain, la galerie était son vivier de conquêtes. Les femmes étaient folles de lui. Il savait les écouter, leur dire ce qu'elles voulaient entendre, les faire rêver. Gaël se sentait obligé de faire du charme à toutes les femelles de la planète, de sept à soixante-dix-sept ans. Avec lui, le pire cageot devenait une reine de beauté. Les plus séduisantes, à condition qu'elles soient mariées, s'abandonnaient dans son lit et dans ses bras l'après-midi, avec le plaisir rageur que l'on

prend aux dernières amours ou à celles qui sont inter-
dites. Elles le couvraient de caresses et de cadeaux
avant de s'éclipser par l'escalier de service rejoindre
leurs appartements, leurs enfants et leurs maris. Je fus
assez amoureuse de lui, à l'âge de quatorze ans, et
j'essayai bien de le convaincre de me débarrasser de ma
fleur, mais le respect des jeunes filles était l'un des rares
principes que le darwinisme social n'avait pas tué chez
Gaël. Et puis ma mère avait été sa nounou et il gardait
pour elle une vraie tendresse :

« Je ne peux pas faire ça à Mme Lourdes, elle n'y
survivrait pas ou il faudrait que je t'épouse et dans ce
cas, c'est moi qui n'y survivrais pas. L'idée que l'on
puisse me passer la corde au cou, même si c'est toi, j'en
ai déjà des palpitations », affirmait-il, théâtral, une main
sur la gorge et l'autre sur le cœur.

Je ne parvins pas à le convaincre, ma mère étant peut-
être la seule personne sur terre capable de faire peur à
Gaël de Vitré. En revanche, il m'apprit beaucoup en me
faisant le récit de ses aventures. Après quelques réticences, il finit par me confier ses exploits sexuels et
sentimentaux avec un luxe de détails inespérés pour
l'apprentie anthropologue de la bonne société que
j'étais. Pendant trois ans, il me décoda la bourgeoise :
ses peurs, ses réticences, ses espoirs romantiques, ses
mesquineries, sa servilité inconditionnelle envers la
famille. Il les baladait comme des petits chiens, leur faisant faire le beau avec deux caresses ou trois jolis mots.
Il me montra tout ce qu'il ne fallait pas être pour éviter
de devenir le jouet des hommes. J'étais timide et
curieuse. Cette position m'allait bien. Un hôtel particulier du septième arrondissement est une exceptionnelle
école de la vie et des faux-semblants pour une petite
fille que personne ne remarque et qui n'en perd pas une

miette. Quand un ennemi vous a révélé sans le vouloir ses limites et ses faiblesses, plus rien ne peut vous arrêter. Je voulais moi aussi vivre d'insouciance, d'esthétique et de gaieté.

J'étais en terminale, à quelques mois du bac, section lettres. Ma mère avait bien essayé de m'orienter vers les maths, « la voie royale », mais mon incurie en cette matière eut raison de son insistance.

« En plus ce n'est pas joli, une fille qui compte », disait-elle pour se consoler, sans doute le seul enseignement que je retins de son éducation.

Depuis la fin du premier trimestre, je séchais la plupart des cours. J'avais l'impression d'être entourée de ruminants occupés à brouter du savoir qui ressortirait tel quel, sans la moindre transformation, à l'issue de leur tube digestif. Les professeurs avançaient à pas de fourmi sur le programme en récitant ce que je pouvais lire dans nos manuels. Je n'en pouvais plus de rester des heures assise à attendre que quelque chose se passe. Je n'assistais plus qu'à deux cours. Pour le reste, je me faisais porter pâle, ce qui me valut un blâme alors que j'avais la meilleure moyenne de la classe, de loin. « On a tort de croire que les imbéciles sont inoffensifs. » Cette phrase de Bernanos, lue dans l'un des carnets de mon père, m'ouvrit les yeux. Les moutons ne supportent pas les solitaires, ça leur rappelle trop les loups. Parmi les enseignantes que je respectais encore, il y avait Farobia en histoire-géographie, une petite brune incroyablement vive que j'avais déjà eue en classe de cinquième. Ce fut grâce à elle que je commençai à « penser par moi-même ». À me méfier de ce que je lisais parce qu'il ne suffit pas que quelque chose soit écrit pour être vrai. À me poser des questions sur à peu près tout ce qui m'entourait. Il y avait aussi la profes-

123

seure de philosophie, Tranlaut, qui, avec ma mère, ma meilleure amie et Mme de Vitré, se joignit au concert de reproches destiné à me faire revenir sur ma décision de ne pas étudier. Solange lui avait parlé de moi, je crois. C'était une jeune blonde au nez très droit, à la bouche bien dessinée dont elle soulignait la pulpe rose d'un trait brun plus foncé. Je l'imaginais se maquiller comme on corrige une copie. Une fois les lèvres faites, elle entourait ses jolis yeux noisette de khôl noir, passait au fluo vert ses paupières et annotait ses pommettes d'un point d'interrogation de fard rouge. Nous la trouvions pleine d'esprit, et quand son fiancé, un beau brun sanglé dans son perfecto, venait la chercher à moto, nous étions persuadées que cette fille avait tout réussi dans la vie. Elle était notre modèle, notre grande sœur et notre gourou. Après les cours du mardi qui se terminaient à six heures, elle emmenait les « happy few » au Virgile, le café qui faisait le coin de la rue de Grenelle et de la rue Casimir-Périer. Solange était abonnée au lait grenadine, Inès, que nous surnommions « la Souris » parce qu'elle était d'une timidité maladive, prenait de l'eau gazeuse, je commandais un panaché et Tranlaut alignait les cafés. Elle nous parlait des « choses de la vie » avec une assurance, une voix posée et grave qui donnaient à tout ce qu'elle disait, dont beaucoup d'inepties, un air de vérité. Surtout, elle nous racontait ses faits d'armes de mai 68 avec la virilité gouailleuse d'un ancien maquisard. L'acmé de ses récits fut cette fois où, ayant troqué ses habituels cafés pour des verres de vin blanc, elle nous conta, en visible état d'ébriété, la pelle mémorable que lui avait roulée « Dany le Rouge ». Perché sur la statue de l'Odéon, il venait de haranguer une multitude d'étudiants, pour la porter à un état proche de l'hystérie collective. En descendant, il l'avait « choisie » parmi des centaines d'autres. C'était comme sortir avec Mick Jagger après un concert. Il avait un goût de café et la langue sèche d'avoir trop parlé, mais elle avait trouvé ce baiser grisant. Elle s'était laissée aller contre lui et contre la foule qu'il tenait en son pouvoir, jusqu'au moment où il avait voulu mettre la main dans sa culotte. Elle l'avait arrêté d'un geste ferme qui lui avait valu un « Il est interdit d'interdire », auquel elle avait répondu : « Déboutonne ton cerveau au lieu de ta braguette. »

Il avait rétorqué en lui pinçant le bout des seins, ce qui, nous confia-t-elle, l'avait rendue toute faible : « Désirer la réalité, c'est bien. Réaliser ses désirs, c'est mieux », qu'elle avait bien essayé de contrecarrer d'un « La révolution cesse dès l'instant où il faut se sacrifier pour elle », mais il avait commencé à lui suçoter l'oreille en murmurant : « La perspective de jouir demain ne me consolera jamais de l'ennui d'aujourd'hui », puis il avait poussé son avantage d'un « Consomme plus, tu vivras moins », accompagné d'un long baiser dans l'oreille et confirmé d'un « Tu es magnifique et je t'aime » qui acheva de la convaincre de la légitimité de cette révolution à laquelle elle se rallia avec beaucoup de bonne volonté sous une porte cochère de la rue Monsieur-le-Prince.

Solange sortit outrée de cette séance philosophique. Elle n'admettait pas que l'on puisse disposer de soi-même si librement. L'hypocrite. Quand le hasard mit dans mon lit, des années plus tard, celui qui était entre-temps devenu son mari, il m'avoua qu'elle l'avait contraint à des gestes plus que déplacés sous d'innombrables portes cochères de leur quartier. Fin de parenthèse.

L'année de mon bac, donc, en février, nous sortions d'une réunion d'orientation. Tranlaut, qui s'était remise de ses émois révolutionnaires en passant son agrégation avec une petite année de retard et en devenant professeur titulaire à Sainte-Marie des Invalides, institution catholique dans laquelle on dispensait une éducation des plus correctes aux jeunes filles, vit que je n'avais demandé aucun dossier pour m'inscrire en hypokhâgne ou à Sciences-Po. Tandis que les autres élèves commençaient à remplir les leurs, elle me regarda d'un air surpris qui se mua en exaspération. « Zita, tu viendras me voir à la fin du cours. » J'étais bonne pour un savon. Quand mes camarades furent sorties, elle commença en douceur :

« Alors comme ça, tu ne veux pas faire d'études ?

– Non, je veux connaître la vraie vie.

– La vraie vie ! soupira Tranlaut en levant les yeux au ciel. Et c'est quoi la vraie vie d'après toi ?

– Ce qui se passe dehors, celle qui n'est pas dans les manuels.

– D'abord, il n'y a pas de "vraie vie", ensuite, tu crois découvrir quoi ? »

Je la voyais venir avec ses questions insidieuses, elle essayait de me faire le coup de la maïeutique, mais je n'étais pas du genre à prendre des ombres pour des essences :

« Autre chose que la loge de ma mère et les niaiseries de toutes ces bigotes du septième.

– À vouloir aller trop loin, on ne va nulle part, tu sais. Je ne vois pas ce qui t'empêche de faire les deux.

– Je n'ai pas d'argent et je n'ai pas de temps à perdre.

– Arrête ton cirque ! À ton âge, on a la vie devant soi, et de l'argent, tu peux en gagner.

126

– Si je travaille pour gagner de l'argent, tout en étudiant, je n'aurais plus du tout de temps.

– Et qu'est-ce que tu voudrais faire de ton temps libre ?

– Devenir quelqu'un.

– Et tu as un moyen pour ça ?

– J'ai pensé à plusieurs choses. Sans doute écrire.

– Pourquoi n'études-tu pas la littérature, dans ce cas ? Tu en gagnerais, du temps. Avec ton individualisme forcené, tu crois pouvoir tout apprendre seule…

– Vous nous l'avez dit, l'expérience n'est pas transmissible.

– Mais le savoir, oui !

– Je n'ai pas envie d'être conditionnée par des gens qui se contentent d'analyser les œuvres des autres en y mettant leur propre point de vue. Ce que les grands hommes ont dit, ils l'ont mis dans les livres, je sais lire et je ne vois pas pourquoi j'aurais encore besoin de quelqu'un pour me tenir la main.

– Alors quoi, tu vas écrire ?

– Oui, lire et écrire.

– L'art naît de contraintes et meurt de liberté, tu sais.

– Pour les contraintes, je n'en manque pas. Il faudra bien que je vive.

– Tu vas le regretter, Zita. Je peux t'assurer que tu vas le regretter. »

Pendant des mois, je n'entendis que cette litanie sous toutes les formes imaginables. « Tu n'as pas le droit de gâcher ton avenir comme ça ! » s'exclamaient les uns. « Tu es douée, cela te donne des devoirs envers toi-même », m'assuraient les autres. Ma mère s'était transformée en éponge ambulante et, de frustration, elle avait doublé sa ration quotidienne de beignets. Elle mettait des cierges à Saint-Thomas-d'Aquin, priant Dieu, la

Vierge Marie et le petit Jésus de me ramener à la raison avant de rentrer traîner, misérable, sa corpulence d'un bout à l'autre de notre minuscule appartement :

« Qu'est-ce que tu vas faire ? Écrivain ? disait-elle en mordant furieusement un churro qui lui barbouillait le tour de la bouche d'huile, de cannelle et de cristaux de sucre.

– Oui. C'est ça.

– Mais tu vas mourir de faim, disait-elle les larmes aux yeux en engouffrant vingt centimètres de pâte frite, comme pour conjurer le sort car la faim était pour elle l'enfer sur terre.

– Mais non, maman, je ne mourrai pas de faim !

– Ce n'est pas un métier honnête.

– Je ne vois pas pourquoi tu dis ça.

– Les hommes n'épousent pas les femmes qui écrivent.

– Tant mieux, je ne comptais pas me marier.

– Ah, Dieu du ciel ! Tu as décidé de me tuer ! »

Elle se laissait alors tomber sur une chaise qui ployait sous son poids avant de retrouver ses angles droits, et elle se mettait à sangloter, jusqu'à ce que je lui apporte un autre churro dont l'absorption lui demandait suffisamment de concentration pour qu'elle en oublie un instant ses malheurs et ceux qui m'attendaient. La dernière bouchée avalée, c'était reparti :

« Zita, va à l'université, s'il te plaît. Fais ça pour ta vieille mère. Après, tu feras ce que tu voudras.

– Tu n'es pas vieille, maman. Quarante-huit ans, ce n'est rien.

– Après tous les sacrifices que j'ai faits pour toi, tu me dois bien ça. Je me suis saignée aux quatre veines pour que tu ailles à Sainte-Marie.

– Arrête ! C'est Mme de Vitré qui payait pour faire plaisir à Solange. Elle a refusé de manger pendant trois jours parce que nous n'étions pas dans la même classe. »

Encore dix ans plus tard, je n'eus pas le courage d'avouer à ma mère que c'était moi qui ravitaillais en douce cette friponne de Solange, qui n'aurait pas été capable, même pour me sauver, de se passer ne serait-ce que de goûter.

« Et qui t'a nourrie pendant dix-huit ans ? Qui t'a acheté tes livres ?

– Je sais, maman, mais on en a déjà parlé…

– Et on continuera à en parler jusqu'à ce que tu entendes raison !

– D'où vient cette obsession pour les études, tu n'as même pas ton bac.

– Justement. Je n'ai pas eu cette chance, moi. Et si on me l'avait donnée, je ne l'aurais pas gâchée.

– Je refuse d'avoir recours à des intermédiaires. Il faut aller prendre le savoir à la source, sans cirer les pompes de tout ce clergé que sont les professeurs et les critiques.

– Espèce de protestante, cracha ma mère, qui avait de temps à autre d'étranges fulgurances. Espèce de protestante », répéta-t-elle avec tout le mépris que pouvait contenir sa très respectueuse et catholique petite personne.

Elle me mena une véritable guerre de tranchées et m'eut à l'usure. J'acceptai de m'inscrire à la Sorbonne en lettres modernes avec la ferme intention de ne pas y mettre les pieds. En échange, elle me laissait prendre un studio si je trouvais les moyens de le payer. Un studio dont elle n'aurait pas les clés et dans lequel il lui serait interdit de venir. Au début elle essaya bien de résister :

« Pourquoi veux-tu m'abandonner ?

– Parce que je suis grande, maman. C'est normal que les enfants partent quand ils grandissent.

– Mais tu ne laisseras pas les garçons venir dans ton studio. Tu me promets que tu ne laisseras pas venir les garçons ?

– Oui, maman, je te le promets.

– C'est important, si tu te donnes aux garçons, ils ne t'épouseront plus après.

– Maman, avec l'odeur de friture dont je suis imprégnée, je ne trouverai jamais de mari en restant ici.

– D'accord pour le studio, mais juste pour travailler. »

Et elle alla ouvrir une bouteille de porto pour fêter le succès de cette négociation qui obtenait de moi des études, d'elle un studio, et aboutissait à notre liberté réciproque, moi de vivre comme bon me semblait, elle de manger ses satanés beignets sans culpabilité ni commentaires acerbes. Elle me servit un verre, puis me demanda avec un air d'innocence craintive :

« Si je nous faisais des calamars frits en apéritif ? »

Je ne pris pas la peine de répondre, préférant humecter mes lèvres de porto. Elle choisit d'interpréter mon silence comme un accord et en quelques minutes elle avait débité une montagne de mollusques, les avait retournés de ses doigts grassouillets et agiles dans l'œuf, la levure et la farine battus, et les regardait, avec la tendresse d'une mère, sautiller joyeusement dans la friture en les caressant de sa cuiller en bois. Je bus lentement mon verre et, de soulagement, elle finit la bouteille.

Questionnaire de Proust de Zita Chalitzine
paru dans *L'Express* le 7 mai 2005

Le bonheur parfait selon vous ?
Ne plus penser.

La qualité que vous préférez chez un homme ?
L'indulgence.

Chez une femme ?
La beauté.

Votre principal défaut ?
Colérique.

Votre principale qualité ?
Un certain humour.

La dernière fois que vous avez pleuré ?
Il y a quarante ans, à la mort de mon père.

Votre dernier fou rire ?
Hier, quand j'ai raté une marche dans l'escalier.

Le personnage historique que vous admirez ?
Jeanne d'Arc, parce qu'elle a réussi à faire croire qu'elle
était pucelle. La Sainte Vierge pour les mêmes raisons.

Votre couleur préférée ?
Le rouge.

Votre péché mignon ?
Le macaron à la pistache.

Votre film culte ?
Soudain l'été dernier de Mankiewicz.

Vos peintres favoris ?
Mark Rothko et Egon Schiele.

Votre écrivain préféré ?
Nabokov et cent autres.

Qu'avez-vous réussi dans votre vie ?
À survivre.

Qu'avez-vous raté ?
Une marche, hier dans l'escalier.

La faute pour laquelle vous avez le plus d'indulgence ?
L'infidélité.

Votre plus grande peur ?
La déchéance physique.

Comment aimeriez-vous mourir ?
Vite.

Qu'est-ce qui vous énerve le plus ?
Quand on me demande ce que j'ai voulu dire dans un livre.

Votre devise ?
Fais ce que tu peux.

14

À dix-sept ans, au début des années 1970, j'avais donc mon studio et toujours ma virginité, mais pas encore le moyen de payer l'un, ni celui de me débarrasser de l'autre. Mon minuscule deux pièces à dix numéros du 31 bis, rue de l'Université appartenait à Mme de Vitré. Avec sa générosité habituelle, elle avait décidé de « sponsoriser », pour reprendre son expression, mes études en m'accordant un délai de six mois avant que j'aie à payer mon premier loyer, d'une somme symbolique pour elle quoique conséquente pour moi. Je ne me lassais pas de mon nid d'aigle. Comparé à la loge où nous vivions, ma mère et moi, c'était un palais. Une minuscule entrée me protégeait des bruits de l'escalier qui desservait les chambres de service. La pièce principale, vide de meubles, s'ouvrait avec deux grandes fenêtres sur le jardin d'un ministère voisin. Il y avait un évier, une plaque électrique amovible pour cuisiner, et dans un recoin une baignoire sabot. C'était un incommensurable luxe pour moi qui n'avais connu, jusqu'à présent, que les douches, sauf dans la salle de bains de Solange. Les rares fois où nous dormions ensemble, j'y prenais des bains mousseux et voluptueux de plusieurs heures, indifférente à ma peau qui se plissait comme un pruneau blanc. Elle était le plus souvent réduite à me jeter des verres d'eau glacée en pleine figure pour me faire déguerpir, sinon je crois que j'y serais encore. Je passais des heures dans ma demi-baignoire. Comme j'étais très souple, je m'asseyais dans la partie la plus profonde avec les jambes relevées, ce qui me permettait d'être presque entièrement immergée dans l'eau que je réchauffais épisodiquement jusqu'à vider les cinquante litres de mon petit ballon. Parfois, je me préparais même deux casseroles pleines que je laissais à portée de main pour faire durer le plaisir. Dans la deuxième pièce, tout aussi lumineuse, il y avait juste la place pour un matelas par terre : mon lit. J'occupai le premier mois à m'installer en récupérant les livres que j'avais pu sauver des griffes de ma mère. Timothée m'offrit gentiment des étagères qu'il ne sut pas monter. Je m'en dépatouillais très bien tandis qu'il me tenait compagnie et m'encourageait en faisant du thé pour se faire pardonner son manque humiliant de sens pratique. J'en tapissai les murs de ma chambre et de la pièce voisine sans parvenir à y caser tous mes bouquins. Deux cartons pleins, couverts d'une étoffe rouge, me servirent de table basse, deux autres, de table de chevet. Le reste fut stocké sous les combles, bien que ce fût interdit par la copropriété. Chaque jour, j'apportais de menues améliorations à mon royaume. Pour dissimuler le coin salle de bains, je restaurai et repeignis un paravent constitué de quatre panneaux articulés qui pourrissait dans le grenier des Vitré. Sur sa surface extérieure, je collai de grands carrés de miroir qui reflétaient les arbres et agrandissaient l'espace. J'utilisai mes ultimes deniers pour acheter de gros coussins de mousse dense. J'en fis une sorte de canapé bas que je recouvris d'un tissu jaune soyeux et peu coûteux, dégoté au marché Saint-Pierre. C'est là que, sur des cahiers Clairefontaine, je travaillai à mes premiers textes, taillant de manière obsessive mon crayon à papier « B » pour qu'il soit parfaitement affûté, et nettoyant sans cesse ma gomme avec du savon et de l'eau. Ces premiers récits s'inspiraient des Vitré. Mi-recueil de nouvelles, mi-roman, cette histoire se décomposait en épisodes faisant le compte rendu d'un scandale vu par chaque membre d'une famille. J'avais utilisé l'histoire de Gaël dont on disait qu'il était le fils de l'ex-ambassadeur d'Argentine. Mes textes n'étaient pas mauvais, mais ils péchaient par leur excès de tragique et de passion. Cette infidélité banale ne justifiait pas que la famille s'entredéchire avec tant de douleur. On n'y croyait pas. J'étais, en outre, trop influençable à l'époque et les livres que j'avais aimés déteignaient de façon évidente sur ma propre prose encore enrobée d'une disgracieuse adolescence.

Quel que soit mon acharnement à écrire – j'y passais mes journées –, il fallut bien regarder les choses en face. J'étais installée depuis quatre mois, je n'avais pas mis les pieds à la fac, je continuais à prendre mes repas chez ma mère et je devrais bientôt régler mon premier loyer à Mme de Vitré. Il était grand temps de gagner ma vie, en attendant de publier mes premiers écrits. Je tournais et retournais dans mon esprit les paramètres de ce problème. Mon activité devrait demander peu de temps, pour que je puisse continuer à travailler, tout en étant suffisamment rémunératrice pour me nourrir et me loger. Je voulais également qu'elle m'apprenne quelque chose qui soit utile pour mes livres. Je sentais que la maladresse de mes textes ne venait pas tant d'un manque de technique que d'un manque d'expérience. J'avais vécu de façon très protégée et, en dépit de mes talents d'observation, je ne connaissais pas grand-chose de la vie. Dans la vision romanesque que j'avais de la création littéraire, il me semblait en outre qu'une artiste devait souffrir. Je voyais les écrivains comme des êtres hypersensibles écœurés par le monde et la bassesse humaine et qui étaient, de par leur inadéquation fondamentale à la réalité, contraints de se construire une œuvre pour survivre. Or je ne souffrais pas. Au contraire. J'étais jeune, libre, belle. Je n'avais certes pas un sou vaillant, mais je ne m'en inquiétais pas. Je m'en inquiétais d'autant moins que, dans les années 1970, l'argent n'était pas encore devenu une valeur suprême. Ce fut la seule décennie de ce siècle où il fit bon être pauvre. Une éclipse bénie entre le consumérisme triomphant des années 1950 et le retour du matérialisme sauvage des années 1980, summum de la vulgarité esthétique et morale. Je reconnais que, parfois, j'étais jalouse de Solange, de ses robes, ses vacances, ses voyages, mais ce sentiment ne faisait que m'effleurer, balayé par la certitude que le succès, dans un avenir proche, rétablirait l'équilibre en ma faveur. Je n'imaginais pas un seul instant que mes difficultés à écrire un récit dont je sois satisfaite puissent venir d'un manque de talent. En revanche, il me semblait que cette incapacité à souffrir était la plus grande menace qui pesait sur mon œuvre à venir.

J'avais profondément enterré les épisodes sombres de mon enfance et me sentais à des années-lumière de la petite fille que j'avais été. Quant au temps présent, j'étais si pleine de jeunesse et d'énergie que je me croyais inatteignable. Je n'imaginais pas que l'on parvînt à me faire du mal et je m'en lamentais. Comment devenir écrivain, si j'étais à ce point anesthésiée ? Il fallait coûte que coûte trouver le moyen de détruire ma propre indifférence. Je voulais m'abîmer, me fragiliser, me frotter aux autres et au monde. J'en avais fini de grandir, je voulais commencer à vivre, et la première étape pour y parvenir rejoignait ma vieille obsession : être enfin dépucelée. Quel que fût mon savoir théorique, il me paraissait périlleux de continuer à écrire sur l'amour et sur le sexe sans en connaître le premier bout. Je pouvais certes faire illusion, singer les récits que j'avais lus ou entendus, mais cette imposture m'incommodait. Gagner de l'argent, me débarrasser de ma virginité, sortir de mon isolement et écrire, tels étaient donc les objectifs des mois à venir. J'avais besoin d'aide pour les atteindre, mais je ne pouvais parler de ces problèmes ni à ma mère, ni à Mme de Vitré, ni à Solange, ni même à Timothée. D'abord parce qu'il aurait été horrifié d'apprendre que je n'allais pas en cours. Ensuite parce que j'aurais été noyée de sermons si je lui avais fait part de mes projets d'apprentissage érotique. La seule personne capable de me conseiller me sembla être Gaël. Il était plus apte que les autres à comprendre que les études ne servent à rien et que je ne pouvais me prétendre écrivain sans avoir observé de plus près ce qui occupait avec tant d'ardeur et de désespoir une bonne moitié de l'humanité. Je me confiai à lui un après-midi de février où nous mangions dans son salon de gros cookies au chocolat que nous avait préparés Marie, la cuisinière.

« Tu es encore vierge ! clama-t-il en postillonnant des miettes.

– Pourquoi, tu crois que ta nièce Solange ne l'est plus, peut-être ? renvoyai-je.

– Non, non, mais elle… bafouilla-t-il.

– Quoi elle ? Solange est une fille "bien", c'est ça ?

– Je ne dis pas ça, mais depuis cinq ans tu me parles de te débarrasser de "ta fleur", je pensais que c'était fait, voilà tout.

138

– Eh bien non. Ce n'est pas fait, dis-je, mortifiée.

– Tu te débrouilles comme un manche ! reprit-il. Roulée comme tu es, je ne comprends pas que tu n'y sois pas arrivée.

– Je trouve ces commentaires malvenus de la part d'un homme qui, sur ce sujet, n'a pas levé le petit doigt ou quoi que ce soit d'autre pour m'aider, répliquai-je, acerbe.

– Tu ne vas pas remettre ça ! Non, c'est non. Nous sommes comme frère et sœur …

– Alors aide-moi au lieu de te moquer. Je t'assure que ce n'est pas si facile.

– Quand même, tu m'étonnes… »

C'était pourtant simple, depuis dix-sept ans, j'étais bouclée entre un lycée de jeunes filles et ma sorcière de mère. Les garçons que j'avais pu rencontrer étaient des cousins de Solange ou des fils d'amis des Vitré, tous très bien élevés et plus empotés les uns que les autres. Rien que pour leur parler, c'était la croix et la bannière. Ils viraient au rouge brique, bégayaient, ou devenaient agressifs.

« Le mieux que j'ai pu faire c'était avec Tancrède…

– Ah voilà ! Il est très bien, lui ! m'interrompit Gaël.

– … et ce n'était pas une réussite : il était trempé avant même d'avoir mis la main sur mes seins. Je ne lui en ai pas voulu, je ne pensais pas qu'on y arriverait dès la première fois, mais il a tellement honte, depuis, qu'il traverse la rue quand je le croise.

– Évidemment… Et Timothée, alors, vous êtes quand même très proches ? me relança-t-il.

– Il a des principes.

– Comment ça des principes ? s'étonna Gaël qui n'était pas le genre à s'embarrasser de tels concepts.

– Oui, il est PALM, confirmai-je.

– PALM ? répéta Gaël en tricotant ses sourcils.

– Pas Avant Le Mariage.

– Il est croyant ?

– Non, idéaliste. Il ne veut connaître qu'une seule femme. »

Gaël leva les yeux au ciel en secouant la tête, puis se gratta la gorge de l'index, geste lié chez lui à un profond effort de réflexion. Je vis peu à peu naître une idée sur son visage.

« Je sais ! C'est la solution idéale… Je m'étonne même de ne pas y avoir pensé plus tôt, fit-il triomphal.

– Dis-moi !

– Je vais te présenter à Claude.

– C'est un de tes copains ?

– Mais non, bécasse ! Madame Claude. C'est une femme.

– Je n'ai pas d'a priori, mais j'aurais préféré commencer par un homme, murmurai-je, désappointée.

– Que tu es bête ! Tu ne sais pas qui est Madame Claude ?

– Non.

– C'est la plus grande entremetteuse de Paris. Elle fournit en call-girls les hommes les plus riches et les plus puissants du monde. Si elle te prend dans son écurie, crois-moi, tu vas voir du pays. Et ça réglera haut la main ton loyer. Ces filles coûtent une fortune, ajouta-t-il avec rancœur.

– Que faut-il faire pour être engagée ? »

Il se gratta de nouveau la gorge.

« Physiquement, une fois qu'elle t'aura habillée, je ne m'inquiète pas. Elle a un don pour voir le potentiel des filles. Fichue comme tu es et avec tes yeux verts, elle va t'adorer. Non, le problème, c'est plutôt ton manque d'expérience…

140

– Ça recommence ! soupirai-je, découragée.

– Claude aime les filles confirmées, mais il suffira de lui mentir. Si tu as pu écrire sur le sujet, tu pourras bien inventer quelque chose de crédible.

– En parler, aucun problème, mais il faudra bien le faire... avançai-je.

– Tu apprendras sur le tas.

– Tu veux dire sur mon premier client ?

– Exactement.

– Mais si je ne sais pas y faire ? m'inquiétai-je.

– Tu connais la théorie ?

– Oui, en gros...

– Alors laisse-toi guider et ça passera comme une lettre à la poste. Avec un peu de chance il pensera que tu fais exprès d'être gourde. »

Gaël m'organisa un rendez-vous avec Madame Claude. Je devais me rendre à son « bureau » rue de Marignan. J'arrivai sur place avec dix minutes d'avance et fis deux fois le tour du pâté de maisons avant de me décider à entrer. Comme l'ascenseur tardait à descendre, je pris l'escalier couvert de moquette verte jusqu'au troisième étage. Je sonnai. Rien. Je sonnai à nouveau. Madame Claude vint m'ouvrir.

« Oui, oui, un peu de patience, gronda-t-elle derrière la porte.

– Pardonnez-moi, je n'étais pas sûre que la sonnette ait fonctionné. »

Je m'attendais à tout sauf à ce que je vis. Dans le feu de mon imagination, j'avais inventé une hétaïre flamboyante. Une brune ou une rousse, forcément grande, presque virile et pourtant sensuelle. Une femme fatale au charme dominateur et irrésistible qui savait se jouer des hommes et m'apprendrait à le faire. J'avais dessiné dans mon esprit un corps voluptueux, des déshabillés

141

de soie au décolleté provocant, des bras de statue grecque, un rire plein d'abandon et des yeux brûlants de promesses. Son intérieur, je le voyais surchargé, miroirs, dorures, canapés profonds en velours framboise, tentures de lourd brocart retenues par des embrasses à pompons prétentieux, lanternes en dentelle de laiton, tapis aux couleurs vives, tableaux de femmes nues et étagères bourrées d'ouvrages érotiques. J'avais senti des parfums de musc, d'encens et de gardénia. Entendu des violons sanglotants ou des tambours africains. Dans mon cerveau fertile, j'avais conçu ce royaume de la luxure à mi-chemin entre l'écrin d'une cocotte Napoléon III et le repaire exotique d'une aventurière un peu gitane, un peu berbère, un peu juive et un peu slave... Inutile de dire que je fus déçue. Madame Claude, cette blonde au physique quelconque, boudinée dans son tailleur de contractuelle ? L'antre de la débauche, cet appartement bourgeois au parquet reluisant, aux cheminées convenues et aux moulures haussmanniennes fraîchement repeintes en blanc ? C'était bien elle, pourtant. Une toute petite femme que je dominais d'une vingtaine de centimètres. Elle avait des sourcils très épilés et des yeux vifs, enfoncés dans un visage carré que coiffaient des cheveux coupés à la garçonne. Sa bouche, très grande mais aux lèvres fines, s'incurvait à l'envers, comme si elle devait en permanence réprimer un sourire. Trois jeunes femmes, jolies sans plus, discutaient dans l'entrée. Claude m'emmena dans une pièce à part. Nous nous assîmes chacune d'un côté de son bureau de style Louis XVI.

« Comment vous appelez-vous ? demanda-t-elle sèchement.

– Zita.

– Et votre nom de famille ?

– Chalitzine.

– C'est connu ça, c'est russe, non ?

– Oui, mon père a quitté la Russie quand il avait dix-sept ans.

– Ça ne risque pas de le contrarier que vous travailliez pour moi ?

– Il est mort.

– Très bien... Enfin, je veux dire...

– Ne vous inquiétez pas, il est mort depuis longtemps.

– Que faites-vous dans la vie ? reprit-elle.

– J'écris.

– Comment ça, vous écrivez ? Des romans ?

– Oui.

– Vous les avez publiés ?

– Non.

– Il faudra dire que vous êtes étudiante en lettres. C'est plus rassurant, les études », affirma-t-elle.

J'acquiesçai, m'étonnant que les études viennent me poursuivre jusque chez une mère maquerelle, mais j'ignorais encore le conformisme qui régissait ce demi-monde.

« Il ne faudrait pas que mes amis pensent que vous allez parler d'eux dans un livre. » Elle prit un air de murène méfiante : « Ce n'est pas ce que vous comptez faire au moins ? Je ne veux pas de scandale !

– Bien sûr que non, j'ai compris que ce travail devait rester confidentiel.

– Je vous ferai quand même signer un papier.

– Évidemment.

– Très bien. Je vais vous demander de vous déshabiller, s'il vous plaît.

– Pardon ?

– Déshabillez-vous. Il faut bien que je voie à quoi vous ressemblez. »

Un peu surprise mais pas vraiment gênée, j'enlevai mes escarpins, mon pantalon noir, ma chemise. Madame Claude se leva.

« Qu'est-ce que vous avez, là ? Pas un tatouage au moins ? dit-elle en montrant ma tache à l'aine.

– Non, c'est une marque de naissance.

– Bizarre… On dirait une croix…

– Mon père avait la même, paraît-il. C'est hérédi-taire », dis-je, songeant que je n'avais, durant les sept ans que j'avais partagés avec lui, jamais vu mon père nu. Ni même un tant soit peu découvert.

« Montrez-moi votre soutien-gorge », ordonna-t-elle. Je le dégrafai et lui donnai. Elle en inspecta les motifs fleu-ris et regarda, d'un air approbateur, ma poitrine. « Vous êtes très bien faite.

– Merci.

– Votre culotte. »

J'obtempérai et ouvris grand la bouche de stupéfac-tion quand je la vis examiner puis renifler ce vêtement pour, j'imagine, en vérifier la propreté.

« Bougez maintenant », ordonna-t-elle. Je fis quelques pas dans la pièce. « Caressez-vous.

– Comment ? demandai-je.

– Comme vous voudrez. »

Je passai mes mains sur mes épaules, l'intérieur de mes bras l'un après l'autre, je remontai sur mon cou, redescendis vers ma clavicule, mes seins, mon ventre et ma taille, mes hanches, l'intérieur de mes cuisses et finis par prendre mon entrejambe dans une paume.

« C'est bien. Il faut aimer son corps.

– Ah… » meublai-je, car je ne voyais pas quoi répondre.

Elle ouvrit une porte qui révéla une salle de bains en marbre vert à la robinetterie dorée. Me montrant le bidet, elle demanda avec douceur :

« Pouvez-vous me montrer comment vous vous lavez ?

– Oui », dis-je en sentant mes joues prendre feu.

Je m'assis à califourchon, saisis le savon Roger & Gallet à la lavande et procédai à une toilette en règle.

« Parfait, dit-elle avec satisfaction. Je suis très pointilleuse sur l'hygiène. Vous n'imaginez pas l'ignorance de certaines jeunes filles sur ce point.

– Si vous le dites…

– Rhabillez-vous, m'indiqua-t-elle en me tendant mes sous-vêtements.

– Merci, murmurai-je, toujours en panne d'inspiration.

– Si nous sommes amenées à collaborer, vous ne mettrez que du blanc, sauf quand on me demandera quelque chose de spécial que je vous préciserais. Vous en changerez tous les jours, cela va de soi. Vous devez être impeccable en toute circonstance. Je ne veux pas de blanc jauni ou grisouille, pas de tissu rêche ou qui bouloche. Il faut que vos dessous, comme vos vêtements d'ailleurs, aient l'air de servir pour la première fois. C'est clair ?

– Oui madame.

– Mettez-vous au soleil aussi, vous êtes trop pâlichonne, là, ce n'est pas appétissant.

– Très bien, je peux bronzer dans le jardin d'une amie, dis-je en pensant à Solange.

– Il faudra aussi débroussailler un peu tout ça, dit-elle en montrant d'un geste circulaire du doigt mon bas-ventre. Un triangle net, pas trop épais. Utilisez le rasoir, l'épilation fait des boutons. Et pas de ciseaux pour désépaissir, c'est trop irrégulier. La tondeuse plutôt.

Enfin, faites comme vous pouvez, si vous passez le test, je vous enverrai chez quelqu'un qui vous montrera comment vous y prendre. Pareil pour les cheveux, ajouta-t-elle en m'envisageant comme une artiste son modèle.

– Le test ? la relançai-je, tendue.

– Oui. Je vais prendre rendez-vous avec un ami qui verra comment vous vous débrouillez au lit. » Prise d'une subite inspiration, elle ajouta : « Vous n'êtes pas vierge au moins ?

– Pas vraiment, non, répondis-je avec un sourire que j'essayai de rendre sardonique.

– Votre téléphone ?

– Je n'en ai pas.

– Il faudra le faire installer.

– Oui, madame.

– Pour cette fois, je laisserai les instructions à Gaël. Soyez libre demain et cet après-midi. Non, laissez tomber Gaël. Appelez-moi à deux heures, après le déjeuner. Je vous aurai trouvé quelqu'un.

– Très bien, madame. Merci, madame.

– À deux heures. Soyez ponctuelle, j'ai horreur d'attendre. »

Je sortis de la rue de Marignan à la fois légère et chamboulée. J'étais aussi fière qu'un jeune diplômé d'HEC qui vient de passer le premier cycle des entretiens d'embauche chez Goldman Sachs. Certes, je risquais d'échouer au « test », mais j'étais optimiste. Le plus urgent était de trouver quelque chose à me mettre pour mon rendez-vous d'évaluation. Il était midi, je courus rue Saint-Guillaume pour coincer Timothée qui sortait de Sciences-Po vers midi et demi.

« Prête-moi deux cents francs, s'il te plaît ! lançai-je, sans même prendre le temps de lui dire bonjour, lorsque j'aperçus sa haute silhouette à la Giacometti. Prête-moi deux cents francs, c'est pour une bonne raison !

– Tu m'en dois déjà huit cents, râla-t-il, en mettant sans tarder la main à son portefeuille.

– Je te les rends la semaine prochaine, c'est promis ! minaudai-je en l'embrassant dans le cou, ce qui lui clouait toujours le bec. C'est pour un entretien d'embauche, précisai-je. Je n'ai rien à me mettre. Si je suis prise, je gagnerai plein d'argent.

– Tu as trouvé du travail ? s'étonna Timothée.

– Guide touristique pour des étrangers, inventai-je avec aplomb.

– Mais avec tes cours, ça te laissera le temps d'écrire ?

– Oui, oui, ils n'ont besoin de moi que trois jours par semaine, dis-je en m'éloignant.

– Bonne chance alors ! »

Claude ne me donna pas le nom, ni même une vague description physique, de mon « examinateur ».

« Il vous attend à 17 heures à l'hôtel Pont Royal, rue de Montalembert, vous voyez où c'est ?

– Oui, madame, j'habite à deux pas.

– C'est vrai, j'avais oublié. Vous demanderez Gengis Cohn à la réception, on vous indiquera la chambre.

– Très bien.

– Habillez-vous de manière classique : un chemisier, une jupe, des chaussures fermées. Rien de vulgaire. S'il voulait une prostituée, il irait la chercher dans la rue, pas chez moi, ajouta-t-elle.

– Bien sûr, madame », approuvai-je en jetant mentalement la robe de dentelle noire que je venais d'acheter.

Comme toutes les adolescentes, j'avais caricaturé par une tenue outrancière ce que j'imaginais être les attributs d'une femme.

« C'est un écrivain, quelqu'un de très célèbre, vous devriez avoir des choses à vous dire, précisa-t-elle pour me rassurer. Appelez-moi après pour me dire comment ça s'est passé.

– Oui, madame.

– Et ne donnez pas votre numéro. C'est la règle.

– Je n'ai pas le téléphone, lui rappelai-je.

– Il faudra le faire installer, répéta-t-elle.

– Oui, madame. »

Aussitôt, je me jetai sur ma penderie si maigrement garnie. J'en extirpai une blouse blanche, une longue jupe en jean bleu qui me moulait la taille et les hanches. J'osai déjà désobéir à « Tantine » – surnom, comme je l'apprendrais plus tard, que les autres filles donnaient à Claude, avec « le Sergent » – en choisissant des sandales blanches à petits talons. Nous n'étions qu'en mars, mais il faisait déjà très doux. Je rasai de près mes mollets et mes aisselles, ignorant le duvet fin et blond de mes cuisses. Je m'étrillai sauvagement le corps d'un gant de crin qui me laissa la peau brûlante et rosie. Je me maquillai aussi bien que je pus, soulignant mes yeux de khôl et de fard vert sur les paupières, ma bouche d'un rose pâle et discret. J'étais grimée comme une acrobate du cirque Gruss, mais prête pour le « test ».

15

Assis en face d'Ondine qui picorait quelques légumes de son couscous, Henry se sentait sur un siège éjectable. Il avait l'impression d'avoir affaire à un yearling, une pouliche caractérielle qui un instant restait calme, l'autre s'emballait, sans que l'on pût jamais prévoir ce qui allait l'effrayer ou lui plaire. En sortant du cinéma, après ce film vulgaire, truffé de scènes qui avaient dû la choquer voire la blesser, il s'attendait à ce qu'elle l'envoie au diable. Il n'eut même pas à supporter une moquerie.

« C'était pas terrible », se contenta-t-elle de dire.

Henry s'était lancé, pour évacuer sa gêne, dans une diatribe contre ce « truc catastrophique », mais alors qu'il s'attendait, au mieux, à avoir la permission de la raccompagner, elle accepta d'aller dîner. Ondine avait appelé Gaël. Apparemment, Mme Lourdes avait trop bu et dormait, lui-même avait déjà commandé et mangé des sushis, elle avait donc quartier libre. La pluie avait cessé et, tandis qu'Henry recommençait tout juste à envisager leur avenir commun avec sérénité, la jeune femme s'était mise dans une colère noire parce qu'il refusait de la laisser payer le taxi qui les avait amenés dans le huitième arrondissement. Ondine lui avait tenu un discours aberrant sur le fait qu'il voulait l'acheter et la prenait pour une prostituée, qu'il ne fallait pas la confondre avec sa mère et un tas d'autres élucubrations. De nouveau, il avait eu toutes les peines du monde à la retenir. Sur le trottoir, devant le luxueux restaurant marocain, sous le parapluie qui délimitait leur parloir parce qu'il pleuvait de nouveau, il avait fait de longs développements sur l'éducation, la galanterie ainsi que les rapports entre son père et sa mère. De sa vie, il n'avait jamais vu cette dernière sortir son porte-monnaie en présence de son mari. Qu'Ondine n'ait pas à se soucier de la logistique des moments qu'ils passe-raient ensemble – si elle acceptait, ce qu'il espérait du fond du cœur sinon il en mourrait de désespoir, de le revoir un jour – était de sa part la preuve du plus grand respect qui fût. D'explications en bafouillages qu'inter-rompirent le chauffeur de taxi impatient (à qui Ondine donna royalement les vingt euros qu'elle avait en poche), le maître d'hôtel du restaurant soucieux de savoir s'ils désiraient une table, enfin le voiturier qui leur demanda s'ils attendaient leur véhicule, Henry se sentit quasiment obligé de demander Ondine en mariage pour mettre fin à ce terrible malentendu. Elle le calma d'un « On ne va pas s'emballer non plus », et accepta d'entrer.

Depuis cet éclat, Henry restait coi, de peur de com-mettre une nouvelle bourde, et comme Ondine n'était pas bavarde, le dîner s'annonçait glacial. C'était une torture pour le jeune homme, dont la mère, profession-nelle du *small talk*, lui avait transmis la phobie du silence. Il aurait fait n'importe quoi pour le rompre, et mit effectivement les pieds dans le plat :

« Ne me dis pas que tu es anorexique ! » plaisanta-t-il parce qu'elle ne mangeait rien.

Ondine prit la couleur de sa semoule, mais décida de se montrer moins ombrageuse.

« Si, mais ça va mieux maintenant… C'est très bon, ajouta-t-elle, ce qui aurait pu ressembler à un début d'excuse, mais dès que je pense trop à ma mère, je perds l'appétit.

– Vous ne vous entendiez pas ?

– Elle a été atroce avec moi. » Ondine baissa les yeux. « Tu as de la chance d'avoir tes parents, moi je ne connais même pas le prénom de mon père. »

Encouragée par Henry, Ondine raconta son enfance, les crises, la pension, les fugues, l'abandon… Après ces quelques heures passées avec Pierre, qui avait tenté par tous les moyens de défendre cette harpie de Zita, rappeler les torts de sa mère envers elle lui fit du bien. Et puis Henry l'écoutait avec une compassion vibrante, palpable, et parfois des larmes dans les yeux qui inspirèrent confiance à la jeune femme, et lui donnèrent envie d'être sincère. Lorsqu'elle eut fini ses aveux, Henry, ému, voulut alléger l'atmosphère. Il plaisanta :

« Voilà de quoi relativiser les problèmes que j'ai avec mes parents !

– Ils ont l'air si gentil… » s'étonna Ondine qui avait remarqué ce couple très chic à la cérémonie.

Ce fut le tour d'Henry. Il ne fallait pas se fier aux apparences. Ses parents n'étaient pas « si gentils ». Pas des monstres, certes, mais des gens absorbés par leurs difficultés et encore victimes, la cinquantaine passée, de leurs blessures et de leurs complexes. Jacob Beauchamp passait tout à sa femme. Quelques années auparavant, Solange était tombée dans une profonde dépression. Le jeune homme avait bien cru que sa mère ne s'en remettrait pas :

« Elle est restée des mois – des mois, je n'exagère pas – enfermée dans le noir. Elle buvait, ne s'habillait pas, c'est tout juste si elle se lavait. Je n'avais pas le droit d'entrer, elle ne voulait pas me voir. Quelquefois, je l'entendais gueuler, toute seule, comme une folle… C'était à l'époque où j'enchaînais les examens. Je ne voyais personne, je bossais, et dans cette maison où tout le monde avait cessé de vivre depuis la maladie de ma mère, j'avais l'impression d'être un condamné à perpétuité. Seul mon père allait lui rendre visite, tous les jours. Il lui parlait, il la forçait à manger. Lorsque papa était trop inquiet, il appelait le médecin qui se contentait, en général, de rectifier le dosage de ses médicaments. Les femmes de ménage avaient peur de venir nettoyer son appartement. Si maman n'était pas assommée d'alcool, elle leur jetait des objets pour les chasser. Les dames en pleuraient. Elles aimaient beaucoup maman avant qu'elle change si radicalement de personnalité. Un jour, je suis passé devant le vestibule de sa chambre. La porte était entrouverte et j'ai vu, assise par terre, une vieille femme hébétée qui se tenait le pied. Elle avait de courts cheveux gris en bataille et portait une chemise de nuit. Je t'assure, Ondine, je ne l'ai pas reconnue. Je ne savais pas qu'elle se teignait. C'était ce que je préférais, chez maman, cette flamboyante chevelure rousse…

– Elle est magnifique, maintenant. On ne se douterait pas en la voyant que ta mère est si fragile. On imagine plutôt le contraire.

– Un matin, personne n'a su pourquoi, elle s'est reprise en main. Pendant une journée, médecin, coiffeur, esthéticienne et manucure ont défilé à la maison. Le soir, elle est descendue en robe longue. Papa et moi avions mis nos smokings. Le personnel avait sorti l'argenterie, la grande vaisselle. Il y avait des fleurs partout. Papa a ouvert le meilleur vin de sa cave. Nous avons fêté tous les trois la renaissance de maman. Nous étions très émus. C'était inespéré... Après, c'est comme si elle avait voulu se réinventer. Elle a multiplié les opérations, les cures... Aujourd'hui, c'est à peine si je la reconnais.

– Tu sais pourquoi elle a fait cette dépression ?

– Un chagrin d'amour, je crois. Mes parents pensent que je l'ignore. Avec elle, mon père est un saint. Non seulement elle l'a trompé, mais en plus, c'est lui qui l'a remise sur pied. Je ne sais pas comment il fait.

– Peut-être que lui aussi avait des choses à se faire pardonner ? suggéra Ondine.

– Je crois juste qu'il l'aime comme un fou. C'est la seule personne qu'il aime sur cette terre.

– Avec toi !

– Il a du mal avec moi. Il ne l'avouera jamais, mais je le sens, je le sais. Physiquement, à l'exception des cheveux, je ressemble beaucoup à mon grand-père et ils ne s'entendaient pas... »

Fallait-il blâmer le délicieux boulaouane dont les jeunes gens descendirent deux bouteilles ? Ils continuèrent à se parler, sans commander de dessert, sans remarquer que la salle se vidait, sans voir que les serveurs partaient. Il n'en resta plus qu'un qui devait avoir l'âge d'Henry et Ondine. C'était le dernier engagé. On lui avait confié le soin de fermer la maison, avec la stricte instruction de ne pas interrompre les tourtereaux. Les membres de la famille Beauchamp étaient des clients très importants. Des clients que l'on ne pouvait se permettre de mécontenter. Le jeune serveur appela son amie. Ce n'était pas la peine de l'attendre... Il était désolé, oui, vraiment, mais que pouvait-il faire ?

Il eut beau s'excuser, elle lui raccrocha au nez. En arabe et parfois à voix haute, il se mit à maudire ces sales enfants à papa qui n'en finissaient pas de lui pourrir la nuit.

16

En arrivant à l'hôtel Pont Royal, mes sandales pesaient comme du bronze et je ne sentais plus mes membres, engourdis d'inquiétude. J'étais pourtant heureuse de me débarrasser de ma « fleur », mais j'avais peur que mes performances ne correspondent pas au niveau d'exigence de Madame Claude. À la réception, l'homme d'une trentaine d'années qui se tenait derrière le comptoir me regarda d'un drôle d'air, réprobateur, me sembla-t-il.

« Je viens voir monsieur Gengis Cohn », avançai-je d'un ton sec.

J'avais déjà remarqué avec Mme Di Monda, la mère de Solange, qu'il faut avoir l'air impatient et désagréable, dans ce genre d'endroit, pour qu'on ne vous prenne pas de haut.

« Et vous êtes ? »

Je le glaçai d'un regard de mépris qui voulait dire qui-es-tu-pour-oser-demander-qui-je-suis et je lâchai un « Il m'attend », qu'il ne s'avisa pas de discuter.

« Bonjour, monsieur, c'est Olivier à la réception, une demoiselle est là… Je la fais monter directement, monsieur ?… Comme vous préférez, monsieur… Très bien, monsieur… Je la préviens. »

« Il descend, m'annonça-t-il.

– Merci », répondis-je du bout des lèvres.

J'étais furieuse. Pourquoi descendait-il, cet abruti ? Non seulement cela multipliait les risques que quelqu'un nous voie – nous étions à deux pas du 31 bis, rue de l'Université – mais j'en déduisis qu'il avait changé d'avis. Sentant à nouveau s'éloigner l'occasion de perdre ma fleur, je m'installai dans le fond du bar en proie aux idées les plus noires. Un petit homme rond au crâne dégarni, dont les épaules tombantes flottaient dans la carrure de sa veste bleu marine, sembla hésiter à l'entrée. Je me redressai, prête à lui faire un signe, mais il se dirigea d'un pas décidé vers un autre type en costume et je me renfonçai dans mon siège. Un serveur vint me proposer à boire, je lui répondis que j'attendais quelqu'un. Pour peu que le « grand écrivain » me fasse faux bond, je n'avais pas le premier sou pour me payer un Perrier. Dix minutes passèrent. Je bouillonnais de rage et sortis un livre de mon sac. Il faut toujours avoir un livre sur soi, c'est mieux que les cigarettes pour ignorer superbement le monde. Je me plongeai donc dans *La Mala Hora*, d'un auteur colombien appelé à de grands succès. Le roman m'attrapa si bien que je ne fis bientôt plus attention à rien.

« Vous ne devriez pas lire ça », dit une voix. Je levai les yeux. Un homme plutôt grand, aux yeux clairs étincelants, se tenait debout à côté de moi. Ses cheveux, plus sel que poivre et assez longs, étaient coiffés en arrière. Une courte barbe encadrait son visage buriné, sans doute pour masquer un menton manquant de caractère. Il devait avoir une soixantaine d'années, mais portait un pantalon en cuir et un drôle de poncho mexicain. Il avait un air barge qui me plut.

« Pourquoi ? répondis-je après cet examen silencieux qui sembla le flatter.

– Parce que c'est un mauvais livre.

– Qu'est-ce qui vous fait dire ça ?

– J'ai lu tous les bons livres et je ne connais pas celui-là.

– La chair est triste hélas et j'ai lu tous les livres ? » lançai-je. Les citations sont toujours pratiques pour meubler la conversation. Grâce à mon père, j'en avais une collection utilisable pour toutes les occasions.

« La chair ne peut qu'être très gaie avec une belle fille comme vous…

– J'en déduis que vous êtes Gengis.

– Et pas Cohn en plus… » sourit-il en s'asseyant face à moi.

Il s'installa avec l'air décontracté de quelqu'un qui a toute la vie devant lui. Je compris, consternée, qu'il allait falloir parler. Je n'avais pas soupçonné tout ce que ce métier devait aux mondanités, à la psy, à la mère et à l'infirmière. J'imaginais qu'il faudrait avant tout se livrer à des exercices élaborés de gymnastique, alors que, j'étais sur le point de le découvrir, soixante-dix pour cent de mon temps de travail se perdrait en bla-bla. Il commanda du thé et des sablés pour deux. Nous bûmes le thé et, comme je n'avais pas déjeuné, je mangeai toute l'assiette de sablés en les trempant dans ma tasse. Faire fondre dans un liquide chaud le beurre et le sucre d'un gâteau sec pour le poser sur ma langue juste avant qu'il se dissolve fait partie de mes plaisirs favoris. Gengis contempla avec un sourire attendri cet appétit qui allait bien à ma bonne santé et à ma jeunesse. Il me posa mille questions sur ma vie que j'essayai de rendre aussi distrayante et pittoresque que possible. Certaines de mes remarques, notamment sur ma mère qui restait l'un de mes sujets de moquerie préférés, le firent rire aux éclats. Tout comme les histoires de mon ancien lycée que je lui racontais sans en citer le nom. Dans ses yeux, je voyais fonctionner la machine à archiver l'expérience des autres que devient tout écrivain, surtout quand il n'est plus inspiré. Lorsque nous eûmes épuisé le filon de conversation qu'étaient mes prétendues études de lettres, il y eut un blanc. Je n'osais pas l'interroger sur ses livres. M'ayant donné un faux nom, il ne souhaitait visiblement pas que je découvre sa véritable identité. Et je craignais, s'il me la révélait, de ne pas connaître ses œuvres et de le vexer.

« Pourquoi veux-tu faire ce métier ? me demanda-t-il.

— J'ai besoin d'argent, avançai-je.

— Tu pourrais en gagner autrement.

— Comment ?

— Je ne sais pas. Le secrétariat, le mannequinat. Tu es très belle...

— Je n'apprendrais pas autant et puis j'aurais moins de temps.

— Que fais-tu de tes heures libres ?

— Rien. Je paresse, lançai-je, provocatrice.

— La paresseuse... ça te va bien, dit-il. Que veux-tu faire plus tard ?

— Être quelqu'un.

— Tu es déjà quelqu'un.

— Vous savez très bien ce que je veux dire, répondis-je, agacée. Être quelqu'un de connu, quelqu'un qui compte.

— Pourquoi ?

— Pour être protégée, que les gens soient gentils avec moi.

— Ils ne sont pas gentils avec toi ?

— Ça dépend de ce qu'ils espèrent.

158

– Belle comme tu es, tu pourrais te marier... »

Décidément, à écouter ces messieurs, mes possibilités d'avenir étaient réduites : secrétaire, mannequin, épouse ou pute. Il me semblait, quoique débutante dans le métier, que j'avais choisi la meilleure option.

« Si on montait ? demandai-je, lassée par son interrogatoire.

– Tu es pressée ?

– Assez, oui.

– Quelqu'un t'attend ?

– *Profession reporter*, la séance est à huit heures aux Champs-Élysées », inventai-je.

Il sembla heurté.

« Très bien, allons-y. »

Il demanda l'addition et la signa d'un geste brusque. Dans l'escalier, il me demanda de passer devant, sans doute pour mieux me regarder. Nous montâmes quatre étages en silence. J'étais gênée. Angoissée aussi. Le moment fatidique approchait. J'imaginais bien qu'il n'y avait pas de quoi en faire un plat, mais quand même, à force d'en entendre parler, j'avais fini par être nerveuse. Il ouvrit la porte avec une clé dorée. La chambre, spacieuse, donnait sur la rue du Bac et les toits de Paris au creux desquels le soleil déclinait. Il posa son portefeuille sur la console.

« Mets-toi à l'aise, dit-il froidement, j'en ai pour un instant. »

Il disparut dans la salle de bains attenante et je ne sus plus quoi faire de moi. Je posai mon sac et m'assis face à la fenêtre sur un coin du lit. J'entendis des bruits d'eau puis la porte s'ouvrir. Je ne bougeai pas, sentant dans ma poitrine mon cœur palpiter comme un oiseau affolé. Il vint s'asseoir derrière moi. Mes cheveux étaient relevés en queue-de-cheval. Il passa doucement

159

les doigts sur ma nuque, jouant avec quelques mèches qui s'échappaient de mon élastique. Il me saisit par les épaules et commença à m'embrasser le cou de sa bouche sèche et ferme, je frissonnai. Ses bras m'enserrèrent. Ses mains vinrent effleurer mon visage. Elles se posèrent ensuite sur mon cou, sans serrer, mais je me sentis à sa merci, elles descendirent vers mon chemisier qui s'ouvrit, bouton après bouton, et se posèrent sur ma clavicule et ma gorge, évitant mes seins. Il me disait très doucement à l'oreille des mots indistincts et sa voix grave, usée, me caressait mieux encore que ses mains. Il enleva mon chemisier, embrassa mes épaules, me saisit fermement la taille, le visage contre mon dos. Il dégrafa mon soutien-gorge, augmentant encore l'envie que j'avais de sentir ses paumes chaudes sur mes seins. Il voulut m'allonger, mais je résistai.

« Tu as peur, petite fille ? me dit-il dans un murmure.

– Oui, soufflai-je tout aussi bas.

– Qu'est-ce qui te fait peur, ma chérie ?

– C'est la première fois », avouai-je, écrasée de honte.

Je voulus me retourner pour le regarder, il m'en empêcha.

« Tu es sûre que tu veux le faire comme ça ?

– Oui.

– Tu ne préférerais pas un garçon de ton âge ? Un garçon que tu aimes ?

– Non.

– Attends-moi alors, ne bouge pas... »

Je le sentis s'éloigner. Il revint s'asseoir derrière moi et un bandeau soyeux, sans doute une cravate, se posa sur mes yeux.

« Voilà, ma princesse, dit-il toujours à mi-voix, comme ça tu pourras imaginer ce que tu voudras. Je ne suis là que pour ton plaisir. Je deviendrai celui dont tu rêves. Tu peux tout me dire et tout m'interdire. À chaque instant. Un mot et je m'arrête. D'accord ? »

J'opinai en silence, le cœur battant. Il m'allongea sur le ventre. Des êtres aériens se mirent à tracer des chemins complexes et récurrents sur les monts et les vallées de mon dos. Ils montaient, descendaient, se croisaient et parfois disparaissaient. J'attendais, frissonnante, que leurs délicieux parcours reprennent et, tendue d'attention, j'essayais de deviner où leurs pieds, qui m'effleuraient à peine, reviendraient se poser. Ils finirent par laisser la place à un pinceau doux et chaud qui composa, à la manière pointilliste, un tableau de touches humides de la base de ma nuque jusqu'à la naissance de mes fesses. De temps en temps, l'artiste soufflait délicatement sur ses dessins, faisant exploser comme un bouquet d'arômes les contrastes entre les parties sèches et humides de ma peau. Je me mis à vibrer, femme violoncelle, sous cette caresse dont je n'avais soupçonné ni l'existence ni la douceur. Je sentis des mains qui enlevaient mes chaussures, des lèvres qui se posaient sur mes pieds. J'eus peur qu'ils ne soient sales et voulus les retirer. La voix ne me laissa pas faire :

« N'aie pas honte, petite chérie, s'ils n'étaient pas si beaux, je ne les embrasserais pas. »

La voix m'ôta ma jupe sans que je résiste. Un mouvement de fierté traversa mon corps parce que je l'entendis retenir son souffle puis confier :

« Tu es magnifique, tu sais. »

Je me sentis belle et, alors même que j'étais totalement passive, le visage enfoui dans les draps, cette beauté me rendait puissante. Quelque chose s'ouvrit et rayonna en moi. Les mains continuaient leur conquête. Elles enrobèrent mes fesses d'un mouvement circulaire avant de les empoigner. De surprise, j'eus une ruade de jument qu'elles contrôlèrent presque durement. Elles retirèrent mes dessous, vérifièrent que le bandeau me couvrait bien les yeux et me retournèrent. Je me laissai faire, absorbée par ce que je ressentais, stupéfaite que des gestes aussi absurdes puissent me transpercer d'une telle déflagration de brûlures et d'échos. Chacun de mes membres parlait, mais je n'aurais su dire ce qu'ils demandaient et je les sentais se cambrer et se tordre, indépendants de ma volonté, pour appeler des doigts qui semblaient sciemment les éviter. Pour la première fois, je pris conscience de mon bas-ventre, qu'un plaisir presque douloureux rendait vivant d'impatience. Une chaleur ferme se posa enfin sur mes seins, me faisant gémir de soulagement. Dans un cercle de tiédeur humide, des pinces décidées en attaquèrent tour à tour les extrémités, déclenchant des décharges dans mon sexe. Je perdis toute retenue. D'un geste ferme et lent, les mains m'écartèrent largement les cuisses. Je ne songeai même pas à résister. Quelque chose de très doux se posa sur mon sexe. Était-il possible d'inventer quelque chose de plus doux ? Il me caressa longuement de sa bouche. Je restai les bras en croix, offerte. Délicatement ses doigts m'ouvrirent, puis se frayèrent un chemin en moi. C'était étourdissant. Je ne comprenais plus mon corps qui attendait quelque chose, mais je ne savais pas quoi. Je ressentis une envie pressante et me raidis.

« Laisse-toi aller, ma princesse, m'encourageait-il. Tu es magnifique, la plus belle fille du monde. C'est normal, ce que tu ressens. Ne résiste pas. »

Il continua de me caresser de ses doigts. Je me tendis comme la corde d'un arc armé jusqu'à la rupture par les bras d'Ulysse. J'étais partagée entre la peur de sentir mon envie s'éloigner et la crainte de m'y laisser aller, écartelée dans cet équilibre jouissif et précaire. Les mains et la bouche qui jouaient de mon sexe comme d'un instrument semblaient connaître mieux que moi cette limite, ce sommet en haut duquel Gengis me gardait, m'empêchant de tomber d'un côté ou de l'autre, me poussant au-delà de moi-même et de ce que je croyais pouvoir supporter. Quand le plaisir monta en flèche, il était tellement étranger à ce que j'avais connu en me caressant que je le confondis avec de la douleur, la seule sensation qui s'en approchait. J'eus un cri de frayeur qui se répéta sous ses pulsations violentes. Une faiblesse absolue se propagea jusqu'au cœur de mes os, mon corps entier échappa, pour la première fois de ma vie, à ma volonté. Mon esprit était muet, perdu dans le vide, comme un général coupé de ses troupes et incapable de les faire bouger. J'avais peine à respirer. L'air entrait et sortait de mes poumons par saccades tant je m'étais interdit ce que je ressentais et qui me débordait. J'en restai tremblante et déboussolée. Gengis s'allongea à côté de moi, me prit dans ses bras, me parla de nouveau dans une langue que je ne connaissais pas et me berça longtemps, jusqu'à ce que je m'endorme, je crois.

Un bruit de page qui se tourne me réveilla. En retirant le bandeau qui me couvrait encore les yeux, la lumière d'une lampe m'éblouit. Assis à côté de moi sur le lit, Gengis lisait, vêtu d'un peignoir de l'hôtel.

« Bien dormi, princesse ? me demanda-t-il.

– Nous n'avons pas fait l'amour, balbutiai-je, confuse.

– Nous avons bien le temps, va. De toute façon tu as raté ta séance.

– Quelle séance ?

– *Profession reporter*, tu devais aller le voir, non ?

– C'est vrai, j'avais oublié.

– Pauvre garçon qui a dû t'attendre, plaisanta-t-il.

163

– Ça lui fera les pieds, inventai-je pour ne pas avoir à développer.

– Lui non plus, il n'est pas gentil ?

– J'ai une de ces faims ! clamai-je, ignorant la question.

– Tu veux sortir dîner ?

– Non… dis-je d'une voix lasse en remontant sur moi les draps dont il m'avait couverte dans mon sommeil.

– Tu préfères que je fasse monter quelque chose ?

– C'est possible ? » demandai-je, émerveillée.

Rien ne me plaisait plus, déjà à cette époque, que de passer ma vie au lit.

« Bien sûr que c'est possible, mon petit chat. C'est la première fois que tu vas à l'hôtel ?

– Oui », avouai-je.

Il se pencha vers la table de nuit, en sortit un gros livre qu'il posa sur mes genoux.

« Voilà, choisis ce que tu veux.

– Ce que je veux ? répétai-je en ouvrant le gros livre qui s'avéra être un menu.

– Ce que tu veux », confirma-t-il.

Quelle fête ! J'optai pour une terrine de saumon en entrée, « avec sa salade d'herbes » précisait la carte, suivie d'un suprême de dinde aux morilles, et d'un millefeuille pour le dessert. Gengis, dont je ne connaissais toujours pas le nom, commanda une macédoine de légumes, un bar aux épices et une soupe d'oranges. Il demanda également une bouteille de champagne. J'étais aux anges. Je m'éclipsai un moment dans la salle de bains. Pour éviter qu'il entende ce que j'y faisais, j'ouvris les robinets de la baignoire. En remarquant les savons, les flacons de shampooing, de sels et de gel douche, je ne pus résister à l'envie de prendre un bain. J'y vidai tout, la mousse qui monta en quelques secondes puis les sels multicolores qui donnèrent à la baignoire un air de cappuccino. Je m'y plongeai avec délectation, flottant dans cette eau parfumée pendant une bonne demi-heure avant que Gengis ne toque à la porte.

« À table, chérie », dit-il d'une voix où pointait l'ironie.

Je passai une serviette énergique dans ma tignasse dont les boucles avaient doublé de volume, essuyai d'un coin de serviette le noir qui me cernait les yeux et sortis habillée du deuxième peignoir. Une petite table ronde avait été dressée et des cloches en argent recouvraient les assiettes.

« Assieds-toi », dit-il en s'installant. L'air un peu inquiet, Gengis souleva la nappe à trois reprises pour inspecter ce qu'elle cachait. Il semblait vérifier chaque recoin, puis se rasséréna, sans me donner d'explication.

Il fit sauter le bouchon du champagne, mais c'est de sa vie qu'il m'enivra. J'écoutais d'une oreille distraite, trop contente de mon assiette et trop occupée à réfléchir à mon avenir. Mais il n'y a pas beaucoup d'efforts à fournir quand un homme est lancé dans un récit, deux ou trois exclamations bien placées et des regards admiratifs suffisent à faire le plein de sa machine à s'écouter parler. Pour résumer, parce que j'enregistrai quand même l'essentiel, Gengis était né à Moscou, où sa mère, Mira, exerçait le métier d'actrice avant d'être contrainte de fuir le pays pour la Pologne. À Varsovie, délaissant les planches qui ne les nourrissaient pas, elle devint couturière et modiste, utilisant son bon goût et son élégance naturelle – sur lesquels il ne tarissait pas d'éloges – pour tenir son petit commerce. Elle créait des chapeaux, des robes qui leur permettaient de vivre. De temps à autre, un mandat providentiel arrivait, annonciateur de quelques jours fastes. En rentrant de l'école, à peine arrivé dans la cour de l'immeuble où ils habitaient, il voyait Mira se pencher à la fenêtre pour agiter le petit papier jaune annonçant leur bonne fortune. Avec cette manne miraculeuse, la mère et le fils allaient dîner dans un restaurant français sur la rue Marsza-quelque-chose-ska, où ils prenaient, luxe des luxes, une entrée, un plat *et* un dessert avant d'aller finir la soirée au cinéma. Jusqu'à l'âge de douze ans, Gengis avait été élevé dans le ghetto juif de Varsovie et suivi sa scolarité en polonais.

« Mais ma mère me parlait français. Elle n'aimait que la France, le pays des droits de l'homme, de la liberté, de l'art, du "chic". Elle a tout fait pour nous y emmener, précisa-t-il.

– Combien de langues parlez-vous ? demandai-je avec une longue œillade impressionnée.

– Russe, polonais, français, anglais, espagnol... Et toi ? » relança-t-il, assez content de lui, ce qui fit disparaître mon admiration.

Je répondis sans complexe :

« Trois : français, belge et suisse...

– Il faut absolument que tu te mettes à l'anglais. C'est le strict minimum, affirma-t-il, sans rire à ma pirouette.

– Oui, papa, répondis-je, vexée.

– C'est vrai, je pourrais être ton père, remarqua-t-il aussi vexé que moi, quel âge a-t-il ?

– Il est mort, lâchai-je, toujours contente de l'effet dévastateur que cette remarque produisait dans une conversation.

– Tu l'as connu ?

– Oui. Et vous, que faisait votre père ? »

Il ne l'avait pas connu. C'était un célèbre acteur russe, mais déjà marié affirmait-il. Ses parents s'étaient rencon-

166

trés à Moscou. Ils jouaient tous les deux dans une pièce de théâtre, lui avait le rôle-titre, elle ne faisait que deux brèves apparitions. C'était un très bel homme, soutint Gengis, puis il me donna son nom avec fierté : Ivan je ne sais plus quoi.

« Tu vois qui c'est ? demanda-t-il.

– Non, répondis-je en avalant une grosse bouchée de terrine.

– Forcément, ce n'est pas de ton âge », remarqua-t-il, désabusé.

Il me raconta ensuite son arrivée à Nice, la pension de famille dont s'occupait sa mère. Elle était morte depuis quinze ans, mais il en parlait avec une ferveur et une douleur intactes. Je vis même avec stupéfaction – et pas mal d'agacement que je tentai de dissimuler – ses yeux se remplir de larmes à cette évocation.

« Elle m'avait laissé la meilleure chambre. Celle du dernier étage, qui était plus grande, claire et aérée que la sienne, un réduit minuscule au rez-de-chaussée. Elle m'adorait. Elle se privait de tout pour que je ne manque de rien. Elle m'imaginait un destin extraordinaire, il aurait fallu que je sois Pouchkine et le président de la République française en même temps pour la satisfaire.

– Rien que ça ! » me moquai-je.

Il continua sans m'écouter, perdu dans le plaisir dévot d'égrener les souvenirs de son chapelet maternel.

« Souvent, je sentais peser sur moi son regard, et quand je levais les yeux, elle me disait, émerveillée : "Mon Dieu, mais qu'est-ce que j'ai mis au monde !"

– C'est drôle, ma mère me dit ça aussi, sans la moindre trace d'émerveillement… remarquai-je.

– C'est terrible en même temps, d'avoir été aimé comme ça. On ne retrouve jamais une telle affection. Je suis orphelin de l'amour inconditionnel.

« – Vous n'êtes pas marié ?

– Deux fois divorcé en fait, sourit-il tristement.

– Vous n'avez pas d'enfants ?

– Non. »

Il enchaîna sur l'École de l'Air de Salon-de-Provence où il avait fait son service militaire. Sa révolte de jeune homme quand, en dépit de ses excellentes notes, on lui avait refusé le grade d'officier. Il fut le seul de sa promotion à ne pas l'obtenir, à cause de ses origines étrangères et d'une naturalisation un peu fraîche. Il précisa qu'il était au quart juif, et avant la guerre, on ne faisait pas plus antisémite que l'armée. Il émaillait ses récits d'anecdotes amusantes dont je sentais qu'elles avaient été maintes et maintes fois racontées. Son récit était rodé, livresque. La guerre l'avait sauvé de la vie médiocre qui le menaçait. Gengis fut l'un des premiers à rejoindre de Gaulle à Londres. Il lui vouait une admiration sans bornes. Il me raconta ses aventures de pilote de chasse, ses missions en Afrique où entre deux vols il écrivait son premier roman, les nombreuses fois où il avait failli « passer l'arme à gauche », comme il disait. Il semblait très soucieux de m'impressionner par son parcours et sa virilité. Nostalgique, aussi, d'une période où les combats, si violents fussent-ils, l'avaient un moment arraché à l'absurdité de l'existence.

« Combattre un ennemi aussi total que le nazisme donnait un sens à chaque matin que je voyais naître et à chaque souffle qui s'échappait de mes poumons. La paix, en nous faisant quitter le terrain galvanisant de la survie, nous a replongés dans les marais boueux du choix, l'angoisse des infinis possibles. Comment reste-t-on un homme en temps de paix ? »

168

Je mis les coudes sur la table, posai le menton dans mes mains en corolle et lui dis avec des yeux frits de bonheur :

« C'est beau, ce que vous dites.

– C'était une belle époque », répondit-il, modeste.

Je me moquais de lui, ce qu'il ne vit pas. J'ai horreur du narcissisme des autres et j'avais besoin de me défendre de son intensité sombre. Il portait en lui une tristesse têtue et sourde. Le poids de l'âge ou de la solitude, je ne sais trop. Elle réapparaissait par vagues dans la conversation. Je fis semblant de ne pas voir ses absences. Je m'extasiais à chacun de ses propos, ce qui était d'autant plus facile que je descendais coupe sur coupe en me régalant de la dinde, des morilles parfumées et du pain tout chaud tartiné de beurre d'Échiré. Il touchait à peine à ses plats. Il me raconta la publication de son premier roman, *Lettres d'Océanie*.

« Tu l'as lu ? demanda-t-il, confiant.

– Non, répondis-je, sentant approcher le moment que je redoutais depuis le début de cette rencontre.

– Qu'as-tu lu de moi ?

– Je ne sais pas qui vous êtes.

– Claude ne t'a pas dit ?

– Non, elle m'a dit que vous préfériez garder l'anonymat.

– Pas du tout. Je m'appelle Romain Kiev », annonça-t-il, s'attendant de ma part à une petite attaque, contrôlée mais charmante, d'hystérie.

J'ai le défaut, souvent, d'être trop honnête.

« Désolée, ça ne me dit rien, soupirai-je, consciente que ma réponse ne lui ferait pas plaisir.

– Tu ne sais pas qui je suis ?

– Non, fis-je en serrant les lèvres et gonflant mes joues pour mimer une écrasante contrition.

– Tu n'as rien lu de moi ?

– Rien dont je me souvienne, mais j'ai très mauvaise mémoire, dis-je pour me rattraper, ce qui ne fit qu'aggraver mon cas.

– J'ai eu de grands prix pourtant !

– Félicitations.

– Le Renaudot, le Goncourt… Pour une étudiante en lettres, tu n'es pas très au courant.

– Ce n'est pas votre faute, fis-je pour le rassurer. Je ne lis que les écrivains morts ou étrangers.

– En quel honneur ?

– Parce qu'il y a trop de livres et que je ne crois qu'à la sélection du temps ou de la distance.

– Si tu le dis, conclut-il, pincé.

– Non, mais maintenant que je vous connais, ajoutai-je parce que je voyais qu'il allait en faire une maladie, j'essaierai de lire un des vôtres. Je suis sûre que c'est très bien. »

Il éclata d'un rire franc.

« Tu es d'un culot ! » dit-il en se levant. Et il répéta, réjoui : « Tu es d'un culot admirable ! »

Il alluma la télévision et nous nous assîmes sur le canapé qui lui faisait face. Sur la première chaîne, *Le Grand Échiquier* venait de commencer. Jacques Chancel, le présentateur, avait invité Barbara, qui chantait les derniers couplets de « Au bois de Saint-Amand ». Gengis me regarda avec des yeux de chien battu avant de demander :

« Je peux mettre ma tête sur tes genoux ? »

J'eus bien envie de lui dire non, juste pour voir l'expression qu'il ferait, mais je me contentai d'opiner. Il se blottit comme un gros bébé dans mon giron. Ses cheveux se clairsemaient un peu à l'arrière du crâne. Ne sachant comment réagir, je me mis à lui gratter la tête.

170

C'est Solange qui me le faisait quand nous étions petites. En général après nos séances de punitions scolaires, où, me pliant à son scénario, je la fessais déculottée pour de prétendues mauvaises notes. Barbara chantait toujours. « Gueule de nuit », « Du bout des lèvres », « Plus rien », « Tu sais » et enfin « La dame brune » en duo avec Georges Moustaki. Jacques Brel, venu promouvoir *Le Far West*, son deuxième film, racontait ses états d'âme de metteur en scène. Le lendemain, il représenterait la Belgique à l'ouverture du festival de Cannes. Je n'avais pas vu *Franz*, sorti deux ans plus tôt, mais je ne fus pas emballée par les extraits de son nouvel opus. On l'y voyait, poussant dans la rue le fauteuil roulant d'une paralytique noire et devisant sur la nature des femmes qui ne cherchent qu'à priver les hommes de leur liberté, à les prendre au piège pour « pondre leurs œufs », forçant le mâle à construire un nid pour dix générations. Pendant ce temps, la fille lui criait son amour en pleine rue. Brel me parut d'une bêtise qui n'avait d'égale que sa prétention et sa misogynie. Henri Salvador et Francis Perrin, tous deux présents sur le plateau, semblaient d'ailleurs consternés. Un ronflement léger se fit entendre. Sur mes cuisses, Gengis alias Romain Kiev s'était endormi. J'arrêtai de le gratter – à force j'avais des crampes – et me penchai pour l'observer. Il avait quand même l'air vieux, surtout dans cette position où ses joues, striées comme une grille de mots croisés, s'incurvaient mollement vers son nez. Il était lourd, j'avais envie de bouger, mais l'idée d'avoir encore à l'écouter me garda immobile. Jacques Chancel annonça Pascale Petit. Grande nouvelle : la comédienne se lançait dans la chanson. Décidément, c'était l'émission des insatisfaits, Brel qui voulait faire du cinéma et Petit qui voulait chanter. Elle ne me parut pas plus douée pour

171

les vocalises que le Belge pour le septième art. C'est fou, cette manie des gens, sous prétexte qu'ils ont réussi quelque part, de penser qu'ils peuvent réussir partout. Je secouai mon vieux nourrisson qui se redressa d'un coup.

« Il faut que je bouge », déclarai-je en me levant.

Je passai dans la salle de bains où je ne pris ni la peine de fermer la porte, ni celle d'ouvrir les robinets pour couvrir mes bruits intimes. On n'en était plus là, considérai-je. En revenant dans la chambre, je me lançai :

« Romain, j'ai besoin que vous m'aidiez. Il ne nous reste que peu de temps et il faut que j'apprenne tout ce qu'une femme doit savoir pour faire plaisir à un homme. J'aimerais bien que l'on s'y mette, si vous n'y voyez pas d'inconvénient.

– Tu n'es pas du genre sentimental, toi... » remarqua-t-il en m'envisageant d'un regard incrédule et blessé.

J'ignorais encore que Romain Kiev était un grand susceptible.

« Non, ce n'est pas mon genre », confirmai-je, moqueuse.

Il se leva, furieux, et se mit en devoir de commencer séance tenante mon apprentissage. Il y employa le reste de la nuit, avec une énergie et une méthode dont, rétrospectivement, je ne peux qu'admirer l'excellence. J'eus l'impression, en quelques heures de cours intensif, d'en savoir aussi long que si j'y avais passé un semestre. Il finit par s'endormir, au petit matin, le bras barrant mon ventre d'un geste possessif. J'attendis que sa respiration se fasse régulière et reprenne ce petit ronflement que j'avais entendu sur le canapé. Il me fallut déployer des trésors de souplesse pour me dégager sans le réveiller. Une fois habillée, ayant récupéré mon sac, je lui jetai un dernier regard. Il avait de nouveau cet air d'enfant vieilli, une innocence qui le rendait fragile. J'eus un serrement au cœur, mon corps n'étant plus capable du moindre tressaillement, mais je savais d'instinct que l'amour est la prison des femmes et je fermai la porte sans regret aucun.

17

J'étais à peine couchée, me sembla-t-il, lorsque quelqu'un tambourina à la porte de mon studio. Je me levai, passai ma chemise à rayures multicolores et un short pour aller ouvrir. C'était Gaël, visiblement de mauvaise humeur.

« Claude a appelé trois fois. Elle veut te voir. Tu dois être chez elle à trois heures.

– Super. Tu veux entrer ? proposai-je.

– Je voudrais surtout que tu installes le téléphone. J'en ai marre de faire le messager.

– Du calme ! Je me réveille, là. Ne commence pas à m'agresser dès le matin.

– Il est deux heures de l'après-midi, protesta-t-il.

– Ça te va bien de me faire des reproches sur mes horaires ! Je n'ai pas dormi de la nuit », râlai-je en m'affalant sur les coussins à même le sol qui me servaient de canapé. Il s'installa en face de moi.

« Alors ça y est ? Tu es une femme ? ironisa-t-il.

– Ça y est, dis-je sans pouvoir réprimer un sourire de satisfaction.

– C'était bien ?

– Pas mal, répondis-je, réprimant un second sourire.

– À ta tête, on dirait que c'était mieux que pas mal… Tu as l'air béate, remarqua-t-il avec une pointe de jalousie. C'était qui ?

– Un écrivain.

– Tu pourrais me dire son nom ! Tu me fais des cachotteries maintenant ?

– Romain Kiev.

– On ne s'emmerde pas, la cocotte. Romain Kiev, rien que ça !

– Il est connu ? demandai-je en m'étirant.

– Tu es désespérante… soupira-t-il. Tu n'as pas lu *Le Rêve de Narcisse* ?

– Non.

– Pour quelqu'un qui se veut écrivain… »

Je ne pris pas la peine de répondre, Gaël insista :

« Alors, il est comment ?

– Je n'ai pas de points de comparaison, tu sais, dis-je en bâillant.

– En tout cas, tu as intérêt à te grouiller parce que tu dois être chez Claude dans trois quarts d'heure. Elle n'aime pas les gens en retard.

– Je sais. » Je me levai et commençai à déboutonner mon chemisier.

« Tu pourrais attendre que je sorte, Zita, s'insurgea Gaël qui fixait mes seins comme s'il en voyait pour la première fois.

– Ça va ! Tu me connais depuis que j'ai un mois !

– Raison de plus. C'est suffisamment pénible comme ça », conclut-il en me donnant une claque retentissante sur les fesses avant de disparaître dans le couloir.

Je pris une douche en cinq minutes et dus me résigner à remettre ma jupe en jean et un T-shirt sur lequel je nouai une chemise d'uniforme qui me restait de Sainte-Marie des Invalides. À trois heures cinq, je sonnais chez Madame Claude. Cette fois, un homme asiatique de petite taille vint m'ouvrir. Il devait avoir une cinquantaine d'années et se tenait droit dans son costume sombre. « Madame vous attend », dit-il avec un accent nasillard.

Il me fit passer dans son bureau. J'étais à peine assise qu'elle me dit avec satisfaction :

« Parfait ! D'après ce que j'ai compris, tout s'est bien passé…

– Oui, confirmai-je en tentant de ne pas laisser l'air béat qu'avait repéré Gaël s'étendre à nouveau sur mon visage.

– Alors, amoureuse ? »

La vulgarité de la question me dégrisa d'un coup.

« Pas du tout, qu'est-ce qui vous fait dire ça ? m'indignai-je.

– Lui, il a l'air bien accroché. Il veut vous revoir et plus ! Il m'a fait tout un souk, je n'en revenais pas.

– Un souk ?

– Que vous êtes trop jeune, qu'il veut vous "arracher à tout ça", vous aider à trouver un métier honnête.

– Ah, oui, il m'en a un peu parlé : secrétaire, mannequin ou femme mariée.

– Pas de regret, alors ? insista-t-elle pour la forme.

– Pas de regret.

– Tant mieux ! J'aurais été navrée de vous perdre aussi vite arrivée. Passons aux choses sérieuses », lança-t-elle en chaussant ses lunettes. J'opinai, tandis qu'elle sortait une chemise en carton parme qu'elle ouvrit. « Je m'occuperai de votre agenda et de vous apporter une activité régulière auprès d'amis que je connais et dont je peux garantir la fiabilité. Je suis là autant pour vous donner du travail que pour vous protéger et vous aider à faire vos premiers pas dans ce métier. Je connais bien mes clients et les nouveaux me sont recommandés par

176

des gens de confiance. Il n'y a pas de tordus, je refuse de soumettre mes filles à des activités dégradantes.

– Tant mieux.

– Vous pouvez toujours refuser les choses inacceptables, mais en douceur bien sûr. Il faut essayer au maximum de satisfaire le client. S'ils étaient trop nombreux à me faire des comptes-rendus négatifs, je ne pourrais plus vous garder.

– Je comprends.

– En échange de ce service, je prends une commission de trente pour cent sur tout ce que vous gagnerez. Vous serez payée en liquide à chaque rendez-vous. Une fois par semaine, vous viendrez m'apporter la somme de mes commissions.

– Ici ? demandai-je.

– Ici ou ailleurs, je change régulièrement d'adresse. Nous sommes beaucoup plus surveillées que nous ne l'étions auparavant, confia-t-elle, la mine assombrie. Mais j'ai suffisamment d'amis qui seraient navrés de voir disparaître notre maison.

– J'en suis certaine, fis-je, en songeant que j'avais intérêt, dans les mois à venir, à regarder où je mettrais les pieds.

– Pour ce qui est des tenues, il vous faudra, pour commencer, une robe longue et une robe de cocktail. Loris Azzaro est très bien pour le soir, allez le voir de ma part.

– Oui.

– Pour le jour, vous aurez besoin d'un tailleur avec le pantalon et la jupe assortis, un chemisier habillé, un plus passe-partout, vous trouverez certainement votre bonheur entre Dior Boutique, Ted Lapidus, Féraud ou Marie-Martine. Pour les dessous, Chantelle fait des choses ravissantes. Prévoyez trois ensembles blancs coordonnés. Et pas de jean ! ajouta-t-elle en désignant ma jupe. Ayez l'air d'une femme, pas d'une lycéenne. »

En me voyant me tasser dans mon siège, elle comprit.

« Vous avez de l'argent pour ces achats ?

– Pas le moindre sou, avouai-je, gênée.

– Gengis ne vous a rien donné ? Même quand il me rend service, il laisse en général un petit quelque chose...

– Il dormait quand je suis partie.

– Ne vous inquiétez pas, je vais vous avancer ce qu'il faut. Vous me rembourserez au fur et à mesure. » Elle fouilla dans un tiroir dont elle sortit une grosse enveloppe. « Voilà, mille francs pour commencer. En ce qui concerne les deux robes du soir, dites à Azzaro de les choisir dans le forfait habituel et de les mettre sur mon compte. Vous aurez vite de quoi me les rendre. »

Je la remerciai. Elle reprit, scolaire, sa liste de fournitures :

« Il vous faudra aussi un sac à main, avec dedans trois pochettes à fermeture Éclair : une pour les sprays et déodorants, une pour la brosse et la pâte à dents, la dernière pour le maquillage. » De nouveau elle m'envisagea d'un œil critique : « Je vous conseille le fond de teint Clarins numéro 1, le vôtre est trop épais et trop sombre. Vous avez une jolie peau, profitez-en. Il faut aussi reprendre vos cheveux, vous irez voir Alexandre de ma part, et Karine qui vous épilera. Voici toutes les adresses que je vous recommande, dit-elle en me tendant une liste tapée à la machine. Vous pouvez recevoir chez vous ?

– Non, c'est trop petit et ma mère habite à deux pas, répondis-je, sans appel.

– Je vois. Pour commencer, on s'en accommodera, mais pensez à mettre de l'argent de côté, que l'on vous

trouve un appartement plus fonctionnel. Une de mes
amies qui travaille dans l'immobilier pourra vous aider
dès que vous serez prête. Ah ! J'oubliais, m'arrêta-t-elle
quelques instants plus tard alors que j'étais déjà dans la
cage d'escalier. Jamais de parfum ni d'eau de toilette
d'aucune sorte, les épouses de ces messieurs ont le nez
fin... »

18

Soyons honnête, mes premiers mois comme mes premiers clients furent loin d'être aussi agréables que l'initiation tendre à laquelle m'avait soumise Romain Kiev. Vous dire que je prenais mon pied ? Ce serait vous mentir. Les autres filles de Madame Claude brandissaient l'orgasme comme un étendard. Elles mettaient un point d'honneur à y parvenir avec tous leurs clients et glosaient sans fin sur leur jouissance. Chaque métier a ses coquetteries, prétendre avoir du plaisir faisait partie de celles de « Madame ». C'était sa signature. Elle alimentait le rêve de la putain joyeuse. Du sexe librement accordé dans la légèreté de l'instant. Elle voulait que l'on bouscule ses filles dans un grand éclat de rire sain. Elle les imaginait troussées sur des bottes de foin, une fleur entre leurs dents bien blanches, ou dans des déshabillés vaporeux, criant de bonheur sur des draps de satin. Les petites perversions de ces messieurs l'amusaient, quand elles étaient contées sur le ton de la blague, avec des gloussements d'écolières.

Nous effacions les mauvaises expériences comme on essuie une larme d'humiliation d'un revers de main en prétendant que l'on a une poussière dans l'œil. On ne lui parlait d'ailleurs pas des coups tordus. Nous la protégions. Elle était un peu la responsable de niveau d'un pensionnat de jeunes filles, un peu notre mère. Elle n'aurait pas supporté que l'on fasse du mal à ses enfants. Et puis nous vendions cette bonne camaraderie du sexe. Toute notion de contrainte, toute obligation économique aurait terni le fantasme et, par ricochet, abîmé son image de marque. Personne n'a envie d'exploiter le malheur et la pauvreté. Personne ne veut savoir que certaines de ces filles se faisaient refaire les seins ou le nez pour augmenter leurs revenus, que d'autres travaillaient sept jours sur sept pour nourrir une petite famille en banlieue et qu'une bonne partie en ressortaient psychologiquement bousillées.

Ressentir du plaisir ? Rarement. Du moins pas physique. S'il n'a pas été préparé par une construction mentale, on ne peut pas éprouver du désir pour un corps flasque, un dos ou un derrière couvert de poils, un sexe las ou un torse d'homme dont les seins sont plus gros que les vôtres. On n'a pas envie non plus d'embrasser une bouche jaunie qui sent le tajine d'agneau à l'ail et le cigare ou de passer la main dans des cheveux gras tellement clairsemés que l'on craindrait en les touchant de faire tomber les derniers. On le fait, comme on fait la vaisselle, ou comme on prend une douche, avec détermination et bonne humeur, c'est tout. Non que ce soit un calvaire, surtout pas chez Claude, ni dans les années 1970 où la sexualité fraîchement libérée et même la pornographie avaient quelque chose de bon enfant en comparaison de ce que je peux observer aujourd'hui. Les transgressions les plus folles que pouvaient imaginer la plupart de ces messieurs ne suffiraient plus aujourd'hui à assurer le succès d'un film gentiment érotique. Le demi-monde est le royaume des clichés et je compris, en m'y confrontant, à quel point l'imagination est une qualité rare. Il n'y avait rien d'insupportable, mais de là à jouir... Non, le plaisir, pour une call-girl, est psychologique. J'aimais le pouvoir. La domination que j'exerçais sur mes clients me grisait. Ces hommes vous ouvrent et vous pénètrent, certes, mais vous leur rendez la pareille. Je les ouvrais et je les pénétrais bien plus profondément, me baladant dans leur cerveau, jonglant avec leurs fantasmes, jouant avec leurs faiblesses et leurs sentiments. Ils n'avaient plus rien d'effrayant. Ils s'exposaient mille fois plus en me révélant leurs désirs les plus secrets que moi en leur prêtant mon cul.

Avec l'expérience, ils devenaient inoffensifs. Je voyais en eux, à travers eux. Je m'amusais à les ranger par paires et par séries, à affiner mes petites catégories de la bizarrerie humaine, surtout quand elle est sexuelle. Il y avait le père de famille qui n'avait ni le temps ni l'envie de sortir en boîte baratiner une belle qui se révélera une piètre maîtresse ou finira par s'accrocher à lui avec la tendresse d'une mante religieuse. L'homme d'affaires en voyage qui meublait ses loisirs. Le pervers soft qui n'avait jamais osé demander à des femmes de son entourage les scénarios souvent grotesques qui le mettaient en émoi. Tous les tordus disent en vous demandant une bizarrerie que c'est « la première fois ». Quand c'est « la première fois », on peut encore croire qu'il s'agit d'une lubie, d'un goût des expériences nouvelles, presque d'une saine curiosité. C'est la répétition qui transforme le fantasme en perversité. Lorsque vous avez réalisé le rêve honteux et secret d'un homme, il y a peu de chances qu'il vous rappelle. Le pervers en revanche devient régulier, trop heureux d'avoir enfin trouvé une femme capable de deviner, comprendre et tolérer son abracadabrante invention.

Je me souviens de l'un d'entre eux dont il me fallut décrypter le manège. C'était un important banquier parisien, tout ce qu'il y a, sur le papier, de plus respectable. Ce vieux célibataire m'avait donné rendez-vous chez lui, rue de Miromesnil. Il habitait un somptueux appartement dont la décoration monumentale n'aurait pas déparé un roman gothique. Il m'emmena dans sa bibliothèque et sortit une large boîte en carton recouverte de velours. Il l'ouvrit avec les précautions d'une mère pour son enfant et j'y vis, rangée dans du papier de soie, une collection de plumes. Mon client me demanda de l'aider à en choisir une. Il fallut près d'une demi-heure pour trouver la couleur, la douceur, la brillance et la courbe de la plume parfaite. Celle qui nous mit d'accord devait venir d'une autruche. Elle était très grande, parfaitement douce, avec une longue courbure et des extrémités pailletées d'or brun. Cette épineuse tâche accomplie, le banquier se déshabilla, ne gardant qu'une sorte de string. Il me demanda de l'aider à se hisser en haut de l'imposante cheminée qui donnait son caractère à la pièce. Ce ne fut pas une mince affaire parce que, justement, il était gros. Il soufflait comme une forge, mais réussit à s'accroupir sur le manteau de ce chef-d'œuvre médiéval. Il se planta la plume si difficilement élue dans le derrière et entonna un tonitruant chant du coq. Jamais de ma vie, je n'ai dû faire un tel effort de volonté pour ne pas m'effondrer de rire sur son tapis dix-huitième. Seule me retint la curiosité de comprendre ce que le gros gallinacé planqué dans le corps de mon banquier avait à dire. Je décidai, à l'aveugle, que mon rôle était désormais de m'exclamer :

« Magnifique ! Magnifique !

– Cocorico ! » continuait-il de plus belle.

Le banquier jubilant s'échauffait. Je persistai dans mes encouragements, jusqu'au moment où une auréole sur le suspensoir beige m'indiqua que ma mission touchait à sa fin. J'aidai alors M. D. à descendre de son perchoir en reprenant le fil d'une conversation polie.

J'aimais bien ces clients qui m'évitaient toute implication physique. Peu à peu, j'en fis ma spécialité. J'ai cette facilité à voir au travers des gens, à lire ce qui leur passe par la tête, qui me rendit indispensable dans le dispositif de Claude. Il y eut aussi un célèbre avocat. Il avait fait ses premières armes à l'occasion de l'affaire Dominici, dans les années 1950, et était devenu, depuis, l'un des ténors du barreau. Nous nous retrouvions toujours au même hôtel où son majordome faisait livrer une robe noire de procureur français que je devais passer. Une fois que j'étais habillée, il entrait, menottes au poing, et s'asseyait sur le lit comme sur un banc du tribunal. J'entamais alors mon réquisitoire, lui inventant chaque fois un crime différent. Je l'accablais, invoquant l'idéal de justice, détaillant ses manœuvres crapuleuses, exigeant un jugement exemplaire. La première fois, je suai sang et eau, car, de nature pointilleuse, je le voyais tiquer quand j'usais d'une expression légale manquant de précision ou franchement incorrecte, ainsi qu'il l'aurait fait en séance au plus petit vice de forme. Comme il devint un client régulier, j'allai même assister, un après-midi de désœuvrement, à un procès qui se tenait sur l'île de la Cité. Je me pris au jeu et, souvent, je découpais des faits divers dans la presse pour étayer mes prochaines plaidoiries. Après mon exposé plus ou moins brillant, qui, je dois l'avouer, m'épuisait les neurones, l'avocat s'agenouillait, toujours menotté, et je devais faire claquer un fouet au-dessus de sa tête – tâche beaucoup moins aisée qu'il n'y semble et à laquelle je m'entraînais chez moi, rue Vaneau, ce qui me valut une visite étonnée de ma voisine du dessous. Il fallait ensuite que je le batte sans ménagement tandis qu'il implorait le pardon de la justice plutôt débraillée que j'incarnais. Son orgasme à lui n'était pas sexuel, mais émotif. Je ne devais cesser qu'au moment où il éclatait en sanglots. Je m'appliquais alors à le consoler. Maternelle, j'essuyais ses joues et ses yeux, fixés au loin, murés dans la douleur. Un jour, j'osai lui demander l'origine de ce rituel :

« Qu'avez-vous donc à vous reprocher ? »

Je vis ses épaules se voûter et il m'avoua d'une voix si sépulcrale que je sentis comme une brise glacée envahir la pièce :

« J'ai été l'avocat d'un garçon qui est mort guillotiné.

– On ne peut pas sauver tout le monde, esquissai-je, immédiatement arrêtée par un regard qui ne permettait pas la discussion.

– J'ai eu entre les mains, quelques années plus tard, la preuve irréfutable de son innocence. »

Je ne sus pas quoi répondre. Il termina de déposer son fardeau à mes pieds :

« Antoine n'avait pas vingt ans. »

Je n'aurais jamais dû lui poser la question. C'était l'un de mes clients préférés. J'aimais bien sa politesse et son érudition. Une fois ses larmes séchées, il me complimentait sur mes réquisitoires, relevant une transition habile, une figure de style bien trouvée. Il me donna même, à la fin de l'une de nos séances, l'autorisation, après sa mort et à condition de changer son nom, de les transformer en nouvelles. Ce que je fis d'ailleurs dans *Jette la première pierre*, mais j'ai éliminé tout le contexte sexuel pour ne garder que les récits. Je l'aimais bien, mon avocat. Il ne revint pas après cette confession. L'avait-elle guéri ? J'en doute. Je crois plutôt qu'il n'eut pas la force de revoir sa faute dans mes yeux. Je l'aperçus de l'autre côté de la rue, quelques mois plus tard. Il me sourit de loin, mais ne traversa pas et je respectai son choix. Tout passe.

D'autres clients l'effacèrent de mon esprit et de mon emploi du temps. Ces hommes m'inspiraient les bons jours une tendresse amusée, les mauvais pas mal de mépris et le goût profondément ancré de les faire payer. Les femmes pensent qu'elles se sentiraient dévalorisées par cette négociation commerciale. Mais c'est très agréable de savoir ce que l'on vaut, sécurisant aussi. Le contrat est clair, on n'a jamais l'impression, ironie de la chose, de se faire baiser au sens de se faire avoir. Les sentiments ne viennent pas tout pourrir. Ce sont eux qui créent le mensonge et la trahison. L'obsession grotesque de la fidélité n'est que la garante du sentiment, elle n'existe pas dans la prostitution. Vous n'imaginez pas à quel point on se sent libéré.

19

Aussi étonnant que cela puisse paraître, je garde un bon souvenir de ces années. J'avais une petite routine grâce à laquelle je vivais bien. Je ne dirai pas que tout était plaisant, mais cette profession me permettait d'avoir la vie que j'avais voulue : confortable tout en me laissant le temps de créer. Au bout d'un an, mes revenus furent suffisants pour m'installer rue Vaneau, juste en dessous de mon appartement actuel. C'était un joli trois pièces fonctionnel et clair : murs blancs, parquet, moulures. L'immeuble, typiquement haussmannien, n'a aucun charme particulier, mais à l'époque, il me semblait le comble du chic. Je me réveillais tôt le matin. Je descendais parcourir le journal et petit déjeuner au café faisant le coin de la rue Leroux et de la rue de Sèvres. De neuf heures du matin à deux heures de l'après-midi, je travaillais. Ensuite, je lisais en attendant mes rendez-vous, en moyenne un par jour, quelquefois deux quand on me réservait pour la nuit. À cinq cents francs la soirée, une petite fortune alors, je gagnais très bien ma vie. Mes loisirs étaient on ne peut plus réglés. Je dînais deux fois par semaine avec Timothée, à qui je mentais sans vergogne sur mes activités. Étrangement, il ne me posa jamais de questions sur mon évidente aisance financière, mais n'ayant jamais souffert du manque d'argent, il devait trouver naturel que je puisse vivre de mon travail. Il préparait l'ENA à l'Institut d'études politiques. Ses parents s'étant installés à Londres, il jouissait, sans en jouir puisqu'il ne faisait qu'étudier, de leur immense appartement à deux pas du Luxembourg. À vingt et un ans, il était très grand. Grâce à la pratique assidue du tennis, son corps mince commençait à perdre la disharmonie de l'adolescence, pour prendre une allure plus athlétique. Derrière la barrière permanente de ses lunettes ovales, ses beaux yeux gris rayonnaient d'intelligence et de profondeur. Il pouvait être très drôle. Et s'il était intellectuellement intransigeant, dans la vie quotidienne, il exigeait peu des autres et beaucoup trop de lui-même.

Nous n'étions pas proches physiquement. Il ne m'avait jamais déclaré sa flamme, mais je savais qu'il m'aimait. Je craignais que le sexe ne détruise notre complicité et il s'en tenait à ses principes : pas avant le mariage. La foi n'était pour rien dans sa décision. Timothée faisait avant tout confiance à sa raison, mais il s'était fait une idée de l'amour tellement idéale qu'elle en était devenue une sorte de religion. Il aimait m'adorer, plus que m'avoir. Il aimait imaginer notre avenir quand il commencerait à travailler et qu'il pourrait m'entretenir. Il était persuadé, sans me l'avoir clairement demandé, que je l'épouserais dès qu'il gagnerait sa vie et que nous ne dépendrions plus de ses parents. Je riais de sa raideur et de sa morale, mais il m'attendrissait. Les principes comptaient pour Timothée et je m'amusais à le pousser dans ses retranchements. Il résistait à mes arguments, me dominant de sa culture encyclopédique, de son esprit vif et moqueur, jusqu'au moment où je passais la main dans ses épais cheveux bouclés et bruns, où je la posais sur son bras, sur sa cuisse et où je l'embrassais dans l'oreille, ce qui le téta-nisait. Incapable de parler quelques secondes, il prenait un air recueilli, analysant son plaisir comme tous les objets théoriques ou pratiques qui lui tombaient entre les mains, avant de retrouver en quelques secondes ses esprits. Il m'envoyait alors bouler :

« Arrête de me tripoter, je n'aime pas ça », râlait-il tandis que je me moquais de ses mines de fille effarou-chée.

Avec ses compétitions de tennis, j'étais l'une des rares distractions et la seule affection de son quotidien morne de bête à concours. Il m'apportait la douceur, la loyauté et la sécurité dont j'avais besoin pour me transformer, schizophrène que j'étais, en écrivain le matin et en ama-zone du sexe l'après-midi. Il était, je le pense encore, l'homme le plus intelligent que j'aie jamais rencontré. Il m'est rarement arrivé, dans cette vie, de mesurer mon cerveau à un autre et de me rendre compte que mon adversaire est infiniment plus rapide, créatif et souple que je ne le serai jamais. Parler avec Timothée, être avec Timothée me donnait l'impression de faire la course au volant d'une 2 CV contre une Ferrari. Je ne m'en sortais que par la triche, en mangeant les tournants du circuit, en prenant des raccourcis. Par la mauvaise foi aussi, si étrangère à ce garçon d'une droiture presque grotesque, qu'elle le désarmait à coup sûr. Timothée, dans la nuée des hommes souvent puissants, riches ou célèbres que je fréquentais par mon métier, était le seul que j'admi-rais. C'était un être pur. Plus je m'enfonçais dans cette saloperie de réalité, plus j'avais besoin de sa lumière. J'aimais qu'il soit incapable de mesquinerie. J'aimais qu'il s'enflamme pour des causes que je trouvais pourtant dérisoires. J'aimais qu'il refasse le monde soir après soir et qu'il s'obstine à le classer et à le réorganiser de ses concepts aussi brillants qu'inutiles. Timothée adorait le débat et rien ne l'amusait plus que convaincre. Dans la rue, il planait, le nez en l'air, le regard portant loin au-dessus de ses lunettes et des immeubles. Il ne voyait la réalité qu'à travers le filtre des livres, des journaux et de son propre esprit, décidément à part. C'était un théoricien. J'aimais son idéalisme, même s'il a fini par le tuer. Le meilleur de moi s'accordait avec lui.

Le dimanche, nous allions nous promener dans Paris. Nous faisions les musées ou nous achetions des fleurs pour sa terrasse car il avait la passion des plantes. Nous allions à vélo jusqu'à Montmartre manger des gaufres ou des glaces – passion pour moi, pistache pour lui. Au pied du Sacré-Cœur, nous écoutions les accordéonistes et les chanteurs de rue. On nous croyait presque toujours frère et sœur. Ce que nous étions en fait. Dans la rue, nous jouions à notre « jeu des destins », imaginant la vie des passants qui retenaient notre attention. Il fallait trouver leur profession, leur famille, l'endroit où ils se rendaient et pourquoi ils avaient l'air triste, rêveur ou joyeux. Nous allions déjeuner d'un pot-au-feu ou d'une salade niçoise avec un pichet de vin de Loire, dans un petit restaurant au-dessus des Abbesses, place Émile-Goudeau. Là nous faisions, en écrivant sur la nappe, des pendus et des morpions. Après avoir découvert, dans le *Dictionnaire abrégé du surréalisme*, les cadavres exquis, « *jeu qui consiste à faire composer une phrase, ou un dessin, par plusieurs personnes sans qu'aucune d'elles puisse tenir compte de la collaboration ou des collaborations précédentes* », nous en fîmes des dizaines en mots et en dessins. Certains étaient tellement drôles que j'emportais la nappe à la fin.

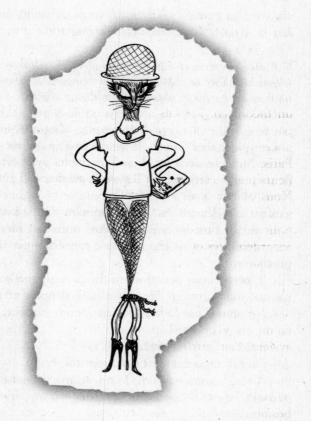

J'en ai gardé quelques-unes et je souris en y retrouvant l'emphase verbale de notre jeunesse :

Suave douleur ! Elle se personnifie en une musique transcendantale, le joint suspendu aux lèvres, apercevant le velouté d'une cuisse sous sa jupe fendue tandis que l'éclectisme farouche des hommes néglige sa survie.

Le rideau putréfia les profondeurs perverses du lac Baï-
kal, avec toute l'innocence de la prépuberté.

L'ardente ferveur aux protubérances de silicone bour-
lingue sec dans la vallée verte des horizons lointains, en
un lieu où les corps n'ont plus de raison d'être.

Un jour de grand beau temps où nous avions décidé
d'aller à Saint-Cloud pour la journée, Timothée me vit
arriver place de l'Odéon, le visage mangé par mes premières lunettes de soleil. Un client me les avait offertes.
Je prétendis évidemment les avoir achetées. Il fut pris
d'un fou rire quasi inextinguible.

« Tu as tellement l'air d'une mouche, c'est à hurler. »

Il voulait dire de rire. Timothée terminait rarement
les expressions usuelles, allégeant nos échanges de ces
précisions.

« Je ne vois pas pourquoi tu dis ça, répliquai-je, irritée que mon numéro de star lui fasse si peu d'effet.

– Ne prends pas la mouche, ma petite mouche, dit-il
en me secouant par l'épaule.

– Arrête. Tu m'énerves.

– J'ai fait mouche, on dirait, reprit-il, ravi.

– Arrête, maintenant, dis-je sur un ton geignard qu'il
parodia, ce qui m'agaça encore plus. Tu as pensé aux
bonbons ? »

Il avait près de chez lui la meilleure confiserie de
Paris et je lui demandais de m'approvisionner en dou-
ceurs : nougats, calissons, caramels ou chocolats. Il sortit un ballotin de sa poche et le mit entre mes mains avec
un sourire narquois :

« On n'attrape pas les mouches avec du vinaigre.

– Timothée, tu me fatigues, là, soufflai-je.

– Pardon, c'est juste que… »

Il me regarda et ne put finir sa phrase, de nouveau plié en deux.

« C'est bon. J'ai compris. Je les enlève, voilà. Tu es content ?

– Le problème, maintenant, c'est que même sans, je t'imagine avec », déclara-t-il en essayant de se contrôler.

Nous avançâmes un moment en silence.

« On entendrait une mouche voler, non ? » fit Timothée, explosant à nouveau de rire.

Je m'arrêtai pour le regarder droit dans les yeux, ulcérée.

« Si tu continues, je t'en colle une.

– Un petit bout de femme comme toi ! Mais voyons, tu ne ferais pas de mal à une mouche », lâcha-t-il avec difficulté tellement il se gondolait.

Mon sang ne fit qu'un tour. Je me jetai sur lui pour le frapper, mais il m'attrapa les mains et continua, des larmes de rire débordant des yeux :

« Quelle mouche te pique ! Calme-toi. »

Il m'immobilisa contre lui, essoufflé d'avoir tant ri. Je cessai de résister et, au moment où il allait me libérer, je lui fis un énorme baiser mouillé sur la bouche. Il frémit de la tête aux pieds puis me repoussa.

« Ah la fine bouche... mouche, je veux dire », conclut-il, contrarié par son lapsus qui, moi, me fit beaucoup rire.

Ce surnom affectueux me resta. Pour blaguer, il m'offrait régulièrement des livres liés de près ou de loin à ce mot. Un jour, c'était *Sa Majesté des Mouches* de William Golding, l'autre, *Nouvelle histoire de Mouchette* de Bernanos. Il me donna aussi *Les Mouches* de Sartre et calligraphia pour moi sur un papyrus la fable « La Mouche et la fourmi » de La Fontaine que j'ai encore encadrée dans mon entrée. Il m'offrit enfin le disque *La Mouche* de Polnareff, divers objets représentant notre insecte fétiche et *Pêche à la mouche* de Django Reinhardt que je n'aimais pas parce que c'était du jazz. Le dimanche devint pour Timothée « la journée de Mouche », rendez-vous sacré entre tous que nous finissions religieusement au cinéma à la séance de huit heures.

Cette année-là, 1973, plusieurs films nous marquèrent. *La Grande Bouffe* de Marco Ferreri par exemple, qui fut pourtant sifflé au festival de Cannes. Je l'avais déjà vu seule et voulus y retourner avec Timothée. J'étais fascinée par ce lent suicide boulimique. C'était toute l'histoire de ma mère, la légèreté de ton et de mœurs en plus... Je n'avais que vaguement décrit à Timothée le sujet du film et je pensais qu'il comprendrait tout de suite le lien avec ma mère. Dès les premières scènes, je le sentis s'agiter dans son siège. Il supportait mal la vulgarité, mais son esprit alerte s'intéressa à ce problème qui me tenait à cœur. Il soupira plusieurs fois en secouant la tête, signes d'agacement qui ne lui ressemblaient pas. Lors de la scène où Piccoli, le ventre massé par Mastroianni, produit un interminable pet, Timothée fut tellement choqué qu'il sortit de la salle. Il alla m'attendre au Rostand. Il ne comprenait pas comment j'avais pu avoir l'idée de l'emmener, lui, voir ce film. « Ordurier » fut le mot, désuet comme un peu tout chez lui, qu'il utilisa. Il se fâchait si rarement que je fus prise d'un de mes plus mémorables fous rires. Je m'en étouffai, recrachant une grosse gorgée de mon chocolat chaud, parce que, chaque fois que je le regardais, avec son air indigné de grand chien de race maltraité, l'hilarité me reprenait.

« C'est sale, dit-il, en essuyant la table avec les serviettes en papier. Tu es dégoûtante, ajouta-t-il en essayant d'y mettre de la rancœur. Arrête de glousser, on dirait une pintade », tenta-t-il encore, avant de se mettre à rire lui aussi, contaminé par ma bonne humeur.

Ses remarques, qui se voulaient méchantes, ne faisaient que provoquer chez moi des recrudescences de hoquets réjouis. Je n'ai jamais eu peur de la moquerie. C'est l'une de mes rares qualités. Je ris beaucoup de moi-même. Au cinéma, nous fûmes charmés cette année-là par *La Nuit américaine* de Truffaut qui sortit au mois de mai. Timothée me trouva des airs de Jacqueline Bisset, « en plus sauvage et plus élégante à la fois ». « Elle n'a ni ton long cou, ni tes pommettes », précisa-t-il.

Timothée ne faisait pas souvent de compliments. J'archivai précieusement celui-là dans ma mémoire, comme on enrobe de papier de soie un beau bijou. Je fus tellement flattée que j'adoptai l'un des looks de l'actrice : casquette en tweed sur ma crinière brune bouclée et imper au col relevé. Je me mis à noircir mes yeux de khôl, comme elle, ce qui me donna plus de mystère et plus d'allure. Jacqueline fut quelques mois plus tard à l'affiche du *Magnifique*, mais elle nous plut nettement moins dans cette comédie à grosses ficelles où les mimiques de Belmondo commençaient déjà à lasser. *R.A.S.* d'Yves Boisset fut à l'origine de l'un de nos plus violents désaccords. C'était en plein mois d'août. Nous avions trouvé une salle du Quartier latin qui en projetait clandestinement une version non censurée. Il faisait une chaleur caniculaire et Paris haletait sous le soleil comme une bête épuisée. Dans la salle bondée, nous étions nerveux parce que, la semaine précédente, des extrémistes de droite avaient balancé des cocktails Molotov dans plusieurs cinémas qui projetaient le film. Nous savourions en même temps la sensation piquante de vivre dangereusement. Yves Boisset avait du culot pour, dix ans à peine après la fin de la guerre d'Algérie, réaliser un tel réquisitoire contre l'armée française. La polémique battait son plein. Contrairement à moi, ce vieux réac de Timothée fut horrifié. Je me moquais de l'engagement, la politique ne comptait pas pour moi et mon affiliation par la suite au Parti communiste fut plus un acte poétique que le fruit d'une réflexion. L'art était ma seule cause. Je n'évaluais un film qu'en fonction de ses qualités esthétiques ou narratives. Je refusais que l'on mette sur le dos de ces constructions fragiles que sont les œuvres une quelconque responsabilité envers la société. Les années 1970, époque d'hystérie politique collective et de frénésie théorique, ne pouvaient en ce sens me convenir. J'étais, dans ce domaine, aux anti-podes de Timothée. Le film de Boisset le touchait trop pour qu'il résiste à l'envie de croquer dans cette pomme de discorde. En sortant de la salle, il me bassina de son indignation et d'un discours moralisateur. Au bout de trois minutes, il m'ennuyait déjà.

« On s'en fout, dis-je, essayant de désamorcer la discussion.

– Toi, forcément, tu te fous de tout, rien n'a d'importance à part ta petite personne, fit-il en reniflant, ce qui, vu la chaleur, ne pouvait pas être dû à un rhume.

– Tu veux dire que je ne suis pas le centre du monde ? fis-je mine de m'étonner. Qu'ai-je raté ?

– Je ne sais pas, moi, l'altruisme. Tu sais, ce mot dans lequel il y a "autre".

– Parce que toi, à part lire tes bouquins et collection-ner tes graminées dans ton palace sur le Luxembourg, tu fais quoi pour les autres ?

– L'engagement peut être moral. Les idées ont des conséquences, ma vieille, les intellectuels une responsa-bilité ! »

À peine étions-nous sortis de la salle que notre discussion tourna au pugilat. Je le traitai de « petit con prétentieux », il m'épingla d'un « sale hédoniste irresponsable ». Je lui flanquai une claque, il blêmit sous son bronzage d'été.

« Cette manie pitoyable que tu as de taper les gens quand tu manques d'arguments… »

Il allait dire bien pire, mais se retint, préférant me planter sur le trottoir sans autre forme de procès. Nous ne nous adressâmes pas la parole pendant près de dix jours, ce qui était contre nature pour l'un comme pour l'autre. Je me languissais près du téléphone beige à gros cadran que j'avais, à la demande répétée de Claude et de Gaël, fini par installer chez moi. Je raccrochais quasiment au nez des gens qui m'appelaient tant j'avais peur de le manquer. Timothée ne céda pas. Quand il avait l'impression d'être injustement traité, il se révélait capable d'une insupportable volonté. J'avais franchi la ligne sacrée de ce qu'il appelait « le respect » et je compris qu'il ne plierait pas.

Piteuse, je fus contrainte d'aller le récupérer à la sortie de ses cours rue Saint-Guillaume, où pendant vingt-cinq minutes je m'excusai, me heurtant à son cynisme cassant tandis que, drapé dans sa dignité de sénateur romain offensé, il faisait tomber sur moi le premier regard méprisant dont il m'eût jamais gratifiée. À bout d'idées, je versai un torrent de larmes. Mes pleurs affolèrent ce grand adepte de la réserve et de la bienséance. Il me tapota l'épaule avec gêne et me tendit son mouchoir en batiste brodé de ses initiales, autre désuétude qui me charmait chez lui. Je m'y mouchai bruyamment, ce qui le fit tiquer, mais il le replia en s'abstenant de tout commentaire. Ces pleurs scellèrent notre réconciliation et nous reprîmes nos séances de cinéma en évitant soigneusement les sujets de discorde. Nous nous étions fait peur. Aucun de nous ne parvenait à imaginer sa vie sans l'autre.

En octobre, nous assistâmes, stupéfaits, au scandale de la sortie des *Aventures de Rabbi Jacob*. La guerre de Kippour avait commencé deux semaines plus tôt et le film, bouclé pourtant de longue date, provoqua une levée de boucliers des milieux juifs. Le scandale atteint des proportions grotesques lorsque Danielle Cravenne, la femme de Georges Cravenne, chargée de promouvoir cette comédie bon enfant, détourna le Boeing 727 du vol Air France reliant Paris à Nice et menaça de détruire l'avion si la sortie du film n'était pas interdite. La pauvre folle, armée d'une carabine 22 long rifle et d'un faux pistolet, accepta que l'appareil se pose à Marignane afin d'être ravitaillé. Elle pensait décoller une demi-heure plus tard pour Le Caire, mais la police donna l'assaut et la jeune femme reçut une balle en pleine tête, une autre dans la poitrine. Elle mourut dans l'ambulance qui l'emmenait à la clinique. Cette histoire de pasionaria bourgeoise me sembla du dernier ridicule. J'en fis pendant plusieurs jours des gorges chaudes, ce que Timothée ne trouvait pas charitable. Il adora pourtant le film et nous récitions les longues tirades de M. Pivert en dévorant une choucroute chez Lipp ou des casseroles de moules à la crème, rue Monsieur-le-Prince. Chaque fois que l'un d'entre nous énonçait une évidence ou une banalité, nous prîmes l'habitude de dire, parodiant de Funès : « Mais enfin Salomon, vous êtes juif ? » Six mots magiques qui suffisaient à nous faire glousser de bonheur. Le bonheur, c'est le mot. Nous nous aimions sans nous toucher et sans nous le dire. Les moments que je partageai avec lui furent les plus insouciants et les plus heureux de ma vie.

Cette vie que la plupart des gens auraient qualifiée de « dissolue » était réglée comme du papier à musique. J'écrivais, je baisais pour de l'argent, je voyais Timothée. Je n'avais pas d'amis. Je n'en avais ni le temps ni l'envie, la plupart des êtres que je rencontrais me paraissant d'une épuisante simplicité. Au bout d'un an de travail, je pus m'acheter une voiture. La chose dont je rêvais, la clé d'une nouvelle liberté. Je passai mon permis en quinze jours. Étant donné mon budget, je ne pouvais que me tourner vers le marché de l'occasion. J'eus un coup de veine en dégotant une Mini Austin d'un rouge profond qui n'avait pas cinq mille kilomètres. Elle appartenait à la fille d'un de mes clients qui ne l'avait quasiment pas utilisée, préférant recourir aux services du chauffeur de son papa. C'était une jeune femme rondelette et indifférente à tout sauf aux clochards, qui la fascinaient. Elle les cherchait dans Paris en Mercedes pour leur apporter des grands crus piqués dans la cave paternelle. Elle me vendit la Mini pour presque rien, même si c'était encore beaucoup pour moi, et mit six mois à encaisser mon chèque. Je me sentais la reine du monde dans mon bolide cramoisi. Timothée le trouvait tape-à-l'œil. Il mit longtemps avant d'accepter de plier son mètre quatre-vingt-huit dans mon « pot de yaourt criard ». C'était justement ce qui me plaisait. Avec cette voiture, je faisais des arrivées remarquées.

S'il y a une chose que je ne supporte pas, c'est d'être ignorée. Attaquée, moquée, salie pourquoi pas, mais pas ignorée. Je veux que l'on me voie. Je veux même que l'on ne voie que moi, je me donne assez de mal pour ça. Toutes les femmes en rêvent au fond, elles n'ont juste pas le cran d'assumer. Moi si. J'aime que les gens fassent un bref silence quand j'arrive dans un restaurant. Je me redresse, je me grandis et je dégage tout le magnétisme dont je suis capable pour arriver à ce que le temps s'arrête cette fraction de seconde où les regards convergent pour me faire exister pleinement. J'aime que cette attention suive mon parcours entre les tables, qu'elle me caresse par vagues au fil du dîner. J'aime le rouge, le vert pomme, le violet électrique, la dureté du noir et du blanc, toutes ces couleurs tranchées qui me font une place visuelle, découpant ma silhouette en traits agressifs sur le fond de n'importe quel environnement. Je déteste, pour la même raison, les fleurs, les rayures, les motifs, ces tentatives de camouflage parées des fausses vertus que sont la douceur et la féminité.

Cette voiture était, en ce sens, une parfaite extension de moi-même. Je la conduisais vite. Très vite. Aux feux, je me faufilais à coups d'accélérations rugissantes et de sourires. Je la maniais avec la facilité d'un vélo et la garais d'un seul mouvement dans une boîte d'allumettes. J'étais faite pour la conduite. C'était un plaisir indicible. Une sensation de pouvoir et de liberté qui faisait taire ma pensée, plongeait mon esprit dans l'oubli de tout ce qui n'était pas le présent et le fait de se sentir vivante. J'adorais conduire les voitures des clients qui me le permettaient. J'avais l'air, au volant, si féroce et si grisée que je les faisais rire, comme on rit des caprices d'une gamine mal élevée.

Ibrahim, un Égyptien richissime, cousin du roi Farouk, appréciait mon goût pour les beaux moteurs. Il me fit venir un week-end au Caire, afin de participer, sur son circuit privé, à une course automobile. Les pilotes étaient toutes des femmes. Nous étions six, dont sa sœur Yasmine, un pot à tabac voilé, qui avait de la rage à revendre. Il avait mis à notre disposition ses dernières acquisitions : une Lamborghini Miura, une Maserati Ghibli, une Ferrari Daytona, une Aston Martin DB5, une Alfa Romeo 33 Stradale et une Jaguar type E. Je crus devenir folle en recevant par tirage au sort l'Alfa Romeo. C'était une splendeur, avec sa carrosserie mouvante et souple comme le corps d'un félin. Une voiture rarissime. Le duel se fit entre Yasmine et moi. La femme voilée aussi avait quelque chose à dire avec cette victoire. Elle était meilleure pilote, mais manqua de patience. Elle fit l'erreur de vouloir gagner largement. Yasmine avait besoin de m'écraser. Elle prit un risque de trop qui la fit terminer dans le décor. J'ai pour moi la résistance. C'est ce qui m'a sauvée dans le monde des lettres. Je ne suis pas la meilleure, mais je sais durer. En sortant de mon Alfa Romeo, je rayonnais de fierté, comme Ibrahim qui venait de gagner dix mille livres anglaises grâce à moi. Il était connu pour être le plus généreux client du carnet d'adresses pourtant très fourni de Claude. Pour me récompenser, il m'offrit à la fin du week-end un collier d'émeraudes qui valait bien ce prix-là. Je le revendis à Paris, à mon acheteur habituel de la rue des Rosiers. Les cent mille francs qu'il m'en donna me servirent à acheter quatre chambres de bonne juste au-dessus de mon trois pièces rue Vaneau. Le premier morceau de ce qui allait devenir mon appartement actuel. Mon tout premier bout de chez-moi.

Comme je n'avais pas de quoi faire de grands travaux, j'en louai deux à la voisine du troisième, qui y installa une jeune fille au pair. Une très jolie Suédoise, répondant au nom d'Elin, avec qui je prenais un café l'après-midi à mes heures perdues et que je finis par envoyer à Claude. Dans les deux autres chambres dont je cassai moi-même la cloison avec l'aide d'Elin et de Gaël qui aimait bien l'immobilier et les travaux manuels, j'installai mon bureau. En fait de bureau, j'y fis monter un grand lit rempli de coussins car je ne travaille que couchée. J'étais contente de pouvoir dissocier dans l'espace mes activités. En bas, la vie quotidienne et mes rendez-vous pour Claude, en haut, mon nid de création. J'adorais la vue que j'avais de mes deux fenêtres, inondées de soleil le matin. Le soir, parfois, je montais seule regarder la mer calme des toits de Paris dont la lune éclairait les longues lames d'un gris-bleu. Ma maison me plaisait tant que j'hésitais souvent à la quitter. Mes activités pour Claude me firent pourtant faire un quasi-tour du monde. Férue de découvertes, j'aurais passé, si je m'étais écoutée, quatre ou cinq ans à arpenter la planète, mais ces déplacements étaient incompatibles avec mon travail d'écriture. J'essayais de limiter les voyages. Ils cassaient ma routine, donc ma discipline, et j'étais sur ce point, en dépit de mes vingt ans, une vieille dame casanière. Ces séjours étaient, en revanche, simples à justifier auprès de mon entourage. Dans leur esprit, j'étais depuis longtemps guide pour étrangers à Paris, il ne leur sembla pas absurde que je m'occupe désormais de groupes de touristes français un peu partout dans le monde. Ma mère s'extasiait sur la chance que j'avais de prendre l'avion gratuitement, Mme de Vitré trouvait que « les voyages forment la jeunesse » et Timothée m'enviait ce temps d'exploration qu'il n'avait pas. Il appréciait mes récits, en grande partie inventés car je sortais peu des ghettos de riches internationaux. Je lui décrivais avec un luxe de détails les maisons, les paysages, les rues, les lumières, le grouillement des gens, leurs mouvements, et les monuments que je n'avais visités, pour la plupart, que dans mon guide. Je faisais toujours attention à lui parler de la flore, sa grande passion, et je lui rapportais des fleurs exotiques que je faisais sécher dans mes livres pour les gros herbiers reliés de cuir bronze qui tapissaient les étagères de son bureau. En règle générale, ces voyages étaient courts, deux jours pour l'Europe, de longs week-ends pour les États-Unis et le Proche-Orient, dix jours d'absence tout au plus pour les croisières ou les vacances de mes clients les plus riches. J'essayais bien de travailler tôt le matin, quand les fêtards dormaient encore, ou lorsqu'ils faisaient la sieste parce que je suis une petite dormeuse, mais je finis toujours par déchirer ce que j'avais écrit loin de Paris. Aucun texte ne passa l'évaluation de la rue Vaneau. Quand, de retour dans mon appartement, je les relisais à froid, il fallait reprendre à zéro.

Au bout de quelques mois, j'eus fini un premier recueil de nouvelles que j'intitulais « Les Gros Mots ». Une série d'anecdotes plus ou moins scabreuses inspirées de mes expériences récentes et contées par différentes femmes libertines. Ces récits étaient caricaturaux. Chaque narratrice représentait un type physique ou sociolo-gique – l'Asiatique, l'Africaine, la fille de bonne famille, la campagnarde et ainsi de suite – et ce systématisme rendait mes courtes histoires ennuyeuses, scolaires. Sur le moment, je ne m'en rendis pas compte, trop heureuse que j'étais d'avoir « fini » quelque chose. Je suis soula-gée aujourd'hui qu'elles n'aient pas été publiées. Je pense en avoir détruit toutes les copies, mais si l'une d'entre elles devait refaire surface, je ne voudrais en aucun cas qu'elles sortent. Elles furent refusées partout. Cet échec me fit beaucoup souffrir et je me consolai en pensant aux grands auteurs qui avaient raté leurs textes avant moi. C'est à ce moment-là que je commençai à m'intéresser un peu à leur vie. Je collectionnais les lettres de refus des éditeurs, pensant, comme Fitzgerald, en tapisser ma chambre. Ce que je ne pus jamais faire en fin de compte, non par manque de lettres, mais parce que mes clients m'auraient prise pour une folle. Je me contentai d'en couvrir l'un des murs mansardé de mon bureau.

Un jour, je reçus un mot glissé dans une petite enveloppe me proposant de publier mes contes sensuels en feuilleton. Ces quelques lignes étaient signées de Marcel Duhamel, rédacteur en chef de *Lui*, « le magazine de l'homme moderne ». Il me donnait cinq cents francs par nouvelle. Le prix d'un rendez-vous d'une heure pour moi. Ce n'était pas cher payé si l'on considérait le temps que j'y avais passé. J'étais dépitée. Je ne comptais pas continuer à travailler pour Claude pendant dix ans et mon avenir financier ne m'apparaissait pas très reluisant. Comme souvent, je fus achetée en compliments. Marcel, qui avait récupéré mes textes par l'un des éditeurs les ayant refusés, me trouvait une « vraie plume érotique », il voulait me rencontrer. Il m'emmena déjeuner chez Lipp. Lorsqu'il me vit arriver, il ouvrit une bouche béante qu'il mit bien deux minutes à refermer. Nous avions à peine commencé l'entrée qu'il me proposait d'écrire les légendes des photos coquines du magazine. Il pensait que m'employer lui donnerait l'occasion de me sauter, mais je n'ai jamais prostitué mes mots. J'acceptai. C'était un exercice de style, des gammes littéraires qui arrondirent encore mes fins de mois.

20

« Qu'ai-je dit ? Qu'ai-je fait ? » demandait Henry, désolé.

En face de lui, Ondine pleurait enfin tout son soûl. Le restaurant était désert. La jeune fille réussit à dire :

« Ce n'est pas toi… C'est cette journée, c'est le vin, l'appartement, c'est… »

Et elle recommença à pleurer. Henry lui prit la main.

« Viens, fit-il, on ne va pas rester ici. »

Il leva l'autre bras pour demander l'addition, qui atterrit devant lui avant même qu'il ait formulé sa question. Henry ne voulut pas prendre le risque de heurter la susceptibilité d'Ondine en sortant sa carte bleue. Étant plus habitué aux livres sterling qu'aux euros, il aurait dû compter ses billets, mais préféra en laisser une grosse poignée à l'aveugle. Il aida son amie à se lever et à se diriger vers la sortie. Lorsque le serveur eut refermé la porte derrière eux, il vérifia ce que lui avaient laissé ces clients de tout premier ordre.

« Radins en plus, quelle nuit de merde ! » fut sa conclusion.

Dans la rue, Ondine titubait. Henry la prit dans ses bras et elle se serra contre lui avec la tendresse désemparée d'une enfant. Les bras du jeune homme, son torse, la douceur de son pull, c'était si rassurant…

« Tu veux venir chez moi ? » demanda-t-il en s'empressant d'ajouter, alors qu'elle levait un regard embrumé vers lui : « Il ne se passera rien, ne t'inquiète pas, mais je ne veux pas te laisser seule dans cet état. »

Elle fit oui de la tête, en silence, comme chaque fois qu'elle prenait une décision importante.

Dans l'hôtel particulier que les Beauchamp possédaient à Paris, Henry avait, au dernier étage, son propre appartement. Mansardé et décoré de manière très contemporaine par les soins de Solange, il donnait à la fois sur la cour et sur le grand jardin que sa mère avait orné des bronzes extravagants d'un artiste en vogue. Le soir, ils étaient « mis en lumière ». Ondine, sans quitter son manteau, s'approcha de la fenêtre pour les regarder.

« Tu aimes ? demanda Henry.

– Oui, mais je ne comprends pas bien. C'est bizarre.

– Et c'est bizarre de se retrouver tous les deux ici, rebondit-il.

– Aussi, avoua Ondine avec le premier sourire, timide, qu'il eût vu naître sur ses lèvres.

– Je suis très ivre, et toi ?

– Très », confirma-t-elle.

La jeune femme fut impressionnée par le luxe de l'endroit, mais serait morte plutôt que de l'avouer. Elle reprit l'air d'indifférence boudeuse qui lui servait de carapace, tandis que le jeune homme lui montrait la chambre d'amis et la salle de bains attenante.

« Tu veux dormir ? » demanda-t-il.

Ondine fit non de la tête et expliqua qu'elle doutait d'y arriver. Elle aurait dû acheter des somnifères, Pierre le lui avait conseillé, mais elle avait oublié… Henry proposa d'aller en chercher chez sa mère ; son amie refusa. Il risquait de réveiller Solange. Non, vraiment, il ne fallait pas la déranger. Avec la manière dont Zita avait mis fin à ses jours, de toute façon, il y avait une chance sur deux que la jeune fille ne parvînt pas à les avaler.

« Je finirais bien, à un moment ou un autre, par tomber de fatigue », se résigna Ondine.

Ils se décidèrent pour un DVD. Cette fois, Henry choisit un film d'animation qu'il connaissait par cœur, il en garantissait la qualité :

« Pas de morts, pas de nus ! » clama-t-il.

Les jeunes gens s'installèrent sur le canapé. En allumant l'écran plat, ils tombèrent sur une chaîne d'information qui passait des images de Zita. C'était un reportage sur la cérémonie au Père-Lachaise. Henry s'empressa de changer de chaîne.

« Tu te rends compte que c'était ce matin ? s'étonnat-il. J'ai l'impression de te connaître depuis un siècle. »

Ondine eut une moue réprobatrice qui voulait dire : « Tu ne vas pas recommencer à me baratiner… » Henry sourit. D'accord, d'accord, il arrêtait les compliments, mais ce n'était pas du baratin. Il ne cherchait pas à l'embobiner. Il déclara, solennel :

« Je me suis engagé à ce qu'il ne se passe rien. Tu auras beau me supplier, il ne se passera donc rien.

– Te supplier ? Dans tes rêves ! fit-elle, avec un nouveau demi-sourire.

Il mit le film en route et lui ouvrit ses bras. Ondine, que l'alcool avait désinhibée s'installa sans façon contre lui. C'était étrange de se sentir à l'aise avec ce garçon. Henry avait raison. C'était comme s'ils se connaissaient depuis longtemps. Comme s'ils avaient joué ensemble dans les mêmes cours d'école. Elle sentait chez lui une gentillesse, une forme de camaraderie innocente qui la charmait. Il n'avait rien à voir avec les deux amoureux qu'elle avait eus : un joueur de volley semi-professionnel qu'elle avait rencontré lors de ses compétitions de gymnastique, et un vétérinaire avec qui elle était restée le temps de ses études d'aquariologie. Ils l'avaient aimée, certes, mais tous deux étaient des hommes concentrés sur eux-mêmes et peu attentionnés. Pour la première fois, un homme semblait vraiment se préoccuper d'elle. Pour la première fois, elle devenait la priorité de quelqu'un. Ondine ne savait pas si Henry était un cœur d'artichaut ou un grand romantique, si cette complicité existerait encore le lendemain matin, mais pour l'instant c'était doux d'être contre lui et elle avait envie de se laisser aller à cette douceur. Elle s'y abandonna si bien qu'elle ne passa pas le générique. Contrairement à ce qu'elle avait annoncé, la jeune femme s'endormit très vite. Cette preuve de confiance émut Henry. Lorsqu'il se rendit compte que le rythme de son souffle avait changé, il baissa graduellement le son de la télévision pour mieux l'entendre respirer. Il regarda, lové contre lui, le grand corps d'Ondine. Son T-shirt était légèrement remonté et il aperçut, dans le creux entre son ventre et sa hanche, un drôle de tatouage : un rond que surmontait une sorte de croix. Ce carré de peau tendre qui se soulevait et s'abaissait le troubla. Pourquoi était-il si bouleversé ? Tout le touchait chez Ondine. Son visage sans maquillage. Ses yeux qui semblaient refléter, à la seconde près, l'exacte teneur de ses pensées. Son allure athlétique. Henry faisait près d'un mètre quatre-vingt-quinze, héritage de son grand-père Beauchamp, et il avait enfin trouvé une fille à sa taille. Une fille à l'ossature solide, une fille vraie, pas une de ces ravissantes petites choses qui le contraignaient à se plier en deux pour les embrasser. Pas un mannequin non plus, il avait donné… Même si elle était « mal attifée », comme l'avait remarqué Solange, il avait aimé son style simple : un pantalon, un pull, un manteau de lycéenne, des chaussures de garçon. Il se méfiait de la sophistication, c'était celle de ses amies à Londres, des demoiselles scintillantes qui semblaient sortir des pages de *Vogue*. Elles jouaient sans cesse de leurs yeux, de leur bouche, de leur corps, de leurs cheveux, grisées par leur propre séduction, et il ne savait jamais si, chez lui, elles appréciaient la personne ou le nom. Avec Ondine, il ne se sentait pas manipulé. C'est à peine si elle l'avait remarqué. Il avait dû aller la chercher. Son argent ne l'impressionnait pas. Ironie du sort, il jouait même en sa défaveur. Elle avait ce côté brut qui le fascinait. Elle échappait aux usages, n'avait aucun sens de la diplomatie. Elle disait ce qu'elle pensait, ce qu'elle ressentait, à la minute où elle le pensait, à la minute où elle le ressentait. Pour un garçon qui avait souffert toute sa vie de l'hypocrisie de sa mère et des convenances sociales, c'était comme si, après avoir absorbé pendant vingt-neuf ans de l'oxygène en bouteille, il respirait pour la première fois de l'air pur.

21

Un matin, installée au café Leroux avec la presse, mon café au lait et mes tartines beurrées, j'ouvris, comme d'habitude, *Le Figaro* à la section littéraire. J'eus un sursaut en voyant la photo de Romain Kiev. Il venait de sortir un roman chez Gallimard *Le Clown*, la critique n'était pas tendre.

« *Romain Kiev a eu du talent.* Lettres d'Océanie, Lord D. *et* Le Rêve de Narcisse *étaient de bons romans solidement charpentés. Aujourd'hui, il ne lui reste qu'un océan de prétention. Racoleur et facile,* Le Clown *nous balade à la suite d'une pathétique star hollywoodienne, de cocktails en avant-premières. Les cadavres pleuvent sur la donzelle oscarisée qui pleure comme une vache fait du lait. Afin d'échapper à une mort certaine, la voilà qui fuit Cannes en direction de Nice où elle tombe folle amoureuse d'un vieil auteur, gaulliste de la première heure et physiquement monstrueux... À soixante-cinq ans, Kiev prend trop ses désirs pour de la littérature.* »

C'était signé C. A., de simples initiales. Voilà qui sentait le règlement de comptes. Je payai mon café et ma tartine, pressée d'acheter *Le Clown* à la librairie Fontaine qui, encore aujourd'hui, fait le coin de la rue de Sèvres et du boulevard des Invalides. Je le lus dans la journée. Même si mon intérêt était en partie soutenu par la curiosité que m'inspirait Romain, je trouvai que ce courageux mais pas téméraire C. A., caché derrière ses initiales, avait été particulièrement dur. Il ne fut pas le seul. *Le Monde* s'en donna à cœur joie, tout comme *L'Express*. C'était une curée. Seule Murielle Hénin, critique au *Nouvel Observateur*, fut enthousiaste :

« *Dans* Le Clown, *tout surprend. Histoire étincelante de drôlerie et d'humour noir. Style filou, goguenard, poivré, charmeur et rapide. Imagination délicieusement délurée. C'est le panache d'un Lucien Bodard quand il rencontre l'élégance meurtrière de James Hadley Chase. D'ailleurs, le livre a déjà disparu de mon bureau. On n'arrête pas le succès !* »

Je ne crois pas que le roman se vendit très bien. Peu à peu, le public de Kiev s'érodait. Il avait auprès des jeunes une image de vieux con et une nouvelle génération, dans la presse, avait décidé d'avoir sa peau. Beaucoup de gens tuaient le père à travers lui. Résistant, ancien diplomate, il représentait pour nous ce qu'il fallait abattre. Je ne pleurais d'ailleurs pas sur son sort. Il avait eu plus que sa part de caresses et d'honneurs. Il était temps de nous laisser la place. Nous arrivions, les petits jeunes, le couteau entre les dents, avec l'envie de faire sauter le système et de mettre à terre les éléphants qui masquaient notre soleil. Je ne faisais partie d'aucune « bande », mais j'avais le même esprit et le même objectif : m'infiltrer, tout dynamiter de l'intérieur et régner sur un champ sain de ruines. Je trouve que c'est dans l'ordre des choses. Chacun son tour. Et je méprise aujourd'hui ces adolescents vieillis qui continuent à se goinfrer de la confiture de leurs enfants. Alors j'aide les nouveaux, ceux dont personne ne veut, ceux qu'on ne laissera pas entrer. On me reproche mes « descentes ». Ils m'ont surnommée « Calamity Jane ». Peu importe.

Personne ne pourrait faire ce travail à ma place. Il faut bien que quelqu'un prenne le mauvais rôle. Je suis la seule assez cramée pour y arriver. Je n'aime pas les gens. Je ne cherche pas à leur plaire. Je ne leur dois rien. Ils m'amusent tous, à essayer de garder les bonnes places, à se ménager les uns les autres, à soigner leurs réseaux et à élaborer leurs petites magouilles. Je suis la seule qui accepte de nettoyer la merde. Ce que j'ai fait depuis le premier jour. Je ne tolère pas et ne tolérerai jamais que des gens sans contenu et sans persévérance, sous prétexte qu'ils sont nés avec une cuiller en argent dans la bouche et qu'ils ont des contacts bien placés, puissent empêcher les vrais talents de percer en se prélassant au soleil des magazines et des têtes de gondoles de la FNAC. Qu'ils écrivent, si ça leur fait plaisir. Qu'ils déversent tout ce qu'ils ont à déverser, même si ce n'est pas en écrivant qu'ils guériront de quoi que ce soit. Il y a trop de saleté à remuer quand on fait ce métier. Qu'ils écrivent donc. On n'a pas besoin d'être bon pour avoir le droit de noircir du papier. Qu'ils gribouillent autant qu'ils veulent, mais qu'ils ne se prétendent pas écrivains. Ils ont galvaudé le métier, bousillé l'image. Les derniers mythes sont morts avec Sagan, le prochain, ce sera peut-être moi, et encore, si ma sortie est suffisamment spectaculaire pour donner une chance à mon œuvre. Je ne supporte pas de les voir prendre des pauses en ronronnant de satisfaction sur leur fausse douleur. Ils disent qu'ils écrivent « la nuit » quand le monde s'arrête, les laissant seuls face à eux-mêmes. L'abîme du vide dans lequel ils tomberaient, les pauvres ! On écrit comme on va à la mine. Ils font comme si c'était facile, ce travail de forçat. Ou comme si c'était trop dur, ce qui est pire. Ils se parent de toutes les coquetteries ridicules de ceux qui n'y connaissent rien. La souffrance, des vieux fonds de génie, des restes d'écriture automatique, tout pour gommer le travail des écrivains, les vrais, ceux qui dégagent une belle pierre de sa boue et la creusent à mains nues, rabotant de leurs ongles des contours indistincts jusqu'à voir enfin leurs histoires prendre une foutue forme humaine. Je ne supporte pas de les écouter parler de leurs livres avec la bouche arrondie du caramel de leur prétention. Quand je pense qu'adolescente, je prenais des notes sur leurs interviews ! J'ai mis du temps à trier le bon grain de l'ivraie. À vingt ans, j'avais beaucoup d'illusions sur le monde littéraire. J'imaginais des gens cultivés, vrais. Les rares écrivains que j'avais rencontrés chez Mme de Vitré étaient de ceux qui se tenaient bien. Je me souviens de Kessel. Il avait débarqué à l'improviste un après-midi, rue de l'Université. La grand-mère de Solange était sortie, nous travaillions toutes les deux dans le jardin à une rédaction de français. Nous devions avoir quatorze ans. Lorsque je le vis, je fus électrisée. Il avait une crinière de lion, une tête carrée dont les lignes burinées rayonnaient autour de ses yeux tendres. Sa bouche épaisse barrait le bas de son visage, comme suspendue aux deux longues rides qui tombaient de son nez vers son menton en coup de poing. Je ne savais pas qui il était, mais je savais qu'il était de ma race. J'espérais qu'il le verrait. Je voulais qu'il m'accepte. Kessel décida d'attendre le retour de Mme de Vitré et s'installa avec nous, réclamant à la cuisine de quoi s'abreuver. Dans une de ses paluches noueuses, il tint bientôt un verre de vodka toujours vide en dépit de la fréquence à laquelle on le lui remplissait, et dans l'autre, un fume-cigarette de femme, fragile objet entre ses doigts aux ongles larges. Il citait de grands auteurs et conseillait à Solange des lectures, ce qui me faisait rire en silence.

Mon amie se foutait de la littérature. Elle n'aimait que les Delly, des romans d'amour qu'elle planquait sous son lit. On y trouvait aussi les livres rose bonbon de Barbara Cartland qu'elle stockait, et stocke toujours à mon avis, par mètres cubes. Des histoires de ducs qui épousent des bergères dont la grand-mère se révèle miraculeusement être une aristocrate. Voltaire, elle pensait que c'était un restaurant. Rousseau, un douanier. Quant à ses connaissances historiques, elles se limitaient au nom de ses ancêtres décapités à la Révolution et à deux trois de leurs faits illustres. Son inculture ne faisait pourtant pas douter Solange, qui sortit, avec une conviction dogmatique, tellement d'âneries sur Balzac que Kessel finit, littéralement, par lui tourner le dos.

« Et toi, qu'aimes-tu ? me demanda-t-il en plantant ses yeux dans les miens comme s'il pouvait y attraper mon âme.

— Les romans russes », répondis-je froidement.

Son visage s'éclaira.

« Lesquels ? Tolstoï ?

— Non, Dostoïevski plutôt.

— Tu as lu Dostoïevski ! Qu'as-tu lu de lui ? »

Je lui citai *Le Joueur*, *L'Adolescent*, *L'Idiot*, *Crime et châtiment*.

« Quel âge as-tu ? demanda-t-il, étonné.

— Quatorze ans.

— Et tu comprends ? insista-t-il.

— Ben oui, fis-je avec un haussement d'épaules. Pas vous ? »

Creusant deux sillons dans les graviers, il avança sa chaise vers moi, éteignit sa cigarette et posa son verre sur la table en dentelle de métal blanc. Il me cuisina sur Pouchkine et Gogol. Une chance, c'étaient ceux que j'aimais le plus. À chacune de mes réponses, il se tapait

sur les genoux et riait en répétant : « Pas croyable » ou
« Quel phénomène, cette gamine ! » Solange, rembru-
nie, me couvait d'un regard mauvais, mais Kessel l'ignorait. Il me parla de Tourgueniev.

« Je n'ai lu que *Premier amour*, avouai-je me sentant en faute, inquiète de voir disparaître dans ses
yeux l'étincelle d'amusement et d'étonnement dont je
me nourrissais.

– Très bien ! Lis aussi *Père et Fils*, c'est important. Et
Lermontov ? »

Nous continuâmes notre babillage. À un moment, il
s'interrompit, posant sa main sur mon bras pour que je
l'écoute attentivement :

« Tu es très belle, jeune fille. »

Il insista :

« Est-ce que tu sais que tu es belle ? »

Je vis Solange rougir jusqu'aux oreilles de colère
contenue. Embarrassée, je répondis non. Non, je ne le
savais pas. Il continua.

« Personne ne te l'a jamais dit ?

– Non, personne. »

Il éclata d'un rire réjoui.

« C'est bien. Au moins, tu te souviendras de moi.
Même quand tu seras blasée. J'aurai été le premier à te
dire que tu es belle. »

Solange releva la tête et se redressa, affichant l'air de
dignité résignée que devaient prendre, en 1789, ses
ancêtres nobles au moment de monter à l'échafaud.
Après tout, elle était la jeune fille de la maison, et moi,
celle de la concierge. Il n'était pas dans l'ordre des
choses que le grand écrivain l'ignore à ce point, alors
qu'elle s'était montrée parfaitement charmante et bien
élevée.

« Vous reprendrez un peu de vodka ? » dit-elle avec une considération excessive.

Kessel fit oui de la tête sans lui adresser un regard. La demi-bouteille de vodka n'ayant pas suffi, elle fut contrainte d'aller remplir son verre à la cuisine. Elle se leva avec une grâce affectée que je savais furieuse, tandis qu'il me conseillait de lire Panaït Istrati.

« Commence par *Les Récits d'Adrien Zograffi* », insista-t-il.

Kessel vouait à cet auteur une admiration totale. Maurice Druon, qui se joignit bientôt à nous, la partageait. Mme de Vitré était très distraite. Elle avait dû oublier que les deux écrivains viendraient profiter de son jardin cet après-midi-là. Elle n'arrivait toujours pas. En dépit de son retard, ni l'oncle ni le neveu ne se vexèrent, heureux de profiter du soleil parisien qui sautait par-dessus les hauts marronniers pour tomber en flaques sur le gravier blanc. Solange boudait quand j'écoutais, avide, leur conversation. Nous avions passé une heure de plus avec eux quand la grand-mère de Solange apparut enfin. Elle s'excusa une seule fois, sobriété dans laquelle je reconnus toute la confiance de sa classe. Les auteurs lui installèrent une chaise entre eux deux. Elle fit durer la conversation quelques minutes, juste assez pour que la transition d'atmosphère fût fluide, avant de nous renvoyer en douceur à nos quartiers et à nos devoirs.

Cette rencontre resta gravée dans ma mémoire. Je fus longtemps amoureuse de Kessel. Je lus ses articles et tous ses livres. Le souvenir flou de mon père se confondait avec ses traits virils et débonnaires. Je me mis à l'imiter, rêvant un jour de le séduire et de lui montrer mes textes. J'avais commencé par le meilleur. Il devint l'incarnation de ce mythique démiurge qu'était pour moi un écrivain et projeta sa lumière sur ce que j'imaginais être le monde littéraire. Il me fallut plusieurs années pour déchanter. J'avais vingt ans passés quand Romain Kiev, je lui dois au moins ça, m'ôta mes illusions. Je n'en avais d'ailleurs pas. Pour moi, il n'y avait que les livres dont l'ensemble des plus réussis constituait la littérature. À l'époque, les écrivains n'étaient que des noms sur des objets qui ne leur appartenaient plus. Je ne connaissais de leur vie que leurs difficultés, cherchant ainsi à relativiser les miennes. J'avais un a priori flou et positif, non par naïveté, mais par indifférence et paresse. Romain m'obligea à ouvrir les yeux, effort dont je m'étais jusque-là dispensée, imaginant mon métier comme une activité solitaire, indépendante de tout système, dans laquelle autrui, à l'exception de mes potentiels et lointains lecteurs, n'aurait aucun rôle à jouer. Romain m'éclaira sur la grande machine de guerre qu'est le monde littéraire. Je le revis, quelques semaines après avoir lu *Le Clown* et les critiques incendiaires qui accompagnèrent la sortie du roman. C'était au dernier endroit où je m'attendais à le retrouver : le mariage de Solange Di Monda.

22

Après le baccalauréat et mes débuts chez Claude, je vis de moins en moins mon ex-meilleure amie. Solange vivait désormais à Londres, dans une pension pour jeunes filles de bonne famille tenue par une certaine Lady Hearting que le veuvage et les extravagances de son défunt mari avaient laissée dans le besoin. Pour boucler ses fins de mois, elle accueillait à l'année, dans son immense maison néoclassique de Cadogan Square, une vingtaine d'étudiantes étrangères sélectionnées sur leur pedigree. Ses thés dansants, deux samedis après-midi par mois, faisaient accourir toute la jeunesse dorée londonienne, ravie de frayer avec ses protégées. C'est là que Solange, censée étudier l'histoire de l'art, fit la connaissance de l'honorable Jacob Beauchamp (prononcez Bitcham), unique rejeton d'une des plus riches familles d'Angleterre. Il me fut facile, en confrontant sa version à celle du jeune homme et à celle de ses amies anglaises, de reconstituer avec précision le puzzle de leur rencontre et de leur mariage précipité. Leur histoire d'amour avait poussé sur le terreau favorable du rock'n'roll, dans le délicieux fumet de transgression que cette musique rebelle dégageait pour des jeunes gens aussi bien élevés que Solange et Jacob. Lors du thé dansant où elle le rencontra, mon amie ne s'intéressa pas à ce gros garçon maladroit. Mais en jeune femme organisée, elle se renseigna sur lui dès le lendemain, comme sur tous les autres partis présents, auprès de sa confidente anglaise. La description mirifique que fit Beth de la fortune Beauchamp laissa Solange pensive deux jours entiers. Cette longue réflexion suffit à réduire en cendres, dans l'esprit pratique de mon amie, le mythe vacillant du prince charmant. L'image du physique avantageux qu'elle avait imaginé à son futur mari se brouilla pour être peu à peu remplacée par les traits ronds, blancs et incertains de Jacob. Dès lors, elle espéra qu'il l'inviterait à boire un thé ou à voir un spectacle, mais comme le jeune homme ne se manifestait pas, Solange prit les devants.

Un matin où il savourait comme d'habitude son porridge dans la cuisine de sa maison londonienne – manque de savoir-vivre qui eût ulcéré son père si ce dernier l'avait su –, il reçut une petite enveloppe jaune ornée d'autocollants de papillons. À l'intérieur, une carte l'invitait à accompagner Solange au concert de Led Zeppelin à l'Hammersmith Odeon, le samedi suivant. Jacob se souvenait parfaitement de cette jolie rousse aux cheveux ondulés qui, au dernier thé de Lady Hearting, parlait fort, riait beaucoup, dansait avec tous les jeunes gens et semblait avoir, songea-t-il en rougissant, un attrayant décolleté. La perspective de passer quelques heures en tête à tête avec cette pétulante personne l'intimidait beaucoup, mais par devoir envers ses ancêtres, pour la plupart très amateurs de femmes, il décida de surmonter ses appréhensions et d'accepter l'invitation. Soucieux de s'adapter à son interlocutrice, il écrivit une carte qu'il décora, ainsi que l'enveloppe, d'autocollants de grenouilles vertes que son chauffeur Jean-Jacques eut le plus grand mal à trouver. Solange remarqua ce signe encourageant, probable plaisanterie sur sa nationalité française qui lui valait, dans la pension de Lady Hearting, le surnom de *Sweet Froggie*. Sans complexe, elle appela Jacob pour lui dire qu'elle avait bien reçu sa carte. Le jeune homme manqua défaillir de terreur quand son majordome lui annonça que « Miss Seulangie de Monnedate, *a young lady with a continental accent* », était au téléphone. Il se répéta la devise familiale, « Ni ne recule ni ne meurt », respira un grand coup, puis se saisit du combiné aux formes alambiquées qui n'avait pas été changé depuis l'invention du téléphone, son arrière-grand-père ayant été la première personne en Angleterre à faire installer cette étrange technologie chez lui. Solange gazouilla des remerciements dans un anglais approximatif auquel Jacob mit fin dans un français décent en dépit d'un fort accent et d'une inversion quasi systématique des genres féminin et masculin. Elle lui demanda, flatteuse, d'où il tenait ce don pour les langues.

« My Nanny était ohuveurgnate, confia-t-il.

– Incroyable ! s'exclama Solange.

– Elle m'a euppris la languuage de Mohulière, poursuivit-il.

– C'est formidable ! Tu parles parfaitement !

– Jehu pratic avec Jean-Jacques, ma chauffeur. Il este né à Peuris. »

Solange regretta d'avoir tant souffert, en dépit de l'aide de Beth, sur sa carte d'invitation en anglais. Si elle avait su que Jacob parlait si bien… Ravie de cette bonne nouvelle, elle lui demanda de venir la chercher samedi, à six heures et demie du soir.

« Biene volonnetiers, mademoiselle, dit-il.

– À samedi alors.

– À sam'di », confirma-t-il.

Après avoir raccroché, Jacob sortit faire deux fois le tour de sa chaumière qui occupait avec le jardin tout un pâté de maisons. Il n'en fallut pas moins pour éteindre l'incendie que ce coup de fil avait allumé sur son visage.

En amour, Solange était très déterminée. Elle passa les heures la séparant du concert de Led Zeppelin et de son rendez-vous avec Jacob à potasser l'histoire des Beauchamp à la London Library, informations qu'elle compléta de plus récentes grâce à Violet, la cousine issue de germain de Jacob, que sa complice Beth eut la gentillesse de lui faire rencontrer. Le jour J, Solange se prépara avec soin. Elle coiffa ses longs cheveux roux en suivant les principes édictés par son mentor en séduction, la romancière Barbara Cartland, qui recommandait à ses héroïnes un minimum de cinquante coups de brosse quotidiens pour les faire briller. Elle sortit du placard son jean fétiche, le Levi's 501 que portait Jane Birkin dans le clip de « Je t'aime… moi non plus » en duo avec Serge Gainsbourg. Comme elle avait un peu abusé des crumpets et des tartines nocturnes de beurre à la Marmite depuis son arrivée en Angleterre, elle dut le mouiller sous la douche de la salle de bains et l'enfiler allongée sur son lit pour le fermer avant de le sécher au séchoir. Elle mit du coton dans son soutien-gorge jaune, couleur qui mettait en valeur sa peau blanche mouchetée de grains de beauté, souligna d'un épais trait noir ses yeux, s'aspergea de patchouli indien acheté à Notting Hill et noua sur son ventre une chemise d'homme à carreaux. Elle se trouva sublime dans la glace, se délectant de la lumière dorée que mettait l'ampoule de la salle de bains dans ses yeux noisette quand elle penchait la tête en arrière. Nul doute qu'à la première occasion, Jacob tenterait de passer aux choses sérieuses.

Une question la taraudait néanmoins. Combien de temps la bienséance et la stratégie lui imposaient-elles de résister pour accrocher l'héritier Beauchamp ? Était-il raisonnable de se laisser embrasser le premier soir ? Comme ils ne s'étaient vus qu'une fois avant cette sortie tant attendue, Solange craignait que la victoire ne soit trop aisée. La lettre et le coup de fil pouvaient-ils compter comme des rendez-vous ? Avait-elle intérêt, au contraire, à le déborder sensuellement ? Elle décida de se laisser embrasser et caresser les seins, uniquement s'il insistait et s'il lui faisait des déclarations sentimentales. Oui, une déclaration amoureuse, voilà ce à quoi elle pourrait céder sans honte. La jeune femme descendit l'escalier en quelques bonds guillerets qui firent trembler du premier au dernier étage la vieille maison de Lady Hearting et sortit en trombe. Elle marqua une pause théâtrale en haut des escaliers encadrés de colonnes blanches et avisa la Bentley de Jacob, dans laquelle elle s'engouffra avec l'assurance d'un roi qui s'assoit pour la première fois sur le trône de son ennemi défait. Jean-Jacques, le chauffeur, la salua en français puisqu'il était né à « Peuris » et démarra.

Jusque-là, tout allait pour le mieux dans le meilleur des mondes possibles, mais au cours de la soirée, la confiance de Solange fondit comme un sorbet au soleil. On était loin de la fièvre du samedi soir dont elle avait rêvé. Jacob se montra d'une réserve exaspérante. En dépit des vagues d'érotisme brutal qui se dégageaient de la scène pour se propager dans la foule comme le plaisir d'une pénétration sexuelle, il garda, de la première à la dernière chanson, un quant-à-soi chevaleresque. Il se tenait très droit, le menton relevé, les mains croisées devant lui, sans bouger. Certes, il se montra prévenant, en portant le sac de sa cavalière, mais il le fit avec une apparence de parfaite indifférence. Solange, d'abord surprise, fut vexée du peu d'effet qu'elle produisait, elle qui régnait sans conteste, lors des thés dansants de Lady Hearting, sur le cœur des garçons moins nantis que Jacob.

Elle attribua ce premier échec à la musique. Sans doute n'était-elle pas du goût de son prétendant qui ne semblait prétendre à rien. Forte dans l'adversité, elle lui donna une seconde chance, mais le concert d'Aerosmith la semaine suivante ne fut guère plus concluant. Tout au long de la soirée, les mains de Jacob, qui auraient dû s'attacher à sa rousse et ravissante personne, pendirent le long de son corps, aussi lourdes et droites que des battoirs, tandis que, pour suivre le rythme, il balançait les épaules d'avant en arrière tel un rabbin priant devant le Mur des lamentations. Comme la semaine précédente, il l'emmena dîner, lui tint une conversation charmante et la ramena à la porte de Lady Hearting sans même tenter de l'embrasser. Humiliée et furieuse, donc sincèrement amoureuse, Solange comprit qu'il lui faudrait, quoi qu'il arrive, prendre l'initiative si elle ne voulait pas que la propriété de Sundrigh et les merveilles de Beauchamp House lui filent sous le nez.

Elle savait que Jacob avait besoin d'une femme. Il lui avait confié, lors de leur premier rendez-vous, que sa maison avec jardin privatif au cœur de Westminster lui semblait grande. Il avait envisagé la colocation mais son père s'y était fermement opposé, clamant, au comble de l'exaspération, que rien n'avait jamais été trop grand pour un Beauchamp. Jacob se sentait donc seul. Il en était si malheureux qu'il passait plus de temps dans la cuisine avec ses employés que dans toute autre pièce de la maison, allant jusqu'à dîner avec eux une fois par semaine. Il l'aurait volontiers fait tous les soirs, mais il était trop sensible pour ne pas se rendre compte que sa présence gâchait les repas des domestiques qui n'osaient pas parler librement devant lui. Jacob rêvait de se faire des amis, ses trois labradors ayant, en dépit de leur intelligence, une conversation limitée, avait-il remarqué avec humour. C'était le genre d'appel à l'aide que Solange avait trop de cœur pour ignorer. Elle était résolue à réconforter coûte que coûte ce petit homme perdu dans les salons de sa trop vaste demeure et ployant sous l'œil critique de galeries d'ancêtres plus illustres qu'il ne le serait jamais. Elle décida d'agir lors du concert que donneraient les Rolling Stones à Wembley quelques semaines plus tard.

Elle meubla savamment cet interlude de deux visites au musée pour montrer sa culture artistique et d'une promenade à cheval dans Hyde Park. Solange voulait que Jacob se rendît compte qu'elle serait parfaite lors des chasses au renard que les Beauchamp organisaient plusieurs fois par an à Sundrigh. Au cours de ces après-midi passés ensemble, Jacob et Solange parlaient chacun dans leur langue respective puisqu'ils se comprenaient mieux qu'ils ne s'exprimaient. Cela facilita leurs conversations et contribua à leur rapprochement.

Le soir du concert, il passa la chercher avec son chauffeur, Jean-Jacques. Il était en bas de chez elle à sept heures tapantes, mais s'obstina à lui tendre, comme d'habitude, une main qui maintenait entre eux une distance d'un mètre. À 22 heures, ayant puisé du courage dans le romantisme des milliers de briquets qui s'allumèrent pour « Angie », le piège à filles du moment, Solange fourra sa langue entre les dents de Jacob, qui trouva l'expérience – inédite en dépit de ses vingt-trois ans – plaisante, mais mouillée. Il la réitéra avec application pendant le reste de la soirée. Jean-Jacques, qui les attendait dans la Bentley à quelques centaines de mètres de la station de métro où s'engouffraient des spectateurs par milliers, vit émerger deux êtres hirsutes aux lèvres rougies qui papillonnèrent de leurs paupières éblouies sous les néons des lampadaires. Après s'être installés, ils poursuivirent leurs expérimentations buccales à l'arrière de la voiture.

Ce baiser sembla se poursuivre des semaines, du concert des Who à celui des Beach Boys en passant par Cat Stevens et David Bowie, androgyne flamboyant et légendaire depuis qu'il s'était évanoui, au mois de février, après sa performance au Madison Square Garden de New York. Solange eut bientôt l'impression de connaître chaque interstice et chaque cavité de la dentition de Jacob sans parvenir à lui faire opérer le moindre mouvement vers son hémisphère sud. La vie mouvementée du rock se chargea de la sortir de cette impasse. Le 3 juin 1973 se déroulait, toujours à l'Hammersmith Odeon, un mégaconcert de Ziggy Stardust pour clore un tour du monde baptisé « Aladdin Sane ». Ce furent deux heures de pure folie, jusqu'au moment où, à la fin du morceau « Rock'n'Roll Suicide », David Bowie annonça la dissolution du groupe. Cette déflagration mit les fans en état de choc, tout comme ses partenaires à qui l'extraterrestre n'avait pas fait part de ses intentions. La foule fondit en larmes. Solange sanglotait, hystérique, et Jacob lui-même se passa la main dans les cheveux. Il fallut près d'une demi-heure pour que le public accepte de quitter les lieux. Comme lorsque l'on vient d'apprendre un décès, le sentiment d'une perte irrémédiable rapprocha les deux tourtereaux. Ils avaient tant besoin de partager cette douleur que Jacob renvoya Jean-Jacques et la Bentley pour rentrer en métro avec la foule. Ils ressen-

taient le besoin de communier avec la vague de désespoir qui venait de frapper toute une génération.

Arrivés à Cadogan, Solange et Jacob n'eurent pas le
cœur de se séparer. Avec le courage que ses ancêtres
avaient toujours su manifester dans les situations
extrêmes, Jacob prit Solange dans ses bras, ce qui la fit
sangloter de plus belle. Il refusa de l'abandonner à son
désespoir, non, il ne pouvait pas la laisser. Comme il
était interdit aux jeunes pensionnaires de Lady Hearting d'inviter des amis, surtout du sexe opposé, sans en
faire la demande préalable, Jacob héla un taxi qui les
déposa à Beauchamp House. Sur place, ne laissant pas
le temps à Solange de retirer son manteau et de poser
ses affaires, il la conduisit dans la bibliothèque où il lui
servit un grand verre de brandy. Il en but deux lui-
même, ce qui lui permit – enfin, songea Solange, épuisée
par la lutte morale qu'elle avait menée ces dernières
semaines – de se montrer miraculeusement entreprenant.
Cette transformation s'accompagna d'une stupéfiante
logorrhée. Chez Jacob, l'attirance physique et la capacité
de parole semblaient connectées. La libération de son
désir entraîna celle de sa langue.

Il parla de l'histoire de sa famille en enlevant le manteau de Solange, récita un poème de Shelley tandis qu'il
l'emmenait par la main à l'étage, disserta sur la bataille
de Waterloo lorsqu'il l'assit sur son lit recouvert de
velours rouge, résuma un article de la revue *Science* qui
remettait en cause certaines thèses darwiniennes en lui
ôtant ses escarpins, aborda la question de la pollution
atmosphérique quand il retira son T-shirt, et de la
déforestation quand il dégrafa son soutien-gorge avec
difficulté. Une fois débarrassés de leur enveloppe
cotonneuse, les seins de Solange perdirent la moitié de
leur volume tandis que Jacob s'indignait du massacre

des bébés phoques. Il se dit que le sujet n'était pas porteur et réorienta son monologue vers la fabrication des igloos au pôle Nord, sans doute parce que le stress de la situation lui avait donné chaud. Il parvint néanmoins à ouvrir et faire glisser la jupe blanche à volants qui résista tant au niveau des hanches de Solange qu'elle dut se lever et sautiller à pieds joints, ses petits seins ballottants en cercles opposés, pour la faire passer dans un craquement. Lorsque Jacob vit sa culotte en coton jaune ornée de petits piments rouges, il eut un bref silence recueilli. Il se ressaisit, s'empressant de meubler en racontant ses souvenirs de moussons à Bombay, lors des six mois qu'il avait passés en Inde avant d'entrer à Oxford. Il étendit Solange sur le dos et s'allongea souplement sur elle, puis, lui écarta les jambes, en expliquant comment il avait appris, lors d'une retraite dirigée par un fakir réputé, à traverser un feu pieds nus en compagnie d'un Suisse allemand prénommé Kurt. Jacob connaissait la théorie de l'acte amoureux, mais il n'en avait jamais ébauché la pratique. Il fallait lui reconnaître une exceptionnelle faculté de concentration car, tout en racontant son deuxième passage sur les braises en Inde, il arriva sans mal à s'en frayer un en Solange. Il fut très étonné de l'inclinaison du sexe féminin, comme de la sensation qui le saisit, ce qui le fit dévier sur une autre anecdote indienne, lorsqu'une vache sacrée à qui il tendait un biscuit à la cardamome avait enveloppé toute sa main de sa grosse langue douce et humide pour lui en retirer le gâteau sec. À son troisième coup de reins qui gagnait en fluidité, alors qu'il emmenait Solange sur les rives du Gange regarder les familles procéder à leurs ablutions sacrées, la jeune femme se rebella, lui demandant d'un ton acerbe s'il comptait lui infliger le récit intégral de son tour du monde ou s'il pouvait « travailler » en silence.

« Pardonne-moi », dit Jacob, confus. Il poussa un soupir profond pour contrôler son plaisir et ajouta, très « *matter of fact* » : « J'avais peur que tu t'ennuies. »

Il avait à peine fermé la bouche qu'il jouit, s'effondrant sur Solange comme si on l'avait assommé. Celle-ci lui tapota l'épaule et lui gratta un peu le dos, s'étonnant du foin que l'on faisait d'un acte aussi insignifiant. Elle n'avait même pas eu mal, songea-t-elle, déçue. Jacob se reprit aussitôt, honteux de s'être laissé aller. Il avait lu quelque part que plus l'acte sexuel se prolongeait, plus grandes étaient les chances pour la femme d'atteindre le plaisir. Il se demanda ce que Solange avait ressenti mais n'osa pas l'interroger. Dans le doute, il se remit à l'ouvrage et « travailla » tant et si bien qu'ils y passèrent une bonne partie de la nuit. À l'aube, pour ne pas compromettre Solange, il prit lui-même le volant de la Bentley. Le jeune homme réussit, par miracle et en dépit de quelques frayeurs, à la ramener en catimini chez Lady Hearting.

Six semaines de passion folle venaient de s'évaporer quand, un matin, Solange quitta en courant la salle à manger de la pension de Cadogan Square pour se précipiter dans le cabinet de toilette du rez-de-chaussée où elle rendit son petit déjeuner : café au lait, petites saucisses, œufs au bacon et muffins tartinés de confiture de mûres. Elle s'essuya la bouche, encore tremblante de la surprise et de la force de ce haut-le-cœur, mais en dépit de ces désagréments, elle ressortit avec l'air triomphal d'une athlète qui vient de remporter une compétition olympique. Deux jours plus tard, Jacob rayonnait du même sentiment de fierté lorsqu'il quitta la chambre tapissée de papier peint bleu qu'occupait Solange au premier étage de la pension. Allongée dans des draps roses aux rebords de dentelle blanche avec un air las de madone en souffrance, elle versa – en lui annonçant la nouvelle de sa grossesse – des larmes de soulagement qu'il prit pour du désespoir. Devenir un adulte n'est pas une chose aisée dans une famille où, depuis près de six cents ans, on s'écrase consciencieusement de père en fils. Pour la première fois, Jacob se sentit un homme. Et cette révélation le grisa tant qu'au moment même où il en prit conscience, il demanda à Solange de l'épouser.

23

La précipitation des fiançailles et de la cérémonie provoqua à Paris comme à Londres des sourires narquois. Mme Di Monda, la mère de Solange, était aux anges de cette fabuleuse alliance. Son père, beaucoup plus réservé, en déplorait les circonstances peu convenables. C'était l'hôpital qui se moque de la charité, abuser d'une fillette de neuf ans ne lui ayant pas paru, en d'autres temps, insulter les conventions. Toujours est-il qu'il vivait mal l'irruption de ce gendre physiquement inesthétique, en dépit de son portefeuille, dans la relation fusionnelle qu'il entretenait avec sa fille unique et adorée. Gaël, au fond très snob, était émoustillé par les nouveaux plaisirs que ce gentil benêt de Jacob apporterait en dot : un point de chute à Londres, des chasses en vue, des voitures superbes, une écurie de course et même un yacht qui mouillait l'été en Méditerranée. Timothée fut le seul authentiquement séduit par Jacob, chez qui il décela des maux proches des siens : la solitude et le poids d'une famille aussi exigeante que peu aimante. Il adora l'humour pince-sans-rire du jeune Anglais et fut électrisé par la description qu'il fit de sa collection d'orchidées. Elle avait été commencée par son arrière-grand-père et ne comptait pas moins de deux cents espèces conservées dans l'humidité de leurs serres de Sundrigh. Personne ne s'opposa donc à ce mariage et, quatre mois après l'annonce de la dissolution de Ziggy Stardust, les Vitré, les Di Monda et les Beauchamp se rassemblaient en très grand nombre au château de Roche Plate, propriété de la famille de la mariée aux alentours de Fontainebleau. Nous fûmes, ma mère et moi, conviées aux réjouissances, ce qui la fit sangloter de bonheur et d'anticipation tandis que je me rongeais les sangs à l'idée des clients que j'allais y croiser. Je finis par en prendre mon parti. Il y avait beaucoup de chances pour que les hommes ayant recouru à mes services – je pensais à trois ou quatre d'entre eux – soient plus accompagnés donc plus embarrassés que moi. Ils feraient le maximum pour m'éviter et je n'aurais qu'à leur faciliter la tâche. Quant au père de Solange, il ne prendrait pas le risque de s'approcher de moi. En vue de la cérémonie et du dîner placé qui s'ensuivrait, Mme de Vitré demanda à Solange de me prêter de quoi m'habiller. Elle subodorait que les maigres revenus tirés des visites touristiques grâce auxquels je payais, dans son esprit, mon loyer ne me permettraient pas d'acquérir une tenue digne de l'occasion. Solange, de retour à Paris, m'ouvrit ses placards d'assez mauvaise grâce. Nous étions dans sa chambre de jeune fille où nous avions passé tant d'heures de complicité et que bientôt elle n'occuperait plus. J'eus un moment de nostalgie en repensant aux épisodes heureux de notre enfance. Solange n'était pas accessible à ce genre de mélancolie. Elle décida de passer les robes susceptibles de me convenir et de défiler devant moi pour m'aider à choisir la plus adaptée. Ce petit jeu narcissique ne m'étonna guère. Elle considérait tout œil humain, même féminin, comme un miroir acceptable. Les chaises, le lit, le sol furent bientôt jonchés d'étoffes.

Jupes, bustiers, pantalons de crêpe, robes de soie : c'était un déballage de couleurs et de matières, de douceur et de griffes renommées. Solange se mirait en moi avec ravissement. En petite culotte, arborant fièrement un ventre encore quasiment plat mais des seins qui n'avaient plus besoin d'être rehaussés par du coton, elle enfilait ses vêtements les uns après les autres, s'admirant dans la glace avant de recueillir mes compliments.

« Celle-là, dit-elle d'une robe en mousseline beige nouée à la taille par une grosse ceinture rouge, me donne un air romantique qui adoucit mes traits, tu ne trouves pas ? »

J'acquiesçai.

« Cet ensemble-ci, déclara-t-elle, boudinée dans un gilet à fleurs et un pantalon en cuir pattes d'ef qu'elle ne pouvait pas fermer, révèle mieux mon caractère dominateur…

– Tout à fait, So, tout à fait.

– J'aime le côté femme que j'ai dans ce tailleur », ajouta-t-elle encore, caressant son corps à travers la soie sauvage d'une merveille siglée Chanel qui me serait allée comme un gant.

Elle ne voulut pas me simplifier la tâche. Après une heure de ce manège, lorsque ce fut mon tour de passer aux essayages, elle inventa toutes sortes d'excuses pour ne pas me prêter les vêtements qui m'allaient. Elle leur trouvait des défauts de coupe quand ils me faisaient une chute de reins idéale, leur découvrait des taches quand la couleur était flatteuse pour moi et alla même – consciemment ou inconsciemment, je ne saurais dire – jusqu'à déchirer d'un coup sec la fermeture Éclair d'un ravissant fourreau de satin vert clair qui s'accordait à la perfection avec mes yeux. Je repartis, serrant sous le bras un chiffon informe aux nuances orangées agrémenté de chaussures dont les talons semblaient avoir été mâchonnés par un chiot. Dans un geste de générosité royale, Solange ajouta à cette piteuse pile un chapeau blanc dont les fleurs artificielles aux couleurs vulgaires avaient accumulé dix ans de poussière.

« Ce n'est pas la peine de me les rendre, tu sais. Garde-les, ça pourra te servir pour d'autres occasions », fit-elle avec un sourire qui attendait de la reconnaissance. Elle pensa sans doute que l'émotion me rendait muette et ajouta : « Ne me remercie pas. C'est bien normal, tu sais. »

Elle semblait contente. Sur son visage se lisait la satisfaction d'être une personne ouverte, sans préjugé de classe, généreuse. Le tas de vieilles nippes qu'elle venait de me refiler reflétait l'estime dans laquelle elle me tenait. Ces serpillières étaient « bien assez bonnes pour moi ». Elle s'attendait à de la gratitude de ma part quand j'en tremblais d'humiliation. Depuis le début de notre amitié, je n'avais été pour Solange qu'un accessoire. La gamine de la concierge qui embellissait son image de petite fille modèle et « bonne », comme dit la comtesse de Ségur, sa seule lecture avant les Barbara Cartland. Trois heures après l'avoir quittée, de retour rue Vaneau, son mépris me brûlait encore le visage. Je tournai un bon moment dans mon appartement, pesant le pour et le contre, et l'après-midi même, je dépensai deux mois de salaire à la boutique Yves Saint Laurent. On accepta de me faire crédit car je venais, pour de modestes achats, de plus en plus souvent. Je trouvai un ensemble d'une parfaite élégance, avec lequel j'étais sûre de faire mon effet. Je me réjouissais avec fièvre du moment où j'écraserais cette peste de ma beauté, de mon raffinement et de mon intelligence. Je lui étais, à l'exception de ma famille, supérieure en tout.

Le « grand jour » arriva. Ma mère et moi dormions sur place. Dans la maison de gardien à l'entrée du parc de Roche Plate, on avait mis une chambre à notre disposition. Je n'avais pas partagé son lit ni son intimité depuis deux ans. La perspective ne me réjouissait guère. Une amie couturière, Maria, lui avait fait pour cette importante occasion un tailleur coupé dans une sorte de damas d'ameublement aux tons agressifs et baroques. Ma mère aimait la démesure, les couleurs vives, les motifs voyants, les broderies dorées. Elle avait déchiré une photo dans le magazine *Elle*, mais la réplique approximative de cette création combinée à sa silhouette aussi courte que large donnait un résultat plutôt catastrophique. Pour le soir, elle avait choisi un drapé bleu pastel, comble du chic pour elle et de l'horreur pour moi. J'imaginais avec angoisse le désastre de mon arrivée si j'apparaissais flanquée de cette matrone romaine dont le corps flasque serait enveloppé d'une soie synthétique. Lorsque nous nous observâmes toutes les deux dans la glace de l'épaisse armoire normande qui prenait la moitié de la pièce où nous logions, je fus une fois de plus stupéfaite de constater notre différence. Comment avais-je pu sortir de cette femme ? C'était un mystère dont je ne me remettais pas. J'ai aujourd'hui honte de mes pensées en me remémorant le regard si fier et attendri dont elle me couvait. Elle versa même une larme :

« Tu es tellement belle, s'extasia-t-elle. Et je ne suis pas mal non plus… »

Son émotivité m'insupportait. J'y coupai court en la forçant à sortir.

« On va arriver en retard », la houspillai-je.

Ma mère descendit péniblement l'étroit escalier en chêne sombre qui menait au rez-de-chaussée.

234

Étant donné sa corpulence, elle avait le plus grand mal à entrer dans ma Mini. J'étais parvenue à la coller dans l'Aston de Gaël. Nous devions nous retrouver sur place. J'éprouvai un plaisir rare à filer, seule dans mon petit bolide, sur les routes de campagne. Je fis à dessein un détour pour apparaître après l'arrivée des invités. Dans les rayons déjà pâlis des premiers jours d'octobre, des centaines de chapeaux à l'architecture élaborée se pressaient aux abords de la petite église d'Aulnay-la-Rivière. Je passai en trombe devant la foule assemblée et allai garer mon Austin à côté du bar-tabac du village. J'étais contente de moi et de l'effet que je produisis en me dépliant comme une liane qui aurait poussé de cette petite graine de tôle rouge et luisante. J'avançais sur de très haut talons, de mon pas élastique et impérieux. L'air était doux. Mon manteau de cachemire beige s'ouvrait dans un mouvement fluide sur ma robe de soie claire. Je sentais l'air dans mes boucles brunes et les regards des hommes qui déjà m'avaient aperçue se poser un à un sur moi. Je m'emplis de cette électricité narcissique qui faisait de moi l'égale de ces gens à qui la vie avait tout donné. Personne ne pouvait m'ignorer. J'étais bombardée de désir et de jalousie, d'une multitude de sentiments violents qui me grisaient. Je me prêtais à la caresse de ces regards, laissant entrevoir les parties de mon corps dont je connaissais le pouvoir. Je ralentis le pas, leur donnant le temps de m'admirer, savourant le moment, le faisant durer autant qu'il était possible sans trahir le plaisir que j'y prenais. J'étais le centre de l'attention et, en moi, la fillette méprisée du 31 bis, rue de l'Université ne se satisferait jamais assez de cette revanche. Elle l'avait si longtemps attendue. Elle la désirait encore si fort.

J'eus un instant d'inquiétude en intégrant l'assemblée parce que je ne connaissais personne. La famille Vitré était trop sollicitée pour se préoccuper de moi. Il suffisait que je reste seule un peu trop longtemps pour que le mépris et l'indifférence, mes petites morts, s'abattent à nouveau sur moi. Les hommes qui m'avaient regardée détournaient maintenant les yeux, gênés. Ils ne pouvaient en aucun cas m'aborder sans risquer les représailles des femmes – mères et épouses – qui veillaient, prêtes à sévir. L'effet spectaculaire de mon arrivée commençait à se dissoudre comme un sucre dans de l'eau vinaigrée et j'en étais désespérée. Les visages des autres filles, mes éternelles ennemies, se rassérénaient. J'avais l'impression de redevenir gauche et transparente. Je sortis les cigarettes que j'avais achetées pour me donner une contenance, et, ignorant délibérément dans mon sac le briquet Cartier gravé à mon nom, me rabattis vers le garçon en costume bleu marine chargé de placer les gens dans l'église. J'étais en train de lui demander du feu quand un homme barbu à la crinière poivre et sel se détacha d'un groupe d'invités. Il fondit sur moi comme un félin sur son déjeuner et ses yeux clairs se plantèrent dans les miens. J'eus à peine le temps de le reconnaître qu'il me saisit par les épaules et m'attira tout contre lui. Je vis qu'il allait m'embrasser sur la bouche et lui tendis d'urgence une oreille chaste sur laquelle il déposa un baiser. Je me dégageai, penaude, pour constater que tout le monde nous regardait. Romain Kiev semblait s'en moquer. Il continuait à me tenir par les deux bras, comme si nous étions seuls au monde :

« Où te cachais-tu, petite fille ?

– Je ne me cachais pas, répondis-je d'assez mauvaise grâce parce que je sentais peser sur nous des yeux effarés. Et je ne suis plus une petite fille, m'entendis-je dire.

– Je t'ai cherchée, tu sais… fit-il en me dévorant du regard.

– Je ne savais pas, maugréai-je en me dégageant d'un coup d'épaules.

– Pourquoi ne m'as-tu pas appelé ?

– Je n'avais pas le téléphone. »

Il me regardait avec une attention d'une force sourde, bourdonnante, comme un homme presque mort de soif dans un désert regarderait passer une Vierge portant l'ombre et l'eau nécessaire à le sauver. Il ouvrait à nouveau la bouche quand Mme de Vitré me sauva d'une pénible explication.

« Romain, je ne savais pas que vous connaissiez Zita ! » s'exclama-t-elle.

Elle essayait de mettre fin à cette scène d'une intensité incompréhensible.

« Si je la connais, grommela-t-il, visiblement décidé à ce que tout le monde sache que quelque chose s'était passé entre nous.

– J'ai interviewé M. Kiev pour le journal littéraire de la Sorbonne, inventai-je de but en blanc.

– Je vois… concéda Mme de Vitré, pas dupe. Je suis sûre que vous avez plein de choses à vous dire, mais pour le moment soyez gentils de prendre place dans l'église. Solange est en route et ne va pas tarder à arriver. »

L'église était tellement pleine qu'une partie de la foule resta à l'extérieur. Romain voulut m'emmener vers les premiers rangs, mais la tante de Solange nous sépara, m'envoyant tout au fond de l'église. Exil dont je fus sauvée par Mme Di Monda, mère de la mariée, qui me confia un appareil photo.

« Zita, rendez-vous utile. Il vaut mieux être plusieurs, on ne sait jamais… Si la pellicule était abîmée, ce serait désolant », ordonna-t-elle en me poussant vers l'avant.

Jacob se tenait déjà près de l'autel orné de bouquets de fleurs blanches aussi hauts que lui. Son front pâle luisait de sueur. Il jouait avec le livret de messe orné d'une aquarelle de Mme de Vitré. Il était si nerveux qu'il commença à en sucer un coin, ce qui ulcéra son père, un très grand homme aux cheveux argent d'une prestance exceptionnelle. Lord Beauchamp regarda son fils avec courroux pendant une longue minute avant d'aller, puisqu'il n'obtenait pas la réaction souhaitée, retirer d'un geste sec l'objet des mains du jeune homme. Regagnant sa place, il laissa tomber le carnet mâchonné qu'il tenait entre deux doigts dégoûtés sur le prie-dieu devant lui. Les témoins se tenaient de part et d'autre de l'autel. Un cousin et deux camarades d'Oxford pour lui. Une cousine, la fille du milliardaire Onassis et Beth, son amie de Londres pour elle. La foule étant enfin rangée et dans l'expectative, l'orgue entama la marche nuptiale. Jacob écoutait, de plus en plus luisant, les mains derrière le dos, avec un air recueilli. Comme Solange n'arrivait pas, l'organiste entama une deuxième fois le morceau tandis que le futur marié, pour se donner une contenance, croisait les bras sur la poitrine. Toujours personne. À la troisième reprise musicale, Jacob mit un coude dans une main et son menton dans l'autre, position très inconfortable pour lui, mais qui avait le mérite de ne pas répéter les deux précédentes. Il devait commencer à imaginer ce que l'on peut bien dire à cinq cents invités venus des quatre coins d'Europe quand votre fiancée vous plante au pied de l'autel parce qu'il devint aussi jaune qu'un vieux parchemin et se mit à trembler. Il était sur le point de tourner de l'œil quand Solange surgit. Rayonnante de fierté modeste, elle apparut au bras de son père qui faisait à peine plus âgé que sa fille. Elle ne semblait pas impressionnée, mais sûre de son destin. Dans sa robe au profond décolleté qui avait provoqué des discussions houleuses avec sa mère et sa grand-mère, Solange triomphait. Elle ne portait pas de voile, consciente que ses cheveux roux étaient l'un de ses meilleurs atouts. Plutôt que de les relever en chignon, elle les avait lâchés, nouvelle inconvenance, se contentant d'une simple couronne de fleurs qui lui donnait des airs d'une Vénus de Botticelli à la carrure volontaire. Jacob chancela en s'agenouillant face au père Genévrier qui officiait. Lorsque ce dernier en arriva à l'échange des consentements, le jeune homme clama un « Oui, je le veux » tellement teinté d'accent anglais que personne ne comprit ce qu'il disait. En entendant la réponse de Solange, le marié fut pris d'un fou rire qui m'étonna, mais alors que je m'approchais pour prendre les photos de ce moment crucial, je compris qu'il sanglotait d'émotion.

À la sortie, après avoir épuisé quatre rouleaux de pellicule, j'attendis que la foule entourant la mariée se fût un peu clairsemée pour la féliciter.

« Tu n'as pas mis ma robe », remarqua Solange avec aigreur quand je vins l'embrasser. Elle détailla d'un regard qui avait la tendresse d'une machine à calculer mon manteau de cachemire, ma longue robe caramel, mes escarpins dorés. « Ça te vieillit, je trouve. C'est de qui ? demanda-t-elle avec un signe du menton en direction de ma robe.

– Yves Saint Laurent.

– Je me disais aussi… Qui te l'a prêtée ?

– Je l'ai achetée, répondis-je, incapable de résister à l'envie de lui rabattre le caquet.

– Ça paye, dis-moi, le tourisme. Je devrais m'y mettre, répliqua-t-elle.

– Tu n'en as pas besoin. Ta robe est une merveille, vraiment. Tu resplendis. »

Je la complimentai sur sa peau légèrement hâlée, sur sa coiffure, sur son bouquet et enchaînai ainsi les flatteries les plus éhontées jusqu'à la tenir, détendue et ronronnante comme un chat, au creux de ma volonté. J'apaisai si bien sa jalousie que Solange s'imagina même que j'en ressentais pour elle. Saisissant ma main, elle la serra et me dit d'un ton apitoyé :

« Ne t'inquiète pas, ma chérie, un jour tu seras à ma place. Ça viendra, Zita. Tu trouveras quelqu'un qui t'aime, je le sais. » Et elle posa sa paume sur ma joue dans un répugnant délire d'autosatisfaction paternaliste.

Si elle savait comme je priais le ciel de ne jamais me retrouver à sa place ! À quel point j'étais désolée pour elle ! J'imaginais que ce soir et tous les soirs à venir de ce mois, de ce trimestre, de cette année et des suivantes, elle allait se coucher auprès de cet être blanc et mou, qui dégoulinait d'une gentillesse de caniche. Qu'il tenterait inlassablement de la grimper avec des halètements appliqués et scolaires auxquels elle ne pourrait se soustraire parce qu'elle s'était vendue, cher certes, mais pour de bon. Elle ne serait jamais autre chose que la couveuse qui permettrait à ce fin-de-race de poursuivre l'inutile propagation de ses gènes. En échange de quoi ? De maisons, de personnel, de pouvoir d'achat et de considération qu'elle ne méritait pas, poison lent mais mortel. Maintenant que ces biens étaient, devant Dieu, les siens, et qu'elle n'avait plus rien à gagner de son échange de marchandise, je ne donnais pas cher de sa peau. À dix-neuf ans, elle recevait tout ce dont elle avait rêvé, pour toute la vie. Sa capacité de désir mourait à peine née, étouffée de faux contentement. Le réveil serait sordide. Je la voyais déjà s'aigrir. Tourner en rond dans ses appartements croulant de vieilleries héritées, houspillant ses bonnes par ennui, s'inventant des lubies sportives, astrologiques ou médicales. La décoration la sauverait, un temps peut-être. Le shopping deviendrait sa béquille morale. Les images d'Épinal de la maternité lui gagneraient quelques années supplémentaires avant qu'elle se noie dans l'adultère, persuadée de vivre là les plus grandes aventures de sa vie. Elle finirait par se venger de ses frustrations sur ses enfants, officiellement sa seule raison de vivre, officieusement ceux à qui elle attribuerait le lamentable échec de ses ambitions et de ses plaisirs. Je contemplai son avenir qui luisait au travers d'elle comme un couloir droit et interminable, sur le chemin duquel il n'y aurait pas une seule porte à ouvrir jusqu'à la fin. Solange se croyait le droit de se sentir supérieure. Elle n'avait réussi qu'à brader une liberté qui n'avait pas de prix. Je l'ai toujours su, moi qui, sans avoir ses appuis, acceptais de me louer, mais n'aurais jamais supporté de me vendre. La liberté est le bien le plus précieux. Quiconque porte atteinte à celle d'un autre commet un impardonnable péché et quiconque renonce à la sienne fait le premier pas vers son suicide. Solange me regardait toujours avec ses yeux humides de compassion satisfaite. Je lui fis le sourire le plus largement hypocrite dont j'étais capable et la rassurai avec ferveur :

« J'espère. J'espère qu'un jour je porterai une jolie robe comme la tienne. Que ce sera enfin mon tour, énonçai-je.

– Bien sûr, ma chérie, m'assura-t-elle en me prenant dans ses bras, tandis que son étreinte, en nous rapprochant, manifestait plus que jamais notre éloignement. Maintenant je te laisse, si tu veux bien… Je t'ai mise à une table de beaux garçons célibataires ! » confia-t-elle avec un clin d'œil appuyé, nouveau mensonge qui me hérissa.

Solange était persuadée qu'aucun homme de son milieu ne pourrait s'intéresser à moi pour autre chose qu'une partie de jambes en l'air. Elle n'imaginait pas qu'une personne décemment nantie et sans tare physique puisse se laisser aller à une telle mésalliance. Son plan de table me le confirma. Solange n'avait pas essayé de me trouver un fiancé. J'étais assise avec Timothée et ses cousins que je connaissais par cœur. Si j'avais dû épouser l'un d'entre eux, la chose aurait été mise en route depuis longtemps. J'eus un sourire désabusé en pensant que, même le jour de son mariage, cette garce était incapable du moindre atome de générosité envers moi. Je m'installai, seule à table, profitant du spectacle. La tente avait été montée sur la pelouse séparant la façade sud du château et la Rimarde, un joli cours d'eau où nageaient trois couples de cygnes. Baptiste, l'un des cousins de Solange, s'assit près de moi. J'échangeai quelques propos badins avec ce polytechnicien trop gras qui ne pouvait plier les bras dans son smoking tant il y était à l'étroit. Du coin de l'œil, je vis un petit brun pas mal approcher. Il pila net en m'apercevant, hésita quelques secondes et opéra un demi-tour précipité. C'était Tancrède, encore un cousin de Solange, celui avec qui j'avais essayé trois ans plus tôt de me débarrasser de ma virginité. L'expérience s'était soldée par un fiasco. Il semblait encore mortifié de son échec. Je songeai, amusée, que dans plusieurs décennies cet homme frirait toujours de honte en repensant à moi. Trois ans auparavant, sa réaction m'avait fait de la peine, désormais, je m'en moquais. Je fis semblant de ne pas l'avoir vu, me concentrant sur le gros Baptiste dont la conversation partait en lambeaux. J'essayai de lui redonner vie pendant un moment, mais j'épuisai vite mes réserves de questions et il ne lui vint pas à l'esprit de m'en poser une seule. Il resta là à me regarder en silence avec son visage béat. Je pris le parti, en attendant que les chaises voisines se remplissent, de regarder d'un air fasciné la décoration florale ornant la table. C'était une composition de lierre, de lys ivoire, de liserons bleu pâle, de cyclamens et de roses blanches, comme me l'expliqua plus tard Timothée, dont j'ai déjà mentionné le goût rasant pour la botanique. Je ne voyais pour ma part que des fleurs blanches et bleues enlacées de feuilles vertes et pensais rendre l'âme d'ennui quand Romain Kiev, comme par miracle, se matérialisa à côté de moi. Il sourit, saisit avec mépris le carton portant le nom de Timothée et alla le mettre à sa place, au centre d'une des tables d'honneur, celle de Mme Di Monda, la mère de la mariée. Cette dernière, qui parlait avec le sénateur Hérart, un homme grisonnant aux traits tirés d'aigreur, se rendit compte de la substitution. Elle eut un sursaut indigné qui fit rebondir son triple rang de perles sur son volumineux décolleté et abandonna son interlocuteur pour fondre sur Romain avec l'aménité d'un CRS lors d'une manifestation de 1968 :

« Romain, voyons ! Vous m'abandonnez...

– Oui, répondit-il sans faire le moindre effort de diplomatie.

« – Que me vaut ce châtiment ? protesta-t-elle avec un petit rire jaune et sec.

– Je veux être à côté d'elle, dit-il, en me désignant du doigt et sur un ton qui ne permettait pas la discussion.

– Vous connaissez Zita ? » s'exclama la mère de Solange.

Elle n'aurait pas semblé plus choquée si on lui avait annoncé que son frère cadet, Gaël, en dépit de sa réputation d'homme à femmes, était homosexuel. Deux mondes se heurtaient dans son esprit.

« Oui, je la connais très bien et nous avons à nous parler », confirma l'écrivain.

Son « très bien » m'agaça au dernier degré, mais le relever ou le corriger n'aurait fait qu'éveiller l'attention de cette hyène mondaine qu'était Mme Di Monda. Heureusement, elle était trop occupée à défendre son placement.

« Vous pourrez vous parler après, coupa-t-elle, irritée.

– Non, je veux lui parler maintenant, répondit-il.

– Ça ne se fait pas de changer un plan de table, ce n'est pas moi qui vais vous l'apprendre, Romain… insista-t-elle.

– Et je n'ai pas écrit cinquante livres pour que l'on m'emmerde encore avec les usages, rugit-il. Vous voulez que je m'en aille ? C'est ce que vous voulez ? »

Mme Di Monda pâlit d'angoisse à l'idée de cette humiliation et battit en retraite.

« Voyons, Romain, ne vous fâchez pas. Je ne savais pas que c'était si important. Nous allons nous arranger. Bien sûr que l'on peut s'arranger », continua-t-elle à marmonner en appelant d'un mouvement de main impatient l'une des demoiselles chargées de conduire les invités à leurs tables.

La jeune veuve que l'on avait assise auprès de l'écrivain fut déménagée et je me retrouvai, ravie de cette promotion, à la droite de Romain Kiev, sans conteste la star de ce mariage, Kessel ayant, à ma grande déception, décliné l'invitation. Durant tout le dîner, il ignora avec superbe sa voisine de gauche, une éditrice entre deux âges qu'il déclara, sans même faire l'effort de baisser la voix, « ne pas pouvoir saquer », ainsi que les autres membres de la longue tablée. Il se consacra à moi. Jamais, même avec mes clients les plus obséquieux, je n'avais été caressée d'une attention aussi passionnée. Elle me réchauffait et, pour la première fois, je me rendis compte à quel point, pendant toutes ces années, j'avais eu froid. Il ne parla pas de notre nuit. Ni de Claude. Ni de mes études de lettres dont il semblait avoir compris qu'elles n'existaient pas. Il écarta les mots creux, les considérations polies pour tenter de toucher le cœur de ce que j'étais. Il voulait me saisir. Me prendre. Et, sentiment inexplicable, j'eus envie de me laisser faire. Très vite, je lui parlai de mes nouvelles refusées. De mon envie d'écrire. Du roman auquel je travaillais. Je lui confiai à la fois ma certitude d'être faite pour ce métier et mon désarroi de m'y révéler si laborieuse, si malhabile. Je lui parlai de ma solitude aussi. Je n'avais pas d'interlocuteur qui puisse comprendre ce que je faisais. Ma mère était une bête inculte. Elle ne voyait que misère et déchéance dans l'avenir que je m'étais tracé. Les gens que je fréquentais s'intéressaient plus à la politique qu'à la littérature et n'avaient que mépris pour celle qui me préoccupait, pas le moins du monde engagée. Mes clients achetaient le mythe de la jeune étudiante délurée, tout comme *Lui*, le seul magazine pour lequel j'écrivais mes petites brèves érotiques. Ni les uns ni les autres n'avaient eu envie de creuser, de voir derrière la surface lisse de fraîcheur qui me servait d'abri. Personne avant Romain. Le fait de pouvoir, pour la première fois de ma vie, être enfin moi-même eut sur moi l'effet puissant, presque narcotique, des premières confessions. Encore aujourd'hui, je ne comprends pas comment j'en vins à lui avouer tant de choses. Moi qui excellais dans l'art d'esquiver, de masquer et de faire parler les autres, je tombai ce soir-là dans un long monologue décousu. Il avait ouvert la vanne d'un torrent de doutes dont je ne soupçonnais pas l'existence derrière le gigantesque barrage que j'avais érigé pour en contenir le flot. Alors que je suis si sensible au regard et au jugement d'autrui, j'oubliai que nous étions assis parmi cinq cents autres personnes appartenant à la société dont je me sentais le plus exclue et à laquelle j'avais tant envie d'appartenir. Nous nous crûmes seuls au monde. Je ne voyais que son visage ridé de père, ses yeux bleus dans lesquels je déversais l'eau vive de mes pensées les plus intimes. À un moment, je m'arrêtai, vidée. Il prit, avec une extraordinaire bienveillance, le relais. Il me raconta ses débuts. À quel point il avait eu peur, lui aussi. À seize ans, alors qu'il étudiait au lycée Masséna, à Nice, il avait pensé se tuer. Il venait de lire *Crime et Châtiment*. Ce livre, après l'avoir transporté, le réduisit à néant : jamais il n'atteindrait un tel degré de perfection. Ayant retourné cette évidence dans tous les sens, il décida, cédant à la plus élémentaire logique, de se supprimer. Il se documenta sur les méthodes possibles à la bibliothèque municipale de la Buffa où sa mère l'avait inscrit. Les textes sur le sujet étaient rares. Dans les boîtes remplies de fiches cartonnées, il ne trouva qu'une référence mentionnant un ouvrage illustré d'un certain Jean Bruller, qui par la suite prit le nom de Vercors. Le

titre semblait parfait : *21 recettes pratiques de mort vio-*
lente, à l'usage des personnes découragées ou dégoûtées
de la vie pour des raisons qui, en somme, ne nous regar-
dent pas, précédées d'un Petit Manuel du parfait suicidé
par J. Bruller, usager des chemins de fer de l'État, album
de 21 dessins coloriés au pochoir. Il constata avec dépit
que le livre avait été emprunté deux mois plus tôt, mais
jamais rendu. Romain en déduisit que l'emprunteur, ou
plutôt l'emprunteuse, qu'il imagina jeune et belle, avait
sans doute réussi, grâce à ce manuel, à mettre fin à ses
jours et que l'album avait disparu avec elle. Il dut se
résoudre à se passer d'exemple. À défaut d'être inno-
vant dans le domaine de la création, il le serait dans
celui de la destruction. En plein hiver, de nuit, il remplit de galets sa chemise, son pantalon et ses chaussettes, se mouilla les cheveux et la nuque à la main,
avant de pénétrer dans l'huile sombre de la baie des
Anges avec la ferme intention de s'y noyer. Romain précisa que sa tentative datait de 1931. Il avait donc été le
premier à avoir l'idée de cette méthode de suicide, repi-
quée onze ans plus tard par Virginia Woolf qui en avait,
certes, mieux maîtrisé l'exécution. Lui-même ne s'était
pas montré aussi adroit. Tandis qu'il sentait l'eau glacée
s'agripper à ses mollets et remonter le long de ses
cuisses pour lui lécher l'entrejambe puis le ventre, il eut
une dernière pensée déchirante pour sa mère. L'amour
filial, combiné au froid intenable des vagues, ces
langues de la mort qui attaquaient son torse, lui fit
revoir avec plus d'optimisme ses perspectives de carrière littéraire. Était-il vraiment forcé d'être le meilleur
écrivain du monde ? Il avança encore de quelques pas,
glissant sur les galets qui s'échappaient de sa chemise,
mais ne put, en dépit de ses efforts, se résoudre à plon-
ger son cœur et ses tétons sous le niveau de cette bar-

rière de glace. Qui a dit qu'il fallait être bon pour avoir le droit d'écrire ? Tout bien considéré, par ce froid, être un écrivain reconnu à défaut d'être immortel lui sembla un compromis acceptable. Il battit en retraite et alla s'échouer, tremblant et à moitié évanoui, sur la première table libre de la brasserie Nissa.

La femme du propriétaire, une solide Méditerranéenne, le ranima d'un grand verre d'alcool de prune qu'elle le força à boire en lui tenant le menton d'une main et en maintenant sa tête luisante d'eau de mer dans l'étau moelleux et collant de sueur de ses seins. L'échec de Romain ne fut que relatif. Il faillit bien y passer. Ce bain hivernal provoqua une pneumonie virulente qui mit en péril sa vie et, plus prosaïquement, son année scolaire. Seul l'amour de son dragon de mère, Mira, le sauva de ce double désastre. Un peu sorcière, elle le soigna de décoctions d'herbes aromatiques et s'ingénia à lui lire jour et nuit, même lorsqu'il délirait de fièvre, les cours que Paul Aguth, un camarade de classe, recopiait pour lui sur des cahiers. Mira avait réquisitionné le jeune homme à la sortie du lycée. Elle l'avait choisi à sa façon, en apparence arbitraire et pourtant inspirée, parce qu'il avait l'air « petit, timide, intelligent et juif », ce qu'il était effectivement. Paul essaya bien de se défendre. Il n'était pas ami avec Romain, qui à plusieurs reprises s'était moqué des foulards de couleurs vives qu'en bon fils de famille il s'obstinait à porter. Il invoqua le temps que lui prenaient ses cours de violon, ses devoirs, les exigences de sa propre mère, son apprentissage autodidacte du celte, sa collection de scarabées et ses aquarelles de Jérusalem, mais rien – à part l'argent – n'avait jamais résisté à Mira. Le garçon dut se rendre. Sa bonne action fut d'ailleurs récompensée. Écrire en double le forçait à mettre ses notes au propre et l'aidait à les mémoriser. Il rafla tous les prix du tableau d'honneur cette année-là et gagna un ami. Quarante-cinq ans plus tard, les deux hommes étaient toujours inséparables. Romain dragua pour Paul sa première petite amie et ce dernier écrivit la moitié des dissertations de droit de l'aspirant écrivain pendant les trois ans où ils se retrouvèrent étudiants à Paris.

La loi barbait Romain qui avait déjà du mal à se plier à la réalité. Il n'allait quasiment pas en cours. Le mandat mensuel que lui envoyait sa mère atteignait péniblement les trois cent cinquante francs. Il mangea peu cette année-là et habitait une chambre de l'hôtel de l'Europe, à deux pas de la place de la Contrescarpe. Les cloisons étaient minces, et souvent il entendait les lits des chambres voisines grincer sous les coups de boutoir des couples illégitimes qui y passaient une heure l'après-midi. Il se chauffait grâce à un poêle sur lequel il se brûlait régulièrement et qui mangea les milliers de feuilles barbouillées de son insatisfaction. On lui refusa des textes. Il fallut deux ans avant qu'il entrevît la lumière qui vacillait au bout de son avenir. Sa première nouvelle fut acceptée par *Gringoire*, un hebdomadaire politique et littéraire qu'avait fondé en 1928 Joseph Kessel – idole que nous vénérions tous les deux. Romain était ivre de fierté, tout comme sa mère qui fit le tour des commerçants de la Buffa avec son exemplaire si souvent palpé, plié et déplié, qu'il finit par perdre sa rigidité et devint aussi souple qu'une peau de chamois. Ce fut le début du succès. Il se sentait toujours fragile, toujours inquiet, mais lancé.

« Ce n'est jamais fini, vois-tu. Regarde-moi aujourd'hui… Je viens de sortir *Le Clown*. C'est mon dernier roman, tu l'as lu ?

– Je l'ai lu.

– Tu l'as aimé ?

– Je l'ai aimé.

– Bref, c'est mon cinquantième livre et il se fait descendre par des petits merdeux qui n'ont jamais été capables d'en pondre un seul. Ils se croient en position de distribuer les bons points comme des maîtres d'école. Mais je m'en fous. On n'est jamais serein dans la vie. Être serein, c'est être mort. À partir du moment où tu auras plus à perdre qu'à gagner, tu seras foutue. »

Je buvais ses paroles. Je ne saurais dire ce que l'on nous servit à dîner. Je ne me souviens pas d'avoir mangé quoi que ce soit. Il me disait ce que j'avais besoin d'entendre. Voilà le danger des écrivains. Ils vous caressent l'esprit autant qu'ils vous caressent le corps et l'on ne se sent jamais mieux aimée ni si entièrement acceptée qu'avec ces hommes-là. Sur le moment, je fus envoûtée. Le lendemain, c'était passé, mais il fallut beaucoup, ce soir-là, pour que le charme se rompe. Gaël, conscient que cet interminable tête-à-tête mettait en péril ma réputation, vint me chercher pour m'emmener sur la piste avec une autorité qui en imposa même à Romain. L'auteur n'était pas du genre à danser et se contenta de me suivre de son regard de loup tandis que je virevoltais de bras en bras. Il voulut, le soir même, m'emmener à son hôtel. Je refusai. Il insista un peu, mais il était hors de question que je découche. Notre conversation avait déjà alarmé ma mère qui me couvait d'un œil mauvais. Romain m'extorqua mon numéro et un déjeuner le vendredi suivant.

Beaucoup des fils qui allaient tisser mes années à venir se nouèrent pendant cette soirée qui me valut une série de scènes sans précédent. De retour dans notre chambre, ma mère fut la première à ouvrir les hostilités. Nous n'en dormîmes pas de la nuit. Elle voulait me faire avouer que j'avais couché avec Romain Kiev, je niais farouchement.

« Espèce de salope, sifflait-elle. Me faire ça à moi, ta mère ! Où l'as-tu rencontré ? Quand ? Tu as couché avec lui, c'est ça ? Dis-moi ! Je suis sûre que tu as couché avec lui.

— Je n'ai pas couché avec lui, maman !

— Menteuse, sale menteuse !

— Pourquoi me poses-tu la question puisque tu es persuadée de la réponse ? m'exaspérai-je.

— Ma fille ! Une traînée ! Tant de sacrifices pour une traînée ! »

Dans sa fureur, elle déplaçait son gros corps dans la pièce avec les balancements d'un culbuto, faisant les questions et les réponses de ce dialogue qui tournait en boucle dans sa bouche comme le linge dans le tambour d'une machine à laver. J'attendais en silence qu'elle se calme, mais ma mère ne me lâchait pas.

« Tu l'as rencontré où ?

— Maman…

— Réponds, sale traînée. Où ?

— Je te l'ai dit cent fois. Je l'ai interviewé pour le journal de l'université.

— Et pourquoi je ne l'ai jamais vu, ce journal ? Tu me prends pour une idiote ? rugit-elle. Comment ça s'est fait ? Comment ? Tu le vois tous les jours ?

— Je te rappelle que je suis majeure, protestai-je. Je n'ai pas à te rendre de comptes.

— Je savais que je n'aurais jamais dû te laisser prendre un studio, je le savais.

— Ne mélange pas tout, maman…

— J'en étais sûre. Tu m'as menti. Tu m'as convaincue, avec tes sales mots, tes sales petites mines et tes sales mensonges. Quand je pense à tout ce qui se passe là-bas, ça me donne envie de vomir ! beuglait-elle.

— Ça te ferait le plus grand bien, finis-je par rétorquer, tu perdrais du poids.

— Après tout ce que j'ai souffert pour t'élever ! s'égosilla-t-elle.

— Arrête ton char, tu n'as rien souffert du tout.

— Laisser ce vieillard s'allonger sur toi. Le laisser te salir. Pour rien ! Même pas fiancés !

— Pas pour rien. C'était bien payé », lançai-je.

Elle devint hystérique. Elle hurla : « Prostituée ! Prostituée ! » et tenta de me gifler, mais je lui attrapai les mains et la renversai sur le lit. Ses excès étaient grotesques.

« Tu frappes ta mère en plus, prostituée ! »

Elle répéta ce mot des centaines de fois jusqu'à faire naître en moi un rire tellurique, un grondement si violent qu'il me laissa exsangue sur le plancher, le souffle coupé, et le visage ruisselant de larmes. Je hoquetais tellement de rire qu'elle crut que j'allais m'étouffer et se calma un peu. Lorsque les dernières secousses de ce tremblement de terre eurent fini de s'éteindre, je me relevai et passai mon manteau. Je signifiai à ma mère que je ne voulais plus la voir et que, si les circonstances m'y contraignaient, quand je rendrais visite aux Vitré par exemple, je ne lui adresserais plus, de son vivant, la parole. Elle blêmit, mais n'y crut pas. À tort. Je pris le volant de mon Austin et rentrai la nuit même à Paris.

24

Deux jours plus tard, le lundi, je fus convoquée par Mme de Vitré. Convoquée est un mot trop fort. Avec sa douceur habituelle, elle me convia à prendre le thé dans son bureau. En entrant dans cette pièce familière, je fus émue. J'y avais passé des après-midi, enfant, à lire ou à la regarder faire ses dessins et ses portraits, créer de la matière, du beau, avec du rien. Je me souviens que je la trouvais très belle dans sa grande blouse bleue tachée de peinture, un peu magicienne aussi. Cet après-midi-là, elle me sembla fatiguée. Ses cheveux, blancs depuis quelques années, étaient tirés en un chignon qui faisait ressortir la finesse fragile de ses traits. Elle portait un pantalon de flanelle grise et un chemisier à motifs colorés qui se nouait sur le côté du cou. Elle m'embrassa et m'engagea à m'asseoir sur l'une de ses chauffeuses recouvertes d'un velours vert. Mme de Vitré tourna un moment autour du pot. Elle parlait, comme d'habitude, à demi-mot, déposant par touches successives ses opinions et ses désirs dans la conversation. Ses remarques tenaient du jeu de devinettes, mais je savais en saisir les plus infimes mouvements. Elle n'élevait jamais la voix, ne faisait pas de geste brusque. Sa personne, bien qu'elle fût dotée d'une extraordinaire capacité de persuasion, semblait n'être qu'harmonie. Elle me posa des questions sur mes cours, les dissertations, les professeurs, les partiels. Mon imagination remplit sa mission, en me fournissant avec promptitude des réponses satisfaisantes. Mme de Vitré me complimenta ensuite sur la tenue que j'avais au mariage. Je sentis son nœud de soie se resserrer autour de moi. J'avais fait une erreur en voulant me montrer à mon avantage.

« Solange m'a dit que cela ne venait pas d'elle. Qui donc te l'a prêtée ? C'était ravissant », commença-t-elle, prudente.

Il y a des sujets sur lesquels je ne sais pas mentir. Bien que Mme de Vitré m'eût toujours témoigné une parfaite bienveillance, j'eus envie et besoin de m'affranchir, de lui montrer que je pouvais être une égale. Je lui fis la même réponse qu'à sa petite-fille :

« Je l'ai achetée.

— C'étaient des vêtements de marque, cela se voyait. Tu as dû dépenser une fortune.

— C'est vrai.

— Mais Zita, je ne comprends pas. D'où te vient cet argent ?

— Je travaille, madame.

— Tu donnes des petits cours, c'est cela ?

— Oui, et je guide des touristes étrangers lors de leur séjour à Paris », complétai-je d'un ton mécanique. Je ne fis pas l'effort d'être crédible. Je ne mentais pas pour qu'elle me crût, mais pour manifester mon indépendance, lui montrer qu'elle était forcée de me croire et qu'elle n'avait, sur moi, que le pouvoir que je voulais bien lui accorder.

« Zita, je m'inquiète pour toi.

— Il ne faut pas, madame, je vais très bien.

— Tu ne fais rien de répréhensible ?

– Je ne fais rien dont j'aie honte.

– J'entends la nuance, Zita. Mais ne sous-estime pas les difficultés qui t'attendent. En brisant les lois qui t'entravent, tu brises aussi celles qui te protègent.

– Je sais.

– Si tu as besoin d'argent, je peux t'aider.

– Vous m'avez déjà beaucoup aidée.

– Ce ne serait pas un don. Tu veux écrire, je pourrais te recommander auprès d'un journal…

– Je vous remercie, madame, vraiment, mais je préfère écrire mon livre… J'y consacre tout mon temps.

– Où en es-tu de ce fameux livre ? Ne voudrais-tu pas que je le lise ?

– Si vous n'aimiez pas, je serais trop déçue, je préfère ne pas être influencée », répondis-je.

Mme de Vitré soupira. Il n'était pas dans ses méthodes de demander les choses frontalement. Elle insista encore un peu.

« Tu nous demandes, à ta mère, à moi, à ceux qui te sont proches, de te faire confiance, Zita. Une confiance totale. Ne nous déçois pas », conclut-elle avec un regard appuyé qui me fit mal.

Mme de Vitré était peut-être la seule femme au monde dont l'avis m'importait et je savais que tout dans ma vie actuelle et mes écrits futurs serait une infinie source de déception pour elle. Je pensais à mon roman qui racontait ma vie de call-girl, et une sueur glacée coula le long de mon torse. Je fis « oui » de la tête, incapable de prononcer un mot, et elle passa à autre chose. En rentrant chez moi, j'étais tellement honteuse que je vomis le thé et les gâteaux marocains que j'avais mangés chez elle.

Le mercredi soir suivant, je subis la dernière répercussion de ce mariage, la pire. Elle vint de Timothée.

Nous dînions chez lui. Il avait préparé des pâtes, des nouilles à vrai dire, car dans les années 1970, la mode de la cuisine italienne n'avait pas encore éliminé les coquillettes ni Barilla fait sombrer Lustucru. Elles étaient couvertes de beurre, de ketchup doux et de gruyère râpé, ce qui, en dépit de nos vingt ans, était toujours notre plat favori. Nous l'arrosions d'un grand bordeaux, tapé, comme d'habitude, dans la cave de son père que nous pillions sans arrière-pensées. J'avais convaincu Timothée que, même si nous buvions jusqu'à la dernière les bouteilles familiales, ses parents s'en tireraient encore à bon compte. Ils ne s'étaient jamais occupés de lui et l'avaient abandonné à des nurses éphémères depuis le jour de sa naissance. Sa mère ne voulait pas l'allaiter, de peur de s'abîmer les seins. Par la suite, comme la plupart des femmes qui ne travaillent pas, elle était en permanence débordée. C'était un couple d'ultramondains uniquement préoccupés d'eux-mêmes, qui avaient fait un fils par convenance sociale, pour souder leur alliance stratégique et économique. Timothée leur trouvait des excuses parce qu'un enfant ne peut grandir sans se croire aimé de ses parents. Il pardonnait leur absence et leur indifférence. Les Beauthertre ne se souciaient pas du bonheur de leur fils, préférant pouvoir en être fiers. Timothée ne devait rien attendre d'eux qui attendaient tout de lui : la beauté et la santé – car, chez les Beauthertre, on n'était pas malade –, l'intelligence exceptionnelle, la réussite. En guise d'éducation, ils n'avaient fait qu'imposer leurs désirs, comme on choisit les options d'une voiture chez le concessionnaire, chargeant un bataillon de professeurs particuliers d'exécuter la commande. Même moi qui n'ai pourtant pas la fibre maternelle, j'en étais révoltée. Parents terribles, ils exigeaient la perfection de ce garçon solitaire qui les regarda, des années durant, traverser ce grand appartement toujours vide dans leurs habits de lumière. Alors que ses cheveux en épis – malgré les efforts des nounous pour les discipliner – n'atteignaient pas encore le rebord de la table de la salle à manger, il avait pris l'habitude de se lover dans un gros fauteuil du salon pour suivre, silencieux et avide, la trajectoire de ces étoiles fuyantes qui, par mégarde, secouaient parfois sur sa tête un peu de poussière d'affection. Une fois ses parents sortis, il préférait à son lit s'installer dans leur penderie pour y lire des livres plus gros que lui à la lampe de poche. Le lendemain, il leur annonçait, tout fier, le nombre de pages qu'il avait lues, performance plus apte à les impressionner que ce qu'il en avait appris. Prisonnier de cet amour conditionnel, Timothée avait remporté, pour leur plaire, les championnats de France de tennis junior, le concours général de philosophie et celui de littérature à treize ans. Il avait passé son bac à quatorze. Il avait eu sa maîtrise de droit à dix-huit. À vingt et un ans, il allait probablement intégrer l'ENA. Il faisait en outre partie de la Société des herborisateurs de France et avait découvert au cours de ses promenades autour de leur chalet de Megève deux plantes non décrites. L'une portait son nom, l'autre celui de sa mère, en hommage. Il en chercha longtemps une troisième pour moi, qu'il finit par trouver. J'en ris quand j'y repense. S'il y a une chance que le nom de Zita Chalitzine reste dans l'histoire, ce ne sera pas pour mes romans, mais pour une rare graminée. Et encore ! L'herbe faillit s'appeler *Mosca Chalitzinoca*, en souvenir de « Mouche », le surnom qu'il m'avait donné.

Ce soir-là, le dîner fut très gai et nous entamâmes rapidement une deuxième bouteille de château lafitte 1964. Mon ami, en vraie fée du logis, avait préparé un dessert. Cuisiner les viandes ou les poissons l'intéressait peu, mais c'était un pâtissier hors pair. Il avait développé ce talent grâce au *Grand Livre de la pâtisserie et des desserts de Tante Marie*, édition rare du dix-neuvième siècle achetée sur les quais et qui exigeait qu'il recalcule toutes les mesures indiquées en onces et en pouces. Il avait préparé un framboisier, délicate architecture de génoise, de crème pâtissière, de mousse de fruits rouges et de framboises fraîches.

« Je ne comprends pas comment tu as trouvé le temps de fabriquer un bazar pareil, dis-je, impressionnée.

– Ça me détend, répondit-il en arrêtant ma main qui se tendait vers le couteau. Laisse-moi te servir. »

Il me tailla une belle part avec une application presque tendue pour ne pas abîmer son glaçage élaboré.

« Tu ne te sers pas ? m'étonnai-je alors qu'il me regardait, très concentré, avaler une première fourchetée, délicieuse, je dois dire.

– Si, bien sûr », sursauta-t-il, en se taillant une part moins importante que la mienne. Il avait l'air bizarre tout d'un coup.

« Il y a un truc, là, dis-je, méfiante, en posant ma fourchette. Tu veux m'empoisonner ou quoi ? »

Il secoua silencieusement la tête.

« Ou tu as mis un aphrodisiaque dans la crème ? » me moquai-je.

Il haussa les épaules.

« Rien de tout cela, je t'assure.

– Mange, toi d'abord », ordonnai-je, soupçonneuse.

Il prit une bouchée en meuglant de plaisir. J'attaquai à nouveau mon gâteau avec un rire, mais au moment où ma bouche se refermait sur un gros morceau, je sentis une douleur aiguë me transpercer le palais. Je recrachai le tout et un objet coupant tomba dans mon assiette avec un bruit métallique. J'invectivai Timothée en m'essuyant la bouche de ma serviette qui se teinta de trois gouttes rouges :

« Regarde ce que tu as fait ! Je saigne comme un bœuf. »

Il était toujours muet, catastrophé. Sa passivité m'ulcéra.

« Tu vas rester là à me regarder mourir sans rien faire ! Mais qu'est-ce qui t'a pris ! C'est quoi ce truc ? » dis-je en remuant mes couverts dans l'assiette. L'objet se glissa sur l'une des dents de ma fourchette et d'un coup ma voix s'éteignit. Je levai les yeux. Il me regardait d'un air craintif. J'essuyai la bague. Elle était ornée d'un sacré caillou, un diamant gros comme l'ongle du pouce.

« Ça veut dire quoi ? dis-je d'un ton rancunier en lui mettant la bague sous le nez.

— Tu sais très bien ce que ça veut dire.

— C'est pour mon anniversaire ? minaudai-je.

— Ne joue pas, je suis sérieux.

— Tout est toujours sérieux avec toi, soufflai-je.

— Alors tu dis quoi ?

— Euh... Merci ?

— Oui ou non ? précisa-t-il, tendu.

— À quoi ? continuai-je, sentant l'angoisse monter dans ma gorge.

— Tu m'épouses ou pas ?

— Mais je n'en sais rien, moi ! » protestai-je en tapant du pied sous la table, ce qui fit déferler le vin de nos verres sur la nappe.

Il y eut un blanc qui pesa sur mes épaules comme une masseuse soviétique.

« Si tu as besoin de temps, je comprendrai, déclara-t-il en posant deux mains calmes de part et d'autre de son assiette. Nous ne sommes pas à deux jours près.

– Il ne manquerait plus que ça ! clamai-je, pas du tout rassurée. Pourquoi me demandes-tu ça maintenant ?

– Parce que je pense que tu as besoin de moi », répondit-il avec un air paternel.

Timothée se sentait en permanence responsable du confort et du bonheur de son entourage qui se composait de moi, ses parents et certains de ses cousins. Il suffisait qu'une personne pour laquelle il avait de l'affection manifeste la moindre insatisfaction liée à son travail, au retard du métro, au comportement du boulanger ou à la météo, pour qu'il se sentît coupable de ne pas avoir su l'en protéger.

« Je n'ai besoin de rien. Je vais très bien et je ne vois pas du tout ce qui te fait dire ça », me défendis-je.

En réalité, je savais d'où venait le geste généreux de Timothée. Au mariage de Solange, j'avais exposé ma réputation en ne parlant qu'à Romain Kiev, qui avait fait en sorte de me compromettre par son attitude et ses propos. Timothée attribuait ce faux pas à ses propres manquements. Mon chevalier blanc m'offrait réparation.

« Tu as besoin d'écrire et il faut bien que tu vives. Je commencerai à travailler à la fin de l'année, en attendant, mes parents peuvent nous aider, ils sont d'accord.

– Tu leur en as parlé !

– Oui.

– Ça n'a pas dû leur plaire.

– Ils ne s'opposeront pas au mariage.

– C'est ce que je disais, ça ne leur a pas plu, conclus-je, sentant mon cœur tanguer sous une bourrasque de douleur.

– Ce n'est pas ce que tu crois, Zita. Et puis tu connais mes parents, il n'y a pas pires snobs que ces gens-là.

Mais on s'en fout. Moi, je m'en fous. Je t'aime et je sais que tu as besoin de moi.

– Je ne suis pas assez bien pour eux, c'est ça ?

– Ne dis pas cela, tu es beaucoup mieux qu'eux.

– Ils auraient voulu une Solange ou une fille d'ambassadeur.

– Je te dis que je t'aime…

– Une héritière américaine ou une petite Suissesse, une noble belge… même une princesse asiatique aurait pu faire l'affaire, voire, avec un peu de persuasion la fille d'un émir…

– Zita, écoute-moi, ce qu'ils pensent n'a pas d'importance, martela Timothée en me saisissant la main que je lui retirai trop brusquement.

– Tout sauf la fille d'une concierge et d'un bouquiniste, criai-je en me levant. Tout sauf moi, tu le sais.

– Zita, calme-toi.

– Forcément, pour toi, c'est facile. Tu es parfait. Toujours parfait. Et ta famille possède la moitié de Paris.

– Ma petite mouche… Il n'y a rien de plus précieux que toi dans ma vie », dit-il gravement.

Cette déclaration aurait dû m'apaiser. Elle me fit souffrir à n'en plus pouvoir respirer.

« Je ne suis rien, Tim, et c'est pire que ce que tu crois.

– Ne dis pas ça. Même si tu as couché avec Romain Kiev, je ne t'en voudrais pas. Je suis prêt à passer là-dessus.

– Tu es prêt à passer là-dessus, répétai-je, sentant ma fureur déborder. Tu crois donc me faire un tel honneur en me demandant de t'épouser ? Tu crois que je devrais tomber à genoux et te remercier en te léchant les mains de sortir une fille comme moi du ruisseau ? C'est ce que tu crois ? Que tu vas te faire une belle image de prince charmant en te collant avec une fille comme moi ?

– Tu n'y es pas du tout. Je t'aime et je voudrais que tu sois ma femme.

– Ne me raconte pas de salades ! crachai-je. Ta famille et ton milieu ne m'accepteront jamais et je refuse de voir pendant les trente prochaines années ta gueule de sacrifié au petit déjeuner. Je refuse de te devoir ça. Je ne serai ni ta pénitence, ni ton fardeau, ni ton bourreau. Va chercher ailleurs, je ne suis pas intéressée.

– Arrête, Zita. Tu salis tout. Ça ne sert à rien. Arrête », m'implora-t-il en me prenant les mains pour me serrer contre lui.

Il usait rarement de sa force avec moi et cela me calma un peu.

« Écoute-moi. Je te dis que je t'aime. Il n'y a rien d'autre que ça.

– Qu'est-ce qui te fait croire que tu m'aimes ?

– Je le sais, c'est tout. Depuis des années. Et tu le sais aussi. Ne mens pas, je te connais par cœur.

– Tu ne me connais pas si bien », dis-je. De nouveau, je sentis mon cœur se tordre en pensant à la réaction de Timothée s'il apprenait de quoi je vivais depuis des mois.

« Réfléchis. Ce sera parfait. Je t'entretiendrai et tu pourras écrire.

– Je ne serais plus libre.

– Je ne t'ai jamais refusé quoi que ce soit.

– Si, tu as refusé de me faire l'amour.

– Ne confonds pas tout, Zita. Tu sais très bien pourquoi je ne voulais pas.

– Si tu m'aimes vraiment, prouve-le-moi. Fais-moi l'amour maintenant.

– Zita, je ne te propose pas autre chose. Dès que nous serons mariés, plus rien ne nous en empêchera. Je veux

être pur pour toi. » Voyant mon visage défait, il ajouta :
« Mais si toi tu n'as pas attendu, je ne t'en voudrai pas.

– Un être aussi conventionnel que toi ne supportera jamais de vivre avec moi, fis-je, catégorique.

– Il ne s'agit pas de conventions, je trouve que notre histoire serait plus belle. J'ai toujours rêvé de n'aimer que toi. Tu le dis toi-même, je suis romantique et idéaliste, on ne se refait pas.

– L'idéal n'est qu'une façon polie de mépriser la réalité et les gens.

– Je ne te méprise pas.

– Ce n'est pas moi que tu aimes, c'est une image vaguement liée à moi. Un fantasme. Même pas un fantasme, d'ailleurs, une idée sans désir.

– Zita, je t'aime toi. La femme. Pas l'image.

– Alors prouve-le-moi. Fais-moi l'amour maintenant.

– Tu n'as pas le droit d'exiger ça.

– Et si tu n'aimais pas les femmes ? Si je te dégoûtais ?

– Impossible.

– C'est très possible au contraire. Crois-moi. »

Timothée perdait patience. Ses traits se durcirent :

« Je ne doute pas de ton expérience, mais tu ne vis ni dans mon cerveau, ni dans mon corps, releva-t-il, acerbe.

– Alors prouve-le-moi.

– Je te respecte trop, Zita. Je n'ai pas envie de te prendre comme n'importe quelle fille. Je veux que ce soit un moment unique.

– Non mais c'est le monde à l'envers, râlai-je, furieuse. On peut bien coucher ensemble quand même ! Il n'y a pas de quoi en faire un plat.

– Justement si. Je ne veux pas que ce soit pour toi comme toutes les autres fois puisque visiblement tu as beaucoup goûté de ce "plat-là". Je ne veux pas être un autre de tes mecs. Et je ne comprends pas ce qui te dérange dans le fait d'attendre. Nous avons attendu des années déjà…

– Je veux que tu m'aimes plus que tes principes.

– Ce n'est pas un principe. Je veux créer un beau moment, dont nous nous souviendrons.

– La vie n'est pas belle. Il serait temps que tu t'en aperçoives.

– Je crois, moi, que nous pouvons la rendre belle. Il faut le vouloir. Ne pas faire les choses à la va-vite, sans les penser.

– S'il te plaît…

– Non.

– Alors non aussi », fis-je méchamment.

Je mis mon manteau. Il y avait toute l'incompréhension du monde dans ses yeux. Il me raccompagna à la porte.

« Adieu, dis-je sur un ton tragique.

– Adieu », répéta-t-il, tout aussi solennel.

Il ferma la porte. Je descendis deux marches puis remontai sonner.

« Ta bague, murmurai-je en lui tendant l'objet.

– Garde-la, soupira-t-il. Je ne veux pas la rendre et tu sais bien que je ne la donnerai à personne d'autre. Garde-la et réfléchis. »

25

Vous ne pouvez pas savoir comme Timothée m'a manqué. C'était absurde que notre amitié se brise sur un trop-plein d'amour, mais nous ne voulions plus les mêmes choses. Savais-je au juste ce que je voulais ? Non. Je rêvais juste de ne pas me projeter. Que rien ne change. À la minute où je tentais de sortir de l'instant présent, je me retrouvais engluée dans mes contradictions et je m'y enfonçais comme dans un marécage. La nécessité de ce choix me dévorait l'esprit. Je ne pouvais plus rien faire sauf passer d'une décision radicale à l'autre dix fois dans la journée. Je tournai et retournai les paramètres de ma vie passée, présente et future, combinant les probabilités psychologiques et maté-rielles dans des équations à dix inconnues auxquelles je ne trouvais jamais de solutions définitives. J'aurais peut-être dû. Tout envoyer bouler. L'appeler un matin et lui dire : « C'est oui », avant de raccrocher. Ou aller le chercher rue Saint-Guillaume après ses cours. Ou l'attendre à la sortie du Luxembourg les jours où il y jouait au tennis. Simplement venir, un soir tard, sonner à sa porte, qu'il l'ouvre toute grande et ses bras avec pour que je m'y jette comme dans un mauvais film ou dans une vie réussie. Me ranger. Devenir une « femme de » qui écrit. Dorlotée par un mari adorable, entourée d'enfants dont je n'aurais pas à m'occuper, reconnue par la bonne société, au chaud. Je ne me sentais pas taillée pour le rôle. Je ne serais jamais assez propre sur moi. Je ne pouvais pas lisser ma tignasse bouclée et hirsute. Je ne pouvais pas réduire mon mètre soixante-seize pour prendre moins de place. Je ne pouvais pas m'habiller dans les couleurs crème et passées de la richesse qui cherche toujours un peu à s'effacer pour que l'on voie moins ses privilèges. Sans parler de mon véritable métier. Timothée me reprochait déjà mes mauvaises manières sans avoir lu une ligne de ce que j'écrivais. Mon roman, mon court passé étaient incompatibles avec l'existence qu'il me proposait. Que ses parents ne soient pas enthousiastes à l'idée de notre mariage, je le comprenais, mais je n'osais imaginer leur tête à la publication de mon premier ouvrage. Car je ne doutais pas qu'il fût publié. Rien de ce que je ferais ne pourrait jamais leur convenir. Ni ce livre, ni les suivants. Je n'étais pas sûre de leur succès, mais je n'envisageais pas de continuer à vivre s'ils ne prenaient forme et papier. Et je n'envisageais pas de vivre sans la totale liberté de ce que j'écrirais. Je ne me sentais pas capable de jouer leur petite comédie du bonheur. Je n'avais pas leur énergie souriante ni leur habileté à cacher les saletés sous de beaux tapis. Je ne me sentais pas capable de fabriquer une vie qui serait vraiment belle. Je ne croyais pas en la bonté humaine. Je ne voyais pas d'acte gratuit, nulle part. La générosité était pour moi toujours intéressée et la spontanéité calculée. Ce monde me semblait infecté de bonne conscience. Les gens en apparence les plus dévoués ne cherchaient qu'à se fuir eux-mêmes ou à atteindre la sainteté. Il n'y avait personne à sauver, à part Timothée. C'est pour cette raison que je n'ai pas pu. J'avais trop de respect pour lui et pas assez pour le rôle du mari dans lequel il voulait se glisser. Je ne voulais pas le tromper. Lui mentir sur ma vie sexuelle quand nous étions amis me paraissait défendable. Le mensonge ne l'était plus si je me liais à lui. Quant à lui avouer la vérité, je ne m'en sentais pas la force. Nos rapports en auraient été quoi qu'il arrive détruits. La situation me semblait sans issue. S'il me pardonnait, je devenais à vie sa débitrice, position que je n'aurais jamais supportée et qui aurait fait pourrir notre avenir sur pied. S'il ne me pardonnait pas, je préférais encore le fuir que le voir me tourner le dos.

On fait l'erreur de croire, à vingt ans, que la vie est éternelle et que rien n'est définitif. J'ai perdu des mois précieux. Je n'ai pas appelé Timothée pour lui dire : « C'est oui. » Je ne suis pas allée le chercher rue Saint-Guillaume, ni l'attendre au Luxembourg, ni sonner à sa porte une nuit d'été. J'ai laissé les mois filer comme une milliardaire du temps ferait glisser entre ses doigts le flot interminable des heures à dépenser. Il était présent avec moi à chaque pas, à chaque pensée. Il prenait la place des personnes avec qui je parlais et des clients avec qui je faisais l'amour. Je portais sa bague tous les jours, fiancée à l'éternité que je croyais avoir devant moi pour me décider. Je n'ai jamais imaginé. Pas une seconde. Qu'il pourrait en aimer une autre. Ni me faire défaut d'aucune manière. J'ai pris mon temps. Il me manquait, mais m'habitait tellement que d'une certaine façon je n'avais jamais été autant à lui. Quant aux blancs qu'il laissa dans mon agenda, Roman Kiev s'y glissa, atténuant encore l'urgence que j'aurais dû ressentir à aller retrouver Timothée.

Au mariage de Solange, goulot d'étranglement de mon histoire, j'avais accepté de déjeuner avec Romain. Je le vis comme prévu le vendredi suivant la fête à Roche Plate.

Le lendemain de la demande en mariage de Timothée, le surlendemain des avertissements de Mme de Vitré, près d'une semaine, enfin, après la scène que m'avait faite ma mère et qui marqua notre rupture définitive, je retrouvai Romain au coin de la rue Récamier et de la rue de Sèvres. Il portait un pantalon en cuir chocolat et un blouson d'aviateur avec un col de fourrure qui lui donnaient l'air d'être déguisé. Ses chaussures à boucles dorées impeccablement lustrées contredisaient l'aspect voyou de sa tenue et la rendaient apprêtée. Son col roulé d'un rouge rosé complétait cette étrange tenue d'une touche féminine orientalisée par la bague topaze qu'il portait à l'annulaire. Sous son stetson, ses superbes yeux bleus rayonnèrent d'un émerveillement enfantin en me voyant approcher. Il avait bonne mine, mais son teint orangé me fit penser qu'il la devait au Tanotan, le tout premier autobronzant qu'une firme pharmaceutique française venait de lancer sur le marché. Cette crème caricaturait les effets du soleil, mais elle avait l'inconvénient de faire des taches inégales et sa peau était restée claire à la naissance de sa barbe, un peu plus longue que la dernière fois.

Lorsque je fus près de Romain, il me serra à m'étouffer contre lui. Comme au mariage, j'en ressentis une gêne. Son intensité me semblait ridicule. J'avais l'impression d'être une noix qu'il cherchait à briser contre sa poitrine. Il finit par me lâcher et me poussa dans le dos vers le restaurant. Par la suite, cette mauvaise habitude fit partie des choses qui m'irritèrent le plus chez lui. Dans la rue, sans m'avertir et au lieu de me parler, il me tirait ou me poussait par le coude pour me faire changer de direction, comme on déplace une enfant qui n'a pas à connaître le chemin à suivre.

Au Récamier, adresse qu'il affectionnait, nous ne fûmes pas aussi royalement accueillis qu'il l'escomptait ou qu'il en avait l'habitude. Cela réveilla son mécontentement qui couvait depuis le matin. Il avait eu Gaston Gallimard, son éditeur, au téléphone, la discussion avait mal tourné car les nouvelles de son roman *Le Clown* n'étaient pas bonnes. Lorsque nous entrâmes dans le restaurant surchauffé, l'hôtesse eut le malheur de ne pas se montrer très empressée. Du moins, c'est ainsi qu'il l'interpréta. Je voyais surtout qu'elle était débordée. Après trente secondes d'un silence réprobateur, il soupira d'exaspération, avertissement qu'il renouvela en l'accentuant d'un froncement de sourcils hostile. L'hôtesse, le corps hérissé par la présence de ce client dont elle ne pouvait s'occuper à la minute, passa deux fois en faisant mine de ne pas nous voir. Romain se sentit nargué et finit par arrêter la fille d'un bras raide :

« Nous sommes devenus invisibles ou c'est vous qui êtes aveugle ?

– Pardonnez-moi, monsieur Kiev, c'est juste qu'il y a beaucoup de monde aujourd'hui.

– Il faut engager dans ce cas, mademoiselle, au lieu de nous laisser poireauter. »

Elle ne chercha pas la bagarre, se contentant d'un obséquieux :

« Vous avez raison, monsieur Kiev. Je suis à vous tout de suite. » Elle alla consulter son registre et revint vers nous. « Si vous voulez bien me suivre. » Nous fîmes deux pas et Romain l'arrêta de nouveau :

« Où va-t-on ?

– Je vous conduis à votre table, monsieur.

– Ah, non. Vous ne nous y conduisez pas du tout.

– Monsieur, je vous assure…

– Vous savez pertinemment que ma table est dans le fond à gauche. C'est là que j'ai signé mon premier contrat d'auteur. Là que j'ai fêté mon prix Renaudot et mon prix Interallié. Là que j'ai annoncé à ma première, puis à ma seconde femme que je les quittais. Non, mademoiselle, vous n'êtes pas du tout en train de nous conduire à ma table. »

La jeune femme, comprenant qu'elle n'éviterait pas le conflit, prit un air suppliant :

« C'est que, monsieur, nous n'avons pas été prévenus, pardonnez-nous. À une heure trente, nous ne pensions plus que vous viendriez.

– Qui vous a demandé de penser ? grinça Romain. Et cessez de répéter monsieur, c'est à croire que vous doutez que j'en sois un. »

Le voir humilier une femme moins favorisée que lui m'insupporta. Je m'accrochais, pour ne pas exploser, aux principes de Mme Claude : *ne jamais contredire un homme, encore moins publiquement, s'effacer en cas de difficulté, utiliser l'humour, se montrer conciliante.* Je pensais : « Si tu ne la fermes pas, gros lourd, je me barre. » Avec beaucoup d'efforts, ces mots se transformèrent dans mon esprit en « Salut, on se verra une prochaine fois », phrase que je parvins à éviter à la dernière minute pour énoncer :

« Tu préfères peut-être, Romain, que nous allions ailleurs ?

– Non, répondit-il. Je veux ma table.

– Je sais, mons… commença l'hôtesse qui avala la fin de ce mot interdit avec un regard contrit. Je sais que nous sommes inexcusables… Mais il y a une table libre juste là, indiqua-t-elle de sa main ouverte et retournée.

– Tu vois, Romain, il y a une table libre juste là, l'appuyai-je.

– Faites-moi déjeuner aux chiottes tant que vous y êtes ! » beugla-t-il. Puis il se retourna vers moi avec un geste autoritaire : « Et toi, laisse-moi faire ! » assena-t-il en m'exécutant du regard.

C'était vraiment ce que l'on appelle « faire une scène ». Je n'avais jamais vu une personne se comporter aussi mal et je commençais à fondre de honte sous la brûlure des dizaines d'yeux braqués sur nous. J'étais sur le point de m'enfuir quand l'homme qui déjeunait à la table du litige avec une femme d'une trentaine d'années habillée comme si elle en avait cinquante, se leva. Il s'avança vers nous et s'adressa à Romain :

« Monsieur Kiev, je n'ai pu m'empêcher d'entendre votre conversation…

– Il aurait fallu être sourd comme un pot pour ne pas l'entendre », gronda une vieille dame aux cheveux mauves à qui j'offris mon plus aimable sourire.

Elle répondit d'une mimique amicale qui voulait dire, pauvre petite, je vous plains d'avoir un père pareil ! Le monsieur en costume bleu marine continuait :

« … et je voulais vous dire à quel point j'admire votre talent et vos romans. Je serais honoré, vraiment, si vous acceptiez que je vous rende votre place. Sachez que j'ignorais être à votre table et que le début de mon repas s'en trouve rétrospectivement éclairé, mais que la fin en serait assombrie si je devais vous en priver. »

À ce discours fleuri, je sentis mon compagnon se détendre comme une fille qui vient de jouir. Il retrouva son amabilité et sa voix perdit les accents poissards que la colère lui avait fait prendre.

« Vous êtes trop aimable, fit Romain avec une courbette sans doute héritée de ses années dans la diplomatie, et cela m'ennuie de vous déménager, mais j'ai pour cette table un attachement sentimental, voyez-vous.

– Je comprends, cher maître », fit le monsieur en rosissant du bonheur d'être utile.

271

Il commença à s'affairer en prenant son assiette et ses couverts. Je haussai les épaules : donner à ce gamin capricieux de Romain du « cher maître », quand même, c'était d'un ridicule ! Le monsieur, sans même se soucier de sa compagne tant il était troublé, partit s'asseoir à l'autre table que pour ma part je trouvais mieux, parce qu'elle était près de la fenêtre. Romain se planta devant la jeune femme dont j'essayais d'imaginer la vie, comme je l'aurais fait avec Timothée quand nous jouions au jeu des destins. L'héritière d'un cépage dans le Bordelais ? La propriétaire d'un hôtel parisien ? Ses mains étaient grasses, molles et couvertes de bagues. Elle n'avait pas l'air d'avoir beaucoup travaillé dans sa vie… J'essayai de me concentrer sur son visage, pour y lire son histoire, mais rien de plus ne me vint. Je n'étais pas inspirée et j'avais de plus en plus envie de partir. Romain, toujours debout devant la femme, la dévisagea avec une mine interloquée et vaguement impatiente qui la fit déguerpir. Dans l'urgence, elle balaya d'un coup de son manteau en renard un verre d'eau que je rattrapai in extremis. Je sauvai l'objet, mais son contenu s'abattit en claquant sur le carrelage, arrachant un petit cri effrayé à l'une de nos voisines dont les mollets furent arrosés. Une vieille femme vint essuyer par terre tandis que deux serveurs s'affairaient déjà à reconstituer d'une nappe blanche la virginité de la table dérobée. Romain, rasséréné, s'assit avec circonspection. Il demanda que l'on ramasse un papier tombé entre deux chaises, épousseta des miettes imaginaires autour de son assiette, rectifia l'alignement de ses couverts et renvoya le cendrier. J'interrompis ses petits rituels :

« Tu pourrais quand même me demander si je fume avant de renvoyer le cendrier.

– Pardon ! fit-il embarrassé. Tu fumes ?

– Non », répondis-je avec un sourire insolent.

Après le scandale qu'il venait de faire, j'avais bien envie de lui pourrir le déjeuner.

« Quelle farceuse ! » grimaça-t-il, en ouvrant son menu.

Il s'y absorba une seconde puis le referma d'un coup sec destiné à montrer son habitude des lieux ou sa capacité de décision.

« Qu'est-ce qui te ferait plaisir, ma beauté ? »

Toujours décidée à me venger de son esclandre, je composai mon déjeuner des plats les plus chers de la carte :

« Je voudrais le foie gras avec son confit de figues pour commencer, puis le bar et sa purée de truffes. Et toi ?

– Moi, je ne veux pas d'entrée, fit-il, contrarié. Je prendrai juste des tagliatelles au saumon. Tu as très faim, on dirait…

– Très ! » fis-je en refermant le menu avec le même claquement sec qu'il avait eu quelques minutes plus tôt.

Romain commanda.

« Un peu de vin, peut-être ? demanda le serveur.

– Non, non ça ira, assura l'écrivain, qui se ravisa en voyant ma mine outrée. Du blanc pour ton bar ?

– Je préférerais du rouge. »

Il commanda une excellente bouteille de bordeaux. Il ne voulait pas que je puisse le taxer de pingrerie et, heureux de sa munificence, commença un long discours résumant à nouveau sa vie et son œuvre. Comme il savait, ce jour-là, qu'il réglerait l'addition, il se remboursa en déversant sur moi le flot de ses préoccupations. J'avais à peine planté ma fourchette dans la texture fondante de mon foie gras qu'il demanda, frétillant :

« Je peux goûter ?

– Je déteste que l'on mange dans mon assiette, répondis-je sans appel.

– Ah bon », fit-il avec un frémissement triste de sa moustache et de son menton barbu. Il se rattrapa de cette frustration en me répétant deux histoires que je connaissais mais que je fis mine de découvrir avec des « oh » et des « ah » épatés. Quand il embraya sur le couplet de sa maman couturière à Varsovie, je mis sèchement le holà :

« Tu m'en as déjà parlé. Tu crois que nous n'avons plus rien à nous dire ? » m'enquis-je. Nouveau frémissement de la moustache. Nouveau tremblement du menton.

Tout en enroulant ses pâtes avec une mine appliquée, il revint à des anecdotes sur sa carrière diplomatique et les impairs qu'il avait commis en draguant sans le savoir la maîtresse d'un potentat des Balkans. Il ne m'avait toujours pas posé une seule question. Prenant conscience de son égocentrisme, il déclara, grand seigneur :

« Assez parlé de moi ! Qu'as-tu pensé de mon dernier livre ? Au pince-fesses des Vitré, nous n'avons pas eu le temps d'en parler. Tu l'as lu, n'est-ce pas ? »

Je n'en croyais pas mes oreilles. Le narcissisme de cet homme dépassait l'entendement.

« Oui.

– Alors ? s'enquit-il, haletant de gourmandise.

– Adoré… » grommelai-je, trop lassée pour faire une phrase entière.

Il se redressa sur son siège en remuant des fesses :

« Normal, c'est un chef-d'œuvre.

– … fectivement, fis-je.

– Eh bien, figure-toi qu'il ne marche pas !

274

– Non !

– C'est la presse, que veux-tu ! Voilà le troisième livre qu'ils descendent comme des brutes. Alors les fidèles restent, mais les autres… »

Ce sujet lui donnait chaud. Il retira son col roulé, révélant sous le teint orange foncé de la figure son cou tout blanc et une chemise en soie rouge marquée à son chiffre, RK. Il vit que je remarquais la différence de couleur entre ses joues et sa gorge. Son visage vira au cramoisi. Il se justifia :

« Je suis parti faire du ski. J'ai bronzé avec la marque de mon pull.

– Où étais-tu ?

– Dans les Alpes, inventa-t-il. Un très bel hôtel. Très joli. Très cher. Le week-end dernier. »

J'eus la grâce de ne pas lui rappeler que ce week-end-là, il était à un mariage avec moi et qu'en novembre, les pistes étaient fermées. Il continua sa litanie.

« Tu ne peux pas savoir ce qu'ils m'ont fait !

– Qui, "ils" ?

– Les journalistes ! Tu as lu le papier du *Figaro* ? Par cette peste, Caroline Aussavate. C'était immonde.

– Peut-être qu'elle n'a pas trouvé le livre bon ?

– Rien à voir. Nous avons couché ensemble.

– Peut-être que c'est toi qu'elle n'a pas trouvé bon, alors…

– Rien à voir. Elle m'a laissé dix messages après et je ne l'ai jamais rappelée.

– Ce n'est pas très malin de ne pas rappeler une critique du *Figaro*, marmonnai-je.

– Tu dis ?

– C'est trop injuste ! m'écriai-je sans y mettre le ton de la sincérité.

– C'est dégueulasse, oui, de régler ses problèmes sentimentaux dans ses articles. Je ne comprends pas que Gaston ne les tienne pas ! Lui non plus n'y croit plus…

– Gaston ?

– Gallimard, mon éditeur. Quand je pense à tout l'argent que je lui ai fait gagner ! Il pourrait me défendre…

– L'article dans *Le Nouvel Obs* était très élogieux, avançai-je.

– Ah, Murielle, elle est merveilleuse. Une grande lectrice ! Elle a un goût !

– Comme quoi, il suffit de ne pas coucher avec les journalistes pour qu'ils soient objectifs.

– Ah mais nous avons couché ensemble…

– Tu devais être plus en forme ce soir-là qu'avec la Aussavate.

– Non, c'était plutôt raté avec Murielle. Je la trouvais trop petite.

– Celle-là, tu l'as rappelée alors ?

– Non. C'est une grande lectrice, mais elle est maso.

– Rassure-moi. Ernest Céry, tu n'as pas couché avec lui au moins ?

– C'est bas, fit-il.

– Parce que la critique n'est pas terrible non plus.

– Il est jaloux. Il sortait avec la Aussavate quand je me la suis faite, il n'a pas supporté.

– Et Olivier T., qui t'a descendu, il sortait aussi avec elle ?

– Lui, il m'attaque systématiquement. Depuis des années. À cause du prix Interallié. Il était dans la course, l'année où je l'ai eu. »

Il poursuivit un catalogue de ses articles, de ses récompenses et de ses liaisons qui me laissa effarée par le fonctionnement du milieu littéraire. C'était une mafia. Il y avait des bandes, des protecteurs, des parrains, des porte-flingues et des tueurs à gages. Des offenses que l'on vengeait depuis plusieurs générations sans plus savoir ce qui les avait causées, des « coups », des canulars humiliants, des prises de pouvoir, des spécialistes de la rumeur et des pros de la désinformation. Les « familles » avaient toutes sécurisé quelques verrous du marché. Il fallait avoir des hommes dans les émissions de radio consacrées aux livres, dans les services culturels des grands journaux, dans les jurys des principaux prix. Le moindre bouleversement dans l'ours d'un magazine influent, la moindre démission dans un jury entraînaient des guerres de gangs et des règlements de compte. La rotation du pouvoir politique engendrait également des vagues de purification. Un nouveau président commençait son septennat en éliminant ses ennemis pour les remplacer par ses fidèles et ce mouvement était suivi, voire anticipé, dans les rédactions soucieuses d'être en bons termes avec le pouvoir. Rares étaient les écrivains qui avaient survécu en dehors du milieu, protégés par cette aura miraculeuse que constitue un lectorat nombreux, fidèle et passionné. Et il fallait concéder à Romain qu'il était de ceux-là, même si sa protection s'érodait. Ses livres se vendaient encore, mais il était loin des sommets de ses débuts. L'achat n'était plus systématique, il était redevenu dépendant de la presse. Je n'aurais su dire si c'était dû ou non à la qualité de ses livres, s'il était victime d'un phénomène de mode ou d'un complot, toujours est-il qu'il se remettait en question et qu'il en souffrait. Tout comme moi, parce qu'il est difficile et surtout pénible de remonter le moral d'un artiste déprimé. Lorsque nous arrivâmes à la fin de la bouteille de bordeaux, son discours anti-presse avait changé. Il s'engagea sur des terrains plus marécageux encore :

« J'entends dire partout que je suis fini et ils n'ont pas tort. À mon âge, les plus grands auteurs étaient morts ou fous. Il n'y a quasiment aucune exception. La vieillesse et l'impuissance, chez un écrivain, commencent par la plume. C'est le cas pour moi.

– Mais non…

– Si. Je suis fini. J'ai déjà tout écrit. Je faisais mieux à vingt ans, se lamenta-t-il en versant les dernières larmes de vin dans son verre. La semaine dernière, pour l'édition de poche, j'ai relu *L'Enracinement* que j'ai publié à trente ans. Ça m'a fichu un coup. J'étais tellement bon ! Tu l'as lu ?

– Non.

– Je te l'enverrai. C'est génial. Sec, tendu. Ça ne débande pas d'un bout à l'autre. Vraiment, je n'écrirai jamais mieux. À l'époque, je faisais des best-sellers. Maintenant je vivote, se plaignit-il en versant la moitié de mon rouge dans son verre à nouveau vide.

– Il y a beaucoup de gens qui aimeraient vivoter à ton niveau.

– Je n'ai plus de jus, je le sens bien… »

Et c'était reparti ! Il n'écrirait plus. Il avait fini son œuvre. Il ne lui restait plus qu'à se tuer. Il était libéré de la vie. Plus rien n'importait à présent. Il savait, de toute façon, qu'il ne passerait pas cette génération. Il avait échoué. Il n'était qu'un écrivain moyen dans une époque littéraire moyenne. Sa génération n'avait rien inventé. Elle avait fait un plat acceptable des rebuts de plus grands auteurs.

« Tu sais, la pizza est aussi faite de restes. Et c'est l'un des plats les plus mangés au monde », plaisantai-je.

Ma blague tomba à plat. Romain se foutait de la pizza. Il aurait voulu faire de la grande gastronomie. Marquer son temps.

« Je ne suis qu'un vieux marmiton des lettres, avoua-t-il, la voix brisée. Sur le fond, j'ai échoué. Nous avons tous échoué. »

Il continua à se lamenter. Aucun de ses amis ou de ses ennemis ne passerait à la postérité. Ils étaient un ramassis de ratés ayant l'air d'avoir réussi. Des imposteurs, en fait. Surtout lui qui avait tout piqué à tout le monde pour le mélanger à sa sauce.

« Tout est toujours repiqué, fis-je en soupirant de lassitude.

– C'est faux. Faulkner a inventé. Joyce a inventé. Moi j'ai remué la même soupe. Je n'ai contribué en rien. »

Ses yeux se mirent à briller et il tomba dans un silence pesant. Qu'avais-je fait pour mériter un déjeuner pareil ? Se retrouver, à vingt ans, ravissante comme je l'étais, à éponger la déprime d'un vieil enfant gâté pleurnichard… De nouveau le restaurant me regardait, se demandant ce que j'avais bien pu faire à ce malheureux écrivain. J'avais encore le mauvais rôle, alors que depuis une heure et demie je m'épuisais les neurones et la patience à l'écouter. Je ne savais plus par quel bout le prendre. J'hésitai à me lever quand il fit un geste si brusque que la table et son contenu tanguèrent, sur le point de verser. Il m'adressa un regard paniqué, avant de chuchoter :

« Il y a un homard sous la table.

– Pardon ? »

Il leva les yeux au ciel, comme si j'étais la dernière des idiotes, et répéta :

« Il y a encore un homard sous la table.

– Un homard vivant, tu veux dire ?

« – Oui. »

Je me penchai et soulevai la nappe. Je ne vis que les jambes de son pantalon de cuir un peu trop court, qui me révélèrent une bande de mollets poilus, des chaussettes rouges et ses chaussures bien lustrées à boucles dorées.

« Je ne le vois pas, fis-je en me redressant.

– Il a dû se cacher sous la banquette.

– Tu le connais bien, ce homard ?

– Oui, soupira-t-il.

– Il est là chaque fois que tu viens ? »

Il opina de la tête :

« Quelquefois il y en a plusieurs. »

Je commençais à prendre conscience de l'ampleur du problème.

« Ils sont juste ici ou parfois tu en vois ailleurs ? »

Romain, méfiant, se reprit un instant :

« Tu vas croire que je suis fou.

– Mais non, fis-je, parce que je n'en doutais plus.

– Tu me crois dingue, c'est ça ? s'enquit-il, grands yeux tristes et menton tremblant.

– J'espère bien que tu es dingue. J'ai horreur des gens normaux. Ils m'ennuient. Raconte-moi plutôt tes homards. »

Il sembla rasséréné.

« Souvent, ils me suivent, avoua-t-il, à la fois ravi et honteux.

– Ils sont agressifs ?

– Oh, non, pas du tout.

– Ils ne te pincent pas ?

– Non, non. Ils sont juste là.

– Ce sont toujours les mêmes ?

– Comment ça ?

– Changent-ils chaque fois ou s'agit-il des mêmes ?

– C'est une famille, je crois. Ils sont habitués à moi maintenant. Ils n'essaient plus de s'enfuir ni de se cacher. De temps en temps, il y en a un qui me fait coucou de la pince. »

J'éclatai de rire, ce que je regrettai aussitôt, parce que je vis que chaque rafale de mes rires allait se ficher dans son cœur comme des fléchettes dans une cible.

« Je n'aurais pas dû t'en parler, se vexa-t-il, l'œil de nouveau humide, le menton de nouveau gélatineux.

– Pardon, c'est nerveux, hoquetai-je.

– Je veux mourir.

– Oh non, tu ne vas pas recommencer ! m'exclamai-je, mon rire évanoui d'un coup.

– C'est mon dernier repas », insista-t-il.

Je voyais d'ici le moment où il allait me pleurer dans les bras. Quelle idiote ! Romain était retombé dans sa litanie suicidaire. Il fallait à tout prix que je sorte de ce traquenard. J'aurais pu prétexter un malaise… Il fallait trouver quelque chose de crédible. On n'imagine pas, maintenant que le téléphone portable a été inventé, à quel point c'était compliqué, dans les années 1970, de s'extraire d'une telle situation. Aujourd'hui, il suffit de faire semblant de recevoir un appel ou un texto pour être sauvée. Avant, on était moins libre. J'aurais dû prévoir une sortie. Demander à Gaël de m'appeler à deux heures tapantes au Récamier pour que je puisse inventer quelque chose. Je ne pouvais pas imaginer que ce serait si pénible, aussi… J'enrageais. Étais-je obligée, au fond, de trouver une excuse crédible ? J'aurais pu le planter là. Qu'est-ce qui m'en empêchait ? Je ne lui devais rien, et il l'avait amplement mérité. Me faire ça ! À moi qui avais toujours été charmante avec lui ! Je suivais frénétiquement le fil de ces plans d'évasion, quand le serveur apporta la carte des desserts.

Romain, tout en continuant à faire son testament oral, commanda un baba au rhum avec un supplément de chantilly et demanda qu'on lui mette double ration de madeleines au chocolat avec son café. Son appétit me rassura.

À mesure qu'il boulottait son gâteau, je le vis reprendre espoir. Ses propos s'éclairaient comme un ciel se dégage. Avançant vers moi sa moustache poivre et sel qui frisait de crème fouettée, il me confia à mi-voix, avec des mines de comploteur :

« Non, la vraie solution serait d'écrire sous pseudo. Maintenant que ces journaleux m'ont mis dans la case "vieux con", le seul moyen d'en sortir, c'est de changer de nom.

– Écrire sans que l'on sache que tu es l'auteur ?

– Exactement. Tout recommencer à zéro. N'être jugé que sur la qualité du texte.

– Et si tu te plantes ?

– Au moins, je serai fixé.

– Ça ne tient pas. Il faudra bien que tu ailles le défendre, ton livre. On ne laisse pas un enfant faire ses premiers pas seul dans la rue…

– J'y ai pensé, répondit-il, en nettoyant son assiette des dernières miettes de son baba. Je sais comment m'y prendre. »

Il me scanna de ses yeux qui semblaient parfois clairvoyants. Il hésitait. Devait-il me confier son plan. Oui ? Non ? C'était sans doute trop tôt. Il tamponna son visage entier dans sa serviette, ce que je trouvai vulgaire, puis, comme le serveur passait, il écrivit dans les airs de ses doigts pour demander l'addition.

« Tu viens prendre le café chez moi ? » demanda-t-il, ne doutant pas de ma réponse.

Et puis quoi encore ? pensai-je, effarée. Ne voyait-il pas que je venais de passer deux heures cauchemardesques ? Je n'avais pas retrouvé, dans notre conversation, le charme, la lucidité et la bienveillance qui m'avaient séduite une semaine plus tôt. Je commençais même à croire que j'avais imaginé ce moment d'intimité. Avec cet horrible déjeuner, il avait cassé l'idée que je m'étais faite de lui. Il m'apparaissait tel qu'il était : trop égoïste pour remplacer mon père et trop imbu de lui-même pour m'apprendre quoi que ce soit sur mon travail. Nous nous levâmes. Devant la porte, il m'aida à passer mon manteau. Nous sortîmes. À la rue de Sèvres, il me prit par le coude pour me tirer en direction de la rue du Bac où il m'avait dit habiter. Je partis à contresens. Il me retint, surpris :

« Tu ne viens pas avec moi ?

– Non, je ne peux pas. »

Il eut l'air déçu. Inquiet, même. Qu'espérait-il ? Que j'allais coucher avec lui après un calvaire pareil ? Comme disait Timothée : « On n'attrape pas ma petite mouche avec du vinaigre. »

« Je te revois quand ?

– Quand tu veux. Appelle Claude. »

Sur son visage, tout s'ouvrit grand de stupéfaction : les yeux, les narines et la bouche.

« Tu te fous de moi !

– Pas du tout. Pas du tout, répétai-je en lui serrant le bras et en le regardant droit dans les yeux. Ne t'inquiète pas, je suis sûre qu'elle te fera un prix… Tu as bien le numéro ? »

Sans attendre sa réponse, je l'embrassai comme un vieux copain sur les deux joues avant de disparaître au coin de la rue des Saints-Pères.

26

Romain ne me donna plus de nouvelles pendant quinze jours. Une fois mes clients rentrés chez eux, après avoir écrit et lu de longues heures, je me sentais seule. Je n'osais toujours pas rappeler Timothée. Je ne savais comment faire pour nous réconcilier. Il me manquait. C'est à ce moment-là que je revis Solange. Elle avait décidé de rester en France jusqu'à l'accouchement. Jacob était à Londres. Depuis son mariage, Lord Beauchamp semblait le considérer assez mûr pour l'associer aux affaires familiales. Le jeune homme faisait son apprentissage sous la houlette d'une tripotée de banquiers et d'avocats qui rendaient compte à son père de ses moindres faits et gestes. La situation était tendue et Solange, prétextant la fatigue de son état pour ne pas avoir à s'occuper de son installation à Beauchamp Place, s'était enfuie. Maintenant que les lieux étaient « sécurisés », elle ne voyait pas d'urgence à y apposer sa signature. D'autant que tout projet de rénovation de la demeure historique ferait l'objet d'âpres négociations et que la tribu Beauchamp n'était pas du genre commode. Rue de l'Université, Solange avait réinvesti sa chambre de jeune fille. J'avais l'impression que le mariage lui pesait déjà. Elle me faisait des discours nostalgiques sur Paris et ses amis artistes, se plaignait du conformisme des Londoniens et de sa belle-famille.

« Ce qu'ils peuvent être guindés ! Le vieux est assommant. À la campagne, quand tu n'es pas à cheval à sept heures du matin, il te prend pour une mauviette et ne t'adresse plus la parole. La maison est tellement humide que le linge et les draps ne sèchent jamais. Je parie que, même en plein été, je serai obligée de faire du feu pour sécher mes culottes ! Quant à la vieille, elle ne parle pas un mot de français et fait exprès de ne rien comprendre à ce que je dis. Ma belle-mère prend des mines dégoûtées parce que je suis française. Elle me fait bien rire ! Nous étions déjà alliés aux plus grandes familles d'Europe depuis deux siècles quand George, leur illustre ancêtre dont elle n'arrête pas de me rebattre les oreilles, avait le grand honneur de se faire mettre par Charles Iᵉʳ. Et si tu voyais comment ils s'habillent, tous ! C'est à pleurer, je t'assure… »

Lorsqu'elle était de meilleure humeur, Solange parlait plutôt de son voyage en Inde. Son « état », qui l'avait sauvée de Londres, ne l'avait pas empêchée de réaliser l'un de ses rêves : une lune de miel d'un mois au pays des maharadjahs. Elle me raconta par le détail le luxe de son voyage où, passant des palaces aux voitures et des voitures aux palais privés, elle n'avait pas vu un seul pauvre. Elle s'attarda sur les joyaux qu'elle avait pu admirer chez les maharadjahs de Jodhpur et de Kapurthala, et sur les pierres que Jacob lui avait offertes. Savoir comment elle les ferait monter : en boucles, en bague, en bracelet ou en pendentif, occupait une bonne partie de ses journées. À chaque visite, elle me faisait de nouveaux croquis auxquels, étant donné l'adresse qu'elle avait pour le dessin, je ne comprenais rien, ce qui ne m'empêchait pas d'approuver.

À vrai dire, Solange me fascinait. C'était une femme si jouisseuse et gourmande, d'un égoïsme si entier et instinctif que j'en étais impressionnée. Sûre de sa supériorité sociale, elle pouvait se permettre n'importe quoi sans jamais se poser de questions. Solange ne fréquentait que les gens en vue, qu'ils le fussent par leur naissance, leur argent ou leur talent. Je n'étais restée dans sa ligne de mire que parce que je lui servais de miroir. Elle m'avait toujours connue et j'étais un point de référence grâce auquel elle pouvait évaluer ses progrès. Une sorte de mémoire, aussi, dans laquelle mon amie venait puiser des souvenirs d'enfance et de charmantes images d'adolescence que je lui tricotais sur mesure. J'étais somme toute un joli meuble, qu'elle avait l'habitude de voir dans les parages. Avec moi, elle pouvait parler sans fin et sans calcul parce qu'elle était persuadée que j'étais « hors milieu », donc inoffensive. Elle croyait me tenir, par tous les bienfaits, cadeaux, coups de pouce que ma mère et moi avions reçus de sa famille. Elle me pensait débitrice à vie. Pourquoi, moi, je la voyais ? Parce qu'elle m'amusait. Elle était restée la petite fille gâtée qui régentait les grandes personnes et gardait pour elle les meilleurs chocolats de la boîte. Elle aimait les cadeaux, les compliments, les hommages avec une voracité réjouissante. C'était une grande mondaine à l'affût des nouveautés : restaurants, galeries d'art, chanteurs ou nouveaux riches fraîchement poussés dans le paysage parisien via l'achat d'un hôtel particulier bien placé. Solange n'aimait pas sortir seule. Elle m'appelait souvent à la dernière minute, quand elle n'avait trouvé personne d'autre pour l'accompagner dans ses virées. Lorsque nous arrivions quelque part, elle était stupéfaite de voir que je saluais des gens. Et, systématiquement, mon amie s'imaginait que j'avais rencontré la personne en question grâce à elle : « Suis-je bête ! Tu l'as vue à mon mariage. »

Ma flamboyante rouquine avait beau se sentir « aussi mobile qu'une baleine échouée », comme elle disait en regardant son ventre avec accablement, nous sortions tout le temps. Un soir, elle m'emmena rue Guynemer, où Françoise Sagan, qui y avait emménagé depuis peu, donnait une fête. À l'entrée de l'immeuble, nous retrouvâmes ses amies Marie-Hélène, Hélène et Charlotte. Solange se pâma entre les bras de ces trois femmes avec des « ma chérie » stridents et des « Tu-es-divine-mais-toi-aussi ! » que concluaient des baisers dans le vide pour ne pas faire filer son rouge. En pénétrant dans l'appartement, nous fûmes accueillies par un spectacle qu'Hélène qualifia de « singulier » avec une moue réprobatrice. Au milieu du salon, une femme énorme dont le corps se terminait par des jambes en baguettes, trempait les pieds dans une poubelle en plastique noire remplie de glace.

« Massez-moi, s'il vous plaît, c'est un martyre », se plaignait-elle en tendant ses orteils ruisselants et gonflés à un majordome désemparé.

Sagan, dans un coin, fumait une cigarette, l'air défait, un whisky à la main. Elle ne nous avait pas encore aperçues. Une sublime brune, à la peau d'une blancheur tragique, se précipita sur nous.

« Sauvez-moi de ce traquenard, par pitié, murmura-t-elle entre ses dents que dégageait un sourire faux.

– Ma pauvre Elke, fit Marie-Hélène en enlaçant la brune au teint lunaire qui contrastait avec ses propres cheveux, d'une parfaite blondeur autour de ses joues rosées. Tu es là depuis longtemps ?

– Une heure et demie, répondit l'Allemande, ulcérée, je n'en peux plus. Aucun de nos amis n'est venu ce soir.

Quant à l'autre, fit-elle en roulant des yeux en direction de la dame à la poubelle, cela fait vingt minutes que je dois supporter son cirque. Je crois même qu'elle a eu un vent en s'asseyant.

– Hé, Sagan ! Tu nous présentes ? » fit l'objet mondain non identifié avec un sourire jovial à notre attention.

L'écrivaine, se rendant compte de notre présence, eut un joli sourire et commença à s'extraire du canapé en contournant les jambes qui l'empêchaient de nous rejoindre.

« Mais qui est cette poissonnière ? s'étonna Solange qui protégea l'héritier Beauchamp de cette intrusion – inexplicable dans le cercle habituellement si chic de l'écrivaine – en posant les deux mains sur son ventre. Vous la connaissez ?

– Elle s'appelle Manouche, répondit Elke, vérifiant que Sagan était toujours trop loin pour l'entendre.

– Manouche ? » répétèrent Marie-Hélène, Hélène, Charlotte et Solange de concert, faisant à nouveau tourner la tête de la dame concernée. La jovialité de cette dernière déserta son visage, remplacée par une moue blessée et butée. Sagan, avec un signe désolé à notre intention, s'éloigna de nouveau pour prendre un coup de fil urgent.

« Tu veux dire que c'est une romanichelle ? s'enquit Solange.

– Non, c'est la veuve de Paul Bonaventure Carbone, le truand marseillais.

– Encore une folle qui va profiter de la gentillesse de Kiki… se lamenta Marie-Hélène.

– Elle est trop gentille, que veux-tu ! regretta Charlotte.

– Qui est trop gentille ? »

Nous sursautâmes. L'écrivaine, petit sac d'os dont le visage était barré d'une mèche de garçon, s'était approchée sans que nous l'entendions.

« Ma Kiki chérie, quel plaisir de te voir, ronronna Marie-Hélène. Bernie est là ? »

J'avais déjà remarqué chez les Vitré cette habitude qu'ont les privilégiés de rebaptiser tout le monde de surnoms puérils. Encore un de leurs mécanismes d'exclusion. Il faut des années pour comprendre qui est qui, ou qui est Kiki, ici Françoise Quoirez, dite Sagan.

« Il est dans sa chambre », répondit cette dernière, laconique, en reprenant une gorgée et en faisant tomber la cendre de sa cigarette sur la moquette.

Solange, comme piquée par une guêpe, posa la main sur son poignet, remonta sa manche puis enleva son manteau et le secoua.

« Mon bracelet ! dit-elle en se palpant le corps. J'ai perdu mon bracelet ! »

Elle se mit à tourner sur elle-même en regardant par terre comme un chien qui s'apprête à se coucher.

« Ton bracelet ? Lequel ? s'alarmèrent Hélène, Marie-Hélène, Charlotte, Françoise et Elke.

– Celui en émeraude. Quelle tuile ! Jacob vient de me l'offrir. Il va être furieux. »

J'avais du mal à imaginer l'agneau de mari qu'était Jacob en colère contre ce dragon domestique de Solange.

« Ma pauvre chérie, mais je t'en donnerai un autre, va. Ne t'inquiète pas, fit tendrement Françoise.

– Ma Kiki, tu es un amour, mais il est sans doute tombé dans l'escalier, ou dans la voiture…

– Nous devrions aller voir, fit Marie-Hélène qui comprenait au quart de tour. Le plus vite sera le mieux, avant que quelqu'un d'autre ne le trouve. »

Elke, profitant de l'agitation, avait récupéré son sac et sa fourrure qu'elle tenait sous le bras. J'aperçus alors Jacques, le frère de notre hôtesse. C'était un ami et un client assidu de Madame Claude que je connaissais très bien. Il vint m'embrasser comme du bon pain.

« Vous vous connaissez ? » s'étonna Solange, mais sa question n'attendait pas de réponse, trop occupée qu'elle était par son rôle.

Elle remit son manteau avec un air d'angoisse excessive tandis que je quittais le mien.

« Tu ne viens pas m'aider à chercher mon bijou ? demanda mon amie avec des mimiques appuyées.

– Nous n'allons pas toutes partir. Je vous attends ici.

– Comme tu voudras, conclut Solange, pincée. Tu es entre de bonnes mains de toute façon. Françoise, tu connais Zita ?

– Bien sûr que je la connais ! fit l'intéressée qui ne m'avait jamais vue. C'est ma petite Zizi... » précisa-t-elle en passant un bras autour de mes épaules.

Elle laissa tomber sa cigarette et l'écrasa du bout du pied. Une auréole caramélisée se dessina dans les poils beige de la moquette. D'un geste triste, en s'appuyant sur moi, elle approcha la main du visage marmoréen d'Elke et lui passa une mèche derrière l'oreille. Elle fit glisser sa paume sur la masse lisse de cette somptueuse chevelure.

« La nuit, ils sont d'une si sombre clarté... » murmura-t-elle.

Puis l'écrivaine sembla s'éveiller d'un songe et autorisa le départ des fuyardes :

« À bientôt, mes douces...

– À tout de suite », corrigea Solange tandis que le groupe décampait comme une volée de belles cigognes.

290

Françoise retira son bras, finit son verre et me le tendit pour rallumer une cigarette. Emplie d'une douleur sourde, Sagan regardait de sous sa mèche disparaître la silhouette impériale d'Elke, qu'on ne revit pas ce soir-là.

27

Le lendemain de l'enterrement de Zita, Lady Beauchamp se réveilla tôt. Elle prit, comme tous les matins,
le petit déjeuner au lit. Tout en buvant son jus de
carottes fraîchement pressées, elle parcourut les magazines que la gouvernante lui avait apportés. Elle s'arrêta
sur la page « Sorties » de l'un d'entre eux. Solange
aimait les endroits à la mode. Elle se targuait d'être
incollable sur les restaurants de Londres, de Paris,
d'Ibiza et de quelques autres capitales du loisir et du
luxe. Ne voulant pas faillir à sa réputation – la plus
grande peur de Solange était d'avoir l'air « hors du
coup » –, elle suivait de près l'ouverture de nouveaux
lieux. Pour elle, « nouveau » voulait forcément dire
« mieux », car elle n'avait jamais cessé de croire au progrès. Un article disant le plus grand bien d'un restaurant bio près des Tuileries retint son attention. À la
Ferme de Julie, le décor s'inspirait du petit Trianon et
les clients se restauraient entourés de bébés animaux. Il
fallait absolument l'essayer. Son cœur se serra en pensant à la personne avec qui elle aurait voulu découvrir
cet endroit, celui qu'elle considérait comme son unique
amour. Aujourd'hui encore, Solange n'arrivait pas à penser à lui sans sentir une fatigue lourde se répandre dans
son corps. En général, elle chassait énergiquement le

souvenir de l'intrus dont elle s'interdisait de prononcer le prénom, même en pensée. Ce matin-là, Lady Beauchamp eut envie de se laisser aller à un instant de nostalgie. Elle se souvint de leur rencontre. Un été où Jacob s'occupait vingt-quatre heures sur vingt-quatre d'une importante acquisition, leur histoire avait commencé par un duel de bonnes adresses. Pour piquer sa curiosité, le séducteur avait parié un baiser, et plus si affinités, qu'il parviendrait à l'emmener dans un endroit très bien fréquenté à Paris mais qu'elle ne connaissait pas... Sûre d'elle-même, Solange avait accepté. Le soir convenu, il était passé la chercher. Elle s'attendait à une excursion dans le dix-neuvième ou le vingtième, quartiers qu'elle connaissait peu, mais son prétendant l'avait emmenée dans une petite rue du sixième arrondissement. Là, il avait arrêté l'auto et l'avait confiée au voiturier qui attendait devant une imposante porte cochère. Solange fut très étonnée de découvrir un restaurant dans ce pâté de maisons. Sa surprise grandit encore lorsqu'elle vit, disséminés aux différentes tables dressées dans le jardin, trois de ses amis. Ils la saluèrent, rirent de son étonnement et la charrièrent sur son ignorance : comment Solange pouvait-elle ignorer l'existence d'une des meilleures tables de Paris ? Tous les gens bien informés connaissaient L'Hôtel particulier ! Attention Milady, ajoutèrent-ils, vous perdez la main... Le dîner fut délicieux et le service impeccable. La conversation bondissante, taquine, procura à Solange la dose d'électricité qu'elle cherchait désespérément à remettre dans sa vie. Cet homme avait un peu trop confiance en lui, mais il pouvait se le permettre. Il était spirituel, et vraiment beau. Elle n'avait pas rechigné à lui donner le gage de son pari. Après avoir longuement embrassé Lady Beauchamp dans sa voiture, ce rusé don

Juan lui avait révélé le pot aux roses. L'appartement et le jardin appartenaient à un cousin. Le restaurant n'avait été inventé que pour elle, les clients et ses amis, uniquement conviés pour l'honneur d'un baiser. En y repensant, Solange fut submergée par le regret. C'était si rare, des hommes capables de romanesque dans la grisaille de cette vie sous contrôle, comment aurait-elle pu lui résister ? Elle froissa le magazine qu'elle tenait encore à la main. Oui, c'était avec cet amant qu'elle aurait voulu aller déjeuner, mais c'était impossible. Solange s'était révoltée, longtemps. Elle avait bien failli ne pas s'en remettre, mais c'était fini. Elle le savait maintenant et s'y était faite.

Solange s'ébroua du passé pour revenir aux considérations présentes. Qui l'accompagnerait à ce déjeuner ? Jacob avait bien sûr un rendez-vous d'affaires, et ses amies, en plein hiver, ne mettaient en général pas le pied à Paris. S'il ne s'était agi d'enterrer sa meilleure ennemie, Solange elle-même aurait mis le cap sur Saint-Barth depuis plus d'une semaine. Déjeuner seule n'étant pas envisageable, Solange décida d'emmener Henry. Ce serait agréable de passer un peu de temps avec son grand benêt de fils. Elle essaya d'appeler son appartement par le téléphone interne, mais il ne répondait pas. Elle monta les deux étages à pied. Depuis qu'elle avait commencé un nouveau régime, elle s'interdisait l'ascenseur. Lady Beauchamp entra avec sa clé et fut accueillie par son fils qui, un doigt sur les lèvres, lui faisait signe de garder le silence. Solange n'ayant pas une démarche très légère, il l'avait entendue monter.

« Ondine dort, fit-il à mi-voix.

– Pardon ? s'étrangla sa mère.

– Ondine dort, répéta-t-il en secouant des mains réprobatrices.

– Mais que fait-elle ici ? dit Solange dans un chuchotement furieux.

– Nous sommes allés dîner hier soir, elle ne se sentait pas bien, je n'ai pas voulu la laisser seule…

– Vous avez… enfin vous vous êtes… tâtonna Lady Beauchamp.

– Maman ! protesta Henry. Ça ne te regarde pas !

– Tu le fais exprès ? » demanda sa mère, sous le choc. Son fils la regarda d'un air interrogateur. Il ne voyait pas où elle voulait en venir.

« Tu fais exprès de la choisir elle, c'est contre moi, tu veux te venger de je ne sais pas quoi… »

Henry prit sa mère par l'épaule et la fit sortir. Ils descendirent un étage pour pouvoir parler plus librement.

« De quoi parles-tu, maman ?

– Du fait que tu ramènes cette fille à la maison ! »

Depuis des années, Henry prenait d'infinies précautions pour parler à sa mère. Il savait ce que cachait son masque d'amabilité. Avec l'âge, Solange était devenue une femme hypersensible et fragile. Son mari et son fils vivaient dans la crainte de la voir replonger et l'entouraient de ouate verbale pour qu'elle ne pût se cogner à aucun mot. Ce matin-là, le jeune homme eut pourtant envie de secouer le joug de cette menace permanente qui le forçait à édulcorer ses propos. Il parla clairement à sa mère :

« Ondine m'a plu au premier regard. Tu n'as rien à voir là-dedans. Je ne comprends même pas comment tu pourrais en être contrariée. »

Solange eut les larmes aux yeux. Ondine, vraiment c'était trop.

« C'est la fille d'une femme qui a tout fait pour briser ma vie, tu ne vas pas me faire croire que ce choix est anodin… s'entêta Solange.

– Enfin, maman, tout va bien pour toi… Papa t'adore, tu vis dans des maisons divines, tu as une vie de rêve !

– Qu'en sais-tu ? » insista Lady Beauchamp, espérant, à défaut de compassion, une ébauche de curiosité pour ce qu'elle ressentait.

Henry aimait sa mère, mais il était dans cet état obsessionnel que suscitent les débuts de l'amour. Il n'y avait de place dans son cerveau et dans son cœur que pour une seule personne, et cette personne dormait dans sa chambre d'amis, un étage plus haut.

« Ondine n'est pas responsable du mal que t'a fait Zita.

– Qui te dit qu'elle n'a pas hérité de ses travers ?

– Elle est la première à avoir souffert de cette femme. Bien plus que toi. Tu n'as pas le droit de lui en vouloir. Tu devrais la comprendre, au contraire.

– J'ai d'autres chats à fouetter, figure-toi, jeta Solange, amère.

– Ne te braque pas contre elle, maman. Ce que je ressens pour Ondine, je ne l'ai jamais ressenti pour personne.

– C'est de la folie… articula Lady Beauchamp. Tu ne la connais que depuis vingt-quatre heures.

– Et alors ? Tu m'as toujours dit que tu étais tombée amoureuse de papa dès votre première rencontre ! »

Solange maudit son fichu faible pour les contes de fées qui l'avait poussée à raconter de telles idioties. Un coup de foudre pour Jacob ! Vraiment, il fallait être crédule pour gober une histoire pareille…

« Mais pourquoi elle ? reprit Lady Beauchamp. Tu n'as jamais ramené de fille ici… Pourquoi elle, si ce n'est pas pour me rendre folle ? »

Henry mit énergiquement fin à la discussion, ne laissant à sa mère aucune chance de rebondir :

« Maman, tu es en pleine paranoïa. Je ne veux en aucun cas te faire de la peine, mais tu n'es pas le centre du monde. Ce qui se passe entre Ondine et moi n'a rien à voir avec toi. »

L'attitude de son fils qui ne s'était jamais rebellé, la franchise de ses mots qui semblèrent à Solange de la dureté, la blessèrent au cœur. Voir son garçon lui échapper pour la première fois de sa vie la mit en rage. Si elle s'était écoutée, elle l'aurait roué de coups. Elle aurait hurlé. Mais le carcan de sa bonne éducation la sauva une fois encore. Lady Beauchamp ne perdit que partiellement son sang-froid.

28

« Devine qui refait surface ? dit sans préambule le combiné que je venais de décrocher.

– Je ne sais pas, Générale », plaisantai-je, parce que, avec les filles, nous avions décidé de faire monter Madame Claude en grade. La Sergent avait pris du galon.

« Romain Kiev ! Tu sais, le premier chez qui…

– Je vois très bien, l'interrompis-je.

– Tu as rendez-vous cet après-midi de 15 à 17 heures chez lui.

– Quelque chose de spécial ? demandai-je, professionnelle.

– Il n'a pas précisé. »

Je mis un soin particulier à me préparer. Ravie de ma victoire, frémissante du plaisir qu'il eût cédé. Ce petit jeu commençait à m'amuser. Je me fis une peau douce au gant de crin, rasai mes jambes et mes aisselles, m'enduisis d'huile fine, lissai mes cheveux, ponçai la plante de mes pieds pour leur rendre leur moelleux et laquai mes ongles de rouge. Je choisis soigneusement mes dessous, noirs pour mieux l'émoustiller, et passai une tenue de femme fatale. Une robe bustier grise, courte et fendue à l'arrière, qui me serrait la taille comme un corset et m'enveloppait les fesses au millimètre près. Je voulais le subjuguer et qu'il reste ébahi de mes progrès techniques. Il était loin le temps où, oie blanche effrayée, je m'étais remise entre ses mains, les yeux bandés. Maintenant, je savais tout. Comment faire plaisir à un homme. Les caresses qui le rendraient fou. Je voulais le terrasser de plaisir et laver jusqu'au souvenir de mon innocence.

« Ma petite guerrière ! » fit-il avec un sourire moqueur qui me désarma lorsqu'il ouvrit la porte.

Romain me laissa passer sans m'embrasser. Il était séduisant ce jour-là, dans sa chemise rayée bleu et blanc sur un jean bien coupé. Il semblait plus jeune et beaucoup plus à son avantage que dans ses habituelles tenues excentriques. Je me sentis stupidement pomponnée. J'imaginais que, comme la plupart de mes clients, il me ferait faire le tour du propriétaire pour m'impressionner et se détendre, mais je me trompais.

« Viens, il y a du thé », ordonna-t-il en me tirant par le coude dans une pièce dont les murs étaient laqués en bordeaux.

Sur le sol, des peaux de zèbre. Sur les canapés de cuir marron, des plaids et des coussins de fourrures diverses : lapin, zibeline, renard argenté.

« Installe-toi », dit-il en servant le thé dans des petites coupes japonaises d'un rouge sombre à l'extérieur, dorées à l'intérieur.

Je pris une pause cambrée, les jambes croisées, sur une fesse, pour commencer à l'exciter, mais nous étions à peine assis qu'il me demanda :

« Tu sais jouer au backgammon ?

– J'ai déjà vu des gens jouer, mais je n'ai jamais essayé. »

Il sortit de la table basse en loupe une grande boîte marquetée. À l'intérieur, elle était tapissée de cuir de trois couleurs qui dessinaient en alternance des triangles noirs et rouges. D'un geste expert, il disposa les pions. Les règles me semblèrent un peu brumeuses, mais j'étais tendue par l'envie de réussir. Il fallait que je comprenne vite. Romain se montrait pédagogue. Il corrigeait mes mouvements maladroits. Avec son aide, je gagnai une première partie parce que j'avais de meilleurs dés. J'en gagnai une seconde, sans doute parce qu'il me laissa faire et parce que j'enchaînai trois double six qui me sauvèrent in extremis. Comme je commençais à pérorer, il me battit à plate couture les deux fois suivantes. Les joues rouges d'excitation, j'avais enlevé mes chaussures et mis un plaid sur mes genoux pour m'asseoir en tailleur sur le canapé. Nous étions ex aequo.

« On fait la belle ? » demandai-je.

Romain regarda sa montre.

« Ma petite amazone, nous ferons la belle une autre fois… Une troisième heure, c'est trop pour moi. Je ne suis qu'un vieil écrivain sans succès », sourit-il.

Je fus étonnée du temps qui s'était écoulé.

« Je peux rester encore un peu, l'assurai-je. Je ne le compterai pas.

– Tu es mignonne, mais de toute façon, j'ai un rendez-vous. »

Quelques secondes plus tard, je me retrouvai sur le palier, une enveloppe bien garnie entre les mains. Je n'avais pas encore pris l'escalier que j'entendis la porte se fermer. Je sortis avec des pas de somnambule, écarlate d'humiliation, et le cerveau bouillonnant de tout ce que nous nous étions dit. Jamais je n'avais reçu d'argent sans avoir rien fait. Bien sûr, il arrivait qu'un client fût trop intimidé, mais au moins nous essayions. Je me déshabillais, lui aussi, et si vraiment il n'y avait rien à faire, je le dédommageais d'un massage ou de caresses, et puis je l'écoutais. Là, rien. Romain ne m'avait même pas touché la main, ni embrassée pour me dire au revoir. Je ne voyais plus ce qu'il cherchait et, pire, je me sentais débitrice. J'avais été payée pour mon propre plaisir, celui de jouer, et non le sien. C'était un sentiment très pénible pour moi qui ne supportais pas de devoir quoi que ce soit à qui que ce soit. Je ne pensais pas que ma simple compagnie puisse être suffisante. Je ne me reconnaissais pas de valeur à l'exception de celle que l'on avait donnée à mon corps. Je ne m'envisageais plus comme une personne tant je m'étais dédoublée. Les hommes m'avaient découpée de leur désir comme avec un scalpel. Je leur prêtais des pièces détachées. Je les laissais prendre des morceaux de moi, les frotter, les retourner, les ouvrir, comme on passe le pain ou le sel à table. Il y avait mes orifices, mes cheveux, mes seins, mes lèvres, au plus abstrait ma jeunesse, autant d'éléments que je savais désirables, et puis il y avait moi. Mon esprit, mon mouvement, mon âme, réfugiés si loin hors de toute portée, hors de toute blessure, que personne – pas même Timothée – ne pouvait me connaître. Qui aurait su définir cette Zita-là ? Ce mélange d'orgueil vain, de confiance et de doute, d'aspiration dévorante, d'envie de revanche destructrice, de besoin d'amour abyssal, cette enfant étrangère à tous que je protégeais en moi, cette personnalité aux formes sans cesse mouvantes et contradictoires, cette pure potentialité que j'étais ? Personne, surtout pas moi, ne savait ce que j'avais dans le ventre. En ignorant mon corps, en refusant de me désirer, Romain dérangeait mon dispositif de protection. Il me forçait à le séduire autrement. Il fallait que je trouve de nouvelles ressources. Je voulais l'attraper, mais je ne savais plus comment. Pour la première fois, j'étais désemparée. Surtout que je restai sans nouvelles pendant près de deux semaines. Suffisamment longtemps pour que je me demande s'il me rappellerait jamais.

Puis de nouveau, avec la régularité qui le caractérisait, je reçus un appel de Claude. Romain m'avait réservée pour le lendemain, de 15 à 17 heures. Il me donnait rendez-vous à l'hôtel Pont Royal, rue de Montalembert, celui-là même où nous avions fait l'amour plus de deux ans auparavant. Je fus touchée par son romantisme. Il cherchait, pour sceller nos retrouvailles, à réveiller nos souvenirs qui étaient, somme toute, les plus doux que j'aie eus sexuellement. Ma confiance remonta en flèche. Comme je ne voulais pas, pour le voir, mettre quelque chose que j'aurais déjà porté, je sortis faire des courses. Chez Torrente, je m'achetai une jolie jupe droite de flanelle beige avec le haut assorti et chez Yves Saint Laurent des escarpins bicolores crème et marron. Je m'arrêtai également chez Chantelle pour y prendre un ensemble porte-jarretelles d'un rose poudré ravissant. Pour que ma peau ne soit pas moins douce que la soie de mes dessous, je me passai tout le corps au gant de crin. Puis, assise près de ma table de nuit, je rectifiai à la pince à épiler l'alignement de mon maillot. J'ai été pionnière sur ce terrain. À l'époque où mes amies, dans les années 1970, arboraient des tabliers de sapeur et ne se rasaient pas les aisselles, j'avais déjà pris l'habitude de discipliner ma toison.

Le lendemain, je fus très contente du reflet que j'aperçus dans la vitre de l'hôtel avant de passer la porte à tambour qui m'amena dans le hall. Claude m'avait donné le numéro de chambre. C'était, attention touchante, le même que la dernière fois. Je montai directement au troisième en empruntant l'ascenseur à grille rétractable. En appuyant sur le bouton, je songeai, avec un sourire, à la peur qui m'avait étreinte deux ans plus tôt avant de pénétrer dans cette pièce. J'étais si loin de la gamine d'alors, avec sa vilaine jupe en jean, sa blouse d'écolière et ses talons tout abîmés récupérés dans la poubelle de Mme de Vitré. J'ai gardé, de ces années de disette, une phobie des chaussures éraflées ou déformées par l'usage. Elles sont devenues pour moi le symbole de la pauvreté et je préférerais marcher pieds nus plutôt que porter de vieux souliers. Si j'en avais les moyens, je porterais chaque jour des vêtements neufs. Ma névrose s'est adaptée à mon compte en banque et donc limitée à mes pieds, mais elle est tenace. Il suffit parfois d'une éraflure sur la pointe d'un escarpin pour me mettre au comble du mal-être. Même en sachant que du cirage pourrait y remédier, je m'en débarrasse. Rien de tel ce jour-là, tout ce que je portais avait été acheté la veille. Ma tenue était parfaite, aucun frottement, accroc ou pli disgracieux ne la détériorait, rien n'abîmait la pureté de ces vêtements neufs. Je toquai à la porte. Contrariée de me sentir nerveuse, je me composai un visage serein. Romain m'ouvrit.

« Ma beauté… se contenta-t-il de dire tandis que mon bonjour s'engluait dans ma gorge, tu es magnifique », constata-t-il en s'effaçant pour me laisser passer sans chercher à me toucher.

Il reculait comme un sujet devant une altesse royale. J'en fus flattée.

« Tu veux boire quelque chose ? demanda-t-il en m'ôtant mon manteau et en le posant sur une chaise.

– Non, merci. »

D'un geste inattendu, il saisit ma chevelure dans ses mains pour les ramener sur mon épaule gauche. Je secouai l'incommodante sensation qui me traversa le corps et m'assis sur le lit.

« Même pas un thé ?

– Je te remercie, non.

– Très bien, allons-y alors », fit-il en saisissant son blouson.

Je fis semblant de refermer le bouton de mon chemisier que je venais d'ouvrir et de vérifier que j'avais bien mes deux boucles d'oreilles.

« Où va-t-on ? demandai-je.

– Au Louvre. Juste en face. »

Je lui fis un sourire hollywoodien alors que j'avais envie de le gifler et remis mon manteau. Nous sortîmes. Il passa devant moi dans l'escalier.

« Je prends l'ascenseur, déclarai-je, glaciale.

– D'accord, je te retrouve en bas », répondit-il. Il était déjà au rez-de-chaussée quand l'ascenseur s'immobilisa. Il m'ouvrit la porte avec un salut obséquieux et me prit par le bras.

« À tout à l'heure », dit Romain au réceptionniste en lui lançant la clé, ce que je trouvai injurieux pour l'employé.

Cette phrase me fit subodorer que nous reviendrions ensemble à l'hôtel, ce qui apaisa un peu ma colère. Je n'arrivais pas à y croire, mais il eut bien le culot de m'emmener au Louvre. Il m'organisa une visite érudite, citant des poèmes, me résumant la biographie des artistes et multipliant les anecdotes susceptibles de piquer mon attention. Perchée sur mes talons aiguilles, contrainte de marcher des kilomètres dans les interminables galeries croulant sous les peintures et les sculptures, je maudissais son fichu complexe de Pygmalion. Je pris, deux heures durant, un cours forcé d'histoire de l'art. Quant à retourner à l'hôtel j'avais rêvé. Il m'emmena boire un chocolat chez Angelina, me paya mes deux heures et me planta là.

Lorsque Claude m'annonça un troisième rendez-vous, je ne me fis pas avoir. Je me changeai à la va-vite vingt minutes avant de le rejoindre rue du Bac. J'y arrivai en jean usé, chaussée de bottines de cow-boy, avec un pull trop grand et une besace bariolée de hippie en bandoulière. Rendus à leur élasticité naturelle, mes cheveux que je n'avais pas lissés s'étiraient dans toutes les directions. J'étais à peine maquillée.

« Je suis si content que tu t'habilles selon ton âge, me félicita Romain avec un sourire extatique.

– C'est bien la peine de se donner du mal... » grommelai-je.

Il passa la main sur ma joue, ce qui me fit des picotements désagréables.

« Et je retrouve ta jolie peau, sans les peintures de guerre, poursuivit-il avec émotion. Viens. Je t'ai pris des tartes aux framboises. »

Il m'emmena dans une pièce de l'appartement que je ne connaissais pas. C'était un bureau exigu, rempli de livres, à l'exception d'un mur auquel était accroché un écran de cinéma. Devant le canapé, un grand cube en bois exotique sombre contenait un projecteur.

« Tu as vu *All about Eve* ? » me demanda Romain.

Je fis non de la tête, trop déçue pour parler. Il allait encore faire le professeur au lieu de m'embrasser. Il me faisait l'école. Il me donnait des gâteaux comme à une petite fille. Il me prenait pour une gamine inculte, moi, la femme capable d'être toutes les femmes, si étourdissante qu'elle vous dégoûtait à jamais de toucher une autre peau. Mais je n'allais pas lui faire le plaisir de me plaindre. S'il voulait claquer son argent pour regarder des films avec moi, pourquoi se vexer ? Tous les goûts sont dans la nature, même celui de se faire une toile au prix d'une call-girl. Tant pis pour lui ! pensai-je en me laissant tomber sur le canapé. J'enlevai mes chaussures. M'installai en tailleur, entrepris de manger ma tartelette, en l'ignorant. Pendant le film, je ne pus m'empêcher de le regarder en coin, perplexe. Une ou deux fois, il surprit mon regard et me sourit. À partir de maintenant, décidai-je, je fais comme s'il n'était pas là, mais c'est le moment qu'il choisit pour m'ouvrir ses bras et m'attirer plus près. Je me coulai contre lui et posai la tête sur son épaule, deux ongles dans ma bouche. Lorsque le générique commença à monter dans l'écran, Romain me redressa. Il se leva et éteignit le projecteur. Il voulut savoir si le film m'avait plu, ce que j'en avais pensé. Bla-bla, et rebla-bla... Je lui demandai où était la salle de bains. Il m'accompagna dans le couloir.

« Ferme bien la porte en revenant », recommanda-t-il.

C'était l'une de ses obsessions, une tentative inavouée pour empêcher la propagation des homards dans l'appartement. Il me montra ensuite quelques livres. Une lettre originale de Pouchkine. Des babioles. Effaré d'apprendre que je n'avais lu ni Joyce ni Faulkner, il fourra de force *Finnegans Wake* avec *Le Bruit et la Fureur* dans ma besace péruvienne. Puis il me dit que c'était l'heure et que merci d'être venue. À bientôt ma petite chérie. Fais attention à toi. Tu me diras si tu as aimé les livres et bonne soirée. Au moment où il me tendit l'enveloppe, j'essayai de refuser, mais il insista :

« Il n'y a pas de raison, mon poussin. »

Dehors, au coin de la rue du Bac et de la rue de Babylone, je me rendis compte que des gouttes d'eau ruisselaient dans mon cou. Bizarre, il ne pleuvait pas.

De nouveau un jour puis deux. Une semaine puis deux, sans nouvelles. J'enrageais. J'avais décidé de trouver coûte que coûte la clé qui ouvrirait la serrure amoureuse de cet homme. Je voulais qu'il soit fou de moi. Les uns après les autres, j'achetais et lisais ses bouquins. Je m'épuisais sur l'impossible *Finnegans Wake*. Je me renseignais sur lui par tous les moyens possibles : Mme de Vitré, Mme Di Monda et la moindre personne susceptible de le connaître. Solange, qui pourtant était prête à n'importe quoi pour ne pas rester seule avec son gros ventre, n'en pouvait plus de m'entendre parler de lui.

« Tu es gravement atteinte », diagnostiqua-t-elle.

Ce qui me piqua au vif. Elle trouvait que ce n'était pas un homme pour moi.

« Il a trente ans de plus que toi ! Avec le nombre de types bien qu'il y a sur Terre, je ne te comprends pas.

– Qui te parle de l'épouser ? », répliquai-je en recommençant à analyser pour la centième fois chaque phrase, chaque expression, chaque intonation qu'il avait eue.

Je m'étonnais et m'agaçais du peu d'attention que j'avais prêté à notre première rencontre, deux ans plus tôt, dont le déroulé restait flou dans ma mémoire. Comment avais-je pu être aussi distraite ? J'avais laissé se perdre dans les blancs de mon cerveau tant d'armes et d'indices. Son jeu m'avait piquée. C'était comme un combat masqué et je m'y trouvais bien maladroite. Je n'avais jamais eu à séduire les hommes, juste à les exciter et à décoder leur scénario. J'entrais sur scène, j'interprétais mon rôle, applaudie par les glapissements de la jouissance, et je sortais en star, totalement maîtresse du jeu. À l'exception de Timothée – mais il s'agissait de tout autre chose –, personne ne m'avait, jusqu'à présent, résisté. Romain m'avait vexée. Je voulais le soumettre, comme les autres.

Trois semaines. Toujours rien. Je devins tendue et irascible. Cet affront m'obsédait. Lorsque Solange accoucha enfin, après avoir fait, d'exaspération parce que son bébé ne voulait pas sortir, quarante tours du jardin des Vitré, je ne pus m'empêcher, même à la clinique où elle se remettait de son épreuve, de lui exposer mes dernières théories concernant le caractère de Romain. Je jetai tout juste un regard au petit Henry, chou de chair plissée et rouge de trois kilos huit qui dormait dans un lit à côté de mon amie. Solange finit par perdre patience et m'envoya lui chercher un litre de glace à la vanille avec l'interdiction formelle de prononcer encore en sa présence les mots « Romain, Kiev, écrivain, il, nous », ce qui rendait impossible toute phrase concernant mon idée fixe. Je ne revins pas la voir avant son départ pour Londres quatre jours plus tard, sa belle-famille ayant exigé son retour. Comme je n'avais plus personne avec qui ressasser mes considérations sur Romain, j'écrivis un court texte dans lequel une jeune femme ridiculisait et ruinait un peintre célèbre et vieux. Cet exercice me détendit un peu. J'essayais de sortir le soir pour me changer les idées, mais j'avais du mal à suivre les conversations. Au bout de dix minutes, mon esprit décrochait, revenant à ces dialogues mille fois répétés que je fomentais en vue d'un prochain rendez-vous avec Romain. Contrariée, je m'aperçus que la plupart des commerces dont j'avais besoin se situaient rue du Bac où il habitait : la librairie Lepieux, le Bon Marché, la cordonnerie et la pharmacie. Auparavant, je fréquentais celle de la rue de Sèvres, mais le poireau qu'avait Mme Bichet au coin du nez m'était devenu insupportable et c'était vraiment trop loin d'aller jusqu'à Cambronne. Je regret-tais que ces magasins indispensables soient situés à deux pas de l'appartement de Romain, mais je n'allais tout de même pas cesser de vivre parce qu'il habitait là ! Si, par le plus grand des hasards, je devais le ren-contrer, je lui expliquerais – pour qu'il n'aille pas se faire des idées – que j'étais venue acheter une enve-loppe ou trouver du cirage. Mon petit discours était prêt, mais je n'eus pas à recourir à ces explications. L'écrivain avait tout bonnement disparu de la circula-tion.

Il réapparut un mois plus tard, par le canal habituel. Claude m'annonça le jeudi que j'avais été « bookée » pour le week-end.

« Il n'a même pas demandé un prix, fit-elle impres-sionnée. Mais je lui en ai quand même fait un, c'est nor-mal, non ?

– Oui, bien sûr. »

Mon cœur battait la chamade. Enfin ! J'allais le voir et lui parler. Enfin, j'allais pouvoir mettre en pratique ma stratégie. Après mûre réflexion, j'avais opté pour la jeune fille en fleur, la pureté innocemment pervertie, ce fantasme qui me poursuivait depuis la puberté, ce rêve érotique de la vieillesse. Oublié l'attirail de la femme fatale, je ne déposai dans ma valise que des robes légères et évasées, des dessous blancs sans dentelle, un jean et des T-shirts d'adolescente. Pour me mettre dans l'ambiance, je relus certains passages de Proust sur la bande d'Albertine. Et je me fis une liste de mots à gar-der en tête : spontanéité, enthousiasme, timidité, fraî-cheur. Ne pas parler trop vite, ne faire aucune allusion sexuelle, l'écouter, l'admirer… Il passa me chercher le vendredi après-midi. Je n'avais jamais vu sa voiture, une Jaguar décapotable. Je ne pus m'empêcher de relever le cliché du joli couple qui part pour le week-end en cabriolet mais m'en tenant aux règles que je m'étais fixées, j'évitai d'en parler. Romain se montra galant. Il mit mes deux sacs dans le coffre. À l'époque, je voyageais léger. On n'avait pas encore inventé de valises à roulettes dignes de ce nom et je ne prenais par conséquent pas plus d'affaires que je n'en pouvais porter. Les bagages rangés, il m'ouvrit la portière. Au moment de démarrer, il retira son écharpe blanche – et je suis fière de dire que je n'eus aucun commentaire moqueur sur son look d'aviateur – pour protéger mes cheveux du vent.

« Merci », fis-je avec une minauderie d'enfant sage en me retenant de demander quand je pourrais conduire la voiture.

Nous partîmes, cinq sens en alertes : nez au vent, visage au soleil, oreilles vrombissantes des bruits du moteur, yeux mitraillés d'images volées à la vitesse, pastilles Vichy en bouche, à grand renfort de Claude François qui chantait « Alexandrie, Alexandra » et que j'accompagnais d'une voix de stentor qui amusa beaucoup Romain. Nous étions rosis de plaisir en arrivant à destination : l'hôtel Trianon, à Versailles. Dans le hall, Romain croisa le patron de *L'Express*, un petit brun au regard vif. Ils échangèrent un sourire entendu et quelques banalités sur les livres respectifs qu'ils avaient écrits. Ce Jean-Jacques venait de faire un vrai carton avec un livre intitulé *Le Défi américain*.

« Ce n'est pas de la littérature, précisa Romain lorsqu'il se fut éloigné. Tu veux que je lui demande de te faire travailler dans son journal ? »

J'opinai avec un enthousiasme qui sembla contrarier mon compagnon. Et lorsque nous l'aperçûmes de nouveau au dîner, avec une très jolie blonde, Romain se contenta d'un signe distant qui dissuada l'autre de venir nous saluer.

Tout le week-end, nous ne fîmes que parler, lire et nous promener. Il m'emmena visiter la ferme de Marie-Antoinette, me montra les chevreaux et les moutons, ce qui ne m'amusa pas plus de cinq minutes. Je suis tout sauf une fille de la campagne et je ne sais pas comment me comporter avec les bêtes. Elles sont imprévisibles, stupidement grégaires, et ne sentent pas bon. Romain rit beaucoup de mes hésitations. Il saisissait ma main, pour me forcer à toucher la laine sale et grasse des brebis puis le museau d'un âne qui essaya de me manger la main. Je me dégageai en criant.

« N'aie pas peur, s'esclaffa-t-il, il croyait juste que tu allais lui donner à manger.

– Il mérite bien son nom, ce bourricot. Il n'est même pas fichu de faire la différence entre une carotte et des doigts », grommelai-je.

Quant au poulailler, il y régnait une odeur pestilentielle, et lorsque l'employé exhiba ses œufs tachés de merde de poule, je me jurai de ne plus en manger un seul de mon existence.

Nous déjeunâmes dans une brasserie en face du château, le samedi. Au bord du canal le dimanche. Romain nous loua des vélos. C'était bizarre. Depuis ma dispute avec Timothée, je n'avais partagé l'intimité de personne ni même vu quelqu'un deux jours d'affilée. Je fréquentais des gens, des clients ou des amis comme Solange ou Gaël, mais toujours le temps de quelques heures. Ce week-end-là, j'eus l'impression de recommencer à vivre. Je pris conscience de l'effrayante solitude dans laquelle je me trouvais depuis quelques mois, enfermée dans mes mensonges et dans mon livre, isolée de tous. Nous dormions dans le même lit, mais en pyjama pour lui et en sage robe de nuit pour moi. Il m'embrassait au coin des yeux ou sur le front. Il me tenait la main et me cajolait comme une enfant. Pas une fois, il ne banda. Ou sans que je m'en rende compte. La nuit, je restais éveillée, longtemps après que son souffle se fut apaisé pour atteindre ce léger ronflement qu'il avait eu dès notre première rencontre. Je me demandais, perplexe, ce qu'il cherchait et ce qui le retenait de me prendre dans ses bras. S'il ne me désirait pas, pourquoi voulait-il me voir ? J'étais troublée, mais à la différence des rendez-vous précédents, je ne lui en voulais pas. Au contraire. Ce moment fut idyllique. Romain parla peu de lui et avec humour. Il ne se vexa pas de mes remarques, s'intéressa à moi et ne vit presque pas de homards du week-end. Il n'en aperçut que deux, le dimanche, qui s'ébattaient dans le bassin d'Apollon, mais ils ne nous suivirent pas, signe que l'écrivain était d'excellente humeur.

Lorsque nous reprîmes la voiture en direction de Paris, j'étais très triste. Romain, lui, semblait heureux et ne se formalisa pas de mon silence pendant le trajet. Quand la tour Eiffel se révéla au détour de la route, j'eus un mouvement d'agacement et coupai la radio. Il me scruta un instant, mais ne la ralluma pas. Au fur et à mesure que nous approchions de chez moi, ma nervosité augmentait. La rue de Sèvres apparut, puis la rue Vaneau. Une fois arrêté devant ma porte cochère, Romain me dévisagea avec un sourire.

« Tu veux ma photo ? » grognai-je.

Il m'attira contre lui. J'aurais voulu qu'il m'embrasse sur la bouche ou que l'on reste un long moment comme ça, mais il me repoussa assez vite pour me tendre deux enveloppes cachetées : mon salaire du week-end. Comme je ne les prenais pas, il les mit dans mon sac. Là, ce fut plus fort que moi :

« Garde-moi avec toi, implorai-je.

– Comment ça mon petit chat ?

– Garde-moi avec toi, juste cette nuit.

– Pourquoi ?

– S'il te plaît.

– Sans le dire à Claude ?

– Oui, sans lui dire. »

Il démarra la voiture. Nous ne prononçâmes plus un mot. Même lorsque nous sortîmes les bagages, même lorsque nous montâmes l'escalier, même lorsqu'il m'emmena dans sa chambre que je découvrais pour la première fois. Aucun tableau n'ornait les murs chocolat. La pièce était occupée par un grand lit couvert d'une étoffe de laine beige. Deux tapis marocains de part et d'autre du sommier adoucissaient la froideur du parquet. Les tables de nuit étaient chargées de livres. Romain n'alluma pas la lumière, laissant filtrer celle du couloir, puis me serra fort contre lui. Il me fit enfin l'amour. Depuis deux ans, je m'étais livrée à toutes sortes de fantaisies et d'exercices sexuels, mais j'eus l'impression de vivre là ma vraie première fois.

29

À l'exception de Pierre, que j'ai voulu au premier regard, je n'ai jamais compris pourquoi on commence à aimer un homme. Tous, au départ, me semblaient insignifiants ou risibles. Timothée, je le considérais comme mon frère. Il avait fallu que je sois privée de sa présence, de sa loyauté et de nos jeux pour que mes sentiments se révélent à mon cœur ignorant. Quant à Romain, j'avais, dès le début, vu ses défauts. Je l'avais trouvé vieux, prétentieux, narcissique, bourré de tics et de faiblesses. Ce fut un mystère insondable pour moi de me rendre compte que cet homme à la barbe grisonnante, aux épaules tombantes, au petit ventre, aux cuisses hérissées de poils rêches comme ceux d'un sanglier, qui était aussi d'une ridicule susceptibilité et particulièrement mal élevé, cet homme-là, je l'aimais. Il fut le premier à me faire jouir, déjà. Peut-être, justement, parce qu'il me paraissait si peu dangereux et si peu digne d'être aimé. Puis, il se créa entre nous, une sorte… Comment dire ? Je regrette de ne pas trouver un mot moins éculé, mais c'est bien d'alchimie qu'il s'agissait. Il m'avait réconciliée, raccommodée comme une toile déchirée. Sous son regard, les morceaux épars du puzzle se rassemblaient. De ses mains, de son poids et de son sexe, il caressait mon corps, et de ses mots, mon âme. Peut-être les avait-il déjà dites à mille femmes, peut-être voulons-nous toutes entendre la même chose, mais ses phrases me semblaient forgées pour moi. Elles étaient autant de liens minuscules qui, mis les uns par-dessus les autres, m'avaient emprisonnée, ligotée d'allégresse. Sans m'en rendre compte, j'avais sombré dans une passion féroce. Je me mis à aimer chaque centimètre de sa peau défraîchie que je parcourais, absorbée, de ma bouche et de mes doigts. À respirer avec ferveur l'odeur épicée de la toison sur sa poitrine et celle plus tropicale qui se nichait sous ses bras. J'aimais sa solide queue de paysan slave. Brutale, têtue pendant l'amour, elle était au repos douce, fragile, et se couvrait, pudique, d'une longue capuche de moine bénédictin. Le matin, il se réveillait tôt. Reposé de ses angoisses de la veille, délivré de ses rêves de la nuit, il inventait des dialogues, des histoires, et improvisait pour moi des rôles. Je jouais avec les poils de sa barbe qui rentraient sous mes ongles. J'embrassais ses lèvres douces comme celles d'un jeune homme. Je lui grattais la tête jusqu'à ce qu'il sommeille de contentement. J'aimais jusqu'au cercle plus dégarni à l'arrière de son crâne. J'aimais me coller à lui entièrement, de la peau de ma gorge, à celle de ma poitrine, de mon ventre, de mon sexe, de mes cuisses et de mes mollets. Je voulais m'emmêler avec lui de façon inextricable, jusqu'à entrecroiser nos doigts de pieds.

Nous avons eu des moments de perfection. Il n'y a pas d'autre mot. L'endroit le plus sinistre s'éclairait, à partir du moment où nous y étions ensemble. La pluie, prétexte pour ne pas sortir, devenait un cadeau. Le soleil, quand il brillait, le faisait exprès pour nous. Les passants n'étaient là que pour nous distraire. Les films ne parlaient que de nous. Tout était notre histoire. Paris nous appartenait. Ici, c'était notre pont. Là, le restaurant de notre premier dîner ou la rue de notre première promenade. Ici encore, notre hôtel. Nous étions deux marcheurs qui avancent au même rythme, nos pas portés par une énergie commune. Nous étions deux danseurs abandonnés l'un à l'autre et à la force éperdue de la musique. C'est très rare, la perfection. Il faut une infinie délicatesse pour l'amadouer, pour qu'elle vous fasse confiance. On avance sur des œufs, empli de crainte et de désir. Elle s'approche, centimètre par centimètre. Il peut se passer des années avant que vous ne sentiez, dans la paume de votre main, son souffle soyeux. Au moment où elle vous touche, c'est un morceau de bonheur pur, immédiatement suivi par l'arrière-goût aigre de la peur. On sait qu'elle va partir. Et il suffit de cette envie de la retenir pour que la perfection s'effarouche. Parfois, elle reste quand même, l'air de rien. Elle fait semblant de ne pas voir votre panique, vous laissant, tremblant de reconnaissance, savourer ce sursis. Quand elle a disparu, on en reste orphelin. On marche des journées entières. On la cherche dans tous les recoins de l'autre. On essaie d'oublier les désaccords, la disharmonie. On retourne ensemble, mais désormais séparés, aux endroits où on l'avait aperçue et partagée. En vain. Elle ne se montre jamais sur commande. On ne peut qu'essayer de lui laisser de la place, de lui donner envie de revenir. Avec Romain, nous avons eu plus de moments de perfection qu'on en croit possibles dans une vie. Bien sûr, si je vous dis lesquels, ça n'aura l'air de rien. Rien que vous n'ayez connu. Vous aurez l'impression de l'avoir vu cinquante ou cent fois. Ça deviendra mélo. Ce que je peux vous dire, c'est que je ne l'ai pas souvent vécue, la perfection, et que c'est une drogue plus puissante que n'importe quelle autre. Un kif dont on devient dépendant en deux baisers, quelque chose qui vous sort enfin de l'obscur placard de vous-même, si bien que, lorsqu'on vous y renvoie d'un coup, c'est la misère.

Mais je n'en suis pas là. J'avais vingt ans et je l'aimais follement. Nous parlions des heures et des heures, nous restions silencieux, hypnotisés l'un par l'autre, emplis de nous-mêmes. Je n'avais plus envie d'être touchée ou ne fût-ce que regardée par un autre. Je voulais être à lui. La moindre remarque critique me mettait à l'agonie. Je ne vivais, ne respirais, n'existais que par lui. Je ne voulais voir personne. Les hommes étaient devenus insipides, vulgaires et laids. L'idée qu'ils puissent me pénétrer me semblait incongrue maintenant que j'étais habitée par lui. J'avais réinvesti mon corps et l'y avais accueilli. Ses tics, ses manies disparaissaient à mes yeux, transformés en petits travers qui m'attendrissaient parce que c'était lui. Son habitude, ridicule en fait, de préparer la veille, comme un écolier, les affaires qu'il porterait le lendemain. La pudeur qui le forçait à mettre un pyjama si souvent lavé qu'il lui arrivait à mi-ventre et à mi-mollets. Son goût enfantin pour les crèmes glacées. Il était mon spectacle, mon clown, mon roi, mon sujet favori de dérision, mon doudou et mon dictionnaire, mon frère, mon fils, ma copine et mon père. On aurait dit un gros animal pataud qui essayait, plein de bonne volonté, de me suivre partout et de me faire plaisir. Je le martyrisais. Je le déshabillais quand il était au téléphone, lui parlais sans cesse lorsqu'il lisait, lui chipais son journal, lui réclamais des caresses, faisais des caprices, l'empêchais d'écrire, lui demandais des services. Je voulais des cadeaux, des fleurs, des chocolats, des preuves. Des mots aussi, qui soient doux, forts, grandioses ou juste nouveaux. Je testais sa patience, j'usais ses limites, j'avais besoin de sentir, à chaque instant, qu'il était fou de moi. Quand l'étincelle de la passion se ternissait dans ses yeux, je devenais furieuse, j'aurais tout fait pour le ramener à moi. Quand je dépassais les bornes, il faisait une colère qui me laissait tremblante d'étonnement et d'admiration. Alors, je devenais timide et soumise. C'était « sa journée ». Celle où on ne faisait que ce qu'il voulait. Manger dans un restaurant miteux des vieux bortschs qui lui rappelaient Varsovie, fouiller sans en passer un seul dans les coffres poussiéreux des bouquinistes, ce que je détestais comme tout ce qui avait trait à mon enfance et à mon père ; rentrer à la maison à la nuit tombée, mettre des petites tenues sexy achetées à Pigalle, m'agenouiller devant lui en disant : « Je suis ton esclave, tu es mon maître adoré, le seul homme que j'aie jamais aimé. Tu as tous les droits sur moi, je t'appartiens. Fais de moi ton épouse et ta chienne. » Lui laver les pieds comme Marie-Madeleine à Jésus-Christ, puis les lui masser jusqu'à ce que, bouche béante, il se mette à ronfler. Rire. Qu'il se fâche à nouveau et me flanque une fessée qui me laissait le postérieur rosi comme après un coup de soleil, couleur qu'il admirait en tenant une lampe au-dessus de moi, avant de me baiser. Après le plaisir, rester éveillée pour lui caresser la nuque, les tempes et le haut du front de mes doigts que je faisais plus doux qu'une plume pendant qu'il cachait sa grosse tête de chien repu entre mes seins.

Le lendemain, je me réveillais, le carnaval était fini. Je m'étirais, criais : « Romain ! » et il quittait sa table de travail sur laquelle il bûchait depuis cinq heures et demie du matin pour venir se glisser contre moi tout habillé. Il me disait que j'étais chaude comme une bouillotte ou un petit chauffage électrique ou un bol de café au lait ou une brioche sortie du four. Et je me collais contre lui de tout mon long en nichant mon nez dans les coins douillets de son cou pour y renifler son parfum de vétiver. Il me confiait, l'esprit encore bouillonnant de ce qu'il avait écrit, mille considérations plus ou moins farfelues, et je me laissais emporter par ce flot impétueux de créativité. Puis il me mordillait les seins, me retournait en tout sens avec gourmandise et me faisait, si j'en avais envie, jouir. Quand j'avais eu ma dose de câlins et d'histoires, je roulais sur le côté pour me dégager et je disais : « J'ai faim ! » en remuant la main comme un crabe au-dessus de mon ventre.

Il m'apportait alors mon petit déjeuner au lit. Nous écoutions la radio en parlant de tout et de rien : les gens que nous venions d'entendre, ce que nous ferions l'après-midi, où nous irions dîner le soir, et notre conversation se poursuivait dans la salle de bains parce qu'il aimait me voir me laver. Puis je rentrais chez moi. Je me changeais, écrivais distraitement une heure ou deux. Lisais un peu. Après le déjeuner, il m'appelait et nous sortions flâner. Nous marchions au hasard, tout entiers occupés par le bonheur d'être ensemble et celui, plus absolu, de s'être trouvés. Le soir, nous allions chez lui. Je lisais pendant qu'il passait ses coups de fil. Il me disait :

« Tu devrais voir tes amis un peu. Pourquoi tu ne les appelles pas ? Je ne veux pas être le vieux barbon qui t'empêche de t'amuser. »

Je lui répondais que je n'avais pas d'amis, que je n'avais que lui et ça le rassurait. Certains jours où il broyait du noir, les homards revenaient le hanter. Il en voyait dans la cuisine, la salle de bains, sous le canapé, cachés dans les rideaux. Je savais qu'ils étaient là à sa mine tendue et à son silence brusque d'enfant traumatisé. Il n'avait pas besoin de me demander. Je savais les chasser. Je les prenais un par un, les éradiquais de quelques blagues bien pensées et son humeur s'éclaircissait dès que j'avais procédé à ce nettoyage fictif. Nous avions nos rêves aussi. Un grand voyage au Vietnam, une fois mon premier livre achevé. L'achat d'une maison à Cadaqués, un village de pêcheurs en Catalogne dont Romain était tombé amoureux, dès qu'il aurait renoué avec le succès. De temps en temps, je ne le voyais pas pendant une semaine, pour qu'il puisse avancer ses écrits. J'aimais ces moments de solitude. Je ne travaillais quasiment plus pour Claude, mais elle continuait à m'envoyer les « cérébraux », comme elle les appelait avec mépris. Ceux dont il fallait soulager la tête plus que le reste. Quelques cas de domination pure et dure aussi. Je lui avais dit que je ne voulais plus coucher et elle m'avait comprise. Claude fut toujours avec moi d'une tolérance extraordinaire. Elle était bien moins souple avec les autres filles. Je crois qu'elle fondait de grands espoirs sur moi. À travers nous, elle voulait diriger cette bonne société qui la fascinait et, comme une propriétaire d'écurie de course, elle soignait amoureusement sa meilleure pouliche. Romain étant d'une jalousie démesurée, il est évident que je lui cachais ces incartades qui, selon moi, n'en étaient pas puisqu'elles n'impliquaient aucun contact physique de ma part. Il avait exigé et pensait avoir obtenu que j'arrête totalement d'« exercer », comme il disait. Nous avions gardé nos deux appartements. Pour m'aider à quitter Claude, il avait proposé de régler mon loyer. Mes piges à *Lui* dont je ne lui avais pas parlé se doublèrent bientôt des billets d'humeur occasionnels qu'il me décrocha à *Elle*.

« Il faut du jeune, du court, du drôle », m'avait dit la rédactrice en chef du magazine. Je suais sang et eau sur mes premiers papiers. J'avais du mal à entrer dans un format aussi court. Je manquais de souplesse et de légèreté. Ma patronne se montra, par égard pour Romain sans doute, d'une patience admirable. Je pris bientôt goût à cette piqûre de plaisir pur qu'est la rédaction d'un article. Ce faux sentiment jouissif qu'il vous donne d'avoir « fait » quelque chose, ce dangereux embryon de reconnaissance qu'il vous apporte à la publication et dont les moins lucides, ou les plus paresseux, font l'erreur de se contenter. Romain partait souvent quelques jours à Nice rendre visite à une vieille tante, pour des voyages officiels auxquels on le conviait, ou simplement pour écrire. Je comprenais ce besoin de solitude, l'ayant moi-même éprouvé. Il fallait résister, dans ces cas-là, pour qu'il n'organise pas mon emploi du temps, me casant des déjeuners et des dîners en lieu sûr chez ses vieilles copines qu'il chargeait de me surveiller.

« Cela ferait tellement plaisir à Martha de t'avoir à dîner ! Et Louis qui voulait te présenter sa fille. Tu n'es vraiment pas gentille !

– Non, je ne suis pas gentille et je n'ai aucune intention de le devenir », rétorquais-je.

Nous finissions après deux jours de palabres par couper la poire en deux. Je rendais visite à un ou deux de mes chaperons et, le reste du temps, j'en profitais pour sortir. Je faisais aussi quelques petits boulots pour Claude. Les hypocondriaques, effrayés par les maladies mais adeptes des jeux verbaux auxquels, avec mon sens de l'imagination, j'excellais. Il y avait un homme, notamment, dont je n'ai jamais vu le visage, ni la silhouette. Il me donnait rendez-vous dans une église de son choix, en précisant l'heure et le confessionnal. J'y entrais. Il était déjà installé de l'autre côté de la grille. Je commençais :

« J'implore votre pardon, mon père, parce que j'ai péché.

— Parle sans crainte, ma fille, car Dieu est miséricorde et il pardonne tous les péchés, disait-il en contrefaisant sa voix.

— C'est que j'ai honte, mon père, murmurais-je.

— Il n'y a pas de faute qui ne puisse être lavée par le pardon et l'amour infini de Notre Seigneur.

— C'était dans un train, mon père.

— Aaah.

— J'allais rendre visite à ma tante Isha, imaginais-je en m'inspirant des récits de Romain. Elle vit à Nice. Elle est très malade.

— Vous êtes bonne, ma fille, m'encourageait-il.

— C'était un train de nuit, j'étais seule dans mon compartiment.

— Je vous écoute, mon enfant.

— Et je m'ennuyais.

— Mmm...

— Je m'ennuyais tellement que des mauvaises pensées me sont venues.

— Quelles mauvaises pensées, ma fille ? disait-il alors en s'agitant sur son banc.

— Des pensées impures.

— Vous n'avez pas pu les chasser ?

— Oh, mon père, j'ai trop honte, c'était plus fort que moi.

— Je comprends, ma chère fille.

— Il n'y avait personne, c'était la nuit. Je n'entendais que le bruit du train. Un bruit de chevauchée...

— Continuez.

322

– Alors je me suis allongée sur la banquette et j'ai relevé ma jupe.

– Ma fille !

– Je sais, mon père. Par pitié, pardonnez-moi.

– Ce n'est pas à moi de vous pardonner. Je ne suis que l'émissaire de notre Dieu tout-puissant.

– Ces pensées m'obsédaient, comprenez-vous. Elles m'avaient embrasée de désir et de honte. J'ai baissé ma culotte.

– …

– J'étais submergée de mauvaises pensées. J'ai essayé de les faire taire de mes doigts.

– Mon enfant ! Quelle terrible chose que les tentations de Satan !

– J'étais folle, mon père, possédée. Je ne savais plus où j'étais. J'aurais renoncé à tout pour en finir.

– Mon Dieu, ayez pitié de votre créature !

– La porte s'est ouverte.

– Ma fille ! Ne l'aviez-vous donc pas fermée ?

– Je le croyais. Je vous assure, mon père. Je croyais l'avoir fermée.

– Le Malin joue parfois ces tours-là…

– J'ai été tellement surprise… J'ai eu tellement peur que je me suis levée d'un bond et je me suis rhabillée.

– Vraiment ? dit-il d'une voix où pointait la déception.

– Je me suis appuyée à la fenêtre, pour me cacher le visage, en attendant que la personne – dans mon abandon et ma frayeur je n'avais pas vu s'il s'agissait d'un homme ou d'une femme – s'éloigne.

– Dieu vous a guidée de son amour, mon enfant.

– La porte s'est refermée et j'ai entendu deux pas.

– Continuez.

– Des mains se sont posées sur mes hanches et les ont broyées, fort, si fort, mon père.

– Encore…

– Une main s'est détachée de mes hanches et m'a courbé la tête. La personne était plus grande que moi.

– Oui…

– Une bouche m'a mordu le cou, les épaules et la nuque.

– …

– Les mains ont relevé ma jupe, les mains m'ont ployée en deux et m'ont écartée.

– Dieu, ô mon Dieu…

– C'était un homme, mon père ! »

Chaque fois, il partait au moment où j'abordais la pénétration. Comme s'il ne pouvait le supporter. Je ne devais soulever le rideau sous aucun prétexte. J'attendais quelques minutes, puis j'entrais dans sa partie du confessionnal et je cherchais l'enveloppe qu'il cachait en général sous le coussin du siège. Un jour, il me donna volontairement rendez-vous au mauvais endroit. Je ne m'en rendis compte qu'après avoir parlé dix bonnes minutes, quand le prêtre sortit en trombe du confessionnal, outré par mes récits et priant à haute voix le Seigneur d'avoir pitié de moi, parce que lui, non, décidément, c'était au-dessus de ses forces, toute cette luxure et cette perversité. Quant au client, qui ne m'avait pas payée, il ne rappela jamais.

Lorsque Romain rentrait de voyage, et que, soupçonneux, il me questionnait sur mon emploi du temps durant notre séparation, je me contentais d'omettre ces parenthèses de mes récits. Je l'accueillais avec tant d'enthousiasme qu'il se rassurait. Alors c'était la fête.

« Tu m'as manqué, ma petite chérie, tu m'as tellement manqué », répétait-il. Et c'était « ma journée ».

« Aujourd'hui nous sommes riches », me disait-il.
Nous allions rue Royale. Il m'achetait une fourrure, de
la lingerie ou des souliers. Il m'emmenait dîner chez
Maxim's, il me couvrait de roses. Au lit, il faisait longuement rouler entre ses doigts le bout de mes tétons,
et était prêt à tout pour mon plaisir, sans s'autoriser à
en prendre. J'étais heureuse, mais je ne me reconnaissais pas. Mes rêves avaient changé. Je ne pensais qu'à
Romain. J'avais envie de m'occuper de lui, de le voir,
de l'écouter. L'écriture n'était plus qu'un passe-temps
en attendant de le retrouver. Je voulus par exemple
m'essayer à la cuisine. L'écrivain, pourtant si fin gour-
met, devint mon cobaye. La première tentative, un
rôti de dinde en cocotte, fut un échec. Romain arriva
plus tôt que prévu, nous parlâmes, j'oubliai mes casseroles, et lorsque je me précipitai dans la cuisine, ce
fut pour trouver ma viande et mes légumes carbonisés.
Je les décrétai néanmoins « caramélisés », et forçai
même Romain à se resservir. Mes asperges, la semaine
suivante, le firent rire aux éclats. Comme j'avais oublié
d'acheter la ficelle pour les lier, je les cuisis avec le
ruban de plastique qui les retenait. Elles absorbèrent,
dans l'eau bouillante, toute sa couleur rouge. Ma dernière tentative se porta sur le sucré. Je fis une mousse
au chocolat, très réussie à mon avis, mais échaudé
par les deux précédentes expériences, Romain prit les
traces de blanc d'œuf pour du moisi et refusa d'y goûter.

« On ne peut pas avoir tous les talents, observa-t-il,
intraitable. À partir du maintenant, nous irons au restaurant. »

Ce que nous fîmes. Sauf quand Romain passait chercher chez le charcutier qui faisait aussi traiteur, ou chez
Pulcinella, une épicerie italienne installée en face du

square de la Rochefoucauld, de quoi nous « sustenter », comme il disait.

Romain m'emmenait partout. Pour éviter de subir les foudres des Vitré ou de ma mère à qui je ne parlais pourtant plus, il me présentait comme son assistante. J'étais censée faire des recherches pour son nouveau livre. Personne n'y crut vraiment, mais les apparences étaient sauves. Nous voyions surtout ses vieux amis Sylvia Wolonski et Paul Aguth. Nous allions à des cocktails parfois, mais Romain refusait tous les dîners assis.

« On ne passera pas à table avant neuf heures et demie et je vais me retrouver coincé entre deux emmerdeuses à prétention littéraire. En plus, tu vas encore te faire draguer, ça me gâchera la soirée. »

30

Un lundi, il me proposa de l'accompagner à la remise
de légion d'honneur d'un de ses amis au palais de l'Élysée. J'étais fière qu'il m'emmenât et je choisis pour
l'occasion un joli tailleur-pantalon tilleul à la veste
très cintrée. J'avais relevé mes cheveux en chignon
pour me vieillir et avoir un air plus sophistiqué.
J'étais un peu gênée par l'allure de Romain. Avec son
goût pour le déguisement, il avait mis une sorte de
manteau afghan en mouton sur une de ses chemises
bariolées et ce qui me semblait un bas de pyjama
blanc. C'était la première fois que j'allais à l'Élysée
et j'en étais amusée. Le président, tout juste arrivé
dans la place après la mort de Pompidou, remettait
en personne cette décoration. Dans la cour d'honneur
du palais, nous croisâmes Gaël, déjà sur le départ. Il
était très beau dans un costume clair à l'élégance
négligée. Il me serra dans ses bras et me souleva en
grondant :

« Alors, sale gamine ! Comment ça va ? Pourquoi je
ne te vois plus ces temps-ci ? »

Puis il se tourna vers Romain qui faisait grise mine
avec un demi-sourire sarcastique :

« C'est à vous, Romain, que je devrais poser la question, j'imagine. »

L'écrivain, qui n'aimait pas les familiarités, grommela quelques mots de dénégation.

« Oh, vous savez, moi, je suis pour la liberté. Chacun fait ce qu'il veut, l'interrompit Gaël. Je file, conclut-il en m'embrassant. Je ne sais pas pourquoi, tout le monde a décidé de recevoir ce soir. Il faut que je passe à deux vernissages avant mon dîner et ma partie de poker au cercle. Tu m'appelles, petite peste ? »

Nous fûmes reçus dans la salle des fêtes. Cette immense pièce croulait sous les dorures et les plafonds peints. Des lustres gigantesques l'éclairaient. À l'entrée, postée derrière deux buffets de dix mètres de long, une armée disciplinée et en gants blancs attendait le signal pour servir les invités. Ces derniers s'étaient rassemblés autour de l'estrade où apparaîtrait bientôt le président. Ma gêne s'estompa lorsque je vis que l'extravagance vestimentaire de Romain n'amenuisait pas la chaleur de l'accueil qu'on lui réservait. J'étais ravie d'être là. À l'Élysée ! Ma mère se serait évanouie d'aise, si on le lui avait dit. J'étais dans le saint des saints. Je me sentais belle, parfaite. Entre mes mains soignées, on avait mis une coupe de champagne, dans laquelle j'humectais mes lèvres avec une réserve exemplaire. J'accompagnais un écrivain célèbre qui m'adorait. J'étais arrivée là où je voulais. Mon bonheur ne fit que s'épanouir. À peine était-il entré dans la salle que le président me repéra. C'est étrange comme le pouvoir embellit un homme. Même ce grand énarque pâlichon et dégarni, grâce à la déférence dont on l'entourait, devenait séduisant. Le silence se fit lorsqu'il s'approcha du micro. L'assistance l'écouta chuinter son compliment, recueillie, tandis que le décoré, ventre et menton fièrement tendus par le sens du devoir accompli, rayonnait de ferme modestie en écoutant les éloges qui lui étaient faits. Mes félicitations au rédacteur du discours, songeai-je. Il était personnel, sobre, touchant, en un mot : bien écrit. Pendant son allocution, le regard du président vint souvent se poser sur moi. Ses sourires semblaient m'être adressés. Sans doute était-ce là la force des hommes politiques qui savent donner à chaque auditeur l'impression de ne parler que pour lui. J'aurais pu croire que mon imagination – ou mon narcissisme – me jouait des tours, si la réaction de Romain ne m'avait pas prouvé que le président me portait un intérêt particulier. Avec une mine agacée, mon compagnon me saisit par la taille et me rapprocha de lui. Je me dégageai. C'était trop facile de me présenter comme son assistante pour ensuite faire le joli cœur. J'étais fière de l'attention que me portait le chef de l'État et n'avais aucune envie d'en être privée. Au buffet, Romain fut contraint de me présenter au président. Pour la première fois, je le vis hésiter avant de dire « mon assistante ». Il aurait sans doute préféré « ma compagne » pour me marquer d'un titre de propriété. L'homme le plus puissant de France engagea la conversation.

« Et quel genre de travaux faites-vous de vos jolies mains, mademoiselle ?

– Des recherches, coupa Romain. Pour mon livre. »

Les yeux du président pétillèrent d'amusement.

« Il ne vous laisse pas parler ! S'il ne vous traite pas bien, n'hésitez pas à venir me voir, nous avons toujours besoin de têtes bien faites à l'Élysée. »

Je le remerciai d'une œillade charmeuse. Il allait ajouter quelque chose quand il fut pris d'assaut par le décoré qui voulait le présenter à ses amis. Il s'éloigna avec un sourire navré à mon intention qui fit blêmir Romain.

« Attends-moi là. Je vais chercher à becqueter »,
ordonna ce dernier pour me punir, parce qu'il savait
que je ne supportais pas de rester seule dans une assemblée mondaine.

Je bus quelques gorgées de champagne et piquai du
nez vers mes chaussures, pour constater au passage que
la pointe de l'une d'elles était éraflée. Comment était-ce
arrivé ? Je sentis une boule se former dans mon sternum
et tout commença à se détériorer. L'angoisse montait.
Que fichait Romain ? Je parcourus la salle des yeux. En
me retournant pour le chercher, mon cœur se cabra.
Timothée était en face de moi. C'était si inattendu que
je mis une fraction de seconde à le reconnaître. Ses cheveux étaient un peu plus longs. Son visage avait pris des
contours moins flous et plus virils. Il avait changé de
lunettes. Leur épaisse monture structurait agressive-
ment ses traits auparavant d'une douceur enfantine.
Son costume bleu marine, très classique comme tout ce
que portait Timothée, mettait en valeur ses belles
épaules. M'étant habituée au corps carré et épais de
Romain, j'avais oublié que mon ami était si grand. Je fus
troublée. Il était à la fois familier et différent. Plus différent que familier d'ailleurs. Le fantasme de Timothée
avec lequel j'avais vécu ces derniers mois se heurtait à
l'homme en chair et en os. Je pris conscience, à ce
moment-là, qu'il avait continué à vivre sans moi.
Chaque heure, chaque journée où nous avions été séparés l'avaient imperceptiblement transformé. Des souvenirs dans lesquels je n'avais aucune place étaient venus
se déposer en lui comme de fines couches géologiques,
lui donnant plus d'épaisseur et de maturité. M'éloignant de lui aussi. Quels livres avait-il lus ? Quels gens
avait-il fréquentés ? Timothée ne m'appartenait plus. Je
n'avais plus d'accès libre à ses pensées. Je ne pouvais

plus dire, avec quelques secondes d'avance, ce qu'il allait énoncer. Le temps avait tissé entre nous un voile d'opacité que je brûlais de déchirer. Je ne sentais plus notre ancienne complicité.

« Bonsoir, Zita », fit-il.

Qu'exprimait son visage ? De la rancœur, de la douleur, de la méfiance ? Sa voix même semblait différente.

« Qu'est-ce que tu fais là ? répondis-je, incapable de prononcer son prénom.

– Je travaille ici, depuis quelques mois.

– Je ne savais pas...

– Tu es plus belle que jamais, soupira-t-il, la figure mangée par ses yeux.

– Merci. »

Il ferma le dernier bouton de sa veste puis le rouvrit. Il eut un drôle de sourire.

« Au moins je sais pourquoi tu ne m'as pas rappelé », fit-il en désignant Romain du menton. Mon « patron » était en pleine conversation avec une serveuse dont je remarquai le teint empourpré de confusion flattée. Je secouai l'agacement que me procura cette vision d'un mouvement d'épaules.

« Ce n'est pas ce que tu crois, murmurai-je.

– Si ce n'est pas ce que je crois, qu'est-ce que c'est Zita ? »

Ne sachant que répondre, je baissai les yeux pour remarquer à nouveau la griffure qui défigurait mes souliers et que la stupeur de retrouver Timothée m'avait fait oublier.

« Au moins tu n'as pas vendu ma bague », remarqua-t-il en me saisissant la main. Je sentis à nouveau mon cœur tanguer.

« Je la porte tous les jours, tu sais.

– Ma petite mouche… Je te connais bien, mais parfois je ne te comprends pas. » Son regard, qui attrapa le mien, concentrait tant de choses tendres et tristes que, s'il me l'avait demandé, je serais partie à l'instant même avec lui. Il ne me le demanda pas. Au contraire. Il lâcha ma main qui retomba en une claque molle sur le haut de ma cuisse.

« Comment va ce jeune homme ? claironna Romain, jovial, en tapant sur le dos de Timothée.

– Bien, monsieur, répondit-il, glacé.

– Et les études, ça va ?

– J'ai intégré l'ENA.

– Tu l'as eu ! soufflai-je.

– Oui, je l'ai eu. Je pensais que tu savais.

– En voilà un brillant élément ! s'exclama l'écrivain sur un ton paternaliste qui me hérissa.

– Merci, monsieur, répondit Timothée, sans plaisir.

– Zita, je voudrais te présenter à quelqu'un », dit Romain. Il se tourna à nouveau vers mon ami. « Vous saluerez vos parents pour moi ?

– Je n'y manquerai pas.

– J'aime beaucoup votre maman, lança Romain avec un rire gras qui fit passer dans le cadre des lunettes de Timothée l'étincelle du meurtre. Tu viens, chérie ? demanda-t-il encore en me tirant par le coude.

– Chérie ? Et puis quoi encore ! fis-je en me dégageant.

– Hou là ! Je disais ça comme ça ! Voulez-vous bien venir, mademoiselle ? »

Le temps de cet échange, Timothée s'était éclipsé. Tout se dérégla. Le vernis brillant de cette réunion sembla fondre et couler pour révéler l'horrible vanité de ces gens. Je perdais pied. Le voir. Son départ. Ma chaussure abîmée. La foule. La chaleur. Les regards. Le bruit des verres et des assiettes. Le brouhaha. Je cherchais Timothée des yeux, balayant des visages : absorbés, illuminés de sourires satisfaits, flagorneurs ou distraits. Même de loin, la haute silhouette de Timothée aurait dû se détacher. Je ne la retrouvais nulle part. Lorsque je me rendis à l'évidence qu'il était parti, la panique me saisit. La griffure sur mon soulier m'obsédait, signe d'une corruption qui contaminait tout. Je ne comprenais plus ce que les gens disaient. Je m'engluais. Certains mots se détachaient de ce magma sonore, pour, dans leur vol erratique et dépourvu de sens, venir me heurter comme des boomerangs. Ma tête tournait. Il fallait partir. Romain me regardait d'un air bizarre tout en continuant à parler. Sa voix me parvenait, épaisse et déformée. Insupportable. Je me frayai un passage entre ces corps massés comme dans une mer figée de boue. Quelqu'un prononça mon nom, le répéta, mais je feignis de ne pas l'avoir entendu. Près de l'escalier, je fus arrêtée dans mon élan. Un jeune type en costume avec une cravate aux motifs vulgaires m'avait saisie par le bras. Il transpirait d'une diffuse arrogance.

« Le président voudrait vous parler », dit-il, tandis que ses lèvres se retroussaient en un sourire insolent.

Il guettait le plaisir rosissant qui aurait dû naître sur mes traits, comme s'il en était en quelque façon l'origine, mais l'expression attendue ne vint pas. Au contraire. Mille pensées fusèrent dans mon esprit pour venir se caramboler les unes aux autres en une répugnance absolue et butée. Était-ce le fait d'avoir revu Timothée ? Je fus prise d'un dégoût abyssal de ce que j'étais devenue. De ce que les hommes pensaient de moi, avec raison, puisque je leur en avais donné le droit. Des bribes de phrases de ma mère, dont je m'étais tant moquée et dont je croyais m'être affranchie, se mélangèrent dans mon esprit en un vertigineux kaléidoscope. Je peux difficilement décrire la force destructrice du mépris de moi-même qui me saisit en même temps que cette révélation : je n'avais plus aucune protection. J'étais seule. Un vulgaire morceau de viande. De la bidoche.

« Mademoiselle ? Le président vous attend… » s'impatienta le jeune crétin.

Quelle ironie. Au moment même où je me croyais « arrivée », je me rendais compte de ma précarité : condamnée, comme toutes les autres, plus que toutes les autres, à n'exister que par le bon plaisir des hommes. Je m'étais crue libre, en ne m'attachant à aucun en particulier. Je compris que je n'étais même pas capable de supporter cette semi-liberté, puisque j'y avais renoncé à la première occasion en me fichant « à la colle », comme aurait dit Gaël, avec Romain. Maintenant quoi ? Grimper les échelons ? Utiliser chaque homme comme un tremplin vers un autre ? Enchaîner les sauts périlleux en craignant sans cesse d'être disgraciée et abandonnée ? Accumuler suffisamment d'argent pour ne plus avoir à leur en demander ? Réussir à me faire épouser ? Pourquoi n'avais-je pas simplement dit oui à Timothée ? Tous ces mois que j'avais perdus à me noyer avec adoration dans les yeux bleus de Romain. Tous ces mois au lieu d'écrire et de travailler. Pour quoi ? L'amour, cet opium des femmes. Ce narcotique bon marché avec lequel on endormait depuis des siècles nos velléités d'indépendance.

« Vous venez ? » ordonna, plus qu'il ne demanda, le sbire de l'Élysée.

J'ignorais ce dont j'avais le plus honte. De faire partie des escadrons de Claude ou d'être « tombée » amoureuse. Tomber, le verbe n'est pas anodin. J'avais trébuché sur mes sentiments comme on se prend les pieds dans le tapis. Romain m'avait volé mon indifférence, ma confiance et ma liberté.

« Vous êtes sourde ou quoi ? s'énerva le petit chef en costard, avant d'adresser une mimique mielleuse à quelque conseiller ou sénateur qui passait dans le couloir.

– Dites au président que je n'ai pas envie de lui parler, répondis-je en m'éloignant.

– Pardon ? s'exclama la cravate à motifs.

– Vous êtes sourd ou quoi ? » lançai-je, sans me retourner, en m'engageant à grandes enjambées dans l'escalier. Dehors, je retirai mes chaussures éraflées et les jetai de rage dans une poubelle. Mes collants s'usèrent rapidement au contact du trottoir et se trouèrent. En arrivant chez moi, je pris un sac en plastique sous l'évier et y jetai tout ce que je portais. Je passai un vieux jean et descendis le sac que je fourrai dans le local sous l'escalier. Une fois remontée, mon premier réflexe fut d'appeler Timothée. Il n'était pas là. Ni plus tard dans la soirée. Romain me passa un coup de fil et un sacré savon pour me demander quelle mouche m'avait piquée. Je prétextai un malaise. Il insista pour venir dormir chez moi. Je lui dis que j'étais couchée. Il raccrocha fâché. Le lendemain, je composai très tôt le numéro de Timothée. À midi, je laissai un message à la vieille Mazi qui faisait le ménage depuis trente ans chez ses parents. Le surlendemain également, comme le jour suivant. Il ne me rappela pas. Quand il était blessé, mon ami se montrait très rancunier.

Vous savez ce que c'est. La colère est passée, la honte s'est effacée, j'ai recommencé. À ne penser qu'à Romain. À ne rien tenter par moi-même. Le lâche soulagement. Je faisais de cet homme mon excuse et mon but. Je me servais de lui pour fuir la difficulté, chasser les questions pénibles et surtout un doute atroce, la crainte de n'avoir aucun talent. Je restais à l'abri dans ma potentialité, refusant de m'incarner, craignant l'échec. Nous reprîmes notre vie semi-commune qui peu à peu se dégradait. Il devenait distant. Dans ses yeux ne s'allumait plus cette étincelle émerveillée, incrédule de nos débuts. Il travaillait de plus en plus, s'absentait souvent. Nous étions arrivés à une routine qu'il cassait de ses scènes et je ne le sentais plus entièrement avec moi. Il avait commencé un nouveau roman. Le mien piétinait. Les homards étaient revenus aussi, faisant irruption dans notre quotidien à tout bout de champ, en fonction de l'état de nervosité de Romain. J'étais lassée de les chasser. Ses simagrées ne me faisaient plus rire. Ses revirements me fatiguaient. J'en avais assez de materner ce vieil enfant qui collectionnait les angoisses et les soignait comme de rares orchidées. Il était, surtout le soir, irascible et sombre. Quand le malaise devenait insupportable, il s'en prenait à moi :

« Tu es comme une enfant ! Tu as chaud, tu as froid, tu as sommeil, tu as faim. Il faut sans cesse s'occuper de toi, de tes besoins, de tes problèmes. Tu ne comprends rien à ce que j'essaie de faire », hurlait-il en tournant dans la pièce, vieux fauve tendu d'exaspération.

Je partais en claquant la porte. Je lui disais des horreurs. Qu'il était vieux et fini. Que je n'allais pas gâcher ma jeunesse pour un vicieux comme lui. Je me moquais de ses travers sexuels, ridiculisais ses manies, agitais d'autres noms d'hommes comme une cape rouge devant un taureau de corrida. Il blanchissait de désespoir sous mes insultes. Essayait lui aussi de m'atteindre, mais j'étais si dure dans ces moments-là que ses coups ne portaient pas. Dans la rue, je marchais tête et épaules en avant, portée par ma fureur. Je me jurais de ne plus jamais lui parler. Je l'avais bien fait avec ma mère, ce n'était pas si dur. Il suffisait d'un peu de volonté et de temps, pour perdre l'habitude de le voir, et le remplacer. Je faisais la liste des amants jeunes et beaux que j'allais séduire. Je détaillais ses défauts physiques pour achever de me dégoûter de lui. Je refaisais nos dialogues en améliorant mes répliques pour les rendre plus cruelles encore, j'imaginais son désespoir la prochaine fois qu'il me croiserait et que je l'ignorerais. Je me disais que ce serait mieux si j'étais accompagnée, si j'avais l'air amoureuse, et je composais le numéro de Timothée. Qui s'obstinait à ne pas répondre. C'était à croire qu'il avait déménagé. Ou qu'il avait un sixième sens pour deviner quand j'appelais puisque, à l'époque, la reconnaissance des numéros n'avait pas été inventée. Pas une fois, il ne répondit. Un matin, à la suite d'une de mes disputes avec Romain, enragée contre moi-même et contre le monde tout entier, je tentai de joindre mon ami à l'Élysée. On me confirma qu'il travaillait là, mais il était en rendez-vous. Il reviendrait sans doute avant le déjeuner. Souhaitais-je laisser un message ? Je préférai éviter. C'était plus intelligent d'y aller, de l'affronter. En me voyant, il ne pourrait pas me résister. J'enfilai une jupe et un chemisier pour aller traîner deux longues heures autour du palais présidentiel, sûre que j'étais de le croiser. Il n'en fut rien. La secrétaire de son service me précisa, au téléphone, que « monsieur Beauthertre » n'était pas revenu. La déférence qu'elle mit à prononcer son nom m'étonna. Je n'avais jamais imaginé Timothée comme un homme, encore moins un « monsieur ». L'âme en bandoulière, je remontai à pied vers la place de la Concorde. Je longeai les Tuileries et traversai la Seine au Pont-Neuf car la passerelle des Arts, depuis qu'une péniche l'avait heurtée cinq ans plus tôt, était toujours fermée. Je passai la place de l'Odéon et celle du théâtre, jusqu'à l'appartement de Timothée près du Luxembourg. J'appelai encore au gré des cabines que je trouvais sur mon chemin. Le téléphone sonna dans le vide. Je m'installai au café Rostand, espérant le voir passer. Personne. Une bonne étoile protégeait de mon pouvoir néfaste mon ancien fiancé.

Le lendemain, comme toutes les fois précédentes et toutes les fois suivantes, Romain revint gratter à ma porte, rue Vaneau. Je lui ouvris. Chaque fois un peu plus dégoûtée de moi-même et de lui.

À plusieurs reprises, les sbires du président me contactèrent. J'étais flattée par l'attention que me portait l'homme le plus puissant de France, mais je prenais plus de plaisir à me refuser à lui qu'à céder à ses avances. Il commença par remplir mon appartement de fleurs, je recevais un bouquet par jour. Le mot était toujours le même : « Souvenirs d'une légion d'honneur... Je voudrais vous revoir. » Il ne le signait pas, ce qui m'agaçait. Sans doute se méfiait-il, craignant que je me serve de ces mots pour m'en vanter ou le faire chanter. Sans signature, je prétendis ignorer de qui me venaient ces bouquets et ne le remerciai pas une fois. Il tenta alors d'inviter Romain à des dîners de gala, pensant que je l'accompagnerais, mais je n'étais pas dupe et évitais le piège chaque fois. Mon vieil écrivain, trop narcissique pour se douter de quelque chose, était ravi de ces faveurs et s'en gargarisait :

« Tu en as de la chance de sortir avec moi, disait-il. Je te fais connaître des gens importants, des gens qui, si je n'étais pas là, ne t'auraient même pas regardée... »

338

Je souriais sans rien dire, voulant m'éviter les scènes épuisantes qu'il m'aurait infligées s'il avait su. Une petite enquête sur mon compte mena rapidement le chef de l'État à Claude, mais elle fut contrainte de lui dire que je ne travaillais plus pour elle. Il insista tant et si bien qu'elle accepta de m'appeler pour me convaincre, mais n'y parvint pas.

« Tu es folle de refuser, disait-elle. Avec ton caractère, tu en ferais ce que tu veux. Comprends-tu seulement ce que cela veut dire ?

– Je comprends très bien… »

Il y a des moments dans la vie où le plaisir de dire non dépasse toutes les ambitions et toutes les fortunes, mais le président n'était pas beau perdant en matière de femmes. En dépit des efforts de Claude, il lui tint rigueur de n'avoir pu me ramener à ses raisons. De là datèrent les ennuis de « Madame » avec les autorités. Poursuivie par le fisc et la police, elle dut se faire de plus en plus discrète. Elle n'eut plus de bureau ou d'adresse fixe, ne fonctionnant que par téléphone et craignant sans cesse d'être sur écoute. Longtemps, la voiture sombre du président surgit une à deux fois par mois, au coin d'une rue où je marchais, devant un magasin où je faisais mes courses ou le café où j'avais mes habitudes. J'acceptais de prendre un verre ou de dîner, curieuse de connaître ces retraites du pouvoir où le vrai cours des choses se décide. Il me faisait des cadeaux que je prenais un malin plaisir à renvoyer. Pas une fois, je ne le laissai me toucher.

Un matin, Romain sonna chez moi aux aurores. Je lui ouvris d'un pas de somnambule et retournai me coucher. Il avait mis son blouson d'aviateur qu'il ne pouvait plus fermer et dans lequel il avait glissé une grande écharpe blanche pour masquer son embonpoint. Avec sa casquette en cuir noir, il avait vaguement l'air du loubard des Village People qui passaient en boucle à la radio avec « Macho, macho man ». Arborant un air tragique, il se contenta de me dire : « Surtout ne me parle pas. » C'était bien la dernière chose que j'avais l'intention de faire. Je ne voulais que dormir. Il s'assit sur mon lit et se mit à écrire. J'enfonçai ma tête dans l'oreiller, pour tenter de retrouver le rêve confortable dont il m'avait privée. Peine perdue, mon inconscient avait fermé boutique. Comme je n'avais pas envie de faire d'efforts, je gardai les yeux clos. Bientôt, je cessai d'entendre le grattement de son Montblanc sur le papier. L'exercice du génie perd de son agrément lorsqu'il est ignoré. Romain s'agita un peu, pour qu'il ne fût pas évident qu'il voulait me réveiller. Je sentis que je ne pourrais pas me défiler. J'essayai de gagner du temps en me retournant contre le mur avec un miaulement étouffé que j'espérais attendrissant.

« Tu ne m'aimes plus, lança-t-il d'une voix d'outre-tombe.

– Mmmm ?

– Tu ne m'aimes plus.

– Pourquoi dis-tu ça, voyons ? répliquai-je, en essayant d'être aussi tendre que possible.

– Je le sens bien, tu ne m'aimes plus.

– Mais si…

– Tu vois, tu n'arrives même pas à le dire.

– Je t'aime.

– Tu dis ça pour éviter une discussion. Tu ne le penses pas. »

Je voyais dans son œil clair cet éclat que j'avais appris à reconnaître et qui n'augurait rien de bon. Je tentai d'être conciliante. Les écrivains ont trop l'habitude d'écrire leurs dialogues. Même dans la vie réelle, ils ne supportent pas que l'on dévie de leur texte.

« Que voudrais-tu que je te dise ?

– La vérité.

– La vérité n'existe pas et ce n'est pas toi qui vas me dire le contraire.

– Tu insinues que je suis un menteur ?

– Je n'insinue rien du tout.

– Traite-moi de monstre tant que tu y es !

– Romain, je n'ai peut-être pas ta longue expérience des mots, mais je les connais suffisamment pour les utiliser à bon escient. Si j'avais voulu dire que tu étais un menteur ou un monstre, j'aurais prononcé le mot menteur ou le mot monstre. Est-ce que tu les as entendus ?

– Ma longue expérience ! Me rappeler notre différence d'âge, alors que tu sais à quel point elle me fait souffrir, quelle perversité ! C'est du harcèlement ! »

Le maître chanteur était lâché. Je sentais que, bientôt, je n'aurais plus aucune prise, qu'il allait disjoncter. Je n'étais pas du tout prête à supporter une de ses petites séances. Je dis, en rameutant tout le calme dont j'étais capable :

« Déformer tout ce que je dis, voilà le harcèlement.

– Arrête de me parler comme si j'étais débile ! Tu t'es vue, avec ton air de maîtresse d'école ? Tu crois que c'est toi qui vas m'apprendre à parler français ! J'ai écrit cinquante romans et tu n'as même pas fini le début d'un !

– Qu'est-ce que tu veux, Romain ?

– Que tu arrêtes de m'engueuler, j'ai passé l'âge !

– Tiens, ça t'arrange bien tout d'un coup, ton âge…

– Je mérite un peu de respect, je pourrais être ton père.

– Tu n'es pas mon père, heureusement. »

Il y eut un moment de répit, j'allais peut-être m'en sortir à bon compte. Quelques échanges de balles un peu vifs, pas un de ces matchs éreintants qu'il affectionnait. Je le vis lever les yeux vers le coin gauche de la pièce, comme s'il hésitait à s'arrêter là, mais pour mon malheur il sembla y retrouver une dose d'inspiration.

« On ne sait jamais ce que tu penses ni ce que tu trames, c'est insupportable.

– Romain, tu me fatigues.

– Personne ne m'a jamais parlé comme ça ! Pas même mon éditeur ! Pas même de Gaulle ! clama-t-il, drapé dans son écharpe d'ex-aviateur offensé.

– Si tu avais couché avec eux, ils t'auraient dit la même chose que moi.

– C'est fini ! Je ne t'aime plus. Je te quitte. Je te déshérite.

– Je ne suis pas ton héritière, nous ne sommes pas mariés.

– Va-t'en ! Je te chasse !

– Je te rappelle que nous sommes chez moi... »

À son regard, je compris que je risquais de m'en prendre une. Si les hommes sont si susceptibles, c'est parce qu'ils ne sont jamais forcés de nous écouter jusqu'au bout. Ils manquent d'entraînement. Dès que la conversation devient trop dure, ils peuvent toujours nous faire taire par la force. Dans ce contexte, je n'avais pas trente-six solutions. Il y en avait deux en fait. Pleurer, mais à ce niveau d'exaspération, je n'en étais plus capable, ou le caresser, ce que je choisis. Dès que Romain était privé de plaisir sexuel pendant plus de trois jours, il devenait invivable. Il eût été plus simple de me demander, mais l'écrivain ne pouvait s'y résoudre. C'était à moi de deviner. Il fit mine de résister un quart de seconde. Je le pris dans ma main. Il ne

342

fallut pas plus de quelques minutes. Quand je relevai la tête, il était adossé au mur, bouche ouverte, les bras abandonnés sur le lit et les genoux écartés autant que le permettait son pantalon descendu sur les mollets. Il entrouvrit un œil rancunier suivi de l'autre, reconnaissant. Je ne pus m'empêcher :

« Tu parlais d'héritage... Tu comptes me laisser quelque chose ? »

31

« Ma chérie, c'est moi.

– Bonjour, Claude.

– Petite question : tu parles anglais ?

– Je me débrouille maintenant ; Romain m'a fait un tel souk pour que j'apprenne. Il ne me parle qu'anglais au petit déjeuner. Ridicule, mais efficace. Il aurait dû avoir des enfants celui-là.

– Il faut que tu me dépannes ce soir.

– Ce soir ? C'est compliqué, Claude. La journée je ne dis pas, mais là… Tu connais Romain.

– Je t'en prie, invente quelque chose.

– Tu n'as vraiment personne d'autre ?

– Marie est à Hong-Kong, Véronique avec M…, Sandrine avec son ministre, Christine à Bruxelles et les autres… non. Aucune ne ferait l'affaire.

– Qu'a-t-il de particulier, ce client ? Dis-lui que tu n'as personne.

– J'ai besoin de toi, Zita. Je sais bien que tu es hors circuit, mais je te le demande comme un service. »

Claude ne m'avait jamais rien demandé à part de coucher avec le président, ce que j'avais déjà refusé, lui attirant mille ennuis. Je lui devais beaucoup. Je me sentis obligée d'accepter.

« C'est vraiment parce que c'est toi, grognai-je.

– Il est anglais. Recommandé par l'un de mes plus importants contacts. Je te passe les détails, mais il est envoyé par un ami que je ne peux pas décevoir. Il a une voix jeune. Il a l'air très chic. Il faut l'accompagner à un dîner privé. Robe longue. Passe chez Yves. J'ai appelé, ils t'attendent. Choisis ce que tu veux, tu leur rendras demain.

– Où est le rendez-vous ?

– Au Ritz, à 18 heures.

– C'est tôt pour un dîner…

– Il veut te parler avant.

– On est bien d'accord, Claude, je ne finis pas la soirée…

– Tu ne peux pas faire une exception ?

– Non. Même pour toi. Tu sais bien que je ne veux plus. »

Elle soupira, exaspérée, mais n'osa rien dire. Claude savait mieux que quiconque analyser les rapports de forces et ils étaient en ma faveur. Elle avait besoin de moi.

« Dis-lui toi alors. Invente quelque chose. De toute façon, il n'a rien précisé à part le dîner.

– Je trouverai une excuse, ne t'inquiète pas. Inventer, c'est mon rayon. »

J'attendais depuis vingt minutes au bar du Ritz en pensant au nombre de fois où je m'étais déjà retrouvée dans cette situation : à attendre un homme à qui je devrais plaire et qui allait me payer. À Romain, toujours suspicieux, j'avais dit que je dînais avec Solange. J'avais prétendu qu'elle était de passage à Paris pour la première fois depuis son accouchement.

« Je rentrerai tard, l'avais-je prévenu.

– Appelle-moi quand même avant de te coucher. Je dors mieux quand je sais que tu es bien rentrée, avait-il insisté, camouflant sa jalousie derrière l'alibi de ma sécurité. Vous allez où ? »

C'était sa spécialité. Me poser un maximum de questions, notamment sur ce que j'aurais mangé et bu, pour me les reposer quelques jours plus tard et voir si je m'embrouillais dans d'hypothétiques mensonges. Je regardai ma montre en me renfonçant dans le confortable fauteuil du bar Hemingway : trente minutes de retard. Mais que fabriquait cet Anglais ? J'hésitai à appeler Claude, puis décidai de lui accorder un quart d'heure supplémentaire. Après tout, s'il payait... J'observai les photos au mur, les clients. Une jeune fille d'aujourd'hui se serait mise à envoyer des textos sur son portable ou à passer des coups de fil. À l'époque, il fallait bien accepter de s'ennuyer. C'était moins honteux aussi. Personne n'était censé faire semblant d'être occupé en permanence. L'hyperactivité d'aujourd'hui aurait même paru vulgaire à cette époque de grandes vacances qui méprisait les valeurs bourgeoises telles que le travail. Le quart d'heure étant passé, je me levai pour téléphoner. Personne ne répondit.

Je retournai m'asseoir. À une table voisine, deux vieux beaux se demandaient s'ils avaient une ouverture avec moi. Je pris ma mine la plus glaciale et me décidai à partir quand je vis passer la silhouette en poire et la crinière poil de carotte du mari de Solange.

« Jacob ! l'interpellai-je, ravie de trouver quelqu'un à qui fourguer mon addition. Que fais-tu là ? »

Le jeune papa esquissa un sourire qui, étant donné sa nature réservée, pouvait être considéré comme chaleureux. Il avait l'air fatigué et angoissé.

« Je suis avec mon père », confia-t-il, dans son français approximatif.

Il ne semblait pas réjoui de son sort.

« Solange est avec toi ? » demandai-je, alarmée. Il ne fallait surtout pas que Romain tombe sur elle ce soir où nous étions censées être ensemble !

« Non, elle este restée avec notre petite Henry. En ce jour, elle n'a pas tellement l'envie de bouger. »

Je savais, au contraire, que mon amie avait fait des pieds et des mains pour revenir en France le plus tôt possible, mais qu'après avoir accouché à Paris, sa belle-famille avait exigé qu'elle rentre s'installer à Londres sur-le-champ. Jacob hésita puis se lança :

« Zita, j'ai un gros problème, c'est moi ton rendez-vous, avoua-t-il d'entrée de jeu.

— Comment ça ? fis-je, blêmissant à mon tour.

— La Madame Claude, elle m'a dit que la fille était avec une robe rouge et des cheveuses brunes. Je savais pas que tu…

— Tu trompes Solange ! m'exclamai-je avec une mine de mère la vertu qui me surprit moi-même.

— *Absolutely not ! It's not what you think*, protesta Jacob que l'émotion ramena à sa langue maternelle.

— Ça y ressemble, en tout cas.

— Toi, tu peux pas rien dire. Tu fais la moitié de mondaine ! » se défendit-il.

Je parai au plus pressé :

« S'il te plaît, ne dis rien à Solange, l'implorai-je, ce serait une catastrophe…

— Écoute, Zita. J'ai vraiment besoin de ta aide. C'est pour ma père.

— Ah ! m'exclamai-je, soulagée. C'est pour ton père. Je me disais aussi que ce n'était pas ton genre de…

— Non, tu ne m'as pas comprendre. Ce n'est pas pour que tu, enfin… » Il chercha ses mots, gêné. « Ce n'est pas pour que tu dormes avec lui. Il faut lui faire croare que tu es ma *mistress*.

– Jacob, je ne sais pas si c'est parce que tu parles en français, mais je ne comprends rien. »

Je lui demandai de passer à l'anglais. Je n'étais pas très douée pour les langues, mais ce serait tout de même mieux que ce charabia laborieux.

« S'il se rend compte que je lui ai menti, il me déshéritera ainsi que Solange et Henry, reprit-il.

– Je ne comprends pas… Pourquoi as-tu été lui dire que tu avais une maîtresse ? »

Il pencha tristement la tête avant de se lancer dans le récit de son histoire. Un matin, en arrivant au siège de la banque familiale, à Londres, Mrs. Twinkle, l'assistante de Lord Beauchamp, était venue dire à Jacob que son père l'attendait dans le fumoir. Ce n'était jamais bon signe pour le jeune héritier. Il ne se souvenait pas d'une seule conversation plaisante avec son père. Dans le bureau surdimensionné où on l'avait installé, provoquant d'emblée la jalousie et la méfiance des autres employés, Jacob passa en revue les sujets dont « Lord B », comme le surnommait Solange, pouvait se saisir pour lui chercher querelle. Sur la question professionnelle, il ne voyait pas ce que l'on pouvait lui reprocher. Le jeune homme restait le soir jusqu'à des heures indues – ce dont sa femme désœuvrée se lamentait assez – et arrivait le matin avec les secrétaires. De l'avis des associés, qui au départ n'étaient pourtant pas prêts à lui faire de cadeaux, il s'était particulièrement bien acquitté des missions qui lui avaient été confiées. Jacob était moins rassuré en ce qui concernait sa coupe de cheveux. Séduite par la mode hippie, Solange l'avait harcelé pour qu'il renonce au rasage quasi militaire qu'il s'infligeait avant de la rencontrer. Ses boucles flamboyantes s'épanouissaient à présent en un halo romantique autour de son visage poupin qui y gagnait une douceur juvénile. Dans la salle de bains jouxtant son bureau, le jeune homme examina dans la glace son embonpoint. Il eut une moue désabusée : impossible d'éviter les commentaires narquois sur sa silhouette. Toute son enfance, Lord B s'était moqué de sa gourmandise et de ses kilos en trop. Jacob se souvenait des promenades à cheval de cinq heures destinées à lui donner « le goût de l'effort » et à le « dégraisser ». Il se souvenait aussi de cet été horrible, celui de ses douze ans, où pour tout repas, pendant deux mois, on lui avait invariablement servi au déjeuner et au dîner du poisson bouilli et des haricots verts, festin couronné d'une petite pomme acide. Le garçon, affamé, avait fini par manger en cachette d'énormes quantités du mash des chevaux, une bouillie de céréales à la mélasse qui lui semblait délicieuse et qui tint en échec le drastique régime paternel. Encore aujourd'hui, dans les moments de grande déprime, Jacob demandait à la cuisine qu'on lui préparât du mash. Mais les ingrédients utilisés étant de bien meilleure qualité que ceux de l'écurie, il n'y retrouvait pas la consistance à la fois gluante et râpeuse ni le goût rustique dont il raffolait. Jacob se retourna pour regarder dans le miroir son derrière dodu serré dans un pantalon de costume pattes d'eph bleu clair. Il eut un soupir résigné en ouvrant la porte de la salle de bains, recommença devant celle de son bureau et une troisième fois au moment d'entrer dans le fumoir. Peine perdue, l'air qu'il introduisait de force dans ses poumons refusait, en ressortant, d'emporter son angoisse. Il pénétra dans la pièce aux proportions impressionnantes où se réunissaient, deux fois par semaine, les associés de la banque. Les murs étaient tapissés de cuir de Cordoue, et il devait bien y avoir cinq mètres de hauteur sous plafond.

« Tout est grand autour de mon père. Il aime les grands chevaux, les grands chiens, les grandes voitures. Moi, je suis petit, et ça l'énerve », remarqua-t-il.

Quand Jacob arriva dans le fumoir, le corps mince et souple de Lord B était assis, ou plutôt avachi – ce qui n'ôtait rien à sa présence dominatrice –, dans le plus grand fauteuil de la pièce. Sans se lever, ni même décroiser les jambes, il salua son fils d'une main ouverte, puis lui désigna le coin de canapé en face de lui. Conscient à la limite du supportable des yeux qui examinaient sans tendresse ses mouvements embarrassés, Jacob se cogna le tibia contre un angle de la table basse, puis, aussi droit qu'une jeune fille à son premier bal, posa une fesse sur le rebord d'un des coussins. La litanie commença. C'était « original », cette coupe de cheveux. Comptait-il faire quelque chose pour y remédier ? Sans doute manquait-il d'argent pour aller chez le coiffeur ? Que Jacob n'hésite pas à se confier à son père s'il se trouvait dans le besoin. Lord B imaginait bien qu'une femme française avait d'inutiles envies de luxe, mais de là à mettre un Beauchamp sur la paille, il y avait de la marge. À moins qu'il ne s'agît d'un choix esthétique délibéré ? Non, il était impossible de trouver beau quelque chose de si laid. En même temps, il fallait reconnaître que ces cheveux de fille cadraient assez bien avec le costume de son fils. Il remarquait qu'en dépit de ses demandes répétées, ce dernier ne semblait pas avoir renoncé à sa passion inexplicable pour le pur bruit sans harmonie qu'était le rock. Comment expliquer autrement son accoutrement ? Était-ce donc si confortable, ou séduisant auprès des jeunes femmes, de porter une jupe à chaque genou ? Il savait que l'époque était à la tolérance et qu'il n'aurait pas dû manifester sa surprise, mais on poussait la tolérance, selon lui, un peu loin. Et puis, s'il avait fallu tout tolérer, leurs ancêtres Beauchamp auraient livré l'Angleterre aux catholiques et l'Europe aux musulmans ! Mais le sujet n'était pas là. Il laissait aux fumeurs de foin et autres hurluberlus fleuris et défoncés le soin de changer le monde. Il se contentait, pour sa part, à merveille du sien. De quoi, au nom du ciel, se serait-il plaint ? Il demanda des nouvelles de son petit-fils. Bien qu'il fût né trois mois plus tôt, Lord B n'avait pas trouvé un moment pour voir Henry. Les bébés n'étaient pas sa tasse de thé. Il laissait ces « gagateries » aux « bonnes femmes », dont la sienne.

« Je le verrai au baptême, avait-il déclaré. Ça meurt si facilement à cet âge-là, autant ne pas s'attacher en vain. Il est toujours roux, j'imagine ? C'est tout de même incroyable que personne n'ait été fichu, dans cette famille, d'hériter de mes gènes blonds. Enfin ! avait soupiré Lord B en passant une main satisfaite dans ses cheveux argent. Tout cela pour te dire que je t'ai trouvé la fille idéale.

– La fille idéale ?

– Elle est jolie, bien élevée, un peu artiste – elle fait une sorte de musique, je crois –, tu vas l'adorer.

– Mais père, nous avons déjà une nanny formidable, je n'ai aucune raison de la renvoyer, avait protesté le fils.

– Qui te parle d'une nurse ? s'était exaspéré Lord B en tapant du plat de la main sur l'accoudoir. Je te parle de ta maîtresse, nigaud.

– Ma maîtresse ? Mais je n'ai pas de maîtresse ! s'était récrié Jacob.

– C'est bien ce que je te reproche. J'ai fermé les yeux depuis ton mariage parce que ta Française…

– Solange.

– C'est ça, était enceinte, mais ça ne peut plus durer.

– Qu'est-ce qui ne peut plus durer ? s'était insurgé Jacob qui retrouvait, en me rapportant ce dialogue, l'attitude de dignité offensée – poings sur les genoux, menton levé – qu'il avait dû opposer à son père.

– Enfin, Jacob. On dirait presque que tu es amoureux d'elle !

– C'est effectivement le cas. Je suis amoureux de Solange.

– Eh bien, c'est intolérable. Pas un Beauchamp, depuis la filiation prouvée de 1648, n'a osé entacher notre famille d'un tel ridicule ! Être amoureux de sa femme. Et puis quoi encore !

– Je ne vois pas ce qu'il y a de honteux à aimer sa femme.

– Qu'ai-je donc fait au ciel pour mériter un fils pareil ! s'était lamenté le père. Tu es là à la regarder avec un air béat ! Tu ne vas pas laisser une Française te mener par le bout du nez ! Même tes bouffeurs de graines fumeurs d'opium croient encore à la baise. Sois un homme ! »

Lord B s'était mis dans une rage homérique. Contrairement à la France, en Grande-Bretagne, un père pouvait, sans aucune justification, déshériter ses enfants. Ce dont il menaça Jacob.

« Il a dit qu'il désignerait James, le fils de sa sœur, comme héritier. Un grand type qui ne pense qu'à collectionner les femmes et à chasser. Tout ce qu'aime mon père, conclut Jacob.

– Tu n'as pas eu envie de l'envoyer bouler quand même ? lui demandai-je.

– Oui, j'en ai eu envie. Moi je n'ai pas besoin de grand-chose, mais tu connais Solange. Je l'aime plus que tout... Je sais qu'elle ne m'a épousé ni pour ma beauté ni pour mon humour. Elle ne supporterait pas de manquer d'argent.

– Tu pourrais travailler ailleurs, gagner ton argent à toi…

– C'est vrai, Zita, mais je n'atteindrais jamais le même niveau. Solange réagirait très mal si nous devions réduire notre train de vie.

– Au moins tu es lucide », dis-je, impressionnée.

Jusque-là, en dépit de l'amitié que Timothée avait tout de suite accordée à Jacob, je le prenais plutôt pour un imbécile. Sa clairvoyance me fit changer d'avis. Je ne pouvais pas le contredire. Je connaissais trop Solange. Elle était si attachée à son statut qu'il avait détruit notre amitié. Elle méprisait la pauvreté. Elle en avait une peur instinctive, comme d'un virus qui aurait pu la contaminer.

« Que fait-on alors ?

– Viens avec moi, s'il te plaît. On jouera la comédie le temps d'un dîner et après tout sera oublié. »

Une voiture de l'hôtel nous attendait. Le chauffeur m'ouvrit la portière de la Rolls rutilante tandis que mon compagnon en faisait le tour.

« Bonne soirée, madame, bonne soirée, monsieur », déclara-t-il avec déférence.

Je lui adressai un sourire gêné. Sans doute parce qu'ils me rappellent la soumission de ma mère aux riches de notre immeuble, les excès de prévenances me mettent mal à l'aise. Pourquoi un être humain devrait-il faire tant de courbettes sous prétexte que je suis bien habillée et que je m'assois dans une voiture trop astiquée ? Nous empruntâmes les quais. Le soleil se couchait et la surface miroitante de la Seine resplendissait des derniers feux qu'il projetait sur elle et les immeubles la bordant. L'intérieur de l'auto était en cuir crème.

Jacob, sans doute nerveux, regardait par la vitre. Je songeai à Solange. Toute sa vie était faite de cette douceur fluide et luxueuse. Elle était à l'abri de la brutalité du monde, séparée de lui par des gens et des objets chargés d'en amortir le tumulte. Je me surpris à l'envier. J'avais méprisé son choix de se marier, mais peut-être avait-elle vu juste. Solange avait pour elle un instinct familial séculaire dont j'étais dépourvue. Je m'étais sans doute trompée. Portée par l'optimisme de la jeunesse et les mirages de la modernité, j'avais imaginé qu'il ne faudrait pas grand-chose pour m'en sortir et très bien. Il me suffirait, pensais-je alors, d'écrire un livre pour être libre. Un roman qui me rendrait riche et célèbre. J'aurais la vie dont j'avais toujours rêvé. Je m'étais nourrie de mythes comme celui de Sagan, et je me rendais compte que non seulement je ne prenais pas le chemin d'une gloire fulgurante, mais qu'en deux ans je n'avais pas été fichue de finir un manuscrit. Pas un instant, adolescente, je n'avais douté de mon talent. Aujourd'hui, son absence n'en était que plus évidente. Je n'avais aucun don pour ce métier. J'étais maladroite. Je manquais de discipline et de persévérance. J'avais voulu rester libre pour pouvoir m'exprimer sans rendre de comptes et je venais de comprendre que je n'avais rien à dire. La source s'était tarie. Je n'avais plus d'idées et encore moins de certitudes. Même mes ridicules poèmes de lycée me semblaient plus inspirés que la bouillie que je régurgitais à présent. J'avais été d'un orgueil stupide en refusant l'offre de Timothée. Une chance en or. J'étais lassée de Romain, je ne supportais plus Madame Claude, je ne savais pas écrire et il me faudrait bien trouver un moyen de vivre. Je laissai aller ma tête contre le dossier du siège. J'essayais de m'imaginer dans la peau de Solange. Ce que je ferais de mon argent, de mes journées, si j'étais dans sa position. Les amis que j'aurais, mes nuits avec Jacob. Il n'était pas si vilain, au fond.

« Tout va bien ? demanda-t-il amicalement.

– Tout va bien », confirmai-je avec mon plus beau sourire en décroisant les jambes.

La voiture prit la direction du bois de Boulogne.

« Où allons-nous ? demandai-je.

– Nous dînons chez une vieille amie de mon père.

– Elle est anglaise ?

– Non, américaine. Son mari était anglais. »

Nous longions à présent la plaine de Bagatelle. La nuit commençait à tomber. Nous nous engageâmes sur une route qui menait à une grille flanquée de deux imposants piliers. Elle s'ouvrit comme par magie, révélant une allée de gravier blanc au bout de laquelle se dressait une superbe villa. Un péristyle de quatre colonnes, soutenant un balcon en fer forgé noir, donnait un air de majesté à la façade en pierres claires. La bâtisse, d'une architecture classique, était entourée d'un vaste parc en pente douce dans lequel s'épanouissaient des arbres majestueux. La Rolls s'arrêta. Un monsieur noir habillé d'un costume ridicule de pourpre et d'or nous accueillit. Il devait s'agir d'une grande réception. J'eus un pincement d'inquiétude à l'idée de tomber sur un ami de Romain, mais, à l'intérieur, un silence total régnait. Dans l'entrée, occupée sur la gauche par un escalier monumental, un autre homme en livrée nous attendait. Mes talons résonnèrent sur le sol dallé de marbre. Je remarquai une mappemonde géante et des fauteuils extravagants qui me semblèrent chinois. J'étais curieuse de savoir qui habitait ce palais et étonnée de ne pas entendre de musique ou de voix. L'endroit, en dépit de sa magnificence, dégageait une impression de tristesse et de solitude. Je me sentis oppressée, malgré l'ampleur des volumes. Le majordome nous fit pénétrer dans un salon dont les murs étaient tapissés de papier peint bleu figurant des lacs et des paysages de forêt survolés d'oiseaux. Au plafond, un lustre de verre aux pampilles colorées éclairait la pièce d'une lumière diffuse. Un piano bloquait l'un des angles, le reste de la pièce était encombré de tables, elles-mêmes couvertes de bibelots. Au milieu de ce fatras d'objets exotiques ou précieux, un cercle de sièges constituait le centre habitable de cette pièce sans canapés. Un grand monsieur aux cheveux gris portant une queue-de-pie se leva. Je reconnus le père de Jacob que j'avais aperçu au mariage de Solange. En avançant, je découvris, tassée dans un fauteuil Louis XIV, une vieille dame maigre qui flottait dans sa robe longue d'un bleu nuit pailleté. Elle était laide. Dans son visage creusé par les ans, dont la peau liftée avait une texture sèche, on ne voyait d'abord que le nez. Épais, s'épatant en un triangle d'une exemplaire virilité, il n'était équilibré que par le menton en galoche qui lui disputait un peu de sa proéminence.

« Mademoiselle », fit Lord Beauchamp avec un sourire des plus charmeurs en me saisissant la main pour y esquisser un baiser.

La vieille dame, dont je remarquai le maquillage outrancier – celui d'une petite fille qui se serait grimée –, remua dans son fauteuil.

« *Who is she ? Who is she ?* cria-t-elle avec agitation.
– *She's a friend of Jacob's, Wallis*, répondit Lord B.
– *Jacob ?* s'étonna-t-elle.
– *My son Jacob.* »

La vieille dame fit un long monologue auquel je ne compris pas grand-chose. Je repris le fil au bout de trois minutes.

« Jacob, bien sûr ! Un petit garçon si mignon à qui je racontais l'histoire de Jeannot Lapin. Où est-il ? demanda-t-elle en balayant la pièce du regard comme s'il pouvait s'être caché quelque part. Et elle alors, c'est qui ?

– Je m'appelle Zita », répondis-je en tendant la main, mais je sentis deux poignes se poser sur mes épaules et peser jusqu'à me faire ployer, les genoux écartés et les fesses en arrière comme si j'allais m'asseoir dans le vide, mouvement qui put passer, in extremis, pour une révérence singulièrement dépourvue de grâce. Je rangeai ma main coupable dans les replis de ma robe en soie.

« Elle est très jolie », déclara Mme Wallis.

Lord B allégea de la pression qu'il exerçait sur mes épaules et je pus me redresser.

« Elle est comme une vilaine petite chatte. Exactement ce que j'étais. Une vilaine petite chatte », ajouta-t-elle.

Lord B esquissa un sourire de fierté, Jacob un de soulagement, et nous prîmes place autour de la vieille dame. Deux whiskies pour les hommes, encore une coupe pour moi, et un jus de fruits pour elle qui y trempa les lèvres en grimaçant. Elle reposa son verre avec dégoût et déclara comme si je n'étais pas là :

« Je voudrais qu'Edward rencontre Vita, c'est tellement son type… »

Jacob et Lord B échangèrent un regard embarrassé. Sans doute parce que leur hôtesse avait fait une erreur sur mon prénom, mais ils n'osèrent pas la reprendre.

« Où est-il, Wallis ? demanda Lord Beauchamp.

– Qui ça ?

– Edward, votre mari.

– Il voyage, répondit-elle, pensive. Il voyage tellement… C'est bien simple, on ne se voit jamais ! »

Le père et le fils échangèrent un nouveau regard. Ils semblèrent se confirmer quelque chose. Le doute qu'ils avaient eu précédemment avait laissé la place à une conviction que je ne comprenais pas. J'avais l'impression d'assister à une pièce dont je n'entendais pas les répliques. Lord B se mit à parler de chasse. Alors qu'il décrivait à son fils un doublé de grouses, je vis la vieille dame se pencher subrepticement pour lui prendre son verre de whisky. Dans un coin de la pièce, le maître d'hôtel s'alarma aussitôt. Jacob ne vit rien, trop absorbé par la conversation qu'il avait avec son père dont l'avis lui importait tant. Wallis saisit un échange de regard entre son invité et son domestique. Se sentant découverte, elle se mit à boire goulûment l'alcool que Lord B finit par lui prendre de force des mains. Elle eut alors un rire incongru de fillette et dit :

« C'est idiot, Stephen, je me suis trompée de verre. »

Mais ses yeux rayonnaient de sa victoire et du plaisir que le whisky lui avait procuré. Wallis semblait guillerette et déjà un peu partie lorsque nous passâmes à table. Elle s'appuya sur le bras de son vieil ami et, flirtant de manière outrancière, lança :

« Nous nous sommes bien amusés ensemble autrefois, n'est-ce pas mon petit Stephen ? »

Une mine interloquée puis incrédule se posa sur les traits de Jacob, tandis que le « petit Stephen », qui devait avoir quinze ans de moins que Wallis, prenait un air contrit.

« C'est vrai, Wallis. Nous nous sommes bien amusés », répondit-il en l'asseyant en tête de la table somptueusement dressée.

Les deux hommes l'entourèrent tandis que je me retrouvais à la droite de Lord B.

« Vous êtes quand même plus drôle que ce raseur d'Edward, fit la vieille chouette en dépliant sa serviette. Entendez-moi bien, je l'adore, mais il est d'un morose. Le temps, son assiette, son assiette, le temps. Je ne vous raconte pas les dîners ! C'est simple, si nous ne voyons pas des gens matin, midi et soir, je meurs d'ennui.

– Une si belle histoire d'amour… risqua Jacob d'une voix pâteuse.

– Ah, c'est sûr. Ça n'enlève rien à l'histoire. Mais soyons honnêtes, il est rasoir !

– Wallis ! protesta Lord B. Après tout ce à quoi il avait renoncé pour vous…

– Pourquoi parlez-vous de lui au passé ? À vous entendre on croirait qu'il est mort », l'interrompit Wallis.

Un ange lesté de plomb passa. Elle reprit :

« Et puis, au bout d'un moment, ça va. D'accord, il a renoncé au trône pour moi, mais c'était une vie de chien. Un esclavage ! Il n'y a qu'à voir à quel point Cookie m'en a voulu de lui avoir refilé le bébé. Si vous croyez qu'elle avait envie de tout ce tralala. Elle savait très bien que ce serait la fin de leur vie de famille et de leur bonheur petit-bourgeois. Parce qu'ils ont beau être qui ils sont, vous ne ferez pas plus petit-bourgeois que cette paire-là.

– Ma chère, vous délirez », déclara Lord B, choqué.

Le maître d'hôtel apporta une terrine de saumon entourée de têtes d'asperges. Le jeune sommelier présenta un vin blanc. Comme il se retirait sans l'avoir servie, la vieille dame saisit à deux mains son assiette et, se tournant sur sa chaise, la tint au-dessus du sol de pierre en fusillant son domestique du regard.

« Pas ce soir ! Je vous préviens, je ne suis pas d'humeur », menaça-t-elle. Le jeune homme, impressionné, remplit son verre. Elle reposa son assiette sans bruit et continua : « Vous ne changez pas, Stephen. Dès que l'on dit les choses telles qu'elles sont, vous prenez des mines effarouchées. Edward n'avait qu'à rester là au lieu de partir. Il ne fallait pas me laisser, s'il ne voulait pas que je dise la vérité. »

Je commençais à rassembler les pièces du puzzle et je n'en croyais pas mes yeux. Wallis, le trône, la maison dans le bois de Boulogne…

« Quelle est la vérité ? la relançai-je.

– La vérité, c'est qu'en étant l'héroïne de "la romance du siècle", fit-elle en esquissant de ses doigts une arabesque, on y est ligotée à vie. Condamnée à aimer. Le goulag de l'eau de rose. À perpète la bluette. Au début, je ne dis pas, mais après vingt ans… Alors j'ai acheté des meubles. Beaucoup changé et décoré de maisons aussi. Ça occupe, les maisons. J'ai vraiment fait mon possible pour le ruiner. De toute façon, nous n'avons pas d'enfants. Le moins on en laissera aux autres, le mieux je me porterai.

– Pardonnez-moi mais qui sont les autres ? demandai-je.

– La bande de rapaces… Surtout Gloucester, chaque fois qu'il vient ici, je suis obligée de lui faire les poches avant de le laisser repartir. Remarquez, au moins il est amusant. »

Wallis devint plus triste.

« C'est simple, les gens croient dur comme fer que nous nous aimerons pour l'éternité. Ils ont fini par nous en persuader et puis c'est vrai, en un sens, que nous nous aimons toujours. »

Elle soupira, ce qui fit saillir encore plus les os de sa poitrine maigre, puis se laissa aller à un mouvement de tendresse :

« J'espère qu'il va bientôt rentrer maintenant. J'ai été un peu dure avec lui. Je n'aurais pas dû.

– Ma chère Wallis », murmura Lord B en posant ses longs doigts éclaboussés de brun sur les mains presque viriles de son ancienne maîtresse.

Elles se refermèrent avidement sur lui. La vieille dame continuait à se plaindre de la famille royale :

« Ils m'ont dit que je serai enterrée à côté de lui, mais il n'y a pas la place. »

Nous nous regardâmes, ne sachant que répondre. La pauvre femme semblait égarée dans les dédales de sa mémoire. Un labyrinthe où les parois séparant la réalité du fantasme bougeaient sans cesse.

« Je sais bien que je ne suis pas grosse, mais j'ai vu le trou au cimetière de Frogmore. Impossible de m'y caser.

– Voyons, Wallis, ne pensez pas à des choses aussi sombres, fit Lord B. Nous trouverons une solution.

– Vous serez parmi nous encore très, très longtemps, renchérit Jacob.

– Vous avez raison, Stephen. Réglons le problème et n'y pensons plus. Je vais en parler à Edward. Je sais qu'il n'aime pas s'occuper de ces choses-là, mais il faut prévoir. Surtout avec une famille comme la sienne. »

Elle sonna. Le maître d'hôtel apparut.

« Votre Altesse ?

– Pouvez-vous appeler Monsieur ? »

Le sourire jovial du pauvre homme s'affaissa.

« Appeler Monsieur ? répéta-t-il.

– Oui, appeler Monsieur.

– Mais Votre Altesse sait bien…

– Qu'est-ce que je sais ? demanda notre hôtesse. Vous m'ennuyez à la fin.

– Que Monsieur n'est plus là… »

La mine de Wallis se ferma. Jamais je n'avais vu une telle dureté figer un visage de femme.

« Vous n'allez pas recommencer. Monsieur était à l'étage il y a encore une heure.

– Votre Altesse, je vous assure qu'il n'y était pas, cela fait bien longtemps que… »

Wallis mit sa serviette en boule et la posa rageusement sur la table.

« Pardonnez-moi, fit-elle à notre intention, mais je ne peux supporter cette effronterie une minute de plus. Maurice, intima-t-elle au maître d'hôtel, venez avec moi. Nous allons régler – avec Monsieur qui ne sera pas du tout content de votre attitude, je préfère vous le dire – ce problème qui revient sans cesse contrarier notre vie quotidienne. »

Elle se leva avec une majesté de Clytemnestre courroucée.

« Votre Altesse… se lamenta le majordome en suivant sa maîtresse. Il avait les larmes aux yeux.

– N'essayez pas de m'attendrir, Maurice, l'entendîmes-nous dire de l'autre côté du mur. Trop, c'est trop. »

Très perturbée par cette scène, la cuisinière vint elle-même nous servir le dessert : des soufflés au Grand Marnier qui n'auraient souffert d'attendre. Ses mains tremblaient quand elle plaça les ramequins de porcelaine devant nous.

« C'est épouvantable, déclara Lord B.

– Que faire ? dit Jacob.

– Qu'a-t-elle ? demandai-je, en savourant l'excellent soufflé.

– Vous voyez bien qu'elle est devenue folle ! s'exclama mon voisin.

– Elle n'a pas supporté le choc. La douleur lui a fait perdre la raison », expliqua Jacob.

Les deux hommes virent que je ne comprenais pas.

« Il est mort, Zita. Le duc de Windsor est mort il y a six mois, articula Lord B.

— Personne n'a osé lui annoncer la nouvelle ? demandai-je après un long silence.

— Elle le sait, affirma Jacob.

— L'enterrement a été trop dur, Wallis l'a effacé de sa mémoire, renchérit son père. Elle croit qu'il est en voyage. Parfois elle se souvient et tombe en prostration.

— À l'entendre en parler, pourtant, on n'a pas l'impression qu'ils s'aimaient tellement.

— Ne croyez pas ça. Très peu de gens savent démêler leurs sentiments. Ils sont encore moins nombreux à savoir les exprimer. »

La remarque de Lord B me surprit. Cet homme avait donc un cœur ? Sa réplique suivante m'ôta ce doute.

« Arrête bon sang ! cria-t-il à Jacob qui venait d'accepter le cognac que lui proposait le sommelier. Tu es ivre. Tu sais très bien que tu louches quand tu es ivre. On dirait un dégénéré. »

Je vis Jacob se plier sous la douleur que fit exploser cette phrase en lui. Un silence pénible s'installa. Wallis ne revenait pas. Jacob boudait. Lord B ne bougeait pas d'un pouce, les yeux fixés sur la nature morte qui ornait le mur derrière son fils. On entendit des cris effrayants.

« Vous croyez qu'il faut les aider ? lança Jacob.

— Certainement pas », répliqua Lord B.

Maurice réapparut enfin. Rouge et transpirant, il nous annonça que « Son Altesse » avait fait un malaise et qu'elle ne redescendrait pas. Il nous invitait à passer au salon.

« Merci, Maurice. Nous allons rentrer », décida Lord B.

32

Une fois installés dans notre Rolls, Jacob me demanda à brûle-pourpoint :

« J'aurais dû lui répondre, n'est-ce pas ?

– À qui ?

– À mon père, quand il m'a traité de dégénéré. J'aurais dû me défendre...

– C'est lui qui a l'argent, Jacob. Tu en as besoin. Il est odieux, mais tu as bien raison de te taire. Ça ne sert à rien de se battre.

– Solange me dit le contraire.

– Solange ferait une drôle de tête si vous deviez quitter Beauchamp Place pour un appartement normal et si elle ne pouvait inviter les Marie-Astrid, Hélène, Ingrid et autres pimbêches sur votre yacht cet été. Tu l'as dit toi-même.

– Tu es gentille, Zita.

– Ce qu'elle te dit sur ton père, c'est à elle qu'il faut l'appliquer. Tu dois te faire respecter.

– Tu crois ?

– Elle a beaucoup de chance d'être tombée sur toi. Tu es adorable, intelligent, et un très beau parti. »

Le visage de Jacob, congestionné par l'alcool, se rengorgea de satisfaction, mais la confiance déserta ses traits aussi vite qu'elle était venue.

« Oui, mais je ne suis pas un très bon amant, avoua-t-il tristement.

– Pourquoi dis-tu cela ?

– Solange se plaint.

– Qu'en sait-elle, Solange ? Jusqu'à preuve contraire, elle n'a couché qu'avec toi. C'est peut-être elle qui n'est pas une bonne maîtresse.

– Ne crois pas ça. Elle est parfaite. Moi, je suis très content. »

Bien qu'il n'eût pas bougé, les oreilles du chauffeur semblaient s'être allongées d'une dizaine de centimètres.

« Et elle voudrait faire des choses gênantes...

– Des choses gênantes ?

– Elle veut faire l'amour dans des endroits publics, des portes cochères. C'est affreux. J'ai tellement peur que l'on nous surprenne...

– Quelle fripouille ! » commentai-je, réjouie.

Jacob tourna vers moi son visage ivre

« Dis, Zita, tu ne voudrais pas m'apprendre des trucs ? demanda-t-il.

– Des trucs ?

– Oui, des recettes, des techniques, pour qu'elle soit contente.

– Tu rigoles, là ?

– Non. Je suis très sérieux. Plus que sérieux. Je t'en supplie. »

Je soupirai. J'avais trop bon cœur au fond. Je m'étais colleté cette soirée impensable pour faire plaisir à Claude, puis pour « sauver » l'héritage de Jacob, il fallait à présent que je fasse jouir Solange par procuration.

« S'il te plaît, implora Jacob.

« – Je veux bien t'expliquer quelques trucs, comme tu dis, mais pas dans cette voiture. »

Le mari de mon ex-meilleure amie sembla se rendre compte de la présence du chauffeur. Il devait être tellement habitué à avoir des domestiques autour de lui que ces derniers, dans son esprit, ne se différenciaient pas des meubles.

Nous retournâmes au Ritz. À cette heure, le bar était fermé et le lobby, comme les longs couloirs menant d'un salon à l'autre, ne se prêtaient pas à de telles explications. J'avais toujours Romain en tête. J'hésitai à lui téléphoner, mais il était trop tard et, le connaissant, il exigerait de me rappeler chez moi pour vérifier que j'étais rentrée. À moins qu'il ne fût déjà en train de dormir devant ma porte… Fichu pour fichu, je décidai de m'éviter une dispute. C'est l'un de mes principes. Ne jamais faire le jour même ce que l'on peut remettre au lendemain. Pour peu que je meure écrasée par un bus ou que Romain soit victime d'une rupture d'anévrisme, c'était toujours un moment désagréable que je nous aurais épargné. Nous montâmes dans l'immense suite de Jacob.

« Tu comptais accueillir une colonie de vacances ? » demandai-je.

Il eut un sourire gêné.

« Mon père ne veut pas que l'on pense que les Beauchamp ont moins d'argent qu'avant. Moi, je préfère dormir chez les parents de ma femme.

– Ah, si c'est ton père le responsable… »

Elle avait de la chance, Solange, que son beau-père partageât ses goûts de luxe. Si Lord B n'avait pas veillé au grain, Jacob, par réaction, se serait certainement installé dans une chaumière à la campagne. Sans réfléchir, ce dernier avait ouvert le minibar. Il me versa une vodka. Je soupirai. C'était beaucoup, mais j'en avais besoin. En buvant, j'essayai de me souvenir de ce que m'avaient appris Claude et Romain.

« Tu connais bien le sexe féminin ? » demandai-je.

Je le vis rougir, tandis qu'une lueur d'enthousiasme s'allumait dans le brouillard de son regard myope.

« Je ne sais pas, répondit-il, gêné.

– Est-ce que tu sais où est le clitoris ? » Comme Jacob ne répondait pas, j'essayai de le décrire : « Tu sais, le petit bouton qui donne du plaisir aux femmes. »

Jacob me regardait, éberlué.

« Bon, soufflai-je. Tu as de quoi dessiner ? Ce sera plus simple. » Il sortit d'un tiroir quelques feuilles de papier à en-tête du Ritz. Je m'assis au bureau et commençai à représenter un sexe avec le stylo à bille de l'hôtel : les cuisses, le mont de Vénus, les poils, les grandes lèvres, les petites lèvres, l'anus et le fameux clitoris. Je relevai la tête, très contente de mon schéma, mais à l'air décontenancé de Jacob, je compris que l'on pouvait aussi bien voir dans mon dessin une tête de chien à grandes oreilles, un cumulus orageux ou une vue aérienne de bateau à moteur. Je ne me démontai pas, considérant qu'avec un peu de concentration Jacob finirait par comprendre. Je pointai le nez du chien :

« Le clitoris est là. »

Jacob se pencha, s'absorba longuement dans la contemplation de cette truffe et déclara, formel :

« Solange n'a pas de clitoris.

– Ne dis pas d'idioties, Jacob. Toutes les filles en ont un, à part certaines Africaines à qui on l'enlève.

– Non, je t'assure, Solange n'en a pas.

– Tu as bien regardé ?

– Bah oui quand même, affirma-t-il en haussant les épaules.

– Je l'ai peut-être mal dessiné. C'est un petit morceau de chair que l'on ne voit pas tout le temps parce qu'il est parfois caché sous la peau. Elle est très poilue ?

– Non, normale, fit Jacob. Comme ça à peu près, précisa-t-il en mimant, dans sa longueur et dans son épaisseur, un bon gros triangle.

– Si tu cherches bien, tu le trouveras la prochaine fois.

– Mais je ne vois même pas de quoi tu parles.

– Ce n'est quand même pas compliqué, c'est juste au-dessus du trou et gros comme le bout de mon petit doigt. » Comme il me regardait avec une incompréhension abyssale et muette, je me levai, remontai ma robe longue, enlevai ma culotte, m'assis sur le lit et relevai les jambes pour lui montrer. La tête entre les genoux, j'écartai mon sexe d'une main et indiquai de l'autre : « Voilà, dis-je, exaspérée. Le clitoris, c'est ça. »

Un gourdin de stupéfiante proportion tendait le smoking de Jacob jusqu'à mi-cuisse. Petite veinarde de Solange, pensai-je. À la vue de cette équerre de tissu, une vocation enflammée d'enseignement s'éveilla en moi. Comment un tel engin avait-il pu atterrir dans le pantalon de ce garçon disgracieux et grassouillet ? Si son père l'avait vu dans cet état, il l'aurait plus respecté. À moins que la virilité du jeune homme ne fût, au contraire, à l'origine de l'animosité paternelle. Je perdis vite le fil de mes réflexions, Jacob étant passé aux travaux pratiques. Un exercice en amenant un autre, nous parcourûmes presque tout le programme en quelques heures et il se révéla un élève aussi doux que doué. Longtemps plus tard, nous décidâmes de ne parler à personne de ce cours très particulier. Nous discutions de tout et de rien. Je posais beaucoup de questions sur Solange. Ma curiosité l'embarrassait, mais il semblait heureux d'avoir trouvé quelqu'un à qui en parler. Lorsque le jour commença à poindre, je me levai. Tout en me rhabillant, je me demandai soudain :

« Tu as des nouvelles de Timothée ? »

Jacob rougit. Durant notre partie de plaisir, il avait bien dû penser à Solange et avoir honte de la tromper, mais il n'avait sans doute pas pensé au fait qu'il trahissait un ami. Timothée avait été fou de moi. Il avait voulu m'épouser et je l'avais éconduit. Notre incartade n'était pas le genre de révélation susceptible de lui faire plaisir.

« Oui, ça va un peu mieux. »

J'eus un pincement au cœur. Je n'aimais pas du tout l'idée que Timothée se remette de moi.

« Il a une petite amie ?

– Tu sais, dans son état, ce n'est pas facile de draguer.

– Tu exagères, lui reprochai-je. Cela fait plus d'un an que nous sommes brouillés. Je connais sa volonté et son sale caractère. Je suis sûre qu'il a fait un trait sur moi.

– Mais de quoi parles-tu, Zita ? s'étonna Jacob.

– De notre séparation, répondis-je en haussant les épaules.

– Tu sais qu'il est malade, quand même ? » s'inquiéta Jacob.

Une main de glace me broya le cœur. La stupeur me fit perdre la voix. L'information remontait péniblement jusqu'à ma conscience qu'elle frappa d'un coup.

« Mais depuis quand ? Qu'est-ce qu'il a ?

– Tu ne savais pas… murmura Jacob, comme pour lui-même.

– Mais réponds-moi ! C'est grave ?

– Oui, c'est grave.

– Qu'est-ce qu'il a ?

– Une tumeur. Au cerveau.

– C'est impossible.

– Je sais.

– Il n'a que vingt-trois ans.

– Je sais. »

Je m'assis au bord du lit.

« Où est-il ?

– À l'Hôpital américain, à Neuilly. Je suis allé le voir hier. Ils l'ont opéré il y a deux jours. Tout s'est bien passé.

– Mais pourquoi personne ne m'a prévenue ? Depuis quand le sait-il ?

– Longtemps, Zita. Ses parents lui ont dit que tu savais et que tu ne voulais pas venir.

– Les ordures. » J'en restais choquée. « Les ordures », répétais-je pour me convaincre de ce que j'apprenais. « Tu as l'adresse ?

– Tu ne vas pas y aller maintenant ?

– Si.

– Il est six heures et quart. Ils ne te laisseront pas entrer, tu sais.

– Je m'en fous. J'y vais. Je ne peux pas lui laisser croire une seconde de plus que je l'ai abandonné.

– Je te commande une voiture », fit Jacob en décrochant le téléphone alambiqué qui était posé sur sa table de chevet.

Je finis de m'habiller en quatrième vitesse, coiffai mes boucles avec les doigts, me lavai les dents avec les doigts également. Cinq minutes plus tard, j'étais dans la même voiture et dans la même direction que la veille. Seul le chauffeur avait changé. Mon état d'esprit aussi. J'étais abasourdie. Le concept même de Timothée malade me semblait absurde. L'injustice de cette révélation dépassait les limites de mon entendement. Elle ne voulait pas entrer dans mon crâne. Comment, parmi tous les gens vivant sur cette planète, tous les vieux, les cons, les moches, les salauds qui la peuplaient, la maladie avait-elle pu s'abattre sur un être aussi intelligent, évolué, beau, pur et jeune que Timothée ? Moi, j'aurais mérité d'être malade. J'avais tout saccagé, mes chances, les espoirs que d'autres avaient placés sur ma tête, moi-même. Mais Timothée qui n'avait pas dévié d'un pouce du droit chemin, Timothée si généreux et tendre… Quel principe aberrant pouvait bien régir le monde pour permettre une telle atrocité ? J'essayai de me calmer. Il fallait penser à lui. Comment lui faire comprendre que je ne savais rien ? Comment lui dire que ses parents lui avaient menti ? Comment lui donner du courage, de la force, de la vie ? J'hésitais. Entre me taire et m'expliquer. Entre m'indigner et me résigner. Je n'eus pas le temps de canaliser le flot des questions qui se déversaient en moi. Les idées noires se battaient encore dans mon esprit tandis que je remontais les couloirs de l'hôpital vers sa chambre. Il était bien trop tôt pour les visites, mais j'avais supplié, pleuré, tempêté pour qu'on me laissât entrer. Ma tenue me sauva parce qu'elle impressionna les infirmiers. L'Hôpital américain vit de fonds privés. Mieux valait ne pas contrarier quelqu'un d'important. L'habit ayant fait le moine, je marchais dans ma robe de soie sur le lino en faux marbre du sol, serrant mon étole contre moi et m'armant de tout le courage que je pus mobiliser pour présenter un visage serein à Timothée. Je poussai la porte de la chambre 312 le plus doucement possible. Il dormait. Était-ce bien lui, cet oisillon à la tête bandée ? J'ôtai mes chaussures et entrai. J'approchai une chaise, avec d'infinies précautions, de son lit en métal. Il ouvrit les yeux. Immédiatement clairs, ils se posèrent sur moi. Ses pupilles ne recelaient pas la moindre interrogation. Elles enregistraient ma présence, mon visage, mes cheveux, sans trace d'émotion, sans me juger non plus. C'était comme s'il ne me reconnaissait pas. En même temps, je ne lisais pas d'étonnement ou de sentiment d'étrangeté dans son regard.

« Pardonne-moi, je ne savais pas, murmurai-je.

– Tu ne savais pas quoi, Zita ? demanda-t-il, indifférent.

– Ce qui t'arrivait. Que tu étais malade, répondis-je, sentant les larmes ruisseler le long de mes joues.

– Je pensais bien qu'ils ne te l'avaient pas dit. Je crois que ça m'arrangeait aussi.

– Pardonne-moi, fis-je en lui saisissant le bras et m'asseyant sur le côté de son lit. Pardonne-moi pour tout.

– Je ne voulais pas que tu me voies comme ça.

– J'aurais dû être là.

– Je ne voulais pas que tu reviennes par pitié.

– Ce n'est pas de la pitié. J'étais folle. Pardon.

– Tu n'y es pour rien.

– J'ai essayé de t'appeler, tu sais. Des dizaines de fois.

– Je sais, soupira-t-il. C'est ma faute. J'étais jaloux.

– J'ai été si bête, dis-je.

– C'est moi. J'aurais dû te comprendre.

– Non c'est moi », insistai-je. Ce qui nous fit rire. Puis me refit pleurer.

« D'accord, c'est toi, accepta Timothée avec un sourire qui disait le contraire.

– Promets-moi que tu vas guérir, le suppliai-je.

– Je te promets.

– Et nous serons ensemble, sans plus jamais nous faire de mal.

– Et nous serons ensemble, sans plus jamais nous faire de mal », répéta-t-il comme un mantra.

33

« T'étais où ? aboya Romain au téléphone.

– Je préférerais qu'on en parle de vive voix.

– Tu me quittes, c'est ça ?

– Non.

– Tu me trompes ?

– Non plus, mentis-je sans même y penser.

– Qu'est-ce que tu veux me dire alors ?

– On se retrouve à l'Escurial ? Je peux y être dans quinze minutes. »

Il émit un grognement puis raccrocha.

Dans ce grand café rouge qui faisait l'angle de la rue du Bac et du boulevard Saint-Germain, de la musique brésilienne carillonnait. C'était l'après-midi des cours de danse. Quelques dames du quartier secouaient maladroitement le popotin. Elles avaient l'air emprunté, à l'exception d'une femme menue aux cheveux châtain clair dont les grands yeux bleus rieurs rayonnaient du plaisir qu'elle prenait à vivre et à danser. À deux tables de la mienne, une petite fille sirotant un diabolo menthe la regardait virevolter avec un mélange de honte et d'admiration. À côté, un vieux monsieur trop bronzé regardait la jeune femme. Il se pencha vers la fillette qui s'empourpra.

« C'est ta maman ? demanda-t-il avec un sourire cajoleur.

– Oui, croassa la petite qui avait une voix de fumeuse. Et elle est mariée. »

Elle aspira le fond de son verre avec un bruit de paille appuyé qui indiqua au vieux la fin de leur conversation.

Romain arriva. Il avait mis son poncho : ce besoin maladif de se faire remarquer, songeai-je. Il s'assit en face de moi, mit les coudes sur la table, tendit le cou dans ma direction :

« T'étais où ? »

Une serveuse l'interrompit pour demander, sur un ton de jingle publicitaire :

« Vous avez choisi ?

– Un diabolo menthe », dis-je.

La petite fille leva les yeux et me dévisagea, curieuse.

« Je ne sais pas encore, déclara Romain. Alors ? exigea-t-il sans même attendre que la serveuse se fût éloignée.

– À l'hôpital.

– Qu'est-ce que t'as ? »

Parfois, la vulgarité de sa voix me heurtait. Il dégueulait ses mots. Ce ton que l'on n'imaginerait pas chez une personne aussi cultivée que Romain, lui venait quand il était en colère.

« Moi rien. C'est Timothée.

– Qui ça ? »

Je lui lançai un regard noir.

« Ah ! Le petit Beauthertre ? Qu'est-ce qu'il a ? demanda-t-il en jetant un œil sous la table pour compter le nombre de homards y ayant élu domicile.

– Un cancer.

– Merde ! fit-il sans que je sache très bien si c'était pour les crustacés ou s'il se préoccupait du sort de Timothée. C'est moche. » Il se tut quelques secondes puis réattaqua, les yeux rétrécis : « Mais qu'est-ce que ça peut te faire ?

– Tu ne vas quand même pas être jaloux d'un malade !

– C'est un peu ton ex-fiancé, que je sache.

– Exactement. Ça me fait de la peine de le voir dans cet état.

– Il faut bien mourir un jour.

– Pas à vingt-trois ans.

– Vingt-trois ans ? répéta Romain. Alors, il va s'en sortir, ne t'inquiète pas, assura-t-il en me tapotant l'avant-bras d'une main tandis qu'il interceptait la serveuse de l'autre. Mademoiselle ? Un Perrier rondelle, s'il vous plaît. »

Je devais faire une tête terrible parce qu'il s'inquiéta : « Mais qu'est que tu as ? On dirait que c'est toi qui as un cancer.

– J'avais oublié à quel point tu es incapable d'empathie. Tu ne comprends que ta douleur. Toi, tes petits bobos, tes petites angoisses, c'est sûr, on en entend parler, mais la souffrance des autres, elle te passe au-dessus de la tête à une distance qui te donnerait une idée de l'infini.

– La souffrance de qui ? s'impatienta-t-il.

– Celle de Timothée, la mienne.

– Tu l'aimes encore, c'est ça ? »

Il m'écœura tellement que je ne répondis pas. On lui apporta son Perrier qu'il versa avec entrain dans son verre.

« Bon, puisque tu es muette, j'ai des choses à te raconter : j'ai fini mon roman.

– Formidable, grimaçai-je.

– Oui, c'est génial. Un chef-d'œuvre. » Je pris une profonde inspiration pour garder mon calme. « Maintenant j'ai besoin de toi », fit-il.

Comme je ne disais toujours rien, il enchaîna : « Non seulement je voudrais que tu sois la première à le lire… mais je voudrais que tu le signes.

– Pardon ?

– Je veux que l'on fasse comme si c'était toi qui l'avais écrit.

– Tu es fou ?

– Loin de là. J'y pense depuis des mois. C'est le meilleur moyen de fermer le clapet des journalistes. Je l'ai écrit en pensant à toi à chaque instant. Je suis sûr que tu te reconnaîtras.

– Précise ta pensée.

– C'est inspiré – mais très transformé – de toi, de ton histoire.

– Tu as raconté ma vie ? crachai-je. Je croyais que c'était l'histoire d'une double personnalité !

– Ne t'énerve pas, fit Romain avec une main dressée. Je n'ai fait que reprendre certains éléments. Claude, ta mère, les Vitré…

– Même, hurlai-je, faisant se retourner toutes les danseuses de salsa et sursauter la fillette au diabolo. Non seulement c'est ma vie, et tu n'as aucun droit de la piller…

– On n'empêche pas un écrivain d'écrire, affirma-t-il.

– Mais tu sais pertinemment que j'écris sur ce sujet.

– Depuis le temps que tu m'en parles et que je ne vois rien venir, j'ai pensé que tu n'y tenais pas plus que ça…

– Tu es vraiment un connard.

– Attends, Zita, tu ne vas pas en faire une jaunisse ! Un sujet peut être traité de mille façons. Les histoires sont toutes les mêmes, le sujet ce n'est pas grand-chose…

– Moi, je crois que le sujet est essentiel et que tu es tellement vidé, tu n'as tellement plus d'idées que tu es obligé de me voler les miennes.

– Ce qui compte c'est la vision, le style…

– Avec ce que tu vends, tu m'excuseras de ne pas me fier aveuglément à tes conseils.

– Tu pourras toujours sortir le tien plus tard.

– Après avoir signé ton torchon ? Tu me prends pour une demeurée ou quoi ? Forcément dans ton plan, préparé dans ton coin, en ne consultant que toi et ton nombril, tu n'avais pas pensé à cet insignifiant détail. » Comme il restait interloqué, j'éructai : « Je ne veux plus jamais te voir. Et je regrette chaque jour, chaque heure, chaque minute de ma vie que je t'ai consacrées.

– Houlà ! Quel mélo pour un malheureux petit service que je te demandais. S'il est écrit comme ça, ton roman, il n'y a pas grand-chose à regretter. »

Là, je devins furieuse. Je le reconnais. Je lui jetai mon diabolo menthe à la figure et, comme il m'attrapait le poignet pour m'empêcher de partir, je lui écrasai la main à grands coups de verre jusqu'à ce qu'il me lâche. Ma chaise tomba. Je bousculai la jolie femme aux cheveux châtains qui regagnait sa place. Je m'enfuis, pourchassée par des « Attention ! », « Ça va pas non ? », « Faites gaffe bordel ! »

La technique de Romain dans ces cas-là, c'était d'attendre que je me calme. Il laissait passer deux ou trois jours, puis rappelait comme si de rien n'était. Avec quelques efforts, il arrivait à se faire pardonner. Il adopta donc la stratégie de la disparition. Je m'en réjouissais, parce qu'il m'épargnait d'avoir à le quitter. J'espérais que son silence serait définitif. Il me convenait d'autant mieux que j'avais décidé de me consacrer à Timothée. Je passais mes après-midi à l'hôpital. J'étais assoiffée de lui. Je cherchais à combler les mois que nous n'avions pas passés ensemble en le questionnant sur sa vie pendant notre séparation. Je découvris la jalousie. Un prénom féminin et mon attention se dressait comme un fauve prêt à bondir. J'archivais les informations, les croisais et les recroisais comme le faisait Romain pour moi. J'étudiais ses mines, ses silences, mais il m'offrait chaque fois le même visage serein, le même front lisse. Ses yeux ne me fuyaient pas. Ils ne déviaient jamais de leur trajectoire pour aller chercher dans son imagination de quoi fabriquer un mensonge. Tout le contraire de moi qui avais longuement préparé les histoires que j'allais lui raconter pour ne pas lui faire de peine. Il ne me demanda rien. Ma relation avec Romain l'ayant beaucoup fait souffrir, il préférait – sans pour autant m'en vouloir – ne pas en parler. Cela m'éviterait d'avoir à inventer des aventures que je ferais mieux de consigner sur le papier, avait-il ajouté avec un sourire. J'admirais sa sagesse. Moi, je voulais tout savoir et tout contrôler. Timothée souffrait terriblement et l'angoisse de le voir dans cet état me détruisait de l'intérieur comme de l'acide. Pourtant, cette période noire fut aussi l'une des plus tendres et des plus productives de notre relation. Je me levais aux aurores. J'écrivais cinq à six heures chez moi en vidant un minimum de deux cafetières. À midi, je prenais le bus 82, rue Oudinot, qui m'amenait à l'Hôpital américain. Touché par notre jeunesse et l'affection que nous nous portions Timothée et moi, le personnel soignant m'avait adoptée et multipliait les passe-droits. J'entrais et sortais du bâtiment abritant le service de cancérologie comme d'un moulin. J'allais nous faire du thé en cuisine. Je lui apportais, cachées dans mon sac ou mon manteau, des victuailles. C'était du jambon fumé, des salades grecques, du saumon, des asperges, des fruits de la passion et d'autres bonnes choses pour remplacer les repas de viande et de pommes de terre frites, volontairement grossissants, qu'on lui servait et qui lui faisaient mal au ventre. Un après-midi, ses parents vinrent lui rendre visite. Comme je ne voulais pas les voir, j'allai à Barbès lui acheter un chèche berbère du même bleu que ses yeux, pour dissimuler son crâne rasé et son impressionnante cicatrice qui le déprimait. Je lui avais trouvé une radio, la télévision lui faisant mal aux yeux, et apporté un stock de bandes dessinées. Il m'avait fallu négocier ferme avec Manuel pour qu'il acceptât de me les prêter. Mon ancien camarade d'école, marchant dans les pas de ses parents, gérait à présent le Félix Potin en bas de chez moi. Il tenait passionnément à ses albums, mais je parvins à l'amadouer. Timothée avait sauté plusieurs classes et son enfance avec, c'était la première fois qu'il lisait des BD. Il découvrit Tintin, Astérix, Johan et Pirlouit, Lucky Luke et Spirou avec une ferveur enfantine qui m'attendrit. En six jours, il était devenu incollable sur les albums et, fidèle à lui-même, m'avait demandé de lui trouver une vie d'Hergé. L'homme n'avait pas encore de biographie, mais je dégotai un livre d'entretiens que je lui lus. Mon ami décida qu'Hergé était un génie et que, dès qu'il se sentirait mieux, il commencerait une collection de ses planches. Le jour de sa sortie, je croisai ses parents qui venaient le chercher. Jusqu'alors, j'étais parvenue à les éviter. À la demande muette de Timothée, je ne fis pas la scène d'anthologie que je couvais. Nous nous saluâmes avec une cordialité affectée. Tant qu'il n'avait pas été question de mariage, ils avaient plutôt bien toléré, en dépit de ma « mauvaise influence », notre amitié. Depuis que leur héritier avait manifesté sa passion pour moi, cette tolérance avait vécu. De mon côté, je n'avais jamais porté dans mon cœur ces bourgeois égoïstes et futiles. Je m'étonnais que des gens aussi vides aient pu mettre au monde l'être exceptionnel qu'était Timothée. D'une indifférence mutuelle, nous étions passés à une irréductible animosité. Leur rejet, leur mensonge innommable m'avaient vissé dans le corps une haine dont je ne me serais pas crue capable. C'était par égard pour Timothée, parce que je savais que toutes les forces de ses proches lui seraient nécessaires, que je ne réglais pas mes comptes sur-le-champ. Je le fis des années plus tard, lorsque je ne fus plus retenue par mon amour, dans un texte intitulé *Les Bijoux de famille*. Tous les détails reconnaissables, tous les secrets que ma longue fréquentation des Beauthertre m'avait permis d'apprendre, s'y trouvaient en bonne place. Les noms étaient à peine grimés. Les coups tapaient juste où il fallait, mais avec une irrésistible drôlerie. L'essence des Beauthertre était mondaine, ils n'osèrent plus se montrer nulle part. Bien sûr, on me condamna. J'étais si « ingrate », envers eux qui m'avaient nourrie des années durant, quand je vivais quasiment avec leur fils ! J'avais craché dans la soupe : la chose interdite chez les bourgeois qui croient vous tenir parce qu'ils vous ont servi un repas. Je m'en foutais. Mon but était atteint. Chez les gens dits bien élevés, le ridicule a toujours tué. Il me fallut attendre une décennie. À vingt-deux ans, je n'étais pas libre de mes mouvements. J'aimais Timothée et je me serais jetée par la fenêtre plutôt que de lui causer une souffrance supplémentaire.

Affaibli par la chimiothérapie, il rentra chez lui, mais ne reprit pas le travail. Son père était retourné à Londres. Sa mère, avec des mines d'enfant punie, restait à Paris. Quand elle n'emmerdait pas son fils, elle traînait son malheur de cocktail en vernissage.

« Je préférerais qu'elle parte, confia-t-il un après-midi où nous discutions dans sa chambre. Ma mère me met mal à l'aise. Je n'ai rien à lui dire. Cela m'épuise de devoir trouver des sujets de conversation.

— Mais tu n'as pas à la distraire ! m'exclamai-je. Tu es malade, Timothée. C'est à ta mère de se plier à tes besoins. Pour une fois dans ta vie, il va falloir que tu sois égoïste. Il en va de ta survie, mon vieux.

— Je sais. Mais je leur fais déjà tellement de peine avec cette histoire.

— Ils t'ont vraiment mis la tête à l'envers ! Si tu es malade, mon chéri, c'est parce qu'ils t'ont empoisonné avec leur exigence, leurs attentes injustes et démesurées. C'est ça qui te bouffe. Et c'est de ça que tu dois te débarrasser.

— J'aime bien quand tu m'appelles mon chéri.

— Mon chéri.

— J'adore.

— Qu'est-ce qui te ferait plaisir encore ?

— Que tu m'embrasses. »

Je me levai et l'embrassai. Sur le front, au coin des paupières, sur le nez. Puis sur la bouche qui frémit, comme son souffle, de plaisir. Je pris sa tête entre mes mains et le regardai dans les yeux :

« Tu me demandes ce que tu veux, d'accord ? Prends tout ce dont tu as besoin. Touche-moi où tu en as envie. Demande-moi de te toucher où ça te fait du bien. Dis-moi ce qui te passe par la tête, fis-je en effleurant sa tempe, par le cœur, continuai-je en posant ma paume sur son torse, par le corps, conclus-je en passant ma main entre ses jambes. Rien ne me choquera. Je suis à toi. »

Ses joues se colorèrent. Il demanda, hésitant :

« Je voudrais que tu mettes ta petite jupe jaune, demain. Celle que tu portais quand nous allions jouer au tennis.

– Je la mettrai demain.

– Il y a des avantages à être malade, rit-il, embarrassé.

– Mon chéri, il y a un an, si tu m'avais demandé de mettre ma jupe jaune, je l'aurais mise. Il n'y a aucun avantage à être malade. Alors guéris vite, s'il te plaît. »

Je pris soin de mettre une robe ou une jupe courte chaque fois que je lui rendais visite. Je me faisais aussi belle que possible, pour lui donner envie de moi et de notre futur. À l'heure du déjeuner, je lui apportais la presse. Parfois, comme il avait mal à la tête, je lui faisais la lecture. J'énumérais les gros titres et il choisissait les articles qui l'intéressaient. Ensuite, je lui lisais des nouvelles, ou des romans. Sa chambre, comme lorsque nous avions douze ans, était redevenue notre sanctuaire. Personne d'autre que moi n'avait le droit d'y entrer, sauf la vieille Mazi qui venait faire le ménage et changer les draps. Tous les soirs sans exception, je revenais en cachette, par la porte de service, pour passer la nuit avec lui. J'allais lui chercher des glaces. Je me ruinais en fruits exotiques chez Hédiard, rue du Bac. Il me redonna, à la fureur muette de sa mère, une clé de l'appartement. Quand il avait mal, je le soignais comme des enfants jouent au docteur. Je lui mettais de l'eau fraîche sur la figure et je soufflais dessus. Je le massais. Je posais les mains sur son crâne en essayant d'y concentrer toute la force de ma pensée. Je le soignais aussi quand il n'avait pas mal, pour le plaisir, parce que nous aimions nous toucher.

Je ne repassais que brièvement chez moi pour me changer ou prendre des livres. Romain tint trois semaines, au bout desquelles il entreprit une reconquête de mon répondeur. Un matin, je trouvai plusieurs messages. Ses fleurs à lui.

Message 1. Détaché.

« Bonjour Zita, c'est Romain. Un petit coup de fil pour savoir comment ça va. Tu dois être sortie. Rappelle-moi. »

Message 2. Prétexte.

« Ouais, c'est encore Romain. Je voulais te dire que tu as oublié une barrette à cheveux chez moi la dernière fois. Voilà… Si tu la cherches, je l'ai. »

Message 3. Agacé.

« Qu'est-ce que tu fous, putain ! Pardon. C'était un putain de ponctuation. Ne le prends pas pour toi, ce n'est pas ce que je voulais dire. Ouais, enfin, c'est Romain. Rappelle-moi. »

Message 4. Tentateur.

« Zita, c'est Romain. Tu as tort de ne pas me rappeler parce que j'ai déjeuné au Ritz avec Claude – qui s'étonne entre nous de ne pas avoir de tes nouvelles – et qu'en sortant je t'ai pris quelque chose de très joli chez Boucheron. Ça te plaira, je crois… Je t'embrasse. »

Message 5. Inquiet.

« Je ne comprends pas, là. Je te laisse des messages depuis trois jours et je n'ai pas de nouvelles. Fais-moi signe. Juste pour me dire que tout va bien. »

J'avais tenu jusque-là, sans chercher à voir Romain, sans le rappeler. Le plus dur était fait. Il ne me manquait pas, d'ailleurs, pas du tout. J'avais l'impression de ne l'avoir jamais aimé. L'image que j'avais de lui au début de notre relation, la perception juste de ses travers et de ses ridicules, avait repris sa place dans mon esprit. Je m'étonnais même d'avoir pu souffrir ou me fâcher pour lui. Il m'ennuyait. Je n'avais aucune envie d'entendre sa voix. J'étais lasse par avance de la discussion que nous aurions. J'aurais pu en écrire le déroulement exact. Je mis les affaires que j'étais venue chercher dans mon sac. J'effaçai les messages de la bande et Romain de ma vie en cinq bips sonores. Je me sentis légère en faisant pour la millième fois le trajet jusqu'à Timothée. J'étais heureuse de n'être qu'à lui. Notre soirée fut particulièrement tendre.

Message 6. Paternel.

« Zita, tu vas me faire le plaisir de me rappeler immédiatement, si tu ne veux pas que je vienne te flanquer une raclée. Tu as cinq minutes. »

Message 7. Maître chanteur.

« Bon, poulette, j'ai appelé chez les Vitré pour comprendre ce qui se passait, mais ils ne savent rien non plus. Par contre, j'ai parlé à Solange qui est à Paris en ce moment. Elle m'a fait un rentre-dedans pas possible, alors si tu ne me rappelles pas, je te préviens : je me la fais. »

Message 8. Informatif.

« Si tu veux venir prendre un thé à la maison, Solange sera là à cinq heures. »

Message 9. Injurieux.

« C'est Romain. Voilà, je suis chez moi avec Solange et je l'ai laissée dans le salon pour te dire que c'est ta dernière chance. À ta place, je ferais gaffe. Je pourrais bien tomber amoureux d'elle. Elle est quand même beaucoup plus riche et bien mieux née que toi. En plus, elle est roulée comme une déesse. Salut. »

Qu'il se la « fasse », pensai-je, fière de mon indifférence. Bon débarras. Je sais ce que je gagne et Solange ne sait pas ce qu'elle récupère. Romain me faisait bien rire avec ses effets de suspense. De toute façon, il m'avait déjà trompée. Vieil idiot qui pensait que je l'ignorais. Je l'avais trompé dix fois plus souvent et je m'en étais enfin débarrassée.

Message 10. Repenti.

« Non, mais je déconnais. C'est un pou, cette Solange ! Avec une sale odeur de rousse, en plus. Et puis pas de seins, que du coton. Je n'ai rien pu faire. Je n'aime que toi, ma petite chérie. Je l'ai fichue dehors, je te promets. Elle n'a même pas pu me faire bander. Rappelle-moi. Je te demande pardon. »

34

Timothée n'allait pas mieux. Une infirmière venait tous les jours lui injecter par intraveineuse les produits qui devaient détruire sa tumeur. C'était une politique de la terre brûlée, la seule possible, dans laquelle nous espérions que mon amant résisterait plus longtemps que les cellules malignes à la nocivité de ces substances létales. Les maux de tête étaient atroces et s'accompagnaient de troubles de la vue. Il perdait parfois l'équilibre ou, au milieu d'une conversation, son esprit brillant s'éteignait, soleil victime d'une éclipse. Il était conscient de ces moments d'absence et en avait honte. J'essayais de les lui cacher en répétant mes phrases et en contrôlant mes expressions, mais il savait. J'étais horrifiée par l'injustice de ce châtiment qui attaquait ce à quoi Timothée tenait le plus, la qualité à laquelle il avait tant sacrifié : l'intelligence. On ne pouvait imaginer pire pour ce surdoué. Les rares paroles d'amour et le peu d'attention qu'on lui avait prodigués dans son enfance, il les avait conquis grâce à l'admiration que suscitait son cerveau. Avec la détérioration de sa capacité de réflexion, Timothée craignait de perdre la vie, mais aussi tout respect de lui-même et toute affection. L'humiliation physique n'était pas moins pénible. Les nausées ne lui laissaient pas de répit. Il ne voulait pas que j'en fusse témoin et disparaissait en catastrophe dans la salle de bains plusieurs fois par jour. Je le voyais souffrir et je n'y tenais plus. J'avais lu sur le sujet et je craignais que le pire fût à venir. Timothée avait refusé la radiothérapie qui risquait de provoquer la démence.

« Je préfère partir tout de suite plutôt que devenir dingue ou me transformer en légume », avait-il affirmé.

J'avais protesté, usé de l'ironie, botté en touche. Je lui avais dit que tout irait bien, qu'il allait guérir et qu'il fallait y croire, mais j'avais aussi peur que lui. Pour nous donner confiance à tous les deux, j'inventais des rituels. Un jour, je lui offris un attrape-rêves que j'avais trouvé dans un capharnaüm de la rue de Seine. Dans ses filets, il devait retenir les mauvaises pensées qui nous assaillaient. Je devins superstitieuse. Vingt fois par jour, je pariais avec moi-même et avec le destin. Si je croisais une voiture rouge sur le chemin avant d'arriver rue Guynemer, s'il y avait plus de quatre pigeons place de l'Odéon, il s'en sortirait. Je négociais aussi. Si je ne finissais pas la boîte de chocolats avant le lendemain, si je prenais une douche froide, si j'écrivais dix pages de mon roman, il irait mieux. Ces minisacrifices me rassuraient. Tout devenait une monnaie d'échange pour tenir en respect les démons qui cherchaient à me ravir mon amant. Les aides les plus ésotériques me semblaient bonnes à prendre dans la lutte psychologique que nous menions. Quand les résultats de ces tractations étaient négatifs, pour chasser le malaise, je me raisonnais : vraiment, c'était absurde de lier la progression de cellules cancéreuses à des oiseaux ou à des autos... Cela ne voulait rien dire. C'était un jeu tout au plus. J'effaçais ces signes contraires de ma mémoire comme des choses de peu d'importance. Si les résultats étaient positifs, je les confiais à Timothée. Il souriait. Autrefois, il se serait moqué de moi, mais il semblait avoir laissé de côté son cartésianisme. Peut-être parce qu'il sentait que ces transactions me rassuraient, me donnaient l'impression d'avoir un pouvoir, même dérisoire, sur l'issue de son combat. Peut-être parce que ça lui faisait du bien d'y croire aussi.

Message 11. Négociateur.

« Bon, je comprends que tu sois fâchée. Je n'aurais pas dû coucher – enfin coucher, c'est un grand mot – avec ta copine. Ce n'était pas délicat. Mais reconnais quand même que tu m'y as poussé... C'est toi qui as commencé, tu ne vas pas me dire le contraire. Enfin, de mon côté... j'ai tout oublié. Et puis pour le bouquin aussi. On laisse tomber. C'était une idée comme ça... Alors, tu me rappelles, hein ? C'est mieux. »

Message 12. Terroriste.

« Non mais qu'est-ce que tu crois ? Que tu peux me lourder comme ça ? Je te préviens, ma cocotte, tu peux dire adieu à ta carrière. Je vais te griller dans tout le milieu. Après ce que je vais te faire, il n'y aura pas un éditeur pour te publier. Pas un. De toute façon, tu n'as aucun talent. Pas de souffle. Pas d'idées. Rien. Tu es foutue. »

Message 13. Raisonnable.

« Mon amour, je n'aurais pas dû te menacer. J'étais en colère. Je ne te ferais jamais de mal. Je t'aime. »

Message 14. Harceleur.

« Zita, Zita, Zita... Tu sais bien que tu ne peux pas vivre sans moi. Tu sais bien... Je suis le seul qui te comprenne, le seul à qui tu puisses parler. Tu t'es trouvé un mec ? Ne rêve pas. Tu n'arriveras pas à vivre avec un autre. Tu ne supporteras pas une vie normale. Tu es une artiste. Il te faut un artiste. Un homme qui puisse s'occuper de toi. Tu as besoin de moi. Pour ton œuvre. Tu n'arriveras jamais à écrire sans moi. »

L'après-midi même, alors que j'écrivais au chevet de mon amoureux assoupi, je souris en repensant à ce message. Romain croyait me faire peur, il me stimulait. Chaque mot que je posais sur mon cahier était un pas qui m'éloignait de lui. Je voyais la fin de mon texte de plus en plus distinctement, comme un marin qui a enfin la terre en vue. J'avais hâte d'arriver à bon port. Timothée gémit dans son sommeil. Il souffrait et je souffrais pour lui. J'aurais donné un bras pour qu'il n'eût pas si mal. Je posai mon stylo et vins m'asseoir près de lui. Il était brûlant. Les cheveux collés d'humidité comme un enfant fiévreux. Il se réveilla. Prit ses médicaments. Je ne savais plus si elles luttaient contre la mort, ces satanées pilules, ou si elles l'en rapprochaient. Il était triste et fatigué. Il essayait de faire bonne figure. Mon petit homme courageux... Je décidai de le distraire. J'instaurai que, tous les soirs, je lui ferais une danse de guérison. Sur des musiques diverses, j'improviserais pour lui une chorégraphie. La première se fit sur « Let's stick together » de Bryan Ferry, je fus sans doute grotesque parce que la danse n'est pas mon fort, mais il sembla apprécier. Je parvins à lui arracher un premier sourire, puis un franc éclat de rire qui m'encouragea. J'aurais fait n'importe quoi pour le dérider et le soulager. Je le touchais et le caressais aussi souvent que possible. Nous avions commencé à faire l'amour naturellement, parce que c'était le meilleur moyen de lui communiquer ma vitalité. Nous restions silencieux pour qu'on ne nous entende pas dans l'appartement. Je mettais des disques qui couvraient nos soupirs et j'avais resserré les pieds de son lit pour les empêcher de grincer. Nous dormions serrés l'un contre l'autre dans son petit lit à une place. Il avait beaucoup maigri. Quand je passais les bras autour de son torse, j'avais l'impression de tenir un tout jeune garçon et mon corps était couvert des bleus que ses os m'avaient faits. Je lui disais que j'aimais qu'il me marque. J'aurais voulu que les traces ne s'effacent pas. Un matin, nous en dénombrâmes vingt-cinq et tînmes par la suite un compte régulier de ces fleurs violettes qui s'épanouissaient sur ma peau avant de se faner de brun. Nous nous amusions aussi à superposer les taches de naissance que nous avions à l'aine. Lui, c'était un rond presque parfait, moi, une petite croix. Nous avions déduit de ce signe étrange que nous étions à la fois jumeaux et complémentaires, comme le yin et le yang. Nous avions inventé l'histoire de nos vies précédentes. Nous nous imaginions en êtres immortels, sans cesse réincarnés. Des âmes sœurs unies par un amour qui traversait les siècles. Timothée était fasciné par mes cheveux. Parfois, quand nous parlions, il me rapprochait de lui et les saisissait à pleines mains pour les rassembler en une grande poignée ou, au contraire, enlevait mes épingles et mes élastiques. Il leur rendait leur liberté, les secouait pour qu'ils reprennent leur volume, puis il plongeait le visage dans leur masse et les respirait. Il aimait, quand j'étais sur lui pendant l'amour, que je me penche en arrière pour laisser mes mèches lui caresser les cuisses. En dépit de sa faiblesse, il était protecteur. Je dormais, la tête posée sur son épaule. Il sommeillait à peine, la nuit, veillant à mes rêves. Il se rattrapait l'après-midi quand, assise dans son fauteuil près de la fenêtre, j'écrivais et je montais la garde.

Message 15. Suicidaire.

« Zita, mon amour, c'est Romain. Ne décroche pas. Je voulais te dire adieu. Avant de te connaître, j'étais mort à l'intérieur, et maintenant que tu as déserté ma vie, je n'ai plus de raisons de continuer. Ne crois pas que je fasse cela pour toi. Ni à cause de toi. Tu n'as pas à te sentir coupable. Simplement, mon œuvre est finie, donc ma vie aussi. Merci d'avoir adouci mes dernières années. Je t'ai sincèrement aimée. »

Message 16. Incrédule.

« J'en ai connu des salopes dans ma vie, mais des sans-cœur à ce point, jamais ! Tu me laisserais mourir à tes pieds sans lever le petit doigt ! Ne t'inquiète pas, va. C'est mon dernier message. Tu m'as bien guéri cette fois. »

Message 17. Dingue.

« Ils sont revenus. Les homards ! À cause de toi. Il y en a plein la salle de bains. On peut à peine marcher. Je ne te le pardonnerai jamais. »

Juste après ce message, j'entendis la voix de Solange. J'eus du mal à la reconnaître tant elle était déformée par la colère. Elle qui était capable de garder une placidité hypocrite en toute circonstance frôlait la crise d'hystérie. Ce crétin de Jacob lui avait tout dit. Nous nous étions pourtant mis d'accord. Écrasé de culpabilité, il avait sans doute confié son paquet de pensées sales à Solange au lieu de la protéger. À moins qu'elle ne se fût montrée trop méprisante et qu'il eût décidé de lui clouer le bec… Toujours est-il que j'avais quatre messages de la furie. Nous n'étions plus les amies que nous avions été, mais je regrettais cet épilogue. Je n'avais pas voulu lui faire de mal, c'était un accident de parcours. Ses insultes me firent beaucoup de peine. Solange aurait sans doute continué à me laisser des amabilités si la cassette n'avait pas saturé. Son dernier message de menaces et d'imprécations se terminait par : « Je ne te le pardonnerai jamais. » Il y a tant de choses que, dès la naissance, on ne m'a pas pardonnées… Je me sentis très lasse et débranchai mon répondeur.

Timothée réintégra l'hôpital un mardi matin. Son état s'était détérioré. Il fallait opérer à nouveau. Les chances de le sauver, évaluées par lui-même au terme de longs calculs statistiques, étaient minces. Le poids de l'incertitude courbait nos épaules. Sa rechute avait porté un coup très dur à notre espoir et nos forces. Nous tenions, pour ne pas sombrer dans la panique, au fil ténu d'une probabilité mathématique. Nos rires étaient forcés désormais et notre amour honteux de ne pas avoir réussi à le protéger. Le soir de sa première nuit à l'hôpital, je rentrai chez moi où je n'avais plus dormi depuis des semaines. Timothée m'avait demandé de le laisser seul le lendemain, veille de l'intervention, ainsi que le suivant. « J'en ai besoin », m'avait-il dit.

Je respectais son souhait. Je crois qu'il ne supportait plus de lire l'angoisse au fond de mes yeux et nous nous connaissions trop pour que je parvienne à la lui cacher. Je me séparai de lui la mort dans l'âme. Je l'avais supplié de rester. Il s'était montré inflexible. Il voulait être seul. Une fois rentrée chez moi, je jetai les habits que je portais comme chaque fois que la corruption des apparences, la vieillesse, la mort, la dégradation du corps me serraient de trop près. Je leur laissai ce leurre à dévorer dans un sac-poubelle, espérant leur échapper nue, glissante, imprenable. Ensuite, parce que j'éprouvais le besoin désespéré de changer de monde et de réalité, je m'emparai de mon cahier. J'écrivis vingt heures d'affilée. J'étais dans un état second, ivre de vodka, de douleur et de café. Un autre moi avait pris le relais.

Le lendemain soir, tard, la veille de l'opération de Timothée, j'avais enfin tracé, exultante et exténuée, le mot FIN au bas de mon manuscrit. Mon allégresse ne dura que quelques secondes. Je refermai mon dernier cahier – il y en avait cinq – et songeai à qui le faire lire en premier. À cette pensée, le vague à l'âme déferla sur moi, noyant le bonheur du travail achevé. La première personne à qui j'aurais voulu le donner c'était mon père. Je me fis la réflexion qu'en dépit de sa tolérance, il n'aurait pu approuver un tel ouvrage et de telles mœurs. La deuxième personne était Timothée, mais ce livre lui aurait révélé ma vraie vie. Je songai que, de toute façon, il l'apprendrait à la publication. J'étais condamnée. La tristesse s'empara de moi comme un virus. Je dus la combattre d'une bouteille entière de vodka. L'alcool béni. Le vin rouge me fatigue, le blanc me casse le crâne, le goût médicamenteux du whisky m'écœure, le rhum me semble vulgaire, mais la vodka… Je la bois quand le froid l'a rendue huileuse, épaisse. J'aime ses contradictions. Elle rafraîchit la langue et le palais, les réveille de ses piques amicales avant de réchauffer la gorge et la poitrine en soulevant les briques qui m'oppressent le cœur. Son pouvoir s'étend ensuite à l'âme. La confiance revient, les doutes s'évaporent, les idées naissent à un rythme joyeux, enlevé, mais en ordre, parfaitement articulées les unes aux autres. Aucune incohérence ne gâche la fête, juste une lucidité, une maîtrise qui s'impose par son évidence. Sous son effet magique, j'écrivis d'un jet une quatrième de couverture. Puis vint le sommeil, puissant comme un orgasme. Ce soir-là, la tristesse absolument défaite, l'angoisse renvoyée à ses abysses, je passai la nuit sur le canapé, sans quitter mon jean.

Je fus réveillée par des coups répétés à ma porte. Une lumière glauque, encore grise, filtrait par la fenêtre. Le soleil devait à peine se lever. Ma première pensée fut pour Timothée. J'eus peur d'une mauvaise nouvelle. C'était aujourd'hui qu'on l'opérait.

« Zita, ouvre-moi, cria Romain. Ouvre-moi. Il faut qu'on parle. »

La peur que je venais d'éprouver pour mon ami se mua en fureur contre mon ex-amant. La banalité de sa phrase... Cet homme n'avait aucune fierté, ni aucune imagination. Être écrivain, songeai-je, désabusée, ne garantit pas que l'on soit capable de renouveler une scène. Épuisée par ma cuite, la bouche en carton et la peau de mon visage lourde comme si on l'avait enduite de boue, je me levai du canapé en me déshabillant pour me traîner vers mon lit. Romain beuglait. Je fis la sourde oreille.

« Zita, ouvre ! continuait-il. Tu pourrais me répondre, quand même ! Tu me dois bien ça. »

Tous ces gens qui pensent que je leur dois quelque chose, ça me laisse pantoise, ronchonnai-je en me glissant entre les draps. Redevable de quoi ? Je ne leur avais rien demandé, moi, à ces bien-pensants qui m'utilisaient pour se croire généreux. Ma mère, toute la smala Vitré, lui maintenant… Ils rêvaient ! Je ne leur devais rien du tout. Timothée était la seule personne à qui j'acceptais de devoir quelque chose.

« Ouvre ! Ouvre ! Ouvre ! » rugissait ma porte. Romain tapait tellement fort qu'il n'y avait pas moyen de dormir. Je me levai à nouveau et mis l'album *Aerosmith* sur mon pick-up pour couvrir son vacarme. Autant me faire du thé. Ma nuit était finie.

« Au moins, je sais que tu n'es pas morte », fit la porte plus calmement.

Je pris un sachet de Lipton Yellow. Quand je pense que je buvais des litres de ce breuvage ! Les années 1970 n'avaient pas encore succombé à la mode des thés. La plupart d'entre nous s'accommodaient de cette poussière de feuille noirâtre qui donnait un liquide sans goût. Il fallait relever chaque bol d'un citron entier et de beaucoup de sucre pour le faire passer. La porte continuait son monologue :

« Remarque, je ne sais pas ce qui est pire. Te savoir morte ou là, à trois mètres de moi, qui ne me répond pas. Morte ce serait mieux peut-être. »

Comme il m'aime ! songeai-je, sarcastique. Je le sens si concerné par mon bonheur et si oublieux du sien ! Je pris une gorgée de thé et grimaçai. Trop de citron.

« Je ne me sentirais pas aussi rejeté en tout cas. Et puis, je ne pourrais plus espérer. »

Je reversai un peu d'eau chaude dans mon bol et grimaçai à nouveau. C'était fade maintenant.

« Ouvre ! Ouvre-moi ! » recommença-t-il en donnant des coups de pied violents dans la porte.

J'entendis une voix d'homme gueuler dans le couloir :

« C'est pas bientôt fini, ce boucan ! Il y a des enfants dans cet immeuble, monsieur. Des enfants qui viennent de se réveiller et à qui vous faites peur. »

Je reconnus la voix de M. Richart, mon voisin de palier.

« Mêlez-vous de vos affaires », aboya Romain. L'ancien combattant se réveillait en lui. Il avait beaucoup de défauts, mais pas celui d'être lâche physiquement.

« Ah, mais justement : je suis chez moi. Il s'agit donc de mes affaires. Vous, en revanche, n'avez rien à faire ici, et si vous continuez à détruire cette porte, j'appelle la police, mon vieux. »

Pendant la guerre, la Gestapo avait arrêté Romain, qui avait bien failli y passer. Il en avait gardé une peur bleue de la police et de toute forme d'autorité légale. Se battre, tuer un homme d'accord, mais retomber entre les mains d'enquêteurs, être la proie d'une administration tentaculaire et absurde, c'était trop pour lui. Il capitula.

« Elle ne me répond pas, gémit-il.

— Mon pauvre vieux (c'était la deuxième fois que M. Richart traitait Romain de vieux, il devait en être mortifié), si vous voyiez le défilé que c'est chez elle, vous ne vous rendriez pas malade comme ça ! Il y en a un nouveau tous les jours et ce n'est pas une exagération.

— Je sais, mais je l'aime, pleurnicha Romain.

— Si vous y tenez tant, il suffit probablement de payer, c'est plus simple, l'assura M. Richart.

— Non, même ça, elle ne veut plus. J'ai appelé chez Claude. On m'a dit qu'elle avait arrêté. C'est moi qui lui avais demandé. Et elle l'a fait. Elle l'a fait et j'ai tout gâché, vous comprenez ? »

M. Richart était un père de famille respectable. Il n'avait pas eu l'occasion de faire la connaissance de Madame Claude ni de recourir à ses services, mais

Romain était comme les enfants : en toute innocence persuadé que le monde tournait autour de lui. Il n'imaginait pas que l'on pût ignorer une information ou ne pas replacer une personne que lui-même connaissait.

« Allez, mon vieux, c'est pas la mer à boire. Une de perdue, dix de retrouvées.

– Mais je me fiche des autres, gémissait Romain. Elles sont toutes moches et quand elles ne sont pas moches, elles sont bêtes. Je ne les vois même plus. Elle a peuplé ma terre d'hommes.

– On croit ça et puis ça passe, assura M. Richart. Allez, venez donc à la maison, je vais vous faire un café, ça vous remettra d'aplomb. Vous avez trop de talent pour le gâcher à cause d'une grue.

– Vous m'avez reconnu ? s'enquit Romain.

– Bah oui, je vous ai reconnu. Vous êtes célèbre.

– C'est gentil, fit Romain.

– Vous avez pris votre petit déjeuner ?

– Non, je prendrais bien quelque chose, en fait. Je n'ai pas pu entrer dans ma cuisine, ce matin. Elle est envahie de nuisibles.

– Des rats ? dit M. Richart sur un ton dégoûté.

– Non, des homards. »

Mon voisin dut comprendre « cafards » au lieu de « homards », parce qu'il ne s'étonna pas de cette invasion incongrue de crustacés dans la cuisine de l'écrivain. Je les entendis entrer chez M. Richart qui brailla :

« Mathilde ! Tu nous fais un café... »

Sur mon pick-up, Aerosmith entonnait « Dream on ». Une heure plus tard, j'entendis Romain faire ses adieux à M. Richart et descendre l'escalier. J'eus alors cette pensée que j'ai beaucoup regrettée par la suite : « Ce sont toujours les mauvais qui restent. » Pourquoi Romain, qui était vieux, égoïste, et que je n'aimais plus, respirait-il la santé ? Pourquoi Timothée du haut de ses vingt-trois ans, Timothée dont j'étais folle, risquait-il de m'être enlevé ? J'aurais voulu pouvoir les inverser.

35

L'opération de Timothée l'avait profondément atteint. Il ne s'était pas réveillé et on le nourrissait par une sonde. Je venais le voir tous les jours. Je le regardais dormir, puis je rentrais chez moi. Un après-midi, en revenant de l'hôpital, je fis un détour par la Médaille miraculeuse, rue du Bac. La cour étroite était recouverte au tiers d'un préau en verre comme dans une école. Il y régnait une humidité triste. Les murs suintaient du malheur que des millions de gens étaient venus déposer là, de leur sale espoir d'un miracle et d'une guérison. Le même sale espoir m'avait traînée dans cet antre pour me jeter aux pieds de l'Être suprême qui, s'il existait, se jouait cruellement de nous. Je regardai les plaques de remerciements courant au-dessus de la plate-bande où quelques arbustes dégarnis attendaient en vain qu'un rayon de soleil et de chaleur s'immisce jusqu'à eux. Je me dirigeai vers la chapelle, j'allais surmonter ma répugnance et entrer quand je vis, au premier rang, bonne élève de la bien-pensance, la silhouette massive de ma mère à genoux. Je reculai comme le diable devant de l'eau bénite. De retour dans la cour, je voulus quand même acheter une médaille. À la boutique, une dame en jupe de feutre gris qui s'arrêtait aux chevilles sur des godillots d'homme à lacets, m'en tendit une sèchement. Je la passai, le lendemain, autour du cou de Timothée endormi. J'avais acheté le même jour une machine à écrire Remington. J'y tapai à deux doigts mon manuscrit, abusant du correcteur blanc, m'emmêlant dans les feuilles de carbone car j'en voulais deux exemplaires. En buvant mon café, j'étais fière de voir ces deux tas bien carrés, mon premier roman achevé. Je l'avais intitulé « Fille de personne » et, ne faisant pas assez confiance à la Poste pour les transmettre, j'allai moi-même porter mes tapuscrits. Je donnai le premier à l'accueil de Julliard, à l'attention d'une éditrice qui m'avait dit aimer mes chroniques dans *Elle*, et laissai le deuxième – en toute immodestie – chez Gallimard, où je n'étais pas recommandée. N'ayant jamais aimé l'incertitude, pourtant propice au rêve, je vécus les trois semaines suivantes en enfer. Trois semaines. C'était le temps qui m'avait paru nécessaire à l'obtention d'une réponse. Elle ne vint pas. Il ne me restait plus un centime sur mon compte en banque. La fin du mois approchant, j'allais devoir régler mon loyer. Je rappelai Julliard et Gallimard. « Il ne faut pas vous inquiéter, me dit la jeune femme de la rue Sébastien-Bottin, c'est tout à fait normal », ajouta-t-elle habituée à poser de l'arnica sur la peau à vif des grands brûlés que nous sommes tous, les aspirants et expirants des lettres. J'attendis, donc. L'agence qui gérait la location de mon appartement se faisait de plus en plus menaçante et EDF-GDF coupa le gaz et l'électricité pour me forcer à réagir. Je m'en moquais. Le chauffage de l'immeuble suffisait à garder une température acceptable dans l'appartement et je me lavais sans ciller à l'eau froide. Lorsque France Telecom déconnecta ma ligne, en revanche, je dus prendre des mesures. Il fallait tout de même que mon futur éditeur puisse me joindre. Je fus contrainte de retourner chez Claude. Je m'attendais à ce qu'elle me fasse une scène pour avoir disparu sans crier gare, mais elle était avec moi d'une indulgence qu'elle n'eut jamais pour ses autres filles.

« Tu as maigri, remarqua-t-elle en m'ouvrant la porte. Ça ne te réussit pas la littérature.

— J'ai fini mon roman, répondis-je, un peu piteuse.

— Alors, on te lit quand ?

— Bientôt, mentis-je. Bientôt. »

Claude eut la mansuétude de ne pas insister. Elle me trouva un rendez-vous pour le lendemain, au George V.

« C'est un soumis, parfait pour toi. Prends ton matériel, sourit-elle.

— Tant mieux, grommelai-je, je me sens très d'humeur à flanquer une raclée à quelqu'un.

— Des soucis ? s'enquit Claude en me raccompagnant.

— Rien de grave.

— Merde pour le livre alors. Et puis remplume-toi. »

Il y eut quelques rendez-vous de ce genre, qui me permirent de m'acquitter de mes dettes. Je réglai mon passif et deux mois d'avance pour mon loyer. L'électricité, le gaz et le téléphone furent rétablis. Je reçus des lettres des éditeurs. C'étaient des refus. Sauf Julliard. L'éditrice qui avait dit aimer mes chroniques m'envoya une lettre encourageante. Elle me demandait de changer les points de vue, me conseillant d'écrire à la première personne. Cela demandait des remaniements conséquents auxquels je m'attelai sans conviction, trop fragilisée et obsédée que j'étais par l'état de Timothée.

Quand il se réveilla enfin, j'étais là. Je savais, j'étais sûre, qu'il allait revenir à lui ce jour-là et je ne voulais pas qu'il soit seul. L'infirmière m'avait appelée la veille pour me prévenir qu'elle l'avait vu bouger les mains et les yeux. Tout en me trouvant déraisonnable, elle m'avait autorisée à rester dormir dans sa chambre sur un matelas. Il devait être une heure du matin quand je l'entendis s'agiter. Je me levai. Il ne parla pas, mais s'efforça de sourire et chacune de ses tentatives creusait d'effrayants sillons sombres sous ses yeux, dans ses joues émaciées et le long de son nez. J'osais à peine le toucher. Le matin suivant, il retrouva peu à peu l'usage de la parole, mais ses discours étaient heurtés et incohérents. Je lui parlais sans attendre de réponse et le cajolais autant que je pouvais. Je décidai de camper là le temps nécessaire à sa guérison – car je refusais d'envisager autre chose que la guérison. Au bout de quelques jours, il devint plus articulé. Lorsqu'il fit ses premières phrases ayant du sens, je fondis en larmes. Il avait enfin réintégré son corps.

« Tu m'as manqué, mon amour, tu m'as tant manqué, répétais-je en le serrant contre moi.

– Ma mouche, je ne te connaissais pas si démonstrative », ironisa-t-il après quelques minutes.

Tout me semblait à nouveau possible. Peu importait l'état de son corps, à partir du moment où nos esprits s'étaient retrouvés. Je reprenais espoir. Je croyais aux forces immatérielles et je ne pouvais imaginer qu'elles ne triomphent pas de la corruption de la chair et des égarements meurtriers de la biologie. Parfois, la maladie reprenait du terrain et mon amour délirait, mélangeant les syllabes, mâchant des sons sans suite comme une bouchée de cailloux. Absent, dominé par son mal, il bavait et je lui essuyais la bouche en le suppliant de rester, en le suppliant de revenir, en le suppliant de ne pas m'abandonner. Puis de nouveau, il était là. Je ne m'absentais que durant les rares visites de ses parents.

Son père était revenu deux fois. Sa mère passait plus souvent, mais c'était pour pleurer au chevet de son fils qui étouffait de culpabilité en la voyant.

Un après-midi, le chirurgien qui suivait Timothée demanda à me voir. Il m'attendait dans son bureau. C'était un homme encore jeune, un blond de petite taille au regard franc. Il portait une alliance. Les photos d'une jolie épouse dont les yeux miel couvaient d'amour deux angelots coiffés de blé s'étalaient au mur et sur sa table de travail. Il me fit asseoir, me proposa un verre d'eau et me dit simplement :

« Il faut vous préparer, mademoiselle. Nous ne le sauverons pas. »

Il m'expliqua ensuite en des termes techniques qui bourdonnèrent à mes oreilles comme un essaim d'insectes que la tumeur avait bien été retirée pour la deuxième fois, mais que ses racines s'étaient étendues si profondément dans le cerveau qu'elles continuaient à y faire des dommages irrémédiables.

« Combien de temps ? articulai-je, livide.

– Peu. Quelques jours, quelques semaines... »

Ce furent des jours. Ils passèrent si vite. Ils passèrent si lentement. La peur dilatait et contractait le temps au gré de ses humeurs et de l'attente de la délivrance. Timothée souffrait trop pour ne pas la souhaiter. Un soir que j'étais partie chercher la presse, mes jambes se dérobèrent sous moi et je m'assis sur un carré de pelouse trempée sans parvenir à bouger pendant près de deux heures. Quand je revins à moi, il était trop tard pour trouver les journaux. Dans sa chambre, Timothée, les mains retournées sur les genoux, l'intérieur des bras bleuis par les perfusions, m'accueillit de son pauvre grand sourire.

« Je t'attendais, dit-il d'une voix sur laquelle pesait une lassitude infinie.

– Pardonne-moi d'avoir mis du temps, mon amour », répondis-je en le serrant contre moi.

Il était couvert de sueur.

« Enlève-moi ça, Zita, s'il te plaît, ajouta-t-il en me montrant ses coudes d'un signe du menton. Enlève-moi ça.

– Tu es sûr ?

– Oui, elles ne servent plus à rien de toute façon. »

Je retirai d'une main tremblante les deux longues aiguilles tachées de sang qui lui colonisaient le bras. Dans la salle de bains, je pris un verre d'eau froide dans lequel je mouillai un gant et je revins le passer sur le visage de Timothée. Je lui retirai ensuite son haut de pyjama et entrepris de lui rafraîchir le cou, la nuque, le dos, la clavicule, le torse. Il était d'une maigreur effrayante. Je soufflais sur sa peau humide, espérant l'apaiser, avant de le rhabiller.

« Merci », dit-il.

Pendant une demi-heure, il délira à nouveau, puis se rétablit un peu. Il ne touchait plus à ses repas. On ne les lui apportait, depuis quelques jours, que pour la forme. Après que l'infirmière fut passée lui administrer ses calmants et nous souhaiter une bonne nuit, j'éteignis la lumière et me glissai derrière lui dans son petit lit de fer qui grinça sous mon poids. La lune projetait son rayon bleu sur le sol. Il posa la tête contre moi. Je m'étonnai de la légèreté de son grand corps. Nous restâmes enlacés un moment.

« J'ai peur, Zita.

– C'est normal, mon amour. C'est normal d'avoir peur. Mais je suis là. Je vais rester avec toi. Je ne te lâcherai pas. On sera ensemble…

– J'ai mal aussi. »

Je sentis mes paupières se noyer, ma gorge se coaguler.

« Je sais, mon amour, je le sens. Je voudrais tant arrêter ce mal pour que tu te reposes un peu. »

En écrivant ces lignes, je revis tout. C'était il y a vingt ans, mais c'est toujours aujourd'hui pour moi. Un présent pris dans les parenthèses douloureuses de mon cœur exténué se substitue à la réalité. Je nous revois. Je lui retire son haut de pyjama et déboutonne mon chemisier pour qu'il soit en contact avec ma peau. Il se love dans mes bras. Une joue contre un sein, il prend l'autre dans sa main et s'y accroche comme à sa vie. Il me fait mal, mais cette pression me rassure. Dans le noir, je garde les yeux ouverts, m'efforçant d'absorber la douleur de Timothée. Par mes bras qui le tiennent, par mes cuisses qui protègent ses hanches et ses jambes, par mon ventre contre lequel il se presse, par ma peau qui adhère à la sienne.

Sa respiration racle sa gorge et ses poumons. Elle est de plus en plus lourde, de plus en plus pénible. Chaque souffle semble une souffrance déchirante et un dernier miracle que j'accueille de ma peau, priant pour en sentir un autre, et un autre encore, glisser faible et furtif le long de mon épaule. L'impuissance me submerge, la rage. Je suis folle de douleur, révoltée par la lâcheté de cette vie qui le quitte quand il faut continuer à se battre. Elle a renoncé. Elle se retire. Je la regarde éteindre une à une les lumières du grand corps de Timothée, cette peau dont j'ai connu l'odeur de pain chauffé au soleil, le goût discret d'épices et de sel, ces bras que j'ai sentis si forts autour de moi quand il me serrait, par jeu, contre lui, ces épaules qui, un soir où j'avais oublié mes clés, m'ont portée sans le moindre effort pour que j'attrape le trousseau de secours caché à trois mètres du sol. Je me remémore son ventre de jeune homme lisse et ferme quand il changeait de T-shirt devant moi. J'imagine ma joue posée sur le doux duvet châtain qui le couvrait, s'épaississant autour de son sexe tendre et tendu contre moi. En caressant sa tête, la fragilité de son crâne nu au bout de mes doigts, j'essaie de retrouver la sensation de ses cheveux drus. Le souvenir est tellement fort qu'il en devient presque réel. Et si je pouvais le ramener du passé ? Changer l'histoire, humilier le destin, faire courber la tête à la réalité ? Que ne puis-je réécrire cette scène immonde et prévisible ? Ses os aigus se plantent dans ma chair. J'entends son râle irrégulier. La maladie, le froid, la nuit s'étendent en lui, repoussant ma chaleur, ignorant mon étreinte. Vers quatre heures du matin, il bouge un peu.

« Je ne sens plus rien, dit-il en resserrant à nouveau sa main sur mon sein.

– C'est bien, mon amour. C'est bien. Dors alors », lui murmuré-je en l'embrassant mille fois et en lui caressant le front.

Il délire un moment en répétant mon nom, il s'agrippe à moi en proie à une agitation violente qui m'effraie, puis il se calme. Nous sommes trempés de mes larmes et de sa sueur. Sous son poids, chaque parcelle de mon corps me fait souffrir. Il faut attendre. Attendre et me remplir de lui autant que j'en suis capable. Prendre de lui tout ce que je peux. Je voudrais qu'il y ait la place en moi pour y loger son âme. Je n'entends plus que son râle. Vers quatre heures, je finis par sombrer dans une inconscience lourde de néant. Comme si c'était moi que la mort avait prise. Je tombe dans un trou hanté de formes dévorantes qui se dilatent au rythme de nos cœurs. Je me débats dans l'obscurité, agrippée par les milliers de mains de noyés que je ne peux pas sauver. Ils m'attirent vers le fond. Je coule et j'étouffe, mes membres écartelés par leur poids et la peau déchirée par leurs ongles. Timothée est là que je veux rejoindre, Timothée qui est trop loin. Je tends le bras. Trop loin. Les autres pèsent si lourd. Hors de ma portée. Il s'éloigne tandis que l'eau pénètre par mon nez et ma gorge, m'empêchant de respirer, m'étouffant. Il s'éloigne tandis que le sel attaque mes yeux et brûle ma peau. Je tousse, j'aspire des goulées d'air sifflantes qui ne soulagent pas mes poumons. Il s'éloigne et je me débats. Il s'éloigne et je coule, entraînée vers le noir, des mètres d'eau de plus en plus opaque au-dessus de moi. Je ne le vois plus. Il a disparu. Je ne le reverrai plus. Nos âmes arrachées l'une à l'autre sont une plaie béante.

L'infirmière du matin nous trouve enlacés. Je pleure, paraît-il, absente, mais les yeux ouverts. Les mains de Timothée se sont si bien figées dans ma chair qu'il faut l'aide d'une deuxième personne pour me dégager de son emprise. En posant les pieds à terre, je suis frappée d'un choc électrique. Le sang bloqué sous son poids se remet en mouvement, je m'assois au sol. Je regarde Timothée, mais ce corps disloqué, ce n'est plus lui déjà. Il est parti. Je sors. Derrière la porte contre laquelle je m'adosse, je regarde le couloir bleu de l'hôpital. Le lino en faux marbre du sol. La peinture luisante des murs, sur lesquels les appliques rondes creusent des cernes de lumière triste. Les doubles portes en métal gris avec leurs épaisses jointures de caoutchouc noir pour amortir le bruit des départs. Il doit être six heures du matin. Personne à part moi. Il me semble que ma vie sera maintenant comme ce couloir : interminable. J'emplis mes poumons, mes épaules et mes paumes appuyées contre la paroi. Je rassemble mes forces. Un pas puis un autre. Encore un. Je referme mon cœur comme un oiseau cache la tête sous son aile pour mourir.

Je passais mes journées couchée. Murée dans ma chambre. La tête enfouie dans l'oreiller griffé du khôl de mes larmes, j'étais incapable de secouer le poids exténuant qui m'immobilisait le corps : ce poids de la mort allongée sur mon dos. J'avais tellement pleuré que je m'étais tarie. J'étais sèche de tout. À bout de larmes, à bout de mots, à bout de pensées. Je me sentais absolument vide. Tombée en moi-même, j'étais un gouffre. Les yeux ouverts, je restais immobile, incapable de dormir, incapable de me lever. Je n'étais qu'une absence. J'attendais une minute, puis une autre. Une heure puis une autre. J'attendais sans rien espérer. Le temps était un trou. Il y avait le jour et la nuit et le jour et la nuit et c'était toujours le même jour et toujours la même nuit. Sans que rien ne change ni ne bouge. J'avais arrêté le temps. Rien ni personne n'avait le droit de vivre sans lui.

Au lit depuis des jours, peut-être des semaines. Un matin ou un après-midi, je ne savais plus, un rayon de soleil pénétra dans la chambre. Les rideaux, la moquette, les murs blancs frémirent sous l'intrusion de sa lumière. L'air se chargea de milliers de particules. Tout sembla s'éveiller, s'étirer, se détendre. Ce fut un éclair de printemps. Éblouissant. Fugace. Il disparut, plongeant à nouveau la pièce dans une pénombre grise, gommant les reliefs des meubles et des objets. Quelques longues secondes, peut-être une minute, et le rayon réapparut, faisant fuir l'ombre, comme un enfant court derrière des pigeons pour les faire s'envoler. La pièce vrombit de chaleur et de clarté, dans un puissant mouvement d'ondes. Puis s'éteignit : le rayon s'était à nouveau retiré. Il refit irruption quelques instants plus tard. Par intermittences, il vint s'étendre jusqu'au bord du lit. Il semblait suivre le flux d'une marée montante avec laquelle il escalada peu à peu le matelas. Puis, entre les nuages qui tentaient de lui barrer le passage, il réussit à me toucher le visage. Je sentis une première fois cette chaleur infime. Une deuxième. La troisième me tira du lit. Hagarde dans mon peignoir, je m'approchai de la fenêtre que j'ouvris en grand. L'air froid de cette fin d'hiver réveilla mes joues avant que, de retour, le rayon de soleil n'en chassât la morsure. Je lui offris ma peau. Un plaisir minuscule naquit en moi, immédiatement balayé par une vague de culpabilité. Je me recouchai. Comment osais-je avoir la moindre sensation de vie ? Comment pouvais-je trahir Timothée, quitter, ne fût-ce qu'un instant, le néant qui nous unissait ? Je retournai à ma nuit. Plusieurs jours de suite, le rayon vint me chercher. Il arrivait toujours à la même heure. Il fallait que le soleil eût dépassé, dans son lent mouvement quotidien, l'immeuble qui, le matin, projetait son ombre sur mon appartement. Vers quatorze heures, l'astre me dépêchait son messager. D'abord timide, il ne répandait sa lumière qu'au bord de la fenêtre, avant de s'enhardir, vers quinze heures, à s'asseoir sur mon lit. J'allais alors ouvrir la fenêtre et je me laissais caresser. Nous restions attachés l'un à l'autre vingt minutes. Puis la grosse cheminée du 83, rue Vaneau nous séparait. Il faudrait patienter jusqu'au lendemain. Comme une prisonnière, je guettais sa visite. C'était le seul instant de vie que je m'accordais alors.

Mes premiers repas me rendirent malade. Je n'arrivais qu'à boire, de l'eau parfumée d'un trait de sirop de menthe ou de Pulco citron, des sachets de soupe lyophilisée. Ma volonté vacillante traînait mon corps de la chambre à la cuisine et de la cuisine à la chambre. Je ne supportais la douleur que couchée. À la première douche que je pris, en sentant l'eau ruisseler sur moi, j'éclatai en sanglots, frappée par l'idée absurde que je me débarrassais d'une pellicule de ma peau qui avait été touchée et aimée par Timothée. Je rechutai deux jours. Un soir, je pus ingérer des biscottes. Leur sécheresse, leur goût de poussière, l'absence totale de plaisir qu'elles me donnaient me semblaient plus acceptables qu'un aliment savoureux. Une autre fois, je m'aperçus que, entre les somnifères et les calmants, ma garde s'était abaissée : j'avais machinalement mangé une boîte de maïs. Honteuse, je me rendis compte que cela m'avait fait du bien. Pire, que j'avais trouvé ça bon. Je tins au maïs trois jours. Je ne pouvais manger qu'un seul type d'aliment à la fois. Comme si le mélange avait été un pas supplémentaire vers la vie, donc une insulte de plus à Timothée. Ensuite, ce furent les pois chiches. Puis le riz, autre trahison parce qu'il fallait le cuire, donc il y avait une intention. La première boîte de thon, je fus malade. Je cessai à nouveau de m'alimenter. Puis me rabattis sur les lentilles. Un vieux paquet de polenta me fit encore quelques repas. Un matin, ayant fait le tour de mes placards, de mes tiroirs, de mon frigo, dans lesquels il ne restait même pas une miette de biscuit sec, je compris qu'il allait falloir se préparer à sortir. Effarée, je retournai me coucher, notant une fois encore la crasse répugnante de mes draps que je n'avais pas le courage de changer. J'avais beau tourner et retourner l'oreiller, il sentait toujours mauvais, je finis par le jeter à terre et posai la tête sur ma main. L'heure du déjeuner était passée depuis des heures lorsque la faim me donna enfin le courage de m'habiller. En passant un jean et un chemisier, je me rendis compte que mes vêtements pendaient autour de mon corps. Mon pantalon tombait tout seul sans être arrêté par les hanches que je n'avais plus. Je dus faire, avec un marteau et un tournevis, un nouveau trou dans une ceinture en cuir. Chaque mouvement m'épuisait. Dans le salon et dans la salle de bains, je tirai sur les draps dont j'avais couvert les miroirs, superstition de ma mère que j'avais reproduite. En enlevant l'étoffe qui masquait celui de l'entrée, j'eus un vertige. Il fallait tout faire très doucement. Mon cœur pompait dans le vide. L'étourdissement passé, je me regardai dans la glace et vis une femme étrangère me fixer de ses prunelles lasses, enfoncées dans leurs orbites. Mes traits s'étaient creusés. Dans mes yeux, cernés de mauve, il n'y avait plus trace de ce sentiment d'invulnérabilité, propre à l'adolescence. Mes cheveux maltraités s'étaient rétractés en une masse compacte et terne. Mes lèvres, sèches, craquelées par endroits, étaient presque blanches. Ma peau avait pris une nuance jaune, terreuse, et des taches de rousseur compactes s'étaient déposées sur mes joues, mon front et mon nez. J'approchai le visage de la glace. Je me trouvais très laide avec ces éclats de boue sur la figure, mais je n'avais plus envie d'être belle. Pour qui l'aurais-je été ? Cela me soulageait de m'être abîmée. C'était comme un pardon, le signe que j'avais voulu expier de ne pas avoir été là pour Timothée. De ne pas avoir su le protéger. De ne pas avoir choisi de l'aimer et de le rendre heureux pour la dernière année de sa vie. Je passai les doigts sur ces marques brunes. Il n'y avait pas de différence de texture. Je tirai sur ma peau pour voir s'il s'agissait d'impuretés. Non. Je la frottai d'un index humide pour les ôter, mais les traces ne partaient pas. Elles étaient juste agglutinées les unes aux autres en un drôle de dessin. Une inquiétude me transperça. Mon cerveau commença à se réveiller. Je repris toute l'histoire, évaluant les différents possibles. Non. Pas ça. Tout mais pas ça. C'était si peu probable. Il faudrait une extraordinaire malchance. Impossible… Impossible ? J'essayais de me rassurer. Je passai mon manteau, sortis. Je me tins à la rampe pour descendre les marches. La porte cochère me sembla si lourde que je ne fus pas sûre de parvenir à l'ouvrir. J'avançai dans la rue, chancelante comme une petite vieille, craignant les passants qui fusaient autour de moi, propulsés par leur confiance d'être utiles et d'avoir un but. À la pharmacie, il y avait du monde. Trois personnes avant moi. Il ne fallait pas s'évanouir. Essoufflée, je m'appuyai contre un mur. Lorsque ce fut mon tour, je n'avais parlé à personne depuis si long- temps que je fus choquée d'entendre ma propre voix. Je ne la reconnaissais pas.

« Bonjour, monsieur, je voudrais un test de grossesse, s'il vous plaît. »

Un ange passa. Les tests de grossesse venaient juste d'être commercialisés. Il y avait encore un tabou à les demander. Dans des circonstances normales, j'aurais sans doute fait en sorte d'aller loin, dans un autre quar- tier, mais je n'en avais pas la force.

« Bien sûr, mademoiselle… madame… Je vais vous chercher ça. Vous en voulez un deuxième ?

– Oui, c'est ça. Mettez-m'en deux. »

Une cliente me balaya du regard et s'arrêta, interlo- quée, à mon annulaire sans alliance. Je pris le sachet en papier que me tendait le pharmacien.

« Vous savez l'utiliser ? demanda-t-il en rosissant.

– Non.

– Alors il faudra bien lire le mode d'emploi », fit-il, ne se sentant pas le courage de me l'expliquer devant l'assistance.

Je le payai sans piper mot. Sur le chemin du retour, je marchai à pas hésitants en m'appuyant de temps à autre aux murs. Manuel, qui était en train d'arranger les paniers de fruits et de légumes à l'entrée de son épice- rie, m'aperçut, et je vis l'effroi dans ses yeux.

« Zita, ma belle, mais que s'est-il passé ? »

Je n'arrivais pas à parler. Pas encore. En fait, je ne parvins jamais à en parler. Même des années, des décen- nies plus tard. Comme je restais silencieuse, Manuel me saisit par la taille pour m'aider à rentrer chez moi.

Devant ma lenteur et ma faiblesse, il finit par me porter dans les escaliers.

« Mon Dieu ! » furent les mots qui lui échappèrent quand il vit l'état de mon appartement. Manuel me sonda d'un long regard qui se termina par un soupir et une décision : il ne me laisserait pas sombrer.

38

J'eus enfin la force de me confronter à la réalité.
Elle ne me fit pas plaisir. Foutue saloperie de trait
bleu qui s'obstine à apparaître, pensai-je en jetant à
travers la salle de bains le cinquième test de la
semaine. J'avais peur. J'étais perdue. Pourtant, Dieu
ou le destin m'avaient entendue. Timothée était mort.
J'avais voulu recueillir son âme et quelque chose de lui
vivait en moi. Un deuxième cœur, un peu plus bas,
infiniment petit, mais bien vivant, s'était mis à battre
dans les intervalles du mien. À mon insu, Ondine avait
commencé à grandir. Le plus discrètement possible,
comme si elle se méfiait de ma réaction. Je ne me
doutais de rien. Dans cet état de cendres, comment
aurais-je pu m'inquiéter de ne pas avoir mes règles ?
Elles avaient toujours été irrégulières, je ne m'étais
pas préoccupée de leur absence. Je ne l'avais même
pas remarquée. Ma première réaction fut de vouloir
mettre un terme à cette grossesse. La loi Veil, votée en
1974 et qui venait d'être mise en application, m'éviterait les faiseuses d'anges que j'avais vues à l'œuvre
avec plusieurs filles de Claude. Je n'avais plus un sou
ni la force de rien. Je me savais trop instable pour
élever un enfant, seule de surcroît. Je ne voyais personne vers qui me tourner. Mais je n'y parvins pas. La

mort avait remporté deux combats sur moi, je ne pus me faire sa complice. Ce petit bout de lui que Timothée m'avait laissé, cette flamme vacillante de vie, il ne m'appartenait pas de l'éteindre. Manuel acheva de m'en dissuader. Il me dit que je n'étais pas en état de prendre des décisions, qu'il fallait juste que je me laisse aller, que je lui fasse confiance. Je ne devais pas m'inquiéter, il se chargerait de tout. Manuel s'occupa de moi avec la tendresse que ma mère n'avait jamais eue. Il me coiffa, me baigna, me nourrit à la cuiller, rangea et nettoya mon cloaque, changea mes draps, redonna à tout un air d'avant. Des jours durant, il fut attentionné, présent, généreux, patient. Il quittait toutes les deux heures son Félix Potin pour m'apporter à manger ou vérifier comment j'allais. Il me trouvait au lit. Sur son visage, quand il pénétrait dans la chambre, je lisais l'inquiétude. Il s'asseyait près de moi, évaluant mon état, tentant de voir si j'allais mieux ou si j'avais reculé vers mes ténèbres. Je voyais sa mine désolée quand il essuyait des larmes, son sourire quand j'avais l'air calme. Le plus souvent je détournais la tête, essayant d'échapper à son regard. Alors il me caressait le front et me prenait dans ses bras. « Il va falloir se lever, mon petit chat », disait-il en me portant. Il me mettait dans la baignoire, me disait : « En arrière », « Ferme les yeux », « C'est pas trop chaud ? » pour me laver les cheveux. « Il ne faut pas se mettre dans des états pareils, affirmait-il en me savonnant. Une belle fille comme toi, si maligne en plus, ça n'a pas le droit d'être malheureuse. » Il me séchait la tête, me faisait une natte pour empêcher ma tignasse de se hérisser à nouveau. M'habillait. « Des beaux yeux comme ça, c'est pas fait pour pleurer », répétait-il en appliquant sur mon visage une crème pour dépigmenter les taches qui me défiguraient. Pas une fois il n'eut un geste déplacé. Entre ses mains, j'étais une petite fille, une poupée inerte et docile, toujours muette, qui se laissait manipuler. De ses expressions toutes faites et de ses proverbes fatalistes qui n'arrivaient pas à véhiculer l'immensité de l'amour qu'il ressentait pour moi, Manuel essayait de refermer mes plaies. Je sentais cet amour fou qui butait contre la vitre de ses mots incertains, maladroit à s'exprimer et impuissant à m'atteindre. Il me sauva de moi. Comme devait le faire Pierre, près de vingt ans plus tard. Pour le remercier, je ne sus que le fuir. Je ne pouvais l'aimer et je ne voulais pas le faire souffrir. « C'est comme ça », aurait-il dit.

Une fois rétablie, je décidai de quitter Claude pour de bon. Je ne pouvais plus faire ce métier. Tout en moi s'y opposait. Nous prîmes rendez-vous. « Madame » fut désolée de cette nouvelle que je lui annonçai dans un de ses nouveaux appartements. Depuis nos mésaventures avec le président, elle avait moins de protections dans le gouvernement. Pour ne pas se faire prendre, elle déménageait deux à trois fois par an. Claude fut d'autant plus désolée que mon départ ne constituait pas ce qu'elle appelait une « sortie vers le haut ». Elle ne m'avait pas, contrairement à d'autres filles, mariée à un homme en vue. Je n'étais pas non plus devenue mannequin ou en train d'enregistrer un album. Au contraire. Mon livre, péniblement accouché, n'avait même pas été publié. Elle s'étonna donc de mon départ, et fut encore plus abattue lorsqu'elle apprit que j'étais enceinte. Je devenais l'incarnation de ses cauchemars, la fille mère, la femme seule privée des ressources de son corps, son bien le plus précieux :

« Et le père ? Que dit-il ?

– Il ne dit rien.

– Tu sais qui c'est au moins ?

– Oui.

– Tu ne lui as pas dit ?

– Je n'en ai pas eu l'occasion.

– Il s'est barré ? » demanda-t-elle. Claude devait être contrariée, elle utilisait en général un langage plus châtié.

« On peut dire ça comme ça.

– Tu n'as aucun moyen de le coincer ? insista-t-elle. Je peux t'aider tu sais… Je peux lui parler.

– Non, il n'y a vraiment plus rien à faire.

– Je suis désolée, ma chérie. Tu es la dernière à qui… Enfin, je ne pensais pas que cela puisse t'arriver à toi.

– Je sais, c'est presque comique en fait…

– Ça ne se verra pas tout de suite. Il suffirait de bien maquiller tes taches, remarqua-t-elle en passant un doigt sur son nez. Tu pourrais continuer encore un peu…

– Non, justement, je ne peux pas.

– Tu as mis de l'argent de côté au moins ?

– Oui », mentis-je, alors que j'avais tout claqué. Quand je pensais à l'argent que j'avais balancé par les fenêtres, j'en étais malade. Je ne sais pas si c'était à cause de la manière dont je le gagnais, mais j'avais eu besoin de m'en débarrasser.

« Vingt pour cent par mois, comme je te l'avais recommandé ?

– Comme vous me l'aviez recommandé.

– Tu me rassures, même si tu étais peu disponible ces derniers mois, tu dois avoir un peu de temps devant toi.

– Un peu…

– Enfin ! » soupira-t-elle en se tapant des deux mains sur les cuisses. Madame semblait avoir jeté ses manières aux orties. Elle se leva. « Tu sais que, si tu es vraiment mal, tu peux compter sur moi. Je te trouverai quelque chose...

– C'est gentil », la remerciai-je en me promettant que plus jamais, sous aucun prétexte ni dans aucune extrémité, je ne lui reviendrais.

Claude me raccompagna à la porte de son petit appartement. Elle n'avait plus personne pour l'aider à présent. La vieille renarde humant les chasseurs se faisait de plus en plus discrète.

« Allez, bon courage, déclara-t-elle en me prenant dans ses bras et en me tapotant le dos. De toute façon, je ne m'inquiète pas pour toi. »

Son assurance, d'un coup, me paniqua. Il est infiniment plus agréable que quelqu'un s'inquiète pour vous. Le danger étant géré par un tiers, on n'a plus besoin de s'en préoccuper. Il ne nous concerne plus. La sentir rassurée m'angoissa au plus haut point, ce dont je me rendis compte en descendant les escaliers. À sa nouvelle adresse, il n'y avait pas d'ascenseur. « C'est bon pour le cœur et les fesses », m'avait-elle dit.

En rentrant chez moi, je trouvai un message de l'éditrice de Julliard. Elle me demandait où j'en étais de mon travail. Je n'eus pas le courage de la rappeler. Je n'arrivais plus à vivre. « Fille de personne » me paraissait d'une bêtise, d'une grossièreté et d'une nullité incommensurables. Ce roman ne servait à rien. Rien ne servait à rien. Je restais sèche devant mon paquet de feuilles. Je dessinais, des heures durant, des pages de petits carrés noirs et blancs. Je ne pouvais pas tracer un mot. J'essayais, par désœuvrement et découragement, d'apprendre à écrire de la main gauche. Je faisais des lignes avec les titres de livres que je voyais dans ma bibliothèque : *Fin de partie*, *Splendeur et misère des courtisanes*, *Les Enfants terribles*, *Voyage au bout de la nuit*, *Mort à crédit*... Aucun miracle ne se produisit.

39

Zita avait donc souffert de la mort d'un homme comme Pierre souffrait maintenant de la sienne. Cet homme s'appelait Timothée, il était le père d'Ondine. Elle ne lui en avait pas parlé. Le galeriste était jaloux. Jaloux du passé de sa femme plus encore qu'il ne l'avait été de son présent. Un rival en chair et en os, on peut toujours le défier, lui nuire. On peut voir ses défauts, les tourner en ridicule. Mais que pouvait-il faire contre le portrait de martyr qu'elle dressait de Timothée ? Ce jeune homme avait été sanctifié par la mort. Elle n'avait plus voulu voir ses travers, prise par le regret d'un amour qui n'avait pas eu le temps de s'user. Zita vivante, déjà, il eût été difficile de combattre ce fantôme. Comment réussit-on à effacer, dans la mémoire de la femme aimée, l'empreinte d'un autre ? Surtout si cette empreinte est embellie, romancée par la nostalgie… Si cet autre devient le temple d'une jeunesse perdue… Zita vivante, le combat semblait presque impossible et maintenant qu'elle était morte, Pierre n'aurait même pas la chance de le livrer. Il lâcha le paquet de feuilles. Lire les déclarations d'amour que l'écrivaine faisait à cet homme, même si c'était il y a vingt-cinq ans, lui dévorait le cœur. Il y retrouvait trop de leur histoire. Les gestes que sa femme avait eus pour lui, Pierre détestait qu'elle les eût imaginés pour ce garçon. Il avait l'impression, soudain, d'être une répétition dans sa vie. Le reflet d'une autre passion. Il venait après. Même pas un second rôle : une doublure. Il avait tenu une place accessoire dans sa vie et il n'était plus possible ni de l'ignorer, ni d'y remédier. Pierre eut envie d'en rester là. Il n'était pas masochiste. Il n'avait pas besoin de s'infliger tout cela. Il se leva, ouvrit grand la fenêtre en dépit du froid. Il faisait jour depuis plusieurs heures, un jour terne d'hiver. Il décida d'appeler Ondine. Il lui dirait ce qu'il savait, puis il sortirait d'ici pour de bon et rentrerait chez lui.

Une voix d'homme répondit sur le portable de la jeune femme.

« Bonjour, Pierre, un instant s'il vous plaît. Ondine sort de sa douche, elle m'a demandé de décrocher... »

Pierre se demanda qui lui parlait. Il ne reconnut pas la voix de Gaël de Vitré. C'était quelqu'un de nettement plus jeune. Sa belle-fille prit l'appareil et le salua avec la sécheresse qui la caractérisait dès qu'elle était émue ou impressionnée. Pierre se racla la gorge avant de se lancer.

« Voilà, Ondine, je ne vais pas faire de longue introduction, autant vous dire tout de suite ce que j'ai appris. Votre père s'appelait Timothée Beauthertre. C'était un ami d'enfance de votre maman. Ils ont vécu une très belle histoire d'amour. Ce n'était pas un coup d'un soir, mais quelque chose de très fort. Je ne voudrais pas que vous conceviez de faux espoirs. Je préfère vous dire qu'il est mort, quelques mois avant votre naissance. J'en suis désolé...

– D'un cancer, c'est ça ?

– Exactement, d'un cancer. Votre mère n'avait pas prévu votre arrivée, mais voilà… Elle vous a voulue de tout son cœur. Je crois que vous devriez lire ce qu'elle écrit sur la manière dont vous avez été conçue et sur votre père. Il avait l'air d'un garçon extraordinaire. » Pierre eut un rire étranglé. « Pourtant Zita était plutôt avare de compliments…

– Vous n'avez pas trouvé de photos de lui ?

– Malheureusement, non. Elle dit qu'il était très grand, brun, des yeux clairs comme vous, même si je pense que vous avez plutôt ceux de votre mère. Il est mort à vingt-trois ou vingt-quatre ans. Il était brillant, surdoué même. Vous verrez dans le texte si vous avez le courage de le lire. »

Ondine, très émue, pressait son beau-père de questions tout en sentant qu'elle ne pourrait pas insister longtemps. Il semblait fatigué.

« Parle-t-elle de sa famille ? De la famille de mon père ?

– Il était fils unique. Elle parle un peu de ses parents. Je ne sais pas s'ils sont encore en vie. Son père était notaire. Il habitait Londres. Je n'ai pas fait suffisamment attention, mais je ne crois pas qu'elle cite leurs prénoms. Zita ne les aimait pas, visiblement. »

Pour une fois, Ondine, dont les cheveux trempés gouttaient sur la moquette, retint la remarque acerbe qui lui venait à l'esprit. Elle ne voulait pas faire de peine à son beau-père qui avait l'air très éprouvé. Pierre eut une inspiration subite :

« Demandez à votre grand-mère, elle l'a forcément bien connu.

– Merci, Pierre », se contenta-t-elle de dire.

La jeune fille sentit qu'il prenait sur lui, sa respiration était saccadée, sa voix morcelée lorsqu'il reprit :

« Je n'en suis qu'aux trois quarts, mais je vous ai indiqué les passages qui vous concernent. Je n'ai pas très envie de continuer... Enfin peut-être... Je ne sais plus très bien quoi penser.

– Vous avez raison. Je vais essayer de regarder moi-même. »

Le jeune veuf proposa de faire une copie du texte et de lui laisser le carton rue Vaneau ou de le lui déposer ailleurs. Ondine protesta :

« Gardez l'original, c'est bien que vous l'ayez. Et ne vous embêtez pas, je passerai chercher la copie chez ma mère. »

Lorsqu'elle eut raccroché, la jeune fille resserra la serviette autour d'elle et se rendit compte qu'Henry n'avait pas bougé d'un centimètre.

« Il t'a dit qui était ton père ?

– Un certain Timothée Beauthertre, un ami d'enfance de ma mère.

– Timothée Beauthertre, tu es sûre ?

– C'est ce qu'il a dit, confirma la jeune fille.

– Tu sais ce que cela signifie ? » lui demanda Henry. Ondine secoua la tête négativement.

« Cela signifie que nous sommes cousins... »

Le jeune femme ouvrit de grands yeux et, comme chaque fois qu'elle était surprise ou inquiète, retrouva son ton de bouledogue :

« C'est quoi ce délire ?

– Je ne délire pas. Timothée Beauthertre était le cousin germain de maman. Leurs mères sont sœurs.

– Tu l'as connu alors ! cria Ondine, sous le coup de l'émotion.

– Non, j'étais trop petit quand il est mort. Je sais que c'était un type génial, genre qui a eu son bac à quatorze ans et l'ENA à vingt et un ans. Il était botaniste, et champion de tennis aussi, je ne me souviens plus bien. Mais maman l'a très bien connu. Et elle doit avoir des photos de lui dans ses albums. »

Le visage de la jeune femme trembla et une énorme larme se prépara dans ses yeux. En dépit de sa grande taille, elle eut soudain l'air d'une petite chose, toute nue dans sa serviette avec ses cheveux dégoulinants et son air désespéré. Henry s'approcha d'elle et la prit dans ses bras. Il mit une main sur sa tête et la berça un long moment avant de lui dire :

« Mais pourquoi es-tu triste ? C'est bien, non ? Depuis le temps que tu voulais savoir… »

Le nez contre son épaule, elle marmonna, moitié riant moitié pleurant :

« Je ne sais pas ce que j'ai ! Je ne pleure jamais normalement !

– L'émotion de m'avoir rencontré sans doute… » la taquina-t-il.

Ondine rit franchement cette fois, mais en se dégageant, comme si elle prenait soudain conscience qu'elle était en serviette contre Henry. Il la laissa faire et, montrant sa chemise bleue que les cheveux de la jeune femme avaient mouillée, il lança :

« Pour quelqu'un qui ne pleure jamais, tu n'y vas pas de main morte. »

Elle le regarda avec une fausse colère et lui donna une tape de réprimande sur l'épaule. Il reprit d'un air dégagé :

« Ça ne m'étonne pas du tout que nous soyons cousins. Nous nous sommes très souvent mariés entre nous dans la famille… »

Ondine resta un instant interdite. Au fur et à mesure qu'elle comprenait ce qu'avait voulu dire Henry, du rose se déposait par glacis sur sa figure, jusqu'à atteindre un pourpre concentré. Gênée, elle se défendit :

« Henry, nous nous connaissons depuis vingt-quatre heures et c'est la deuxième fois que tu me demandes quasiment en mariage, tu ne trouves pas que tu vas un peu vite ?

– Je trouve que pendant vingt-neuf ans, tout est allé trop lentement », fit-il en la reprenant dans ses bras.

La jeune fille, de plus en plus échauffée, essaya de se libérer sans y parvenir et protesta de façon désordonnée. Elle était chamboulée et puis ils se connaissaient à peine ; en plus, elle ne s'était pas séché les cheveux et n'avait pas de vêtements propres pour aujourd'hui, sans parler du fait qu'ils étaient cousins, et puis ils ne s'étaient même pas embrassés, et puis... Henry prit le visage d'Ondine dans ses mains :

« D'abord, petite prétentieuse, je ne t'ai pas officiellement demandé. Ensuite, pour le baiser, cela peut s'arranger... »

Il l'embrassa. La jeune femme fondit, comme si ses membres s'étaient engourdis et qu'elle avait besoin de s'appuyer contre Henry pour ne pas tomber. Ils se goûtèrent longuement, leurs esprits entièrement dominés par le plaisir de se toucher et de respirer le même air. Frémissants et consciencieux, ils s'enivraient l'un de l'autre. Henry se redressa :

« Tant pis pour le cousinage. Nous serons une magnifique histoire d'inceste. »

Rue Vaneau, Pierre avait repris le texte de sa femme. Peut-être parce qu'il espérait encore le moment où elle parlerait enfin de lui, peut-être parce que c'était le seul moyen d'en finir. Il passerait ces derniers moments avec Zita, puis il refermerait leur histoire. Même fausse, même biaisée, elle resterait pour toujours entre ces pages.

40

J'hésitai longtemps. Fallait-il lui écrire une lettre ?
Aller la voir ? Lui téléphoner ? Je ne lui parlais plus
depuis des mois. Les mots les plus simples me semblaient impossibles à prononcer. Mon orgueil, surtout,
souffrait. J'avais fait ce contre quoi ma mère m'avait
tant prévenue. J'allais me retrouver seule, sans homme,
sans études, sans ressources, avec un enfant à élever. Je
lui téléphonai. Notre échange dura quelques secondes.
Le temps que je demande à la voir, qu'elle me dise de
venir le soir même, qu'elle mentionne la mort de Timothée et que je l'entende s'étrangler au moment où je
raccrochais. Elle n'avait pas changé.

En pénétrant dans sa loge devant laquelle j'étais passée sans un regard depuis deux ans, chaque fois que je
venais voir Mme de Vitré, Solange ou Gaël, certaine
d'avoir mis entre elle et moi suffisamment d'argent et
de connaissances pour n'avoir jamais à y retourner, elle
me sembla encore plus petite que dans mon souvenir.
À l'unique fenêtre de mon ancienne prison, je remarquai les voilages devenus gris et maculés de crasse. Aux
murs, les couleurs des vilaines aquarelles de Paris,
quoique ternies par l'huile de friture, me semblèrent,
elles aussi, plus criardes. Les napperons au crochet qui
couvraient la table en formica bleu-vert étaient douteux.

Le canapé-lit n'avait pas bougé, les couvertures bariolées l'habillant non plus. La seule nouveauté était un
énorme congélateur qui trônait entre la cuisinière et le
canapé, réduisant encore l'espace.

« C'est nouveau… fis-je.

– Oui, répondit ma mère. Mme de Vitré en voulait
un qui s'ouvre par-devant, mais elle s'est trompée dans
la commande. Il était trop tard pour le rendre, elle me
l'a donné.

– Ça prend toute la place.

– Oui, mais c'est pratique. Je peux préparer plein de
choses à l'avance. »

Ravie, elle retira la lampe et la nappe qui le couvrait,
ouvrit ce cercueil et me montra les plats de lasagnes, les
blanquettes, les ragoûts et les purées qu'elle avait faits
et congelés. C'était son trésor de guerre. Elle sortit
quatre boîtes en plastique qu'elle aligna sur la table.

« J'ai pensé à ça pour ce soir. Une daube de bœuf,
des patates à l'ail et au persil, un gratin de cannellonis,
et des petites tomates farcies. J'ai une terrine en entrée
et tout est prêt pour des beignets aux pommes. »

La table était déjà mise. Elle avait sorti des serviettes
en tissu et mis des bougies, signes qu'elle était contente,
voire émue, de me voir. Tout en mettant ses blocs de
textures gelées aux drôles de couleurs dans des casseroles séparées, elle me regardait en coin :

« Tu as pris du poids, on dirait… »

Je baissai la tête et jouai avec le couteau devant moi,
rechignant à lancer, dès ces premiers instants de retrouvailles, le psychodrame qu'entraînerait à coup sûr mon
aveu.

« Qu'as-tu sur le visage ? demanda-t-elle en désignant
mes taches.

– C'est à cause du soleil, répondis-je. Elles sont déjà beaucoup moins marquées qu'avant…

– Tu es malade ?

– Non, maman, c'est impressionnant mais bénin.

– Tes études ?

– Ça va, je fais ma maîtrise… » inventai-je.

Elle posa dans mon assiette une généreuse part de terrine. Nous commençâmes à manger en silence.

« C'était méchant de ne plus venir me voir, confia ma mère, les yeux humides.

– Tu m'avais injuriée…

– Tout de même… fit-elle en secouant la tête et en enfournant une pelletée de terrine. Tout de même… ce n'était pas gentil. »

J'eus soudain très chaud. Je me rendis compte que je ne supporterais pas la méthode progressive. Il fallait que je lâche mon paquet, tant pis si ma mère n'était pas préparée.

« Maman, je suis enceinte. »

Elle resta silencieuse, fourchette en l'air, le temps que cette information soit assimilée. Je vis ses traits fondre comme de la cire au soleil, ses yeux devenir liquides.

« Je vais être grand-mère ? » s'exclama-t-elle, extatique.

Sa réaction me désarçonna.

« C'est merveilleux ! s'étrangla-t-elle.

– Non, ce n'est pas merveilleux, m'insurgeai-je. Je suis enceinte et je n'ai plus un sou. »

Cette deuxième information sécha ses larmes en une fraction de seconde. Je reculai, m'attendant à l'explosion. Elle ne vint pas. Ma mère posa sa serviette, puis ses deux mains sur la table.

« Le père ?

– Je ne sais pas qui c'est. »

Je ne voulais lui donner aucun indice. Si je lui avais dit que le père de mon bébé était mort, elle aurait pensé à Timothée. La dernière chose que je voulais, c'était que ma mère aille quémander de l'argent aux Beauthertre. Depuis la mort de leur fils, ils ne m'avaient pas fait signe une seule fois. Je n'avais plus eu de nouvelles depuis que la mère de Timothée, qui était alors dans le coma, était venue me réclamer ma bague de fiançailles. Elle avait prétexté que c'était un bijou de famille, quand je savais qu'il l'avait fait faire pour moi. Elle m'avait tenu un discours mielleux. Étant donné que j'avais refusé d'épouser son fils et que ce n'était pas – pour le moment – d'actualité, elle préférait mettre l'objet en lieu sûr. Sa démarche m'écœura tant que je la lui rendis. Si j'avais refusé, ils ne se seraient pas privés de dire que je n'aimais leur fils que par intérêt. Après sa mort, ils ne me convièrent même pas aux funérailles. Je n'aurais certes pas été en état de m'y rendre, mais cette manière qu'ils avaient eue de m'effacer, niant mon existence et l'amour que leur fils et moi nous portions, je n'étais pas près de l'oublier.

« Tu ne sais pas qui c'est, répéta-t-elle.

– Non.

– Je t'avais prévenue, pourtant... Je t'avais dit. »

C'était plus fort qu'elle. Alors même que je faisais, en venant la voir, amende honorable, il fallait qu'elle remue le couteau dans la plaie.

« Oui, tu m'avais prévenue.

– Qu'est-ce que tu veux ?

– Il faut que tu me prêtes de l'argent, maman. De quoi tenir quelques mois, le temps de me retourner et de payer...

– De l'argent, j'en ai pas, m'interrompit-elle avec un regard de panique.

– Je te rembourserai, je te promets.

– Je n'ai rien, je te dis. Rien. Si tu savais comme c'est difficile pour moi…

– Ne mens pas, maman. Tu ne sors jamais d'ici, tu n'achètes rien, il n'y a pas un vêtement sur ton dos ou dans tes placards qui ne soit récupéré, tu n'as pas pris de vacances depuis que papa est mort, alors n'essaie pas de me faire croire que tu n'as pas de quoi aider ta fille pendant quelques mois.

– Non, je n'ai pas d'argent, rien. Tu sais bien que je gagne une misère. Et vu comme tu m'as traitée ces dernières années, je me demande si j'ai encore une fille…

– Tu en as une, qui est devant toi et qui te demande de l'aide.

– Je n'ai pas d'argent, je te dis. J'ai été malade, les soins étaient hors de prix. »

J'eus un sourire désabusé. Il lui avait fallu trois bonnes minutes pour inventer ce bobard. Si elle avait été malade, je l'aurais su.

« Si tu ne le fais pas pour moi, fais-le pour ton petit-fils ou ta petite-fille…

– Bien sûr que je vais t'aider… décida-t-elle dans un revirement. Reviens t'installer avec moi, je m'occuperai de toi et du petit. Tu seras bien ici.

– Je ne te demande pas de me loger, maman. Je te demande de me prêter de l'argent.

– Je t'ai déjà dit que j'en avais pas.

– Maman…

– Qui me dit que tu ne t'en servirais pas pour te droguer, ou je ne sais quelle autre horreur ?

– Je suis enceinte, pas junkie…

– Pourquoi je te croirais après tous les mensonges que tu m'as faits ? Non, si tu veux que je t'aide, reviens ici. Au moins, je serai sûre que tu ne t'abîmes pas la santé. »

Le bras de fer dura tout le déjeuner. Elle ne lâchait rien. J'avais envie de retourner l'appartement jusqu'à trouver sa planque et me servir sans lui demander son avis. J'étais partagée entre le désespoir, la haine, le fou rire, et l'écœurement. Le peu que j'avais mangé, je le rendis entre deux voitures au coin de la rue de Poitiers. En rentrant chez moi, je froissais dans ma poche le billet de cinq cents francs bien repassé qu'elle avait fini par me donner. Cinq cents francs... Le prix d'une heure de travail chez Claude. Pas le tiers du quart de mes dettes. Je me jurais, si je parvenais à m'en sortir, de devenir la plus généreuse des mamans. Mon enfant ne manquerait de rien. Je trouverais un moyen d'en faire le bébé le plus gâté du monde. Rue de Bellechasse, un clochard dormait, bouche ouverte, adossé au mur du ministère de l'Éducation. Sa bouteille avait roulé dans le caniveau. Je le reconnus. Nous avions parlé un jour quelques minutes. « Les femmes couraient trop vite et les chevaux pas assez », m'avait-il dit pour expliquer son infortune. Je n'étais pas loin de me retrouver dans sa situation. En prenant soin de ne pas le toucher parce qu'il empestait, je glissai le billet dans la poche déchirée de sa veste en lin bleu, vestige de temps meilleurs. Cet argent m'aurait porté malheur.

J'avais besoin d'aide. Nous ne nous étions plus parlé depuis des mois, mais il n'y eut bientôt que lui. Je n'osai pas l'appeler. Mieux valait qu'il me voit, surtout pour ce que j'avais à lui annoncer. J'allai l'attendre un après-midi en bas de chez lui. Il avait sans doute repris son emploi du temps – des plus réguliers – qu'il n'avait interrompu que pour moi. Tous les matins, Romain suivait à quelques détails près le même itinéraire. Il allait nager au Cercle Interallié, rue du Faubourg-Saint-Honoré, et s'y rendait à pied. Il descendait la rue du Bac jusqu'au boulevard Saint-Germain, longeait l'Assemblée nationale et traversait la place de la Concorde. Les jours de bonne humeur, il prenait la rue de la Paix, quand il était plus sombre la rue Boissy-d'Anglas. Les gens regardaient passer ce grand barbu excentrique au visage fermé. En général, il mâchonnait pensivement un cigare. Certains et surtout certaines semblaient le reconnaître. De temps à autre, une admiratrice l'abordait. Si elle était jolie, ils faisaient un bout de chemin ensemble, si elle était intelligente, un peu l'amour l'après-midi. Il cueillait les femmes qui venaient se planter sur sa route et les respirait à pleins poumons avant de les reposer avec plus ou moins de précaution, sans cesse un peu déçu, comme si elles avaient moins de parfum que dans son souvenir ou dans son imagination. Il éconduisait sans ménagement les emmerdeuses et maltraitait les groupies pour voir jusqu'où elles iraient par amour pour lui. À l'heure du déjeuner, il allait chez Lipp ou au Récamier où nous avions déjeuné ensemble la première fois. Il y venait surtout l'été, afin de profiter de la terrasse et des conversations de ses voisins car tout Paris s'y retrouvait. Il faisait chaque jour une halte chez Gallimard ou à la Hune. Il avait aussi ses boutiques rue du Bac. « Il y a tout dans ma rue, je pourrais ne pas en sortir sans jamais manquer de rien. La rue du Bac est ma patrie », répétait-il, car il aimait bien répéter ses bons mots. Il s'arrêtait chez Raoul Vidal où il achetait des disques de Bob Dylan ou d'Astor Piazzola, et prenait des cafés au Rouquet.

Je me postai devant sa porte cochère en fin d'après-midi et n'eus pas à l'attendre plus de vingt minutes. Je vis sa haute silhouette coupée du carré de son poncho se profiler au coin de la rue de Varenne et de la rue du Bac. Il mit un certain temps à se rendre compte de ma présence. Quand il m'aperçut, il baissa les yeux. Était-il content, furieux ? Sans doute ne le savait-il pas lui-même.

« Qu'est-ce que tu fous là ? me demanda-t-il d'un ton peu amène.

— J'ai besoin de te parler, fis-je.

— Tu ne manques pas d'air, de venir m'emmerder jusque chez moi. Tu aurais pu appeler.

— Je sais. Je m'excuse. J'avais peur que tu refuses de m'écouter. »

Il grommela des protestations incompréhensibles en me tenant la porte. Nous montâmes l'escalier en silence. Il jeta son poncho sur le siège de l'entrée et disparut dans le couloir, comme si je n'étais pas là. Je fermai la porte et partis m'installer dans le salon aux fourrures. Il réapparut un quart d'heure plus tard pour s'affaler dans le canapé en face de moi. Il voulait avoir l'air indifférent. Je le sentais nerveux. Il jeta un coup d'œil sous la table basse avant de poser les pieds dessus.

« Tu as grossi, remarqua-t-il.

— C'est vrai.

— Alors, qu'est-ce que tu veux ?

— J'ai besoin d'aide. J'ai besoin d'argent.

— Tu ne travailles plus pour Claude ?

— Non.

— Pourquoi ?

— Je suis enceinte. »

Je m'attendais à des hauts cris qui ne vinrent pas. Je le vis opérer une rapide réflexion :

« Pas de moi, j'imagine ?

— Non, pas de toi.

436

« – De qui ?

– Timothée. »

Le visage de Romain se contracta. Il affecta à nouveau l'indifférence.

« Et il ne peut pas t'aider, lui ? »

Les larmes brouillèrent ma vue, mais je les retins en renversant la tête en arrière et en prenant une longue inspiration.

« Non, il ne peut pas m'aider. Il est mort.

– Merde.

– Comme tu dis, fis-je riant et pleurant à la fois.

– Tu as besoin de quoi ?

– Je ne peux plus payer mon loyer. Je dois partir la semaine prochaine. Je n'ai nulle part où aller.

– Solange ?

– Nous sommes brouillées, elle ne me parle plus.

– Ah », fit-il, penaud. Ignorant mon aventure avec Jacob, Romain pensait sans doute que nous nous étions fâchées à cause de lui. « Gaël ?

– En Argentine.

– Ta mère ?

– Elle n'a pas de quoi. Elle me propose de vivre avec elle, mais je préfère encore dormir sous les ponts.

– Tu n'as donc que moi au monde, fit-il avec un sourire satisfait.

– Oui.

– Tu as besoin de combien ? »

Je lui annonçai la somme. Il eut un mouvement de recul.

« C'est beaucoup… Je suis désolé, mon petit chat, je ne pourrai te donner que la moitié de ça.

– Toi aussi, tu es fauché ?

– Je viens d'acheter une maison à Cadaqués.

– La fameuse maison de Cadaqués… »

« – Je peux demander aussi que l'on te redonne ta chronique à *Elle*. Ça n'ira pas loin, mais c'est déjà ça.

– J'étais sûre que tu leur avais dit de ne plus me faire travailler !

– J'étais en colère. Tu m'as lourdé comme un vieux sac. Et pour te faire engrosser par un autre !

– J'imagine que je ne suis pas en position de dire quoi que ce soit...

– Pas vraiment, non. Je me trouve très magnanime sur ce coup-là. Tu en connais beaucoup, des hommes qui entretiendraient une fille qui les a quittés et trompés jusqu'à ce qu'elle accouche de l'enfant d'un autre ?

– Je n'en connais aucun. C'est pour cette raison que je viens te voir.

– Il y a bien une solution, mais la dernière fois que je t'en ai parlé, tu l'as mal pris...

– Quoi, le livre ?

– Je te donnerais l'à-valoir et on ferait moitié-moitié sur les ventes. Ça fait un peu d'argent quand même. »

Je soupirai. J'avais écrit un recueil de nouvelles et deux romans, tous avaient été refusés. Le talent que je n'avais pas, je ne pouvais le compenser par le travail. J'avais essayé. Je restais des heures sans parvenir à noircir la moindre page. Servir de prête-nom à Romain, c'était renoncer à mes propres ambitions, mais en un sens, je l'avais déjà fait. J'étais découragée.

« Donne-le-moi à lire, alors, et je verrai, dis-je.

– Ça ne va pas forcément te plaire...

– Donne. Je te dirai. »

Le livre de Romain était excellent. Drôle, injuste, partial, émouvant, mensonger, comme tout bon roman si on le compare à la réalité qui l'a inspiré. Il avait écrit ma vie mieux que je n'avais été capable de le faire. J'étais engluée dedans. Ma version manquait de légèreté. Elle était ralentie par mille nuances et anecdotes inutiles, celles que j'avais vécues. Romain, servi par sa vision incomplète de mon histoire et armé du scalpel de la fiction, avait tranché sans pitié dans cette matière. Nos textes ne souffraient pas la comparaison. Je ne pouvais que m'incliner, même si c'était pénible de me voir ainsi analysée. À chaque page, j'avais envie de dire : « Ce n'est pas vrai, je ne suis pas comme ça, les choses se sont passées différemment. » J'avais été épinglée comme un papillon. Avec tendresse et férocité, Romain me déshabillait dans son livre, et moi qui m'étais montrée sous toutes les coutures à tant d'hommes différents, je me sentis nue pour la première fois. J'en conçus de la honte. Était-ce parce que j'étais enceinte ? J'aurais voulu nettoyer d'un coup d'éponge mon passé, comme un tableau noir. Dissimuler mes défauts sous les oripeaux de la normalité, avoir l'air d'une bourgeoise sans aspérités, ne plus me faire remarquer. C'était dur, mais je ne pouvais que reconnaître la valeur de son livre et je n'avais pas le temps de me laisser aller à mes états d'âme. Ma situation étant devenue intenable, j'acceptai que Romain publie *Ma vie en location* sous mon nom, à condition que je n'aie pas à dire qu'il s'agissait de mon histoire.

« Ça se saura, mon petit chat, ne te fais pas d'illusions…

– Peut-être, mais je ne veux pas avoir à le dire, ni à en parler, à qui que ce soit.

– Même pour les interviews ?

– Une débutante comme moi, il n'y en aura pas. »

L'à-valoir était trop maigre pour me permettre de garder l'appartement, je trouvai in extremis une sous-locataire grâce à Claude, qui épongea aussi le restant de mes dettes. C'était très généreux de sa part, surtout que, harcelée par les autorités, la générale préparait sa fuite à l'étranger. Je l'eus pour la dernière fois au téléphone un mardi soir. C'était un coup de fil amical. Elle me parla de tout et de rien. Je lui proposai de déjeuner dans la semaine, mais elle esquiva. Le lendemain, sans avertir aucune d'entre nous, elle prenait un vol à huit heures du matin pour Los Angeles. Celle qui avait régné pendant quinze ans sur les nuits des hommes les plus puissants de la planète renonçait à son empire. Elle échoua, par la suite, dans toutes ses tentatives pour le reconstruire.

En attendant des temps meilleurs, je dus m'installer chez Romain. Il ne m'avait jamais donné la clé de son appartement. Il ne changea pas d'avis, alors même que j'habitais chez lui. Il refusait encore de m'y laisser seule. Je devais partir à neuf heures, me débrouiller pour occuper ma journée et j'avais le droit de revenir vers seize heures, quand il avait fini de travailler. J'allais directement me coucher, épuisée par ma grossesse et mes déambulations. Pour les repas, il était très gentil. Il faisait les courses, cuisinait et prenait grand soin de ma santé : « Pas pour toi, précisait-il, pour le bébé. » Le fait que j'aie accepté de lui servir de prête-nom avait apaisé sa rancœur, mais il avait parfois des reflux de colère. Notre cohabitation fut à la fois très tendre et houleuse. Les recettes du livre, quoique moyennes, me permirent de réintégrer mon appartement.

Ma vie en location se vendit à 20 000 exemplaires, cinq fois moins que le premier roman de Romain. Moins également que son dernier, *Le Clown*, qui avait atteint les 25 000. Son nom, Romain Kiev, construit en quarante ans de travail, valait donc 5 000 exemplaires de plus qu'une jeune femme inconnue dont c'était la première tentative. Les critiques n'y étaient pour rien. Ils avaient été laudateurs, enthousiastes même. Romain devait se rendre à l'évidence, aucun complot ne cherchait à le briser. Il décréta avoir « passé la date », pour reprendre son expression, et sembla bien le prendre. Il plaisantait, se disant soulagé. Il prétendait avoir obtenu exactement ce qu'il voulait et m'exposait longuement sa réussite. Ses livres, pour commencer, étaient tels qu'il les avait voulus, et leur ensemble constituait une œuvre cohérente, structurée comme une cathédrale. Ensuite, il était assez célèbre pour continuer à être traité avec tous les égards dont il avait besoin, mais pas au point de devenir l'esclave de cette popularité. À la réflexion, tout ce qu'il avait fait, il l'avait fait pour séduire les femmes et, sur ce sujet, personne ne pourrait dire qu'il n'avait pas atteint son objectif. Maintenant que son œuvre était achevée, il était décidé à en profiter. Fini le goulag de l'écriture dès les premières lueurs de l'aube et vive la liberté ! Il aurait enfin le temps de vivre, de boire, de manger, de baiser et peut-être d'aimer. Une jeune fille, Sophie, était venue, à ses dires, lui offrir sa virginité. Il avait déjà eu la mienne et se sentait d'humeur à prendre sous son aile une nouvelle élève. Bien que de quarante ans mon aîné, il s'amusait à dire que j'étais désormais « trop vieille pour lui ». Qu'après dix-huit ans, la beauté est déjà fanée. En plus une future mère ! J'avais désormais le corps lourd, je ne retrouverais plus jamais la gracile légèreté de la jeune fille que j'avais été. Il se prit d'une passion pour *Nous n'irons plus au Luxembourg*, de Matzneff, sorti quatre ans plus tôt et, en cadeau pour son soixante-troisième anniversaire, il me demanda de trouver et de faire relier une édition originale du *Lolita* de Nabokov. Disait-il cela pour me faire bisquer ? Toujours est-il qu'il acheta en prévision du dépucelage de la jeune Sophie une parure de lit rouge vif, pour que le sang de la donzelle ne se voie pas sur les draps et qu'elle n'en soit pas embarrassée. Ses provocations m'irritaient, mais je refusais d'entrer dans son jeu et prétendais m'en moquer. Il venait me voir souvent. Mon état l'attendrissait, je crois. Il s'imaginait être le père, jouait le rôle quelques heures. Ensuite, il se souvenait de ce qu'il appelait ma « trahison » et me cherchait des noises. Lorsqu'il apprit que ce serait une fille, il pleura. Il voulait que je l'appelle Ondine. Je résistais, trouvant ce prénom tarte.

« Tu pourrais bien faire ça pour moi ! se plaignait-il. Je ne t'ai jamais rien demandé ! »

Je répondais que l'on verrait plus tard, qu'il faudrait décider en la voyant si oui ou non elle avait une tête à s'appeler Ondine.

Par moments, il était très triste, abattu. Il restait allongé dans son canapé et n'en sortait pas même quand je venais le voir. Il me disait qu'il était vieux et que c'était fini. Heureusement que la vie passait vite en un sens parce qu'il souffrait trop sur cette terre. Je lui parlais de Sophie, lui demandais s'ils avaient fixé une date... Parfois, je le caressais et je le faisais jouir. Il faisait des efforts pour avoir l'air plus gai, sans y parvenir. Souvent, il ne bandait pas. Il me disait que même le sexe, il n'y arrivait plus. Je me moquais de lui en assurant que c'était mon gros ventre, et l'habitude qu'il avait de moi. J'insistais et nous finissions par y arriver. Il s'inquiétait malgré tout, refusant de voir la fameuse Sophie :

« Tu imagines si cela m'arrivait avec elle ! Pour sa première fois ? Non, vraiment je ne peux pas. »

L'écriture lui manquait aussi.

« Ça m'occupait tout de même, maintenant je m'ennuie. »

Je lui conseillais de s'y remettre. Qu'en savait-il, au fond, si ses livres étaient mauvais ou bons ? Pourquoi s'attachait-il tant aux ventes ? La plupart des génies furent méconnus de leur vivant. C'était trop bête de renoncer quand on avait son talent. Il répondait qu'il n'avait plus le courage, qu'il était fatigué. Signes récurrents de sa dépression, les homards avaient à nouveau envahi l'appartement, mais il s'en fichait.

« Je m'y suis habitué, affirmait-il. Il faut juste faire attention à ne pas les écraser… »

Romain me confia en avoir tué un par mégarde, en refermant une porte. Il prétendait que, depuis cet incident, les crustacés s'écartaient avec respect à son passage. D'autres jours, mon vieil amant redevenait comme avant, le Romain des bons moments. Il blaguait, inventait mille excentricités, m'invitait à déjeuner. Quand j'étais trop fatiguée, il sortait sa décapotable et m'emmenait rouler. Un matin, nous retournâmes, sur un coup de tête, à Versailles. Le temps était si beau que nous décidâmes d'y dormir. Le Trianon nous rappela des souvenirs. Romain était ému en repensant à notre premier week-end. Le début de notre amour.

« Nous nous sommes beaucoup aimés, n'est-ce pas ? » Oui, nous nous étions beaucoup aimés. Il me serra contre lui sur le lit et soupira :

« C'est dommage quand même, que je sois trop vieux pour toi.

– C'est moi qui suis trop vieille pour toi, tu sais bien. Maintenant tu n'aimes que les Sophie », plaisantai-je.

Ce soir-là, ma fille donna son premier coup de pied. Romain versa à nouveau une larme. Puis il rit en appuyant sur mon ventre pour que la petite recommence. Ce qu'elle fit. Il enfonçait doucement les doigts et elle réagissait, tendant mon corps à l'improviste.

« Si tu veux, je l'adopterai », déclara-t-il.

Le lendemain, en rentrant chez lui, Romain trouva un courrier du fisc qui lui annonçait un redressement. Il m'appela au comble de l'agitation. Cinquante pour cent des gains perçus sur le livre qu'il avait publié sous le nom de Zita Chalitzine lui avaient été versés. C'était l'une des irrégularités – mineures à mon avis – de ses comptes. Mais l'imagination de Romain jouait contre lui. Il était persuadé qu'on l'accuserait d'escroquerie. Il se voyait emprisonné, passé à tabac ou forcé de verser des sommes énormes qu'il n'avait pas. Il craignait d'être traîné dans la boue et que sa réputation fût ruinée, lui, le héros, le Compagnon de la Libération. Ses traumatismes de la guerre se réveillaient. Il était si inquiet qu'il me demanda de venir dormir avec lui. Le jour suivant, il me supplia de passer à nouveau la nuit dans son appartement. En dépit des calmants, il se réveillait à trois heures du matin, persuadé d'avoir entendu des bruits de pas à la porte. Il pensait qu'on allait l'emmener on ne savait où, dans la gueule de ce monstre dévorant et cruel qu'était pour lui l'administration. Paul Aguth, son ami de toujours, avait pris en main le dossier. Il faisait de son mieux pour l'apaiser, mais Romain ne voulait rien entendre. Dans sa panique, il voulut demander de l'aide au président de la République qui l'avait si souvent invité à des dîners. Je fus contrainte de lui avouer que j'avais refusé ses avances et de lui raconter l'effet que cela avait eu sur les activités de Claude. Je lui déconseillai d'user de ce recours, et il se persuada que le président, par jalousie, cherchait à l'éliminer.

J'avais beau lui dire que c'était il y a longtemps, que je n'avais plus de nouvelles depuis des mois et que, dans mon état, je n'étais plus un objet de convoitise, l'écrivain n'en démordait pas. Afin d'arranger les choses, j'appelai un ancien client qui siégeait à la Cour des comptes. Il accepta d'aider l'écrivain dont le cas ne lui semblait pas dramatique. Mais lorsqu'il se présenta au 108, rue du Bac, Romain, qui avait, pour soulager sa détresse, descendu une bouteille de whisky, l'injuria. Il déclara se foutre de cette minable enquête de merde et n'avoir besoin de personne. Il était Compagnon de la Libération, bordel, et ce n'était pas un petit fonctionnaire qui allait lui apprendre à vivre. Il appellerait de Gaulle dans l'au-delà s'il le fallait. Le général le protégerait. Il avait été le plus fidèle serviteur de la France, la France ne l'abandonnerait pas. Le commissaire à la Cour des comptes repartit vexé à mort et refusa de me parler quand je lui téléphonai pour m'excuser.

Je n'eus plus de nouvelles de Romain pendant un certain temps. Sans doute était-il parti se réfugier à Cadaqués, mais je n'avais pas le numéro là-bas et je ne savais pas où se trouvait la maison. Quelques semaines passèrent durant lesquelles je m'inquiétai beaucoup, puis il me rappela. Paul avait réussi à régler le problème sans faire de vagues, sans même que notre supercherie littéraire fût confiée à l'éditeur de Romain ni au mien, un jeune homme répondant au nom d'Olivier Schulz. Je fus heureuse de cette nouvelle. Je m'en sortais à bon compte. Au téléphone, Romain semblait apaisé. Nous nous donnâmes rendez-vous la semaine suivante au Récamier, comme pour notre premier déjeuner. Il était d'excellente humeur et élégant. Une simple veste sans accessoire baroque ou exotique. Il m'annonça qu'il s'était enfin décidé pour

Sophie. Elle viendrait l'après-midi même chez lui. Mon cœur se pinça, mais je m'interdis d'être jalouse. Si cela lui faisait plaisir, au fond... Je ne pouvais rien dire, moi qui l'avais quitté et qui attendais l'enfant d'un autre. Il commanda des poireaux vinaigrette, son entrée préférée, et une côte de bœuf pour deux, arrosée du meilleur bordeaux de la carte, qu'il termina sans difficulté. Le médecin me l'ayant déconseillé, je ne buvais, pour la première fois de mon existence, plus une goutte. J'étais heureuse pour Ondine, mais sans cet exhausteur de vie, je m'ennuyais. Les gens me paraissaient convenus et gris. Les jours et les soirées répétitifs. Romain termina par une assiette de fromage puis un baba au rhum, dessert qu'il commandait chaque fois que nous venions. Lui qui faisait généralement attention à sa ligne semblait s'en moquer, ce jour-là, comme d'une guigne.

« J'espère que Sophie n'arrive pas trop tôt, remarquai-je. Avec ce que tu as mangé, tu dois être bon pour une sieste...

– Oui, je vais dormir un peu. »

Nous nous séparâmes vers quatorze heures trente. J'avais rendez-vous chez le médecin. Il m'embrassa tendrement. J'avais fait une dizaine de mètres quand il m'appela. Je revins sur mes pas, mais entre-temps, il avait oublié ce qu'il voulait me dire. Il m'embrassa à nouveau.

Romain alla acheter du thé chez Hédiard, rue du Bac, où il croisa Mme de Vitré avec qui il devisa quelques minutes. Finalement, il ne prit rien et remonta chez lui. Sa femme de ménage avait mis les draps rouges, comme il le lui avait demandé. Il sortit du placard à linge une serviette, rouge aussi, qu'il posa sur l'oreiller. Il enleva ses chaussures, ses chaussettes, son pantalon qu'il plia sur la chaise en face de son lit. Il ne garda que son caleçon et la chemise prune qu'il portait pour notre déjeuner. Dans son dressing, il alla chercher une mallette verte à motifs jaunes. Comme il ne pouvait dormir que dans une parfaite obscurité, il ferma les volets et tira les doubles rideaux. Il se mit au lit, la mallette à côté de lui, et rabattit les couvertures sur ses jambes jusqu'à la taille. Il ouvrit la mallette, en sortit deux revolvers Smith & Wesson à cinq coups, calibre .38 Special. Il ôta les étuis, les chargea et les plaça à côté de lui. Il referma la mallette, la rangea le long du lit, retira ses lunettes et les posa sur la table de nuit. Il s'adossa aux oreillers, prit, à l'envers, un revolver dans chaque main, posa les pouces sur les détentes et plaça le métal froid des canons contre chaque œil. Il prit soin d'être symétrique pour que les balles ne se rencontrent pas, ce qui aurait fait exploser la boîte crânienne. La voisine du dessus affirma n'avoir entendu qu'une détonation. Elle eut trop peur pour descendre. Sophie n'existait pas. C'est Solange qui trouva Romain, plus tard dans la soirée. Je ne savais pas qu'ils se voyaient. Il lui avait donné la clé. Nous étions le 2 décembre 1980.

41

Ce fut une période de ténèbres durant laquelle, une nuit froide de février, j'accouchai de ma fille. Je ne me souviens de rien. On m'avait endormie. Je sais juste qu'en entrant dans la clinique, j'étais seule, et que lorsque j'en ressortis, nous étions deux. Sur la hanche de mon bébé, les sages-femmes me montrèrent une étrange marque de naissance, un rond surmonté d'une minuscule croix qui me fit pleurer comme un veau. Elles attribuèrent cet excès d'émotion à la fatigue. Avec le pécule que nous avait laissé Romain, je pus acheter d'autres chambres de bonne et faire les travaux nécessaires pour transformer l'ensemble en appartement. Son cousin, le fils de sa tante Isha à qui il avait légué le reste de ses biens, contesta le testament, en vain. Depuis le jour de notre rencontre, Romain avait voulu m'offrir un toit. Il l'avait fait. Son geste me submergea d'amour et de reconnaissance. Il effaça jusqu'à la trace de ce qui nous avait séparés et le chagrin immense que son départ m'avait causé. Je voulus lui donner quelque chose de moi, m'unir à lui pour toujours. Timothée, en quittant cette terre, m'avait fécondé le corps, Romain me féconda l'esprit. Je n'avais pas écrit un mot – même sur une liste de courses ou un courrier administratif – depuis un an. La douleur qu'il me causa, la douleur qu'ils m'avaient tous deux causée, la douleur que mon père m'avait infligée en m'abandonnant, rejaillirent sur le papier avec la violence d'un torrent. On écrit, je crois, pour parler avec les morts, créer le lien entre le monde des vivants et celui des disparus. Romain fut présent en moi, avec Timothée et mon père, tout le temps que dura la rédaction de ce livre. En quatre mois, le corps en loques de ma grossesse, l'âme déchirée de solitude, mon bébé dormant dans son berceau près du lit où je travaillais, j'écrivis *L'Absent*. Accepté sans changement, il remporta les prix que l'on sait. Il fut suivi d'un autre puis d'un autre, et d'autres encore.

Ondine manifesta dès son plus jeune âge une grande indépendance. Je ne passais pas assez de temps avec elle, sans doute. À peine se fut-elle dressée sur ses jambes qu'elle se mit à explorer le monde comme pour me fuir. Il suffisait que je laisse la porte de l'entrée ouverte quelques minutes, le temps de rentrer et ranger des paquets, pour qu'elle s'échappe dans l'escalier de l'immeuble et s'acharne moitié rampant, moitié marchant à aller voir ce que l'inconnu lui réservait. Lorsque je venais la chercher, elle hurlait si fort que j'étais contrainte de la laisser à sa nourrice. Je n'ai jamais pu supporter ses cris. Ils me plongeaient dans un état d'angoisse qui me faisait perdre mes moyens. Je ne supportais pas de la mécontenter ou de la faire souffrir. Je paniquais. Dès qu'elle fut suffisamment grande pour ouvrir la porte, elle reprit son exploration. Je finis par lui dire que le diable habitait juste au-dessous de nous, pour la décourager. Il était très féroce et n'aimait pas être dérangé. Cette histoire fut à l'origine de ses terreurs nocturnes. Le problème avec les enfants, c'est qu'ils prennent tout au premier degré. Ils n'ont aucun sens de l'humour. Le problème avec moi, c'est que je n'ai pas deux sous de psychologie enfantine. Lorsqu'elle était bébé, nous étions comme les deux doigts de la main. Tant que ses besoins ont été organiques, j'ai su les combler. Elle était bien nourrie et bien tenue, je n'avais qu'à la câliner nuit et jour. Ensuite, les choses se compliquèrent. Elle toléra puis punit les maladresses que j'accumulais. J'ai fait de mon mieux avec les gens que j'ai aimés. Le résultat n'a pas été à la hauteur de mes efforts. Ma fille fut la première à souffrir de mes errements. Je ne pouvais pas travailler en sa présence parce que, si petite soit-elle, Ondine me préoccupait entièrement.

Mon huitième roman, *Un demi-monde meilleur*, dans lequel je reprenais enfin possession de mon histoire, fut un succès. Avec l'argent qu'il me rapporta, je pus racheter, moyennant un gros emprunt, le trois pièces que j'avais occupé à mes débuts chez Claude. J'en fis mon bureau. C'était l'idéal pour moi. Je restais près d'Ondine que j'avais confiée à Pilar, une nourrice espagnole qui zozotait un français rocailleux et en qui j'avais toute confiance. À tout moment, je pouvais m'assurer qu'elle allait bien, mais j'arrivais tout de même à écrire, protégée de ses intrusions par l'ombre protectrice du *diable-qui-n'aime-pas-être-dérangé*. C'est là que je faisais venir mes amants. Il y en eut un certain nombre, mais ce fut une période de désert affectif. Je crois que j'avais peur. Les trois hommes que j'avais aimés étaient morts. D'une obscure façon, je me sentais coupable. Quand quelqu'un commençait à me plaire, je faisais marche arrière. Persuadée que je portais malheur, j'annulais mes rendez-vous. J'inventais des voyages – le Canada, le Mexique, la Grèce – alors que je me terrais chez moi. Je cherchais le conflit pour être quittée. Je me rendais odieuse. Je posais des lapins ou je disparaissais sans prévenir. Je prétextais un coup de fil par exemple, sortais du restaurant et ne revenais pas. En vacances, je partais me promener quelques heures, et si sur mon chemin je croisais une gare, je prenais le premier train. À Paris, je m'éclipsais en pleine nuit quand ils dormaient et ne répondais plus au téléphone. Je ne les laissais pas rester chez moi. Aucun ne voyait ma fille. Je comblais comme je pouvais ma solitude en changeant sans cesse de partenaire. Je n'aimais personne, mais j'avais des appétits. Pour les satisfaire, je préférais les jeunes parce qu'ils se défendaient moins et qu'ils étaient plus souples que les hommes mûrs. Moins exigeants aussi. Ils n'avaient pas besoin d'aller à des dîners, de voir des amis, de partir en week-end. Ils venaient l'après-midi, nous faisions l'amour et ils repartaient. J'eus quelques aventures avec des gens du milieu littéraire qui se soldèrent par des échecs cuisants. Ils me firent la réputation que j'ai. Celle d'une femme cruelle, égoïste et violente. Ils exploitèrent mes peurs aussi, cultivant le mythe de la femme fatale, veuve, sans avoir été mariée, de Timothée et de Romain. De là à dire que j'avais rendu le premier malade et poussé le second au suicide, il n'y avait qu'un pas que certains de mes ex, blessés dans leur amour-propre, n'hésitèrent pas à franchir. Puis, il y eut les légendes urbaines. Ivre morte, j'aurais agressé dans une soirée un présentateur télé avec un couteau. J'aurais subtilisé la carte Platinum d'un acteur avec qui j'avais un peu couché pour vider son compte en banque. Je serais rentrée seule en bateau à moteur en ayant planté, en pleine mer et sans raison, un autre amant à huit kilomètres des côtes de Sardaigne. Je serais à l'origine de la campagne de presse qui démonta le premier livre – pas mal d'ailleurs – de la petite Virginie Desmonts parce que je n'aimais pas la concurrence féminine. Un parfait bobard, j'ai pour principe de ne jamais attaquer un premier roman. Pour le reste, tout est exagéré. Le présentateur m'avait giflée à cause d'une chronique dans laquelle je me moquais de lui. J'aurais été un homme de sa taille et de son poids, il n'aurait jamais osé. Alors, je l'ai poursuivi avec un couteau, histoire de lui faire peur et qu'il ne s'avise pas de recommencer. Je ne l'ai même pas égratigné. D'ailleurs, il n'a pas porté plainte, alors que, procédurier comme il est, s'il avait eu la moindre chance de gagner, il ne s'en serait pas privé. L'acteur était un radin compulsif qui prétendait lever des fonds pour une association de lutte contre le sida alors qu'il en gardait la moitié. Ce n'était peut-être pas mes oignons, mais j'ai voulu lui donner une leçon. Tout ce que je lui ai pris a été reversé au Sidaction. Idem, s'il n'avait craint que ses petites magouilles ne soient révélées, il m'aurait fait un procès retentissant. En plus, j'ai versé l'argent en son nom, ce qui lui a permis de mériter sa réputation de philanthrope. Le dernier, c'est vrai, je l'ai oublié. À ma décharge, quand je m'en suis rendu compte, je suis immédiatement retournée le chercher. Le temps de revenir, il était resté trois heures dans l'eau. Il a cru y passer et m'en a beaucoup voulu. On ne peut pas l'en blâmer.

Je ne vais pas entrer dans les détails, mais il est vrai qu'à l'époque, j'avais une vie dissolue. Je continue pourtant à penser qu'ils devraient me remercier, ces faux gentils qui se plaignent de moi. Nous ne sommes pas nombreux à accepter d'avoir le mauvais rôle. Le nombre de gens qui se raccrochent à nous, les méchants, les sans foi ni loi ! Nous servons de prétexte à une ribambelle de faibles qui ont besoin de nous pour céder à leurs peurs et à leur lâcheté. Tout ce qu'ils font, et ne font pas, c'est à cause de nous. Le grand jeu de cette société consiste à se refiler la faute les uns aux autres comme une patate chaude. Alors, il y a les gens comme moi, au bout de la chaîne. Ceux que les impuissants chargent, dès que nous avons le dos tourné, des fagots de leurs péchés et de leurs insuffisances. Mules condamnées à charrier les déchets de la moralité. Pourquoi les hommes aiment-ils les garces dans mon genre ? Parce qu'elles les soulagent. Avec les femmes bien, ils sont débiteurs. Rien de plus annihilant que cette prison de l'amour et de la perfection dont elles ligotent leurs maris et leurs amants. Elles les écrasent de culpabilité, dissolvent leur confiance, sapent leur virilité. Auprès de ces mantes religieuses drapées de sainteté, ils n'ont pas d'excuses. Pas le droit d'être ratés, fragiles ou infidèles. Avec une femme comme moi, ils sont libres. Libres d'être aussi salauds que je le suis. Libres d'être eux-mêmes, avides et conquérants, sans loyauté et sans fardeau. Pourquoi croyez-vous qu'ils continuent à tomber dans mes filets ? Parce que je n'en ai pas. Ils peuvent m'admirer, mais je ne leur demande pas de me respecter. Ils ne me doivent rien. Une fille comme moi, on n'a pas de honte à la quitter ni à la laisser partir. Mes promesses n'engagent que ceux qui les écoutent et mes sentiments n'excèdent pas l'instant. Je ne suis en position de juger personne, et voir ce que leurs cœurs recèlent de noirceur et de petitesse ne m'empêche pas de les aimer. Quoi qu'ils fassent, je l'ai déjà fait. En pire.

42

Henry n'avait pas laissé le choix à sa mère. Pour la convaincre qu'Ondine était une fille formidable et que toutes deux s'entendraient à merveille, il avait exigé que Solange vienne déjeuner avec eux. Ils iraient dans ce restaurant qui avait plu à Lady Beauchamp et ils passeraient ensemble un moment délicieux. Plus têtu que son garçon, vraiment, il n'y avait pas. Il l'avait poursuivie jusque dans sa salle de bains pour la faire céder. Il demandait, redemandait sans relâche et elle avait fini par céder pour avoir la paix. Elle déjeunerait donc avec la merveille des merveilles, sa future femme, l'incarnation de la pureté sur Terre, cette gamine qu'il connaissait depuis quelques heures à peine et qui déjà régentait leur vie. Lady Beauchamp lui montrerait même ses albums photo, mais les choses n'allaient pas se passer comme ça... La fille de Zita, vraiment ce n'était pas possible. Elle ne le supporterait pas. Elle trouverait bien un moyen de se débarrasser d'Ondine. Solange était trop fine, néanmoins, pour ne pas sentir qu'une lutte frontale ne ferait que les rapprocher. Il ne fallait pas résister d'emblée. Comme d'habitude, et quoi qu'il lui en coûte, elle ferait semblant. Elle serait charmante, aussi charmante qu'elle en serait capable, décidée, en son for intérieur, à tout faire pour empêcher cet amour de s'épanouir. En se préparant, Solange maugréait, multipliait les gestes brusques et ne trouvait rien à se mettre. Elle préparait son discours. Il fallait être habile, ne pas avoir l'air hostile, sans pour autant dissimuler la vérité. Je lui parlerai, soit, mais j'ai prévenu Henry : qu'Ondine ne s'attende pas à ce que j'embellisse le tableau. Elle veut me parler de son père, élucider la mort de sa mère, très bien… La petite ne va pas être déçue. Je vais tout lui dire. Tout depuis le jour où, à l'âge de huit ans, Zita a emménagé dans notre hôtel particulier. J'ai mis du temps à me rendre compte de ses véritables intentions. Je l'aimais beaucoup. Elle était ravissante, vive, intelligente. Elle me charmait… J'étais sous son influence, en quelque sorte. Nous étions amies, « sœurs de sang », même. Elle adorait ma grand-mère, mais elle était jalouse de moi. Dès son plus jeune âge, Zita a eu un mauvais fond. Sa mère est la première à le dire, je n'invente rien. D'après Gaël, Mme Lourdes l'a encore répété au Père-Lachaise. Cette fille est née perverse. Quand je pense aux jeux qu'elle inventait quand on nous laissait seules… Je ne me rendais pas compte à l'époque, mais avec le recul… C'était complètement sadique. Et il fallait la voir avec papa ! Une vraie embobineuse. Elle minaudait, lui sautait au cou, s'asseyait sur ses genoux, lui grimpait sur le dos. Je faisais pareil, bien sûr, mais j'étais sa fille. Je jouais en toute innocence. Zita, c'était autre chose. Elle aurait fait n'importe quoi pour attirer l'attention de papa. Ensuite elle l'a accusé de trucs dégueulasses pour se venger de son indifférence. Ma grand-mère, qui n'a jamais aimé mon père, était trop contente de saisir ce prétexte pour faire un esclandre. Il a été obligé de partir. Lâche comme elle est, ma mère ne l'a pas suivi. Bien sûr, on ne m'a rien dit à l'époque. Ils m'ont raconté une histoire, qu'il était promu, qu'il devrait beaucoup voyager. La vérité, je l'ai découverte des années plus tard. Gaël me l'a racontée, un jour où j'accusais maman d'être une mauvaise épouse, qui n'avait jamais soutenu son mari. Il a voulu défendre sa sœur – qu'il ne porte pourtant pas dans son cœur – et m'a raconté sa version. J'ai été stupéfaite de voir qu'ils avaient tous pris la défense de Zita. Aucun d'entre eux, même après les couteaux qu'elle nous a plantés dans le dos plus tard, n'a percé à jour son sale petit manège. Zita avait un besoin maladif de séduire. Tous les hommes étaient bons à prendre, quel que soit leur âge et surtout s'ils comptaient pour moi : papa, Gaël qu'elle a poursuivi de ses assiduités, mon cousin Tancrède, mon autre cousin Timothée, même Kessel qui était venu passer un après-midi à la maison et à qui elle a fait la danse des sept voiles. Sans parler de Romain bien sûr... Zita était une pique-assiette. Elle voulait vivre ma vie. Elle passait son temps à la maison, squattait ma baignoire, ne portait que mes vieilles fringues. Elle était obsédée par moi. Depuis le début, elle a essayé de me prendre ce que j'avais et ne reculait devant rien. Tout cela, je le dirai à Ondine et même plus... Henry est assez grand maintenant. Je me fiche de ce que Jacob pensera. Tant pis pour lui. Il n'aurait pas dû coucher avec elle. Nous étions mariés. S'il y en avait un entre tous qui devait résister, c'était lui... Oh, je ne dis pas que c'était facile ! Elle a dû sortir son meilleur jeu pour le séduire. La prise était trop belle, l'affront trop éclatant. Elle avait bien choisi son moment... Je venais d'accoucher d'Henry, Jacob et moi traversions des difficultés. Elle a sauté sur l'occasion, la garce. Sans parler de Timothée ! Elle lui avait tourné la tête. Depuis tout petit, il était amoureux d'elle. C'était son souffre-douleur... Quand elle a eu dix-neuf ans, il l'a demandée

456

en mariage. L'inconscient ! Zita ne voulait que ce qu'elle ne pouvait pas avoir. Elle a refusé en embarquant au passage la bague de fiançailles. Un superbe bijou de famille que ma tante a été obligée d'aller récupérer en personne après la mort de son fils. Elle aurait pu avoir une vie merveilleuse, et honnête, elle a préféré se lancer dans une débauche inconcevable. Fille de Madame Claude… Je l'ai su des années plus tard : quel choc ! Quand il a appris ce qu'elle lui avait préféré, Timothée en a conçu une telle douleur qu'il est tombé malade. C'était un être très pur, un idéaliste. On ne m'ôtera pas de l'idée que cette déception sentimentale est en grande partie, si ce n'est entièrement, à l'origine de son cancer. Dans son premier livre – parce que je sais bien qu'elle les a écrits, ses livres, même si je me pendrais plutôt que de le dire –, Zita a prétendu que c'était mon oncle Gaël qui l'avait présentée à Madame Claude. Un mensonge éhonté. Mme Lourdes s'est occupée de Gaël toute son enfance. Il l'adorait. Jamais il n'aurait dévoyé sa fille, ni risqué de lui faire la moindre peine. C'était du dépit, une fois encore. Comme il avait refusé ses avances, Zita s'est acharnée sur lui. Dans *L'Ambassadeur,* que j'ai refusé de lire, mais on me l'a suffisamment raconté, elle a colporté d'ignobles bruits sur Gaël. Elle inventait qu'il n'était pas le fils de mon grand-père, mais celui d'un ami de la famille, un ambassadeur d'Argentine, sans parler de ses insinuations immondes sur papa. Zita avait une imagination et une malveillance sans limites et je ne comprends toujours pas comment un homme de la classe de Romain a pu se laisser entortiller par cette fille. Il a cru ses bobards sans se poser de questions alors qu'il connaissait la famille depuis des années… C'est insensé. Pourtant, Romain et moi étions très amis à l'époque. C'est moi qui l'ai trouvé le soir de son suicide. Nous devions dîner ensemble. Un cauchemar. Romain ne répondait pas, alors je l'ai cherché… Dans la pénombre, je n'ai pas tout de suite compris, mais quand j'ai allumé la lumière… Du sang partout. Du sang jusqu'au plafond. Il était sur son lit. Un pistolet était tombé au sol, il tenait l'autre dans la main. Le pire, c'était ses yeux… On ne peut pas imaginer… Ces deux plaies béantes, déchiquetées… Elles me hantent. Je ne peux repenser à cette scène sans trembler. Il me semble encore sentir cette odeur… C'était un ami si cher… Pauvre chéri… Là aussi, Zita a joué son rôle. Romain en était fou. Elle lui a fait les pires méchancetés. Il l'avait sortie des griffes de Madame Claude, lui avait trouvé un travail. Il l'aidait financièrement, l'éduquait… C'était une chance inouïe pour une fille comme elle de tomber sur un homme comme lui. Peine perdue. Elle a appris que Timothée était malade, qu'il y resterait sans doute. Zita a compris que le pactole des Beauthertre allait lui échapper. Elle est revenue en fanfare et s'est littéralement installée à l'hôpital. Mon oncle et ma tante n'osaient même plus venir voir leur fils, tant elle était hargneuse… Elle montait mon cousin contre eux… Maintenant, Henry me dit qu'Ondine pense être la fille de Timothée ! On est en plein délire. Je n'y crois pas une seconde. Mon cousin était dans un tel état quand Zita s'est remise avec lui que je me demande comment elle aurait réussi à se faire engrosser. Cela dit, je ne m'inquiète pas. Avec un test ADN, il sera facile d'en avoir le cœur net. Mais je donnerais cher pour voir la tête de mon oncle et de ma tante quand on va leur annoncer la nouvelle. Elle a intérêt à prendre un bon avocat, la petite.

Un coup frappé à la porte de sa chambre interrompit Solange dans sa réflexion. On la prévenait que son fils et son invitée l'attendaient au salon. Lady Beauchamp lança dans la glace un regard de détermination guerrière et se leva. Ondine voulait des confessions, elle allait en avoir. Rien ne serait épargné à la fille de Zita.

43

Un matin d'écriture habituelle, Ondine devait avoir
huit ans, je reçus un appel de Gaël. Nous nous évitions
depuis la publication de *L'Ambassadeur*, roman dans
lequel j'avais raconté son histoire et qui avait achevé,
après *Ma vie en location*, de me brouiller avec les Vitré.
Si Mme Di Monda, la mère de Solange, ou Mme Beauthertre, sa sœur, s'obstinaient à pincer le nez ou à me
tourner le dos quand je les croisais dans Paris, ni
Mme de Vitré, ni Gaël, pourtant les premiers concer-
nés, ne m'avaient fait le moindre reproche. Ils avaient
sans doute attendu des excuses. Ne les voyant pas venir,
la mère et le fils avaient pris le parti d'ignorer le problème. Quand je les croisais, ils étaient aimables, mais
je savais que je n'étais plus admise dans leur cercle.
L'aristocratie n'imagine pas pire punition, pour les personnes « de mon genre » et dans des cas « tels que le
mien », que de faire tomber sur le fautif, en l'occur-
rence moi, le voile annihilant de leur toute-puissante
indifférence. Au téléphone, je reconnus à la seconde la
voix grave, un peu traînante, de Gaël :

« Bonjour, madame. Je voudrais parler à Mme Chalitzine, s'il vous plaît. » Il avait certainement reconnu ma
voix aussi, mais, soit par gêne, soit par habitude qu'il y
ait toujours un intermédiaire domestique entre son

interlocuteur et lui, il commença néanmoins à se présenter : « … de la part de Gaël de…

– Bonjour, Gaël.

– Ah, c'est toi ?

– Oui, c'est moi. Qui d'autre ? Il n'y a pas de majordome ici.

– Depuis le temps que nous ne nous sommes pas parlé, tu pourrais attendre trente secondes avant de reprendre la lutte des classes… protesta-t-il.

– On n'arrête jamais la lutte des classes.

– Quelle teigne ! soupira-t-il. J'avais oublié à quel point…

– Si c'est pour me dire des amabilités dès le matin, ce n'était pas la peine de m'appeler. »

Gaël tenta de calmer le jeu. Il m'appelait pour me parler de ma mère. Elle ne pouvait plus rester au 31 bis, rue de l'Université. J'étais abasourdie. Ma mère et sa loge étaient si liées dans mon esprit que je n'avais jamais imaginé qu'elle pourrait un jour la quitter.

« Cela fait un moment qu'elle a passé l'âge de la retraite. Elle peut de moins en moins bouger. Elle a mal partout… reprit Gaël.

– Qu'est-ce que j'y peux, moi ? », dis-je en faisant un rapide calcul. Ma mère avait soixante-huit ans, deux ans de plus que mon père à sa mort. Une nappe de culpabilité se déploya sur moi. Elle m'avait toujours semblé si coriace, si résistante dans son horrible avidité que je ne l'avais jamais vue comme elle était : une vieille femme qui avait trimé toute sa vie.

« Je sais bien que vous ne vous parlez plus, ma cocotte, mais ce n'est pas humain de la laisser continuer.

– Tu as raison.

– Tous les jours distribuer le courrier, nettoyer les escaliers, sortir les poubelles, elle ne peut plus…

– C'est vrai, Gaël, j'aurais dû y penser.

– Tu dois bien avoir un peu d'argent de côté pour l'aider ?

– Bien sûr, je vais l'aider.

– Si tu es raide, maman complétera, tu sais bien.

– Merci. Vous avez toujours été très généreux avec nous. »

En disant ces mots, je me demandais s'il ferait allusion à la manière dont je les avais remerciés. Il n'en fut rien.

« Elle m'a élevée, quand même… De toute façon, nous lui ferons un cadeau pour son départ. Après toutes ces années… Je suis sûre que Solange voudra participer aussi.

– Ce n'est pas la peine », répondis-je.

L'idée que ma mère pût recevoir de l'argent de Solange me hérissait.

« Ne sois pas bête, Zita. Tu sais bien que Solange et Jacob sont richissimes. Ne mets pas ta fierté dans le portefeuille de Mme Lourdes, ce serait injuste pour elle.

– Ah ça ! Ce n'est certes pas la fierté qui étoufferait ma mère, grinçai-je.

– Ne recommence pas. Ça ne sert à rien de s'acharner sur cette vieille femme qui n'a pas eu une vie heureuse.

– Et qui aurait voulu que j'aie la même… »

Il ne releva pas, préférant se concentrer sur son fameux « verre à moitié plein ». Ce Gaël ! Il avait une capacité à ne voir que ce qui lui plaisait dans la vie… C'était le plus grand jouisseur que la Terre eût jamais porté. Pourquoi en aurait-il été autrement ? La vie était douce pour lui. Il n'avait eu à se soucier de rien. Partout où il allait, il recevait de la sympathie et de l'amour. Il lui suffisait de se servir. Il n'avait même pas besoin de se baisser pour prendre ce qu'on lui offrait. Tout lui était dû.

« Alors, que fait-on ? continua-t-il. J'imagine que tu ne veux pas la prendre chez toi…

– Tu veux ma mort ou quoi ?

– C'est ce que je me disais aussi.

– Non, il faut lui acheter un studio », soupirai-je.

J'étais découragée. Pour une fois que j'avais un peu d'argent devant moi, tout allait y passer. J'étais encore loin du jour où je mettrais un toit sur la tête d'Ondine…

« À Paris ? Tu vas douiller, ma vieille. Pourquoi ne l'envoies-tu pas au soleil ? Quelque part dans le Sud… Qu'elle profite un peu, la malheureuse.

– Qui te dit qu'elle aimerait le Sud ? Tu lui en as parlé ?

– Oui.

– Eh bien, je vois que vous avez bien comploté tous les deux !

– Comme tu ne veux pas qu'elle voie Ondine – ce qu'entre nous je trouve parfaitement inhumain…

– Ne te mêle pas de ça, Gaël.

– Bref, comme tu ne veux pas qu'elle voie Ondine – ce qui est injuste pour ta fille comme pour elle…

– Je te préviens que je vais raccrocher.

– En gros, rien ne la retient à Paris. Pas de mari ni de famille, plus de travail…

– Arrête, je vais pleurer.

– Alors j'ai pensé à Nice.

– À Nice ?

– Oui.

– Tu y as pensé ou elle y a pensé ? Toute mon enfance, elle m'a bassinée avec Nice. C'est là qu'ils ont été en voyage de noces avec mon père. Et la plage, et le

463

soleil, et qu'elle y a mangé les meilleurs beignets de légumes du monde...

– Tu as tout compris, reconnut-il.

– C'est elle qui t'envoie, en fait ?

– Oui.

– Elle aurait pu m'appeler...

– Elle avait peur que tu l'envoies bouler.

– Elle n'avait pas tort.

– Ne recommence pas, Zita. Elle est vieille. Adoucis ses dernières années, tu lui dois bien ça. Ne serait-ce que pour t'avoir mise au monde. Et puis, elle n'en a plus pour longtemps, tu sais. »

Le traître ! Il savait par où m'attraper. Je n'ai pas peur de la mort, mais je ne supporte pas que les gens puissent être malades. J'y vois l'incarnation de la plus grande injustice et quelque chose en moi se sent l'obligation de la réparer.

« Elle est malade ?

– Tu la verrais, elle est dans un état !

– Justement, je ne compte pas la voir, alors dis-moi.

– Elle est énorme, Zita. Énorme.

– Ce n'est pas une maladie, ça.

– En tout cas, c'est en train de la tuer... »

Un blanc s'étira. Je réfléchissais.

« Tu as raison, dis-je. Je vais trouver un agent immobilier et...

– Nous avons déjà l'endroit, coupa-t-il.

– Quoi ?

– Nous avons déjà trouvé un endroit, répéta Gaël.

– D'accord...

– C'est vraiment une affaire, se défendit-il.

– En gros, tu m'appelles uniquement pour que je signe le chèque...

– En gros.

« – C'est toi ou elle qui a eu cette bonne idée ? dis-je d'un ton dégagé.

– Moi.

– Et officieusement ?

– Elle. »

J'étais bluffée par l'aplomb de ma mère. Elle ne doutait vraiment de rien !

« Tu sais ce qu'elle m'a répondu la dernière fois que je lui ai demandé de l'aide ?

– Non, fit-il gêné, parce qu'il devait très bien le savoir.

– Que je n'étais plus sa fille !

– Ce sont des mots... Un moment de colère. Ça ne veut rien dire...

– Figure-toi que les mots veulent dire quelque chose. Ce sont même les mots qui vont payer la retraite de ma vieille larbine de mère.

– Ne sois pas méprisante, Zita, tu vaux mieux que ça.

– Ne sois pas bien-pensant, Gaël, ce n'est pas de ton niveau.

– Tu me manques, petite teigne, avoua-t-il dans un moment d'attendrissement.

– Combien, le chèque ? » fis-je, attendrie moi aussi.

Gaël n'avait aucun tabou social ou sexuel. Il se fichait comme d'une guigne des conventions, à part celles concernant l'argent et la déchéance physique. On n'en parlait pas. Il n'aurait jamais avoué être malade. Ne serait sorti sous aucun prétexte avec le nez qui coule. Aurait préféré mourir plutôt que tousser, et se ruiner – ce qu'il fit d'ailleurs – plutôt que parler d'argent. Il émit un son à peine audible en réponse à ma question :

« ... mille francs.

– Pardon ?

« – … mille francs.

– Articule, Gaël ! Je n'entends rien. »

Il finit par souffler la somme dans le combiné. J'eus bien envie de la lui faire répéter tant elle me resta en travers de la gorge.

« Ben voyons ! Elle voit grand pour une fois, ma morue – pardon, ma mère.

– Évite d'être insultante, Zita. C'est pénible.

– À ce prix-là, j'aurai le droit d'être insultante jusqu'à la fin de ma vie.

– Tu trouves que c'est beaucoup ? demanda-t-il innocemment.

– Un peu…

– Ah, tu trouves que c'est peu ? s'étonna Gaël.

– Un peu beaucoup, oui ! »

Même s'il n'en parlait pas, il aurait mal supporté que je sois, en si peu de temps, devenue plus riche que lui.

« Si tu fais un emprunt, je veux bien me porter garant, dit-il.

– Quelle générosité ! Mais je te remercie, je préfère avoir la caution de ma banque que la tienne.

– Je préfère aussi, rit-il. Je connais trop ta manière de t'acquitter de tes dettes… »

On y venait. Je n'allais pas couper aux reproches. J'eus envie de disparaître sous un tapis. Je ne me rends pas compte de ce que j'écris. Non que j'oublie, je me souviens de chaque phrase que je pose sur le papier, mais c'est comme si une autre personne travaillait pour moi. Les mots surgissent d'eux-mêmes, je ne fais que les prendre et les coller sur ma feuille en bonne ouvrière sur sa chaîne. Je découvre mes textes plus que je ne les fabrique. Les coups qu'ils portent me semblent irréels, lointains. C'est un jeu de dominos ou de cartes, juste pour rire. Et lorsque mes cibles crient à l'assassinat, je ne comprends pas pourquoi tout le monde m'en veut. Je n'y suis pour rien, en fait.

« Toujours cette vieille histoire ! soufflai-je. Je pensais que c'était oublié.

– Ce n'est pas facile d'oublier quand ton bouquin trône dans les rayons de la plupart des librairies de France.

– Plus maintenant…

– Ne sois pas modeste. C'est déjà un classique. Avec un peu de chance, on le mettra bientôt au programme du bac.

– Tu devrais me remercier, alors. Je vous ai rendus célèbres.

– C'est bien ce que je te reproche. Depuis des siècles, nous avons choisi d'être illustres pour éviter d'être célèbres, déclara-t-il avec un calme polaire.

– Et c'est moi qui suis obsédée par la lutte des classes !

– On ne va pas ergoter.

– Ergoter, c'est tellement votre vocabulaire.

– Je dis à l'agent de t'appeler ? coupa-t-il parce qu'il commençait à perdre son sang-froid, ce qui était me faire trop d'honneur.

– Oui.

– Il a une petite terrasse et une vue magnifique.

– Tu sais très bien que je n'y mettrai pas les pieds.

– Qui sait, pour ta fille alors…

– Au revoir, Gaël, chantai-je d'une voix aussi suave que fausse.

– Tu fais une bonne affaire ! » l'entendis-je crier au moment où je reposais le combiné.

Il ne se passa pas un quart d'heure entre la fin de notre conversation et le premier appel de l'agence niçoise. Gaël et ma mère avaient bien préparé leur coup. Je me fichais pas mal de voir l'appartement, comme je l'expliquai à la jeune femme de Nicae Immo qui m'appela. Une certaine Geneviève, qui sembla choquée par mon indifférence à ce qu'elle considérait comme l'achat d'une vie. Ma mère avait bien dû la bassiner, la pauvre. J'aurais voulu tout régler par courrier ou par fax. Je fus l'une des premières en France à acquérir cette géniale invention, tant j'étais persuadée que cette technologie rendrait ses lettres de noblesse à l'écrit. L'agence n'avait pas encore investi dans ce nouveau matériel et Geneviève m'assura que ma présence était indispensable pour signer la promesse de vente.

Geneviève, qui arborait à l'aéroport son panneau « Nicae Immo », était une jolie petite brune, trop bronzée à mon goût et très bavarde comme je pus le constater durant le court trajet qui nous mena au quartier Saint-Roch. Vantant, de son accent du Sud, les qualités de mon futur bien, elle me montra le fameux studio, en fait un joli trois pièces au huitième étage d'un immeuble flambant neuf avec un ascenseur assez large pour accueillir une colonie de vacances. L'endroit était tout ce que je n'aimais pas. Bas de plafond, blanc, fonctionnel, avec une cuisine équipée, un vide-ordures, un broyeur dans l'évier, beaucoup de rangements, une salle de bains prévue pour les personnes à mobilité réduite et un W-C séparé, ainsi que, comme l'avait annoncé Gaël, derrière de larges fenêtres coulissantes, une terrasse avec vue sur une colline peu construite. J'aurais pu trouver moins cher, mais l'idée, épuisante à l'avance, de chercher autre chose me convainquit d'acheter celui-ci. Geneviève me montra, par acquit de conscience, un vrai studio, cette fois, au rez-de-chaussée. Je n'eus pas le cœur de sortir ma mère de sa loge parisienne pour la remettre dans un espace identique, sombre et sordide, à Nice. Chez le notaire, où nous avions pris rendez-vous, je signai sans ciller un chèque du tiers de la somme et la promesse de vente qui, à condition que j'obtienne le prêt, faisait presque de moi la propriétaire du bien.

M. Bichart, mon banquier qui était aussi celui de ma mère, ne me cacha pas qu'il ne serait pas aisé d'emprunter une telle somme étant donné les crédits que j'avais déjà sur le dos pour mon logement et mon bureau. Il me fit remplir les formulaires.

« Nous serons fixés d'ici trois semaines, sourit-il en refermant la chemise en carton vert pomme contenant ma demande. C'est courageux de construire ainsi votre patrimoine immobilier, mais j'espère que vous arriverez à boucler vos fins de mois. Je vais soutenir votre dossier, bien sûr, mais sachez que vous serez au-delà de la capacité d'emprunt que nous recommandons.

– Je compte sur vous », fis-je avec un sourire que je n'avais plus utilisé depuis mon dernier dîner avec un client de Claude.

Il rougit un peu. Ce gentil lunetteux avait un crâne qui luisait dans la pénombre du bureau comme un lever de lune entre des filets de nuages sombres : ses rares cheveux étalés sur sa peau blanche et fixés avec du gel. Il m'arrivait aux tétons, mais aurait volontiers ruiné la Société Générale pour moi si je le lui avais demandé. Quelques années plus tôt, j'avais pris un verre avec lui au café qui fait le coin de la rue du Bac et du boulevard Saint-Germain. Il pensa que j'étais sensible à son charme parce que, deux heures durant, je lui fis raconter sa vie. Se reconnut-il dans le personnage du banquier de mon troisième roman ? Il ne m'en dit rien et ne m'en tint pas grief, bien que je n'aie pas fait de lui un portrait très flatteur. Il continua à lire religieusement mes livres et ses remarques, toujours des compliments, étaient en général justes et bien tournées. Trois semaines plus tard, il m'appela pour m'annoncer la bonne nouvelle. Une fois encore, il avait eu gain de cause auprès de ses supérieurs. Le taux d'intérêt me sembla élevé, mais je n'avais guère le choix. Il fallait bien loger ma mère. Pour honorer ces nouvelles mensualités, je décrochai une page dans *Match*. J'y faisais le portrait d'une personnalité en vue, chaque semaine. C'était distrayant et bien payé. Pour limiter le temps que j'y consacrais, j'imaginai un questionnaire de Narcisse :

Votre premier souvenir

Le moment le plus heureux de votre enfance

De votre vie

Votre heure de gloire

Le souvenir qui vous fait encore honte

Votre plus belle qualité

Votre plus charmant défaut

Ce que vous préférez de votre personnalité

Ce que vous préférez de votre corps

Votre juron

Ce que vous chantez le matin

Ce que vous achetez les jours de déprime

Votre doudou

Votre péché mignon

La caresse dont vous ne sauriez vous passer

Une fois ma mère installée à Nice, les copropriétaires ne trouvèrent aucun couple qui accepte de vivre dans sa loge. Après des mois de recherches, les Vitré finirent par passer un accord avec la concierge du 29, rue de l'Université et transformèrent notre ancien logement en local à vélo.

44

Les enfants n'aiment pas l'instabilité. Surtout Ondine. Sans doute parce qu'elle n'avait à l'époque que moi – son père n'était plus là et elle ne connaissait pas sa grand-mère à qui je ne parlais plus –, elle ne supportait pas que je sorte de la maison. Ce qui ne l'empêchait pas, quand je revenais, de m'ignorer ou de me repousser. Elle détestait mon absence que trouaient mes explosions d'affection incontrôlées. Pour me rendre la monnaie de ma pièce, elle prit l'habitude de disparaître. Petite, elle se cachait dans l'appartement. Elle se cachait bien, la garce, il m'arrivait de la chercher pendant près d'une heure sans trouver la moindre trace de sa présence. Je croyais devenir folle. L'appartement était grand, mais je le connaissais par cœur, je ne comprenais pas comment elle arrivait à s'évaporer du décor. À trois ans, je l'ai retrouvée roulée en boule dans le tambour de la machine à laver. Elle était à deux doigts de l'asphyxie mais, alors que j'étais passée une dizaine de fois dans la pièce, elle n'avait pas pipé mot. Un matin où elle avait disparu de son lit, il me fallut un temps fou avant de penser au panier de linge sale dans lequel elle s'était couverte de chemises et de sous-vêtements. Elle était restée là, à respirer par les trous dans l'osier, sans répondre alors que je n'avais plus de voix à force de l'appeler. Un soir aussi, elle réussit, je ne sais comment, à grimper tout en haut du placard de la buanderie pour s'y allonger. Comme il était tard, elle s'y endormit. Je la cherchai si longtemps que je finis dans un accès de démence par arracher les rideaux du salon derrière lesquels elle n'était pas dissimulée et par m'asseoir au milieu de la pièce pour sangloter de panique et de frustration. Je ne la débusquai qu'au milieu de la nuit parce qu'en se réveillant elle s'était cogné la tête au plafond et que je l'entendis pleurer. Ondine était d'une patience diabolique. Elle m'impressionnait, la patience étant bien la dernière de mes qualités. Lorsque je finissais par la voir et que je criais pour la gronder, elle me regardait avec son petit air ravi et buté avant de se jeter dans mes bras. Ça la rassurait, je crois, de me voir si inquiète. Elle savait très bien que je ne lèverais jamais la main sur elle. J'étais incapable de la punir. On m'avait dit mille fois d'arrêter de la chercher, d'attendre qu'elle se lasse, mais elle était plus forte que moi. Ne pas savoir où elle se trouvait m'était insupportable. J'en devenais malade d'angoisse. J'essayais de me raisonner. De me dire que la porte d'entrée était fermée à clé, qu'elle ne pouvait être bien loin, mais je ne tenais pas.

Plus tard, elle prit l'habitude de fuguer. Le jour où je compris qu'elle passait par le Velux de sa chambre et par le toit, je demandai à mon entrepreneur de le grillager. Rien n'y fit, elle trouvait toujours un moyen. Ondine était peut-être la seule personne au monde que je respectais et elle m'en faisait voir de toutes les couleurs. Il suffisait qu'elle ait une demi-heure de retard en rentrant de l'école pour me mettre à l'agonie. J'imaginais le pire. Je raccrochais au nez des gens qui appelaient parce qu'ils occupaient la ligne. Je trépignais. J'hésitais dix fois à sortir et dix fois à rester, partagée entre le désir de partir à sa recherche et la peur de la manquer. Quand elle arrivait enfin, trois quarts d'heure plus tard, sa mèche de garçon dans les yeux et les mains dans les poches, je passais mon masque de mère responsable pour afficher une décontraction stupéfiante aux yeux des rares témoins de mes scènes d'hystérie. Ondine passait avant tout. Presque avant tout. J'avais besoin d'elle et de son amour objectif, parce qu'il me semblait fondé sur une nécessité absolue : elle ne pouvait survivre sans moi. À part ça, nous n'avions rien en commun. Ondine, dès toute petite, ne supporta pas les livres. À quatre ans, elle déchirait et mangeait même les plus épais bouquins pour enfants. Très vite, je la déçus. Ma fille voyait bien que je n'étais pas comme les autres mamans, et les enfants, épris qu'ils sont de conformité, pardonnent rarement à leurs parents d'être différents. J'étais dépourvue de sens pratique. Je ne savais ni faire les gâteaux, ni l'aider en maths, ni confectionner les costumes pour la fête de l'école. J'étais vraiment nulle. Pas une seule fois, elle n'eut les bonnes fournitures scolaires le jour de la rentrée. Une année, elle me fit un drame parce que j'avais oublié pour la troisième fois d'affilée de recouvrir ses cahiers et qu'elle risquait d'être collée. Chaque fois que ses yeux se posaient sur moi, j'avais l'impression de voir s'afficher en grand comme un panneau lumineux de Broadway les lettres clignotantes « Mauvaise mère ». Mais, hormis les représailles de ses disparitions, elle ne semblait pas m'en vouloir. Elle avait un peu pitié de moi et me ménageait. Elle savait me parler, me dire ce que je voulais entendre pour que je la laisse en paix. Elle me regardait comme un être fragile et incohérent, une version beaucoup moins évoluée d'elle-même, à laquelle il fallait faire attention. Elle prit les choses en main pour moi. Elle devint une petite fille très sérieuse et appliquée, et sans le problème de sa santé, nous aurions peut-être pu nous accommoder l'une de l'autre. Ne croyez pas qu'il fût facile de l'éloigner de moi. Ne crois pas, Ondine, si tu lis ces lignes, qu'il fût facile pour moi de décider cela. J'avais besoin de toi. C'est moi que j'ai sacrifiée en te faisant partir. On dit « donner la vie » à un enfant, quand c'est lui qui donne un sens à la nôtre. Ondine était ma seule ancre, c'est elle qui m'accrochait à la terre, qui m'empêchait de me dissoudre dans l'océan de mes mensonges, de mes contradictions et de mes fausses identités. Au fur et à mesure qu'Ondine grandissait et que s'effaçait le besoin qu'elle avait de moi, je m'abîmais dans le désespoir. Les choses se compliquèrent encore lorsqu'elle tomba malade.

La première attaque fut impressionnante. Elle se réveilla un matin et ne parvint pas à ouvrir les yeux. Elle m'appela. Je l'ignorai un bon moment, imaginant qu'elle préparait une comédie pour ne pas aller à l'école. Lorsque je finis par me rendre dans sa chambre, je constatai en tirant les rideaux que ses paupières étaient si rouges et gonflées qu'elle ne pouvait que les entrouvrir. J'eus un moment d'affolement, surtout en voyant que tout son corps s'était marbré de plaques rouges. Je l'aidai à s'habiller pour l'emmener toutes affaires cessantes aux urgences. Elle eut une crise d'éternuement tellement longue qu'elle en perdit le souffle. Je passai en catastrophe un jean et un pull et la portai, moitié marchant moitié courant, jusqu'à l'hôpital Necker. Comme son père, à onze ans, Ondine était petite. Je sentais ses bras autour de mon cou et ses mollets ballotter contre moi. Obéissant à l'étrange phénomène de vases communicants qui caractérisait nos relations, ma panique l'avait apaisée. C'était elle qui me disait :

« Ça va aller, maman, ce n'est pas grave. » À l'hôpital, on s'occupa très bien de nous. On lui fit passer une batterie d'examens qui ne débouchèrent sur rien et, le soir, Ondine avait retrouvé son apparence habituelle. Au début, ces crises survenaient rarement et ne duraient que quelques heures, mais peu à peu leur fréquence et leur durée lui rendirent la vie impossible. À l'école, les quolibets et les méchantes taquineries recommençaient, si bien que c'était tous les matins des scènes, pénibles pour nous deux, parce qu'elle ne voulait pas aller en cours. Je savais qu'elle était en difficulté dans ses études, et il me semblait criminel de la garder à la maison. D'autant que ses symptômes s'apaisaient en général quand elle sortait. Ni moi ni le médecin qui la suivait ne comprenions l'origine soudaine de ces troubles. La voir dans cet état me rendait malade. Les résultats des examens nous avaient orientés vers des allergies d'une violence rare, mais nous ne savions pas ce qui les déclenchait. Pour traquer les acariens, je fis poser du parquet dans tout l'appartement et remplaçai les oreillers, les couettes et les coussins de plumes par des matières synthétiques. Comme elle ne pouvait venir plus de quatre fois par semaine, je changeai de nounou. Une toute jeune Polonaise, Ania, remplaça ma vieille Espagnole. Elle venait du lundi au samedi et faisait systématiquement la poussière. Peine perdue. Le généraliste, déconcerté, m'adressa à un spécialiste, qui m'envoya lui-même vers un confrère. Nous finîmes par atterrir chez le docteur Valbaume, un petit homme aux beaux yeux bleus qui fumait sans discontinuer, même pendant ses consultations, mais dont la bienveillance solaire réchauffait en quelques minutes les patients les plus mal en point. Chaussant ses lunettes d'une main, la gauloise au bec, il ausculta puis questionna Ondine.

Il me posa autant de questions qu'à elle, sur notre mode de vie, notre situation familiale et ma profession. Lorsqu'il demanda la profession du père d'Ondine, je la vis dresser l'oreille.

« Il nous a quittées, dis-je.

– Pour une autre ? s'étonna le docteur.

– Non, il est mort, répondis-je pas diplomate.

– De quoi ?

– D'un cancer. »

Je ne l'avais jamais dit à Ondine et ce crétin de docteur m'obligeait à le faire devant elle.

« Bon c'est rassurant. Rien de tel ici. Il s'agit bien d'allergie.

– Si vous trouvez ça rassurant », ironisai-je…

Le médecin nous fit un bref exposé. Ce genre de pathologie pouvait se développer du jour au lendemain. Il n'y avait pas grand-chose à faire à part prendre des antihistaminiques et tenter d'identifier la cause de ces troubles, qui pouvait aussi bien être alimentaire qu'environnementale. Jusque-là le brave homme ne m'apprenait rien, ce que je ne manquai pas de lui signifier. Le docteur Valbaume esquiva, se contentant de sortir une « liste d'observation » qu'Ondine devait remplir quotidiennement pendant quinze jours. Il ouvrit son Vidal pour vérifier un élément de sa prescription. Ondine éternua. Il leva les yeux par-dessus ses lunettes et l'observa intensément. À la deuxième page qu'il poussa de son index humide, elle fut prise d'une quinte. À la troisième, une larme commença à rouler le long du nez d'Ondine. Les médecins ont parfois des intuitions géniales et le docteur Valbaume, contrairement à ce que j'avais imaginé, était doté d'un sixième sens médical extraordinaire.

En voyant Ondine réagir ainsi, il remonta d'un doigt ses lunettes, et sortit, d'un tiroir, un petit flacon de pilules. Il en donna deux à Ondine et lui demanda de sortir, pour pouvoir me parler seul à seule. En attendant, il lui permettait de nourrir les poissons dans l'aquarium de la salle d'attente. Je passai une main dans les cheveux d'Ondine.

« Vas-y, ma puce. »

Ondine avait à peine refermé la porte que le docteur Valbaume lâcha, débordant de l'excitation d'un limier qui vient de débusquer une perdrix :

« Votre fille est allergique aux livres.

– Qu'est-ce qui vous fait dire ça ?

– Rien. Mon intuition, si vous préférez. Je sais que c'est maigre, mais vous devriez vous y fier. Elle m'a rarement trompé.

– Comment l'expliqueriez-vous ?

– Je ne sais pas... Il y a peut-être un composant propre au papier ou à la colle qui rend votre fille malade...

– Pourquoi, dans ce cas, les cahiers ne lui feraient-ils pas le même effet ? Elle n'a aucun problème avec ses cahiers...

– L'encre, peut-être ?

– Mais les lignes des cahiers, c'est de l'encre aussi.

– C'est peut-être psychosomatique.

– Enfin, vous voyez bien que ce n'est pas dans la tête ! Il y a des symptômes.

– La tête blesse bien plus souvent le corps qu'on ne l'imagine, madame.

– Comment peut-on être sûr que ce sont les livres ?

– Essayez de la mettre dans un environnement où il n'y en a pas.

– Vous êtes au courant que c'est mon métier ?

478

– Vous me l'avez dit.

– J'ai des livres partout chez moi. Même dans ma cuisine. J'en ai toujours dans la main, dans mon sac…

– J'imagine, madame, j'imagine.

– Comment voulez-vous que je m'en sorte ?

– Il faut peut-être qu'elle voie un pédopsychiatre. C'est parfois efficace.

Je le remerciai et me levai. Il était hors de question que je mette ma fille entre les mains de ces gens-là. Depuis le temps que je leur faisais la guerre à ces simplificateurs de l'humanité qui voient les autres comme des amas de problèmes à résoudre, niant leur merveilleuse complexité, détruisant des années de créativité qui leur ont permis d'inventer ces charmants petits TOC, ces névroses passionnantes, ces rituels absurdes et poétiques, ces traumatismes émouvants, ces cicatrices guerrières, ces maladies imaginaires qui font toute l'originalité d'un être. Tout ça pour quoi ? Le bonheur ? On gave les gens de ce mythe, on pompe leur fric, on décortique leurs rêves, on leur coupe les couilles et la libido au nom de cette fabuleuse arnaque, ce concept vide que personne n'a jamais été foutu de définir. Et les infortunées victimes de se lamenter, espérant sans relâche cette satiété inatteignable dont ils n'ont goûté, jusqu'ici, que les restes : le confort, le sexe ou même l'amour. L'amour : cet absolu à la portée des caniches, comme disait l'autre… Tout ça pour nourrir un néo-clergé de profiteurs des faibles et des cabossés. Des confesseurs qui s'entretuent pour des querelles de chapelles, des théologiens qui essaient de faire tenir le vivant, le mouvant, l'émouvant dans la forme contre nature d'une prétendue normalité. Normalité qu'ils décrètent en monarques absolus. « C'est normal… Ce n'est pas normal », comme on disait avant : « C'est bien… C'est mal. » Leur normalité ne vaut pas mieux que la moralité avec laquelle on nous a entravés des siècles durant. La névrose a remplacé la faute originelle, personne n'y échappe et ceux qui prétendent ne pas en souffrir sont en plein déni. Ah, il est très au point, leur petit arsenal de soumission d'autrui ! L'exigence de bonheur n'est pas moins redoutable que le péché et sa culpabilité. Un merveilleux outil pour prendre le pouvoir sur l'esprit de son prochain, car c'est de pouvoir qu'il s'agit. Il faut vraiment être borné pour croire une seule minute que ces parasites veulent « aider » qui que ce soit.

Le docteur Valbaume me regardait d'un drôle d'air, comme s'il pouvait lire les pensées qui s'agitaient en moi. J'allai retrouver Ondine dans la salle d'attente. Avec des cris ravis, elle essayait de caresser de deux doigts prudents un poisson japonais jaune vif qui cachait son gros ventre dans les voiles translucides de sa queue et de ses nageoires. Le visage de ma fille était déjà moins rouge. Je me calmai un peu. Elle posa une rafale de questions sur l'aquarium au docteur Valbaume. Il y répondit avec bienveillance, lui promettant que la prochaine fois aussi, elle aurait l'autorisation de les nourrir. Avec une spontanéité inhabituelle, elle lui sauta au cou pour lui dire au revoir. Il en parut ému. Je le fus également. Tout l'après-midi, Ondine babilla sur les poissons et me supplia tant et si bien que nous dûmes aller sur les quais lui en acheter deux avec tout l'attirail nécessaire à leur survie. J'étais étonnée par sa fascination pour ces animaux. À sa place, j'aurais préféré une bête à poil, un mammifère chaud et affectueux, plutôt que ces créatures à écailles, qui sentaient mauvais et ne manifestaient qu'une froide indifférence. Ondine s'engagea à s'en occuper. À laver au moins une fois par semaine l'aquarium, à ne pas oublier de les nourrir et de changer leur eau. Un mois plus tard, c'est Ania qui hérita de ces tâches que ma fille ne menait pas à bien, mais cet après-midi-là, tandis qu'elle installait ses nouveaux compagnons dans sa chambre, ma pensée roula en boucle autour de ce problème d'allergie. Plus j'y songeais, plus j'étais obligée de reconnaître que l'intuition du docteur Valbaume tenait. À la lumière de cette hypothèse, plusieurs épisodes de notre vie récente me revinrent à l'esprit.

Un an et demi plus tôt, Ondine était allée, avec sa classe, visiter une fabrique de papier en Seine-et-Marne. À l'usine tout s'était plutôt bien passé. C'est dans la forêt où on avait emmené les enfants voir les coupes que ma fille avait paniqué. Elle avait fermé les yeux et s'était bouché les oreilles pour ne pas entendre les scies. Chaque tronc qui s'abattait dans un craquement assourdissant faisait trembler la terre. Voir ces ancêtres majestueux dépecés et débités sans respect lui avait ramené son goûter au bord des lèvres. Ondine avait refusé de continuer la visite, préférant attendre dans le car. Pour passer le temps, le chauffeur lui avait montré comment, en passant une longue ficelle entre ses doigts, elle pourrait former des losanges croisés et des tours Eiffel. Cette habitude est restée à Ondine qui a toujours sur elle un ruban ou une cordelette pour s'apaiser dans ses moments d'angoisse.

Six mois plus tard, en septembre, alors qu'Ondine entrait en sixième, son professeur de français, Mme Grévin, une grande brune maigre au ton aussi cassant que les craies qu'elle faisait crisser sur le tableau pour obtenir le silence, avait donné *Le Baron perché* d'Italo Calvino à lire à la classe. Ondine en fit une maladie. D'abord parce que Mme Grévin, avec sa réputation d'exigence et de sévérité, lui faisait très peur. Ensuite parce qu'on ne pouvait imaginer pire punition pour elle que la forcer à lire. Depuis la journée à la scierie, l'objet lui-même la dégoûtait. Un livre, c'était un cadavre d'arbre. On ne pouvait lui ôter l'idée de la tête. Rien qu'en entrant « Au temps de lire », la minuscule librairie de la rue de Grenelle, à deux pas de son école, pour y acheter *Le Baron perché*, Ondine avait commencé à manquer d'air. Le jeune libraire, un blond au corps de criquet et à l'épaisse tignasse jamais coiffée, vit à contre-jour cette petite silhouette aux épaules démesurées qui hésitait à l'entrée. Il rattrapa Ondine par son cartable au moment où elle s'apprêtait à détaler. Le jeune homme vit qu'elle tremblait.

« Il ne faut pas avoir peur, je ne vais pas te manger, tu sais… lui dit-il d'une voix douce.

– Oh, ce n'est pas vous… » fit-elle, sans cesser de regarder les étagères qu'elle défia d'un mouvement de doigt circulaire.

Elle expliqua l'objet de sa visite. Il glissa l'ouvrage dans un sachet en papier orné d'un ramage de feuilles vertes qui rappela à Ondine la scierie dans la forêt. En réglant l'exemplaire, ma fille ne put s'empêcher de calculer le nombre de caramels, de nounours à la guimauve et de soucoupes spatiales qu'elle aurait pu s'acheter avec cette somme. Sans parler des billes. Pour quinze francs, elle se serait offert au moins trois calots. Dire qu'il y avait des gens, comme sa mère, qui achetaient des livres sans y être obligé ! Écœurant. Mais le pire était à venir. Rester des heures sans bouger pour lire, une torture. On n'était jamais bien. Assise avec le livre sur les genoux, elle avait mal au cou et ne sentait bientôt plus ses fesses. Allongée sur le dos, il fallait tenir le roman au-dessus de sa tête, ce qui lui donnait des crampes dans les bras. Sur le côté, c'était le coude, l'épaule et de nouveau le cou qui prenaient. Sur le ventre, même avec un oreiller, elle avait mal aux dents et au menton ; en plus, elle s'endormait. Ondine en pleurait de rage. Comme c'était une enfant courageuse, elle le lut quand même, phrase après phrase, en les suivant du doigt parce qu'elle confondait les lignes et que les lettres se brouillaient. En plus, elle ne comprenait rien à l'histoire de ce débile qui refuse de descendre de son arbre à cause de trois pauvres escargots à l'ail. Elle n'arrivait pas à se souvenir des personnages. Ils restaient des petits amas de noms, de verbes et d'adjectifs et refusaient obstinément de prendre chair dans son imagination. À peine leurs patronymes avaient-ils disparu de la page qu'ils s'évanouissaient également de son esprit, si bien que, lorsque l'un d'entre eux réapparaissait, Ondine avait tout oublié de lui. Son prénom lui rappelait bien quelque chose, comme un étranger que l'on pense avoir déjà croisé peut vous être vaguement familier, mais elle ne comprenait pas du tout pourquoi il faisait ce qu'il faisait ou disait ce qu'il disait. Lorsque, au bout du week-end et d'un monstrueux effort, Ondine eut enfin terminé l'ouvrage, elle courut vers la buanderie. Elle attrapa l'escabeau, grimpa à toute vitesse et posa tout en haut de l'étagère à linge le livre corné, boursouflé et qui perdait ses feuilles comme un agonisant ses entrailles. Personne ne s'avisa d'aller l'y chercher.

Je me souviens aussi qu'en rentrant d'un week-end chez Mme Lace, la mère de sa copine Céline qui l'avait invitée dans leur maison tourangelle, Ondine me raconta avec ivresse qu'ils avaient fait un feu de joie dans la cour d'une des fermes. Ils avaient passé l'après-midi à nettoyer des greniers et à jeter des vieilleries qu'ils avaient ensuite brûlées. Elle me montra, très fière, les trésors qu'elle avait sauvés : quelques vieux fossiles marins, des défenses de sangliers et une collection de clés anciennes qu'elle astiqua au papier de verre des heures durant pour leur redonner leur lustre. J'eus un pincement au cœur en la voyant amasser ces curiosités, me souvenant du bureau de son père qui en débordait. Sans l'avoir jamais connu, par un atavisme que je ne m'expliquais pas, elle l'imitait en beaucoup de choses. Ce qu'elle préféra néanmoins, dans le récit qu'elle me fit de ce séjour à la campagne, fut le moment où Mme Lace l'autorisa à jeter au feu un carton de livres que des champignons avaient déjà à moitié détruits.

« C'était génial », répétait-elle. Son enthousiasme m'avait un peu heurtée. Je m'étais dit qu'elle y prenait bien du plaisir. Elle aurait brûlé des bibliothèques entières si on l'avait laissée faire. J'avais essayé d'imaginer sa joie en regardant les livres se tordre, les photos des couvertures se dissoudre comme du vernis à ongles, leurs feuilles onduler sous les flammes et se racornir en un tas de cendres inoffensif.

Peu à peu, je reconstituai le puzzle de sa pensée. Dans un livre, Ondine ne voyait pas une fenêtre ouverte sur d'autres dimensions et d'autres histoires, mais un aspirateur à temps qui lui volait les adultes et plus particulièrement sa mère. Je me souvins que je ressentais la même chose quand, enfant, mon père m'échappait sans cesse, réfugié dans cet univers hors de ma portée. Les minutes qui passaient, lentes comme des heures, me revinrent. Celles qui me séparaient du moment où, enfin, son attention posée sur moi me ferait revivre. J'avais été pire que mon père. C'était ma faute si Ondine avait fait des livres ses ennemis personnels. J'avais eu le tort de mettre mes absences sur le dos du travail et de cacher mes amants derrière le paravent de l'écriture. Ma fille avait reporté sa rancœur sur la littérature, cette chose bizarre, ce monde parallèle que, dans son esprit, je lui avais toujours préféré. Toutes les peines qu'elle avait accumulées, les innombrables fois où je l'avais oubliée à l'école, les après-midi que nous devions passer ensemble et que j'annulais pour finir un article ou un chapitre, les dîners télé où je lisais au lieu de regarder le film, les pièces de son groupe de théâtre où j'apparaissais au dernier acte, les conversations où je n'écoutais rien de ce qu'elle me disait, Ondine les avait consignés dans les livres, ces objets si faciles à fermer et à ranger. Pour elle, le livre contenait ma part d'ombre. Mon égoïsme forcené, ma dureté, mes injustices, ma déloyauté, mes manques y étaient emprisonnés, et ouvrir un livre, n'importe lequel, risquait de libérer les maux de cette boîte de Pandore. Après tant d'erreurs de ma part, qu'elle prenait comme autant de trahisons, Ondine avait trouvé cette solution pour continuer à me supporter. C'était, au fond, très intelligent de sa part.

La situation ne fit malheureusement que se dégrader. Outre ses allergies, Ondine rencontrait des difficultés à l'école. Je ne sais quel parent eut la cruauté de dire à son rejeton quelle avait été ma vie avant de devenir mère. On persécuta ma fille en me traitant de tous les noms. Dans la cour de récréation, Ondine défendait mon honneur en usant de sa grande taille pour jeter à terre ses camarades et les rouer de coups lorsqu'ils se permettaient des commentaires. La situation devint intenable. Elle fut renvoyée. Cette effrayante injustice acheva de la brouiller avec le système scolaire. En cours d'année, aucun collège n'accepta de la prendre et, parce que ses allergies ne nous laissaient pas de répit, je dus me résoudre à l'envoyer dans une pension suisse. Décision qui me coûta une fortune et l'affection de ma fille.

Je connaissais Jean-Edern Hallier de vue, mais ne devins proche de lui qu'à la fin des années 1980, lorsqu'il relança *L'Idiot international*. Nous fûmes un peu amants, plus pour faire connaissance que par envie. Je couchai en revanche avec à peu près tous les satellites dans cette constellation de l'agitation publique. Je me sentais en phase avec ces amuseurs qui retournaient les concepts, en jouissaient et en changeaient. Je n'ai jamais appartenu à personne, j'ai en horreur la discipline des partis, raison pour laquelle j'ai fini par ne plus écrire dans *L'Humanité*. Je n'aime que les idées et, comme mes amants, je ne les aime pas longtemps. Tout était à l'avenant. Le journal sortait quand il sortait, nous étions payés quand il y avait de l'argent. On se foutait de savoir qui finançait quoi. J'écrivais depuis plusieurs mois pour Jean-Edern sans lui demander un centime quand, à la fin d'une soirée, il me fit venir dans sa chambre. Il me montra, posé par terre, un sac de sport rempli de liquide et me dit : « Prends ce dont tu as besoin… » J'empochai deux paquets de billets de cinq cents francs sans demander mon reste. Par la suite, nous fûmes souvent payés en dollars. Révolutionnaires sans programme, nous ne militions que pour nous-mêmes. Nous méprisions à peu près tout le monde et tirions au hasard de nos nuits arrosées ceux que nous allions descendre. Flingueurs des bien-pensants, des établis, des prudents, des puissants, des célèbres sans talent, nous étions pour rien et contre tout. Personne n'était intouchable, surtout pas les icônes que nous cassions avec un enthousiasme voyou, pour nous secouer de leur poids comme des chiens qui s'ébrouent. Nous cultivions l'insulte, le parti pris, la mauvaise foi, les coups bas et la provocation gratuite, sans craindre l'approximation ni les raccourcis. Jean-Edern ne refusait jamais un article par prudence politique, sauf quand la justice parvenait à l'étrangler financièrement, ce qui ne durait pas. Défenseurs des causes perdues et arbitrairement choisies, ni de droite, ni de gauche, nous n'avions en commun que le respect absolu de la littérature et l'envie d'en découdre. La destruction nous semblait la seule chose véritablement pure et désintéressée. Nous étions juges de tout et responsables de rien, avec pour ligne éditoriale ce conseil de Jean-Edern : « En bien ou en mal, soyez injustes, c'est tout. » Je fleurissais dans ce terreau sulfureux. N'ayant jamais eu d'autre engagement que celui de défendre ma liberté personnelle, cette foire d'empoigne anarchiste, adolescente et narcissique me convenait. J'étais l'une des rares femmes à y survivre. Je fus aussi celle qui paya le plus ce temps béni de carnaval. Il y eut plusieurs tentatives pour m'abattre. Je m'en sortis in extremis jusqu'à l'affaire Grubert Verlag. Mes principaux livres avaient été traduits dans six ou sept langues et, selon ma bonne habitude d'en changer comme de chemises, par une quinzaine d'éditeurs étrangers. En Allemagne, j'en étais à mon cinquième, lorsque j'acceptai, sans y faire très attention, que Grubert Verlag publiât *Les Bijoux de famille*.

Chose que j'ignorais, cette confidentielle maison d'édition publiait également des textes à connotation néonazie. Mes accointances avec *L'Idiot international* combinées à ce malheureux concours de circonstances créèrent un mélange explosif. Je m'étais fait beaucoup d'ennemis avec mes chroniques. Ils n'attendaient que le moment où je trébucherais pour m'éliminer. Ils faillirent bien y parvenir.

46

Ondine était en pension au Rosey depuis un an.
Chaque trimestre, quand elle revenait pour les vacances,
je l'emmenais dans un palace au soleil ou à la montagne,
et, deux semaines durant, c'était la même rengaine. Elle
détestait l'école. J'en étais très étonnée, moi qui avais
tant aimé, enfant, quitter l'enfer de la loge familiale
pour les bancs durs et rassurants de mes classes. Elle
haïssait encore plus la pension alors que j'aurais rêvé,
petite, d'être envoyée dans ces luxueux camps de
vacances où les cousins de Solange suivaient leur scolarité. Mais Ondine trouvait que les élèves étaient « des
bourges et des snobs ». Son allergie aux livres, que dou-
blait d'après ses professeurs une légère dyslexie, l'avait
mise en échec scolaire. Les élèves la surnommaient « la
Mentale » pour dire la débile mentale. Elle ne brillait
qu'en biologie car elle se passionnait pour la nature et
les animaux, et en éducation physique où son extrême
souplesse, son sens de l'équilibre et sa résistance en faisaient une athlète hors pair. Mais si elle excellait en
gymnastique, exercices au sol, poutre, cheval d'arçons
et barres asymétriques, ses difficultés relationnelles
gâchaient, en dépit de son savoir-faire, ses performances
dans les sports d'équipe. Chaque fois qu'elle revenait à
la maison, ses allergies repartaient de plus belle. Je finis

par prendre l'habitude de l'envoyer directement sur les lieux de nos vacances. Trois jours avant la reprise des cours, les scènes s'intensifiaient. Elle braillait qu'elle n'y retournerait pas et cherchait tous les prétextes possibles de dispute. Elle s'enfuyait aussi. Un été, la police la retrouva marchant sur la route en pleine nuit, à dix kilomètres d'Uzès où j'avais loué une maison. Ondine hurlait qu'elle me détestait, qu'elle n'avait pas de famille, que personne ne l'aimait. Après deux ans de ce cauchemar, elle parvint enfin à se faire renvoyer, pour avoir détruit le système électrique de l'école en mettant des compas métalliques dans une dizaine de prises. C'était en cours d'année, elle ne pouvait revenir à Paris et, après avoir vu ses bulletins et les commentaires acerbes qui les accompagnaient, aucune autre pension ne la prit. En désespoir de cause, j'appelai ma mère avec qui je n'avais pas échangé un mot depuis sa naissance. Nous descendîmes, Ondine et moi, la voir à Nice. La grand-mère et la petite-fille s'amadouèrent assez vite. Ma mère pleura toutes les larmes de son corps en serrant Ondine contre elle et, bizarrement, cela lui fit du bien. Elle accepta d'essayer la vie à Nice pendant six mois. Nous nous installâmes quinze jours à l'hôtel, le temps de lui trouver un collège, des cours de gymnastique et d'aménager une salle d'eau dans la deuxième chambre du trois pièces que j'avais acheté quelques années plus tôt. Ma mère et ma fille devinrent rapidement inséparables, unies par leur rancœur à mon égard. Je savais que la vieille louve me la prendrait, mais je pensais que c'était le seul moyen pour qu'Ondine retrouve une vie normale. J'espérais profiter de cette séparation pour remettre de l'ordre dans mes affaires, et revenir la chercher lorsque l'éloignement aurait apaisé sa colère contre moi. Elle était si grande cette colère. Je la sentais vibrer dans son petit corps chaque fois que je l'approchais. Les travaux terminés et ma fille installée, il fallut repartir. Nous partageâmes, chez ma mère, un repas pantagruélique qui se termina par une montagne de beignets, des cafés viennois et des petits chocolats aux amandes. J'avais la gorge nouée lorsque le taxi qui devait m'emmener à l'aéroport s'arrêta au pied de la tour où je laissai ma fille. Je voulus l'embrasser mais elle me tendit ses cheveux et refusa que je la serre dans mes bras avec un « Maman… ! » aussi réprobateur qu'exaspéré. J'étais à peine montée dans la voiture qu'elle me tournait le dos.

Je pris l'avion, le cœur serré d'un sentiment d'inutilité abyssal. À Paris, ce qui avait été ma vie n'était plus qu'un champ de mines. Partout où je mettais un pied, d'anciennes amitiés m'explosaient à la figure. C'était une curée professionnelle. Le vent avait tourné. De sale gosse surdouée et communiste, j'étais devenue une réactionnaire d'extrême droite. Je perdis une à une mes chroniques. Les libraires, choqués par mes prétendues convictions – ironie du sort pour quelqu'un qui avait passé sa vie à ne pas en avoir –, ne voulurent plus de mes livres. Mon roman *Lettres et le néant* fut un échec. J'étais ostracisée.

47

Je l'ignorai le plus longtemps possible, mais au cinquième appel de M. Bichart, m'annonçant qu'en dépit de ses efforts la Société Générale allait bientôt me retirer tout moyen de paiement, je dus me rendre à l'évidence : j'étais ruinée. Il me faudrait vendre mon appartement ou jeter ma mère et ma fille à la rue car j'étais loin d'avoir fini de payer son « studio » niçois. Je pris rendez-vous avec M. Bichart. Je fis de mon mieux pour me composer une mine décente, mais en regardant dans la glace mes yeux gonflés d'alcool et d'insomnie, je compris que, cette fois, mon charme ne pourrait me sauver. Je mis tout de même un pull décolleté noir parce que, avec un bon soutien-gorge, mes seins faisaient encore leur effet. Une sage décision. Dès l'instant où, dans son bureau, j'enlevai mon manteau, M. Bichart cessa de me regarder dans les yeux.

« Je suis vraiment navré de vous donner d'aussi mauvaises nouvelles, dit-il, le regard vissé à vingt centimètres au-dessous de mon visage.

– Quelles sont les solutions ?

– Attendez-vous d'importantes rentrées d'argent ?

– C'est une question de temps, inventai-je.

– Combien de temps ? » fit-il très doucement.

Je ne parvins pas à lui mentir et baissai la tête, honteuse. Il ouvrit une des chemises cartonnées vert pomme qu'il tenait devant lui – je l'avais toujours vu avec des dossiers verts, l'homme était-il superstitieux ? – et évalua la gravité de la situation.

« Je vois que vous êtes propriétaire de deux biens rue Vaneau et d'un studio à Nice. Peut-être pourriez-vous vendre l'un d'entre eux ? Cela suffirait largement à couvrir vos frais, rembourser l'administration fiscale et à prendre un nouveau départ, suggéra-t-il.

– Je vis et je travaille dans les deux premiers et je loge ma mère dans le dernier. Il m'est absolument impossible de les vendre.

– C'est votre mère qui vit à Nice ? demanda-t-il, étonné.

– Oui, c'est ma mère.

– Je pensais qu'il s'agissait d'une résidence secondaire, poursuivit M. Bichart.

– J'y suis allée une fois pour signer la promesse de vente et n'y suis jamais retournée. »

M. Bichart se racla la gorge et repositionna ses lunettes. Il semblait trouver ma situation, que j'imaginais pourtant banale, des plus mystérieuses. Sans doute fallait-il, si l'on voulait réussir dans son métier, se passionner pour ce genre de problèmes microscopiques. Il poussa plus avant son enquête :

« Dans ce cas, je ne comprends pas… Pourquoi l'appartement est-il à votre nom, alors que c'est votre mère qui y habite ? »

Je répondis, un brin coupante bien que ma situation ne le permît pas vraiment :

« Ce n'est pourtant pas compliqué, monsieur Bichart. À sa retraite, ma mère n'avait plus d'endroit où vivre ni d'argent pour se loger. Je lui ai acheté un toit, visiblement au-dessus de mes moyens puisque je ne peux plus, aujourd'hui, assumer ces mensualités. Je ne vois pas ce qu'il y a d'étrange là-dedans.

– Vous parlez souvent avec votre mère ?

– Pas très. »

M. Bichart se racla à nouveau la gorge en tripotant ses lunettes. S'il n'avait eu peur de déranger l'agencement complexe du peu de cheveux qui lui restaient, il se serait sans doute gratté la tête.

« Je ne comprends pas. Pourquoi payez-vous son appartement si vous êtes brouillées ?

– Je ne vois pas en quoi cela vous regarde ! explosai-je. Ce que je paie et à qui je le paie ne concerne que moi. Ce n'est pas parce que je suis en difficulté qu'il faut vous croire tout permis. » M. Bichart s'empourpra. Il sortit un mouchoir avec lequel il s'essuya les mains.

« Pardonnez-moi, Mme Chalitzine. Vous avez parfaitement raison, rien de cela ne me regarde. Je ferais mieux de me mêler de mes affaires. » Il réajusta pour la dixième fois ses lunettes. « Vous avez raison, répéta-t-il. C'est juste que…

– Que quoi ? »

M. Bichart sembla peser le pour et le contre. J'hésitais pour ma part à le décoiffer d'un coup de patte vengeur qui révélerait son crâne luisant. M. Bichart hésita encore, et prit sa décision. Se préparant à recevoir une nouvelle douche de paroles glacées, il lança :

« Vous savez que je suis également le banquier de votre mère.

– Vous me rassurez, ironisai-je. À voir votre perplexité, je commençai à en douter.

– Je voudrais vous aider.

– Je ne demande que ça !

– Mais il y a des règles, ce serait illégal… » patina-t-il encore.

495

Je ne voyais pas où il voulait en venir. Allait-il me proposer de frauder le fisc ? De braquer la succursale de la Société Générale où nous nous tenions pour partir vivre au Mexique avec lui ? Il s'apprêtait visiblement à faire quelque chose de malhonnête. Je l'encourageai d'une des citations favorites de mon père :

« Cher monsieur Bichart, commençai-je avec un sourire, comme disait Victor Hugo, "les règles sont utiles aux talents et nuisibles aux génies". Soyez, je vous en prie, génial. Et sauvez-moi de cette impasse.

– Vous devriez demander à votre mère de racheter votre crédit sur le studio de Nice, déclara-t-il.

– Vous me prenez pour une idiote ?

– Pas du tout, répondit le petit homme, de nouveau alarmé.

– C'est pour me dire ça que vous faites des singeries depuis vingt minutes ?

– Oui, mais… essaya-t-il de se défendre en passant son mouchoir, maintenant un petit chiffon humide, d'une main à l'autre.

– Vous croyez que, si elle avait pu s'acheter son foutu appart, elle m'aurait demandé de l'aide après tout ce que nous nous étions dit ? »

M. Bichart fit une grimace gênée qui signifiait : « On y vient. » Je lui faisais peur, je crois. Opinant de la tête, il réitéra un sourire tout en dents, caricatural, pour encourager ma pensée à suivre cette piste de réflexion. L'argent et ma mère… Un nouveau champ des possibles se forma dans mon cerveau comme si la porte du placard où j'étais enfermée depuis des semaines s'ouvrait sur une longue perspective de pièces lumineuses. Le sourire de mon banquier et ses questions bizarres faisaient leur chemin.

« Elle a les moyens… murmurai-je.

– Oui, dit-il. Largement.

– Mais comment ? Elle n'avait rien. Nous n'avons jamais rien eu.

– Je m'occupe de votre mère depuis longtemps. Je ne l'ai jamais connue dans le besoin.

– Ce n'est pas avec son salaire de concierge qu'on achète un appartement, quand même ! m'exclamai-je.

– Elle a déjà un appartement à Paris.

– Pardon ? »

J'étais de plus en plus égarée. M. Bichart semblait pourtant sérieux. Il se pencha vers le bas de ses étagères, d'où il sortit une nouvelle pochette, vert bouteille cette fois, à moins qu'il ne s'agisse d'un ancien vert pomme que les ans auraient fait tourner. Il la posa sur le bureau, l'ouvrit et, réajustant ses lunettes, lut distinctement :

« Le 9, rue Daru. Il s'agit d'un bien immobilier en location. Il doit être assez grand, parce que le loyer que touche votre mère est important. Cela ne vous dit rien ? »

J'eus la sensation physique de tomber. Une chute interminable au cours de laquelle ma pensée se ferma comme les écoutilles d'un sous-marin. Je n'étais plus capable de raisonner. Je ne comprenais pas. Je m'accrochais aux bribes de ses phrases : « le 9, rue Daru », « un bien immobilier en location », « le loyer que touche votre mère ». Je n'arrivais pas à faire concorder ces éléments dans un assemblage logique.

« Cela ne vous dit rien ?

– Si, cela me dit quelque chose », articulai-je.

Cela me disait mille choses, en fait. Le 9, rue Daru, j'y allais encore en pèlerinage les jours de désespoir. Je partais à pied de chez moi. Il me fallait une heure en passant par les Invalides, les Champs-Élysées et la place

497

des Ternes. En entrant dans la rue, je ralentissais pour que le claquement de mes pas produise un écho plus solennel. J'essayais de voir les immeubles, les reflets dans les vitres, les voitures garées, avec mes yeux d'avant. Le temps de quelques mètres, je trompais ma solitude, rejouant mes sept ans. Je rentrais de cours, mon cartable pesait lourd, mes lacets s'étaient encore défaits. J'avais un poème à apprendre. Il me faudrait de l'aide. Je montais en trombe à la maison. Papa, pour une fois, était là. Il avait fini ses livres. Il m'aidait pour le poème. Nous parlions longtemps, en buvant un lait grenadine ou du chocolat chaud. Il me citait des grands auteurs et me donnait d'autres ouvrages à lire. Nous allions marcher, au parc Monceau, parce qu'« il n'y a rien de mieux pour ranger les idées ». Nous achetions des graines pour les canards. Il me parlait d'Aristote et des péripatéticiens dont j'avais le plus grand mal à prononcer le nom. Je ne comprenais pas grand-chose à cette histoire de colle et d'élastique, mais je l'écoutais, fascinée. En rentrant, il me prenait par la main. Je savourais sa chaleur. J'étais fière. Nous arrivions au 9, rue Daru. Il me lâchait la main et passait devant. Il pénétrait sous le porche. Je voulais le suivre, mais chaque fois, arrêtée par le digicode, l'illusion se dissipait. Ramenée à la réalité, la main contre le bois verni, je restais à attendre comme une chienne à la porte de mon enfance. La solitude se posait à nouveau sur mes épaules, fourrure qui ne réchauffe pas. J'espérais que quelqu'un entre ou sorte pour au moins me glisser sous la voûte, faire un tour dans la cour. Pourtant, même le jour où le miracle se produisit, je restai en bas. Je n'eus pas le courage de monter, de souffrir que l'on ait changé le tapis lavande ou la peinture beige de l'escalier. Pire, d'y voir un ascenseur qui aurait défiguré mon souvenir. Je craignis, en arrivant au troisième, de ne plus trouver la sonnette de cuivre que je n'atteignais pas, petite fille, sans sauter. Je craignis de voir dans l'embrasure de la porte bordeaux apparaître une jeune ou une vieille femme, un enfant ou un homme inconnu. Je craignis en apercevant ces visages qui n'auraient pas été celui de mon père que mon cœur n'éclate d'un coup, comme un fruit rouge projeté contre un mur.

« Ma mère est riche alors ? »

M. Bichart tempéra :

« Riche, riche, tout est relatif. Mais il est vrai qu'elle paie depuis peu l'impôt sur la fortune. La première tranche, bien sûr. À cause de la hausse de l'immobilier… »

De cette révélation naissait un tourbillon d'interprétations. Tout ce que j'avais cru être ma vie changeait de couleur et de ton. C'était vertigineux. Ma mère nous avait volontairement humiliées. Elle nous avait fait vivre comme des pauvresses. Par peur, mais de quoi ? Par pure avidité. La maladie la plus immonde. Le seul plaisir d'accumuler. De voir grandir un nombre sur un relevé de comptes, de voir grossir son argent comme elle avait fait grossir son corps. De s'emmurer dans la matière. Nous aurions pu rester rue Daru. J'aurais pu être une petite fille normale au lieu de n'être, classe après classe, goûter d'enfants après goûter d'enfants, que « la fille de la gardienne », conviée, acceptée « pour être gentil », qui ne devait pas redemander du gâteau et se tenir sage dans son coin. Elle avait déjà bien de la chance d'être invitée…

« Alors, que fait-on ? demanda M. Bichart, soulagé et désormais certain d'avoir pris la bonne décision.

– On arrête de payer Nice, répondis-je dans un état second.

« – Que dois-je dire à votre mère ?

– La vérité : que je ne peux plus payer.

– Très bien.

– Ça me soulagera pour les impôts. J'ai demandé un échelonnement. Je vous tiendrai au courant, dis-je en prenant mes affaires. Merci, M. Bichart.

– Je suis content d'avoir pu vous aider.

– Merci encore », fis-je.

Pourtant il n'y a pas de quoi, pensai-je en poussant la porte vitrée qui me séparait du boulevard Saint-Germain. M. Bichart m'avait extraite en partie de ma déroute financière, mais cette révélation en valait-elle la peine ? Je pensais à cette enfance humiliée que j'avais passée des années à venger. Je pensais à ces sexes d'hommes que j'avais dû avaler, par tous mes orifices, des sexes d'hommes qu'elle m'avait fait avaler, ces centaines de couleuvres. Sans nécessité.

Alors que tous m'avaient tourné le dos, le salut me vint d'Italie. Un ami de toujours, lecteur et cinéphile érudit, qui parlait français aussi bien que moi, me fit travailler dans le quotidien qui l'employait, *Il Giornale*. Je résistai un bon moment. Je n'aimais pas Berlusconi, mais après avoir vendu mon bureau, loué mon appartement, laissé mes vêtements dans un dépôt-vente et m'être réfugiée avec une valise et mon manteau de vison blanc dans un studio de trente mètres carrés sous les toits de la rue Leroux, harcelée de toutes parts, je dus me faire une raison. Il y eut bien quelques articles pour me défendre dans *L'Événement du Jeudi*, ou *Le Figaro Magazine*, mais personne pour m'engager. Même les éditeurs ne voulaient plus entendre parler de moi. Maurizio, lui, trouvait toujours des sujets sur la France et fit de moi une chroniqueuse récurrente. Il me permit de traverser cette période de vaches maigres. Elle dura longtemps, quatre interminables années, qui me permirent d'écrire ce que je considère comme mon meilleur livre, *L'Hypothétique Étendue du désastre*. Le temps lave les fautes et enjolive les injustices : peu à peu, je reconquis mon territoire. Ici avec une chronique cinéma, là avec une critique de livre hebdomadaire, là encore avec un pastiche. Je remontai la pente par la presse. Une fois en possession de cette arme, j'occupai les cinq années suivantes à exécuter un à un ceux qui m'avaient harcelée et trahie. Je repris en même temps mon activité favorite de *L'Idiot international* : ridiculiser les faux talents, toucher les intouchables. L'humour que j'essayais de mettre dans ces textes me valut une nouvelle popularité et le surnom de « Calamity Jane ».

48

Ondine avait quitté la maison depuis longtemps.
Rendue à ma liberté, je dérivais. J'avais commencé à
abuser d'un peu tout, de l'alcool, des aventures sans
lendemain, de la coke. Juste pour pouvoir respirer, tant
son absence et ma solitude me compressaient la poitrine. J'étais à l'inauguration de la FIAC, au Grand
Palais. Sur l'un des stands, H20 (je me souviens du
numéro parce qu'il pouvait se lire comme la formule de
l'eau, H_2O), je remarquai, accroché au mur, un écran
noir sur le fond duquel se détachait, en points lumineux, une silhouette de femme en mouvement. On ne
voyait que ses épaules, ses seins, et le déhanché de son
bassin. Ce n'était pas beau, mais c'était obsédant. J'eus
envie de l'acheter tout en me disant que ce serait absur-
dement cher et que je ne saurais pas où le mettre dans
mon appartement. Au moment où j'allais m'éloigner, je
me fis alpaguer par une lectrice. D'une soixantaine
d'années, elle portait un blouson luisant orné de logos
criards et une jupe trop courte qui révélait ses jambes
bâtons. Elle avait le visage trafiqué, une paire de seins
agressifs, des chaussures compensées délirantes et un
discours qui ne l'était pas moins. La folle commença à
m'entreprendre sur *Mâle tombée*, un petit pamphlet
que j'avais écrit en une demi-journée pour je ne sais

plus quel magazine féminin, des années auparavant. Elle partit dans une diatribe contre les hommes que j'avais entendue cent fois de cent hystériques différentes. C'est là que je le vis. Il était beau comme un marin vénitien. Bronzé, doré, avec des cheveux mi-longs d'un blond chatoyant. Ses épaules tendaient le tissu de sa chemise blanche ouverte sur un torse musclé et glabre. Une peau parfaite. J'admirai les proportions idéales de son dos qui plongeait entre ses hanches étroites, ses fesses fermes et ses longues jambes qu'il tenait légèrement écartées dans une attitude naturelle de virilité. Je fus si troublée que je saisis, sans quitter des yeux ce jeune homme, une coupe de champagne sur un plateau qui passait. La dingue continuait à monologuer. Je m'affolai en pensant que, s'il me voyait avec elle, il aurait une épouvantable impression de moi. Il me croirait encore plus vieille que je ne l'étais, mais rester seule me semblait encore plus pathétique. Au moins, elle me fournissait un alibi, un masque pour observer. Il était entouré d'une petite bande de groupies de son âge, pas même trente ans à vue de nez. À son assurance et aux gestes qu'il faisait en direction des œuvres, j'en déduisis qu'il devait être le galeriste. Je ne voyais pas beaucoup de clients potentiels dans le périmètre, mais il n'en semblait pas inquiet. Au contraire, il recueillait les compliments et les regards admiratifs de ses amis avec un air de confiance modeste. J'étais hypnotisée par sa beauté, mais on ne peut pas dire que je l'ai convoité. Je n'aurais jamais osé, ni même imaginé qu'une femme comme moi puisse attirer un homme comme lui. Je regrettai, en sirotant ma coupe pour m'apaiser, chaque goutte d'alcool que j'avais bue le jour même, les semaines et les mois précédents. Je leur devais ma mine bouffie et mes cernes. Jamais ce dieu ne pourrait ressentir de désir pour la chose défraîchie que j'étais. Absorbée par mes pensées et la contemplation passionnée de ce jeune homme, je ne m'étais pas rendu compte que la folle avait cessé de parler. Elle me regardait avec un air interrogateur. Je ne réalisai qu'à cet instant l'intensité de l'attention que je concentrais sur lui. J'avais tenté d'être discrète, mais c'était dur. Je manquais d'entraînement. Pendant trente ans, c'est moi que l'on avait admirée. Cela m'avait donné l'habitude de ne rien voir. Partout où je marchais, partout où j'arrivais, j'évitais de concentrer mon regard. Je gardais une vision générale et floue pour ne pas encourager malgré moi ceux qui attendaient un contact, une avance. Pendant trois décennies, j'avais vécu dans cette bulle, puis la foule des yeux qui me suivaient s'était clairsemée. Les regards s'éteignirent les uns après les autres, me laissant dans l'obscurité d'une nouvelle indifférence. Bien sûr, il arrivait que l'on me reconnaisse. Des hommes m'abordaient encore – la célébrité vaut mieux que le Botox ou la chirurgie, c'est dix ans de plus à se faire draguer –, mais j'étais un trophée pour eux. Une nuit de plaisir et ils pourraient dire qu'ils m'avaient « eue », sans avoir à préciser mon âge au moment des faits. Personne ne saurait si c'était au temps de ma gloire ou de mon déclin. Si j'avais été une femme anonyme, ils ne m'auraient même pas regardée. Ces rallonges que le temps m'accordait étaient rares. Je ne suis pas une rock star, en tout cas pas assez connue pour que la célébrité puisse remplacer le pouvoir de ma beauté perdue. Je n'ai pas inventé de bizarrerie chevelue : ébouriffage ou coloration décalée, pour continuer à clamer au monde ma présence. Sortie de Saint-Germain-des-Prés, des salons du livre et des lecteurs cultivés, on ne se retournait plus sur moi dans la rue. Il y avait des avantages à cette déchéance, je pouvais désormais céder au plaisir du voyeur sans craindre d'encourager les importuns, mais je ne maîtrisais pas encore les techniques d'observation. Il faut un long apprentissage pour arriver à voir sans être vue. Et je ne poussais pas le ridicule jusqu'à porter en permanence des lunettes noires. Ce soir-là, à la FIAC, je fus vite repérée. Alors que je me croyais à l'abri, l'apollon blond me fixa et me sourit. Un sourire franc, aveuglant de jeunesse et de blancheur dans son visage bruni. Ses yeux noisette pétillèrent d'amusement. J'eus une bouffée de chaleur et je crus défaillir quand il marcha dans ma direction. Il doit penser que je suis intéressée par une œuvre, me dis-je pour me rassurer.

« Vous êtes toute rouge », fit-il en s'approchant.

Mes mains dont je détestais la peau fripée et la rigidité mortuaire foncèrent se cacher derrière mon dos. Je levai les yeux vers lui et je sentis mon visage flamber.

« Une vraie framboise, c'est adorable. Vous êtes Zita Chalitzine, n'est-ce pas ? »

Je bafouillai quelque chose qui devait ressembler à un oui, puis les mots séchèrent dans ma gorge et je le regardai avec des yeux ronds.

« Je suis fou de vos bouquins. »

Je n'arrivais toujours pas à articuler une syllabe. J'eus un borborygme. Il continua :

« Que faites-vous ce soir ? J'organise un dîner après la fermeture, j'aimerais beaucoup que vous veniez... Vous viendrez ? »

J'hésitai. Il portait, gravé sur son front : « Cet homme va te faire souffrir à en crever », mais ce fut plus fort que moi. La bouche bien fermée tant je me méfiais des sons que j'émettais, je hochai la tête en signe d'assentiment.

« Alors, je vous donne l'adresse. »

Je fis un nouveau oui enthousiaste de la tête. Il rit et me posa la main sur l'épaule, ce qui m'affola encore plus.

« Je compte sur vous. »

Mon visage s'étendit en un sourire béat et il s'éloigna. Je me retrouvai face à la folle qui n'avait pas bougé. Elle semblait stupéfaite. Je lui dis :

« Moi, j'adore les hommes. »

Et je m'enfuis, emportant avec moi le trésor de cette rencontre, en avare qui dissimule ses joyaux pour mieux les contempler à l'abri des regards. Réfugiée dans un café des Champs-Elysées, je décortiquai cette conversation comme on prépare et déguste un met délicieux, en attendant de le retrouver.

49

Pierre était dans le salon de son nouvel appartement, rue Jacob. La lumière cotonneuse d'un jour d'hiver entrait dans la pièce. Le galeriste avait entre les mains les épreuves reliées des souvenirs de Zita. Olivier Schulz avait amadoué, menacé, supplié des mois durant Ondine et son beau-père d'accepter qu'ils soient publiés. Pierre aurait préféré que le procès concernant les livres de sa femme soit terminé, mais il s'était laissé convaincre. Ce texte ne pourrait que jouer en leur faveur. Les ayants droit de Romain Kiev, d'une formidable rapacité, avaient profité de la campagne de presse initiée par *France Dimanche* pour exiger que les bénéfices tirés des livres signés par Zita Chalitzine leur soient intégralement reversés. Ondine et Pierre se battaient depuis pour prouver la maternité de l'œuvre de Zita qu'en dépit de ses manuscrits et d'innombrables témoignages, la partie adverse s'obstinait à nier. En parcourant le récit que l'écrivaine faisait de leur rencontre, la nostalgie emporta le jeune veuf comme une bourrasque dérobe un chapeau. Il songea à ces années partagées avec elle. Il l'avait adorée, haïe, maudite, aimée à nouveau. Ils s'étaient trouvés, quittés, retrouvés, trompés, quittés à nouveau. Zita semblait incapable de supporter une période d'accalmie. Le confort, le quotidien étaient pour elle le début de la fin. Elle avait tout tenté, y compris le pire, pour garder vivante la passion première qui les avait attirés l'un vers l'autre. Pierre se souvenait de leurs débuts avec une tendresse amusée. Leur rencontre d'abord, à la FIAC, où elle avait rougi comme une jeune fille lorsqu'il lui avait parlé. Ses innombrables revirements et atermoiements avant leur premier baiser, en bas de chez elle. Ivres tous les deux, ils revenaient d'une soirée mexicaine où ils avaient abusé de la tequila. Pierre avait laissé tourner le moteur de sa voiture et l'avait suivie jusqu'à sa porte cochère. Il avait mis la main sur ses doigts au moment où elle composait le code et l'avait retournée brutalement, pour l'embrasser de force. Elle avait peu résisté. Le galeriste se renfonça dans le canapé, laissant aller sa tête en arrière. On l'avait tant prévenu contre Zita : une séductrice sans foi ni loi, une femme fatale, une ancienne prostituée… On lui avait dit qu'un jour elle avait abandonné un amant en pleine mer pour tenter de le noyer, qu'elle en avait agressé un autre avec un couteau, mais ces avertissements n'avaient fait qu'accroître son envie de la dompter. Il lui fallut des semaines de flirt assidu, de verres dans les bars à la mode, de mots fleuris et de déjeuners. Lorsqu'elle cessa enfin de lui glisser entre les doigts et accepta de le retrouver pour un week-end au Crillon, il s'attendait à des prouesses sexuelles. Alors que Pierre se préparait, dans le feu de son imagination, à empêcher cette panthère belle et féroce de saisir un pic à glace au moment de s'abandonner, il accueillit une communiante. Une vierge de quinze ans ne se serait pas autant défendue. Il fallait éteindre la lumière, il ne pouvait pas lui enlever son chemisier, ni sa jupe, ni sa culotte. Même ses bottes de daim furent l'objet d'une interminable négociation amoureuse. Zita répétait qu'elle était trop vieille, que l'amour, c'était fini pour elle. Pierre riait. Il y avait plus d'enfance en elle, en dépit de ses quarante-neuf ans, qu'en toutes les femmes qu'il avait rencontrées. Elle exagérait ses tares physiques, se cachait. La forcer à s'exposer excitait le jeune homme et chaque victoire l'emplissait de satisfaction. C'était si nouveau pour lui, cette résistance… De seize à vingt-neuf ans, il était passé de bras en bras, répétant la même histoire avec presque la même fille : blonde, lisse et bien née. Pierre avait cru, chaque fois, serrer contre lui « l'amour de sa vie » avant de se rendre compte, quête illusoire, qu'il s'accrochait à l'ombre projetée d'une mère qui l'avait abandonné tout jeune ou à celle d'une femme qui n'existait pas. Le galeriste vivait maritalement avec ses conquêtes dès la première heure suivant l'amour ; au bout de deux jours, il leur offrait des bijoux hors de prix ; au bout de cinq, il les emmenait en week-end, et un mois plus tard, il les présentait à son père dont l'avis lui importait comme d'une guigne. Il s'en lassait en un trimestre, ayant franchi au pas de course toutes les étapes qui faisaient, dans son esprit, l'essence d'une relation amoureuse. Ses victimes consentantes restaient étourdies et désespérées. Elles s'accusaient, se demandant où elles avaient « merdé ». Ses ex tournaient et retournaient dans leur esprit les signes tangibles – cadeaux, déclarations, présentations – de ce qu'elles croyaient être de la passion quand il ne s'agissait que de conformisme sentimental. N'ayant jamais ressenti les affres de l'amour, Pierre en parodiait les symptômes. À chaque nouvelle rencontre, il suivait avec l'attention d'un sismographe le moindre frémissement dans son paysage émotionnel, espérant enfin vivre un vrai tremblement de terre, mais au premier baiser toujours trop vite accordé, il retombait à zéro sur son échelle de Richter sentimentale. À partir de là, il faisait l'amour comme il jouait au tennis, avec élégance et technique, mais plus pour garder la forme que par plaisir. De plus en plus exigeant, Pierre projetait son rêve sur toutes les demoiselles de Paris jusqu'au moment où un défaut de caractère ou un détail physique – aussi anodin que des cheveux fourchus, des chevilles épaisses ou des mollets disgracieux – s'opposait à son fantasme et le ramenait à la piètre réalité. Cérébral avant tout, il se lassait de la simplicité de leurs désirs et de leurs rêves conventionnels. Il avait essayé de créer des obstacles, en entretenant quelques mois une liaison avec une femme plus âgée et mariée, mais lorsqu'elle avait voulu quitter époux et foyer pour lui, Pierre s'était enfui. Avec Zita Chalitzine, il échappa enfin à la répétition. Elle lui donna, d'abord, beaucoup de fil à retordre, et ne le prit pas au sérieux. Elle refusait de croire à ses déclarations, se moquait de son âge et de la rigidité de ses certitudes.

Pierre soupira en reprenant la lecture de ce texte qu'il connaissait désormais par cœur. C'était troublant, des années plus tard, de revivre ces moments fondateurs de leur histoire à travers le récit qu'en faisait Zita. Jamais elle ne lui avait fait part de ses peurs et il comprenait mieux, à présent, ses hésitations qu'il avait prises pour de la coquetterie. Un passage l'avait particulièrement touché :

« J'ai failli ne pas y aller. Jusqu'au dernier moment, j'ai oscillé entre l'envie de disparaître et celle de me livrer à lui. J'ai tout de suite su qu'il serait mon dernier amour, ce jeune homme tout neuf, tout bouillonnant de vie. Il avait l'âge d'être mon fils, mais ce que j'ai lu dans ses yeux n'avait rien de l'amour filial. Son regard, dès le premier instant de notre rencontre, a ébranlé le mur dont j'avais entouré mon cœur. Depuis des années, les plaisirs décevants du sexe sans âme occupaient le vide laissé en moi par le reflux des sentiments. Avec Pierre, mon organe gelé recommença à vivre, recommença à battre. Tout retrouvait un sens, une densité. La peur revint aussi. À chacun de nos rendez-vous, elle était là. Plus cet amour devenait possible, plus la peur grandissait dans mon esprit jusqu'à l'occuper tout entier. Le soir où il m'attendait dans une suite au Crillon, elle me paralysa. Je me souviens de moi, nue, dans la salle de bains de la rue Vaneau, sous la lumière impitoyable de cette pièce, face au miroir en pied qui n'était guère plus clément. Je fis l'état des lieux. Oh, je n'étais pas laide. J'avais plus que de beaux restes. Quarante-neuf ans, ce n'était pas grand-chose, et si j'avais été sur le point de coucher avec un vieux don Juan de dix ans mon aîné, je me serais trouvée superbe. Non, ce qui changeait tout, c'était sa jeunesse à lui : vingt-neuf ans. Un enfant. J'imaginais sa peau, sa fermeté, et j'avais honte du contact que lui offrirait la mienne. Je contemplais mes seins, consciente de leur ridicule asymétrie. D'un doigt, je fis ballotter le dessous de mon bras gauche, puis celui de mon bras droit avec découragement. De profil, je serrai les fesses pour les faire remonter d'une dizaine de centimètres. Je pensais aux culs bombés d'adolescence des gamines qu'il devait se taper et je regardais le mien retomber inexorablement. Mon ventre était plat, le temps m'avait au moins laissé cela. Il pouvait bien puisqu'il m'avait déjà volé mon visage. De la peau avait poussé sur mes paupières, alourdissant mes yeux. Elle avait aussi poussé sur mes joues, créant ce pli qui encadrait désormais ma bouche, hachurée de traits minuscules. Je n'y arriverai pas… me répétais-je. Comment oserai-je le laisser m'approcher ? Contempler ces ravages à la loupe d'une nouvelle proximité ? Jusqu'au dernier moment, j'ai hésité à le rejoindre. Il m'a fallu rassembler toutes mes forces. Le jour, longtemps après, où je me suis déshabillée pour la première fois devant lui, j'ai accompli l'un des rares actes courageux de ma vie. »

Pierre revoyait le moment où Zita avait frappé à la porte de sa suite. Le soulagement qu'elle fût venue, mais aussi une certaine appréhension l'avaient envahi. Face à cette femme d'expérience, il doutait d'être à la hauteur. Pour rire, l'écrivaine avait mis un imperméable sombre dont le col était relevé, un chapeau d'inspecteur et des lunettes noires. La seule touche de couleur était ses bottes violettes. Pierre avait fait monter du champagne et des fleurs, ce qui fit rire Zita.

« On se croirait dans un téléfilm sentimental : "Un jour mon prince viendra, un jour on s'aimera…" chanta-t-elle mimant Blanche-Neige dans le dessin animé de Walt Disney.

Les taquineries de l'écrivaine piquèrent au vif ce jeune roi-soleil habitué à régner sur une cour béate d'admiratrices. Il voulait être un homme pour elle, pas un enfant. Loin du babillage mondain de ses précédentes conquêtes, il dut puiser dans ses ressources pour suivre l'esprit agile et moqueur de Zita. Pierre se sentait gauche et ignorant, même si l'écrivaine prenait soin de ménager sa susceptibilité. Ils discutèrent à bâtons rompus, découvrant que leurs opinions politiques se situaient aux antipodes, que l'écrivaine n'y connaissait rien en art contemporain et que Pierre, à l'exception des livres de Zita, dont *L'Ambassadeur* qu'il avait eu au programme du bac, ne lisait que des essais ou des biographies. Soucieux d'éviter les sources de conflit et d'effacer leurs différences, ils parlèrent des hommes et des femmes, inépuisable sujet de conversation des gens qui n'ont rien en commun.

« Comme tous les pessimistes, tu es un grand idéaliste », affirma Zita lorsqu'il exprima ses doutes sur l'amour et le mariage. Elle pensait n'avoir dit là qu'une banalité, mais le jeune homme sembla se frapper de sa clairvoyance. Il se sentit compris.

« Avec quelle genre de filles es-tu sorti avant de me connaître ? s'étonna-t-elle.

– Des connes superficielles. Tu es la première à t'intéresser à ce que je suis à l'intérieur. »

Pierre se laissa griser par cette plongée en lui-même, et le sentiment de force que lui donnait le regard de cette femme dans lequel il se mesurait à tant d'autres hommes, dont certains très célèbres. À la fin du week-end, sans avoir pu aller au-delà de chastes baisers, il l'aimait déjà. Plusieurs semaines plus tard, dans la semi-obscurité d'une autre chambre d'hôtel, à Barbizon, elle avait accepté de se laisser dévêtir et caresser. Elle s'était ensuite retournée, lui présentant son dos, pour dissimuler au jeune homme les sensations qu'il ferait naître en elle. C'est ainsi que, couchés sur le flanc, Pierre l'enserrant de ses bras pour la maintenir contre lui, son visage niché dans le creux de son cou, il avait osé la prendre. Elle s'était laissée aller, rassurée par la pression de ce corps doux et dur, rendue, par le miracle du désir, plus jeune qu'elle ne l'avait jamais été.

Mais les lunes de miel ne duraient pas avec Zita. Pierre ne tarda pas à déchanter. Il ne se passa pas deux mois avant qu'elle n'entreprît de le rendre fou. Le lendemain d'une nuit sans nuages, il reçut d'elle un SMS : « Je souffre trop avec toi. Névroses incompatibles. Sois heureux. » Fou de douleur, il tenta de la joindre, mais l'écrivaine avait coupé son portable. Elle n'était pas chez elle lorsqu'il alla déposer des fleurs à sa porte. Elle ne répondit pas non plus à ses lettres. Six semaines plus tard, elle réapparaissait d'un nouveau SMS : « Impossible de vivre sans toi. Pardonne-moi. » Blessé, mais trop amoureux pour la rejeter, Pierre céda. C'était la première d'une longue série de ruptures. Le plus souvent, elle disparaissait sans crier gare et le galeriste se rongeait d'angoisse jusqu'au moment où il la croisait dans un restaurant parisien au bras d'un homme en vue dont elle lui assurait par la suite qu'il était un vieil ami. Elle le rendit fou de jalousie et d'inquiétude, étant elle-même dévorée d'inquiétude et de jalousie. Elle lui faisait des scènes chaque fois qu'il parlait à une autre femme, jeune ou vieille, et le lendemain de ces crises qu'ils résolvaient sur l'oreiller, elle s'évaporait à nouveau, partie panser ses blessures on ne sait où, ni avec quels moyens. Combien de fois avait-il espéré se détacher enfin d'elle ? Combien de fois s'était-il lamenté de son tempérament destructeur, jaloux et vindicatif qui la poussait à mettre en pièces leurs brefs instants de bonheur ? Pierre ne lui pardonnait toujours pas sa hargne à les détruire. Encore moins de l'avoir abandonné. Dans le texte de Zita, un passage lui déchirait le cœur.

« Je sais qu'il y croit. Il est sincère en disant m'aimer. Il ne ment pas en connaissance de cause, mais il est encore avec moi parce qu'il ne m'a jamais eue. Je lui ai toujours échappé. Il veut se marier, pauvre ange, mais que fera-t-il d'une vieille comme moi, dans cinq ans ? Il voudra des enfants, bien sûr. Il ne s'occuperait pas de moi comme il le fait si la fibre paternelle ne remuait pas déjà en lui. Et puis, il se lassera, je l'aurai trop déçu. Je ne peux pas satisfaire un idéaliste comme lui. Je connais trop le profil… Timothée lui ressemblait. Déjà, je ne suis pas fidèle et il en souffre. Je voudrais m'en empêcher, mais je ne résiste plus à rien. À cinquante ans passés, l'avenir montre ses limites, on se met à croire au présent. Mes aventures sont la morphine qui m'empêche de sentir la mort approcher. Elles retiennent l'instant. Ce n'est pas sexuel. Pierre me comble, personne ne m'a fait l'amour comme lui. Personne ne m'a aimée comme lui. La tromperie est métaphysique pour moi. C'est l'éternel retour, le temps cyclique des Grecs. Le seul moyen d'avoir un ailleurs en restant à la même place, d'avoir plusieurs vies quand on est en train de finir la seule que Dieu nous ait donnée. Comment pourrais-je résister à la sollicitation d'un homme, même s'il ne me plaît qu'à moitié, quand je sais que ce sera peut-être la dernière fois ? Comment refuserais-je un voyage ? Une caresse, une ivresse, une trahison, quand c'est la dernière que je commets ? Pierre me dit qu'il faut faire des choix pour « construire ». Que peut-on construire dans ce monde où tout vacille ? Il faut avoir devant soi des décennies de jeunesse pour imaginer que choisir n'est pas sacrifier. Pour moi, les possibles se sont résorbés. Je n'ai qu'ici et maintenant. »

Pierre se leva. L'injustice de ces mots le révoltait. Qu'avait-elle imaginé ? Pour quel gamin immature l'avait-elle pris ? Elle avait choisi pour lui, sans lui demander son avis. Elle avait mis cet horrible point final à leur conversation, le laissant impuissant et seul face au silence. Elle avait balayé les mots d'amour, les baisers, les pardons, les preuves, sa présence envers et contre tout et surtout elle-même, comme si rien n'avait existé. Il laissa tomber le manuscrit sur le canapé. Pierre avait mal. Encore plus mal depuis qu'il avait compris que, si Zita avait accepté – enfin – de l'épouser, c'était parce qu'elle considérait le combat perdu. Il est vrai qu'il s'était, les derniers temps, habitué à ses frasques. Ses disparitions n'avaient plus le pouvoir de le faire ni souffrir, ni brûler. Elle partait et il attendait, certain de son retour, sûr de lui. Le soir où elle rentra rue Vaneau après une semaine d'escapade et qu'il l'accueillit d'un visage serein, comme si de rien n'était, Zita comprit qu'il était temps. Pierre reprit le document pour parcourir le carnet d'illustrations à la recherche de la photo de leur mariage. L'homme qui rayonnait de bonheur en ce jour d'automne où ils s'étaient unis à la mairie du septième lui sembla un étranger. À présent, il voyait l'ombre qui, derrière son sourire, rôdait dans les yeux de sa femme. Euphorique, Pierre lui avait répété qu'il était si heureux et qu'elle était belle, plus belle que toutes les filles de trente ans. Ils avaient dîné et dansé avec leurs amis sur une luxueuse péniche au pied de la tour Eiffel. À minuit, Pierre avait enlevé Zita pour l'emmener au Crillon, dans la suite de leur premier week-end, où les attendaient les mêmes fleurs et le même champagne qui l'avaient fait rire autrefois. Ils avaient passé une nuit de tendresse sans même faire l'amour, se contentant de regards et de caresses. Il pensait que c'était le début d'une nouvelle vie. Ce fut leur dernière nuit.

Pierre abandonna à nouveau le manuscrit, en proie à une agitation douloureuse. Il avait besoin de prendre l'air. C'était trop dur, ces souvenirs. Il alla chercher ses chaussures, passa son manteau, prit les clés et sortit. Sans y penser, il se dirigea vers Saint-Germain-des-Prés. Devant le Café de Flore, il acheta *Le Figaro* et *Libération*. Il retourna sur ses pas pour s'installer au Pré aux Clercs, rue Bonaparte. Devant un grand crème, sans sucre ni croissant, il parcourut les gros titres.

Dans les pages économie, quelques lignes en italique attirèrent son attention : « La banque Beauchamp continue sa stratégie d'acquisition en Europe. » Une phrase, surtout, l'interpella : « Après l'achat, en 2005, de la firme suisse Liedtman et associés, spécialisée dans le droit privé et le notariat, la banque anglo-saxonne vient d'acquérir les fiscalistes Pricecoop. »

50

Pierre était nerveux. Il craignait que cette rencontre ne dégénère en crise d'hystérie. Il savait pourtant que c'était le seul moyen de récupérer la dernière pièce du puzzle. Les confessions de Zita ne suffiraient pas à la disculper de quoi que ce soit. Il fallait des preuves. Pierre savait maintenant où aller les chercher et c'était le dernier endroit où il aurait voulu se rendre. Soucieux d'apparaître à son avantage en dépit de sa mauvaise mine, il passa une chemise rayée blanche et bleue Paul Smith, assortie d'une veste Dior sur un simple jean. Il choisit avec soin ses chaussures parce qu'il savait que c'était le genre de détail qui compterait. Il s'aspergea de M7 d'Yves Saint Laurent, l'eau de toilette qu'il portait avant de rencontrer Zita. L'écrivaine n'aimait pas qu'il se parfume et, pour elle, il avait renoncé à cette habitude. Pierre décida de se rendre place des États-Unis à pied. Le trajet prendrait une bonne demi-heure, mais le ciel était clair, et il lui faudrait bien ce laps de temps pour que son esprit et sa stratégie le deviennent aussi.

En pénétrant dans le salon cossu de cet hôtel particulier Napoléon III, il remarqua les deux Basquiat qui trônaient toujours au même endroit. Ils créaient une rencontre provocatrice avec les tableaux orientalistes du dix-neuvième siècle qui ornaient les murs, les bronzes animaliers posés sur les consoles baroques, la lourdeur des rideaux de velours rouge et celle des canapés framboise à pompons. Il nota aussi un chien ballon de Jeff Koons. L'acier émaillé d'une couleur rose miroitante imitait avec une perfection obscène l'aspect du caoutchouc. C'était la seule touche de nouveauté dans la décoration, avec le tapis aux motifs contemporains sur lequel il était posé. Pierre s'installa dans un fauteuil. Une femme d'une soixantaine d'années en uniforme vint lui proposer à boire. Il demanda un whisky qu'elle lui servit, puis elle tira les voilages colorés et alluma les lampes du salon. L'horloge posée sur la console Louis XV sonna le quart. La maîtresse des lieux fit son entrée. Elle était vêtue d'une jupe sombre à fines rayures, droite et fendue, d'une paire d'escarpins pointus à très hauts talons, et d'un décolleté beige à volants qui mettait en valeur sa poitrine refaite. La couleur flamboyante de ses cheveux était trop intense pour ne pas être due à l'artifice, mais elle incitait à la passion. Ses mains étaient ornées de bagues et ses oreilles de boucles en diamants. Son visage que la chirurgie avait rendu sans âge était plutôt beau sous ces lumières tamisées, à l'exception de la bouche dont la forme gonflée et incertaine était accentuée par un brillant à lèvres que Pierre trouva vulgaire.

« Bonsoir, Pierre, modula-t-elle d'une voix rauque.

– Bonsoir, Solange, fit-il en se levant pour l'embrasser. Tu es superbe.

– Merci, répondit-elle avec un sourire aguicheur. Tu n'es pas mal non plus. »

Solange s'installa dans le canapé où s'était rassis Pierre en lui faisant face. Elle se posa sur le flanc, un bras étendu sur le dossier en direction de son interlocuteur, ce qui faisait pigeonner sa poitrine et ressortir l'arrondi généreux de sa croupe. La gouvernante lui apporta un grand verre empli d'un jus cramoisi.

« C'est un jus de framboises frais, veux-tu goûter ? » demanda Solange en lui tendant le verre. Pierre hésita, puis le saisit et but une gorgée. Elle reprit le verre et l'imita.

« Maintenant, je connais toutes tes pensées, sourit-elle.

— Tu sais donc pourquoi je suis là…

— Mais pour me voir, j'imagine. »

Il inspira longuement, mal à l'aise.

« Bien sûr, pour te voir, mais j'ai aussi un service à te demander.

— Je m'en doutais. En quoi puis-je t'être utile ? C'est pour ta galerie ?

— Pas du tout. La galerie va très bien, je te remercie.

— De quoi s'agit-il alors ?

— De Zita. »

En entendant le nom de Zita, le visage de Solange se ferma. Elle se redressa et retira son bras de l'accoudoir. Pierre prit le parti d'être franc :

« Je sais que c'est toi…

— Moi quoi ? jeta-t-elle, agressive.

— Toi qui as fait sortir l'article dans *France-Soir*. Toi qui as donné le dossier contenant le contrat signé par Kiev et Zita.

— Tu délires, mon pauvre ami. Je n'y suis pour rien. Rien du tout.

— Solange, ne me mens pas. Je sais.

— Strictement rien. Qui t'a mis cette idée dans la tête ? protesta Lady Beauchamp.

— Ma belle, n'oublie pas que je te connais. Et j'ai des preuves. Gagnons du temps. »

Solange aurait pu continuer à nier, mais le plaisir de partager ce triomphe sur son ennemie commença à l'emporter.

« Quand bien même j'aurais donné ce dossier, j'étais dans mon droit. Après toutes les horreurs qu'elle m'a faites, ce n'était qu'un juste retour des choses. »

Pierre tendit la main et la posa sur le poignet de Solange.

« Nous étions séparés, ma belle. Nous étions séparés depuis longtemps quand j'ai rencontré Zita. »

Solange retira sa main et cracha :

« Ne me prends pas pour une idiote, Pierre.

– Je ne te prends pas pour une idiote.

– Bien sûr que si. Oh ! J'y ai cru, au début, à tes beaux discours sur l'amour impossible. Que tu me quittais à cause de Jacob… que tu ne supportais pas que je sois mariée… Tu avais trop de respect pour lui et tout le tralala.

– C'était l'exacte vérité. »

Solange posa avec brusquerie son verre sur la table basse en marbre marqueté.

« Tu mens. Tu as rencontré Zita le soir de la FIAC. Dix jours après notre week-end à Venise. Et elle… » Solange eut un rire désespéré : « Et elle… a été trop contente de me voler encore une fois quelque chose qui m'appartenait.

– Je ne suis pas, n'ai jamais été et ne serai jamais ta *chose*, Solange, grinça Pierre.

– Ne pinaille pas sur les mots. Tu sais très bien ce que je veux dire. La vie de Zita n'a eu qu'un seul objectif : prendre ma place, vivre comme moi, devenir moi, et lorsqu'elle s'est rendu compte qu'elle n'y parviendrait pas, elle a tout fait pour nous détruire, moi et ma famille. »

Pierre eut un geste qui balaya le salon et un sourire sarcastique :

« On ne peut pas dire qu'elle vous ait pris quoi que ce soit.

– Il n'y a pas que l'argent, Pierre. Il y a eu mon père. Il y a eu Jacob. Et puis il y a eu toi. »

Le galeriste baissa la tête. Il savait qu'il s'était mal comporté avec Solange. Il tenta de se défendre :

« Tu savais bien, Solange, que notre histoire ne durerait pas. Nous nous l'étions dit, dès le début. Tu n'aurais jamais quitté Jacob... Tu as trop besoin de ce luxe, de ton statut, de tes chasses avec la reine d'Angleterre, de tes croisières en Méditerranée, de tes vacances à Courchevel.

– Qu'en sais-tu ? Pas une fois tu ne m'as demandé de le quitter... dit Solange.

– Je savais trop quelle serait la réponse.

– Tu craignais surtout que je le fasse. La vérité, c'est que tu ne m'aimais pas.

– Solange, c'est loin tout ça. Ne remuons pas les vieilles douleurs. »

Pierre vit le visage de son interlocutrice frémir, et dans ses yeux passer le reflet d'une émotion si intense qu'elle le troubla. C'était rare chez cette femme. Ses fugitifs vagues à l'âme étaient difficiles à déceler, son éducation lui ayant donné l'habitude de dissimuler ses sentiments en toutes circonstances. Pierre pensait que le confort, la richesse, en la soustrayant aux épreuves, l'avaient endurcie. Elle se croyait forte, pour n'avoir jamais souffert. Il la découvrit plus fragile qu'il ne l'avait imaginé.

« Ce n'est pas vieux pour moi... » murmura-t-elle.

Pierre, ne sachant que répondre, lui prit à nouveau la main. Elle la lui abandonna cette fois.

« Aide-moi, Solange. Zita est morte à présent. Tu es en vie. Tu as gagné.

– Que veux-tu ?

– Elle n'a publié qu'un livre de Romain sous son nom. C'est injuste que toute son œuvre lui soit enlevée.

– Tu n'as pas besoin de moi pour ça.

– Je sais que tu as de quoi faire taire la rumeur.

– Qu'est-ce qui te fait croire ça ?

– Viens », dit-il en l'attirant contre lui.

Solange sentit son cœur s'emballer, elle posa sa tête dans le cou de Pierre et ferma les yeux. Jamais elle n'aurait cru que ce miracle se reproduirait. Six ans plus tard… être à nouveau contre lui. Cet homme qui hantait ses jours et qui hantait ses nuits.

« Si tu ne le fais pas pour moi, fais-le pour ton fils », murmura Pierre en lui caressant les cheveux.

Solange s'étonna de ne sentir aucune fureur se répandre en elle à l'évocation du mariage de son garçon avec la fille de sa pire ennemie. Elle ne ressentait que le bien-être infini procuré par la caresse de Pierre. Depuis l'annonce des fiançailles d'Henry et Ondine, trois mois plus tôt, Solange avait fait de la famille Beauchamp un champ de désolation où deux générations, terrées dans leurs tranchées, visaient pour tuer. Pourtant, le simple contact de la main de Pierre sur sa tête lui retirait sa rancœur. C'était si bon d'être touchée avec bienveillance, avec intention. Cela faisait si longtemps… Jacob ne s'y risquait plus depuis des années, découragé par son aigreur, et pour rien au monde Solange n'aurait voulu reprendre des relations physiques avec son mari. Il y avait des massages, bien sûr, des soins, des cures, des spas, mais rien de comparable à la caresse d'une main aimée, intime. Rien que ses amants de passage, de plus en plus rares, aient su lui donner. Les doigts de

Pierre descendirent sur sa nuque qu'il dégagea avec tendresse. Une onde électrique parcourut Solange. Elle sentit son sexe devenir avide. Comment avait-il encore le pouvoir, en l'effleurant à peine, de la mettre en fusion ? La main de Pierre enserrait l'arrière de son cou à présent. Solange se souvint la manière qu'avait cet homme, en apparence si doux, d'être dominateur au lit. Elle sentit son bas-ventre se tordre d'une envie brûlante. Pierre poursuivait ses caresses. Il connaissait Solange par cœur, et se souvenait très bien de ce qui la plierait à sa volonté. Utiliser ces moyens pour obtenir d'elle ce qu'il voulait ne lui sembla pas condamnable. Ils avaient fait l'amour cent fois, s'il fallait en passer par là, il le referait sans difficulté. Solange était moins sereine que Pierre. Elle ne pensait pas obtenir de lui plus que ces légères caresses et profitait de chaque seconde comme si elle devait être la dernière de sa vie. Elle aimait tout chez lui, sa haute taille qui, en dépit de leur différence d'âge, lui donnait l'impression d'être une petite chose entre ses bras. Son humour, sa jeunesse et sa vigueur, ses muscles longilignes qui tendaient son corps d'une beauté arrogante. C'était si émouvant de pouvoir toucher et respirer cet être rayonnant de force. Elle rêvait d'ouvrir sa chemise, d'embrasser sa peau, d'écraser ses seins contre lui, de voir ses mains d'homme s'ancrer dans ses hanches. Que n'aurait-elle pas donné pour sentir son sexe l'écarter d'une poussée ? Une dernière fois le sentir en elle, oui, elle serait prête à tout pour l'avoir une dernière fois.

« Tu ne dis plus rien, murmura Pierre tout au creux de son oreille, ce qui la rendit folle. Tu n'as plus rien à me dire ? » continua-t-il d'un ton moqueur en la prenant par les épaules pour l'allonger à plat ventre sur ses genoux.

Le cœur de Solange battait à tout rompre. Allait-il la caresser plus avant ? Pouvait-elle l'espérer ? La saisissant par les cheveux, il la força à poser la tête sur le canapé, le regard tourné vers la table basse. Pierre avait lâché ses cheveux et ne la touchait plus. L'inquiétude l'envahit… Il lui dit, détaché :

« Il vaut mieux arrêter là, tu ne crois pas ? »

Elle sentit la douleur de sa déception éclater dans sa poitrine. Il la laissa dans l'incertitude de longues secondes. Solange ne bougeait pas, priant le ciel qu'il se ravise. Ce qu'il fit en passant une main entre ses jambes qu'il écarta. Solange était tendue d'attente. Collant sa paume à la face intérieure de sa cuisse, il remonta jusqu'à rencontrer la frontière qui séparait de sa peau le nylon des bas. Il se pencha vers elle pour murmurer entre ses dents :

« Alors, comme ça, tu ne mets pas de collants, tu mets des bas quand tu me vois… Tu croyais quoi ? Que j'allais te baiser ? »

Comme elle ne répondait pas, il insista : « C'est ce que tu veux, Solange, que je te baise ? »

Elle essaya de lever la tête pour le regarder, mais il la maintint fermement sur le canapé.

« Qui t'a dit que tu pouvais bouger ? »

De l'autre main, il avait atteint le carré de soie qui couvrait son sexe. Elle gémit.

« Tu fais moins la maline, maintenant… »

Il commença un va-et-vient à la surface du tissu, et lorsqu'il glissa un doigt puis deux à l'intérieur, il se rendit compte de l'ampleur de son désir. Jouant d'elle et se jouant d'elle, il s'amusa à l'amener au bord de la satisfaction pour mieux l'en priver :

« On va arrêter là, n'est-ce pas, Solange ? dit-il d'une voix contrôlée.

– S'il te plaît, supplia-t-elle. S'il te plaît, continue…

– Et si je n'ai plus envie ?

– S'il te plaît…

– Tu sais que c'est moi qui décide ?

– Oui, c'est toi qui décides.

– Tu me donneras ce que je t'ai demandé ?

– Je te donnerai tout ce que tu veux. »

Il la souleva par les hanches pour la mettre à quatre pattes. Il fit mine d'hésiter un peu, caressant ses lèvres intimes de sa verge avant de la pénétrer d'un coup. Il la prit un moment dans cette position puis la retourna. Une main ferme sur son cou, la regardant droit dans les yeux, il redemandait entre ses coups de reins :

« Tu me donneras ce que je veux ?

– Oui.

– Les documents que tu as ?

– Oui.

– Ton argent ?

– Oui.

– Tes bijoux ?

– Oui.

– Toute ta fortune ?

– Oui.

– Tu me donnes ta parole, Solange Di Monda ?

– Oui.

– Tu me donnes ta parole, Solange Beauchamp ?

– Oui.

– Tu feras tout ce que je veux ?

– Tout.

– Tu seras mon esclave ?

– Oui. »

Elle répéta des oui par centaines jusqu'au moment où elle se mit à dire non, non, signe qu'elle atteignait l'orgasme. Pierre lui ordonna de jouir, sachant qu'en dépit de son âge, elle ne s'était toujours pas débarrassée des interdits de son éducation. Elle mit tout son cœur à lui obéir.

En sortant de l'hôtel particulier, Pierre était en proie à des sentiments mêlés. Solange l'avait regardé partir avec des yeux de cocker larmoyants. Fidèle à sa parole dont il savait qu'elle ne parviendrait pas à la briser, elle lui avait donné, de mauvaise grâce, un document qui mettrait un terme à cette histoire de fou : la lettre d'adieu laissée le 2 décembre 1980 par Romain Kiev. C'est Solange qui avait trouvé l'écrivain, vingt-sept ans auparavant. En dépit du temps écoulé, elle n'avait pu évoquer cet épisode sans virer au bistre sous son fond de teint abricot. Pierre avait vu le fantôme d'un passé cauchemardesque dans les yeux de cette femme et il avait compris l'horreur que cela avait dû être. Fut-ce parce qu'elle éprouvait des remords ? Ou parce que, malgré tout ce qui les avait séparées, elle gardait une tendresse nostalgique pour son ancienne amie d'enfance ? Solange se sentit obligée de préciser qu'elle n'avait pas fait disparaître cette lettre pour nuire à Zita, mais parce que Romain, en la citant, la compromettait. À l'époque, Jacob ne se doutait pas de l'infidélité de sa femme, qui lui faisait payer à tout moment son aventure avec l'écrivaine. Solange ne voulait surtout pas rétrocéder cet avantage qui lui permettait de tyranniser sa maisonnée et de n'en faire qu'à sa guise sans avoir de comptes à rendre. Elle craignait surtout que Jacob ne l'abandonne. La jeune femme d'alors n'avait pas voulu prendre le risque de se retrouver divorcée à vingt-trois ans et chassée du paradis cossu de Beauchamp Place qu'elle était enfin en train de rénover. Il fallut attendre des années pour que Solange ait l'idée de se servir de cette information, révélée par la lettre de Romain, et surtout qu'elle trouvât le moyen de le faire sans entacher sa propre réputation. Elle voulait se venger de Zita, mais sans être mêlée au scandale qui, inévitablement, s'ensuivrait.

« Avant je pensais qu'il suffisait de l'ignorer pour la punir, que j'étais au-dessus de ça, mais je me suis rendu compte qu'avec Zita, on ne pouvait pas être magnanime. Il fallait rendre coup pour coup, pour ne pas qu'elle vous méprise. Elle se foutait pas mal des beaux sentiments, avait confié Solange. Lorsque j'ai appris que vous étiez ensemble, j'ai tellement souffert… C'est la perspective de lui rendre la monnaie de sa pièce qui m'a permis de ne pas devenir folle. J'ai cherché un moyen. Je guettais, comme un chasseur, le moment où elle sortirait à découvert. J'attendais de trouver la faille pour la mettre à terre et qu'elle ne s'en relève jamais. La traque a duré des années, puis la solution s'est présentée. Jacob a racheté le cabinet Liedtman et associés. Je savais que l'avocat de Romain en faisait partie puisqu'il le mentionnait dans sa lettre d'adieu. Je n'ai pas eu beaucoup de mal à récupérer le dossier… »

Elle lui avait tendu l'enveloppe jaunie qu'elle gardait dans son secrétaire. Dans le tiroir, Pierre avait remarqué une liasse de ses lettres à lui, celles qu'il lui avait envoyées au temps de leur liaison. Il avait sorti les feuilles de leur enveloppe, contrôlé la signature, balayé du regard son contenu pour vérifier que les mots-clés y étaient. Il les trouva… Romain Kiev, d'une écriture ronde et chaotique, racontait avec humour le succès critique de *Ma vie en location* et sa décente réussite commerciale. Il confiait aussi à demi-mot sa déception ne n'avoir pu faire un best-seller, sa conviction également d'avoir tout donné. « Je ne pense pas être capable d'écrire un meilleur roman que ceux que j'ai déjà publiés, et sans cette conviction, il est inutile d'essayer. » Il remerciait Zita d'avoir accepté de se prêter à ce jeu, pour son amour aussi : « J'ai vécu avec toi, mon ange, les deux plus belles années de ma vie. » Il s'excusait ensuite auprès de Solange de lui avoir imposé le spectacle qu'elle découvrait, mais de toutes les personnes à qui il aurait pu demander de venir ce soir-là, elle était la plus résistante, la plus indifférente et la mieux organisée. Il terminait ces quelques feuillets par des considérations pratiques, recommandant, pour la gestion de ses affaires, de s'en remettre à Paul Aguth et au cabinet Liedtman, à Genève. Une dernière boutade venait conclure cette lettre et sa vie : « Je me suis bien amusé, au revoir et merci. »

51

Ondine était assise sur le lit de Zita, son grand corps d'athlète à demi étendu sur la couette. De la main gauche, elle caressait la tête d'Henry. Son mari était assoupi. Elle observait le manège d'un rayon de soleil qui apparaissait et s'éclipsait au gré des nuages, progressant peu à peu vers eux. Une ficelle avec laquelle elle avait joué, absorbée dans ses pensées, une bonne partie de la matinée, était abandonnée sur la table de nuit. Dans la main droite, elle tenait une enveloppe de vélin bleu, sur laquelle elle avait reconnu l'écriture de sa mère. La lettre lui était adressée. Elle l'avait reçue avec beaucoup de retard, glissée dans une autre enveloppe de papier kraft, elle-même dans un paquet Chronopost. Le vieil homme qui avait découvert, près d'un an auparavant, le cadavre de Zita, aux Lilas, était un ancien employé de la Poste. Lorsque les gendarmes avaient extrait le corps de la voiture, cette lettre était tombée. Obéissant à une sorte de réflexe professionnel, il l'avait glissée dans sa poche, puis l'avait oubliée. Il avait fallu attendre un printemps, un été et un automne pour que le vieux mette à nouveau la doudoune grise qu'il portait ce jour-là et retrouve la lettre. Le courrier était arrivé à Nice, chez Mme Lourdes, où Ondine ne vivait plus. La petite-fille et sa grand-mère avaient eu une violente explication. La jeune femme, avec son caractère entier jusqu'à l'intransigeance, en voulait terriblement à la vieille dame de ses mensonges. Suivant le schéma familial, elle refusait depuis des mois de parler à sa grand-mère qui multipliait les tentatives de réconciliation. Cette lettre qu'Ondine tournait et retournait dans sa main droite en faisait partie. Elle l'avait reçue par Chronopost, dépense folle pour la radine pathologique qu'était Mme Lourdes. En reconnaissant l'écriture de sa mère, Ondine avait senti son cœur battre plus fort. Bouleversée, elle hésitait depuis plusieurs heures à l'ouvrir. Il fallait le faire pourtant… Elle avait déjà surmonté pire en lisant le manuscrit laissé par Zita. Était-ce parce que Pierre lui avait indiqué les passages la concernant qu'elle y était parvenue ? Le fait de parcourir ce texte dans le désordre, au gré de sa curiosité, lui avait évité l'impression d'être manipulée. Les mémoires de Zita n'en avaient pas moins retourné son monde et Ondine se demandait quelle bombe recelait à présent cette lettre… Le rayon de soleil vint lécher le rebord du lit. C'était comme un encouragement. La main gauche de la jeune femme quitta la tête d'Henry pour venir décoller le rebord de l'enveloppe et déplier les quelques feuilles qu'elle contenait.

« *Mon Ondine, mon amour, ma petite fille chérie,*
Je n'ai pas été une bonne mère pour toi, mon ange.
Ne crois pas que je l'ignore. Tu n'as pas souvent eu
l'occasion de me faire la liste de tes griefs, mais avant
de partir, je voulais te soulager de ce doute : tous les
torts que j'ai eus envers toi m'ont collé à la conscience
comme du goudron à la peau. Pardonne-moi. Si
j'avais su comment me rattraper, comment effacer le
mal que je t'ai fait, je n'aurais pas hésité, mais il y a

des blessures, surtout celles de l'enfance, que l'on ne peut pas refermer. Je ne me suis pas occupée de toi. Je t'ai envoyée loin de moi, ma petite fille. Nous n'avons pas fait de gâteaux ensemble. Je ne t'ai pas emmenée au parc. Je ne me suis pas assise dans ton bac à sable et je n'ai pas regardé de Walt Disney avec toi. Nous n'avons pas mangé de sorbets ensemble. Je ne t'ai pas entendue rire parce qu'ils fondaient et je ne t'ai pas vue lécher tes petits doigts pour en enlever le jus de fruits glacé et collant. Je n'ai pas lavé tes uniformes. Je ne les ai pas repassés non plus. Je ne t'ai pas aidée pour tes devoirs. Pas même pour le français, ma "matière forte" comme tu disais, après l'échec de cette fameuse rédaction où tu as eu, à cause de mes conseils, la pire note de la classe. Je ne suis pas venue aux rendez-vous pédagogiques. Tu m'as dit que j'étais la seule maman qui n'accompagnait jamais la classe à la piscine le mercredi, ni même au musée d'Orsay pour les ateliers de travaux pratiques une fois par mois. Que je te faisais honte. Je ne t'ai pas organisé de goûter d'anniversaire à la maison. C'est "encore" une baby-sitter qui vous emmenait, toi et tes copines, au parc Astérix, à la Géode, voir le magicien je ne sais plus quoi ou manger des millefeuilles et des religieuses au chocolat chez Angelina. Je ne t'ai jamais cuisiné de dîner moi-même, à part des Bolinos et une fois des coquillettes au gruyère fondu, qui n'étaient même pas bonnes. Tu avais cinq ans. Je me rappelle ta mine diplomate quand tu as essayé d'en avaler une ou deux cuillers : "Maman, c'est bon jusqu'au ciel", m'as-tu dit, avant d'ajouter avec un soupir de feinte satiété : "J'ai plus faim." Petit ange que tu es. Je t'ai rarement bordée le soir parce que je n'étais pas là. Je ne t'ai pas souvent raconté d'histoires. Je ne me réveillais pas le matin pour ton petit déjeuner. Je ne pressais pas tes oranges et je ne versais pas le lait dans tes céréales. Je ne t'ai jamais emmenée à l'école qui pourtant n'était pas loin. Et j'ai souvent oublié de venir te chercher. Je n'ai fait qu'acheter et je n'ai fait que payer. Tout ça, tu me l'as dit et tu avais raison de me le dire. L'été de tes quinze ans, la dernière fois que je suis venue te voir à Nice. Je ne te demande pas de m'excuser. Je suis inexcusable. Je voudrais juste que tu comprennes. Il faut que tu saches qu'en dépit de mes torts et de mes cruautés intolérables envers toi, mon enfant qui n'avais pas demandé à venir sur cette Terre et qui ne m'avais rien fait, je t'aime. Je t'aime, Ondine. Autant que je suis capable d'aimer ce qui provient de moi et c'est de moi encore que j'ai voulu te protéger. "Il n'y a pas d'amour, que des preuves d'amour" m'as-tu jeté avec ta violence de jeune femme trahie quand nous étions assises au Sporting, en contrebas de la promenade des Anglais. Tu n'avais pas touché à ton plat. Une sole, je me souviens. Tu étais toute maigre. "Elle ne mange plus rien... même pas un petit beignet, avait sangloté ta grand-mère au téléphone. Il faut que tu fasses quelque chose, Zita, tu ne peux pas – tu n'as pas le droit – de la laisser comme ça." En voyant les os saillants de tes épaules, ton joli cou décharné, les côtes qui apparaissaient entre tes seins à peine visibles sous ce mini T-shirt "I love Mango" que je t'avais offert, j'ai compris d'un coup tout le mal que je t'avais fait en essayant de ne pas t'en faire. Ma petite fille orpheline. J'aurais dû te prendre dans mes bras, alors. Te dire que j'avais eu tort. Que dorénavant, je ne serais rien d'autre que ton père et ta mère. Que mon travail n'était pas tout. Que je n'avais pas assez de talent pour justifier que tu souffres comme ça. J'aurais dû faire de toi mon unique but et ma seule raison de vivre. Ma chérie, ma si belle Ondine, c'est ce que j'ai pensé ce jour-là, mais je suis une handicapée des sentiments. Une sorte de monstre, je le sais bien. Tu étais devant moi, encore si pleine de la force de ta jeunesse et de ta rancœur, malgré ta maigreur, si innocente et moi si coupable... Je n'ai su que me taire. Je n'ai pas bougé. "C'est tout ce que ça te fait, pauvre conne ?" as-tu ajouté, presque gentiment, ce qui était pire. Puis, tu es partie. Tu t'es retournée trois pas plus loin. Je n'existais plus pour toi. Je ne devais jamais te revoir ni te rappeler. Tu espérais que j'allais bientôt crever pour nettoyer ce monde de ma pourriture. Chaque mot que tu as dit s'est enfoncé dans mon cœur comme une lame qui s'y serait brisée. Impossible de les ôter, jamais. Mon amour, je te l'ai dit, tu avais raison et je n'ai pas d'excuses. J'étais l'adulte. C'était à moi de changer. Je voudrais juste que tu puisses voir les faits de ma place, dans ma peau. Que tu goûtes la prison de mes tares et de mes incapacités. Je ne t'aurais pas envoyée en pension, je ne t'aurais pas confiée à ta grand-mère sans de bonnes raisons. Il y a eu cette soirée, tu t'en souviens sans doute, où nous dînions toutes les deux. Tu avais six, sept ans peut-être. Tu m'as dit, avec tes grands yeux clairs toujours ouverts sur la perspective infinie de tes interrogations :

"Maman, c'est quoi une pute ?"

Ta question est tombée comme un pavé dans notre soupe de carottes, m'éclaboussant de stupeur et d'impuissance. Je t'ai demandé qui t'avait appris ce mot. C'était un gros mot. Un mot qu'on ne disait pas.

"C'est Mathias, maman. Il m'a dit que je suis une fille de pute.

— C'est une insulte, ma chérie, il devait être énervé contre toi. Il n'aurait pas dû dire ça.

— Il n'était pas énervé. Pas du tout. C'est mon ami, Mathias. Il voulait juste me prévenir. Parce que les autres, dans la classe, ils disent que tu es une pute. C'est Merry Mortimer qui a montré un livre à toi à la récré.

*– On dit 'un de tes livres'", ai-je corrigé machi-
nalement. Que pouvais-je te répondre ? Comment
t'expliquer ce qui brûlait ta mère aux yeux du monde
d'une marque infamante ? Comment supporter que ces
chiens reportent sur toi ce que j'avais décidé d'assumer
seule ? J'avais cru disposer de ma vie quand je confis-
quais ton avenir. J'étais sans voix.*

"Alors maman, c'est quoi pute ?

*– Une pute, ma chérie, c'est une femme qui se marie
avec plusieurs hommes pour pas très longtemps.*

– Et c'est mal ?

– Non, ce n'est pas mal, mais c'est une vie difficile.

*– Pourquoi ? insistas-tu, en faisant peser ton incom-
préhension sur la deuxième syllabe de ce mot.*

*– Parce qu'on est seule et en même temps on est
libre.*

– On peut faire tout ce que l'on veut ?

– Oui, c'est ça, on peut faire ce que l'on veut.

– Alors moi aussi, plus tard, je serai pute.

*– Non, ma chérie, tu n'auras pas besoin. Je te
laisserai de l'argent.*

*– Parce qu'on est pute pour de l'argent ? avanças-tu,
solidement arrimée au fil implacable de ta logique.*

*– Oui, quand on est pute, on se marie pour de
l'argent.*

– Et maintenant, de l'argent, tu en as assez maman ?

*– Oui, j'en ai plein, ma puce. Tu n'auras jamais
besoin de t'inquiéter."*

*Il faut que je t'avoue, Ondine, je n'ai jamais voulu
d'enfant. D'une fille encore moins. Je sais trop ce qui
attend une femme dans cette société. Tu es un
accident, Ondine, mais ne crois pas que ce hasard m'a
empêchée de te vouloir plus que tout au monde et
de t'aimer plus que tout au monde. Je savais bien
que je ne saurais jamais être une mère. Dans mon
inconscience, je pensais que je ne pourrais donc jamais*

l'être. *Que j'étais trop perdue, trop folle, trop cramée pour enfanter. Quand j'ai su que j'étais enceinte de toi, peut-être ne devrais-je pas te le dire, mais j'espère que tu es assez forte maintenant pour le comprendre, j'ai pensé me débarrasser de toi. Pas par égoïsme ni pour des raisons matérielles, même si c'était très dur pour moi à ce moment-là. J'y ai pensé parce que je savais qu'en dépit de mes efforts, je serais incapable de ne pas te faire souffrir. Je méprisais trop le monde pour te le souhaiter. J'y étais trop en marge pour t'y préparer. Ton père était mort, lui qui aurait si bien su s'occuper de sa petite fille. Il m'avait quittée pour toujours mais une partie de lui, à travers toi, vivait encore dans mon ventre. Mon instinct de femelle a balayé mes raisonnements. J'ai voulu du fond de mon âme, de mon cœur et de ma matrice, qu'il vive et que tu vives. Vous sauver. Je ne me rendais pas compte, mon amour, qu'accoucher de toi n'était que le début, la partie la plus facile. Je pensais que tu continuerais à grandir comme une plante qu'il suffirait d'arroser. Je croyais que mon rôle se limiterait à te nourrir, à t'habiller, à te garder en bonne santé et que ton devenir n'appartiendrait qu'à toi. Je croyais te rendre service en te laissant libre, au lieu de t'encombrer la tête de préjugés, d'interdits et d'inepties qui te ligoteraient comme je l'avais été, brimant ta nature profonde, contrariant ton caractère et limitant tes rêves. Je ne voulais pas peser, tu comprends ? Puis il y a eu tes allergies. J'ai trouvé ça normal, vois-tu, que tu ne supportes pas ce que j'étais, ni ce que je faisais. N'avais-je pas moi-même haï ma mère ? N'avais-je pas tout fait pour lui échapper ? J'ai cru que c'était naturel. Un signe avant-coureur de notre séparation inévitable. J'ai voulu t'épargner la culpabilité de me laisser. Je t'ai fait partir pour te simplifier la tâche, te laisser de l'espace. D'abord en pension, puis chez ta grand-mère, parce que je sais bien qu'il n'y a pas les mêmes enjeux, ni les mêmes conflits, quand on est séparé par deux générations. J'ai eu tort, mon adorée, mille fois tort. J'aurais dû savoir que t'abandonner, surtout toi qui n'avais plus de papa, creuserait dans ton cœur un déficit d'amour impossible à combler. J'aimerais tant réparer ! Te rendre ta force et ta confiance. Je n'ai pas su. Je t'ai blessée à mort en voulant t'éloigner de mon cauchemar. Depuis vingt ans, je vis avec une épée de Damoclès au-dessus de la tête. Je me réveille tous les jours, en m'étonnant de ne pas avoir été exécutée. Chaque matin de ma vie a été un sursis. Ce jour est venu. Ce que les gens pensent, je m'en suis toujours foutu au fond. Et ma mort les obligera peut-être à creuser un peu, à m'accorder le bénéfice du doute. Je sais trop comment ils sont. Dès que l'on se retrouve en position de se justifier, tout est déjà perdu. Ne crois pas qu'ils sont à l'origine de ma décision. On ne quitte pas ce monde pour de telles vanités. Je mets un point final parce que je suis vieille. J'ai passé le sommet de l'existence et je ne veux pas redescendre, comme si de rien n'était, le versant qui me mènera à la fosse commune. J'ai mangé ma part de plaisir et elle fut grande. J'ai enfin connu ce qu'était le bonheur et je ne supporterai pas de le voir s'enfuir une fois de plus. Il est temps que tu profites de ce que j'ai construit pour toi. J'ai écrit tout ce que j'avais à écrire et je ne veux pas que la vie décide pour moi de la fin. Je ne laisserai pas cette saloperie de réalité avoir le dernier mot. J'aurais été maîtresse de mon histoire, jusqu'à mon dernier souffle. Maintenant je te la confie. Sois follement heureuse, ma fille chérie.*

Z. »

REMERCIEMENTS

Un grand merci à Hélène Tran et à Jul pour ce cadavre exquis à quatre mains.

Composition réalisée par NORD COMPO

Achevé d'imprimer en mai 2011 en France par
MAURY Imprimeur – 45330 Malesherbes
N° d'imprimeur : 164302
Dépôt légal 1re publication : juin 2011
LIBRAIRIE GÉNÉRALE FRANÇAISE   31, rue de Fleurus – 75278 Paris Cedex 06